Een verliefde vrouw

Judith Lennox bij Boekerij:

Het winterhuis
Schimmenspel
Voetstappen in het zand
Schaduwkind
Bloedzusters
Het zomerverblijf
Wilde aardbeien
Voor mijn zussen
Moederziel
Stilte voor de storm
Het hart van de nacht
De Italiaanse minnaar
Oude vrienden
De laatste dans
Een verliefde vrouw
Verborgen levens

www.boekerij.nl

Judith Lennox

Een verliefde vrouw

Een gepassioneerde affaire. Een duister geheim.
Een smet op de toekomst.

Roman

BOEKERIJ

Eerste druk 2016
Vierde druk 2019

ISBN 978-90-225-8751-5
ISBN 978-94-023-0144-1 (e-book)
NUR 302

Oorspronkelijke titel: *The Jeweller's Wife*
Oorspronkelijke uitgever: Headline Publishing Group
Vertaling: Titia Ram
Omslagontwerp: Johannes Wiebel | Punchdesign, München
Omslagbeeld: © Shutterstock
Zetwerk: ZetSpiegel, Best

Voor Carwyn George Bethencourt-Smith

Deel 1

1938-1946

Het parelcollier

1

Oktober 1938-december 1938

De dienstmeid liet tijdens het ontbijt een kipper op Henry's schoot vallen, waarop hij haar voor domme gans uitmaakte en ontsloeg. En ze was ook dom, dat moest Juliet Winterton toegeven: ze was een ongeschoolde, arme meid, jongste van een groot gezin dat in een piepkleine cottage in Maylandsea woonde. Maar Juliet had wel met haar te doen en deed een goed woordje voor haar nadat ze huilend de kamer uit was gerend.

Henry kreeg die valse blik in zijn ogen waaraan ze gewend was geraakt in de drie maanden dat ze nu getrouwd waren. Hij sneed de graat uit de noodlottige vis en zei: 'Wat ben je toch teerhartig, Juliet.'

Ze hield voet bij stuk. 'Ethel kan er niets aan doen. Je maakt haar bang, Henry; ze wordt nerveus van je. Mijn vader heeft me altijd geleerd dat je vriendelijk tegen de bedienden moet zijn, omdat ze minder fortuinlijk zijn dan wij.'

'Je vader was een zot.' Hij maakte met de briefopener een envelop open. 'Als ik het me goed herinner, heeft hij zijn geld verkwanseld en jou berooid achtergelaten. God mag weten wat er zou zijn gebeurd als ik je niet had gered.'

Ze vond het vreselijk om dergelijke woorden over haar vader, die zes maanden daarvoor was overleden, aan te moeten horen. Maar ze had geleerd dat ze Henry zijn zegje moest laten doen, dus hield ze zich bezig met het beboteren van haar toast, die Ethel had laten aanbranden. Ze had geen trek meer, en ze werd misselijk van de vette lucht van de kippers.

Toen zijn bord leeg was, legde Henry zijn mes en vork neer. 'Er komt vanavond iemand dineren,' zei hij. 'Ik heb een brief van Sinclair gekregen.'

Gillis Sinclair was parlementslid en woonde in Londen. Henry was peetvader van Gillis' jongste dochter Claudia en had het regelmatig over hem, maar Juliet had hem en zijn vrouw, Blanche, nog nooit ontmoet.

'Ik zal een kamer laten klaarmaken,' zei ze. 'Komt meneer Sinclair alleen?'

'Ja. Blanche is onwel. Regel maar een kamer in de cottage. Als meneer en mevrouw Sinclair naar Marsh Court komen, overnachten ze altijd in de cottage.'

Henry depte zijn mond met zijn servet en stond op. Henry, zijn broer Jonathan en zus Jane waren allemaal uit hetzelfde hout gesneden en deelden het aantrekkelijke blonde uiterlijk van de familie Winterton, maar Henry was de langste van de drie, en het imposantst. 'Stuur maar een uitnodiging naar Jonny en Helen,' voegde hij eraan toe. 'En naar het echtpaar Barbour. Organiseer maar een feestje.'

Charles en Marie Barbour waren buren van het echtpaar Winterton en woonden op een grote boerderij ten zuiden van Marsh Court. 'Laat me met Ethel praten,' vroeg Juliet op smekende toon. 'Ik zal zorgen dat ze beterschap belooft. We hebben haar nodig vanavond, en je weet hoe moeilijk het is om een andere meid te vinden.'

'Nee.' Hij ontblootte zijn tanden. 'Ik heb gezegd dat ze weg moet.'

Ze zou het niet gaan redden met alleen de hulp van de kokkin, mevrouw Godbold, en een meid die zo oud was dat Juliet elke keer dat ze een trap op liep bang was dat ze ter plekke het leven zou laten. Ze maakte zelf het bed op in de slaapkamer in de kleine cottage op het terrein van Marsh Cottage die dienstdeed als gastenverblijf en troostte zich met de gedachte dat ze Helen en Jonathan die avond zou zien. Jonathan had een milder karakter dan Henry, en tussen haar en Helen, haar schoonzus, begon een vriendschap te groeien.

Na de lunch ging ze naar buiten. De bladeren waren dit jaar vroeg van de bomen gevallen, eraf gerukt door een onstuimige oktoberstorm, en de Japanse esdoorns hadden hun bloedrode pracht op het gazon achtergelaten. Als ze geen ruzie met Henry zou hebben gehad, zou Juliet haar schetsboek hebben meegenomen om te proberen de kleurenpracht van de gevallen bladeren vast te leggen, maar ze was te zeer van streek om te kunnen schilderen. *Je vader was een zot. Als ik het me goed herinner, heeft hij zijn geld verkwanseld en jou berooid achtergelaten. God mag weten wat er zou zijn gebeurd als ik je niet had gered.*

Me geréd, dacht ze. Het natte gras zwiepte tegen haar enkels terwijl ze verder liep. Is dat wat je hebt gedaan, Henry?

De regen had alles gegeven en een bleekblauwe hemel en een vredige stilte achtergelaten. Marsh Court stond op een schiereiland in de Noordzee en werd aan de noordkant ingesloten door het estuarium van de rivier de Blackwater en aan de zuidkant door de Crouch. Het laaggelegen landschap rond het huis was een palet van zachte tinten groen, grijs en bruin en bood een rustgevend aanzicht. Juliet keek naar een zwerm meeuwen boven het water. Met het zonlicht op hun witte borst leken ze zo in de verte een enkel, schitterend organisme.

De tuin liep over in eerst een veld en daarachter een kwelder, zonder hek of heg om het terrein af te bakenen. Het enige andere wat je kon zien, was de bakstenen cottage die in de eeuw daarvoor was gebouwd voor een ongetrouwde Winterton-tante. Hij zou die nacht worden gebruikt door Henry's vriend Gillis Sinclair.

Juliet draaide zich om en keek naar Marsh Court. Decennia van zon en regen hadden de muren en het dak tot taankleurig roze en goud vervaagd, waardoor het pand leek samen te smelten met de omgeving. De drie brede gevelspitsen keken uit over het moeras en de wadden van het estuarium, waar water als strengen metaaldraad door de kreekjes en kwelders was geregen. Openslaande deuren openden op de terrassen, die vol stonden met potten geraniums en waar voor de stoffige glas-in-loodramen bijen rondzoemden. De schoorsteenmantel in de serre was gedecoreerd met rustieke beeldhouwwerken van Adam en Eva, Eva met een dikke buik en parmantig, en Adam met warrig haar, verlopen. In de bijkeuken lagen versleten kegels en slaghouten voor activiteiten waarvan Juliet niet wist hoe ze gedaan moesten worden. In de bibliotheek lag een album vol foto's van de honden van de familie Winterton. Ze zagen er in haar ogen allemaal hetzelfde uit, maar als Henry's zus Jane erin zat te bladeren, verzuchtte ze: 'O, kijk, dat is Lucky! O, en mijn schatje Sally!', waarop haar broers dan glimlachend knikten.

Juliet was op slag verliefd geworden op Marsh Court toen het na haar lange reis van Egypte naar de oostkust van Engeland was opgedoemd uit een zeemist. Toch was drie maanden huwelijk niet genoeg om het gevoel weg te nemen dat ze de rol van vrouw des huizes slechts acteerde, dat het huis nog niet van haar was, dat ze een indringer was, een bedrieger. Ze streek regelmatig met een hand langs een gepolijste trapleuning, of drukte haar gezicht in een flets geworden fluwelen gordijn, alsof dat haar deel van het huis zou maken, deel van de familie Winterton.

Waar het land naar beneden liep, werd het gras ruw, in pollen, en liep het over in het veld erachter. Ze was ondertussen aangekomen op de plek waar de familie Winterton vuren ontstak ter viering van belangrijke familiegebeurtenissen. De vuurplaats was nu enkel een cirkel as.

Juliet begon gevallen bladeren bijeen te rapen en veegde ze op een hoop: goudkleurige eikenbladeren, donkerrode en koraalkleurige tongen kers, gelobde paardenkastanje als bruine, gerimpelde, uitgestrekte handen. Ze trof in haar zak een oud boodschappenlijstje aan: KOUSEN, POSTZEGELS, ASPIRINEPOEDER. Ze maakte er een propje van en stak dat tussen de bladeren. Haar elegante gouden aansteker was van de familie Winterton, een cadeautje van Henry. Ze hield de vlam bij het papiertje tot het brandde en deed een stap naar achteren. Een sliert rook vond een weg omhoog en ze ademde de bijtende, herfstachtige geur in.

Ze zag iets bewegen. Een man liep over het pad langs de voet van het veld. Hoewel het land langs het estuarium niet bij Marsh Court hoorde, kwamen er maar weinig mensen, en de familie Winterton beschouwde het graag als eigendom. Ze had genoten van haar eenzaamheid, van het verbranden van haar droefenis met de dode bladeren, en ze voelde zich nu… niet echt gegeneerd, maar naakt, alsof iemand haar had betrapt bij een activiteit die je normaal gesproken ongezien uitvoert, zoals je tanden poetsen of je haar opsteken.

De man op het pad was lang en had een verende tred. Juliet keek naar hem toen hij het voetpad verliet en richting de vuurplaats kwam lopen. Ze verwachtte dat hij haar de weg zou vragen, of misschien een glas water.

Maar toen de vreemdeling binnen gehoorsafstand was, riep hij: ‘Dan ben jij zeker Juliet. Ik vond het zo intrigerend te horen dat Henry een echtgenote had meegenomen uit Egypte. Ik kon niet wachten je te leren kennen.’ Hij liep op haar af en stak zijn hand naar haar uit. ‘Sorry dat ik je laat schrikken. Ik ben Gillis Sinclair. Ik hoop dat Henry heeft verteld dat ik zou komen.’

Hij had een hoog voorhoofd en expressieve grijsblauwe ogen met rechte wenkbrauwen erboven. Zijn lichte haar krulde een beetje, zijn neus was lang, recht en smal, en zijn mond breed en goed gevormd. Juliet vond hem opmerkelijk aantrekkelijk. Ze nam zijn hand aan en mompelde een begroeting.

Zijn hele gelaat lachte. ‘Ben ik niet wat je je had voorgesteld, mevrouw Winterton? Misschien verwachtte je een politicus van middelbare leeftijd, voortijdig verouderd door staatsaangelegenheden?’

Ze had inderdaad een oudere man verwacht. Henry was zeventien jaar ouder dan zij, en Juliet was ervan uitgegaan dat zijn vriend van ongeveer dezelfde leeftijd zou zijn.

‘Nee hoor,’ zei ze. ‘Aangenaam kennis te maken, meneer Sinclair.’

‘Gillis. Ik hoop dat we ons niet formeel hoeven te gedragen.’

‘Noem me dan vooral Juliet. Gillis is een ongebruikelijke naam.’

‘Hij is Deens. Mijn moeder komt uit Kopenhagen.’

‘Spreek je Deens?’

‘Een beetje. Sorry dat ik zomaar je tuin in ben komen lopen. Mijn auto staat in Maldon; de uitlaat wordt gerepareerd. Dat ellendige ding heeft de hele weg uit Chelmsford zwarte rookwolken uitgestoten. Iemand van de garage heeft me een lift aangeboden, maar ik had zin in een wandeling. Ik vind het heerlijk om door het estuarium te lopen.'

Zijn blik rustte op haar terwijl hij sprak. Ze vroeg zich af wat het was in een glimlach, een blik, dat je tegelijk zo'n ongemakkelijk en toch juist springlevend gevoel kon geven, alsof je eerst in de schaduw leefde en nu ineens het schitterende zonlicht in bent gelopen.

Ze zei: 'Wat naar dat je vrouw niet in orde is.'

'Arme Blanche. Ze denkt dat ze door de kinderen is aangestoken. Ik blijf zo veel mogelijk bij ze uit de buurt.'

Dat zei hij met een twinkeling in zijn ogen. Ze had nog steeds moeite met de Engelse gewoonte het ene te zeggen en het tegenovergestelde te bedoelen. Ze was bang dat het haar oersaai gezelschap maakte.

Het vuurtje was gedoofd tot robijnrode sintels met witte randjes. Ze gingen op weg naar het huis en ze vroeg Gillis hoe oud zijn dochters waren.

'Flavia is vier en Claudia is... even rekenen... twee.'

'Wat heerlijk.'

'De volgende keer dat ik kom, zal ik ze meenemen. Je vindt ze vast schattig.'

'Dat zou ik leuk vinden.'

'Henry heeft verteld dat jullie elkaar in Cairo hebben leren kennen. Ben je daar geboren?'

Juliet schudde haar hoofd. 'Nee, ik ben in Engeland geboren, maar mijn vader reisde veel. Ik heb Henry twee weken na mijn vaders dood leren kennen.'

'Wat moeilijk voor je.' Hij keek van opzij naar haar terwijl ze het gazon op liepen. 'Het is altijd zwaar om een ouder te verliezen. En Henry, hoewel ik innig van hem hou, is niet de gemakkelijkste.'

Juliet's vader, Alexander Capel, sprak zes talen vloeiend en was in staat zich elke nieuwe taal opmerkelijk snel eigen te maken. Hij was egyptoloog en had daarnaast Grieks gestudeerd, had op zijn eenentwintigste ruzie gekregen met zijn ouders, had Engeland verlaten en de rest van zijn leven in verschillende landen in het oostelijke Middellandse Zeegebied doorgebracht. Haar moeder was overleden toen Juliet twaalf was, uitgeput door een slechte gezondheid en het dwalende bestaan. Het gemis had Juliet met een gebroken hart achtergelaten. Ze had er tot dat moment geen moeite mee gehad dat ze zo vaak verhuisden. Haar moeder had van elk huis een thuis gemaakt, maar Juliet voelde zich na haar overlijden ontheemd en ontworteld.

Zij en haar vader verhuisden op haar zeventiende naar Cairo. In eerste instantie huurden ze een appartement in Zamalek, een wijk met straten vol bomen en ruime villa's. Ze hadden één bediende en aten in restaurants. Juliet nam tekenlessen en haar vader werkte als vertaler voor de Britse ambassade. Hun vrienden waren het soort vrienden dat ze altijd hadden: een mengeling van nationaliteiten, onder wie schrijvers, intellectuelen en kunstenaars. Ze vond de lange, ontspannen diners met gesprekken die nooit voor middernacht eindigden heerlijk, net als de koele vroege ochtenden en de inktzwarte schaduwen die zich in de eeuwenoude straten vormden.

Toen zijn gezondheid verslechterde en haar vader niet meer kon werken, verhuisden ze naar een kleiner appartement in het zuidelijke deel van het eiland Gezira. De bediende werd ontslagen en Juliet ging zelf het huishouden doen en koken. Ze verdiende wat geld als metgezel en brievenschrijver voor een Franse dame op leeftijd (ze was enkele jaren secretaris van haar vader geweest) en gaf drie verwende Engelse schoolmeisjes tekenles. Haar vader dronk goedkope sterkedrank om de pijn te verzachten. Hij had altijd een uitgesproken bewondering voor de Arabische cultuur gehad en begon een smoezelige djellaba met een fez te dragen en ruzie te zoeken met zijn Britse kennissen, die steeds minder vaak op bezoek kwamen. Juliet vermoedde dat ze dachten dat hij moslim was geworden.

Zes maanden voor zijn dood nam zijn redacteur, een Fransman – Alexander Capels historische monografieën genoten bescheiden populariteit in de Franssprekende wereld – haar mee uit eten.

Jean-Christophe waarschuwde haar dat er een oorlog ophanden was en dat zij en haar vader Cairo moesten verlaten. De Italiaanse overwinning in Abessinië, ten zuiden van Egypte, was een van de eerste bewegingen in het conflict dat aanstaande was en dat, zo legde hij haar kalm uit, een onuitsprekelijke hel zou worden. Hij had geprobeerd er met haar vader over te spreken, maar die had niet geluisterd. Zij moest hem overhalen.

Het gesprek ging over op lichtere onderwerpen. Ze hadden een aangename avond, Jean-Christophe nam haar mee naar zijn villa aan de Abou el Feda-straat en bedreef de liefde met haar. Ze liet zich verleiden omdat ze zo'n behoefte had aan troostrijke menselijke aanraking. Hij was een lieve en gevoelige minnaar en deed haar geloven dat ze mooi was. Ze werd verliefd op hem en voelde zich vreselijk toen hij een maand later terugkeerde naar zijn *château* – en zijn vrouw en kinderen – aan de Loire.

Juliet verkocht naarmate haar vaders ziekte verergerde hun waardevolle bezittingen om de benodigde morfine te kunnen betalen. Zijn lijdensweg duurde vreselijk lang en was afgrijselijk om aan te zien, en ze was de laatste weken niet in staat hem enige leniging te bieden, waardoor ze na zijn dood met een gevoel van falen achterbleef dat ze maar niet van zich af wist te schudden.

Toen ze de dringendste schulden van haar vader had afbetaald, was het geld helemaal op. Het was zomer en het weer was ondraaglijk heet. Ze had het nooit echt fijn gevonden in Cairo, een luidruchtige, schreeuwerige en heimelijke stad, maar ze had geen idee waar ze anders naartoe moest en zou hoe dan ook geen vervoersbewijs kunnen betalen om ergens anders heen te gaan. Ze haalde op zoek naar muntgeld keer op keer haar hand door de zakken van alle kleding en verstopte zich in het geblindeerde appartement als de huisbaas aanklopte voor de huur.

Ze was alleen, had geen geld en was bang dat ze het niet zou redden. Er sliepen een heleboel mensen van betere komaf dan zij op de stoepen van Cairo. Ze lag 's nachts niet alleen wakker van de hitte en het verdriet, maar ook van eenzaamheid, schuldgevoel en het gevoel verlaten te zijn. Het lukte haar niet meer iets anders te voelen dan afgrijzen over het verleden en angst voor de toekomst. Ze was negentien en haar hart voelde uitgedroogd. Haar verlangen naar liefde was nog sterker dan haar honger naar de suikerzoete lekkernijen die langs de weg in kraampjes werden verkocht.

Ze besloot haar laatste bezitting van waarde te verkopen, een parelcollier dat haar vader van een rijke handelaar in Aleppo had gekregen. Alexander Capel had de zes zoons van de man Engels leren spreken en had teksten uit het Aramees voor hen naar modern Arabisch en Engels vertaald. Haar vader had haar dat collier op haar vijftiende verjaardag gegeven. Ze was er in eerste instantie niet blij mee geweest, had het ouderwets en zwaar gevonden, maar ze was er ondertussen vreselijk aan gehecht geraakt en was de magie van de drie strengen glanzende, grote, ronde groengouden parels gaan waarderen. Het waren zoutwaterparels, gevormd in een vulkanische atol in de Stille Oceaan, gezet in geel goud, en tussen elke twee parels zat een diamantje.

Henry Winterton liep de winkel binnen toen de juwelier, die ongetwijfeld aanvoelde hoe wanhopig ze was, probeerde haar af te kopen met een schandalig laag bod. Henry kwam tot Juliets verbijstering direct met een tegenbod, dat veel hoger was. Henry stelde zich aan haar voor terwijl de juwelier zijn protest kenbaar maakte.

'Ik heb een juwelierszaak in Londen,' zei hij. 'Winterton's, aan Bond Street. Kent u hem, juffrouw...?'

'Capel,' zei ze. 'Nee, jammer genoeg niet.'

'Maar u neemt mijn aanbod aan?'

Ze greep het, aangezien het haar de gelegenheid gaf de winkelier te weigeren en omdat het een heel gul bod was, met beide handen aan. Maar het voelde wel raar, alsof ze instemde met iets anders dan het ruilen van een parelcollier voor geld.

Toen ze de winkel uit liepen, zij met een cheque van Henry Winterton in haar handtas, stak hij het groenleren doosje met daarin de parels naar haar uit. 'Wilt u ze voor me in bewaring nemen?' vroeg hij. 'Ik ben nog twee weken in Cairo. U kunt ze voor mijn vertrek terugbrengen.' Toen ze probeerde te weigeren, voegde hij toe: 'Ze verliezen hun glans als ze niet worden gedragen. Ik verblijf in het Shepheard's Hotel. Ik nodig u uit vanavond met me te dineren, dan kunnen we afspreken wanneer u het collier terugbrengt. Ik verleid nooit onschuldige schoolmeisjes, als dat is waar u zich zorgen om maakt. Zeg maar waar u verblijft, dan laat ik u om acht uur ophalen. En draag het collier. Het is een opmerkelijk mooi stuk.'

Henry trakteerde haar die avond en twee weken daarna elke avond. Juliet inde zijn cheque niet; ze deed hem in een cederhouten doosje in haar slaapkamer en keek er nu en dan naar.

De armzaligheid van haar dagen stond in groot contrast met haar avonden in het Shepheard's Hotel. Om acht uur werd ze opgehaald en ernaartoe gereden. Dan zat Henry op haar te wachten aan een tafel in de Moorse eetzaal. De eerste avond voelde ze zich niet op haar gemak en kon ze geen woorden vinden, dus vulde hij de stiltes die vielen. Hij vertelde dat zijn oudovergrootvader in de jaren vijftig van de vorige eeuw in Colchester de eerste winkel van de familie Winterton had geopend. Dertig jaar later had de familie aan Bond Street een tweede pand gekocht. Hij legde uit dat er een speciale Winterton-slijping was en schetste met zijn grote, elegante handen de vorm, die een diamant uitzonderlijk deed schitteren. Hij reisde jaarlijks meermalen naar het buitenland om ruwe diamanten aan te schaffen, maar kocht dan enkel de allerbijzonderste exemplaren. Zijn blik rustte op haar collier terwijl hij sprak.

Toen vertelde hij haar over zijn familie. Zijn zus Jane was getrouwd met Peter Hazelhurst, een chirurg, en ze hadden een tweeling, Jake en Eliot, en een dochtertje, Gabrielle. Henry's jongere broer Jonathan was zijn partner in het familiebedrijf. Henry deed de financiën en kocht juwelen in, en Jonathan regelde de personeels- en dagelijkse zaken in de winkels. Beiden hielden zich bezig met de creatie van nieuwe stukken; ze hadden allebei oog voor de kenmerkende Winterton-combinatie van extravagantie en elegantie. Jonathan en zijn vrouw woonden in Maldon, in Essex, in het oosten van Engeland, maar zes kilometer van Henry's huis, Marsh Court.

Juliet stelde zich Marsh Court voor als een vochtige, donkere plek. Dat was in de snikhete zomer in Cairo een aanlokkelijke gedachte. Ze merkte op dat hoewel Henry liefdevol over zijn familie sprak, hij er genoegen in schepte om ook hun tekortkomingen en zwakke kanten te benadrukken: Jonathans besluiteloosheid en Janes moderne opvoedkundige methodes.

Drie avonden voordat Henry uit Cairo zou vertrekken, vroeg hij haar ten huwelijk.

'Nou?' blafte hij tegen haar toen ze, helemaal verbluft, niet direct antwoordde. 'Heb je daar niets op te zeggen?'

In de paniek die door haar heen stroomde, volgde ze de aanwijzingen die ze kende uit de negentiende-eeuwse romans die ze zo graag las: 'Ik voel me enorm vereerd...'

'Ik probeer je niet te veréren. Of te vleien. Zo ben ik niet.'

Toen somde hij de voordelen van een huwelijk met Henry Winterton op. Hij was zesendertig, zeventien jaar ouder dan zij, en zou haar en eventuele kinderen dus moeiteloos kunnen onderhouden. Hij begaf zich graag onder de society en had een appartement in Londen, dus ze hoefde zich geen zorgen te maken dat ze zich zou vervelen of een onzeker bestaan zou leiden. Ze zou deel van zijn familie zijn. Ze zou een huis hebben.

Juliet, die al verliefd op hem was, verlangde daar zo naar. Henry Winterton was aantrekkelijk, zelfverzekerd en intelligent, en hij was gul voor haar geweest. Een huwelijk zou in zo veel opzichten al haar problemen oplossen. Maar hij had niet tegen haar gezegd dat hij van haar hield.

Hij reikte over tafel en pakte haar hand. 'Ik ben bang dat je geen tijd hebt om te aarzelen. Ik heb dringende zaken in Londen die mijn onmiddellijke aandacht behoeven.' Zijn stem werd zachter. 'Juliet, ik wil je hebben.'

Niet 'ik hou van je,' of 'ik adoreer je,' maar 'ik wil je hebben.' Ze ontdekte dat het iets heel krachtigs was om gewild te worden, om het voorwerp van iemands verlangen te zijn. Het betoverde je, nam bezit van je. Ze hielp zichzelf eraan herinneren dat heel veel Britten het moeilijk vonden om over liefde te spreken, en ze wist zeker dat de vurigheid in Henry Wintertons ogen alles overbracht wat ze hoefde te weten.

Een week later trouwden ze op het ministerie van Justitie. Ze brachten hun huwelijksnacht door in het Shepheard's Hotel. Voordat ze in haar nachtjapon de badkamer uit liep aarzelde ze, bang de deur te openen. Maar het was heel snel achter de rug en lang niet zo erg als ze had verwacht. Henry was een daadkrachtige minnaar en zijn trots verlangde dat zij net zo genoot als hij. Jean-Christophe had gezorgd dat ze niet helemaal onervaren was, en als Henry dat opmerkte, zei hij er niets over.

Ze voeren de volgende dag af richting Engeland. Na tussenstops in Valletta en Gibraltar verlieten ze in Dieppe het schip en stapten op de trein naar Parijs. Daar schafte Juliet bij het House of Worth haar uitzet aan. Henry had haar geïnstrueerd vier avondjurken te bestellen. Assistenten rolden balen stof uit op de balie, en na een uur van aangenaam overleg koos ze voor een zwarte, een roze en een rode.

Over die vierde kon ze maar niet beslissen. De assistente, een piepkleine, elegante vrouw van in de zestig, stelde een eenvoudige japon in ecru voor met een zwart lint dat langs de zoom en halslijn was geweven. Juliet zei dat de kleur haar flets zou maken, met haar vale teint en golvende donkerblonde haar, waarop de assistente reageerde met een minachtend sissend geluid. Juliet stemde geïntimideerd in. Zes weken later arriveerde de doos met de vier jurken, ingepakt in tissuepapier met een satijnen lint eromheen, op Marsh Court.

Ze droeg die avond bij het diner het parelcollier met de ecru japon. Het collier kwam het beste uit op een eenvoudige ondergrond. Toen ze in de spiegel keek, zag ze dat de glans van de parels de warme tonen in haar teint accentueerde. Haar wangen waren nog roze van haar middag in de tuin. Ze drukte haar gezicht in haar handpalmen en snoof de rook op die in haar huid was getrokken, en ze dacht terug aan Gillis Sinclair die uit het moeras op haar af was komen lopen.

Henry was vast nog kwaad op haar, want toen ze de salon in liep, zei hij: 'Daar ben je. Ik begon al te denken dat ik je als verloren moest beschouwen. Ik dacht dat je naar de rivier was om nog meer van die achterlijke eenden te redden.' Toen wendde hij zich tot Jonathan en Helen en Charles en Marie Barbour, die op sofa's rond de open haard zaten. 'Juliet is vreselijk weekhartig. Als ze de kans zou krijgen, zou ze het huis vullen met klaplopers en zotten.'

'Je zou niet met een harde vrouw getrouwd willen zijn, Henry.' Gillis Sinclair stond in de schaduw bij de boekenkast. Hij draaide zijn hoofd naar Juliet. 'Mevrouw Winterton, mijn complimenten; je ziet er betoverend uit. Henry, gefeliciteerd dat je zo'n schat hebt gevonden.'

'Pff,' zei Henry met een opgekrulde bovenlip. 'Ik haat goedgelovigheid. Het is een kwaliteit die doorgaans wordt geïnterpreteerd als vriendelijkheid, terwijl het in feite gewoon domheid is.'

'Medeleven kunnen voelen is geen slechte eigenschap.'

'Ik weet zeker dat jij heel goed bent in veinzen dat je dat kunt, Sinclair, als dat jou zo uitkomt.'

Juliet was dankbaar dat de aandacht niet meer op haar was gericht en ging bij Helen en Jonathan zitten. Ze vond het vreselijk als Henry zo'n vileine bui had en zich concentreerde op de tekortkomingen van zelfs de mensen die hem het liefst waren. Ze vermoedde dat meneer en mevrouw Barbour er ook zo over dachten; ze zaten met neergeslagen blik naar hun drankje te staren. Jonathan en Helen waren zo te zien in het geheel niet aangedaan. Ze hadden dergelijke scènes vast al ontelbare malen eerder meegemaakt. Juliet had bovendien ontdekt dat zelfs de minzaamste leden van de familie Winterton genoten van onenigheid.

Ze was een beetje bang dat Gillis aanstoot zou nemen aan Henry's woorden, maar in plaats daarvan keek hij Henry met een vriendelijke glimlach aan. 'Je hebt helemaal gelijk. Een beetje hypocrisie is me niet vreemd, als dat zo uitkomt.'

'Gillis heeft tenminste een hart,' poneerde Jonathan. 'Ik heb altijd al het vermoeden dat hetgeen bloed rondpompt in de aderen van mijn broer is gemaakt van een ondoordringbare steensoort.'

Henry glimlachte zuinigjes. 'Maar ja, jij bent zelf dan ook verre van ambitieus, hè, Jonny?'

Henry deed af en toe een beetje denken aan een jaloerse vierjarige die zijn broertje plaagt met sluwe steken onder water. Die laatste opmerking was meer dan een beetje onvriendelijk. Henry was in de familie degene die geld verdiende, en het was Henry geweest, niet Jonathan, die van een ouderwetse, traditionele juwelierszaak het succesvolle, moderne Winterton's had gemaakt.

Jonathan erkende Henry's woorden door zijn glas op te steken. Henry had zijn punt gemaakt en wendde zich tot Gillis.

'Dus je geeft toe dat je ambitieus bent.'

'Dat is een noodzakelijk ingrediënt voor succes.'

'Ambitie en hypocrisie gaan hand in hand, denk je ook niet?'

'Als je impliceert dat je om politiek te bedrijven een bepaalde vaardigheid tot huichelarij moet hebben, ben ik het niet met je oneens.'

'Wat oprecht van je,' zei Henry op sarcastische toon.

'En als ik je op een aantal bescheiden, nederige parlementsleden zou wijzen...'

'Dan zou ik zeggen dat ze de grootste leugenaars van het hele stel zijn.'

Gillis keek in het vuur, maar Juliet zag de glimlach die zijn mondhoeken omhoogtrok. 'Dus als ik je zou vertellen dat ik onder dit toegegeven aantrekkelijke uiterlijk bescheiden en nederig ben...'

Henry begon te bulderen van het lachen en gaf Gillis een mep op zijn schouder. 'Arrogantie past bij je, beste kerel, je moet je er niet voor schamen.' Toen begon iedereen te lachen.

Kort daarna kwam de meid aankondigen dat het diner werd geserveerd. Juliet zag aan tafel hoe behendig Henry door Gillis in een betere gemoedstoestand werd gelokt. Henry tolereerde van zijn vriend goedbedoelde plagerijen waarop hij tegen ieder ander met sarcasme of chagrijn zou hebben gereageerd. Henry liet naarmate het diner vorderde steeds meer zijn aantrekkelijkste kant zien en werd charmant en amusant, een geweldige gastheer. Gillis op zijn beurt was hoffelijk, opgewekt en onverstoorbaar, een heerlijke gesprekspartner die overal een vermakelijk verhaal van kon maken. Juliet vond dat Blanche Sinclair het vreselijk had getroffen met een echtgenoot die zulk aangenaam gezelschap was.

Ze vroeg zich af of de vriendschap tussen de twee mannen was gevormd door wat ze gemeen hadden: hun scherpzinnigheid en goedgeïnformeerde intelligentie, hun gevatheid en goede geheugen, maar ze concludeerde meer naar het einde van de avond dat ze de verschillen juist op prijs stelden. Ze vermoedde dat Henry het waardeerde dat Gillis zijn galgenhumor negeerde en dat dat hem de kans gaf te genieten van het steekspel van ongebreidelde discussies. Wat de basis van hun affectie voor elkaar ook was, Gillis haalde het beste in Henry naar boven, en daar was ze hem dankbaar voor.

De eetkamer van Marsh Court had een warme en comfortabele waardigheid. Kaarslicht schitterde op het kwetsbare oude porselein, de glazen van Boheems kristal en het Georgische zilverwerk, en de donkerrode damasten gordijnen hielden de nacht buiten. Het gesprek ging eerst over schieten en jagen, en Henry's recente aankoop van zes kisten Franse wijn. Juliet had geen verstand van deze onderwerpen en zei weinig, en ze mengde zich pas in de conversatie toen die over een serie concerten in Wigmore Hall ging. Ze had altijd graag naar muziek geluisterd, die de kracht had haar geluk te intensiveren en haar verdriet te lenigen. Zowel Jonny als Jane Winterton was een begenadigd pianist en ze vond het heerlijk hen te horen spelen.

Ze moest tijdens het diner bewust de richting van haar blik aanpassen om te voorkomen dat hij steeds naar Gillis Sinclair ging. Ze voelde zich door hem aangetrokken en betrapte zichzelf er steeds op dat ze naar de ronding van zijn mond en de contouren van zijn kaaklijn zat te staren. Ze merkte op hoe vloeiend zijn uitdrukking heen en weer schoot tussen vrolijkheid en melancholie en hoe zijn blauwe ogen sprankelden bij een gevatte grap en verdrietig werden als het onderwerp somberder was. Hun blikken kruisten een keer, en toen was zijn glimlach naar haar uitnodigend, bijna samenzweerderig. Ze probeerde daarna niet meer naar hem te kijken.

De politieke gebeurtenissen van de laatste twee maanden hingen zo zwaar in de lucht dat het niet anders kon dan dat er over de recente gebeurtenissen in München werd gesproken. Omdat Gillis Sinclair parlementslid was, en op de leeftijd van eenendertig tevens al staatssecretaris, beschouwde iedereen hem als iemand met toegang tot belangrijke informatie. Charles Barbour vroeg hem of hij verwachtte dat Hitler zich aan de beloftes zou houden die hij de maand daarvoor in München had gedaan. De opluchting en dankbaarheid omtrent de terugkeer uit Duitsland van de premier, Neville Chamberlain, die een garantie voor vrede had geleken in ruil voor het verlies van Sudetenland door Tsjecho-Slowakije, was al snel verzuurd en had plaatsgemaakt voor een sfeer van schuldgevoel en bezorgdheid. Juliet was niet vergeten dat haar Franse minnaar haar had gewaarschuwd dat de komende oorlog een hel zou worden. Ze hoopte dat ze veilig zou zijn op Marsh Court.

'Natuurlijk gaat hij zich niet aan zijn belofte houden,' zei Gillis. 'Ieder weldenkend mens weet dat.'

'Dus al die kruiperij in München, met zijn paraplu in de hand, was zinloos.'

'Niet helemaal. En we hebben er tijd mee gewonnen, die we heel hard nodig hebben om ons militaire apparaat op te bouwen.' Gillis zag er kwaad uit. 'We hebben veel te weinig vliegtuigen. We hebben niet eens onderdelen om onze schepen te repareren.'

'Misschien hebben we tijd om blijvende vrede te garanderen,' mompelde Helen.

Gillis schudde zijn hoofd. 'Nee, Helen, ik ben bang van niet.'

'We hadden het net al over de arrogantie van politici,' zei Jonny geïrriteerd. 'Had Chamberlain een groter teken van arrogantie kunnen tentoonspreiden dan te geloven dat hij Hitler van gedachten zou kunnen doen veranderen?'

Kort daarna gingen de dames van tafel, de heren achterlatend met hun cognac en sigaren. Toen Marie Barbour haar neus aan het poederen was, greep Helen Juliets hand vast.

'Ik wil het je al de hele avond vertellen: ik verwacht een baby!'

'Helen, wat geweldig! Ik ben zo blij voor je!' Juliet omhelsde haar. Ze wist dat Helen en Jonny al een paar jaar een kind probeerden te krijgen.

Helen vertelde dat de baby in maart werd verwacht. Ze slaakte een zucht van geluk. 'Ik kan niet wachten tot ik eruitzie als een olifant en weet dat ik snel mijn eigen baby'tje in mijn armen zal hebben.'

Helen was lang en dun en was niet geïnteresseerd in de laatste mode of haardracht. Ze droeg die avond een eenvoudige olijfgroene wollen japon en haar dikke kastanjebruine haar probeerde aan alle kanten te ontsnappen uit de chignon waarin ze het had geprobeerd te bedwingen. Juliet bedacht hoe prachtig ze eruitzag, met haar heldere lichtbruine ogen en haar gezicht dat straalde van geluk.

Marie kwam terug de kamer in en er werd niet meer over de zwangerschap gesproken. Hoewel de drie vrouwen probeerden het ergens anders over te hebben, kwam het gesprek al snel weer terug op de politieke situatie. Helen vertelde dat ze bang was dat Jonathan zou worden opgeroepen voor militaire dienst. Maries echtgenoot Charles was zwaargewond geraakt tijdens de Grote Oorlog en zou worden vrijgesteld. Juliet vroeg zich voor het eerst af wat er met Henry, en het familiebedrijf, en Marsh Court, zou gebeuren als er oorlog zou uitbreken.

Het geluid van mannenstemmen doorbrak de intimiteit van de drie vrouwen. 'Het is een heldere avond,' zei Jonathan terwijl hij de deur open zwiepte. 'We gaan naar de sterren kijken. Komen jullie ook?'

Henry had een klein observatorium voor zijn telescoop bij het huis laten plaatsen. Juliet deed het elektrische licht uit en iedereen trok zijn jas aan en ging naar buiten. Het gras kraakte van de kou en sterren hingen in de donkere hemel als zandkorrels op een zwarte tegelvloer.

Ze stonden rillend met hun kraag omhoog en wolkjes koude lucht ontsnapten uit hun mond terwijl ze om beurten door de telescoop tuurden. Juliet bemerkte na een tijdje dat ze een stukje van de anderen was afgedwaald. Ze hoorde voetstappen; ze draaide zich om en zag Gillis Sinclair.

Hij glimlachte naar haar. 'Wat een heerlijke avond, Juliet.'

'Ik ben zo blij dat je bent gekomen. Henry keek er vreselijk naar uit.'

Er viel een stilte en ze keken omhoog naar de sterren. Toen zei hij plotseling: 'Je moet hem van repliek dienen. Sorry dat ik het zeg, maar dat is wat Henry wil, iemand die hem van repliek dient.'

Ze kromp ineen van het medelijden dat ze in zijn stem hoorde. Het voelde vernederend. En hoewel hij het goed bedoelde, wist ze dat hij het mis had. Henry had respect voor mannen die hem van repliek dienden, dat was waar. Maar Juliet had al aan den lijve ondervonden dat hij in een vrouw geen opstandigheid tolereerde.

Ze liepen zij aan zij terug naar het huis. Het rook naar herfstbladeren en de organische geur van de rivier, maar er hing die avond ook nog iets anders in de lucht: de naderende winter.

Henry bood aan voor haar twintigste verjaardag een armband te laten maken. Juwelen knipoogden vanuit hun glazen toonkasten naar Juliet in de ingetogen, geraffineerde weelde in de winkel aan Bond Street. Colliers lagen gekruld in blauwfluwelen bedden en edelstenen zo groot als druiven nestelden zich in de gouden omhelzing van een ring.

Je zag Henry's perfectionisme terug in de winkel. De inhoud van de vitrines was secuur gearrangeerd; een personeelslid controleerde elke dertig minuten of er geen vingerafdrukken op de glazen ruiten stonden en of er geen stofjes op het koningsblauwe tapijt lagen. Een assistent bood Juliet een stoel aan. Iemand anders bracht champagne en een schaaltje gezouten noten.

Henry vroeg Juliet naar welke edelsteen haar voorkeur uitging.

'Smaragd,' zei ze. Ze was dol op het levendige groene licht.

Hij bestudeerde haar terwijl ze in haar stoel zat en probeerde nergens aan te friemelen. 'Nee,' zei hij. 'Het wordt een armband met aquamarijn.'

Ze probeerde uit alle macht te voorkomen dat ze zou gaan blozen. Ze wist dat Henry's manager en assistenten meeluisterden. Tranen prikten achter haar oogleden. Ze richtte haar blik steels op het dienblad met edelstenen op de toonbank.

Henry verwachtte dat ze twee of drie keer per maand met hem meereisde naar Londen. Ze sliepen dan in het appartement boven de winkel aan Bond Street, waar Henry's Londense personeel ook verbleef: een kok, een meid en een butler. Hij ontving het liefst in Londen en nodigde alleen zijn beste vrienden op Marsh Court uit.

Aan het einde van elke avond beoordeelde Henry nauwgezet het karakter van alle gasten, waarbij hij hun dommigheden en eigenwaan tegen het licht hield. Juliet haatte deze ontleding van ook maar de geringste tekortkomingen van hun kennissen. Geen enkele menselijke excentriciteit of ijdelheid ontsnapte aan zijn spot. Ze vond zijn behoefte al het opschepperige of schaamtevolle in iedereen bloot te leggen vermoeiend en ontmoedigend. Ze zocht zelf juist het liefst naar de mooie eigenschappen in mensen.

Ze ontdekte dat Henry niets liever deed dan de fouten in anderen benoemen. Hij greep gretig elke gelegenheid aan te beginnen over een morele zwakte, inschattingsfout of onwetendheid over alles wat maar belangrijk was voor de familie Winterton – muziek, kunst en het plattelandsleven – en maakte alles met smaak belachelijk. Henry had haar verlangen naar een smaragd geïnterpreteerd als uiting van hebzucht en had haar ervoor gestraft door haar in het bijzijn van zijn personeel te vernederen. Ze had toen nog niet geweten dat de mooiste smaragden duurder zijn dan diamanten. Ze had eenvoudigweg een edelsteen genoemd die ze mooi vond.

Ze leerde en leerde. Ze maakte nooit twee keer dezelfde fout. Ze leerde zichzelf alles wat ze maar kon zodat ze Henry geen gelegenheid zou geven haar te bekritiseren. Als ze in Londen waren bezocht ze musea en tentoonstellingen. Ze had een hongerige geest. Ze ontdekte tijdens de lange wandelingen door de hoofdstad dat Londen, ondanks de verschillen in taal en klimaat, veel overeenkomsten had met Cairo. Schrijnende armoede en protserige weelde bestonden er naast elkaar. Je kon als je goed om je heen keek in de straten in het West End, waar stellen dineerden in glinsterende restaurants en waar taxi's lachende jonge minnaars naar glamourvolle nachtclubs brachten, een ander Londen zien. Ze ging muntgeld in haar zak bewaren om aan de mannen te geven die in hun smerige, armoedige kleding schuilden in portieken, met een bord naast zich dat uitlegde dat ze werkloze oorlogsveteranen waren. Haar problemen leken onbelangrijk vergeleken bij die van hen, en als ze haar muntgeld in hun tinnen beker deed, voelde ze zich neerbuigend en verwend.

Tijdens de crisis in München waren er greppels in de parken gegraven en zandzakken op elkaar gestapeld bij overheidsgebouwen. Ze lagen er nog en de straten van Londen kregen er een afwachtende en angstige sfeer van. Het drong op een avond tijdens een diner met Gillis en Blanche Sinclair met een schok tot Juliet door dat zelfs Henry – de pessimist, de realist – had gehoopt dat Gillis beter nieuws over de internationale situatie zou hebben. Maar dat was niet het geval, en hij sprak tot zijn vrouw zijn blik ving enkel over de moorddadige aanvallen op Joden in Duitsland en het gebrek aan diplomatie. Blanche, tenger gebouwd en een schoonheid met zwart haar en een bleke huid, hielp haar echtgenoot eraan herinneren dat het een aangenaam avondje uit moest zijn, waarna er niet meer over politiek werd gesproken.

In de middagen liep Juliet met haar waterverf en ezel langs de Blackwater, waar ze probeerde de sfeer van de rivier in haar schetsboek te vangen. Als het tij keerde haastte het zich uit het estuarium en legde glanzende grijsbruine wadden bloot. Dobberende bootjes voeren dan met een vaartje weg, en zeevogels en takjes werden meegevoerd door de stroming.

De eilandjes in het estuarium leken op het water te drijven als boten met een platte bodem. Thorney Island, stroomafwaarts van Marsh Court gelegen, was aan het vasteland verbonden met een opgehoogd pad, een fragiel lijntje dat er soms wel en soms niet was. Juliet voelde zich als ze over het verhoogde pad naar het eilandje wandelde alsof ze door de buik van de rivier liep. Glinsterend bruin wier kleefde aan de stenen; ze ademde de rijke geur van modder en verrotting in terwijl de laaghangende zon zijn stralen in de doorweekte, instabiele grond om haar heen stak.

Ze trof op het eilandje een groepje bomen, een smal weggetje, wat velden en een huis aan, met daarachter land dat in stukjes werd opgedeeld door kriskras lopende kreekjes en geulen, nauwelijks vaste grond. Het huis was klein en zag er goed verzorgd uit. Asters verbruinden in de bloembedden en het grasveld was netjes gemaaid.

Wie, vroeg ze zich af, zou ervoor kiezen om op zo'n desolate, ongrijpbare plaats te gaan wonen? Ze stond bij het pad naar het huis en stelde zich voor hoe het water zou stijgen, over de velden zou stromen en de tuin onder water zou zetten, de bloembedden en het gazon zou onderdompelen en door de deuren en ramen zou stromen.

Ze draaide zich om en haastte zich terug naar het opgehoogde pad voordat het tij zou opkomen. Toen ze het vasteland weer had bereikt, slaakte ze een zucht van opluchting.

Als ze ruzie hadden, vroeg ze zich af wat Henry had gedacht toen hij haar voor het eerst had gezien bij die juwelierszaak in Cairo. Ze zou het vreselijk vinden te moeten denken dat hij haar had gered, zoals hij beweerde. Ze zou het vreselijk vernederend vinden om een object van medelijden zijn. Maar Henry was niet in staat medelijden te voelen. Dus dat kon het niet zijn geweest.

Haar spiegel, en de manier waarop mannen naar haar keken, vertelden haar dat ze op een bepaalde manier aantrekkelijk moest zijn. Alle leden van de familie Winterton bewonderden mooie dingen en zouden iets wat lelijk of gewoontjes was niet in hun midden toelaten. Henry had haar en haar parelcollier gezien en had uit hun gesprekken in het Shepheard's Hotel afgeleid dat ze niet ongecultiveerd was. Misschien had hij het een aanlokkelijke gedachte gevonden dat zijn terugkeer in Engeland met een onbekende jonge bruid zou worden begroet met ontzetting en jaloezie. Of misschien had ze hem kneedbaar geleken, een vrouw die hij kon vormen tot wie hij maar wilde.

Maar hij had niet van haar gehouden. Dat begreep ze ondertussen. Ze hoefde alleen Jonathan en Helen maar samen te zien om te weten hoe anders een huwelijk kon zijn. Als zij dansten, rustten Jonny's handen licht op Helens schouders, en nu en dan streelde zijn duim langs haar hals in een teder gebaar dat zo overduidelijk welbekend en geoefend was dat Juliet als ze het zag een steek van pijn voelde. Het was niet dat ze hun hun relatie beneed – daarvoor hield ze veel te veel van hen – maar ze wenste zo vurig dat Henry en zij ook maar een fractie van hun intimiteit zouden kennen.

Ze vroeg zich af of voor een bepaald type man – een man als Henry – naar iemand verlangen, haar seksueel willen, de emotie was die het dichtst bij liefde kwam. Maar voor haar was dat niet genoeg. Het vervulde haar met schrik dat ze de rest van haar leven zonder liefde zou leven, en ze huilde 's nachts stille tranen in haar kussen.

Ze stelde zich wel eens voor hoe het zou zijn om een koffer in te pakken en de trein van Maldon naar Londen te nemen. Ze zou haar parels verkopen – hoewel Henry daar de rechtmatige eigenaar van was – en een kamer in een pension huren. Ze zou werk vinden zodat ze zou kunnen leven. Ze zou arm, maar vrij zijn. En Henry zou uiteindelijk instemmen met een scheiding.

Toen, op een ochtend bij het ontbijt, nadat de meid Henry's kippers had geserveerd, haalde ze het niet op tijd naar de badkamer. Ze braakte over haar jurk en de snee toast die ze had proberen te eten. De meid zag eruit of ze ook zou gaan overgeven, maar Henry, die geen zwakke maag had, wat hem sierde, mompelde iets over een slechte start van de dag en stuurde haar terug naar bed.

Later die ochtend kwam dokter Vincent op huisbezoek. Hij onderzocht haar en zei dat ze in verwachting was, dat haar baby het volgende voorjaar zou komen. Toen hij was vertrokken en ze weer alleen was, lag ze op bed, met haar handpalmen op haar buik, en staarde uit het raam.

Ze wist ondertussen dat als ze Marsh Court zou verlaten ze daar heimwee naar zou krijgen. Ze zou de buren die zo vriendelijk voor haar waren ontzettend missen, evenals de familie, waar ze ondertussen veel van was gaan houden en waarvan ze nu deel uitmaakte. Ze zou de sluier van mist die vroeg in de ochtend boven de zoutmoerassen hing vreselijk missen, en het gekrijs van de zeevogels, en het water dat over de opgehoogde paden naar de eilandjes stroomde. Ze zou als banneling op een hete dag in augustus haar ogen sluiten en dromen over de tuin van Marsh Court. Ze zou dromen over de zijdeachtige flikkering van de rivier en zich de zware geur van de rozen herinneren.

Ze had na jaren van dwalen een thuis gevonden.

Ze zou dus geen koffer inpakken en niet naar de stad vluchten. Ze zou Henry niet verlaten. In plaats daarvan zou ze op Marsh Court blijven en zijn kind baren.

Iemand om van te houden.

2

April 1939-mei 1945

'Ik hoop dat Harper Flavia's drankje heeft ingepakt,' zei Blanche.

Ze reden Londen uit. Harper, de nanny, ging tot Gillis' grote opluchting per trein met de kinderen naar Maldon. Autorijden met de meisjes was een drama; ze werden altijd verschrikkelijk wagenziek.

Gillis vermoedde dat Blanche zelf ook liever met de trein was gegaan, met de kinderen. Ze vond het doodeng in zijn geliefde Crossley Sports Saloon en had de neiging zich de hele reis met witte knokkels aan het dashboard vast te klampen.

'Daar heeft ze vast wel aan gedacht,' zei hij op geruststellende toon.

'Als ze de meisjes maar niet uit het raam laat kijken.'

Blanche maakte zich snel zorgen. Gillis wist dat beelden van een bloedig ongeluk door haar hoofd gingen: een kind dat uit de wagon zou vallen, of een beeldschone dochter die de rest van haar leven mismaakt zou zijn omdat ze haar hoofd had gestoten in een tunnel.

'Het komt allemaal goed, lieverd. Ik weet zeker dat ze zich kostelijk vermaken.' Hij pakte haar hand vast en kneep erin. Ze reageerde niet, en even later pakte hij het stuur weer met twee handen vast.

Hij was vijfentwintig en werkte voor een advocatenkantoor in de Inns of Court toen hij Blanche Carteret tijdens een bal in een huis in Belgravia had leren kennen. Haar delicate schoonheid en kleine, perfecte figuur hadden hem betoverd, en hij had zijn aanzoek al gedaan toen ze elkaar pas zes weken kenden. Blanche was de enige dochter van een gefortuneerde financier uit Jersey en had broodnodig geld mee het huwelijk in genomen. Hoewel hij smoorverliefd op haar was geweest, was Gillis eerlijk genoeg om aan zichzelf toe te geven dat hij niet met haar zou zijn getrouwd als hij niet straatarm zou zijn geweest. Maar hij had ambities. Hij moest praktisch zijn.

Hun huwelijk had hem de mogelijkheid gegeven de advocatuur achter zich te laten en de politiek in te gaan. Zijn spectaculaire carrière – parlementslid op zijn zevenentwintigste, parlementair privésecretaris op zijn negenentwintigste en staatssecretaris op zijn eenendertigste – was opgemerkt door de pers. Hij was ondertussen gewend aan de kwalificatie 'aanstormend talent'. Aangezien hij jong en aantrekkelijk was, prijkte zijn foto regelmatig op de voorpagina van de kranten. Hij werd er af en toe mee geplaagd door zijn collega-parlementsleden.

Hoewel de familie Carteret en haar invloed en contacten heel nuttig waren geweest, wist Gillis dat hij zelf de benodigde eigenschappen had om een politiek succes te worden. Hij werkte hard en was zelfverzekerd, getalenteerd en charismatisch. Het enige wat hij had ontbeerd was geld, met een vader die het familiefortuin over de balk had gesmeten aan drank, minnaressen en grandioze architectonische projecten, en die vervolgens op zijn vijftigste was gestorven en zijn zoon enkel schulden had nagelaten. Gillis had de ambitie op zijn vijfendertigste minister te zijn. Hij zag geen enkele reden waarom hij die niet zou kunnen waarmaken.

Hij steunde en bewonderde Eden en Churchill in hun oppositie tegen Chamberlains verzoeningspolitiek. Hij had eerder dat jaar overwogen tegelijk met Anthony Eden op te stappen, uit protest om het buitenlandbeleid van de regering. Dat had hij uiteindelijk niet gedaan, en hij had tegen zichzelf gezegd dat hij meer invloed had op de positie die hij had en dat het geen zin zou hebben zich terug te trekken in de gelederen. Maanden waren verstreken en hij was tot de conclusie gekomen dat hij de juiste beslissing had genomen. Het maakte geen moer uit hoe hijzelf of Eden of wie dan ook over het politieke schaakbord bewoog: oorlog was onvermijdelijk. In maart 1939 had Hitlers bezetting van de geplunderde overblijfselen van Tsjecho-Slowakije het laatste sprankje hoop die te voorkomen de kop ingedrukt.

Ze hadden Londen nu achter zich gelaten en reden door het open landschap. De bomen en velden begonnen weer kleur te krijgen en verspreidden een waas van lentegroen. Bleekgele sleutelbloemen groeiden langs de weg. Hij werd er vrolijk van.

'Hoe is het met je, lieverd?' vroeg hij Blanche. 'Verderop is een restaurantje. Zullen we daar even stoppen om te lunchen?'

Blanche keek op haar horloge. 'Dan komen we te laat voor de trein.'

'Ze kunnen ook een taxi nemen.'

'Ik laat ze niet door een vreemde rijden, Gillis!'

'Dan rijden we door, lieverd.' Hij reed een bocht in. 'Een dubbel doopfeest!' voegde hij er opgewekt aan toe. 'Dat vind je vast geweldig!'

'Nou. Je weet hoe verzot ik ben op baby'tjes.'

Hij gaf geen antwoord. Hij hoopte dat ze over iets anders zou beginnen.

Maar ze zei: 'Ik zou het zo geweldig vinden als je van gedachten zou veranderen.'

'We hebben het erover gehad,' zei hij kortaf. 'Je was het met me eens. Dit is niet het goede moment. Zodra Hitler ons de oorlog verklaart, word ik opgeroepen.'

'Maar jij wilt toch ook graag een zoon, Gillis?'

'Natuurlijk wil ik dat.'

'Alsjeblieft, lieverd...' Ze keek hem van opzij aan, en haar ogen vulden zich met tranen.

Hoewel Blanche in de meeste opzichten de ideale echtgenote was en ze hun huishouden aan St James's Place verfijnd, competent en charmant organiseerde en hun vele gegoede gasten ook in die stijl ontving, had ze één tekortkoming. Ze bedreef de liefde alleen enthousiast als ze probeerden een kindje te krijgen. De rest van de tijd leek ze het als een taak op te vatten. Toen ze net waren getrouwd had hij romantische weekendjes weg gepland, compleet met champagne en rozen en subtiele verleiding, maar ze was seks met terughoudendheid, zelfs aversie blijven benaderen. Hij had met een gevoel van teleurstelling en wrevel leren accepteren dat hoewel ze op haar manier van hem hield, alle passie die ze in zich had gereserveerd zou blijven voor haar kinderen. Blanche adoreerde kinderen. Als ze de kans kreeg, zou ze haar hele huis ermee vullen, en ze was actief in meerdere liefdadigheidsinstellingen voor kinderen. Als hij zou meegaan in haar verlangen naar nog een kind zou ze zijn hofmakerij verwelkomen. Dat was aanlokkelijk.

Maar nee. De toekomst was te onvoorspelbaar. Het voelde verkeerd om in deze tijden een kwetsbaar baby'tje op de wereld te zetten.

'Wanneer de oorlog uitbreekt,' zei hij, 'zal ik jou en de meisjes ergens anders moeten onderbrengen. Dan kunnen jullie niet in Londen blijven. Jullie zouden veiliger zijn in het huis in het kiesdistrict.'

Blanche had een hekel aan het huis in Wiltshire; het was klam, donker en veel te groot. Het was een slechte koop geweest; ze waren van plan geweest het op te knappen, er iets van te maken, maar ze hadden er allebei de moed niet voor gehad en waren er nooit aan toegekomen.

Ze zei dapper: 'Ik ga niet op de vlucht, Gillis. Ik wil dat je thuis er voor je is en je altijd verwelkomt, wat er ook gebeurt.'

'Lieverd.' Er stak een stukje verderop een konijn over; Gillis remde en het diertje haastte zich het kreupelhout in. 'Luister alsjeblieft naar me. Ik heb een naam in de politiek en ik ben altijd duidelijk geweest over mijn opvattingen. De nazi's maken korte metten met hun politieke tegenstanders, en jij en de kinderen zouden gevaar lopen als er een invasie komt. Als je zwanger zou zijn – of als we net een kindje zouden hebben gekregen – zou dat alles vele malen gecompliceerder maken.'

'Een invasie?' mompelde ze met opengesperde ogen en een angstige blik.

'Hitler zal zich ongetwijfeld binnenkort op Polen gaan richten. Wie weet wat hij daarna gaat doen? In ieder geval Frankrijk. En misschien ons.'

‘Papa zegt dat Duitsland wel genoegen neemt met Tsjecho-Slowakije.’

‘Dat heeft hij mis.’ Gillis moest nogmaals zijn irritatie onderdrukken. De vader van Blanche, Gerald Carteret, deed regelmatig onnozele politieke uitspraken. ‘Blanche, neem alsjeblieft van mij aan dat hij zich vergist.’

Toen hij zag dat ze zich afwendde en op haar onderlip beet, voelde hij zich acuut vreselijk schuldig dat hij haar bang had gemaakt.

‘Misschien dat ik me onnodig zorgen maak,’ zei hij met zachtere stem. ‘Misschien wordt het niet zo erg als ik vrees. Niemand kan in de toekomst kijken.’ Hij begon over iets anders. ‘Ik voel me zo gevleid dat Henry en Juliet me hebben gevraagd als peetvader voor Piers. Lief, hè?’

Hij zou zijn best doen een goede peetvader voor Piers Winterton te zijn; hij zou hem als hij groot genoeg zou zijn meenemen voor high tea bij Gunter’s, en cricket met hem gaan kijken op Lord’s. De doop, in de kerk van All Saints in Maldon, verliep goed. De twee Winterton-telgen de zoon van Henry en Juliet, Piers, en de zoon van Jonny en Helen, Aidan – krijsten niet al te verschrikkelijk, en hun ouders en peetouders straalden gepaste trots uit.

Na de plechtigheid reed het doopgezelschap voor de lunch naar Marsh Court. Gillis, die tussen Helen Winterton en de echtgenote van de dokter zat, keek naar Juliet Winterton die de meid gebaarde om af te ruimen. Juliet was betoverend, met lange ledematen en slank, en een gouden teint die heel bijzonder werd door haar grote, ietwat scheef staande bruingroene ogen. Hij vroeg zich af of ze gelukkig was, en hoe ze echt over haar huwelijk dacht.

Gillis was erg gesteld op Henry, maar hij wist dat Henry bijzonder rancuneus kon zijn. Hun vriendschap verliep zo soepel omdat Henry uiting gaf aan het deel van Gillis’ karakter dat die laatste gewoonlijk probeerde te onderdrukken: de koude, berekende, egocentrische pose die hij tijdens zijn tienerjaren had aangenomen om zijn ontwrichte thuissituatie het hoofd te kunnen bieden. Juliet was lief, vriendelijk, liefhebbend, en plezierde anderen graag, allemaal eigenschappen die Henry Winterton niet bewonderde. Gillis nam aan dat hij haar had gekozen om haar schoonheid, waarmee ze een collier van Winterton-diamanten of een paar indrukwekkende smaragden oorbellen kon doen schitteren. En wie kon hem dat kwalijk nemen?

Na de lunch legden de nanny's de kleintjes in bed voor een middagdutje, en de volwassenen en oudere kinderen gingen naar buiten. De familie wilde om de geboorte van de twee neefjes te vieren een vreugdevuur ontsteken. Henry had zijn tuinman een oud, rottend schuurtje uit elkaar laten halen en de planken op een hoop laten leggen, waar takken, kranten en karton aan waren toegevoegd om het vuur mee aan te maken.

Gillis amuseerde zich altijd kostelijk bij dergelijke familieaangelegenheden. De heren en dame Winterton werden dan allemaal – de sardonische Henry, de opgewekte Jonathan en hun levendige zus Jane – bevangen door een energie die hij alleen maar kon benoemen als uit de oertijd. Ze renden rond, regelden brandstof om het vuur mee te voeden en gilden van plezier als de wind de vlammen ving en de hemel in stuwde. Ze tuurden roekeloos in de stapel als het inferno leek uit te doven, zonder enige voorzichtigheid ten aanzien van de rode vonken die het vochtige hout uitspuwde. Familieruzies werden vergeten en iedereen werd verenigd in het heidense genot.

Gillis hield met een oprechte, genereuze affectie van de familie Winterton. Het was een gesloten, clanachtige groep, en hij was oprecht dankbaar dat hij er deel van mocht uitmaken. Zijn eigen familie had hem altijd alleen maar teleurgesteld, en hij haatte zijn schoonfamilie. Zijn vriendschap met Henry Winterton en de daaruit voortvloeiende acceptatie door de hele familie had een gat in zijn leven gevuld. Henry en hij hadden elkaar in 1934 leren kennen tijdens een diner bij een gemeenschappelijke vriend. Ze waren een groot deel van de avond verwikkeld geweest in een discussie over de zin, of onzin, van de Volkenbond, en waren sindsdien vrienden gebleven.

Henry stond nu in zijn tweedjas en met een jachtpet op met een stok een brandende paal terug op het vuur te duwen. Naast hem stond Jane Hazelhurst, Henry's zus. Haar lange haar had dezelfde blonde honingkleur als haar nertsmantel, en haar gezicht, met de kenmerkende Winterton-trekken van een hoog voorhoofd, een prominente botstructuur en opmerkelijk kille blauwe ogen, glansde in het licht van het vuur. Jane was een sportieve vrouw en Gillis was erg op haar gesteld. Ze was vreselijk energiek en levenslustig, net als alle andere familieleden, en deelde hartelijk aan het eind van een avond een fles whisky met je of ging kilometers met je over het platteland wandelen.

Jonny Winterton en Peter Hazelhurst stonden aan de buitenrand van de kring. Jonny's droge gevoel voor humor had niet dat wrede randje dat dat van zijn oudere broer kenmerkte. Jonny was net als zijn zus Jane een talentvolle pianist. Gillis vroeg zich af of Jonny als hij die keuze had gehad misschien had geprefereerd musicus te worden in plaats van in het familiebedrijf te gaan werken. Maar hij had geen keuze: hij was een Winterton, dus werkte hij in de zaak. Janes echtgenoot Peter was lang en donker. Hij was consulterend chirurg in een ziekenhuis in Londen en een kalme, onverstoorbare man; eigenschappen die vast heel goed van pas kwamen, nam Gillis aan, als je iemands ingewanden aan het verleggen was. En als je getrouwd was met Jane.

Jonny's vrouw, Helen, stond te praten met Marie Barbour. Ze ving Gillis' blik, zwaaide naar hem en gebaarde hem te komen. Hij glimlachte terug, maar liep niet meteen naar haar toe. Blanche had de kleine Claudia, die huilde, opgetild en liep met haar naar de cottage. Gillis' blik bewoog nogmaals naar de plek waar Juliet Winterton stond. Het was moeilijk niet naar haar te kijken. Iets in haar trok hem aan. Ze zag er uitgelaten en stralend uit, haar dongergouden haar met oranje en koperen tinten door de vlammen, haar uitdrukking er een van vreugdevolle afwachting. Ja, Henry was een geluksvogel.

Gillis was altijd al iemand wiens stemming plotseling kon omslaan, waarbij neerslachtige buien hem zonder enige waarschuwing overvielen. Dat gebeurde nu ook. De gedachte ging door hem heen dat alle mannen die hier nu rond het vreugdevuur stonden over een maand of zes misschien een uniform zouden dragen. Als de oorlog zo wreed zou worden als hij vreesde, zouden ze misschien niet eens allemaal nog in leven zijn. En hoe zou het met de vrouwen en kinderen gaan? Zou de waarschuwing van Stanley Baldwin dat de bommengooiers altijd een weg zouden vinden de onuitsprekelijke waarheid worden?

Hij greep om zijn melancholische gedachten de baas te worden de hand van zijn dochter Flavia en begon met haar rond het vuur te dansen, waarbij hij de oorlogskreet van een rode indiaan uitstootte terwijl hij met zijn handpalm tegen zijn mond sloeg. Jane en de tweeling gingen meedoen, sprongen en draaiden rond, en Jonny voegde zich bij hen. En zelfs Henry, die werd gegrepen door een onkenmerkend gevoel van jovialiteit, vergat zijn waardigheid, en ook hij stortte zich in het feestgewoel.

Gillis had altijd van de zee gehouden. Een van zijn vroegste herinneringen was dat hij over een strand in Cornwall liep en keek naar het turkooizen water dat over het melkwitte zand stroomde. Hij had het uitgeschreeuwd van verrukking toen het terugtrekkende water het zand onder zijn hielen vandaan had geschept en hem bijna omver had geworpen.

Hij had zijn eerste bootje gekregen toen hij zeven was; een log, slecht wendbaar vaartuigje dat enthousiaster water maakte dan een molenkolk. Later had hij met het jacht van zijn vader gevaren, tot dat was verkocht, met het familiehuis, de auto en de cottage in Cornwall. Sindsdien was hij meegezeild op bemande jachten van vrienden, over de Noordzee naar Nederland, en helemaal naar het noorden van Schotland, de Orkneys en Shetland.

Het was dus vanzelfsprekend dat hij toen de oorlog in september 1939 uitbrak bij de marine ging. Als jonge amateurzeiler werd hij door de selectiecommissie van de Admiraliteit aangesteld als luitenant-ter-zee derde klasse op een torpedobootjager. De schemeroorlog duurde tot begin 1940. Een van de andere luitenants, een autoverkoper die Thompson heette, zette in de officiersmess op een avond uitvoerig zijn theorie uiteen. Hitler zou West-Europa niet gaan lastigvallen, daar wilde Thompson geld op inzetten. Hitler zou even wachten en zich dan op Rusland gaan richten. Het Britse expeditieleger verdeed zijn tijd in Noord-Frankrijk, waar het zat te verkleumen in een van de koudste winters in decennia.

In april viel Hitler Denemarken en Noorwegen binnen. Begin mei brak de hel los en ontvlamde het westen van Europa. Noorwegen gaf zich over en Duitse troepen vielen Nederland, België en Luxemburg binnen. Duitse bewapende soldaten bestormden het zuiden en marcheerden door de Ardennen naar Frankrijk, waar ze de Britse en Franse legers omsingelden en insloten in een smal toelopend deel van de zeehaven bij Duinkerken.

De torpedobootjager van Gillis was naar Liverpool teruggekeerd na een ijskoude en vernietigende confrontatie in de wateren van Noorwegen, de eerste keer dat de boot in actie was gekomen. Hoewel hij Blanche en de meisjes in september 1939 naar Wiltshire had gestuurd, waren ze met kerst teruggegaan naar Londen en er gebleven, met als excuus de inactiviteit tijdens de eerste oorlogsmaanden. Hij had nu vreselijke spijt dat hij daarmee had ingestemd. Hij hoopte op een paar dagen verlof om ze veilig terug te kunnen brengen naar hun huis in het kiesdistrict.

Maar in plaats van verlof te krijgen, ontving hij bericht van de Admiraliteit dat hij zich direct moest melden bij de marinebarakken in Chatham in Kent, in het zuiden van Engeland. Anderen gingen ook die kant op. Niemand wist waarom. Niemand had enig idee wat er aan de hand was. Thompson en hij reisden samen naar het zuiden, samen met zes bootsmaten van de torpedojager.

Een paar dagen later stond hij op een binnenvaartschip bij Duinkerken, waar hij hielp met de evacuatie van het vernietigde, verslagen Britse expeditieleger via het Kanaal terug naar de zuidkust van Engeland. Wolken rook hingen boven de Franse haven en spuwden brandende olie van de wrakken waarmee de haven vol lag. Soldaten stonden in rijen van acht naast elkaar in lange colonnes die op het strand begonnen en doorliepen tot ze tot aan hun middel in het zeewater stonden, overgeleverd aan de genade van de Messerschmitt Bf 109's die tijdens duikvluchten hun bommen afwierpen. Honderden mannen stonden op de pier op redding te wachten. Torpedobootjagers visten de troepen van de pier, of ze bleven in het water wachten, hun rompen te diep onder het oppervlak om dichter bij land te kunnen komen, terwijl kleinere vaartuigen met plattere bodem – plezierbootjes, motorsloepen en reddingsbootjes – de soldaten naar de grotere schepen brachten.

Binnenvaartschip de Rosa Renate was vanwege haar geringe diepgang in staat heel dicht bij de kust te komen. De soldaten die in het water stonden te wachten probeerden de touwladders te grijpen die vanaf het schip naar hen toe werden gegooid. Maar ze waren te koud en uitgeput om te kunnen klimmen. Het werd hoogwater en ze gleden van de touwladder terug de zee in. Gillis en de rest van de bemanning van de Rosa Renate moesten de mannen zelf uit het water halen en aan dek sleuren, waar ze doorweekt en verzwakt in elkaar zakten.

Gillis en Thompson trokken samen man na man het water uit en het motorvrachtschip op, en ze worstelden met de natte riemen en doorweekte kleding terwijl ze de vrijwel levenloze lichamen op de boot trokken. Duizenden anderen bleven achter op het strand, gevangen tussen de zegevierende Wehrmacht en het Kanaal.

Er klonk jammerend gebulder: een Messerschmitt brak door de deken van rook. Gillis dook instinctief in elkaar. Toen hij weer rechtop ging staan was het vliegtuig verdwenen, en Thompson hing een meter van hem vandaan over de reling. Gillis riep hem. Hij stak zijn hand naar hem uit en zag toen dat er een kogel in de achterkant van Thompsons schedel zat.

'U kunt niets meer voor hem doen, sir.' Een kleine, stevig gebouwde onderofficier met een Welsh accent sprak tegen hem.

Gillis staarde de Welshman aan. 'Hij is dood,' zei hij onbeholpen.

'Ja, sir, morsdood.'

Ze haalden samen Thompsons lichaam van de reling.

'Gaat het, sir?'

Gillis riep zichzelf tot de orde. 'Ja, natuurlijk.'

'Neem hier maar een slok van, sir.' De Welshman gaf hem een heupfles aan.

Hij dronk. Rum brandde in zijn keel.

Lijken dobberden rond het binnenvaartschip, slachtoffers van dezelfde Messerschmitt-aanval die Thompson fataal was geworden. De hemel was zwart en de zee rood, en Gillis zag een lang vergeten beeld uit een hete zomer in zijn kindertijd voor zich, toen een meertje bij zijn huis in Hertfordshire was opgedroogd en de vissen gevangenhield. Een aantal had in hun overlevingsdrang nog gesprongen en gekronkeld, maar de meeste dreven al opgezwollen en rottend op het terugkruipende wateroppervlak.

Gillis en de onderofficier begonnen meer mannen uit het water te halen. De Welshman werkte door als een machine terwijl hij de levenden van de doden schiftte. Zijn concentratie leek geen moment te verslappen. Hij had het gespierde bovenlichaam van een hoefsmid, of een mijnwerker, en toonde geen spoortje van angst toen de Me 109's terugkwamen.

Toen ze vijfhonderd man aan boord hadden geholpen, brachten ze die naar een torpedobootjager die een stukje verder de zee in lag. Daarna keerden ze terug naar het strand. Het begon nu eb te worden en de Rosa lag op het zand in het ondiepe water, waardoor het voor de soldaten gemakkelijk was aan boord te klimmen. Toen het tij later weer opkwam en ze weer dreven, brachten ze de troepen naar de jager.

Voordat ze terugkeerden naar het strand bood de Welshman Gillis zijn heupfles nogmaals aan. 'Hoe heet je?' vroeg Gillis.

'Morgan, sir. David Morgan.'

'Je doet geweldig werk, Morgan.'

'Dank u, sir.' Morgan salueerde met een licht spottend gebaar naar hem. 'U ook, sir.'

Oktober 1940. Gillis stond op het perron van station Salisbury te wachten op de trein uit Londen. Het was zondagavond, in de beste omstandigheden al een ellendig moment om te reizen, en dit waren bepaald niet de beste omstandigheden. In Londen raasde de *Blitz*. Gillis betwijfelde het of er ook maar één trein in heel Engeland op schema reed. Zijn trein was vreselijk laat. De zwart uitgeslagen perrons stonken naar roet en ijs en het enige licht kwam van de maan en wat sterren.

Hij begon het koud te krijgen en liep naar de wachtkamer. Er zaten twee mensen, een oudere vrouw in een mantel van zeehondenbont en een meisje met rood haar, dat een boek zat te lezen. Het meisje droeg het blauwgrijze uniform van de WAAF, de vrouwenafdeling van de luchtmacht. Gillis begroette hen en ging zitten.

Het verstrijken van de tijd werd gemarkeerd door het tikken van de klok en het komisch harde, geïrriteerde gemopper van de oudere dame. De WAAF sloeg rustig bladzijde na bladzijde om en liep af en toe naar buiten om te kijken of de trein al kwam. Gillis zag dat ze mooie benen en slanke enkels had. Na een half uur pakte de dame in de bontmantel haar mandje op en liep met een laatste, weerklinkende zucht de ruimte uit. Er klonk een vreemd, onderdrukt geluid en toen zag Gillis dat de WAAF haar handen voor haar mond had geslagen. Zodra de deur van de wachtkamer in het slot was gevallen, barstte ze in lachen uit.

'O god... Het spijt me verschrikkelijk... Ik dacht dat ik uit elkaar zou barsten!' Ze deed de geërgerde uitingen van de oudere vrouw na en begon toen weer te bulderen van het lachen.

Hij glimlachte. 'Het was ook wel een spektakel, ja.'

Haar hoedje was van de bank gevallen; ze pakte het op, klopte haar eigenwijze koperkleurige krullen in het gareel, veegde het hoedje even af met haar mouw en zette het weer op.

'Denk je dat de trein nog komt?'

'Ik zal eens kijken of ik iemand kan vinden aan wie ik kan vragen hoe het ervoor staat.'

Hij liep de ijzige duisternis van het station weer in. Toen hij terugkwam, vroeg ze: 'En?'

‘Niemand weet het precies. Ik heb de stationschef gesproken en die zegt dat er oponthoud is bij Andover.’

‘O, hemel.’

‘Sigaret?’ Hij stak zijn pakje naar haar uit.

‘Dank je.’

‘Ik zal je niet langer van je boek houden.’

‘Dit?’ Ze wierp de paperback een geringschattende blik toe. ‘Ik heb het al een keer gelezen. Het is een waardeloos verhaal.’

Ze stak de sigaret tussen haar lippen en inhaleerde terwijl ze hem opstak. Haar haar was donkerrood, haar ogen zacht warmbruin, en ze had een volle mond. Rond haar dopneusje prijkten wat sproeten en ze had de fijne, bleke teint van een roodharige. Hij vroeg zich af hoe oud ze was. Ergens halverwege de twintig, dacht hij.

Ze bood hem een hand aan. ‘Frances Hart.’

‘Gillis Sinclair.’

‘Leuk je te leren kennen, Gillis Sinclair.’

Hij ving haar blik, die een mengeling van geamuseerdheid en interesse was, en zijn hartslag versnelde een beetje. Hij zei: ‘Wat een ellendige plek is dit.’

‘Nou, hè? Ze hadden best even een vuurtje voor ons kunnen stoken.’

‘Hoe lang zit je al te wachten?’

‘Vijf uur.’

‘Wat naar. Dan ben je vast helemaal verkleumd.’

Ze raakte haar gezicht aan. ‘Mijn handen lijken wel ijsblokken! Moet je voelen!’

Haar vingertoppen gingen licht over zijn handrug. Hij vergat op slag zijn verveling en vermoeidheid. Hij overwoog haar voor een drankje uit te nodigen. Dat moest hij niet doen. Maar hij wist dat hij zichzelf er niet van zou kunnen weerhouden.

Hij keek op zijn horloge. ‘De stationschef zei dat het waarschijnlijk nog uren gaat duren. Er is een paar honderd meter verderop een hotel. Misschien moeten we daar even naartoe gaan om een beetje warm te worden.’

Ze liepen het station uit en de straat op. In de bar van het stationshotel brandde een haardvuur, en er stonden genoeg door gasten bezette oude leunstoelen om het een gezellige ruimte maken.

Hij bestelde de drankjes en ze vertelde hem over zichzelf. Ze kwam uit Broad Chalke in Wiltshire. Haar vader was er melkveehouder en ze had een jonger zusje. Ze werkte als secretaresse van de bedrijfsleider van een bank toen de gebeurtenissen in Duinkerken haar ertoe hadden aangezet zich aan te melden bij de WAAF. Ze had haar basisopleiding net achter de rug. 'Ik had er een vreselijke puinhoop van gemaakt,' zei ze met een snuivende lach. 'Ik dacht dat ik zou zakken.' Ze vertelde dat ze dat verschrikkelijk zou hebben gevonden, want de andere meiden waren zo gezellig en het was één groot avontuur. Haar moeder was onlangs ziek geworden en Frances had drie dagen verlof gekregen om bij haar op bezoek te gaan in het ziekenhuis. Godzijdank ging het ondertussen weer beter met haar.

Ze namen nog een drankje en het lukte Gillis de barman over te halen iets te eten te regelen. De sandwiches waren belegd met een piepklein stukje vettig vlees en een klodder fluorescerende piccalilly. 'Hemel, dat ziet eruit als iets wat de kat heeft uitgekotst,' zei ze, maar ze hadden allebei zo'n honger dat ze de geïmproviseerde maaltijd tot op de laatste kruimel verorberden.

Het was laat; de bar ging sluiten. Alle andere gasten waren al weg. Hij dacht aan Blanche, die weer zwanger was, en toen, in een schokkende flits, aan Thompson, zoals hij over de reling hing.

Hij vroeg: 'Zal ik kijken of ik een kamer voor ons kan regelen?'

Ze keek hem aan. Toen knikte ze. 'Dat is goed.'

Toen hij terugkwam van de receptie gaf hij haar de sleutel. 'Ga maar vast naar boven. Ik kom er zo aan, over een kwartiertje of zo.'

'Goed.' Ze stond op. Haar mond vertrok naar één kant en ze zag er even ongemakkelijk uit. 'Ik doe dit normaal gesproken niet.'

'Dat weet ik. Je bent beeldschoon, Frances. En als je je bedenkt, slaap ik op de vloer.'

Ze verliet de bar. Hij nam nog een borrel, liep toen naar boven en klopte zachtjes op de deur.

En zo begon het.

Henry had zich na Duinkerken aangemeld bij het regiment waarmee hij in de Grote Oorlog had gevochten, en hij bivakkeerde nu in een legerkamp in Salisbury Plain. Jonathan werd in 1941 opgeroepen, maar hij kreeg vrijstelling omdat hij een zwak hart bleek te hebben. Hij bracht een groot deel van zijn tijd in Londen door, waar hij in het appartement aan Bond Street verbleef en in afwezigheid van zijn broer voor de winkel zorgde, waar hij toezicht hield op de opdrachten voor de chronografen en horloges voor marineofficiers die Winterton's tijdens de oorlogsjaren fabriceerde.

Juliet maakte in die periode maar één lange reis, aan het einde van de lente van 1941, om bij Henry op bezoek te gaan, die een blindedarmontsteking had en in een militair hospitaal bij Salisbury lag. De Blitz was in september losgebarsten. Ze zou een paar nachten van huis zijn en was van plan haar reis te onderbreken in het appartement in Londen. Helen zorgde voor Piers, en de landarbeidsters die op Marsh Court waren ingekwartierd hadden beloofd op het huis te passen en de groentetuin water te geven tijdens haar afwezigheid.

Henry had haar verzocht bepaalde belangrijke papieren mee te nemen. Tot ergernis van zijn notaris, ene meneer Kendrick uit Maldon, wijzigde hij regelmatig zijn testament. Ze vermoedde dat hij, hoewel hij dat nooit zou toegeven, bang was dat hij de operatie niet zou overleven.

Hoewel ze vroeg in de ochtend uit Maldon vertrok, reden er geen treinen na de luchtaanval van de vorige avond, en ze kwam pas om vier uur in de middag op station Liverpool Station aan. Naarmate de metro verder westelijk reed, stapten er steeds meer mensen in de al overvolle wagons, waardoor ze met zijn allen als sardientjes in een blik stonden gepropt en werden geprikt door tassen en gasmaskers. Juliet had zich nooit prettig gevoeld in afgesloten ruimtes en was gewend geraakt aan de openheid en geisoleerdheid van Marsh Court. Ze raakte een beetje in paniek en haar hartslag sloeg op hol. Ze besloot haar plan met de metro tot station Bond Street te reizen op te geven en stapte op de eerstvolgende halte, Tottenham Court Road, uit.

Het moment van zalige opluchting toen ze het donkere labyrint van de roltrap en hal verliet en de blauwe hemel zag maakte heel snel plaats voor shock en ontzetting toen ze de verwoesting om zich heen aanschouwde. Ze herkende terwijl ze in westelijke richting liep nauwelijks de dure winkels waar ze aankopen had gedaan en had geluncht voordat de oorlog was uitgebroken. Hun statige voorgevels waren aan stukken geblazen door bommen of afgedekt met zandzakken en schuttingen, en de muren waren zwart van het vuur dat binnen had geraasd. Het waren panden die voor haar zo kenmerkend waren voor Londen – en Groot Brittannië – als St Paul's Cathedral en Buckingham Palace. Het waren nu enkel nog ruïnes en schaduwen. De etalage van Peter Robinson aan Oxford Circus was dichtgespijkerd, en John Lewis was alleen nog een omhulsel; de geblakerde pilaren en lege raambogen deden haar denken aan de Griekse ruïnes die ze in haar jeugd had bezocht. Selfridges' zwartgeblakerde bovenverdiepingen en dichtgemetselde etalages op de begane grond staarden haar wezenloos na toen ze New Bond Street in liep.

Jonathan begroette haar in het appartement. Ze dineerden die avond in een restaurantje aan Conduit Street. Hij vertelde haar tijdens het eten dat het Duitse leger Athene had bereikt. De gedachte ging door haar heen dat de beschaving waarvan ze onderdeel had uitgemaakt ten einde kwam, zoals zo veel beschadigingen die voor haar tijd waren opgekomen en neergegaan.

Jonny had die avond dienst en moest in de gaten houden of er brand uitbrak; Juliet ging na zijn vertrek vroeg naar bed. Maar ze sliep slecht; beelden van de gehavende straten waardoor ze die dag had gelopen drongen zich steeds aan haar op, en de overwinningen van de Asmogendheden van de afgelopen periode waren te afgrijselijk om te kunnen verwerken.

Ze stond de volgende ochtend om zes uur op. Jonny bracht haar naar station Waterloo en de reis naar het westen verliep soepel en rustig. Maar de duisternis van de voorgaande avond achtervolgde haar en toen ze in het ziekenhuis arriveerde was ze bijna blij afgeleid te worden door het pesthumeur van Henry, die herstellende was van de blindedarmoperatie die hij de avond ervoor had ondergaan.

De bedienden op Marsh Court vertrokken een voor een om in het leger te gaan dienen of in een fabriek te gaan werken, waar ze meer geld konden verdienen. Nadat de kokkin, mevrouw Godbold, was vertrokken om voor haar zieke moeder in Colchester te zorgen, bleef Juliet alleen achter om voor haar zoon, het huis en het landgoed te zorgen.

Hoewel ze wel kon koken – dat had ze voor haar vader gedaan – moest ze leren andere ingrediënten te gebruiken. Ze werd op die ochtenden in de oorlog wel eens wakker met een hevig verlangen naar de pittige zwarte olijven uit Griekenland, de uitgesproken smaak van citroen of knoflook en de zoetheid van pistachenoten en dadels, die in Engeland allemaal niet verkrijgbaar waren in die periode. Helen en zij werkten samen in de groentetuin terwijl Piers en Aidan spelend tussen de rijen bonen en wortels sterk en bruin werden.

Ze vond dat ze een naïef klein meisje was geweest toen ze in Engeland was aangekomen. Ze had zo weinig geweten. De oorlog dwong haar nieuwe vaardigheden aan te leren, ervaringen op te doen en te vertrouwen op haar eigen beslissingen. Ze vroeg zich af of haar incompetentie had bijgedragen aan de problemen in haar huwelijk. Henry was een ongeduldige man, niet iemand die tolerant was ten aanzien van domkoppen. Juliet stelde zich voor hoe blij hij zou zijn als hij na de oorlog thuis zou komen en zou zien hoe goed ze voor Marsh Court had gezorgd. Ze zouden opnieuw beginnen, een relatie opbouwen die gebaseerd zou zijn op wederzijds respect. Misschien dat dat respect uiteindelijk zelfs zou uitgroeien tot liefde.

De kou was haar grootste vijand. Het vocht uit de moerassen penetreerde het oude pand, en op de koudste dagen werden haar winterhanden en -voeten rood en pijnlijk. Het huis werd verwarmd met haardvuren en het fornuis in de keuken, en aangezien kolen op rantsoen waren en de vertrekken groot en tochtig, ging ze op de fiets in de omgeving op zoek naar takken die door de wind van de bomen waren geblazen.

Toen ze op een ochtend door het platteland ten oosten van Mayland fietste, zag ze een kreupelbosje, waar wat stevige gevallen takken lagen. Ze zette haar fiets tegen een hek en kroop onder de bomen. Een stevige wind blies de laatste bladeren van de takken. Ze begon hout te sprokkelen.

Het geluid van een brekende tak, het gefladder van een fazant; ze keek op. Een man in een kakikleurige uniformjas met modderige laarzen stond aan de andere kant van het kreupelbosje. De wind blies zijn steile, zwarte haar naar achteren. Zijn donkere ogen, onder rechte wenkbrauwen, staarden haar razend aan.

'Wat doe jij hier?'

'Hout sprokkelen,' zei ze aarzelend. Besef van wat er aan de hand was, begon tot haar door te dringen. 'Is dit uw land?'

'Ja.'

'Het spijt me verschrikkelijk, ik zal het terugleggen.'

'Neem maar mee,' zei hij nors. Er klonk geen enkele vriendelijkheid in zijn stem, alleen het verlangen zo snel mogelijk van haar af te zijn, en zijn sterke gelaat drukte uit dat ze weg moest gaan en nooit moest terugkomen. Zijn blik volgde haar terwijl ze zich uit de voeten maakte.

Juliet beschreef die avond de man in het kreupelhout aan een van de landarbeidsters, Meg uit Liverpool.

'Dat zal meneer Brandon wel zijn geweest,' zei ze. 'Van Greensea.'

'Greensea?'

'Hoewel het er geen groene zee is, meer een modderbruine. Zijn land loopt langs Mayland Creek.'

Juliet schoof een bord met cake over de tafel. 'Ga je gang.'

Meg nam een plak. 'Zijn vrouw is ernstig ziek. Mijn vriendin

Sarah heeft er gewerkt, maar ze is vertrokken toen Joe Brandon op zorgverlof naar huis kwam. Ze vond het er vreselijk, met de zieke mevrouw Brandon en hij helemaal ellendig.'

'Wat heeft ze?'

'Tbc.'

'Wat afschuwelijk. Hij zag er zo jong uit!'

Meg likte aan haar wijsvinger, drukte die op de kruimels op het bord en stak haar vinger in haar mond. 'Mevrouw Brandon gaat dood, dat zegt iedereen. Hij is de enige die weigert het te geloven.'

Juliet maakte de volgende dag een mand met een pot pruimenjam die ze had gemaakt van de wilde pruimpjes die in de tuin groeiden, een cake die ze had gezoet met pompoen omdat suiker streng op rantsoen was, een doosje late frambozen en een bosje Madame Alfred Carrière-rozen, die in oktober bloeiden. Ze zette het mandje in haar fietsmand en fietste naar Greensea Farm.

Ganzen vlogen gakkend in v-formatie door de loodgrijze lucht. De smalle weg dook via een serie haarspeldbochten in een diep, stil landschap vol kreupelbosjes en velden. Ze zag een kerktoren tussen de grijze stammen van platanen, en een stilstaand, zwart vijvertje waar wat wilde eenden in ronddobberden. De oorlog leek zo ver weg, alsof de onrust van de afgelopen jaren zich in een ver land afspeelde.

Toen ze bij een bord kwam dat haar een pad vol kuilen op wees, stapte Juliet af en liep verder met de fiets aan de hand, omdat ze bang was in een plas op het pad van de fiets te vallen. Aan haar ene kant waren geploegde velden, aan de andere een heg met daarachter een meertje met bomen eromheen.

De boerderij waar ze opaf liep stond op een verhoogd grasveld en werd bijna helemaal gemaskeerd door een groep zilverkleurige populieren die heen en weer bewogen als de bleke masten van een zeilschip. Ze vond de naam van de boerderij heel passend: Greensea. Het huis zelf was groot en solide, met een steil, leistenen dak. De vierkante portiek in het midden van de muur werd aan beide zijden geflankeerd door hoge, Georgian ramen. Juliet zette haar fiets tegen de pui en klopte op de voordeur.

Een vrouw van middelbare leeftijd deed open. Haar gelaat was bruin en tanig, alsof ze vreselijk veel buiten was in de wind en zon, en haar grijze haar zat in een strak knotje.

'Ja?' zei ze fronsend.

'Sorry dat ik u stoor.' Juliet stak het mandje naar haar uit. 'Ik kom een kleinigheid voor mevrouw Brandon brengen.'

De vrouw tuurde achterdochtig in het mandje. 'Wie bent u?'

'Mevrouw Winterton, van Marsh Court.'

Een pezige hand griste de mand uit haar handen. Toen werd de deur dichtgeslagen. Juliet staarde er even naar en ging toen op weg naar huis.

De volgende ochtend trof een van de landarbeidsters toen ze de voordeur van Marsh Court opende het mandje op de stoep aan. Alles zat er nog in, inclusief de rozen, die waren verlept.

Er zat ook een briefje in. Juliet vouwde het open en las het:

Mevrouw Winterton, bedankt voor het vriendelijke gebaar, maar we hebben genoeg te eten op de boerderij.

Nou, dat was duidelijk, dacht Juliet. Meneer Brandon had zijn gevoelens heel helder gemaakt: bemoei je met je eigen zaken. Toen ze hem een paar weken later over Maldon High Street zag lopen, deed ze of ze hem niet zag en liep door.

De neefjes Piers en Aidan waren constant in elkaars gezelschap, hoewel ze toen ze vijf waren zowel qua uiterlijk als qua karakter al als dag en nacht van elkaar verschilden. Aidan had het kastanjebruine haar en de bruine ogen van Helen, terwijl Piers een echte Winterton was, blond en met blauwe ogen. Aidan was rustiger dan Piers en kon zich beter concentreren; hij kon zichzelf uren vermaken met wat kleurpotloden, een schaar en papier, terwijl Piers constant gezelschap en aandacht nodig had. Piers was heetgebakerd en had regelmatig een woedeaanval, maar Aidan was koppig, en als hij zijn hakken in het zand zette, maakte dat Piers razend. Het tweetal ruziede over de raarste dingen, maar Juliet en Helen zeiden tegen elkaar dat het jongens waren, dat jongens dat allemaal deden en dat ze er wel overheen zouden groeien.

De neefjes begonnen op dezelfde dag op het kleuterschooltje in Maldon. Toen Juliet die ochtend nadat ze Piers voor het eerst naar school had gebracht thuiskwam, voelde het er leeg en verlaten. Tranen sprongen in haar ogen toen ze een enkele sok in de lege wasmand aantrof, dus besloot ze in de tuin slakken te gaan zoeken om te verdrinken tot het tijd was hem met de bus op te gaan halen in het dorp.

In april 1944 denderden de militaire voertuigen Essex uit, en ze namen de mannen met zich mee naar het zuidwesten om zich voor te bereiden op de inscheping naar Frankrijk. Henry's wens in actieve dienst te treden werd eindelijk vervuld, en hij maakte eind 1944 en begin 1945 deel uit van een regiment dat zich via Europa een weg naar Duitsland vocht. De oorlog sleepte zich voort; Parijs en Brussel werden als eerste bevrijd, maar vervolgens werd de geallieerde militaire operatie vertraagd door het Duitse verrassingsoffensief in de Ardennen. Juliet verlangde zoals iedereen intens naar het einde van de oorlog, maar ze geloofde na meer dan vijf jaar nauwelijks nog dat hij ooit voorbij zou zijn. Ze had te doen met Henry, die vast in een gevaarlijke situatie verkeerde waarin hij van alles ontbeerde. Ze wilde zo graag dat hij veilig thuis zou komen, niet alleen voor hemzelf – het was zo'n weerzinwekkende gedachte dat hij misschien ver van het land waarvan hij zo hield zou omkomen – maar ook voor Piers, en voor zichzelf, zodat ze opnieuw zouden kunnen beginnen en het beter zouden kunnen doen.

Op 8 mei 1945, Bevrijdingsdag, had Piers waterpokken. Juliet liep die avond nadat ze had gecontroleerd of hij sliep naar beneden en schonk een glaasje brandy voor zichzelf in uit een fles die ze eerder in de oorlog apart had gezet. Ze liep met haar glaasje naar buiten en stak het grasveld over op weg naar het stukje grond achter de tuin waar de familie Winterton de vreugdevuren altijd ontstak. Er waren tijdens de oorlog geen vuren geweest. Brandhout was te kostbaar en een vuur zou een baken zijn geweest voor vijandelijke vliegtuigen die over de Blackwater navigeerden.

Ze zocht wat takjes en bladeren, stak ze aan met een lucifer en keek hoe de vlammetjes groter werden. Het was een halfslachtig vuurtje dat al snel weer uit was, maar het was haar manier om te vieren dat Europa was bevrijd, en dat alle slachtpartijen en gruweldaden achter de rug waren.

3

September 1945-juni 1946

Juliet was in de groentetuin bezig de bruine staken van de erwten en bonen kleiner te maken voor op de composthoop. Ze zorgde voor Aidan, zodat Helen, die in het laatste stadium van haar zwangerschap was, kon rusten. Hun jonge hondje, een snel opgewonden springerspaniël die door Piers Biscuit was genoemd, stond in de bergen dode vegetatie te graven.

Piers kwam over het gazon aanrennen. 'Mama, er staat een man in de woonkamer,' zei hij plechtig.

De klusjesman, dacht ze, die het fornuis zou komen repareren. Ze kwam overeind, veegde haar handen af aan haar broek en keek op.

Henry stond bij de tuindeuren. Toen kwam hij het terras op lopen.

'Mijn god,' zei hij terwijl hij om zich heen keek. 'Wat is het hier een puinhoop.'

Ze vermande zich. 'Henry,' zei ze. 'Wat heerlijk dat je thuis bent.'

Ze liep naar hem toe met de bedoeling hem te omhelzen. Maar Piers, die van streek was omdat er een vreemde man in de tuin stond, greep haar been vast en hield haar tegen. Henry keek naar zijn zoon en zei: 'Zijn haar moet geknipt.' Toen draaide hij zich om en liep terug het huis in.

Niets kon hem tevredenstellen. Hoewel ze haar haar had gewassen en een jurk had aangetrokken, maakte hij een opmerking over het eelt op haar handen en haar gespierde armen, 'alsof je een wasvrouw bent.' Hoewel ze de hele eetkamer afstofte zodat ze er weer eens konden eten, konden de goedkope huishoudkaarsen zijn goedkeuring niet wegdragen; voor de oorlog hadden ze altijd in het licht van bijenwaskaarsen gedineerd. In plaats van te tonen dat hij blij was weer thuis te zijn, had Henry het enkel over het verval en de neergang, in het land als geheel en op Marsh Court, waarvoor hij haar verantwoordelijk achtte.

Ze vond de manier waarop hij Piers bejegende het pijnlijkst van alles. Ze vermoedde dat hij Piers' opmerking had gehoord – *Mama, er staat een man in de woonkamer* – en dat die hem had gekwetst, hoewel hij dat natuurlijk nooit zou zeggen, zo was Henry niet. Hij had zijn zoon de voorgaande vijf jaar slechts een paar keer gezien, was de afgelopen achttien maanden in het buitenland geweest en had geen idee hoe hij met kinderen moest omgaan. Piers was een mooi, opgewekt en levendig kereltje en zou zijn vader adoreren als hij die kans zou krijgen. Zijn aantrekkelijkheid zou de reserve van ieder ander hebben doen wegsmelten, maar bij Henry was er altijd die achterdocht, zelfs bij zijn eigen kind, dat er sprake zou zijn van verborgen motieven en hypocrisie. 'Volgens mij is hij ergens opuit,' zei hij dan terwijl hij de jongen van zijn schoot duwde. 'Waar ben je opuit, Piers? Een zakje snoep? Nieuw speelgoed?', waarop Piers verward om zich heen keek en Juliet haar hart voelde breken.

Hij vond dat Piers zich niet goed gedroeg. De jongen moest leren stilzitten aan tafel. Hij zou zijn eigen schoenveters moeten kunnen strikken. En waarom mocht hij van Juliet een nachtlampje hebben, als een bangerik, of een meisje? Waarom deed hij zo moeilijk als hij speelgoed uit de donkere speeltjeskamer vol spinrag moest halen? Hij zou ondertussen moeten kunnen lezen, wat was er mis met hem? Aidan las al vloeiend. En de tekeningen van Aidan, die waren vele malen beter dan die van Piers.

Dat was waar, moest Juliet toegeven. Het was toen hij een jaar of vier was al duidelijk dat Aidan een getalenteerd kunstenaar was. Hij was gek op tekenen, deed het elke dag; het leek net zo vanzelfsprekend voor hem als praten. Zijn schetsen waren kleurrijk en levendig. Henry, die geloofde dat je een kind kon aansporen beter zijn best te doen door het negatief met anderen te vergelijken, schroomde niet dat tegen Piers te zeggen.

Juliet had naar meer kinderen verlangd en vond het geweldig te ontdekken dat ze weer in verwachting was. Haar dochter Charlotte werd eind juni 1946 geboren. Na een bevalling van tien uur gleed ze met een gil de wereld in. Kaal en met blauwe ogen lag ze na haar geboorte uur na uur wakker en observeerde de wereld met een nieuwsgierige blik.

Juliet herstelde snel en liep binnen een paar dagen weer rond. Charlotte was een hongerige baby en ze zakte nadat ze gretig had gedronken slap in haar moeders armen, gelukzalig bevredigd. Juliet vergat haar ontevredenheid en teleurstelling als ze haar dochtertje in haar armen had. Verrassend genoeg adoreerde Henry haar. Charley – zo gingen ze haar al snel noemen – bracht een tederheid in hem naar boven waarvan Juliet niet had geweten dat hij die in zich had, en hij was tegen haar nooit zo streng als tegen Piers.

Het vreugdevuur dat de families Winterton en Sinclair bouwden om de veilige komst van Charley mee te vieren was een monsterlijk gedrocht dat boven het landschap uittorende. Henry vertelde Gillis en Peter terwijl hij een bos takjes aanstak en in het vuur wierp over de man die de winkel in Bond Street binnen was gekomen met een grote tas die van een kleed was gemaakt, die hij op de toonbank had gemieterd en had geopend. Hij zat vol ruwe edelstenen. 'Ik heb ze allemaal gekocht,' verklaarde Henry terwijl hij een stuk karton in het vuur mikte. 'Honderden, en voor belachelijk weinig geld. Robijnen, saffieren, diamanten, oranje topaas. God mag weten waar ze vandaan komen, ongetwijfeld gejat van een rijke Jood, maar wij kunnen er een paar jaar van leven.'

Blanche was thuisgebleven bij de kleine Nathan, die tijdens de oorlog was geboren, maar Gillis en zijn dochters waren die dag op Marsh Court en zouden in de cottage slapen. Juliet zag terwijl de schitterende donkerrode vlammen de lucht in werden getrokken dat hij wegdwaalde van het inferno, richting het estuarium.

Hij draaide zich om en riep naar haar: 'Ik ga wandelen. Wil jij op de meisjes letten, Juliet?' Toen hij verder liep naar het zoutmoeras, kleurde de zon zijn haren goud.

Blanche was de avond ervoor gaan twijfelen en was bijna toch meegekomen naar Marsh Court, maar Nathan was die nacht verkouden geworden en ze was godzijdank toch thuisgebleven. Gillis liep stroomafwaarts toen hij bij het estuarium was aangekomen. Onder de wolkenlaag schitterde wit licht met een paarlemoeren gloed. Waadvogels stonden in de modder te prikken.

Na een kleine kilometer kwam Thorney Island in zicht. Hij zag al snel de kinderen, die op het opgehoogde voetpad stonden te wachten. De jongen, Edmund, zwaaide naar hem en kwam over het smalle paadje aan rennen, maar het meisje, Thea, bleef staan, veilig op het hoge pad.

Gillis keek snel om zich heen. In de verte was een pilaar witte rook in de lucht te zien, van het vreugdevuur van de familie Winterton, maar de velden en rivier waren verlaten.

Edmund en Gillis kwamen ongeveer tegelijk aan het einde van het pad aan.

'Dag, papa!'

'Dag, knul.' Gillis omhelsde Edmund en woelde met zijn hand door zijn haar. De jongen was blond, lang en stevig gebouwd, en het leek wel of hij altijd geschaafde knieën had. Het meisje had rood haar, net als haar moeder. Het was een tweeling, en het stel was eind 1941 geboren.

'Hoe is het?'

'Mama heeft een vlieger voor me gemaakt.'

'Dan heb je geluk. Wat leuk.'

Ze liepen over het pad naar het eiland. Gillis nam Thea bij de hand en het drietal liep samen de schuin aflopende aardwal af. Thea was een fragiel meisje; Frances was toen ze was geboren gewaarschuwd dat ze het misschien niet zou overleven, maar ze had het gered. Ze had altijd even nodig hem weer te leren kennen als ze elkaar een tijd niet hadden gezien, en ze liet vandaag het praten grotendeels aan haar broer over.

Ze liepen het pad dat naar het huis leidde op. De jongen kletste en het meisje huppelde vooruit; ze stopte af en toe om bloemen te plukken. De heggen wemelden van de witte vlinders. Thea bleef staan om ze te bekijken, haar hoofdje snel heen en weer bewegend terwijl ze probeerde hun gefladder te volgen.

'Kom je, lieverd?' vroeg hij. 'Zal ik je dragen?'

Ze stond hem toe dat hij haar in zijn armen nam. Hij voelde zich opgelucht dat ze door de bochten in het pad nu onzichtbaar waren vanaf het vasteland. Het was gek dat hij na alles wat hij de afgelopen vijf jaar had gedaan – Duinkerken, zes maanden op de Atlantische Oceaan en vervolgens werk als geheim agent in bezet Denemarken, waar hij had geholpen de verzetsstrijders daar van radioapparatuur en wapens te voorzien – meer gespannen was dan ooit nu hij met zijn twee onwettige kinderen over dit zonovergoten paadje liep.

Frances was in de achtertuin de was aan het ophangen. Hij riep haar. 'Dag, schat!'

Ze rende op hem af en ze kusten elkaar. Toen drukte ze haar hoofd tegen zijn schouder. 'God, ik ben zo blij je te zien, Gill. Het heeft echt een eeuwigheid geduurd. Ik verwachtte je weken geleden al. Ze zijn allebei verkouden geweest. Ik dacht dat we hier zouden omkomen.'

'Maar nu gaat het beter met ze?'

'Nou en of. Hoewel het bij Thea op de borst is geslagen.' Ze veegde met haar handen haar wilde rode haar naar achteren. 'Ik moest met haar naar de dokter.'

De wind trok een slecht opgehangen kinderjurk van de lijn; ze slaakte een gil en rende erachteraan om hem van een heg te plukken. Toen ze terugkwam, vroeg hij: 'Kunnen ze wel alleen op het pad spelen? Is dat niet gevaarlijk?'

'Ik kan ze niet constant in het oog houden.' Haar stem klonk scherp. 'Ik heb ook nog andere dingen te doen, hoor. Ze letten op elkaar.'

'Maar misschien is het toch beter ze in de tuin te laten spelen.'

Hij liep achter haar aan het huis in. Er stonden modderige laarzen in de gang en het was een bende in de keuken, met smerige borden in de gootsteen en de restjes van de lunch nog op tafel. In de hoek stond een mand vol wasgoed.

'Ik was van plan schoon te maken,' zei ze afgeleid. 'Gek hè, hoe de tijd je gewoon lijkt te ontglippen. Heb je ergens zin in? Een kop thee?'

'Nee, dank je.'

Toen ze zich naar hem omdraaide, zag hij de onvrede in haar ogen. 'We hoeven hier toch niet lang te blijven, hè, Gill?'

'Ik zorg dat ik snel iets beters vind, dat beloof ik.'

'Kon ik er maar tegen. Het is hier zo eenzaam. En ik ben zo bang dat het water het eiland overspoelt en ons meesleurt.'

'Onzin,' zei hij stellig. 'Het huis is uitermate veilig.'

'We zouden zo gelukkig zijn als je ergens een kleine cottage voor ons zou kunnen regelen.'

Ze klonk, bedacht hij geïrriteerd, alsof Engeland vol stond met leuke cottages, alsof ze voor het oprapen lagen, terwijl duizenden mensen in legerkampen en platgebombardeerde wijken bivakkeerden en pasgetrouwde stellen in de logeerkamer bij hun ouders woonden.

'Je weet hoe ingewikkeld het momenteel is,' zei hij. 'Een heleboel mensen hebben helemaal geen woonruimte.' Maar terwijl hij zichzelf zo belerend tegen haar hoorde praten, dacht hij aan de waterput in de tuin, het gruwelijke buitentoilet, en het vervelende, vermoeiende ongemak op een eiland te moeten wonen dat van God en alles verlaten was.

Ze maakte de borden leeg in de vuilnisbak en zette de augurken en boter in de kast. Hij zag aan de stand van haar mond dat ze boos was. Als hij de laatste tijd bij haar was, voelde hij zich overwegend schuldig en geïrriteerd. Het gepassioneerde verlangen van de eerste maanden van hun affaire was lang geleden al uitgedoofd. Hij wist rationeel nog dat hij die gevoelens had ervaren, maar hij kon ze zich alleen met moeite nog herinneren.

'Het gaat echt niet lang meer duren.' Hij nam haar in zijn armen. 'Ik weet dat het moeilijk voor je is. Maar je moet nog even geduldig zijn, Fran.'

Haar mond zocht de zijne en ze kusten elkaar. 'Ik vind het zo heerlijk je even helemaal voor mezelf te hebben,' mompelde ze. 'Je blijft toch wel slapen, hè?'

'Dat kan niet, de meisjes zijn op Marsh Court. Het zou gek zijn als ik de nacht zou wegblijven.'

Een flits van woede schoot door haar ogen. Moest ze hem eraan helpen herinneren dat Edmund en Thea ook zijn kinderen waren? Maar ze leek zich te bedenken.

'Ik had een speciale maaltijd voor ons willen maken,' zei ze opgewekt. 'Maar ik was niet op tijd voor de winkels. Dat rotpad ook! Elke keer dat ik de deur uit wil, is het hoogwater.'

Hij vroeg zich af of het echt zo moeilijk was om op de getijtafel te kijken en je dag daarnaar in te delen. Misschien voelde ze zijn ergernis aan, want ze drukte zich tegen hem aan en streelde met haar duim over zijn nek. Haar borsten, die sinds de kinderen er waren voller en minder stevig waren, voelden zacht tegen zijn borstkas. Hij voelde zich beschaamd dat hij niet sterker naar haar verlangde.

'Ga je mee naar boven?' fluisterde ze. 'Ik heb je zo gemist. Het voelt als een eeuwigheid.'

'Schat, de kinderen...'

'Maar ik verlang zo naar je...' Ze slaakte een zucht en ging verder met het opruimen van de keuken.

'Ik overweeg een jacht te kopen,' zei hij. 'Dat zou betekenen dat ik hier veel vaker zou zijn, in de jachthaven.'

'Een jacht...' zei ze enthousiast. 'Het lijkt me geweldig om te gaan zeilen!'

Hij zag Frances en de tweeling voor zich, zittend op het dek terwijl hij over de Blackwater voer, gezien door vrienden van de familie Winterton, bekenden van de jachtclub en al die anderen die hem zouden herkennen. Ze was soms zo razend makend naïef.

De tweeling kwam de keuken binnenrennen; ze wilden een hond.

'Een hond?' vroeg hij met een glimlach.

'Een grote,' zei Edmund. 'Dan kan ik stokken voor hem in de rivier gooien.'

‘Ik heb gezegd dat je een hond voor ze koopt, Gill,’ zei Frances. ‘Ik wil er ook graag een. Dan heb ik ’s avonds gezelschap.’

Ze had al moeite voor twee kinderen te zorgen, bedacht hij, dus hoe kon ze een hond erbij hebben? Ze moet zijn gezichtsuitdrukking hebben gezien, want ze veegde haar haar weer uit haar gezicht en zei: ‘Ik weet dat het er hopeloos uitziet hier, maar ik ga het allemaal regelen. We wonen hier nog niet lang, en de kinderen zijn ziek geweest, maar ik krijg het heus wel weer allemaal op een rijtje, Gill, wacht maar af. Je hoeft je geen zorgen om ons te maken. Een hond zou leuk voor ze zijn, dat is alles.’

‘Oké. Dan krijgen jullie een hond.’

Edmund joelde van plezier. Thea kroop op handen en knieën door de keuken en deed of ze een hond was.

‘Wat hebben jullie toch een lieve papa, hè, jongens?’ riep Frances. ‘Zullen we hem vertellen wat we vanmiddag gaan doen?’

‘Picknicken!’ schreeuwde Edmund. Thea kwam van haar knieën en begon op en neer te springen. ‘Picknicken! Picknicken!’

Zijn affaire met Frances Hart, zo onontkoombaar en gepassioneerd sinds die eerste nacht in het stationshotel in Salisbury, was onvoorstelbaar ingewikkeld geworden door de geboorte van de tweeling. Ze had in het begin tegen hem gezegd dat ze voor anticonceptie zorgde, en hij was zo stom geweest haar te geloven. Het was niet tot haar doorgedrongen dat ze zwanger was tot in de vijfde maand, te laat om er nog iets aan te kunnen doen. Toen ze hem had verteld dat ze een tweeling verwachtte, was de gedachte door hem heen gegaan dat het typerend voor haar was dat ze twee baby’s produceerde in plaats van de gebruikelijke één, waarmee ze alles zo veel gecompliceerder maakte.

Haar zorgeloze, impulsieve aard was in eerste instantie deel van haar aantrekkelijkheid geweest. Frances was zo verfrissend anders dan Blanche, die zich om alles druk maakte. Nu hij erop terugkeek, drong het tot hem door dat hij impulsiviteit en vergeetachtigheid had aangezien voor passie en warmte. Het had even geduurd, en een aantal afspraakjes waarbij ze op de verkeerde tijd of plaats was komen opdagen, totdat hij het niet meer charmant had gevonden.

En toen was het al te laat. De tweeling was onderweg en wat voor hufter hij ook was, en hij wist dat hij dat was, hij was niet het soort dat een vrouw met twee kinderen in de steek liet. Hij had Frances en de kinderen in een cottage bij een dorpje in Hampshire geïnstalleerd en toen dat geen geschikte plek bleek te zijn, had hij ze verhuisd naar een huisje bij Hungerford in Berkshire. Tijdens de oorlog was het allemaal wel gegaan. Hij was het grootste deel van de tijd in het buitenland geweest, en aangezien hij niet over zijn werk mocht praten, was het heel eenvoudig geweest om te voorkomen dat Blanche achterdochtig zou worden.

Maar het bedwelmende genot van de eerste paar maanden was al snel minder geworden. Hij had zich voorgesteld dat de relatie langzaam zou doodbloeden en dat Frances een ander zou vinden. Hij zou uiteraard voor het levensonderhoud van de kinderen blijven betalen. Hij zou de jongen naar een goede kostschool sturen om het moeilijke begin dat hij had gehad goed te maken, en voor het meisje, een teer en hunkerend poppetje, zou hij een school in de buurt van huis zoeken.

Maar Frances had geen ander gevonden. Ze zei dat ze nog steeds verliefd op hem was. Ze had geprobeerd hem over te halen bij Blanche weg te gaan, en hij had haar in de waan gelaten, wat maakte dat hij walgde van zichzelf. De affaire had tot hem doen doordringen hoezeer hij de ordelijkheid en rust waardeerde die Blanche in zijn leven bracht.

Toen de oorlog voorbij was, waren zijn problemen verveelvoudigd. Hij had bij de verkiezingen in 1945 alles moeten doen om zijn zetel in het parlement te behouden. Zijn meerderheid van zesduizend was gekrompen van een tot minder dan driehonderd. Hij vond het moeilijk dat zijn kiezers te vergeven. Zijn beloning voor de jaren dat hij voor zijn land had gevochten was dat hij op het nippertje aan een diepe vernedering was ontsnapt.

De overwinning van Labour in 1945 was overtuigend geweest; de partij had een groot deel van de stemmen gekregen. Hij had kort overwogen over te lopen – een deel van de politieke overtuigingen van Labour was niet zo heel vreselijk – maar had dat uiteindelijk toch niet gedaan. Niemand vertrouwde een overloper, en Gillis geloofde diep in zijn hart dat de elite, met de superieure opleiding en ervaring die daarbij hoorde, het geschiktst was om het land te leiden.

Hij had zijn gevoel van verbittering niet van zich kunnen afschudden. Na zijn demobilisatie was hij naar huis gekomen. Zijn huis in Londen was volledig uitgewoond door de legerjongens die het hadden gerekwireerd en er was nauwelijks geld om het op te knappen. Voedsel was nog strenger op de bon dan tijdens de oorlog en het zag er niet naar uit dat de rantsoenering snel achter de rug zou zijn. Hij was geen staatssecretaris meer, slechts nog parlementslid, en dan ook nog in de oppositie. Het aanstormende talent had ondertussen meer dan een paar grijze haren gekregen. Hoewel hij zich probeerde te troosten met de wetenschap dat de overwinning van Attlee een kelk vol vergif was, dat het land bankroet was achtergelaten door de oorlog en dat de economie niet te redden was, voelde het als een schrale troost.

En dan Frances. Edmund, die een avontuurlijke inborst had, was eerder dat jaar uit een boom gevallen en had zijn arm gebroken. Ze had hem op kantoor gebeld – op kantóór – en had omdat hij er niet was een boodschap achtergelaten. Iemand moest iets tegen iemand hebben gezegd, want een paar dagen later had een verslaggever van de krant rondgeneusd in het dorp waar Frances toen met de kinderen woonde. Hij had geweten dat de kans groot was dat hij alles zou verliezen. Blanche zou van hem scheiden als ze zou weten van Frances. Ook zijn carrière had aan een zijden draad gehangen. Als zijn affaire bekend zou worden, was het slechts een kwestie van tijd. Dan zou hij op een avond op zijn schouder worden geklopt, zacht worden toegesproken in zijn club, en dan zou er worden gemompeld over zijn ontslag… in het belang van de partij.

Hij had dus snel moeten handelen. Hij was zo blij geweest met David Morgan, de onderofficier uit Wales die hij in Duinkerken had leren kennen. Hij had contact met Morgan gehouden en had naar hem gevraagd toen hij een eenheid voor Denemarken selecteerde, toen hij een man als Morgan nodig had gehad, die zonder vragen te stellen alles zou doen wat er van hem werd gevraagd. Nadat de oorlog was afgelopen was hij de Welshman blijven inhuren, soms als chauffeur, en soms om dingen voor hem te regelen waarvan hij niet wilde dat iemand ervan wist.

Morgan was degene geweest die kamers in een hotel had gevonden voor Frances en de kinderen terwijl Gillis op zoek ging naar een huis. Het was een onmogelijke opdracht geweest. Er waren nauwelijks huizen, appartementen of ook maar kamers te huur op het platteland. Er waren tijdens de oorlog te veel huizen – toch al in slechte staat – vernietigd.

Toen had hij tijdens een bezoekje aan Marsh Court aan Thorney Island gedacht. Het was kilometers van alles weg, er ging niemand naartoe, en het huis stond al jaren leeg. Iedereen leek het te zijn vergeten. Niemand zou hen daar opmerken. En hij zou eenvoudig bij Frances en de kinderen op bezoek kunnen als hij bij de familie Winterton was.

Het had de perfecte oplossing geleken. Hij liet Morgan contact opnemen met de eigenaar, een boer in Bradwell-on-Sea, en alles was geregeld. Frances was er in april gaan wonen.

Hij had niet geweten dat ze het zo vreselijk zou vinden. Wat eigenlijk best naïef van hem was: natuurlijk zou ze het er haten. Frances was dol op gezelschap, op borrelen, dansen, kletsen, léven. Ze miste haar zus in Wiltshire en had de eerste zes weken constant aan zijn kop gezeurd dat hij iets anders voor haar moest zoeken.

Ze had zich er langzaam bij neer lijken te leggen. Hij vroeg zich af of ze aanvoelde dat hij zijn interesse in haar verloor. Ze vroeg niet meer wanneer hij bij Blanche zou weggaan. Misschien dat het feit dat ze eerder dat jaar op het nippertje aan een schandaal waren ontsnapt tot haar had doen doordringen dat hij Blanche nooit zou verlaten. Hij was zich erop aan het voorbereiden haar te gaan vertellen dat het voorbij was. Dat zou hij doen zodra hij een goede woning voor ze zou hebben gevonden. Het zou moeilijk worden en Frances zou overstuur zijn, maar het moest gebeuren. Ze had behoefte aan een man die haar zijn onverdeelde liefde en aandacht zou geven, en die verdiende ze ook. Hij zou haar financieel goed verzorgd achterlaten.

Ze picknickten die middag op de met gras begroeide zeewering achter het huis, die uitkeek over het moerasland dat ten noorden van het eiland lag. Nadien liepen Frances en de kinderen met hem mee terug naar het verhoogde pad. Het begon hoogwater te worden; hij was bijna te laat vertrokken. Hij nam afscheid van hen en begon aan de oversteek. Tegen de tijd dat hij het vasteland bereikte, klotste het water over zijn voeten, en hij voelde de stroming aan hem trekken. Hij maakte een hele show van het uitwringen van zijn broekspijpen en zwaaide nog een keer naar ze voordat hij wegliep.

Hij voelde een last van zijn schouders vallen toen hij terugliep naar Marsh Court. Hij had lange tijd een dubbelleven geleid, maar de oorlog en zijn werk als geheim agent hadden hem daar ervaren in gemaakt. Vanavond zou hij discussiëren met Henry en kletsen met Juliet terwijl hij genoot van haar schoonheid, en dan zou hij zijn zorgen over zijn gezinnetje op het eiland, tenminste even, terzijde kunnen leggen.

4

Juli 1946-september 1946

Op sommige ochtenden die zomer, als ze de kleine Charlotte bij mevrouw Barrett, de huishoudster, kon laten, liep Juliet nadat ze Piers naar school had gebracht met de hond via het voetpad naar Marsh Court terug in plaats van met de langzame en onregelmatig rijdende bus te gaan. Dan liep ze langs de haven van Maldon, waar de wind de tuigage van de zeil- en vissersboten deed klingelen en de gesprekken van de vissers en het roepen van de zeevogels klonken. Ten oosten van het stadje, achter het einde van de muur bij de haven, volgde het voetpad het estuarium naar waar de achtergelaten bootjes, gereduceerd tot zwarte skeletten, in het slik lagen verzonken. Ze hield Biscuit, een nieuwsgierig en onderzoekend diertje, goed in de gaten om te voorkomen dat hij verstrikt zou raken in het prikkeldraad dat na de oorlog nog over de laagst gelegen velden en greppels lag gespannen.

Toen ze op een dag in de buurt van Thorney Island liep, hoorde ze lachende stemmen. Een schreeuw werd door de wind meegenomen en over de rivier naar haar toe geworpen. Twee jonge kinderen, een meisje in een rode jurk en een jongetje, speelden aan het eind van het verhoogde pad. Gillend renden ze naar de golfjes en dan weer terug het pad op, waarbij de rode jurk van het meisje in de wind fladderde en de jongen haar uitdaagde dieper het water in te gaan. Toen werden ze misschien door een ongezien iemand geroepen, want ze draaiden zich om, renden de helling af en waren verdwenen.

Soms liep ze omdat ze wandelen zo fijn vond en soms, als Henry doordeweeks op Marsh Court was, liep ze om het moment uit te stellen waarop ze de machtsstrijd weer zouden aangaan die zo kenmerkend was geworden voor hun getrouwde leven. Ze hadden ruzie over hoeveel de huishoudster betaald moest krijgen en of Juliet de landarbeidsters op de thee moest blijven uitnodigen (Henry vond hen ongemanierd). Sommige van de onderwerpen waren belangrijker voor haar dan andere, maar ze zette los van waarover het ging elke keer haar hakken even vasthoudend in het zand. Het waren schermutselingen in een grotere strijd die woedde sinds Henry was thuisgekomen. En ze zou hem niet laten winnen. Niet meer.

Gillis was bezig met de aanschaf van een jacht dat hij in Burnham-on-Crouch wilde aanleggen, dus hij was die zomer vaak op Marsh Court. Blanche kwam nu en dan met hem mee. Juliet zag dat ze behalve waar het haar kinderen aanging geen vrouw was die blijk gaf van gevoelens. Ze sprak hoogstzelden lieve woorden tegen Gillis; hij was degene die als hij bijvoorbeeld door de zitkamer liep om een boek van een plank te pakken zijn vrouw op het hoofd kuste; andersom gebeurde dat niet, en hij was degene die haar hand pakte als de gezinnen samen aan het wandelen waren langs de mistige kust bij St Peter's Chapel. Juliet vond Blanche Sinclair een kille vrouw. Ze had het uiterlijk van een ijskoningin – witte huid, zwart haar, bleekblauwe ogen – en dat verried een kil hart. Ze vond dat Blanche hem niet genoeg op waarde schatte.

Op een avond was er een onaangename scène tijdens een etentje. Henry prikte in iets bruins en vormeloos en verklaarde de stoofpot oneetbaar. Juliet was moe en gespannen. Ze deed de keukendeur open zodat Gillis haar met het dienblad kon helpen.

Hij zei: 'Henry maakt zich zorgen om de zaak.'

'Ja, dat weet ik.' Ze liet heet water de gootsteen in lopen. 'Maar Jonny maakt zich ook zorgen om de zaak, en die krijgt geen woedeaanval tijdens het eten.'

'Jonny voelt zich minder verantwoordelijk voor de financiële kant.'

Ze zette de borden in de gootsteen. 'Gillis, mevrouw Barrett kan niet koken en het eten was vies. En ik begrijp dat niemand nog geld heeft om sieraden te kopen en dat dat slecht is voor Winterton's. Maar Henry heeft naar mijn mening geen enkel excuus om zich zo te gedragen. Jij zou nooit tegen Blanche praten op de toon waarop Henry mij aanspreekt.'

'Misschien doe ik op mijn manier wel ergere dingen.'

'Hoe bedoel je?'

'Dat dingen niet altijd zijn wat ze op het eerste oog lijken.' Hij kneep zacht in haar schouder. 'Henry is als een kind dat zijn slechte humeur niet kan onderdrukken. Hij haat het dat zijn huis in verval is en dat zijn bedrijf moeilijk rondkomt. En ja, zijn eten is eenvoudig en smaakloos. En aangezien Henry Henry is, spreekt hij dat uit. Ik ben niet zo'n open boek. Ik hou dingen verborgen.'

'Wat voor dingen?'

'Dat ik soms het gevoel heb dat ik verdwaald ben. Dat ik doe wat ik moet doen – als echtgenoot, vader en politicus – maar dat het allemaal niets meer betekent.'

'Gillis, wat is er aan de hand?'

'O, niets.'

'Ik vind het vreselijk om je ongelukkig te zien.' Ze pakte zijn handen. 'We zijn al zo lang vrienden. Je kunt me alles toevertrouwen.'

Hij fronste zijn voorhoofd; zijn ogen leken donkerder te worden, maar toen maakte hij zich zachtjes van haar los. 'Ik beloof je, Juliet, als ik iets te vertellen zou hebben, zou jij de eerste zijn die het zou horen. Maar er is echt niets aan de hand. Ik voel me gewoon een beetje gedeprimeerd. Gecombineerd met een beetje zelfhaat.' Hij lachte zacht. 'Dat zouden mijn collega's nooit geloven.'

Zij geloofde het wel. Gillis zag eruit als iemand die blaakte van het zelfvertrouwen, hij kwam zelfs arrogant over, maar zij wist al heel lang dat hij ook een duistere kant had.

'Maar je doet geweldig werk in je kiesdistrict,' zei ze in een poging hem op te vrolijken. 'En je doet het fantastisch met de kinderen.'

'Daar denkt Blanche heel anders over. Zij zou je vertellen dat ik hun verjaardagen vergeet en bijna nooit tijd vrijmaak om naar prijsuitreikingen of sportdagen te komen.'

Juliet keek naar de vieze vaat, die in een laag water in de gootsteen stond. 'Ik vraag me ook regelmatig af waar ik mee bezig ben,' zei ze zacht. 'Ik blijf bij Henry vanwege Marsh Court. En natuurlijk vanwege de kinderen, maar Marsh Court was er eerst. Ik was er al aan verknocht voordat Piers werd geboren. Ik zal hier nooit weggaan, en Henry ook niet. Dus dat zal wel betekenen dat we aan elkaar vastzitten.'

'Dan heeft Henry geluk,' zei hij met een melancholische glimlach. 'Ik kan me wel iets ergers voorstellen dan vastzitten aan een beeldschone vrouw.'

'Charmeur.'

Hij schudde zijn hoofd. 'Nee, ik meen het.' Toen pakte hij haar hand, die nat en zepig was van het afwaswater, en drukte er een kus op.

Hun gesprek – en zijn kus – bleef haar bij. Het gaf haar troost als ze ongelukkig was; elke keer dat ze eraan terugdacht, ging er een prikkeling van opwinding door haar heen.

Tijdens een avondje bij Jonathan en Helen waren ze in het kaas-met-port-stadium van de avond toen Helen zei: 'Wist je al dat Molly Brandon is overleden?'

'Wat verdrietig,' zei Juliet. 'Misschien moet ik er even naartoe.'

'We hebben nooit sociale omgang met de familie Brandon gehad.' Henry staarde razend naar zijn kruimel muizenvalkaas. 'Ik heb geen enkele behoefte mijn eettafel te delen met een vrijboer.'

'Misschien dat we dat toch eens zouden moeten doen.' Jonny zag er geamuseerd uit. 'Het lijkt me heel vermakelijk jou een gesprek over schapen en varkens te horen voeren, Henry.'

'Boeren en winkeliers,' zei Juliet. 'Ik zie het verschil niet zo.'

'Ha!' riep Jonathan. 'Dat zet ons op onze plaats. Winkeliers, dat is wat wij zijn, Henry.'

'Ik ben in geen eeuwigheid in de winkel geweest,' mijmerde Jane. 'Misschien moet ik eens naar mijn broers komen kijken, in hun groene schort.'

Juliet smeerde boter op een crackertje. 'Wat ik bedoel is dat meneer Brandon tarwe en gerst verkoopt, en Winterton's verkoopt smaragden en saffieren. Je zou zelfs kunnen zeggen dat tarwe en gerst veel zinniger zijn.'

'Maar minder lucratief.'

'Dus het enige wat ons van de familie Brandon onderscheidt, is geld...'

'Vergeef mijn eega haar vulgariteit.' Henry's minachtende blik bleef op haar rusten. 'Ze heeft het grootste deel van haar jeugd op een kameel in de woestijn doorgebracht. Ze weet niet hoe ze zich moet gedragen in goed gezelschap.'

Juliet zei kwaad: 'Hoe kun je me van vulgariteit beschuldigen, Henry, als ik het over geld heb? Jij brengt je dagen toch ook alleen door met geld verdienen?'

'We hebben natuurlijk allemaal geld nodig om van te leven,' zei Helen.

'En jij draagt het maar al te graag, liefste,' zei Henry op lijzige toon.

Dat was een gerichte opmerking. Juliet droeg vanavond een collier van Winterton-saffieren, heel mooie, transparant blauw, uit Kasjmier.

'Charles en Marie Barbour dineren ook met ons,' zei ze stijfjes. 'Zij zijn ook boeren. Het enige verschil tussen de familie Barbour en de familie Brandon is dat de familie Barbour duizend acre bezit en meneer Brandon' – ze had geen idee hoeveel land meneer Brandon bezat, dus maakte ze haar zin halfslachtig af met: 'minder.'

'Juliet, schat.' Jonny raakte haar hand aan. 'Het probleem is dat Brandon niet tot ons soort mensen behoort. Het is een aardige vent met een mooie boerderij, maar het is een rooie rakker.'

Ze hadden het verder niet meer over meneer Brandon. De fles port die een dankbare patiënt aan Peter had gegeven was leeg. Alcohol was, net als kaas, nog moeilijk te krijgen. Jane vroeg of er nog iets te drinken was.

Henry merkte terwijl Jonathan in de kast aan het kijken was, op: 'Je hebt altijd al van een stevige borrel gehouden, Janey.'

Jane zag er geïrriteerd uit. 'Alsof jij zo'n geheelonthouder bent.'

‘Ik kan er beter tegen.’

‘Lariekoek. Je drinkt als een vis, Henry. En dan schiet je uit je slof en ga je tegen die arme Juliet tekeer.’

‘Terwijl jij te allen tijde je lieflijke zelf blijft, zusje.’

‘Ik blijf tenminste beleefd.’

‘Doe nou maar niet alsof jij je niet als een feeks gedraagt als je dat zo uitkomt. Vooral als je hebt gedronken.’

De manier waarop Jane rechtop ging zitten en haar hoofd naar achteren trok, deed Juliet aan een cobra denken die op het punt stond aan te vallen. ‘Wat ben je toch een puritein geworden, Henry,’ snauwde ze. ‘In ieder geval als je op Marsh Court bent.’

Janes woorden daalden neer in Juliets gedachten terwijl Henry zijn zus razend aanstaarde. Ze priemden en deden pijn, als een steentje in een schoen. Wat wist Jane dat Henry voor haar verborg? Wat vernederend om erachter te moeten komen dat Jane iets over Henry wist waarvan zij niet op de hoogte was.

‘Hou je mond, Jane,’ zei Henry.

‘Waarom?’

Peter zei: ‘Janey.’

Juliet keek van opzij naar de broer en zus. Henry’s blik was waarschuwend.

Helen onderbrak het tafereel. ‘Wij hebben toch nog ergens een fles likeur, Jonny? Hij is nog dicht en zal wel niet te drinken zijn, maar het zou leuk zijn hem te proberen, toch?’

De likeur werd opgediept en glazen werden gevuld, maar de spanning bleef in de kamer hangen. Helen deed nog een dappere poging er iets tegen te doen. ‘Hoe gaat het met die nieuwe ontwerper van je, Henry? Jonny vertelde me dat het een geweldige vent is.’

‘Esteban?’ mompelde Henry. ‘Dat is een rare snuiter.’

‘Maar zeer getalenteerd,’ zei Jonathan. ‘Vreselijk temperamentvol, zelfs voor een buitenlander, maar hij weet wat hij doet. Ik heb hem aan het werk gezet met wat stenen die we van die man hebben gekocht. Heel bijzondere stukken. Ik denk dat ik ze eerst in Colchester ga proberen.’

Janes woorden drongen als een langzaam steeds sterker wordend gif Juliets hart binnen. Ze wilde Henry kwetsen en zag haar kans.

'Je was toch van plan de winkel in Colchester te verkopen?' merkte ze op.

'Henry?' Jonathan fronste zijn wenkbrauwen en staarde naar zijn broer.

Henry wierp haar een valse blik toe. 'Daar is nog niets over besloten.'

'Dat hoop ik dan maar.'

'Je kunt de winkel in Colchester niet verkopen,' zei Jane. 'Die hebben we al een eeuwigheid.'

'Ik snap niet dat je het ook maar overweegt.'

'Henry,' zei Helen. 'We hebben altijd aangenomen dat Colchester naar Aidan zou gaan.'

'Wat ben je soms toch tiranniek.'

Henry sloeg zo hard met zijn vuist op tafel dat het serviesgoed en bestek ervan rammelden. 'Kijk me verdorie niet aan alsof ik voorstel jullie eerstgeborene te verkopen, dat geldt voor jullie alle drie! Jane, jij hebt hier niets mee te maken. Jij hebt je aandeel vijftien jaar geleden verkocht.'

'Maar ik ben nog steeds familie,' mompelde Jane. 'Ik geef nog steeds om het bedrijf.'

'Je bent een godvergeten typische Winterton, met je geblèr over zaken waar je geen verstand van hebt. En jij...' Henry's razende blik schoot naar Jonathan. 'Heb jij de laatste tijd wel eens naar de cijfers gekeken? Heb je ook maar de moeite genomen om eens naar Colchester te gaan om te bekijken wat ze daar verkopen – of niet verkopen? Of steek je zoals gebruikelijk je kop in het zand, zodat ik de moeilijke beslissingen moet nemen?'

Jonathan leunde voorover naar Henry. Zijn stem klonk zacht en emotieloos. 'Je kunt het niet maken om de winkel te verkopen.'

'Dat kan ik wel, Jonny.'

'Nee. Daar waren we het over eens.'

'Dat was voor de oorlog. De tijden zijn veranderd. Jouw probleem is dat je niet met veranderingen kunt omgaan, Jonny. Je doet veel te graag alsof alles fijn is en goed gaat, zoals vroeger.'

'Behandel me niet als een kind.' Alle warmte en humor was uit Jonny's stem verdwenen.

'Gedraag je dan niet zo. Er is heus wel een plekje voor Aidan in Bond Street, dat beloof ik.'

'Ik wil niet dat Aidan een plekje krijgt. Ik wil dat hij Colchester krijgt.'

'Nee. Dat kan niet.'

Jane vroeg: 'En Eliot en Jake?'

Jane was vreselijk beschermend als het haar kinderen betrof, met name haar oudsten, de tweeling Eliot en Jake, die ondertussen tieners waren.

Henry's blik bewoog naar zijn zus. 'Zij worden geen juweliers, Janey. Ze zijn totaal niet creatief. Ze worden zakenman in de City, of chirurg, zoals Peter.'

Juliet vroeg zich af of Jane zou uithalen naar haar broer, maar haar vertrokken mond ontspande in een glimlach en ze begon te giechelen. 'O hemel, daar heb je gelijk in. Gelukkig hebben we Gabe ook nog.' Gabe – kort voor Gabrielle – was de dochter van Jane en Peter. 'Zij is zeer geschikt voor de zaak, Henry.'

Het gezelschap ging naar de zitkamer. Helen zette de grammofoon aan en Jane vertelde over Gabes talent als ballerina. Peter en Juliet zaten op de bank en hadden het over de tentoonstelling die ze in de National Gallery hadden gezien. De ruzie tussen de broers zette zich voort aan de andere kant van de kamer, waarbij Henry zijn stem verhief en Jonathan ingehouden razend klonk.

Hun discussie ging door tot het gezelschap rond middernacht uit elkaar ging. Toen ze naar huis reden, zei Henry zacht: 'Wat ben je toch een kreng.'

Juliet voelde een sensatie van triomfantelijkheid door zich stromen. Het was heel bevredigd een reactie van hem te krijgen. Maar ze vroeg met geveinsde onschuld: 'Hoe bedoel je?'

'Dat weet je donders goed. De winkel.'

'Ik kon toch niet weten dat je dat niet met Jonny hebt besproken?'

Hij nam de bocht te snel en ze moest zich aan het dashboard vastklampen. 'Hoe moest ik weten dat jij mijn privézaken in het bijzijn van iedereen op tafel zou gooien?'

'Ik ging ervan uit dat je zoiets belangrijks met Jonny zou bespreken.'

'Leugenaar. Je weet best dat ik hem niet alles vertel. Als ik dat zou doen, zou de zaak nog in het victoriaanse verleden staan te verstoffen.'

Nog een scherpe bocht met hoge snelheid. 'Hou op,' zei ze kwaad. 'Niet zo snel. Straks rijd je ons nog dood. Je moest het hem toch een keer vertellen.'

'Maar niet vanavond.' Henry trapte op het gaspedaal. 'En niet in het bijzijn van mijn verrekte zus.'

Ze bereikten Marsh Court en hij scheurde met de Jaguar door het hek. Toen ze uitstapten, stak de koude lucht in Juliets gezicht.

Binnengekomen betaalde ze Meg voor het oppassen, en Juliet zwaaide haar uit toen ze wegfietste. Toen ze de voordeur achter zich sloot, werd ze overvallen door het gevoel dat ze gevangenzat in het geweld van Henry's woede. Ze ging niet naar de zitkamer om een laatste drankje, wat hun gewoonte na een avondje uit was. In plaats daarvan ging ze naar boven, waar ze keek of de kinderen goed sliepen, en daarna liep ze naar haar eigen slaapkamer.

Ze had haar nachtjapon aangetrokken en was net aan het proberen het saffieren collier los te krijgen, wat niet lukte, toen Henry naar boven kwam. Ze voelde zijn sterke handen tegen haar nek terwijl hij de sluiting opende.

Hij zei: 'Waag het niet om me nog eens voor mijn hele familie voor schut te zetten, Juliet.'

'Waarom niet?' Ze draaide zich om en keek hem recht aan. 'Dat doe je ook bij mij.'

Hij legde het collier in zijn witfluwelen doosje. 'Ja, maar daar hebben we een afspraak over.'

'Een afspraak?'

'Marsh Court en een comfortabel en gemakkelijk leven voor jou. Het enige wat je ervoor hoeft te doen is het met mij uithouden.'

'Je bedoelt dat ik moet pikken dat je je als een tiran gedraagt. Jane heeft gelijk, dat ben je.'

'En jij bent een onnozele gans.' Zijn toon was venijnig. 'Het kan me niet schelen wat je doet, zolang het de familie maar niet schaadt. Het enige wat van belang is, is dat de familie bij elkaar blijft. Ik sta je niet toe dat in de weg te staan, Juliet.'

Ze zei verbitterd: 'Er zijn ook andere manieren om een familie bij elkaar te houden.'

'Hoe dan?'

'Met liefde. Dat doe je met liefde. Niet door mensen tegen elkaar op te zetten. Of door geheimen voor ze te hebben.'

Henry maakte zijn stropdas los. Zijn bovenlip krulde op. 'Ik wil jouw liefde, jouw mierzoete, sentimentele liefde niet. Die vertroebelt de visie en ondermijnt het beoordelingsvermogen. Als je liefde analyseert, kom je erachter dat ze enkel bestaat uit egoïsme, waanbeelden, eigenbelang en lust. Verder niets.'

Ze stapte in bed. Ze was hun geruzie zat en had spijt dat ze hem had uitgedaagd. Maar ze kon het niet verdragen hem het laatste woord te geven.

'Ik ben tenminste in staat tot liefhebben.'

'Alsof jij zo'n expert bent. Alsof je uit liefde met me bent getrouwd.'

'Ik heb geprobeerd van je te houden...'

'Maar dat doe je niet, toch?'

'Dat komt door jou, Henry; jij maakt het onmogelijk!'

'Hypocriet.' Hij ontblootte zijn tanden. 'Je bent met me getrouwd omdat ik je een inkomen en een manier om Cairo uit te komen kon verstrekken.'

De minachting in zijn stem resulteerde erin dat ze hem direct weer haatte. 'Je hebt gelijk,' zei ze ijzig. 'Hoe zou ik van jou kunnen houden? Hoe zou wie dan ook van jou kunnen houden? Niemand kan van jou houden.'

'En voor jou geldt hetzelfde. Onder dat zoetig aanlokkelijke uiterlijk ben je spijkerhard.'

Het maakte haar razend dat hij haar even cynisch en gevoelloos noemde als zichzelf. 'Ik ben in helemaal niets hetzelfde als jij,' riep ze.

Hij stond aan het voeteneinde van het bed naar haar te kijken. Hij glimlachte sardonisch. 'Ik moet toegeven dat je hersens hebt, Juliet, al gebruik je ze niet al te vaak. Op de dag dat we elkaar leerden kennen in Cairo, zag ik iets in je wat ik herkende. Daar stond je, te onderhandelen over je parels, en je weigerde categorisch die oplichter misbruik van je te laten maken. Je was lomp en ongeschoold, maar ik wist dat er iets was, iets wat we gemeen hadden, wat ik kon gebruiken. Je bent op je eigen manier even berekenend en hebberig als ik.'

'Mijn god!' riep ze. 'Piers en ik waren zo veel gelukkiger toen jij er niet was!'

Zijn gezicht werd lijkbleek en ze wist dat ze hem pijn deed. Maar even later antwoordde hij onderkoeld: 'Dat herken ik wel, liefste. Na een week of twee van jouw gezelschap is het een ongelooflijke opluchting weer naar Londen te kunnen.'

Wat ben je toch een puritein geworden, Henry. In ieder geval als je op Marsh Court bent. Ze was Janes schimpende woorden niet vergeten, en ze schreeuwde het uit in haar pijn en razernij.

'En naar wie ga je toe als je daar bent, Henry? Hoe heet ze?'

'Roep jezelf tot de orde,' zei hij fel. 'Je bent hysterisch.'

'Wat bedoelde Jane? Wat weet zij dat ik niet weet?'

'Jane was gewoon aan het stoken.' Hij mikte zijn manchetknopen in een schaaltje op de ladekast. 'Ze was dronken en verveelde zich. Typisch Jane.'

Juliet ging op haar knieën in bed zitten. 'Ik geloof je niet. Vertel het me. Ik eis dat je het me vertelt!'

Henry fronste zijn wenkbrauwen. 'Weet je dat zeker? Weet je dat heel zeker? Ik dacht dat jij het soort vrouw was dat bepaalde dingen liever niet weet. Maar als je erop staat: Jane heeft me met Teddie gezien.'

'Teddie?' herhaalde ze uitdrukkingsloos.

'Ja, zo heet ze.'

Wat een belachelijke naam, ging het door haar heen. Aan de

kant gezet worden voor een vrouw die Teddie heette. 'Die vrouw...' Haar stem haperde. 'Is ze je minnares?'

'Ja, zo zou je haar kunnen noemen.'

'Sinds...' Ze kreeg de woorden nauwelijks haar strot uit. 'Sinds wanneer?'

'Een paar maanden. Dat doet er niet toe.'

'Voor mij doet het er wel toe!'

Ze had meteen spijt dat ze dat had gezegd. Het maakte de vernedering alleen maar groter. Hij keek naar haar alsof ze een buitenissig, meelijwekkend wezen was dat hij aangespoeld op het strand had aangetroffen.

'Teddie is een schat,' zei hij. 'Ze doet niet moeilijk en ze vraagt nooit te veel, maar ze begint me te vervelen, dus ik betwijfel of ik nog met haar ga afspreken. Als je daar behoefte aan hebt, trap je maar een scène, Juliet, maar daar wil ik geen getuige van zijn, dus ik slaap vannacht in mijn kleedkamer.'

Hij liep de kamer uit.

Ze lag wakker, verlangend naar de vergetelheid van de slaap maar niet in staat die te vinden. Ze liep uiteindelijk naar beneden om warme chocolademelk te maken, in de hoop dat ze daar slaperig van zou worden. Het was koud in de keuken, dus ze trok een oude gewatteerde jas over haar nachtjapon en ochtendjas aan. Toen ging ze in de ochtendkamer zitten, haar favoriete ruimte in het huis. Ze deed de gordijnen voor de openslaande deuren open; de vormen van de bomen, de schuurtjes en het huisje van de tuinier aan de rand van de tuin staken af tegen het zilveren maanlicht.

Ze kon de deuren openen, bedacht ze, het terras en de tuin door lopen en via de velden naar het estuarium gaan. Ze kon blijven lopen tot ze ver, ver weg was van Henry, zodat ze hem nooit meer hoefde te zien.

Maar dat kon ze natuurlijk niet. Ze had de kinderen, die boven lagen te slapen. En ze had Marsh Court, haar thuis. Ze had Helen en Jonny en Jane en Peter en het echtpaar Sinclair, haar familie en vrienden.

Ze vroeg zich af of ze het recht had zich zo geschokt en gekwetst te voelen. Ze wist al heel lang dat Henry en zij niet van elkaar hielden. En toch was haar wereld die avond op zijn kop gezet, en leek haar toekomst vreemd en onbekend, besmet door kwaadaardigheid. Misschien had Henry gelijk dat hij haar beschreef als iemand die de waarheid niet wil zien. Misschien was ze net als Jonathan en stak ze liever haar kop in het zand.

Ze had nooit de illusie gehad dat ze een goed huwelijk hadden. Als iemand zou aandringen, zou ze vertellen dat hun huwelijk bij elkaar werd gehouden door Henry's verlangen naar haar en zijn behoefte aan een vrouw die het huishouden op Marsh Court regelde, en door haar eigen behoefte aan veiligheid en een thuis. En door de kinderen natuurlijk. Dat Henry met een andere vrouw sliep, deed haar beseffen hoe fragiel haar zelfvertrouwen was, en hoe sterk het afhankelijk was van haar geloof dat ze in ieder geval jong en aantrekkelijk was. Zelfs daar was ze nu onzeker over. Een nieuwe kwellende gedachte drong zich aan haar op: dat Teddie niet de eerste was. Dat er voor haar anderen waren geweest: lieve meisjes die geen problemen maakten en die door Henry aan de kant waren gezet toen ze hem waren gaan vervelen.

Ze waren in een opwelling getrouwd, hadden allebei gedacht iets in elkaar te zien wat er niet bleek te zijn. Sindsdien was het enkel teleurstelling en onenigheid geweest, en ze waren elkaar niet goedgezind geweest. Ze kenden elkaar ondertussen te goed, dacht ze. Ze hadden geleerd hoe ze elkaar konden verwonden. *Je bent op je eigen manier even berekenend en hebberig als ik.* Dergelijke gedachten moest je niet uitspreken. Ze zouden nooit meer weggaan en hielden zich als spinnen op in een donker hoekje, om nu en dan naar buiten te kruipen en hun gif in haar te prikken.

Nog een ontdekking: ze had zich tot nu toe vastgeklampt aan een sprankje hoop dat het wel goed zou komen met hun huwelijk, dat Henry zou verzachten of dat ze zich zou kunnen leren neerleggen bij minder dan liefde. Ze staarde naar de maangrijze tuin en accepteerde dat dat nooit zou gaan gebeuren, dat ze altijd oorlog zouden blijven voeren en dat ze de rest van haar leven zou verlangen naar iets wat ze nooit kon krijgen. Ze had geen twistziek karakter en genoot niet zoals Henry van onenigheid, en ze hoefde maar naar Jonny en Helen te kijken om te weten dat een huwelijk iets kon zijn wat troostrijk en heerlijk was.

Henry zou ook nooit veranderen. Hij zou haar altijd minachten en zou nooit in staat zijn haar troost of affectie te geven. Misschien dat hij vrouwen diep in zijn hart gewoon minderwaardig vond. Misschien dat hij als een echte Winterton een groot kunstliefhebber was, maar wat betreft al het andere was hij een mannenman en was hij liever in mannelijk gezelschap. Wat ze ook deed, hoe ze ook haar best deed, ze zou nooit zijn goedkeuring wegdragen. Als ze dit huwelijk wilde overleven, moest ze de verantwoordelijkheid dragen haar eigen eenzaamheid te lenigen.

En dat was precies wat zo ondraaglijk was, de wetenschap dat ze nooit de ondersteuning en troost zou krijgen die voor andere vrouwen zo vanzelfsprekend was. Henry vond haar berekenend en hebberig, maar dat had hij mis. Hij kende haar niet zo goed als hij dacht. Ze was in staat een man met haar hele hart lief te hebben. Ze had zichzelf vol adoratie en passie aan hem kunnen geven, zolang hij op zijn beurt maar van haar zou hebben gehouden. Hoe kon het toch dat het enige lid van de familie Winterton van wie ze niet hield haar eigen echtgenoot was?

Ze dronk haar chocolademelk en ging terug naar bed. Ze moest toch in slaap zijn gevallen, want ze werd om vijf uur wakker van het huilen van Charlotte. Ze maakte een flesje en nam de baby mee naar haar eigen bed. Charley lag nog te drinken toen Juliet hoorde dat Henry opstond en naar beneden ging. Even later kwam de Jaguar met zijn diep brullende gebrul tot leven, en het geluid ebde weg terwijl de auto over de oprijlaan wegreed.

Toen Charley klaar was, verschoonde Juliet haar luier en kroop ze met de baby in haar armen terug in bed. Ze huilde een beetje, warm en zwaar op haar moeders borst, en Juliet huilde ook, ondertussen het fluweelzachte hoofdje van haar kindje strelend. Ze huilde omdat ze met de verkeerde man was getrouwd en omdat het besluit dat ze al die jaren geleden in Cairo had genomen haar het mooiste en kostbaarste op aarde had ontzegd: liefde.

Ze schreef die middag in een stemming van opstandigheid een condoleancebrief aan meneer Brandon van Greensea Farm. Het kon haar niet schelen dat hij een vrijboer was, en een rooie rakker. Ze had met hem te doen; hij was zo jong weduwnaar geworden. Misschien had hij een goed huwelijk gehad. Misschien hadden hij en zijn Molly van elkaar gehouden.

5

Oktober 1946-november 1946

De storm die eind oktober oplaaide, deed de bus schudden waarin Juliet en Piers op weg van school in Maldon naar huis waren. De boomtoppen zwiepten heen en weer, en toen een grote tak afbrak en op het wegdek werd gesmeten, moest de chauffeur een noodstop maken. Aangekomen op het terrein van Marsh Court renden ze door kletterende regen het huis binnen. Henry was in Londen; mevrouw Barrett, die op Charley had gepast, trok toen ze thuis waren haar regenjas aan en ging naar huis. Terwijl Piers wat zat te eten liep Juliet het huis door om te controleren of de ramen dicht waren en de buitendeuren waren vergrendeld. Toen ze op de bovenste verdieping een dakraam dichttrok, zag ze een bliksemflits de hemel in tweeën splijten.

Piers stond terwijl ze Charley voedde voor het keukenraam naar de lucht te kijken tot het donker werd, betoverd door de hevige regen. De spaniël verstopte zich piepend onder de tafel en Piers schrok van het gerommel van de donder. Nadat ze de baby in bad had gedaan en in bed had gelegd, hielp Juliet Piers met zijn huiswerk, en daarna deden ze een spel Cluedo. Toen was het bedtijd.

Twintig minuten later liep ze terug naar boven om te controleren of beide kinderen sliepen. Toen ze Piers' kamer uit liep, viel de elektriciteit uit en werd de gang in duisternis gedompeld. Ze hield zich vast aan de trapleuning en liep behoedzaam naar beneden, waar ze een zaklamp uit het halkastje pakte. De stroom viel regelmatig uit op Marsh Court, dus ze zorgden dat ze altijd genoeg zaklampen en kaarsen hadden. Ze verving in de opslagruimte de stop, maar dat had geen effect. De duisternis leek door het weefsel van het huis te zijn opgenomen en haar zaklamp gaf enkel een zwak rondje licht. Ze vroeg zich af of de storm een elektriciteitsmast omver had geblazen.

Ze stak de haard in de zitkamer aan en zette zes kaarsen op de schoorsteenmantel en bijzettafel. Toen pakte ze haar naaimand en ging bij de haard zitten. Had ze nu de radio maar om haar af te leiden van de jankende wind en de kletterende regen. Een tak, die van een boom werd gerukt door het geweld van de storm, viel op het dak, waarbij een vreselijke dreun door het hele huis weerklonk. Ze luisterde of ze dakpannen hoorde vallen. Bliksem verlichtte de kamer met griezelig, spookachtig geluid.

Ze stak met half samengeknepen oogleden een draad door haar naald en begon aan haar verstelwerk.

Frances had hem weer op kantoor gebeld; hij had er een pesthekel aan dat ze dat deed. Ze had hem verteld dat ze eenzaam was, dat ze gek werd in dat verrekte huis. Hij had haar gerustgesteld door te beloven dat hij de volgende dag naar het eiland zou komen.

Hij was laat uit Londen vertrokken, opgehouden door een plotseling spoedgeval in het parlement. Vervolgens had de storm zijn reis vertraagd met al die grote poelen op de wegen en de gevallen takken waar hij omheen moest manoeuvreren. Het weer werd naarmate hij dichter in de buurt van Maldon kwam steeds slechter. De storm kwam vanaf de Noordzee en had een ijzige grijsheid met zich meegenomen.

Toen Gillis de auto parkeerde, moest hij zijn hoed vasthouden om te voorkomen dat die door de storm van zijn hoofd zou worden gerukt. Toen hij de rivier bereikte, zag hij dat het vloed was. Hij had Frances gevraagd op de getijtafel te kijken, maar dat had ze, heel kenmerkend, verkeerd gedaan. Ze woonde nu zes maanden op het eiland... hoe moeilijk kon het zijn om te onthouden dat het getij elke twaalf uur keerde?

Hij zag een groepje mannen op het wad. Hij liep ernaartoe en sprak een van hen aan. De man vertelde hem dat er een vrouw was verdronken. Een vogelaar op weg naar het stadje had haar gevonden.

Een gruwelijk voorgevoel: een scherf ijs doorboorde zijn hart. Toen ze aan de kant gingen om hem toegang tot de mannen met de brancard te geven, zag hij haar in de modder liggen. Haar witte huid, die hij ooit zo graag had gestreeld, werd al blauw, en haar lange, rode haar was vies van het zeewier dat erin verstrikt was geraakt.

Het lukte hem op de een of andere manier om niet te gaan gillen. Hij deed een stap naar haar toe, maar zijn buurman greep hem bij de arm. 'Niet kijken. Als u hier niet aan gewend bent...'

Natuurlijk was hij eraan gewend. Maar de lichamen die bij Duinkerken in het water hadden gedobberd, had hij niet gekend. Er was een tijd geweest dat hij elke vierkante centimeter van Frances' lichaam had liefgehad, en hij voelde nu op die verloren plek al het verlangen en alle affectie die hij ooit voor haar had gevoeld. Overrompeld door schuldgevoel en spijt zwaaide hij op zijn benen alsof hij door de wind heen en weer werd geblazen. Hij drukte zijn knokkels tegen zijn tanden en slikte de gal weg die in zijn keel brandde. Híj had haar naar deze verdoemde plek gehaald. Híj had haar er achtergelaten; de onoplettende, incompetente Frances, die nog geen getijtafel kon lezen. Het was zijn schuld.

De man die naast hem stond, praatte nog. Hij zei dat de vrouw ene mevrouw Hart was, en dat ze op Thorney Island woonde. Ze waren haar twee kinderen aan het zoeken. Ze waren al naar het huis geweest, maar daar waren ze niet.

De kinderen... Gillis en de andere mannen namen hun hoed af toen ze het lichaam van Frances op de brancard tilden en wegdroegen. Toen liep hij weg, en bij het lange gras aangekomen moest hij vreselijk overgeven door de shock en gruwel die zijn ingewanden grepen en zijn lichaam uit leken te trekken. De kinderen, waar waren de kinderen? Hij zag ze voor zich, dobberend in de rivier, door de Blackwater naar de Noordzee geduwd. Hij wist dat hij het zichzelf nooit zou kunnen vergeven.

Toen zijn lichaam weer iets tot rust was gekomen, draaide hij zijn gezicht naar de regen om het te verkoelen en de tranen eraf te wassen. Hij nam een grote slok uit de heupfles in zijn zak en liep naar de mannen op de oever. Mannen liepen langs de Blackwater, over de zoutmoerassen en eilandjes, schenen met hun zaklampen om zich heen en riepen de namen van Edmund en Thea. Gillis scheen ook koortsachtig met zijn zaklamp over het doorweekte landschap, wanhopig op zoek naar een streng van het blonde haar van de jongen, of het rood van de favoriete jurk van het meisje. De storm geselde zijn lichaam. Hij was zijn hoed ondertussen kwijtgeraakt en zijn jas was doorweekt. De storm smeet de namen die uit zijn strot werden gestoten naar hem terug, bespotte hem.

Juliet pakte net nog een sok om te stoppen toen ze hard gebons hoorde; ze liet van schrik haar naald vallen. Ze vroeg zich even af of het de wind was, maar toen stond ze op, pakte de zaklamp en rende naar de voordeur. Wie ging er nou naar buiten in dit noodweer? Ze haalde de grendel van de deur.

Gillis Sinclair stond op de stoep. De wind blies tegen zijn ontblote hoofd. Zijn gezicht werd verlicht door de zaklamp die hij in zijn hand had en hij zag er geteisterd uit.

'Juliet,' zei hij, en toen zakte hij tegen haar aan.

Ze voelde hoe hij trilde terwijl ze hem naar de zitkamer en in de stoel bij het haardvuur hielp. Regen droop van zijn jas op de vloer.

Ze schonk snel een glas whisky voor hem in, dat ze in zijn handen drukte. Zijn ogen stonden groot en hadden een starende blik, en hij beefde zichtbaar.

'Gillis,' zei ze vriendelijk. 'Je bent helemaal doorweekt. Ik zal je even helpen die natte kleren uit te doen.'

Ze trok zijn handschoenen uit en hing ze over het vuurscherm. Ze was bezorgd om hem. Behalve dat hij doorweekt was, leek hij afwezig. Ze vroeg zich af of hij ziek was.

'Er is iets afgrijselijks gebeurd,' zei hij.

Ze pakte zijn hand. 'Vertel.'

'Er is een vrouw verdronken in de Blackwater. En haar kinderen...' Hij drukte zijn vingers tegen zijn mond en een huivering ging door zijn lichaam. 'Op Thorney Island. Ze hebben haar lichaam op een wad gevonden.'

'O, Gillis, wat vreselijk.' Alleen al de gedachte was bijna te gruwelijk voor haar.

Hij maakte een plotselinge, stuipachtige beweging en sloeg zijn handen voor zijn gezicht. 'Ik heb haar zien liggen. Ze was zo wit. Als ze niet zo wit zou zijn geweest, zou je hebben gedacht dat ze sliep.'

'En de kinderen?'

'De halve stad is naar ze aan het zoeken. Ik heb geholpen.' Hij stond plotseling op.

Ze was bang dat hij het niet zou aankunnen om terug te gaan. 'De politie en kustwacht vinden ze wel,' zei ze stellig. 'Je hebt genoeg gedaan, Gillis.'

Hij keek haar een moment verwilderd aan, en toen schoot zijn blik naar de deur. 'Henry is er niet, hè?'

'Nee, die is in Londen.'

'En de huishoudster?'

'Die is naar huis.'

'Mag ik je telefoon even gebruiken? Ik ben hier omdat ik van plan was even naar de jachthaven te gaan, maar die is onbereikbaar door de storm.'

Hij liep de hal in. Juliet nam aan dat hij Blanche ging bellen om haar te vertellen dat hij was opgehouden door de storm, maar toen hoorde ze hem zijn stem verheffen: 'In godsnaam, man, hoe dan ook!' Daarna werden de woorden weer onverstaanbaar.

Toen hij terug de kamer in kwam, zei ze: 'Gillis, blijf hier slapen vannacht.'

'Ja... Dank je, Juliet.'

Een bliksemflits verlichtte de kamer en het was even net klaarlichte dag. Een oorverdovende donderknal werd vergezeld door een plotseling scheurend, verpletterend geluid dat het oude huis op zijn grondvesten deed schudden. 'O god, Gillis!' riep ze, en toen was ze in zijn armen, hield hij haar vast, troostte haar in haar angst.

Toen kusten ze elkaar. Emoties die haar lichaam deden beven van wanhoop, verlangen en genot schoten door haar heen, en ze wist dat hij hetzelfde voelde, want zijn vingertoppen grepen in haar haar en maakten drukpunten van pijn terwijl hij zich wild tegen haar aan drukte en zijn mond over die van haar bewoog, zoekend en urgent, terwijl hij haar steeds opnieuw kuste. Ze verdronk in het regenwater dat de storm in zijn huid had achtergelaten: ze proefde het op zijn lippen en tong. Het doordrenkte haar kleding, haar en huid. En ze verdronk in zijn warmte, kracht en vurigheid, en vergat dat ze allebei getrouwd waren, en vergat, tot haar schande, die arme vrouw die was verdronken, en haar kinderen, en zou hem tot in de eeuwigheid zijn blijven kussen.

Een stem achter haar riep: 'Mama!' Ze snakte naar adem en Gillis liet haar los.

Piers stond in de deuropening. 'Mama, ik ben bang!'

'Lieverd...' Ze liep naar hem toe en tilde hem op, bevend terwijl ze een lok haar uit zijn gezicht veegde. 'Het is goed, lieverd. Het is het onweer maar. Niets om je zorgen over te maken.'

Ze hoorde Gillis zeggen: 'Ligt de sleutel van de cottage op de gebruikelijke plek?'

'Ja.' Ze deed haar best haar stem normaal te laten klinken. 'Volgens mij ligt er hout in de haard. Neem zelf maar eten en kaarsen mee. Pak wat je wilt, Gillis.'

Toen hij de kamer uit liep kruisten hun blikken, en ze dacht dat ze een vage glimlach rond zijn mondhoeken zag. Ze liep met Piers in haar armen naar boven. Toen ze hem in bed aan het terugleggen was, hoorde ze de auto van Gillis starten om het kleine stukje naar de cottage te rijden.

Ze lag die nacht wakker, luisterde naar de jankende wind en dacht aan hun kus, maar ook aan die verdronken vrouw, en ze bad dat haar kinderen veilig en ongedeerd zouden zijn. Ze herinnerde zich het jongetje nog, wiens stem over de rivier heen naar haar toe was gedragen, en het meisje in de rode jurk.

De storm ging de volgende ochtend pas liggen. Ze ging die nacht nog een paar keer bij de kinderen kijken, maar die sliepen goed door. Als ze dan terugliep naar haar slaapkamer tuurde ze uit een van de ramen, probeerde de cottage te zien, maar die werd verborgen door de regen en duisternis.

Ze moest uiteindelijk in slaap zijn gevallen, want toen ze wakker werd, was het licht buiten. Ze warmde een flesje voor Charley en liep naar de babykamer om haar te voeden. Toen legde ze haar terug in haar wiegje, kleedde zich aan en liep naar de keuken, waar ze toast en een fles met chocolademelk maakte, waar ze een handdoek overheen legde om alles warm te houden.

Ze trok een regenjas en laarzen aan en liep naar buiten. De bleekblauwe hemel schitterde, weerkaatste licht als een saffier. Ze zag dat de grote wilg die naast het huis had gestaan die nacht was geveld, ze nam aan door dezelfde klap donder die haar in Gillis' armen had gedreven. De stam was versplinterd tot brandhout en de takken lagen over het gazon als het rondhout van een gestrand schip. Het pad naar de cottage lag vol takken en bladeren, en druppels regen glinsterden op het natte gras, licht weerkaatsend als juwelen. Ze zweefde als in een droom, licht in haar hoofd van geluk en slaapgebrek, door de tuin van Marsh Court. De koude lucht voelde scherp in haar longen en haar voeten leken de grond nauwelijks te raken terwijl ze als distelpluis naar de cottage leek te zweven.

Maar hij was weg. Dat wist ze al voordat ze de deur had geopend, en ze voelde een golf van teleurstelling door zich heen gaan. Zijn auto was er niet meer; hij zou wel in de nacht weggereden zijn, toen ze sliep. Hij moest vroeg zijn vertrokken vanwege zijn werk.

In de cottage sloot ze even haar ogen, en ze stelde zich voor dat Gillis er nog was. Ze zag voor zich hoe hij, verfrist door de nachtrust, op haar af kwam rennen om haar te begroeten, haar in zijn armen te nemen en te kussen. Ze verlangde zo hevig naar hem; het was ondertussen tot haar doorgedrongen dat ze dat al heel lang deed. Ze vroeg zich af hoe lang ze al van hem hield, en verwonderde zich over de blindheid die had voorkomen dat ze dat had ingezien. Nu ze haar hart onderzocht, had ze de indruk dat het liefde op het eerste gezicht was geweest toen ze hem door de rook van het vreugdevuur heen op haar af had zien komen lopen uit het moeras.

Ze was bang dat het drama van de storm en de nabijheid van tragedie de vonk voor een gepassioneerdheid was geweest die hij in gewonere omstandigheden koos te verbergen. Als dat het geval was, wat moest ze dan doen? Zou ze wachten bij de telefoon, haar hoop langzaam de kop ingedrukt door het verstrijken van de tijd?

Nee. Ze wist dat ze dat niet zou doen. Ze zou niet gaan betreuren wat er tussen hen was gebeurd, kon niet betreuren dat ze eindelijk een moment liefde had ervaren.

Ze vonden het lichaam van het jongetje later die dag toen het door het tij naar Bradwell Creek was gebracht. De verdronken vrouw was ene mevrouw Frances Hart, vertelde Meg haar, en ze had sinds het voorjaar het huis op Thorney Island gehuurd. De kinderen, Edmund en Thea, waren een tweeling van nog geen vijf. Men nam aan dat de kinderen op het verhoogde pad hadden gespeeld, waren meegesleurd door het tij, en dat de moeder ze was gaan zoeken. Dat gebeurde. Nog maar een jaar daarvoor was er een man verdronken in een poging zijn hond te redden, die van de havenmuur in het water was gevallen.

De zoektocht naar Thea Hart ging verder, hoewel de hoop dat ze levend zou worden gevonden met elke dag die voorbijging minder werd. Als Juliet langs de Blackwater liep, tuurde ze in de kreekjes en op de wadden of ze een kinderschoentje zag, of de restanten van een rood jurkje. Ze werd gekweld door de gedachte dat het kind spoorloos was verdwenen. Ze droomde een paar keer over haar, het estuarium uit gesleurd en dobberend in de Noordzee, een vlekje rood dat kleiner en kleiner werd in de hoge golven, tot het uiteindelijk helemaal was verdwenen.

Een koude middag. Een zachte miezerregen maakte de paden van Hyde Park donker en legde een grijs waas over de gazons. Een geluid. Juliet keek op, maar het waren twee kinderen die door de regen renden en in de plassen spetterden. Ze verdwenen joelend achter een boom.

Gillis had met haar afgesproken bij Jacon Epsteins beeldhouwwerk Rima. Ze wist natuurlijk waarom hij deze afgelegen locatie had voorgesteld. Gillis Sinclair werd op straat herkend. Hij was jong, aantrekkelijk, en was altijd een markante figuur geweest. Hij was geen man die je zag en vervolgens weer vergat.

Misschien moest ze nu weggaan. Ze balde haar handen tot vuisten en had buikpijn van de zenuwen. Als ze hier bleef – als hun ontmoeting doorgang vond – zou dit het begin van een serie van bedrog zijn. Gillis was Henry's vriend. Blanche Sinclair was een huisvriendin van de familie Winterton. Gillis was Piers' peetvader, en Henry was de peetvader van Claudia Sinclair. De twee families waren aan elkaar verbonden door affectie en jaren van vriendschap.

Ze wist dat ze moest vertrekken voordat het te laat zou zijn.

En toch bleef ze. Het drong op dat moment tot haar door dat ze haar keuze had gemaakt en dat ze had gekozen voor de liefde. Het besef maakte geen vreugde bij haar los; in plaats daarvan putte het haar uit. Ze trok zich terug in de schaduwen van de donkere, druipende bomen en haar vingers friemelden aan de knoop in haar shawl. Ze had die dag niet speciaal haar best gedaan op haar uiterlijk en droeg een flesgroene jas, een Hermès-shawl uit haar uitzet en een eenvoudig zwart hoedje. Een beetje lipstick en wat parfum.

Ze keek op, zag hem, en op dat moment vervlogen al haar twijfel en reserve. Liefde vlamde in haar op en een gevoel van vreugde dat zo sterk was dat het haar deed beven, stroomde door haar heen. Hij liep over het natte, groene gras en door een fijn zilveren waas van regen naar haar toe en omhelsde haar. Ze keek even snel over haar schouder en toen kusten ze elkaar. Zijn mond was koel en droog en zijn tong bewoog heen en weer langs de binnenkant van haar onderlip. Toen ze zich uiteindelijk van elkaar losmaakten, nam hij haar gezicht in zijn handen.

'Je bent zo mooi. En zo begeerlijk.'

'Jij ook. Ik hou van je, Gillis.' Ze genoot er intens van het hardop te zeggen.

'Is dat zo?' vroeg hij lachend. 'Dat is maar goed ook. Want ik hou ook van jou.'

Ze liepen hand in hand het park door naar het hek. 'Een vriend van me heeft een appartementje in Pimlico,' zei hij. 'Zullen we daarnaartoe gaan?' Toen ze het park uit liepen, drukte zijn duim tegen haar handpalm, alsof hij nu al probeerde in haar te zijn.

Bij het appartement in Pimlico stonden dode bruine stengels van asters in hun bloembak tegen de tralies van een laag raam gedrukt. Toen Gillis de deur opende, dreef de geur van vuilnisbakken naar buiten.

Juliet keek om zich heen. Aan de muren hingen goedkope afbeeldingen en de snuisterijen op de planken pasten niet bij elkaar en waren stoffig. Ze wist meteen waar ze was: in iemands vergane liefdesnestje.

'Het is hier wat frisjes, hè?' zei hij.

'Nogal.'

'Zal ik de haard aandoen?'

'Dat zou fijn zijn.'

Ze bedacht dat dit verkeerd was. Hier waren ze: tweederangs acteurs in een slechte film. Ze zou naar huis moeten gaan.

De gashaard kwam met een gedempte plof tot leven. Ze boog voorover om haar vingers te warmen.

'Zal ik even kijken of ik ergens een borrel kan vinden?'

'Nee, dank je.'

'Word je al een beetje warm?' Hij pakte haar handen en drukte ze tegen zijn wangen. Toen draaide hij de handpalmen om en kuste ze.

Ze snakte naar adem. De streling van een vingertop, een kort kneepje, een omhelzing: het was allemaal beter dan woorden. Hij leidde haar naar de slaapkamer, waar hij zijn jasje over de rug van een stoel hing en zijn overhemd uittrok. Ze zag zijn lange, elegante witte ledematen en de gespierde driehoek van zijn bovenlichaam. Een onregelmatig litteken kronkelde over zijn rechterschouder.

Ze probeerde te analyseren wat het was dat haar zo naar hem deed verlangen, of het de hoek van zijn kaaklijn was, of het blauw van zijn ogen, of iets anders, iets wat ze niet kon benoemen. Toen hij haar jurk openknoopte, over haar hoofd trok, en daarna haar onderjurk uittrok, ging zijn mond een stukje open en knielde hij om het streepje huid tussen de bovenkant van haar kousen en haar onderbroekje te kussen. Ze huiverde van verlangen. Hij sloeg het beddengoed open en ze gingen naar bed. Zijn lichaam drukte hard tegen haar aan terwijl zijn vingers de zwaarte van haar borst ontdekten en de holte onder haar heupbeen voelden. Toen zijn hand naar beneden bewoog over haar buik naar dat zachte, geheime plekje tussen haar benen, kon ze ternauwernood nog ademen.

Deel 2

1957

Een sporadische minnaar

6

Juli 1957-augustus 1957

Aidan stond de haven van Maldon te schilderen. Het was hoogwater en een commerciële zeilboot voer stroomafwaarts: een reusachtig beest met een lengte van vierentwintig meter, met een vlakke bodem en roestrode zeilen die opwelden terwijl hij overstag ging. De zon trok stralen licht uit het omberkleurige water van het estuarium. Aidans penseel bewoog over het papier.

Hij werd zich ervan bewust dat er iemand naar hem keek. Een meisje – lang en slank – keek over zijn schouder op zijn ezel. Ze had een bleke huid en haar lange, steile haar was zilverblond.

'Wat mooi,' zei ze. Ze sprak het laatste woord een beetje gek uit.

'De masten kloppen niet.'

'Maar de lichtval is prachtig.' Ze kwam dichterbij en wees. 'Dit deel... de beweging van het water... is echt heel goed. Ben je professioneel kunstschilder?'

'Nee,' zei hij lachend. 'Niet bepaald.'

'Dat zou je wel moeten zijn,' zei ze oprecht. 'Zit je op de kunstacademie?'

'Nee.' Dat was een pijnlijk punt en hij voegde toe: 'Ik wil niets liever.'

'Waarom ga je dan niet?'

'Omdat ik op het punt sta opgeroepen te worden voor dienstplicht.' Hij trok een grimas. 'Twee jaar gedrild worden door een kwade schreeuwlelijk die een hekel heeft aan elitaire artistiekelingen als ik.'

'Daarna, dan.'

Hij vond haar erg aandringen, alsof ze persoonlijk verantwoordelijk was voor zijn toekomst. ‘Daarna,’ zei hij, ‘ga ik voor het familiebedrijf werken.’

‘Wat vreselijk.’

Dat was precies hoe hij erover dacht, in zijn hart. Hij vroeg zich af of zijzelf een kunstenares was; ze had wat hij een beatnik-uiterlijk vond: ze droeg een rok met Schotse ruit van een of ander harig materiaal, met een zwarte trui en zwarte kousen, hoewel het juli was.

Hij vroeg: ‘Schilder jij?’

‘Ik schets een beetje, maar ik heb helemaal geen talent. Mijn vader, John Carlisle, is kunstenaar. Hij is constructivist. In het verleden heeft hij met hout en glas gewerkt, en hij verdiept zich nu in plastic. Charles Biederman is een van zijn inspiratiebronnen. Hoewel pa zegt dat je als je maar ver genoeg terugkijkt, altijd bij Mondriaan uitkomt.’

‘Ben je Amerikaans?’

‘Ik ben in San Francisco geboren. We hebben daar tot mijn elfde gewoond, tot de scheiding van mijn ouders. Toen ben ik met mijn vader naar Londen verhuisd.’

Bij hem op school had een jongen gezeten wiens ouders waren gescheiden. Hij was door de andere jongens bejegend met een mengeling van afkeer en jaloezie vanwege het aura van schandaal dat om hem heen hing. Maar het meisje sprak feitelijk, alsof het heel normaal was, en niet schandelijk, om gescheiden ouders te hebben.

Hij stak zijn hand naar haar uit. ‘Aidan Winterton.’

‘Anne Carlisle.’ Ze had smalle, slanke handen, de huid koel, en ze glimlachte lief terwijl ze hem de hand schudde. Hij zag nu hij haar in de ogen keek dat ze een bijzondere kleur hadden: grijs met vlekjes van een lichtere tint, als scherfjes glas.

‘Woon je hier in de buurt, Aidan?’

‘In High Street. En jij?’

‘Ik logeer bij vrienden in Heybridge. Mijn vader moest terug naar Amerika om het bij te leggen met mijn moeder. Het is de bedoeling dat ik er ook naartoe ga.’

‘Heb je broers en zussen?’

'Nee, ik ben enig kind. En jij?'

'Ik heb een zusje, Louise. En een hele vracht neven en nichten. Piers en Charley op Marsh Court, dat is een paar kilometer verderop. En Jake, Eliot en Gabe in St Albans. En dan heb je nog de familie Sinclair – Flavia, Claudia, Nate en Rory – die zijn officieel geen familie, maar zo voelt het wel.' Het leven was stil nu Piers er niet was. Tante Juliet was met Louise en Charley op strandvakantie in Cornwall, dus vrijwel de hele familie Winterton was weg, wat heel ongebruikelijk was. Normaal gesproken stikte het van de familie.

'Jemig,' zei ze. 'Wat een waslijst. Ik heb wel wat neven en nichten aan mijn moeders kant, maar ik weet hun namen niet eens.'

Hij zei op vermoeide toon: 'Eerlijk gezegd is het soms best heftig. Ik word soms al moe als ik ze zie.'

'Dat zeg je alleen maar omdat je niet weet hoe het is om nauwelijks familie te hebben. Ik ben altijd alleen met mijn vader. Het lijkt me heerlijk.'

Hij voelde zich een beetje schuldig nu hij werd geconfronteerd met haar ernst en oprechtheid. 'Piers is ongeveer even oud als ik,' zei hij. 'We hebben op dezelfde school gezeten.'

'Wat is hij voor iemand?'

'Piers?' Aidan begon te grijnzen. 'Hij is ontzettend slim. En geestig, als hij een bui heeft. Hij houdt van ruzie; zelfs als hij ergens niet van is overtuigd, doet hij alsof hij dat wel is, gewoon om het niet met je eens te hoeven zijn.'

'Je bedoelt dat hij obstinaat is.'

'Ja.' Dat woord vond Aidan goed bij Piers passen. 'Obstinaat. Zijn zusje Charley is momenteel op vakantie in Cornwall met mijn zusje Louise. Piers is met mijn oom Henry in New York.'

'New York? Dan hebben ze het vast vreselijk naar hun zin.'

'Ik had mee gekund.' Hij wist eigenlijk niet waarom hij haar dat vertelde. Misschien om te voorkomen dat ze zou denken dat hij een boerenpummel was die alleen het platteland kende.

Ze sperde haar vreemde, grijze ogen open. 'Maar Aidan, waarom heb je dat dan niet gedaan?'

Hij haalde zijn schouders op. 'Ik had het druk. Ben jij er wel eens geweest?'

'Heel vaak. Het is geweldig. Je zou het geweldig vinden.'

Nu zou ze hem wel dom en saai vinden. Hij probeerde het uit te leggen.

'Ik heb twee weken geleden mijn school afgemaakt. Echt helemaal klaar, voor altijd. Ik wacht nu op mijn oproep voor militaire dienst, dus dit is mijn laatste vrije zomer.'

'En die wilde je gebruiken om te schilderen en te gaan en staan waar je zelf wilt. Dat snap ik.' Ze deed een paar stappen naar achteren. 'Ik heb al veel te veel van je tijd verspild. Ik zal je verder met rust laten.'

'Nee.' Zijn gezicht liep rood aan en hij schraapte zijn keel. 'Ben je wel eens in St Peter's Chapel geweest? Dat is bij Bradwell-on-Sea. Het is een van mijn lievelingsplaatsen.' Hij stond te raaskallen; hij klonk idioot.

Maar ze vroeg: 'Overweeg je daarnaartoe te gaan?'

'Ja. Om te schilderen. En vogels te kijken…' O god, hou je mond. Vógels kijken…

'Aidan, het lijkt me zalig om daarnaartoe te gaan.'

Zijn onzekerheid was ineens verdwenen en de hitte trok uit zijn gezicht weg. 'Er vertrekt om kwart over negen een bus uit Maldon,' zei hij. 'Daarna is het nog best een stuk lopen.'

'Ik heb een auto.'

Natuurlijk had ze een auto; ze kwam uit Amerika. Hij slaakte een zucht. 'Wil jij rijden?'

'Natuurlijk.'

'Dan is het geregeld,' zei hij.

Hoewel een van de redenen om niet mee naar New York te gaan echt was dat hij wat tijd voor zichzelf wilde, was het ook omdat hij het niet aan zou hebben gekund om tien dagen lang naar het geruzie van Piers en oom Henry te luisteren, die aan één stuk door probeerden elkaar op de kast te jagen. Piers genoot er ook van om met Aidan te kibbelen, maar dat ging er over het algemeen heel gemoedelijk aan toe, deels, dat moest Aidan toegeven, omdat het hem over het algemeen allemaal niet zo veel kon schelen als Piers, dus gaf hij hem meestal maar gewoon gelijk. Tegen oom Henry kon Piers echter heel gemeen zijn. Piers haatte zijn vader en dat was te merken.

Aidans onenigheid met zijn eigen vader was tot dan toe beperkt gebleven tot af en toe een woord van protest als hij bij Louise thuis moest blijven als zijn ouders een avond uitgingen. Hij hield van zijn vader, en hij begreep wel dat het veel moeilijker was om van iemand als oom Henry te houden. Hij had niet eens ruzie met zijn vader gehad over de kunstacademie; er was een gesprek geweest en vervolgens had Aidan zich erbij neergelegd dat het nu eenmaal niet kon. Hij had gezegd dat hij het prima vond om voor Winterton's te gaan werken, hoewel hij in zijn hart het gevoel had dat het zijn dood betekende.

Hij had alleen aan Louise zijn ware gevoelens opgebiecht. Ze was pas twaalf, maar ze kon goed luisteren.

Louise was sinds ze drie was in haar hoofd het huis al aan het inrichten waar ze zou gaan wonen als ze eenmaal volwassen was. Het zou op het platteland staan, aan een rivier. Ze had te doen met de ezeltjes die ze op de boerenvelden zag staan en was van plan de magere, afgeleefde dieren te redden en ze gezelschap te houden.

Anne haalde Aidan de volgende ochtend op van High Street. Ze reed in een klein, Brits autootje en in plaats van de harige rok met Schotse ruit en zwarte trui droeg ze nu een lichtblauwe katoenen broek tot net over de knie met een witte blouse. Ze liep met blote voeten in haar leren sandaaltjes. Ze vertelde hem terwijl ze over Bradwell Road reden over haar toekomstplannen. Ze begon in september aan een secretaresseopleiding. Als ze eenmaal goed was in typen en steno zou ze overal aan de slag kunnen. Ze wilde in een kunstgalerie gaan werken. Ze wist heel veel over moderne kunst en woonde al haar hele leven in een kunstenaarsgemeenschap.

Ze was niet echt een kletskous, en Aidan ook niet, en er waren momenten dat hij de stiltes ongemakkelijk vond. Haar glimlach was zeldzaam en lief en hij kon het niet laten grappen te maken om er een op haar gezicht te toveren. Ze reageerde even ernstig op zijn grollen als op hun serieuze gespreksonderwerpen en na een tijdje begon hij zich stom te voelen, dus probeerde hij niet langer om grappig te zijn.

Aangekomen in Bradwell-on-Sea reden ze het dorp door en de Romeinse weg op die het dorp uit leidde. Anne parkeerde de auto waar de weg overging in een zandpad vol kuilen en ze stapten uit. De berm stond vol margrieten, hemelsblauwe cichorei en rode klaprozen. Aidan had het altijd geweldig gevonden in deze oostelijke uithoek van Engeland, met de uitgestrekte oppervlakten zee, lucht en land die overliepen in zoutmeren en wadden, alsof het landschap maar niet kon beslissen of het solide of vloeibaar was. De kapel, die al zo veel gezien moest hebben, bevatte delen van het oude Romeinse fort Othona in zijn muren.

'Waar ik vandaan kom,' zei Anne terwijl ze om de kapel heen liepen, 'vinden we een huis oud als het er meer dan vijftig jaar staat. Toen we voor het eerst naar Engeland kwamen, vond ik het maar uitgewoond en ouderwets. Maar ik vind het nu prachtig.'

Ze liepen weg van de kapel, langs de zeewering naast de kwelder. Anne had haar haar in een staart gedaan, die op en neer hopte terwijl ze liep. Haar haar was zo lichtblond dat het blond van de familie Winterton er donker bij leek en Aidan was zich ervan bewust dat hij er hevig naar verlangde de gladde zijdeachtigheid aan te raken. Haar heupen wiegden terwijl ze over de onregelmatige grond liep. Haar slanke, gebruinde enkels staken onder de afgeknipte broek uit.

Piers had verteld dat hij al zes vriendinnen had gehad. Hij had ook verteld dat hij het met twee ervan had gedaan, maar Aidan wist niet of hij dat moest geloven. Hoewel Aidan met vriendengroepen met daarin ook meisjes op stap was geweest – onder andere op een spectaculair ondraaglijk en gênant afspraakje voor vier dat door Piers was geregeld met twee meisjes uit het dorp die de hele tijd met elkaar hadden gefluisterd en gegiecheld – had hij nog nooit een echte vriendin gehad. Kostschool en zijn eigen gebrek aan zelfvertrouwen hadden er niet bij geholpen, en hij was er tijdens dat vreselijke afspraakje achter gekomen dat hij totaal geen behoefte voelde iemand te kussen. Piers zei dat hij het had gedaan met een meisje dat hij pas een paar uur had gekend. Aidan vond dergelijke plotselinge intimiteit een afstotelijke gedachte, hoewel hij dat nooit zou toegeven aan Piers, want die zou hem ermee gaan pesten.

Ze stopten en haalden hun schetsboeken tevoorschijn. Het zonlicht scheen fel op de smalle strook zee die ze achter het moeras en de wadden zagen. Ruim vijfhonderd meter verderop liepen mannen over het schelpenstrand naar kokkels te zoeken. Aidan zag hoe verstild en geconcentreerd Anne was. Na een paar pogingen een gesprekje op gang te brengen, had hij niet meer het gevoel te moeten praten en concentreerde hij zich ook op zijn werk.

Na een half uur legde ze haar potloden weg. Hij vroeg: 'Mag ik hem zien?', en ze gaf hem haar schetsboek.

'Hij is goed,' zei hij.

'Je hoeft niet zo beleefd te zijn, hoor. Dát is goed.' Ze knikte naar zijn aquarel, vol in elkaar overlopende bruin- en grijstinten. 'Ik vind het niet erg.' Ze stak haar schetsboek in haar rugzak. 'Ik ben goed in andere dingen.'

'Zoals?'

Ze beloonde hem met zo'n zeldzame glimlach. 'Ik heb de laatste paar tentoonstellingen van mijn vader georganiseerd. En als hij moet reizen, boek ik zijn vliegtuig, trein en hotel. Als zijn vrienden komen logeren, zorg ik dat ze een comfortabel plekje hebben. Er komen er wel eens tien tegelijk.'

'Dat is vast ingewikkeld.'

'Nee hoor, helemaal niet. Dan gaan we met zijn allen uit eten en hebben een heerlijke avond. En het zijn allemaal kunstenaars, dus ze zijn eraan gewend niet veel te hebben en vinden alles best.'

Hij vond haar leven vreselijk spannend en mondain klinken, met kunstenaars die zomaar op de stoep stonden en een slaapplek kregen toegewezen in wat vast een heel onconventioneel huis in

Chelsea of Fitzrovia zou zijn. Zijn eigen leven voelde daarbij vergeleken ongelooflijk oubollig en saai.

Ze vroeg: 'Is er echt geen manier om je ouders over te halen je naar de kunstacademie te laten gaan, Aidan?'

'Nee,' zei hij stellig, en toen ging hij met zijn handen achter zijn hoofd op het gras liggen.

'Sorry, ik wil me nergens mee bemoeien. Ik vind het alleen zo... zonde.'

'Mijn familie heeft niet veel geld. Mijn vader heeft slechte investeringen gedaan en we hebben het krap.'

Dat had hij nog nooit aan iemand verteld. De familie Winterton vond het vulgair om over geld te praten. Zelfs Piers wist dit niet, maar die kon dan ook opmerkelijk ongeïnteresseerd zijn als het niet over hemzelf ging.

'Mijn vader is ziek geweest,' zei hij. 'Iets met zijn hart. Hij moest minder gaan werken. Louise zit nog op school en mijn moeder werkt niet, dus ik moet zo snel mogelijk gaan helpen. En kunstenaars verdienen geen geld, toch?'

'Nee, niet echt. In ieder geval de eerste jaren niet. Mijn vader moet mijn moeder ontzettend veel alimentatie betalen, en zijn werk verkoopt pas sinds een paar jaar. Toen is een galerie in Londen hem gaan vertegenwoordigen en sindsdien is het gemakkelijker. Maar we hebben nooit in armoede geleefd. We hebben nooit honger geleden.'

Aidan wist waarover zijn ouders zich zorgen maakten, hij had ze er 's avonds laat over horen praten. Auto's die moesten worden vervangen, schoolgeld voor Louise en reparaties aan het dak van hun Georgian huis.

Hij zei: 'Geen honger lijden is in mijn familie geen criterium. Bij ons is het al een schande om geen huishoudster meer te hebben. Elk meubelstuk in ons huis is een erfstuk van een of ander familielid. Toen Rory de bank in de fik had gestoken – hij is nog maar een kind en hij bedoelde het niet zo, hij zat met lucifers te spelen – en ze een nieuwe moesten aanschaffen was dat de eerste keer in hun leven dat ze in een meubelwinkel kwamen.'

Ze rolde op een elleboog en bestudeerde hem met haar serieuze, grijze ogen.

'Je probeert ze te beschermen, hè, Aidan?'

'Ja,' zei hij. 'Dat denk ik wel.'

Charley had al haar vakantiegeld in Mevagissey uitgegeven aan een beeldje van een ballerina met een balletpakje van wit gips en een tutu van tule. Op de dag dat ze thuiskwamen op Marsh Court liet ze het op haar slaapkamervloer vallen en brak er een been van de ballerina af. Charley bleef maar huilen en Louise, die ontzettend goed was met haar vingers (Charley vond dat ze zelf vreselijk lomp was met haar vingers), lijmde het er weer aan. Het beeldje zag er niet meer hetzelfde uit, wat Charley heel verdrietig maakte, maar ze bedankte haar nichtje door haar over haar ezeloord te laten praten.

Tante Helen kwam Louise ophalen. 'Lieverd, wat ben je bruin geworden!' zei ze, en ze gaf haar een kus. 'En jij ook, Charley. Hebben jullie het fijn gehad?'

Charleys moeder zei: 'Louise, als jij nou eens gaat kijken of je al je spullen hebt gepakt? Charley, ga Louise eens helpen.' Charley hoorde haar moeder net voordat de deur dichtging op zachte toon aan tante Helen vragen: 'En hoe is het met Jonny?' Kort daarna reed tante Helen met Louise naar huis.

Charley liep de tuin in. Biscuit, hun stokoude springerspaniël, liep op een sukkeldrafje achter haar aan. Ze voelde zich rot, en hoewel ze langs al haar lievelingsplekjes liep – de boomgaard, de vuurplaats en de kreek waar het bootje van Piers lag – kon ze haar melancholie niet van zich afschudden. Ze vond dat er een speciaal woord zou moeten zijn voor het verdriet dat je voelde als een vakantie voorbij was, en ze ging op het gras bij de zeewering liggen, met Biscuit op haar buik, die luidruchtig in haar gezicht hijgde, en ze probeerde te bedenken wat dat woord zou moeten zijn.

Waren Piers en papa maar thuis. Het was zo oneerlijk dat Piers naar New York mocht en zij alleen maar naar het saaie Cornwall. En hij had niet eens een ansichtkaart gestuurd. Die had ze ook niet verwacht: Piers was hopeloos met dingen als ansichtkaarten. Ze keek er zo naar uit hem over haar nieuwe toneelstuk te vertellen. Hij zag er nooit verveeld uit als ze haar toneelstukken aan hem voorlas, had nooit die afwezige blik die haar moeder wel eens had, die Charley het gevoel gaf dat haar moeder ergens anders was met haar hoofd. Charley had in Mevagissey de eerste twee scènes geschreven. De heldin, lady Anthea, was zalig boosaardig. Ze had allerlei gruweldaden voor lady Anthea bedacht, maar Piers wist vast betere. Louise had er geen kunnen bedenken, aangezien Louise in geen enkel opzicht een kwaadaardige of jaloerse aanleg had.

Ze duwde Biscuit van zich af en sloop langs de binnenkant van de zeewering terwijl ze speelde dat ze in het verzet zat. Was het maar eind augustus: dan zouden Nate en Rory naar Marsh Court komen. Nate had zwarte krullen en groenblauwe ogen en was net een zigeuner. Hij was overal even goed in, waardoor hij vreselijk verwaand was. Hij had haar bovenhands leren gooien en had haar een ongelooflijk ingewikkelde knoop voorgedaan, de dubbele paalsteek.

Charley liep terug naar huis. Haar moeder zat aan haar bureau in de ochtendkamer te fronsen boven een vel papier met een diagram van cirkels erop.

'Wat ben je aan het doen, mam?'

Haar moeder slaakte een zucht. 'Ik ben met de zitplaatsen voor het concert bezig. Dat is altijd zo'n nachtmerrie.'

'Kan iedereen niet gewoon ergens gaan zitten?'

'Nee, ik vrees van niet.' Haar moeder legde haar potlood neer. 'De belangrijkste mensen komen altijd op het laatste moment, dus dan zouden ze helemaal achteraan moeten plaatsnemen en dan zouden ze vreselijk beledigd zijn. En dan komen ze volgende zomer niet en dan krijgt het kindertehuis geen geld.' Ze veegde haar haar uit haar gezicht en glimlachte naar Charley. 'Als jij alle namen nou eens voor me op kleine stukjes papier schrijft? Dan kan ik ermee schuiven.'

Charley had het gevoel dat haar moeder haar afscheepte met een

Nuttige Taak – haar moeder geloofde heilig in Nuttige Taken – maar ze zei: 'Ja hoor.'

'Wat fijn, lieverd. Daar help je me enorm mee.'

De zomervakanties van de familie Winterton volgden al een jaar of acht hetzelfde patroon. De kinderen hadden in juli hun laatste schooldag en dan gingen Juliet en Helen met ze op vakantie in Devon of Cornwall. Jonny ging wel eens mee, maar Henry werkte in de zomer altijd door. In augustus waren de concerten het grote thema; Juliet nam zich altijd voor dat ze zichzelf dit nooit meer zou aandoen – al dat werk en de zorgen dat het deze keer zou mislukken – en toch deed ze het elk jaar weer.

Dit jaar liep het echter anders. Piers en Aidan waren niet meegegaan naar Cornwall. Henry was naar New York om juwelen te kopen en had Piers meegenomen. Hij had aangeboden Aidan ook mee te nemen, maar die had het aanbod beleefd afgeslagen, evenals Cornwall, en had ervoor gekozen om thuis te blijven. Toen was Jonny ziek geworden en was Helen ook thuisgebleven, en uiteindelijk was Juliet alleen met de meiden naar Mevagissey gegaan. Het was leuk geweest, maar niet zo leuk als anders. Ze had zich toen ze in haar eentje op een strandstoel op het strand zat afgevraagd hoe lang het nog zou duren voordat ze de vakantie naar het zuidwesten van Engeland zouden gaan schrappen.

Het laatste weekend van augustus was ook een traditie bij de familie Winterton. De hele families Winterton en Sinclair kwamen dan naar Marsh Court om het laatste weekend van de zomer te vieren. De kinderen renden dan rond terwijl de volwassenen aten, dronken, gekke spelletjes deden en luierden. Iedereen werd geacht mee te gaan op de lange wandelingen, en er was altijd een vreugdevuur om het samenzijn te vieren. De concerten waren dan achter de rug, dus Juliet kon zich dan weer ontspannen.

Een andere reden om uit te kijken naar het augustusweekend was dat ze Gillis dan zou zien, hoewel dat ook reden was om er vreselijk tegen op te zien. Hij kon zo goed doen alsof er niets tussen hen speelde dat ze zich soms afvroeg of hij hen, afgeleid door de familie Winterton, oprecht was vergeten. Er waren gedurende de tijd dat hun verhouding nu duurde – al meer dan tien jaar – zomers geweest dat hij vanwege zijn werk niet naar Marsh Court was gekomen, wat haar het gevoel had gegeven dat hij haar ontliep. Beide gedachten waren even ellendig. Het was natuurlijk heel verstandig van hem dat hij discreet was, en natuurlijk was zijn werk belangrijk. Ze probeerde zichzelf ervan te overtuigen dat het genoeg was dat hij er was, dat ze in zijn buurt was.

Maar dat was het niet. Als ze terugdacht aan het begin van hun affaire, in de grauwe jaren net na de oorlog, herinnerde ze zich alleen de gelukzaligheid. Liefde, verlangen en de warmte van zijn lichaam tegen dat van haar. Het was zalig geweest om bij hem te zijn en het was zalig geweest om niet bij hem te zijn en aan hem te denken. De liefde had haar getransformeerd; liefde had het zelfs eenvoudiger gemaakt om het met Henry vol te houden. Ze had niet geweten dat het mogelijk was om zo hevig naar iemand te verlangen en had een soort roekeloosheid in zichzelf ontdekt. Ze hadden op een lentemiddag de liefde bedreven in een oud boothuis aan de kreek. Het was ijskoud en ze had nadien blauwe plekken van de harde zandgrond. Toen ze terugliepen naar Marsh Court waren ze bij de rivier een visser tegengekomen en had ze haar armen over haar borst moeten kruisen om de veeg zand op haar zijden blouse te verbergen.

Die gelukzaligheid was nu zeldzamer. Ze bestudeerde nogmaals de schikking voor de zitplaatsen. De gelukzaligheid werd minder en het schuldgevoel werd groter. Ze had het een keer proberen te rationaliseren. Ze zouden behoedzaam zijn en Blanche en Henry zouden er nooit achter komen. Wat niet weet, dat niet deert. Enzovoorts. Ze had zichzelf voorgehouden dat Blanche niet zo veel van Gillis hield als zij dat deed, dat Blanche geen passie had en dat Gillis die kant van zijn natuur moest kunnen uitdrukken die hij in zijn huwelijk niet vond.

Maar Blanche Sinclair was een vriendin van de familie. Ze was een goede, vriendelijke vrouw, een liefdevolle moeder, en ze steunde loyaal allerlei goede doelen. Blanche was geen Henry en zij, Juliet, had het recht niet te oordelen over het huwelijk van een andere vrouw. Op duistere momenten haatte ze zichzelf voor haar eigen hypocrisie en egoïstische bedrog. Ze was de minnares van Gillis omdat ze naar hem verlangde. Zo simpel was het.

Gillis was doodsbang voor ook maar de minste zweem van onfatsoenlijkheid. Ze dacht wel eens dat hij wenste dat ze onzichtbaar waren. Als het op het nippertje was – wanneer ze een glimp van een kennis op straat opvingen of Blanche onverwacht belde – trok hij wit weg van paniek. Juliet mocht hem niet bellen of schrijven; hij was altijd degene die contact met haar opnam. Een gevoel van ontluistering en schuld waren dagelijkse kost geworden. De ongelijkheid binnen de verhouding, in combinatie met de leugens die ze Helen en de huishoudster voorschotelde als ze hun vroeg op de kinderen te passen, wanneer ze om haar afwezigheid te verklaren zei dat ze naar de tandarts of kleermaker moest, brachten een diep gevoel van schaamte in haar teweeg.

Nadat de eigenaar van het stulpje in Pimlico van zijn vrouw was gescheiden en het appartementje had verkocht, waren Gillis en zij elkaar in hotels gaan ontmoeten – in Hampstead, Highgate, Hendon – een beweging uit het geografische hart van Londen die voelde als een symbool voor de steeds langere tijd tussen hun afspraakjes. Onzekerheid was verworden tot achterdocht. Toen ze op een avond in een deprimerend hotelletje in een buitenwijk van Londen waren, had ze hem ermee geconfronteerd. Ze had hem gevraagd of ze zakte op zijn prioriteitenlijstje. Ze kon de volgorde wel raden: carrière, kinderen, huwelijk, Juliet. Of maakte ze zichzelf daarmee zelfs nog te belangrijk? Misschien stonden de sociëteit en zijn jacht ook nog boven haar op het lijstje?

Ze hadden voor het eerst ruzie gehad. Ik dacht dat je het begreep, had hij onderkoeld razend gezegd. Ik dacht dat je er volwassen mee kon omgaan. Ze had hem drie maanden later pas weer gezien, toen ze hem uitgeput door eenzaamheid, jaloezie en wanhoop om vergeving had gesmeekt. De liefde had laagjes van haar afgepeld en had haar kwetsbaar en naakt achtergelaten. De affaire had zich voortgezet, maar er was iets verdwenen. Hun ontmoetingen, waaraan altijd veel planning voorafging en die op het laatste moment door Gillis konden worden afgezegd, waren minder frequent geworden. Niettemin bleven het voor haar oases van geluk en soelaas voor het gebrek aan liefde van Henry. Haar kinderen, haar huis en Gillis, haar sporadische minnaar: daar ging haar hart sneller van kloppen.

Hoewel ze hem zag zoals hij was – charmant en zelfverzekerd, iemand die wist welke macht hij over vrouwen had en zich niet schuldig voelde die te gebruiken, iemand wiens energie vrijwel geheel naar zijn carrière ging – had dat haar er niet van weerhouden van hem te houden. Ze wist dat hij egocentrisch was, maar dat vergaf ze hem. Ze geloofde dat hij op zijn eigen manier van haar hield, dat een stukje van zijn hart speciaal voor haar was gereserveerd. Ze hoopte dat ze een veilige haven voor hem was: liefdevol, kritiekloos en vol waardering. Hij had het nog steeds in zich haar alles te laten vergeten en een verlangen in haar aan te wakkeren dat haar adem deed stokken. Maar soms vroeg ze zich wel af waar ze mee bezig was: de compromissen die ze sloot, de leugens die ze vertelde, wat ze overhad voor een paar momenten genot.

Het vierde kind van de familie Sinclair, een jongen, Rory, was geboren in 1949. Misschien had ze hem moeten haten, het onomstotelijke bewijs dat Gillis en Blanche nog steeds als man en vrouw leefden, maar dat deed ze niet, en Rory was van Gillis' vier kinderen zelfs degene van wie ze het meest hield. Hij was een lieve deugniet en leek geen enkel gen van het aantrekkelijke familie-uiterlijk te hebben geërfd; hij was met zijn bruine haar en dopneus niet meer dan gewoontjes. Nate en Rory logeerden vaak op Marsh Court. Charley, die qua leeftijd tussen hen in zat, adoreerde hen.

Tegen de tijd dat Rory was geboren had Juliet instinctief geweten dat het gevaarlijk was al haar passie en energie in haar affaire te steken en dat ze iets anders moest vinden om zichzelf mee bezig te houden, wat dan ook. Ze had in 1949 het eerste zomerconcert op Marsh Court georganiseerd. In de loop der jaren was één concert uitgegroeid tot een serie die zich op de eerste drie zaterdagen van augustus afspeelde. De meeste concertgangers kochten een abonnement, hoewel er altijd een paar stoelen beschikbaar waren – de goedkoopste op de achterste rijen – via het postkantoor in Maldon. Het geld dat met de concerten werd verdiend ging naar goede doelen voor kinderen. Juliet had door de jaren heen een indrukwekkend bedrag ingezameld.

Ze was geen organisatorisch natuurtalent en het vermaken van de elite putte haar uit. Ze kon de musici hun gebruikelijke tarief niet betalen en moest ze dus met charme zien over te halen voor haar te willen optreden. Marsh Court zelf moest ook deel van de aantrekkelijkheid zijn, dus moest het buffet voor de musici en gasten zalig zijn, het huis comfortabel en uitnodigend en de tuin oogverblindend. Ze vroeg zich wel eens af of ze de concerten als boetedoening was gaan organiseren. Een van de goede doelen die ze ondersteunde was er een dat was opgezet door Blanche Sinclair.

Een jaar na het eerste zomerconcert had de directrice van Piers' basisschool haar toen ze hem kwam ophalen staande gehouden. Een van de juffen die kunstzinnige vorming gaf had plotseling ontslag genomen, waardoor ze vreselijk omhoog zaten. En Juliet had een kunstopleiding gedaan, toch? Kon zij misschien het gat vullen tot ze iemand anders hadden gevonden? Het was een goede school, die tolerant omging met de woedeaanvallen die Piers af en toe had, dus Juliet had zich verplicht gevoeld ja te zeggen. Ze was misselijk van de zenuwen naar haar eerste les gegaan, bang dat de jongens amok zouden maken, maar ze had zich goed voorbereid, de twee uur waren voorbijgevlogen en ze had zich nadien vreselijk opgelucht en triomfantelijk gevoeld.

Ze gaf nu al zeven jaar twee middagen per week les op de school, en was er zelfs mee doorgegaan nadat Piers en Aidan op hun dertiende naar kostschool waren gegaan. Ze hielp Henry met zijn gasten in Londen, en de weekends was het huis gevuld met de familie Winterton en hun vrienden. Ze had het altijd druk, soms koortsachtig druk, en dat beviel haar. Ze zou het niet kunnen redden zonder Meg, die nadat het landarbeidstersleger was ontbonden was aangebleven als huishoudster. Meg huurde een bungalow in Mundon, waar ze met haar vriendin Sarah woonde.

In 1951 waren de Conservatieven weer aan de macht gekomen, onder leiding van de zesenzeventigjarige Winston Churchill. Gillis had zijn vreugde niet onder stoelen of banken gestoken. Hij was altijd een loyale volgeling van sir Anthony Eden gebleven, Churchills rechterhand, en Juliet had het gevoel gehad dat zijn carrière eindelijk weer de goede kant op ging. Hij had Juliet toevertrouwd dat hij geloofde dat hij weer terug zou klimmen naar de hoogte van voor de oorlog. Hij was toen halverwege de veertig, nog net zo ambitieus als altijd, maar toch had de oorlog littekens bij hem achtergelaten, zoals bij iedereen van die generatie, en hij dronk bij periodes vreselijk veel, net als Henry, en alle andere vrienden van de familie Winterton die dingen hadden gezien en gedaan waar zij niet aan moest denken.

Sir Anthony Eden had Churchill toen die ziek was geworden in 1955 vervangen. Juliet had Gillis' optimisme steeds minder zien worden naarmate de maanden verstreken en hij op zijn plaats op de achterste bank in het Lagerhuis had gezeten en Eden hem maar niet de positie in de regering had gegeven waarnaar hij zo smachtte. Een jaar later vernietigde de Suez-crisis Edens gezondheid en reputatie en bleef Gillis onherstelbaar bezoedeld door zijn verleden met hem achter. Het leven stelt soms teleur: dat was een harde les voor hem geweest.

Zijzelf had geleerd te leven als een Winterton en haar beste gezicht op te zetten, zelfs als ze vanbinnen werd verscheurd door emoties. Ze wist dat Gillis haar niet zo hard nodig had als zij hem en dat vernederde haar. Ze besloot talloze keren een einde aan de affaire te maken, een besluit dat ze elke keer dat ze hem zag weer vergat.

Als Henry en zij minder ruziemaakten dan voorheen kwam dat doordat ze elkaar minder zagen. Ze moest tevreden zijn met haar twee kinderen; Henry en zij deelden niet vaak genoeg het bed om er meer te kunnen maken. Hij verbleef van maandag tot vrijdag in het appartement in Bond Street en Juliet vermoedde dat hij door de jaren heen vervanging voor Teddie had gevonden. Ze rook soms parfum op zijn overhemden, en een zogenaamde vriendin had haar eens heel luchtigjes medegedeeld dat ze hem met een andere vrouw op de Strand had gezien. Juliet had zich moeten inhouden haar niet te slaan.

Hun huwelijk was verworden tot een serie impasses en schermutselingen, af en toe afgewisseld, als stoom uit een fluitende ketel, door een openlijke ruzie. Henry was in de kracht van zijn leven het alziende en almachtige hoofd van de familie Winterton. Het bedrijf had zich in de jaren vijftig hersteld van de magere naoorlogse jaren. Mensen hadden weer meer te besteden en sommigen gaven het bij Winterton's uit aan parels, diamanten en gouden broches. Juwelen waren echter nog steeds moeilijk te verkrijgen, en de belastingen waren nog steeds hoog.

Ze zou het grootste deel van de tijd hebben gezegd dat ze gelukkig was. Ze hield op haar achtendertigste van haar kinderen en huis en had vele bezigheden. Het was maar zelden dat ze zich afvroeg waarom ze het erbij liet zitten, dat twijfel aan het vernislaagje van haar tevredenheid knaagde, maar ze groef nooit verder naar wat eronder verborgen lag.

Juliet staarde naar het vel papier dat voor haar lag. Ze slaakte een zucht. Een snelle wijziging – mevrouw Westmorecott had hooikoorts, dus die kon ze beter niet bij het raam aan het einde van een rij zetten – en toen besloot ze dat het arrangement van de plaatsen niet beter zou worden dan het nu was, en lijmde ze de vierkantjes papier die Charley had geknipt vast op het vel papier.

Piers, Aidan en Anne zaten in een café aan Maldon High Street. Oom Henry en hij waren die ochtend met roodomrande ogen van hun trans-Atlantische vlucht thuisgekomen.

'Het Plaza is zo heerlijk,' zei Anne. 'Ik heb er een weekend gelogeerd met mijn moeder.'

Piers zei: 'Mijn god, wat was ik aan koffie toe. Die verrekte vlucht. Hoe is het hier?'

'Saai,' mompelde Aidan.

'Dat is weer eens wat anders. Je zult je hier wel dood vervelen, Anne, na Londen.'

'Nee hoor, ik vermaak me kostelijk. Aidan heeft me allemaal leuke plekjes laten zien.'

'Is dat zo?' Piers wendde zijn starende blik naar Aidan. De zijdeachtige blauwe kijkers bespotten hem. 'Vertel eens waar jullie zijn geweest, Aidan.'

'St Peter's Chapel... Thorney Island... Mersea...'

'Wat opwindend,' mompelde Piers. 'Dat vond Anne vast geweldig. Waar logeer je?'

'Bij vrienden van de familie, op een boot in Heybridge.'

'Op een boot.' Piers huiverde demonstratief. 'Wat gruwelijk klam en koud.'

'Nee hoor. Lachlan en Sue hebben het ontzettend gezellig gemaakt. Lachlan is constructivist, net als mijn vader. Sue schildert zeegezichten.'

'Dan vinden ze het vast het einde om op een boot te wonen. Avonden vol drank en lange, nachtelijke gesprekken over kubisme en abstract expressionisme.'

'Als het in de winter echt koud is, logeren ze bij ons in Londen. Sue is zo'n schat, ze heeft alles voor anderen over. Toen mijn vader een paar jaar geleden zijn been had gebroken, heeft ze ons ontzettend goed geholpen.'

Aidan was verrast hoe open Anne zat te praten. Er schoot een steek van jaloezie door hem heen. Hij wist dat Piers als hij dat wilde een betoverende invloed kon hebben. Misschien dat Piers' vriendelijk-mokkende kwinkslagen hem irriteerden, maar anderen genoten ervan.

Piers vroeg: 'Heeft Aidan je al voorgesteld aan de hele familie Winterton, Anne?'

'Nog niet,' zei Aidan chagrijnig. Als hij Anne mee naar huis zou nemen om haar aan zijn vader en moeder voor te stellen, zouden ze haar tijdens het eten aan een verhoor onderwerpen. Niet gemeen of onvriendelijk, maar er zouden vragen worden gesteld, en er zou commentaar gegeven worden en er zouden aannames worden gedaan.

'Ik heb Louise al leren kennen,' zei Anne. 'Wat een lieverd. Zal ik nog even koffie bestellen?'

'Dat doe ik wel,' zei Piers.
'Nee, laat mij maar.'
Piers maakte terwijl Anne bij de kassa stond een fluitend geluid. 'Wat ben je toch een leperd.'
Aidan fronste zijn wenkbrauwen. 'Hoe bedoel je?'
'Ze is een engel.'
Hij haatte Piers' gemaakte Amerikanisme, haatte zijn alwetende houding.
'We zijn vrienden,' zei hij onderkoeld. 'Ik mag haar graag, verder niets.'

Piers vertrok over het algemeen na het ontbijt. Als Charley hem vroeg waar hij naartoe ging, zei hij met een heel irritante glimlach rond zijn lippen: 'Weg.'
Louise zei tegen haar: 'Ze zullen wel bij Anne Carlisle zijn.'
'Wie is Anne Carlisle?'
Dat vertelde Louise. Ze waren in het atelier achter in Louises huis, dat vol stond met schilderijen van Helen, reusachtige, vrolijke schilderijen van bloemen, of soms van een enkel blad of een enkele helmknop.
Charley vroeg: 'Heb jij haar wel eens gezien?'
'Ja. Ze is ongelooflijk mooi.'
Louise was zelf ook ongelooflijk mooi. Ze zaten op dezelfde school en iedereen was het erover eens dat Louise het mooiste meisje van de hele school was.
'Aidan is verliefd op haar,' voegde Louise toe.
'Hoe weet je dat?'
'Hij heeft het nooit over haar.'
'Als je verliefd bent, heb je het toch juist nergens anders over?'
'Aidan niet,' zei Louise stellig.
Charley had tegen haar moeder en tante Helen gezegd dat ze de bus terug naar Marsh Court zou nemen, maar ze ging in plaats daarvan op weg naar de haven. Ze mocht niet in haar eentje naar huis lopen over het pad door het estuarium, maar dat deed ze heel vaak.

Ze zat ermee dat Louise van Anne Carlisle wist terwijl zij geen idee had. Ze haatte het als ze werd buitengesloten. Als ze aan de familie van Louise dacht, was die als één solide brok. Haar eigen familie bestond uit losse onderdelen, waarbij men soms met elkaar praatte en elkaar dingen toevertrouwde, en op andere momenten nauwelijks communiceerde. Charley haatte het als haar ouders ruzieden, ze werd er misselijk van. Haar vader zei gemene dingen tegen haar moeder, en af en toe zei haar moeder even gemene dingen terug. Ze had altijd het gevoel dat zij haar ouders moest opvrolijken als ze ruzie hadden gehad.

Charley was bang dat ze zouden gaan scheiden, wat afgrijselijk zou zijn, want wat moest ze dan? Haar moeder was natuurlijk de gemakkelijkste ouder om bij te blijven wonen, maar Piers zou ongetwijfeld bij mama blijven, en dan zou Charley zich verplicht voelen om bij haar vader te gaan wonen, zodat die niet alleen zou zijn. En dan zou hij aan één stuk door chagrijnig zijn en nare dingen over haar moeder zeggen, wat ze ondraaglijk zou vinden.

Charley was zo afgeleid door haar mistroostige gedachten dat ze te laat zag dat ze langs de afslag naar huis was gelopen. Ze wilde net omkeren toen ze een streep blauw zeil tegen het bruin van de rivier zag. Ze liep de bocht op de zandbank om en zag Piers, Aidan en een meisje met blond haar. Piers' bootje lag een stukje verderop aangemeerd.

Achter hen lag de grijsgroene massa van Thorney Island. Het begon hoogwater te worden en het water klotste al over het verhoogde pad. Piers en Aidan stonden zij aan zij op het eiland en het meisje, Anne, stond aan de andere kant van het water. Ze had een witte zakdoek in haar hand, die ze hoog boven haar hoofd hield. Het drong tot Charley door dat de jongens op het punt stonden een hardloopwedstrijd over het pad te gaan doen.

Annes arm zwiepte naar beneden en de zakdoek wapperde in de wind. Piers en Aidan renden door het stijgende water, hun voeten spatten nat zand omhoog en hun opgerolde broekspijpen werden nat en kleurden donker. Hun gezichten waren rood en verwrongen van de inspanning.

Piers ging voorop terwijl ze de oever naderden. Hij gaf een triomfantelijke brul en balde zijn vuisten in de lucht. Toen tilde hij Anne op en draaide met haar in zijn armen rond zijn as. Water klotste tegen Aidans enkels terwijl hij zich vooroverboog, met zijn handen op zijn knieën, en naar adem snakte.

Anne was de eerste die haar zag. 'Dan ben jij zeker Charley,' zei ze terwijl ze op haar af kwam lopen. 'Wat ben je schattig! En wat lijk je op Piers.'

Schattig, bedacht Charley, en er ging een golf van misselijkheid door haar heen.

'Charley, wat doe jij hier in vredesnaam?' Piers zag er geïrriteerd uit.

'Ik maak een wandeling. Je mag het pad niet over als het hoogwater wordt. Dat heeft mama gezegd.'

'Mama hoeft het niet te weten.'

'Het is theetijd.' Charley draaide zich om en liep weg.

Piers rende achter haar aan. 'Waag het niet om het aan mama te vertellen.'

Charley keek hem onderkoeld aan. 'Wat? Dat je je staat uit te sloven voor een meisje?'

'Hou je mond, irritante kleuter.'

Tranen prikten in haar ogen terwijl ze van hem wegliep. Ze kon nooit lang boos blijven op Piers, dus haar wrevel richtte zich al snel op Anne Carlisle. Anne had bedacht dat de jongens naar haar toe moesten rennen, dat kon niet anders. De jongens waren achterlijk en hadden het gedaan om indruk op haar te maken. Charley had Annes gezichtsuitdrukking gezien toen Piers haar had opgetild en rond had gedraaid. Ze had ervan genoten, en de vreugde was gemengd met een sentimentele vorm van overgave die geheel zou zijn verspild aan iemand als Piers.

Eind augustus waren de concerten voor dat jaar weer achter de rug. Juliet slaakte een zucht van verlichting en dacht aan het familieweekend.

Jane, Peter, Gabe en de tweeling Jake en Eliot arriveerden vrijdagavond. Juliet stond zaterdagochtend vroeg op en maakte een Griekse salade en Egyptische bonen. Als je wist waar je naartoe moest, was het nu weer mogelijk om aan goede olijven, yoghurt en knoflook te komen, en ze had er plezier in de gerechten uit haar jeugd weer te maken. Jonny, Helen, Aidan en Louise zouden zo komen, en Peter had de leiding over de drankjes. Jane was even op bezoek bij haar voormalige nanny in Maylandsea, en Jake en Eliot, die beiden bijna klaar waren met hun studie geneeskunde, lagen nog in bed. Gillis, Blanche en hun vier kinderen werden op tijd voor de zaterdagse picknick verwacht, een Wintertontraditie.

Juliet was amandelen aan het blancheren voor de gekruide sandwiches, en ze deed de noten in een pan kokend water, waar ze in rondtolden. Ze sneed de augurken en chutney, haalde de noten uit het kokende water en deed ze over in een schaal ijskoud water, waarna ze ze ontvelde. Ze had Meg het weekend vrij gegeven om met Sarah, die veertig werd, naar de kust te gaan. Hoewel ze vroeg was opgestaan liep ze achter op haar schema: de worstenbroodjes lagen bleek te wachten tot ze gebakken zouden worden, de kreeft moest nog schoongemaakt en de mayonaise moest nog gemaakt.

Ze voelde een steek van opwinding door zich heen gaan. Over een uur zou ze Gillis zien. Ze had zich zorgvuldig gekleed in een zomerjurk van zijden shantoeng met een rozenpatroon, waarover ze nu een schort droeg. Ze droeg haar haar aan één kant van haar gezicht, waar het zacht omheen krulde. Ze had hem meer dan twee maanden daarvoor voor het laatst gezien; de vakantie, de concerten en hun verplichtingen jegens werk en familie hadden allemaal in de weg gestaan.

Ze dacht even niet na en brandde haar vingers toen ze in het kokende water van de amandelen greep. Ze stak haar hand onder koud stromend water en keek uit het raam. Piers, Aidan en een meisje zaten op het gazon. Juliet herkende het meisje niet, dat een lichtblauwe broek met een witte blouse aanhad. Haar platinablonde haar deed geen enkele concessie aan de krullen die in de mode waren en hing stijl en plat over haar schouders.

Charley kwam de keuken in lopen. 'Waar is papa?'

'Die is de croquetspullen aan het pakken.' Juliet knikte richting het raam. 'Wie is dat meisje? Ken jij haar?'

Charley trok een gezicht. 'Jasses. Anne. Ze komt uit Amerika. Aidan adoréért' – Charley sprak de laatste lettergreep langgerekt uit – 'haar.'

'Doe niet zo mal, lieverd.'

'Echt waar.'

'Als het al zo is, en dat denk ik niet, is dat niet iets wat je hardop moet zeggen.'

De deurbel ging. Was dat Gillis? Haar hart kneep samen.

Ze gaf Charley een schaal gehalveerde citroenen en de pers. 'Wil jij dat even doen, lieverd?'

Ze deed haar schort af en keek in de spiegel in de hal of haar haar en make-up goed zaten voordat ze de voordeur opende. Jonny, Helen en Louise stonden op de trap bij de deur.

Jonny had een fles rode wijn meegenomen, en Helen had een bos rozen uit haar tuin in haar hand. Ze omhelsden en kusten elkaar terwijl ze het huis binnenliepen, en Helen vroeg: 'Waar kan ik mee helpen? Met de kreeft? Ik kan vreselijk goed kreeft schoonmaken.'

Het was Piers' idee om Anne uit te nodigen. Hij had erop gewezen dat ze zo de hele familie Winterton in één keer kon ontmoeten. Dan was het maar achter de rug. Anne had gemompeld dat ze zich niet wilde opdringen, maar Piers had gezegd: 'Nonsens. Je moet blijven lunchen. Dat vindt ma geen enkel probleem.'

Aidan vermoedde dat tante Juliet het wel een probleem zou vinden dat er op het laatste moment een extra gast voor de lunch bleek te zijn. Toen Piers vroeg of Anne mocht blijven, zei tante Juliet op vriendelijke, maar weinig overtuigende toon: 'Je bent van harte welkom Anne, als je het niet erg vindt dat ik een krappe zitplaats voor je moet improviseren.'

Het was sinds de vroege ochtend snel heet geworden. Het gazon lag geel en gortdroog onder een strakblauwe hemel. Aidan en

Piers zetten schragentafels en stoelen op het terras. Charley en Louise dekten de tafels. De tweeling kwam gapend en met warrig haar het huis uit lopen, knipperend met hun oogleden in het felle zonlicht. Toen kwam de familie Sinclair, en iedereen rende naar buiten om de nieuwe auto van oom Gillis te bewonderen.

Claudia Sinclair legde haar hand op haar buik en zei tegen Aidan: 'Ik heb zes keer overgegeven. Papa stopte er niet eens meer voor, dus uiteindelijk moest het achter in de auto.'

'Het was een buitengewoon aangenaam tripje,' merkte Gillis droogjes op.

Aidan zat tijdens de lunch tussen Claudia en Flavia in; tegenover hem aan de andere kant van de tafel zat Piers naast Anne, tot tante Juliet besloot dat Anne tussen Eliot en Nate moest zitten. Charley, die naast Nate zat, was boos dat ze nu naast Rory moest gaan zitten. Iedereen ging op zijn toegewezen plaats zitten en toen serveerden Juliet en Helen de maaltijd.

Aidan had het naar zijn zin moeten hebben, maar dat was niet het geval. Om te beginnen was het veel te heet. De boter smolt op zijn schotel en de salades en sandwiches zagen er vettig uit. Claudia bleef maar wespen wegjagen en Piers zat tegen tante Blanche over New York op te scheppen. En aan het hoofd van de tafel gebeurde iets tussen zijn vader en oom Henry, een of andere onenigheid, want oom Henry sprak met verheven stem en pa zat uitdrukkingsloos naar zijn bord te staren.

Aidan vroeg zich af wat Anne van hen vond, of ze de familie Winterton burgerlijk en saai vond. Hoewel de maaltijd een picknick werd genoemd, was het dat niet. Er lag een tafelkleed op de tafels, en ze waren gedekt met zilveren bestek en kristallen glazen, en de gerechten die tante Juliet had voorbereid waren allesbehalve eenvoudig. Hij stelde zich voor dat als Anne en haar vader picknickten met hun artistieke vrienden het op een grasveld zou zijn, waarbij er brood met Franse kaas zou worden gegeten en er wijn uit een glazen fles in een rieten karaf zou worden gedronken. De familie Winterton leefde in het verleden. Het leek wel of niemand besefte dat de tijden veranderden.

Hij schetste in zijn hoofd Annes profiel en hoe haar zijdeachtige haar over haar schouders viel. Hij zou haar zo uit zijn hoofd kunnen tekenen; had dat al vaak gedaan. Ze had hem die ochtend verteld dat ze een brief van haar vader had gekregen, die haar verzocht naar San Francisco te komen. Hij had een vliegtuigticket voor woensdag voor haar geboekt, wat al over vijf dagen was.

Een straaltje zweet droop over Aidans nek terwijl hij in zijn kreeft prikte en wegzakte in een oververhitte, geïrriteerde melancholie. Anne was het mooiste meisje dat hij ooit had gezien, maar dat had hij haar nog niet verteld. In plaats daarvan had hij gedraald en nooit de moed opgevat om haar mee uit te vragen. Sinds Piers weer thuis was, was de prettige, ontspannen stilte die tussen hen had bestaan gevuld door het oeverloze gezwam van Piers. De dagen dat ze samen hadden geschetst, waren vergeten. In plaats daarvan gingen ze nu met Piers' bootje naar het estuarium. Anne kon goed zeilen, wat hij niet had geweten tot Piers erachter was gekomen.

Een vreselijk gevoel van jaloezie vrat sinds een paar weken aan hem, en een innerlijke stem fluisterde tegen hem dat ze Piers leuker vond. En waarom ook niet, mompelde het knagende stemmetje: Piers was aantrekkelijker en een betere gesprekspartner. Er was iets mis met hem; hij miste wat het ook was dat meisjes wilden. Laat die dienstplicht maar komen, dacht hij verbitterd. Hij kon niet wachten tot hij hier weg zou kunnen.

Een wesp landde op Claudia's kipsalade, en ze begon gillend met haar handen te wapperen. 'Als je hem met rust laat, gaat hij vanzelf weg,' zei hij voor de vijfde keer terwijl hij met de wesp te doen had, maar ze bleef wapperen en moeilijk doen. Toen hij om zich heen keek, ving Anne zijn blik en glimlachte naar hem.

Dat was het moment dat tot hem doordrong dat hij niets te verliezen had. Beter proberen en falen dan doorgaan met deze foltering van zelfmedelijden en besluiteloosheid. Zodra hij een moment met haar alleen was, zou hij haar mee uit vragen. En als ze ja zei, en als ze hetzelfde voor hem voelde, dan kon het hem niet schelen hoe lang ze van elkaar gescheiden zouden zijn, door Amerika en het leger, dan zou hij op haar wachten, zo lang als nodig was.

De croquetwedstrijd begon na de lunch. Juliet ging afwassen. Ze liet warm water in de gootsteen lopen, stak haar handen erin en begon te schrobben. Haar hand prikte waar ze hem die ochtend had gebrand en ze hoorde het gejoel en de aansporingen van de croquetspelers op het gazon.

Dit was vast de laatste keer dat ze het laatste weekend van augustus samen doorbrachten op Marsh Court. Volgend jaar om deze tijd zouden Piers en Aidan in dienst zitten. En daarna zouden ze volwassen zijn, verhuizen, trouwen en zelf kinderen krijgen. De tijd ging snel en deze paar idyllische dagen waren kostbaar. Haar hart zwol van de liefde die ze voor de hele familie voelde. Ze keek door het keukenraam naar Gillis, die in zijn crèmekleurige linnenbroek, met een wit overhemd zonder stropdas erop, het zonlicht schitterend op zijn haar, dat nog steeds meer goudkleurig dan grijs was, over het gazon liep.

'Zal ik afdrogen, Juliet?'

Ze draaide zich om. Blanche kwam de keuken in lopen en pakte een theedoek.

'Wil je niet meedoen met croquet?' vroeg Juliet.

'Ik haat croquet. Ik vind het een nutteloos spel. En moet je die berg borden zien.'

'En na de afwas willen ze thee. Nog meer kopjes en schoteltjes.' Ze wisselden een glimlach van genegenheid en vrouwelijke solidariteit uit.

Blanche poetste een glas op. 'Waar gaat die ruzie tussen Henry en Jonny over?'

'O.' Juliet slaakte een zucht. 'Henry vindt dat er in Londen nog een filiaal moet worden geopend, maar Jonny denkt dat ze zich dat niet kunnen permitteren. Henry zal natuurlijk wel weer zijn zin krijgen. Het zou,' voegde ze eraan toe terwijl ze Blanche een nat bord aangaf, 'beter voor zijn karakter zijn als dat eens niet zou gebeuren, maar ik vrees dat dat ijdele hoop is.'

Charley en Nate zaten op het dak van de schuur. Charley keek naar Piers, Aidan en Anne, die over het gras naar het vreugdevuur liepen.

Charley zei: 'Louise vindt haar ongelooflijk mooi, maar dat vind ik helemaal niet.'

'Wie?' Nate lag op zijn rug, met zijn hoofd met krullend donker haar op een arm.

'Je weet wel. Anne.'

'Vind je haar niet aardig?'

'Ik zei alleen maar dat ik haar niet mooi vind. Ze heeft rare ogen.'

'Waarom vind je haar niet aardig?' Hij kneep zijn ogen dicht in het zonlicht. 'Vanwege Piers?'

'Hij heeft de hele zomer nog geen woord tegen me gezegd. Hij is altijd op stap met haar en Aidan. Het zou toch logisch zijn dat ze wel zou begrijpen dat dat niet eerlijk is. Ik vind haar ontzettend egoïstisch.'

'Misschien wil Piers eens iets anders.'

'Maar dat geldt niet voor ons. We zijn zijn familie.'

Hij leunde op een elleboog en keek haar aan. Het zonlicht kleurde zijn ogen smaragdgroen. 'Zo onmogelijk is dat niet, hoor,' zei hij vriendelijk.

'Hou erover op, Nate,' zei ze pertinent.

Hij haalde zijn schouders op. 'Mijn god, wat is het verrekte heet.'

'Het is inderdaad verrekte heet, hè?' Ze had bijna alle scheldwoorden die ze kende van Nate geleerd. Hij leerde ze op school.

Hij stond op, sprong van het dak en rolde netjes op zijn voeten toen hij op het gras neerkwam. Charley sprong achter hem aan en landde met een onelegante plof. Er zaten grasvlekken op haar geelkatoenen jurk en haar enkel deed vreselijk veel pijn. Ze hobbelde achter hem aan terwijl hij terugrende naar het huis.

'Ik denk gewoon niet dat we het ons kunnen veroorloven,' zei Jonathan. 'We zijn net een beetje bijgekomen van de malaise van na de oorlog.'

'Dat is precies waarom we moeten investeren, Jonny. Als je niet investeert, verdien je ook geen geld. We hebben nog een filiaal nodig.'

'We hadden nog een filiaal. Dat heb je verkocht.'

'Ik bedoel in Londen.' Henry vouwde met een geïrriteerd gebaar zijn krant op. 'Dat is waar je geld kunt verdienen, dat weet je donders goed.'

'Als we er het geld voor hadden. Maar om er nou voor te gaan lenen... Ik begrijp niet waarom je zo'n haast hebt.'

De croquetwedstrijd was voorbij en de volwassenen zaten met hun krant, tijdschrift of breiwerk in tuinstoelen in de schaduw op het terras. Bijen zoemden in de jasmijn en rozen. De spaniël, Biscuit, lag hijgend tussen de potten met geraniums.

Juliet legde haar breiwerk weg. 'Ik zal even thee gaan zetten.'

'Ik help je wel,' zei Helen.

'Moeilijke puzzel,' zei Gillis. Hij las een aanwijzing voor.

'Ik heb met de bank gepraat. Die gaat in principe akkoord.'

'Jezus, Henry...'

Peter vroeg luidkeels: 'Waar is de Wisden-almanak?'

'Ik pak hem wel.' Jonny trok zijn kraagje recht en stond moeizaam op uit zijn tuinstoel. 'Ik moet even een beetje afkoelen.' Hij liep het huis in.

Juliet liet in de keuken een ketel vol water lopen en zette die op het fornuis. Helen vroeg: 'Welke kopjes wil je gebruiken? Die mooie porseleinen?' Ze liep naar de kast om ze te pakken.

Juliet was op zoek naar de tang voor de suikerklontjes toen ze een paar kamers verderop commotie hoorde. Stemmen, iemand riep iets. Vast een van de kinderen, dacht ze. Rory zou wel ergens tegenaan zijn gebotst en iets hebben gebroken. Ze hoopte maar dat het niets ouds of kostbaars was.

'Ik ga wel even kijken.' Helen liep de keuken uit.

Juliet vond de tang en legde hem op het dienblad. Ze zette een bord koekjes en een kan limonade op het dienblad. Nadien dacht ze eraan terug als het laatste perfecte moment: het zonlicht dat door het raam scheen, het dienblad met heerlijkheden, het gevoel van afwachting voor de rest van het weekend, alles wat zo heerlijk gewoon was.

Janes stem, hoog en angstig, sneed door de stilte.

'Juliet! Juliet, waar ben je?'

Ze rende naar de deur. 'Wat is er? Wat is er aan de hand?'

'Jonny! Hij is in elkaar gezakt! Henry belt een ambulance.' Janes gezicht verschrompelde en ze begon te huilen.

Ze liepen samen, hand in hand, naar de bibliotheek. Jonny lag op de vloer en Peter zat over hem heen geknield mond-op-mondbeademing aan zijn zwager te geven. Helen zat geknield naast Jonny, streelde zijn hand en fluisterde tegen hem. Louise stond te huilen.

Henry wendde zich met een gekwelde blik tot Juliet. 'Is dit mijn schuld?' fluisterde hij. 'Komt het door die ruzie? Ben ik te ver gegaan?'

Ze sloeg voor het eerst in jaren haar arm om hem heen en probeerde hem te troosten. 'Nee, Henry. Jonny is ziek, dat weet je.'

'Aidan.' Helen keek met grote, angstige ogen op. 'Ik heb hem nodig. Waar is hij? Waar is Aidan?'

Ze stonden bij de vuurplaats. Aidan probeerde Piers ervan te weerhouden het vuur aan te steken.

'Dat doet oom Henry altijd,' wees hij hem erop.

Piers trapte tegen wat takken die uit de stapel hout staken. Hij zei niets en glimlachte alleen maar.

'Pa zei dat we het misschien een jaar moeten overslaan omdat het zo droog is,' vervolgde Aidan.

Piers klopte op zijn zakken op zoek naar zijn aansteker. 'Ik zal hem wel in mijn kamer hebben laten liggen.' Hij draaide zich om naar het huis.

Aidan overwoog achter hem aan te gaan, maar bedacht zich. Je kon Piers er nooit van weerhouden te doen wat hij wilde, en het kon hem hoe dan ook niet schelen.

Anne zat met haar armen om haar knieën geslagen op een boomstronk. 'Het spijt me dat ik je erin betrek,' zei hij tegen haar. 'In mijn familie, bedoel ik.'

'Ik vind het vreselijk leuk iedereen te leren kennen. Je hebt een geweldige familie.' Maar ze zag er verhit en vermoeid uit.

Aidan schraapte zijn keel en wilde voorstellen naar Maldon te gaan, met zijn tweetjes, om iets te drinken, en misschien een hapje te eten, maar toen zag hij tante Juliet op hem af komen rennen door de tuin.

Hij dacht in eerste instantie dat er iets met Piers was. Dat tante Juliet kwaad was over het vuur of zo. Maar ze huilde. Huilde ze?

'Aidan, je vader,' riep ze snakkend naar adem zodra ze binnen gehoorsafstand was. 'Hij is ingestort. Je moet meteen komen.'

Alle andere gedachten spoelden uit zijn hoofd toen hij aangespoord door angst de heuvel op rende, zijn longen zwoegend terwijl hij snelheid maakte.

Juliet stond om elf uur die avond in Helens keuken de overblijfselen van een avondmaaltijd op te ruimen waar nauwelijks van was gegeten. Ze droogde de borden af en veegde met een vochtige theedoek de werkoppervlakten af. Toen hing ze de theedoek op een haakje en zette de borden en schalen in de kast. Ze haalde nog even een vaatdoek door de gootsteen, opende toen de deur en liep naar buiten.

Helens tuin was ommuurd en stond vol vrolijke bloemen die kleurloos en vaag waren geworden in het maanlicht. Een mot fladderde verblind om haar hoofd; ze wapperde hem weg.

Jonny was overleden in de ambulance. Hij had het ziekenhuis niet gehaald. Dat was een feit dat ze moest verwerken, maar het voelde nu als onoverkomelijk. Ze dacht aan het drietal Henry, Jonny en Jane, en hoe ze elkaars zinnen afmaakten omdat ze altijd van elkaar wisten wat ze dachten. Hoe moesten ze het gaan redden, de twee die waren achtergebleven?

Henry, Peter en Jane waren een uur daarvoor teruggereden naar Marsh Court en de kinderen. Juliet zou zo lang als nodig was bij Helen blijven. Ze had Helen, die beefde van de shock, een slaappil gegeven, en ze was bij haar blijven zitten, haar hoofd strelend, tot ze in slaap was gevallen. Hoewel Juliet een hele berg dekens en een donsdeken over haar heen had gelegd en het nog steeds ondraaglijk warm was, was Helen rillend in slaap gevallen.

Toen was ze teruggegaan naar beneden om iets te eten voor de kinderen te maken. Arme Louise hield maar niet op met huilen terwijl ze haar eten over haar bord rondschoof. Aidan zat er met een versteende blik en zonder tranen bij. Juliet nam aan dat hij, net als zijzelf, nog niet kon geloven dat Jonny er niet meer was. Uiteindelijk had hij zachtjes aan Louises vlecht getrokken en had hij gezegd: ‘Kom, dan maak ik een bad voor je,’ waarna het tweetal naar boven was gegaan. Toen hij terug was gekomen, had hij voor beiden een glas whisky ingeschonken. Aidan was acuut volwassen geworden, bedacht Juliet verdrietig. Hij had geen andere keuze dan volwassen te worden.

Een grote oranje maan hing laag in de hemel boven het estuarium. Het was zo pijnlijk om te proberen Helen zonder Jonny te zien. Dat kon niet. Ze had hen in al die tijd niet één keer tegen elkaar horen snauwen. Ze waren twee helften van een geheel, en ze bedacht voor het eerst dat intense liefde een hoge prijs heeft en dat Helen, die pas eind veertig was en vele jaren zonder Jonny zou moeten verdragen, die nu moest gaan betalen.

7

November 1957-december 1957

De loodgrijze dichtheid van de hemel trok het licht uit de oppervlakte van het estuarium. Tureluren verkenden het zoutmoeras, hun kopjes op en neer bewegend, hun oranje snavels in de modder prikkend.

Juliet liep langs de Blackwater, van Marsh Court vandaan. Henry had tijdens het ontbijt Meg afgesnauwd, en Meg, die niet op haar mondje was gevallen, had teruggesnauwd. Meg had precies op het moment dat Henry haar had ontslagen haar ontslag ingediend. Toen Henry op weg was gegaan naar Londen was Meg naar haar bungalow in Mundon gefietst. Er verandert nooit iets, dacht Juliet verbitterd terwijl ze terugdacht aan de eerste maanden van hun huwelijk, toen Henry net zo plotseling een dienstmeid de laan uit had gestuurd. Oorlogen konden uitgevochten worden, liefde en verdriet konden worden ervaren, maar Henry zou altijd zijn zin krijgen.

Er waren drie maanden verstreken sinds de dood van Jonny. Hoewel hij de stilste en vriendelijkste van het drietal Wintertons was geweest, bedacht Juliet vaak hoeveel minder ze zonder hem waren. De fonkeling was weg. Ze keken om zich heen, op zoek naar bevestiging en geruststelling, en merkten dan dat er niemand was.

Helen had zich de eerste zes weken dat ze weduwe was volledig teruggetrokken. Ze leefde op koffie en sigaretten en zat in elkaar gedoken in een oude trui in het atelier achter in haar huis. Toen had ze langzaam weer wat interesse gekregen voor het familieleven. De familie was natuurlijk gekomen, had gekookt en Louise gehaald en gebracht, die op dezelfde school als Charley zat. Toen

Helen de leiding over haar huishouden weer had teruggenomen, had Juliet aangevoeld hoe ingewikkeld dat voor haar was, alsof het een rol was waarvan ze niet meer wist hoe ze hem moest spelen.

Nadat de eerste shock wat was weggeëbd, had Henry op de dood van zijn broer gereageerd met een razende uitbarsting van energie. Hij had een tweede filiaal gekocht, aan Sloane Street, dat hij had laten inrichten in de traditionele Winterton-stijl – mahoniehout, met koper afgewerkte vitrines en hoogpolig koningsblauw tapijt – en hij had nieuw personeel aangenomen. Gabe, Janes dochter, werkte er nu. Juliet vermoedde dat Henry's drukke bezigheden zijn manier waren om niet te hoeven denken aan wat hij had verloren.

Hij werd kwaad van elk uitstel van zijn plannen om het familiebedrijf opnieuw in te richten, was kwaad op iedereen die medeleven met hem toonde en hij was razend, vermoedde Juliet, op Jonny omdat die hem alleen had achtergelaten. Zoals altijd reageerde hij zich af op degenen in zijn directe omgeving. Hij ruziede met Jane en probeerde ruzie te maken met Gillis, die zijn pogingen weglachte. Henry en Piers lagen al maanden met elkaar overhoop, dus het was uiteindelijk een opluchting geweest toen Piers in oktober voor zijn dienstplicht werd opgeroepen. Aidan was twee weken later zijn neef het leger in gevolgd.

Juliet vroeg zich af of Henry spijt had dat hij zijn kwetsbaarheid had getoond op de dag dat Jonny was gestorven. Zijn wraakzucht was een groot deel van de tijd op haar gericht. Ze had niet eens geprobeerd te bemiddelen in zijn ruzie met Meg. Ze had geweten dat dat het alleen maar erger zou maken.

Ze was die middag gevlucht in een wandeling om te ontsnappen aan de gespannen en onrustige sfeer die heel Marsh Court in beslag nam. Ze was nu bij het verhoogde pad op Thorney Island. Het was eb; toen ze overstak ervoer ze weer die gekke sensatie dat ze onder het wateroppervlak liep, en ze liet zichzelf overspoelen door het gevoel. Piepkleine witte krabbetjes zaten gevangen in het wier en lagen in het zonlicht uit te drogen. Het water en de modder om haar heen glansden grijs, parelmoerachtig om haar heen.

Ze keek van de oever van het eiland naar het vasteland dat ze achter zich had gelaten. Het drong tot haar door dat ze op dezelfde plek stond waar die arme kindertjes al die jaren geleden hadden gespeeld. Ze huiverde en voelde even de drang terug te rennen naar de veiligheid van het vasteland. Maar ze schudde het nare gevoel van zich af en vervolgde haar weg naar het hart van het eiland.

Links van haar liepen de modder en het zoutmoeras over in het estuarium. Bomen stonden aan beide zijden van het smalle pad, de takken ruw van het lichtgroene korstmos dat erop groeide. In de verte stonden door de wind gehavende heggen rond de velden. Er zouden ooit schapen of koeien zijn gehouden, want naast een van de hekken stond een ijzeren trog, helemaal verroest en vol brak water.

De weg liep in een bocht verder en werd smaller naarmate hij het huisje op Thorney Island naderde. Het grasveld en de bloembedden waren helemaal overwoekerd door onkruid, dat zwart was geworden en was gaan rotten in de decemberkou. Er scheen geen licht van achter de ramen, die haar star aanstaarden. Toen ze het huisje naderde, zag Juliet de afbladderende verf en de gaten waar pannen van het dak waren gevallen.

Het miezerde, dus ze zette haar capuchon op en deed haar groene regenjas helemaal dicht. In de achtertuin hadden vieze kooltjes vlekken op de ingang van de bunker gemaakt en een kapotte waslijn hing aan een paal, nu en dan dansend in de wind. Achter de zeemuur lagen een heleboel kleine eilandjes, sommige redelijk groot, maar andere zo klein als een bord, die van elkaar werden gescheiden door het water van het estuarium.

Iets in haar maakte dat ze de grendel van de achterdeur haalde en een duwtje tegen de deur gaf. Hij ging open en ze keek een donkere gang in die het huis in leidde. Ze stond op de drempel en ademde de vochtige geur van het eiland in. Het was alsof het moeras probeerde zijn domein op te eisen, het huis absorbeerde, het langzaam opslokte. Ze liep naar binnen en drukte haar handpalm tegen de muur, waarbij ze half verwachtte dat die in een oppervlak zou zakken dat niet solide was.

Ze liep de gang in. Een aantal kledinghaakjes, hoog aan de muur, suggereerde dat dit deel van het huis ooit was gebruikt om de jassen op te hangen. Een verweerde spiegel wierp haar eigen gezicht naar haar terug, waarvan ze schrok. Ze bleef staan en was zich bewust van een gevoel van terughoudendheid om verder te gaan. De familie Hart was de laatste geweest die er had gewoond en het stond nu al meer dan tien jaar leeg. Ze had een vreemde band met de plek. De gebeurtenissen van die stormachtige avond in 1946 hadden haar en Gillis bij elkaar gebracht en de loop van haar leven gewijzigd.

Haar nieuwsgierigheid duwde haar kamers in die in dof, winters licht baadden. In de keuken stond een roestig ijzeren fornuis in een alkoof onder de schoorsteen. Onder de kraan markeerde een groene vlek in de vorm van een traan de gootsteen van wit aardewerk. Naast de keuken was een voorraadkast, die vol planken hing, met een raampje erin waar kippengaas voor hing. In een andere kleine ruimte stond een houten wastobbe.

Eetkamer, gang, zitkamer; allemaal leeg, op stof, dode bladeren en een paar lege bierblikjes na, die wel achtergelaten zouden zijn door indringers. De plantaardige geur van vocht en verval volgde haar terwijl ze door de kamers liep. Het zou haar niet hebben verrast als ze tranen van zout uit de muren had zien lopen, als de vloeren hadden geglansd van vocht, als de rivier door de muren heen naar binnen zou zijn gedrongen en er schelpen en glanzend bruin zeewier in een hoek zouden hebben gelegen.

Een smalle trap leidde haar naar de eerste verdieping. Drie deuren kwamen uit op de kleine, vierkante overloop, waarvan er twee in slaapkamertjes uitkwamen waar ramen vol spinnenwebben uitkeken over het eiland. De derde deur, in het verlengde van de trap, was in een boeibord gemonteerd. Bloed suisde in haar oren terwijl ze naar de deurklink greep.

Toen rende ze de trap af, struikelend over de treden in haar wanhoop het huis te verlaten. Toen ze eenmaal de achterdeur uit was, zou ze graag hebben gelachen om haar plotselinge, irrationele angst, maar dat kon ze niet, en toen ze de grendel op de deur schoof, drong het tot haar door dat ze iets in het huis probeerde op te sluiten.

Ze liep door de tuin terug naar het pad. Ze was moe en van streek door de ruzie van die ochtend met Henry en rouwde nog om Jonny, zei ze tegen zichzelf, en daarom hield haar geest haar voor de gek. Het kon niet anders dan dat ze op Thorney Island aan de kinderen zou denken die waren meegesleurd door de rivier, dat jongetje en het meisje in de rode jurk. Verloren kinderen... verlaten huizen... schaduwen en gesloten deuren: precies de ingrediënten voor een spookverhaal.

Hoewel ze niet in geesten geloofde, had ze wel altijd gedacht dat oude huizen een eigen ziel hadden, gevormd door het verdriet en de verlangens van de bewoners. Henry zou die theorie bespotten; ze vermoedde dat Helen en Jane er wel wat in zagen. En Gillis? Dat vroeg ze zich af. Gillis zag zichzelf graag als rationeel en analytisch, maar ze had hem meermalen hevig geëmotioneerd door een muziekstuk of dichtregel gezien. Hij probeerde zijn periodes van depressie te verbergen, maar ze wist dat hij die had, hoorde dan hoe vlak zijn stem klonk, en zag hoe hij naar de fles reikte om te verhullen hoeveel moeite sociale omgang hem kostte.

Ze haalde opgelucht adem toen ze de bocht in het pad om was en het huis niet meer kon zien. Ze wist dat ze er nooit meer naartoe zou gaan. Het was harder gaan regenen en het begon donker te worden. Ze trok de mouw van haar regenjas op om op haar horloge te kijken en zag tot haar grote schrik dat er meer dan een uur was verstreken sinds ze het verhoogde pad naar het eiland was overgestoken. Ze zette het op een rennen, om de gaten in de modderige grond heen, terug via dezelfde weg die ze was gekomen.

Maar ze was te laat. De rivier stroomde al over het hoogste deel van het pad. Regendruppels kletterden op het wateroppervlak en hoewel ze hard doorrende, klotste het water al snel om haar enkels. Ze voelde de onderstroom trekken en wist dat als ze een meter verder zou lopen het estuarium haar mee zou sleuren en in de rivier zou smijten.

Ze rende zichzelf vervloekend om haar stommiteit terug naar

een stukje droge grond. Ze keek door het regengordijn hoe het water door het kanaal stroomde, haar afsneed van het vasteland en zeevogels, takken en een theekist met zich meevoerde, deinend in de stroom. Ze werd overvallen door paniek; ze had geen idee hoe lang ze vast zou zitten op het eiland. Vier uur? Acht? Piers en Henry waren de zeelieden, zij was dat niet. Het zou donker worden terwijl zij was gestrand in de waterige wildernis van Essex.

Ze had geen zaklamp bij zich en moest het doen met het vlammetje van haar aansteker. Haar haren plakten ondanks de capuchon van haar regenjas nat langs haar hoofd. De rivier slokte ondertussen de markeerpunten op de oever op: de stronk van een afgezaagde boom, een blok beton, een roestige ketting, alles werd verslonden door het tij, dat snel en duister alles wat op zijn pad kwam verzwolg. Ze klauterde via de helling terug naar de veiligheid van de zandbank en kreunde luid toen het tot haar doordrong dat niemand haar zou komen zoeken: Henry was in Londen, Charley was doordeweeks naar kostschool en Meg zat te mokken in Mundon.

Hoewel het huis haar zou beschermen tegen de regen huiverde ze bij de gedachte er weer naartoe te moeten. Maar het verhoogde pad was net zo onaanlokkelijk... Ze stond in elkaar gedoken in de halfduisternis, werd de koude nattigheid gewaar en hoorde de geluiden van het estuarium: het klotsende water, krakende takken, fluisterend gras.

Toen maakte een roepende stem dat ze naar adem snakte en opkeek.

'Mevrouw Winterton!'

Het duurde even voordat ze hoorde waar de stem vandaan kwam, en toen zag ze het roeibootje dat op weg naar haar was van het vaste land. Nog een roep, en de stem van de man droeg over het kanaal naar haar toe. Ze tuurde zijn kant op, met haar hand boven haar ogen tegen de regen.

Toen het bootje wegvoer, leek het net of het van haar af stuurde, maar het drong al snel tot haar door dat het zo de snelle beweging van het tij compenseerde. Het bootje maakte een grote cirkelbeweging en werd toen richting het eiland geslingerd. Toen het dichterbij kwam, zag ze dat het werd bemand door Joe Brandon van Greensea Farm. Ze had hem door de jaren heen nu en dan gezien – Greensea was niet zo ver van Marsh Court, wat betekende dat je elkaar af en toe tegenkwam – maar ze had hem niet meer gesproken sinds hun ontmoeting in de bosjes tijdens de oorlog.

Toen hij vlak bij haar was, sprong hij uit het bootje en waadde naar haar toe.

'Meneer Brandon!' riep ze lachend van opluchting. Ze voelde de drang hem te omhelzen, maar in plaats daarvan greep ze zijn hand en schudde hem. 'Wat ben ik blij u te zien! Ik was bang dat ik hier de nacht zou moeten doorbrengen. Ik heb zo'n stomme fout gemaakt!'

'Hebt u geen rekening gehouden met het tij?'

'Dat is me helemaal ontschoten. Ik was er niet bij met mijn hoofd.'

'We moeten hier weg. Vindt u het erg om natte voeten te krijgen?'

'Die heb ik al.'

Ze ging in het bootje naast een canvas knapzak en een verrekijker zitten. Joe trok een grimas terwijl hij tegen de stroom in roeide, en zijn zwarte haar viel over zijn voorhoofd terwijl hij hard aan de riemen trok. Regendruppels vormden pareltjes op zijn huid en de aderen in zijn hals waren zichtbaar.

'Ik ken dit water,' zei hij. 'Ik vaar hier al sinds mijn kindertijd. Maakt u zich maar geen zorgen, mevrouw Winterton.'

Zijn vriendelijke woorden ontlokten een woordenstroom bij haar. 'Ik ben zo blij dat u me zag. Ik zou het verschrikkelijk hebben gevonden daar te moeten blijven. In de kou en duisternis.'

'Het is een naargeestige plek. Ik heb me nooit op mijn gemak gevoeld op Thorney Island.'

'Hebt u dat ook?'

'Zulke plekken bestaan.'

'Kende u dat onfortuinlijke gezin dat er als laatste heeft gewoond?'

‘Alleen van gezicht.’

‘Ik heb me altijd afgevraagd waarom ze op zo’n eenzame en geïsoleerde plek zijn gaan wonen.’

Joe Brandon keek over zijn schouder om het bootje naar de oever te leiden. ‘Uw vriend kende mevrouw Hart, toch?’

Ze staarde hem vragend aan. ‘Mijn vriend?’

‘Die politicus, Sinclair. Ik heb hem een keer op het verhoogde pad met mevrouw Hart zien praten. De kinderen waren er ook, de stumpers.’

‘Ik denk dat u zich vergist.’ Haar woorden klonken feller dan ze ze bedoelde; ze zag dat hij zijn wenkbrauwen fronste.

Ze hadden het ondiepe water bereikt; hij sprong uit de boot en gaf haar een hand zodat ze kon uitstappen. Ze begreep er niets van. *Ik heb hem een keer op het verhoogde pad met mevrouw Hart zien praten.* Als Joe gelijk had, vond ze het gek dat Gillis in de nasleep van de tragedie nooit had verteld dat hij mevrouw Hart had gesproken, al was het maar kort.

‘Dat zal dan,’ zei ze terwijl hij het bootje de oever op trok, ‘een gesprekje zijn geweest tussen mensen die elkaar toevallig tegenkomen.’

Vragen doolden door haar hoofd. Ze probeerde het voor zich te zien: Gillis en die verdronken vrouw, die elkaar tegenkwamen op het pad en iets over het weer of zo opmerkten. Maar er klopte iets niet; ze voelde zich ongemakkelijk.

‘Bedoelt u dat u hen hier hebt gezien?’ Ze wees naar de modder en het kreupelhout waar ze stonden. ‘Hier, aan het einde van het verhoogde pad?’

‘Nee, op het eiland.’ Joe fronste zijn voorhoofd. ‘Ik had de indruk dat ze afscheid namen.’

Haar hart sloeg over. Ze dwong een glimlach op haar gezicht en stak haar hand naar hem uit. ‘Ik kan niet onder woorden brengen hoe dankbaar ik ben. U heeft me uit een vreselijk benarde positie geholpen.’

‘Geen probleem,’ zei hij plompverloren. ‘Weet u hoe u van hier thuis moet komen?’

'Ja hoor. Ik ken dit pad op mijn duimpje. Goedenavond, meneer Brandon.'

Hij knikte naar haar en liep weg.

Juliet reed de volgende ochtend naar Mundon. Meg zette koffie in de bungalow.

Ze had al eerder haar ontslag genomen. Juliet had haar altijd kunnen overhalen zich te bedenken. Ze hadden een geschiedenis samen en waren al sinds de oorlog vriendinnen.

'Het spijt me verschrikkelijk, van gisteren,' zei ze. 'Henry's woorden zijn onvergeeflijk. Maar je weet hoe hij is.'

Meg gaf geen antwoord. Ze was snel boos en vergaf langzaam, en ze gedroeg zich vandaag afstandelijk.

Ze gaf Juliet een kop koffie aan. 'Ik heb nooit begrepen waarom je bij hem blijft.'

'Vanwege de kinderen. Henry is hun vader.'

Meg bestudeerde haar emotieloos. 'Is dat een goede reden?' Toen zei ze: 'Sarah en ik gaan naar het buitenland. We hebben het er al jaren over. We hebben gespaard, en we gaan een auto kopen en door Frankrijk en Italië trekken. Ik ben veertig, Juliet. Ik ben in mijn hele leven pas één keer naar het buitenland geweest, dat weekend in Le Touquet. Ik wil de zon voelen en blauwe zeeën zien. Ik wil in een wijngaard zitten en wijn drinken. Als we nu niet gaan, doe ik het nooit meer.'

En dat was dat. Meg was vastbesloten. Juliet reed Mundon uit en stopte een stukje verderop bij een opening in een veld, waar ze de motor afzette en een sigaret opstak. De bladerloze koppen van de bomen ruisten in de wind; in het veld vlogen zeemeeuwen achter een tractor aan.

Ze kreeg Megs woorden maar niet uit haar hoofd: *Ik heb nooit begrepen waarom je bij hem blijft.* Het waren veroordelende woorden, en zij voldeed niet. Ze had zichzelf om haar huwelijk aan te kunnen aangeleerd weg te kijken van wat ze niet wilde zien. Ze had Meg niet beschermd tegen Henry's woede die ochtend omdat het haar nog nooit, niet één keer in alle jaren van hun huwelijk, was gelukt hem over te halen van gedachten te veranderen. In plaats daarvan had ze gehoopt Meg achter zijn rug om terug te halen en daarmee subtiel aan te tonen dat Meg onmisbaar was op Marsh Court. Maar Meg vond haar allesbehalve subtiel; ze vond haar zwak. En misschien was ze dat ook wel. Ooit, heel lang geleden, zou ze hebben gevochten voor waar ze in geloofde.

Ze veegde gedachteloos wat condens van de voorruit. Ze had vanochtend een vriendin verloren. En had ze tijdens dat gesprek met Joe Brandon bij het verhoogde pad gisteren nog meer verloren? Hoewel ze probeerde zijn bewering dat hij Gillis op het eiland afscheid had zien nemen van mevrouw Hart uit haar hoofd te zetten – hij moest zich vergissen, er moest een eenvoudige verklaring voor zijn – lukte haar dat niet. Gespannen, angstige gedachten zoemden door haar hoofd als wespen door een scheur in het glas, en ze kon ze niet negeren.

Ze startte de auto en reed naar Maldon. In de bibliotheek haalde een assistent de *Essex Chronicle* uit oktober 1946 voor haar. Het incident bij Thorney Island en de zoektocht naar de vermiste kinderen was een paar dagen voorpaginanieuws geweest. Frances Hart was eenendertig toen ze was omgekomen. Edmund en Thea waren een tweeling, vier jaar oud. Mevrouw Hart huurde het huisje op Thorney Island sinds het begin van die zomer.

Ze las alle stukken zorgvuldig een tweede keer door. Hoewel ze had aangenomen dat mevrouw Hart oorlogsweduwe was, stond dat niet in de krant. Er werd een zus in Wiltshire genoemd, en een vader, die weduwnaar was. Maar geen echtgenoot.

Harde wind geselde haar lichaam toen ze de bibliotheek uit liep. Ze dook een café in en bestelde koffie met een broodje. Maar ze werd alleen maar onrustiger van de koffie en ze kreeg het broodje niet door haar keel. Een vrouw die ze van school kende, de moeder van een van haar leerlingen, knoopte een gesprekje met haar aan, maar haar antwoorden waren mechanisch.

Joe Brandon had aangenomen dat Gillis en Francis Hart elkaar hadden gekend. En als hij gelijk had? Waarom zou Gillis dat voor haar verbergen?

Ze mompelde een afscheid tegen haar kennis, stond op en liep het café uit. Je moet aan iets anders denken, zei ze tegen zichzelf terwijl ze naar de auto liep. Denk maar aan Charley, die het weekend thuis is. Denk aan Kerstmis, dat al over drie weken is. Je bent dol op Kerstmis. Denk aan het versieren van Marsh Court, met hulst en mistletoe, denk aan de geur van appelhout in de haard, aan het inpakken van de cadeautjes en het bakken van pasteien.

Toen Charley thuiskwam voor de kerstvakantie vond ze het huis gek voelen zonder Piers, die tien weken basiskamp onderging in een legerkamp op de hei in Yorkshire.

De familie Sinclair kwam dat weekend. Flavia was sinds kort verloofd met een advocaat uit Holt. De diamant in haar ring was zo groot als een doperwt.

Gillis stuurde Rory naar bed en liet Charley, Louise en Nate in de speelkamer achter terwijl de volwassenen gingen borrelen voordat het diner zou worden geserveerd.

Juliet stak haar hoofd om de deur. 'Om negen uur naar bed, Charley. Lieverd, zorg jij dat Nate en Louise alles hebben wat ze nodig hebben?'

Nate lag op de bank een boek van John Wyndham te lezen. Toen Juliet weg was, liet hij de paperback zakken.

'Wat ik nodig heb,' zei hij, 'is een biertje en een sigaret.' Hij stond in één gracieuze, katachtige beweging op van de bank. Charley trok een wenkbrauw op naar Louise.

Nate kwam terug met een biertje, dat hij uit de voorraadkast had gepakt. Hij viste een pakje sigaretten en een aansteker uit zijn zak. De meisjes keken naar hem terwijl hij een sigaret opstak. Hij maakte zijn mond rond en blies een rookkring uit.

'Mag ik er ook een?' vroeg Charley.

'Nee.'

'Nate.'

‘Je bent nog te jong.’

‘Maar Nate...’

‘Nee,’ zei hij nadrukkelijk. ‘Dat is slecht voor je. Maar je mag wel een slokje bier.’

Louise schudde haar hoofd, maar Charley nam een grote slok. Het smaakte smerig, maar Nate zat zo neerbuigend naar haar te glimlachen dat ze er nog een nam.

‘Nog drie jaar naar school,’ zei Nate. ‘Dan naar Oxford, en daarna ga ik reizen. Ik kan niet wachten.’

Louise vroeg: Waar ga je dan naartoe?’

‘Australië. En misschien naar Nieuw-Zeeland.’

‘Dat is ontzettend ver weg.’

‘Dat weet ik.’ Zijn groene ogen glinsterden. ‘Dat is ook de bedoeling.’

‘Krijg je dan geen last van heimwee?’ vroeg Louise.

Charley, die in de zomervakantie altijd een kamer met haar nicht deelde, wist dat Louise nota bene in Devon al moest huilen van heimwee.

‘Dat kan ik me niet voorstellen. Maar misschien dat ik me als ik in een moeras aan het wandelen ben en door een mug word gebeten wel afvraag hoe het met Charley en Louise is.’ Nate liep naar het raam en tuurde naar buiten. ‘Het is helder geworden. Dan kunnen we hem zien.’

‘Wat?’

‘De Gemininden, de meteorietenregen. Gaan jullie mee?’

Ze trokken hun jas aan en liepen naar buiten. Charley ademde de scherpe, koude avondlucht in. Het observatorium van haar vader was een soort verbouwd schuurtje. Het dak kon open, en dan zag je de sterren. Ze probeerde niet te rillen van de kou terwijl Nate met de telescoop bezig was.

Ze vroeg: ‘Zie je al wat?’

‘De Spoetnik die om de aarde cirkelt.’

‘Echt waar?’

‘Natuurlijk niet, suffie.’ Toen zei hij, na een paar minuten: ‘Aha. Daar.’

Louise keek eerst. 'O, Nate,' zei ze, en Charley was bang dat ze zou gaan huilen. Louise huilde aan de lopende band sinds haar vader dood was.

Charley keek in de telescoop. Ze zag in eerste instantie alleen duisternis, maar toen, als een wonder, maakte een ster zich los van zijn plekje hoog in de hemel en bewoog door de ruimte. Ze snakte naar adem en zei: 'Nate,' en hij zei: 'Ja, ik weet het.'

Het was half twee in de nacht. Juliet, Henry en Gillis zaten in de salon een nachtmutsje te drinken. De andere gasten waren allang naar bed.

Henry gaapte en stond op. 'Morgenochtend voor het ontbijt wandelen? Dan nemen we de honden mee. Uurtje of zeven?'

'Leuk,' zei Gillis.

'Welterusten.'

'Welterusten, Henry.'

'Wacht even, Gillis,' zei Juliet. 'Ik wil het nog even met je over Flavia's huwelijkscadeau hebben.'

'Gun die arme kerel een paar uurtjes slaap, Juliet.'

Henry verliet de kamer. Gillis deed de deur achter hem dicht. Toen nam hij haar in zijn armen en kuste haar. Ze voelde in eerste instantie hoe ze smolt, zoals altijd, terwijl ze zijn lippen proefde en de geur van zijn huid inhaleerde: zout, gras en zee. Maar toen drong die vraag zich weer aan haar op: zou hij echt...? Haar verlangen ebde weg als de rivier die zich het estuarium uit haastte.

Ze deed een stap van hem vandaan. Hij trok een wenkbrauw op en een verwijtend glimlachje vormde zich in zijn mondhoeken.

'Heb je me niet gemist?'

'Natuurlijk wel.'

'Wat is er dan?'

'Niets.' Ze deed de stop op de whiskykaraf. 'Weet je dat gezin nog dat in het huis op Thorney Island woonde?'

Een korte stilte. 'Welk gezin?'

Welk gezin? Ze keek naar hem terwijl hij naar de haard liep en een sigaret pakte.

'De familie Hart. Frances Hart.'

'Frances Hart...' Hij stak de sigaret tussen zijn lippen en stak hem met vragende rimpels in zijn voorhoofd op. 'Volgens mij ken ik niemand die zo heet.'

En dat was het moment dat ze het wist. Ze wist dat hij loog. Je vergeet niet hoe de vrouw die je levenloos in de modder hebt zien liggen heette. En al helemaal niet als je Gillis Sinclair bent, met een vlijmscherp geheugen voor namen, feiten en cijfers.

Ze zei: 'Iemand vertelde me dat hij je met haar heeft gezien.'

'Dat heeft hij dan verkeerd gezien.'

'Dat heb ik ook gezegd.'

'Mooi.' Hij legde zijn sigaret in een asbak op de schoorsteenmantel en opende uitnodigend zijn armen. 'Kom eens hier.'

Ze bewoog niet. Ze staarde hem aan. 'Ik dacht dat hij zich moest hebben vergist, dat hij je met iemand anders moest hebben verward, maar nu ga ik toch twijfelen.'

'Jezus, Juliet...' zei hij schamper lachend.

'Hij was er heel zeker van.'

'Iemand zegt tegen je dat hij me heeft gezien met een vrouw die tien jaar geleden is verdronken en dan geloof je hem en niet mij?'

'Dus je weet het nog wel.'

Een snelle frons. 'Ja. Nu je het zegt.'

Ze staarde naar haar handen. Ze voelde een leegte in haar dringen, een put waar ze als ze niet oppaste in zou vallen. 'Wat ik het ergste zou vinden,' zei ze zorgvuldig, 'is als je tegen me zou liegen, Gillis.'

Zijn stem klonk kil. 'Ik begrijp niet waarom het nodig is het op te rakelen.'

'Ik kan natuurlijk naar die man toe gaan en vragen wat hij precies heeft gezien. Misschien moet ik hem wat foto's van jou laten zien, voor de zekerheid.'

'Nee.' Zijn stem klonk nu hard en galmde door het stille huis. Toen herhaalde hij, zachter: 'Nee, dat moet je niet doen.'

Ze ging zitten, leunde naar voren met haar ellebogen op haar bovenbenen, haar voeten vlak op de vloer om te voorkomen dat haar benen zouden gaan trillen, en wachtte af.

Hij slaakte een zucht. Toen glimlachte hij naar haar en schudde zijn hoofd. 'Ik kan me haar nauwelijks herinneren.'

'Je hebt haar gekend.'

'Ja, ze was mijn minnares.' Hij ging naast haar zitten en keek haar aan, een beetje geamuseerd. 'Was dat wat je wilde horen, Juliet?'

Ze balde haar vuisten en haar nagels staken in haar handpalmen. 'En de kinderen?' De woorden bleven in haar keel steken.

'Die waren van mij.' Hij haalde de stop van de whiskykaraf, schonk twee glazen in en zette er een voor haar op de bijzettafel. 'Het was een oorlogsaffaire. Je weet toch nog wel hoe het was in die tijd? Je wist niet of je de volgende dag zou halen. Ik durf te wedden dat de helft van de mannen in het leger iemand had. Frances begreep dat. Ze begreep dat het niet bekend mocht worden. Je moet niet denken dat ik niet om ze gaf, om de kinderen. Edmund was een leuk ventje, ontzettend slim en nergens bang voor.'

Hij was ineens stil, zijn glas halverwege naar zijn mond gebracht. Toen opende hij zijn mond, als in een geluidloze gil.

Even later zei hij zacht: 'Ze speelden graag op het verhoogde pad. Ik heb zo vaak tegen Frances gezegd dat ze dat niet moest toestaan, maar ze vond het zo moeilijk ze in de tuin te houden.'

Die arme kindertjes, dacht ze, en ze zag de Blackwater voor zich, hoe die door het smalle kanaal tussen het eiland en het vasteland door raasde. Ergens boven klonken rennende pootjes. Ze moest de kat van Helen weer eens lenen. Charleys dikke oude tabby was een hopeloos slechte muizenvanger.

Ze keek naar Gillis en merkte dat ze hem bestudeerde als de pruimenbomen in de tuin: op zoek naar ziektes. Hij zag eruit als dezelfde, mooie Gillis, maar was iets in zijn kern altijd verrot geweest?

'En Blanche?' vroeg ze.

'Die heeft het nooit geweten. Blanche tolereert geen ontrouw. Dat is onvergeeflijk in haar ogen.'

Ze liet haar hoofd zakken. Waar veroordeelde ze hem voor? Dat hij Blanche bedroog, terwijl zij dat zelf ook al meer dan tien jaar deed? Of dat hij het geheim voor haar, Juliet, had gehouden?

Hij pakte haar hand en kneep erin. 'Ik vond het vreselijk tegen je te moeten liegen,' zei hij.

'Waarom heb je dat dan gedaan, Gillis?'

'Omdat ik wist dat je dacht dat ik een goed mens ben. Ik wilde je niet teleurstellen. Ik was bang dat je me zou haten als je het zou weten, van Frances en de kinderen.'

'Misschien wel.'

Zijn hand had de hare nog vast, warm en sterk. Hij drukte er een kus op. 'Het was... een soort gekte. Ik was er slecht aan toe na Duinkerken. En Blanche was in verwachting van Nate, en ik wilde helemaal niet nog een kind, niet met al die ellende op de wereld, maar ze wilde niet naar het huis in Wiltshire en ik denk dat het een soort... troostprijs was. Iets om haar af te leiden terwijl ze in het kiesdistrict zat opgesloten en ik er niet was. Ik ben ondertussen natuurlijk dol op Nathan, maar toen...' Hij haalde diep adem. 'Het was in eerste instantie zo heerlijk eenvoudig, met Frances. Ze was een opgewekt type en stelde geen eisen, en dat had ik nodig. En toen kwam de tweeling. Ik was geschokt. Dat kun je je wel voorstellen. En daarna was het zo ingewikkeld om het stil te houden. Ik was altijd bang dat iemand erachter zou komen. Ik wilde Blanche geen pijn doen. Ik was zo bang dat ik alles zou verzieken.'

Ze maakte haar vingers uit de zijne los. 'Ik moet steeds denken aan dat moment dat je me kuste.' Ze kwam bijna niet uit haar woorden. 'Die avond, in de storm. Het was de eerste keer... Ik dacht dat je het deed omdat je van me hield, maar ik vraag me nu af of het was om me stil te houden.'

'Nee!' Zijn gezichtsuitdrukking werd gekwetst. 'Hoe kun je dat zeggen? Juliet, alsjeblieft.'

'Je moet helemaal over je toeren zijn geweest. Nadat er net zoiets afgrijselijks was gebeurd. Je moet bang zijn geweest in te storten waar ik bij was.'

'Ja.' Hij duwde de muizen van zijn handen tegen zijn oogkassen. 'Dat was ik inderdaad. Ik moest alleen zijn.' Hij liet zijn handen zakken en keek haar van opzij gekweld aan. 'Die avond... kun je je voorstellen hoe het voor me was? Op weg naar ze toe om ze te zien en toen... arme Frances... en die arme kleine Edmund en Thea. Ze waren nog zo jong. Het was zo afgrijselijk. Ik heb me afgevraagd of ik iedereen de waarheid moest vertellen. Maar toen bedacht ik dat het geen zin zou hebben. Ik kon Frances en de kinderen er niet meer mee helpen en Blanche zou tot in het diepst van haar ziel gekrenkt zijn geweest.' Zijn blik brandde in de hare, een smeekbede om begrip. 'Ik wilde het zo graag aan je vertellen, Juliet. Daarom ben ik naar je toe gekomen. Ik heb het altijd zo vreselijk gevonden aan te moeten zien hoe Henry met je omgaat. Ik dacht dat jij zou begrijpen hoe het is door te gaan met een huwelijk dat niet gelukkig is. Ik dacht dat jij het zou begrijpen, beter dan wie dan ook.'

'Ja,' mompelde ze.

'Ik wilde het je vertellen, dat weet je toch? Maar toen ik je zag, drong tot me door dat ik het recht niet had jou met mijn zorgen op te zadelen. Ik was bang dat ik zou breken en je alles zou opbiechten als ik bij je zou blijven. Ik deed het voor jou.'

'Dat snap ik.'

Ze hield hem niet tegen toen hij haar opnieuw in zijn armen wilde nemen. Zijn adem tegen haar oor en het ruwe gevoel van zijn kin tegen haar wang. Haar duim die over de korte haartjes in zijn nek streelde.

Hij zei heel lang niets, maar toen, plotseling: 'Ik hou mezelf al die tijd al voor dat het niet mijn schuld is. Waarom geloof ik dat dan niet?'

Ze dacht terwijl ze het deeg voor de pastei stond uit te rollen terug aan de zomer van 1946: Gillis die wegliep van het vreugdevuur, glimlachend, zijn hand naar haar opgestoken, aantrekkelijk en met een gouden gloed over zich door het zonlicht. *Wil jij op de meisjes letten, Juliet?* Hij had gezegd dat hij ging wandelen. Maar hij was op bezoek gegaan bij zijn minnares op Thorney Island, Frances Hart.

Toen ze in de stad aan het winkelen was, Christmas crackers en cadeautjes voor in de sokken kocht bij Woolworths, dacht ze terug aan het patroon van hun eigen affaire: de ontmoetingen, de telefoongesprekjes, de halve uurtjes in koude parken, het kussen onder druipende bomen. Ze vroeg zich af of hij aan Frances Hart had gedacht toen zij samen in dat appartementje in Pimlico waren geweest. Of hij naar de geur van haar huid en het gevoel van haar zachte haar had verlangd.

Toen ze op kerstavond cadeautjes zat in te pakken en naar de kerstliedjes op de radio luisterde, bedacht ze hoe het was gegaan. Gillis had haar op die avond van de storm niet gekust omdat hij van haar hield. Ja, hij had zich tot haar aangetrokken gevoeld, maar er was nooit sprake van liefde geweest. Dat wist ze nu.

Ze vouwde een strik en bedacht dat ze voor elkaar waren gemaakt, Gillis en zij. Ze waren allebei mensen die dingen achterhielden, en ze waren onvoorzichtig en hebzuchtig. Daarnaast was zijzelf passief en vermijdend. Ze duwde de dingen die ze niet onder ogen wilde komen weg in een donker hoekje van haar geest, maar de laatste tijd lukte het haar niet meer de deur waarachter alles verstopt lag dicht te houden en lekte er als ze even niet oplette naargeestig, groengeel licht onder vandaan. Wat het ook was dat hij voor haar had gevoeld was al jaren weg, een deel van haar wist dat al heel lang. Ze nam aan dat ze bang was geweest om de waarheid onder ogen te zien, dat haar huwelijk voorbij was en haar verhouding ook, en dat ze te lang had gewacht en nu niet meer opnieuw kon beginnen. Door de affaire had ze haar huwelijk aangekund, maar beide waren het niet waard geweest in stand te houden.

Ze miste het talent lief te hebben. Ze had drie minnaars gehad: de eerste die Fransman in Cairo, met zijn vrouw en kinderen, en daarna Henry, die met haar was getrouwd om hoe haar parelcollier er op haar huid had uitgezien. En toen Gillis Sinclair, die van bedrog een kunstvorm had gemaakt. Ze was achtendertig en kon zich niet voorstellen dat ze ooit nog van een man zou kunnen houden.

Deel 3

Het meisje in de rode jurk

1964-1966

8

Januari 1964

'En,' zei Esteban, 'wat vind je ervan?'

Esteban Galea was hoofdontwerper van Winterton's. Hij was geboren op Malta, had een Spaanse moeder en had in Rome en Parijs gewoond voordat hij in 1946 naar Engeland was gekomen. Zijn ontwerpen waren cruciaal geweest in het creatieve en financiële herstel van Winterton's na de oorlog.

Esteban had de afgelopen maand aan een collier in opdracht van een Texaanse oliemagnaat gewerkt, een vaste klant van Winterton's. Het collier was bedoeld als cadeau voor de vijftigste verjaardag van de vrouw van de Texaan. Het ontwerp was een uitbundige rococokrul van over elkaar gelegde vedervormen met ingelegde diamanten en saffieren rond traanvormige robijnen.

'Schitterend,' zei Aidan. 'Geniaal.'

Esteban haalde zijn schouders op. 'Dit is wat Winterton's wil,' zei hij op nogal geringschattende toon.

'Heb je hem al aan mijn oom laten zien?'

'Nog niet. Volgens mij is hij druk met ruziën met je neef.' Estebans koele grijsbruine ogen bestudeerden Aidan. 'Ik dacht eigenlijk dat dat was waarom je hier bent.'

Aidan grimlachte, waarmee hij de scherpzinnigheid van de ontwerper erkende. De dag was slecht van start gegaan, met een heftige ruzie tussen Piers en oom Henry in de winkel, waar al het personeel bij was. Aidan, die ruzie verschrikkelijk vond en ronduit bang was voor zijn oom als hij kwaad was, had zich zo snel hij kon uit de voeten gemaakt.

De ateliers waren op de eerste verdieping, boven de winkel en het kantoor en onder de woning van de familie Winterton, die aan de zijkant van het pand een eigen opgang had. Er was in de zeventig jaar dat de juwelier inmiddels aan Bond Street was gevestigd weinig veranderd in het appartement. Er reed nu veel meer verkeer door de straat, de Italiaanse koffiezetmachines sisten en de Beatles en Gerry and the Pacemakers klonken in de jukeboxen in de cafés in de buurt, maar de waardige victoriaanse stilte hing nog steeds in de ateliers. Hoge, brede ramen keken neer op de houten tafels waaraan de ontwerpers en goudsmeden op hoge krukken zaten te werken. Ezels met kleurrijke schetsen erop stonden naast de tafels. Aan een van de muren hingen ontwerpen uit de begintijd van de winkel; aan een andere prijkte een olieverfschilderij van Aidans over-over-overgrootvader, Hayden Winterton, een aantrekkelijke man met de schittering van een huurling in zijn ogen.

Er werkten nu vier leden van de familie Winterton in de zaak. Henry Winterton was de uitgesproken, tirannieke baas; niemand had tot vanochtend ooit het lef gehad zijn autoriteit in twijfel te trekken. Aidans nicht Gabe, de dochter van Jane en Peter, was manager in de winkel aan Sloane Street, en Piers en hij werkten in New Bond Street. De neven waren voor het familiebedrijf gaan werken zodra ze hun dienstplicht hadden volbracht en hadden er gedurende de eerste drie jaar alle aspecten van het vak leren kennen. Voor Aidan was het ontwerp het hart van alles, en hij had genoten van het half jaar dat hij in de ateliers had doorgebracht. Henry leek dat te erkennen, want hij had voorgesteld dat Aidan zou gaan werken als contactpersoon tussen het atelier en de vaste klanten van Winterton's. Piers was ondertussen gepromoveerd tot rechterhand van zijn vader.

Een van de verantwoordelijkheden van Aidan was het overzien van de speciale opdrachten, te zorgen dat ze op schema werden gefabriceerd en dat de cliënt op de hoogte was van de voortgang. Het vedercollier was zo'n opdracht. Hij zou de cliënt die ochtend bellen om te laten weten dat het bijna klaar was.

Zijn oom had hem er recent aan helpen herinneren dat hij zich autoritair moest opstellen ten opzichte van het personeel, dus Aidan zei kordaat: 'Dank je wel, Esteban. Ik spreek meneer

Winterton later vandaag. Hij zal het ontwerp willen zien als het klaar is.'

Hij liep de ruimte uit. Op de overloop bleef hij even staan, en hij keek uit het raam. Hij kon vanaf deze hoogte op de daken van de taxi's en dubbeldekkers kijken die door Bond Street reden. Het was een grauwe dag in januari, en hij schetste zonder erbij na te denken in zijn hoofd de paraplu's die elkaar op het trottoir onder hem verdrongen in hun patroon van zwart, donkerpaars en marineblauw. Er was geen grasspriet of boom in de wijde omtrek te bespeuren. Hij voelde een scherpe steek van heimwee naar de leegte van de rivier en de kwelders.

Hij liep naar beneden. Hij bleef bij de deur van het kantoor van zijn oom even staan luisteren. Het schreeuwen leek voorbij.

Henry Winterton was net terug van een reis van twee weken naar Bahrein om parels te kopen. Piers had van de gelegenheid gebruikgemaakt door de winkel te veranderen. Hij had de armbanden en kettingen die hij ouderwets vond opgeborgen in de kluis en Esteban opdracht gegeven wat hedendaagsere modellen te ontwerpen. Hij had met de verantwoordelijkheden van het personeel geschoven en had een assistent in wie hij niet geloofde ontslagen.

Henry was die ochtend bij zijn terugkomst in woede ontvlamd. Piers had zich op een gegeven moment in de ruzie tot zijn neef gewend. 'Je moet me hierin steunen, Aidan,' had hij tegen hem geblaft. Maar Aidan had als verlamd gestaan en geen woorden gevonden, zoals altijd als hij met de woede van zijn oom werd geconfronteerd. Niemand kon hem zo op zijn benen doen trillen als Henry Winterton, zelfs de altijd kwade regimentssergeanten niet onder wie hij in het leger had gediend. Dus had hij niets gezegd.

Daar voelde hij zich nu schuldig over. Het zou niets hebben uitgemaakt als hij Piers had gesteund, dan zou oom Henry gewoon ook woedend op hem zijn geworden. Maar dat was niet waar het om ging.

Hij was benieuwd hoe het met Piers was en wilde zijn gedrag

aan hem uitleggen, dus klopte hij op de deur van Piers' kantoor. Toen er geen antwoord klonk, opende hij de deur. De ruimte was leeg.

Een assistent legde in de winkel een armband op een met fluweel bedekt presenteerblad om hem aan een cliënt te laten zien. Er hing een ongemakkelijke sfeer in de ruimte. Aidan vermoedde dat de aanwezigheid van de cliënt het enige was wat het personeel ervan weerhield om het niet over de oorlog tussen vader en zoon te hebben. Iedereen was nu druk aan het opruimen en vermeed oogcontact met Aidan.

Hij sprak juffrouw Burstein aan, de manager van het filiaal, die al sinds voor de oorlog voor het bedrijf werkte.

'Hebt u meneer Piers gezien?'

'Die is weg.'

'Weet u wanneer hij terugkomt?'

'Nee, meneer Aidan. Meneer Henry wil niet worden gestoord. Door niemand.' Ze ging zachter praten: 'Iedereen moet vanmiddag na werktijd blijven om alles terug te leggen zoals het was.'

Aidan bedankte haar en liep terug naar zijn kantoor. Hij ging aan de slag met een berg papierwerk en luisterde steeds met een half oor of hij Piers hoorde terugkomen. Aan het einde van de middag had hij meer dan dertig brieven aan juffrouw Rolfe, zijn secretaresse, gedicteerd, en Piers was nog steeds niet terug.

Aidan keek op zijn horloge, gaapte en rekte zich uit. De telefoon ging. Hij nam aan.

'Met Aidan Winterton.'

'Aidan?' Een vrouwenstem. 'Ben jij dat? Met Anne. Weet je nog? Anne Carlisle.'

Juliet hoorde het van Helen. 'Aidan vertelde dat Piers en Henry vreselijke ruzie hebben gehad,' zei Helen.

Ze zaten in het door licht overgoten atelier achter in Helens huis in Maldon. Buiten was het verstild en koud, en een lage winterzon hing boven de horizon.

Ze vroeg: 'Waarover?'

Helen maakte een vaag gebaar. 'Iets over de bedrijfsvoering. Piers wil moderniseren.'

'Mijn god. Heeft hij dat tegen Henry gezegd?'

'Volgens mij wel.'

'Wist hij maar...'

'Wat?'

Wist hij maar beter hoe hij met Henry moest omgaan, had ze op het punt gestaan te zeggen. Maar dat was niet realistisch: Piers was vierentwintig en gretig naam te maken in de wereld. Zijn vader en hij hadden elkaar altijd al tegen de veren ingestreken.

Ze slaakte een zucht. 'Wist hij maar dat hij zich niet zo uitdagend moest gedragen.'

'Piers of Henry?'

'Piers, natuurlijk. Henry gaat heus niet meer veranderen.'

'Henry heeft hem terug naar de werkvloer gestuurd. Hij heeft Aidan opgedragen Piers' kantoor over te nemen.'

Juliet staarde haar schoonzus aan. 'Heeft hij Aidan tot zijn rechterhand benoemd?'

'Ik ben bang van wel.' Helen zag er ongelukkig uit.

Juliet was drie weken daarvoor gestopt met roken, met oud en nieuw. Het was niet zo moeilijk als ze had gevreesd, maar ze miste op momenten van spanning, zoals nu, wel iets om haar af te leiden.

'Wat is het toch een nare, nare man,' zei ze verbitterd. 'Typisch Henry, om die arme Piers te straffen door hem te vernederen.'

Helen deed haar mond open, alsof ze iets wilde gaan zeggen. 'Wat?' vroeg Juliet. 'Vertel.'

'Ik wilde zeggen dat ik ook met Aidan te doen heb.' Helen roerde in haar koffie. 'Hij vindt het vreselijk.'

Henry had voor Piers' eenentwintigste verjaardag een appartementje in Kensington gekocht. Juliet belde hem die avond op. Ze probeerde hem zes keer te bereiken voordat hij opnam, en toen zei Piers dat hij geen tijd had en de deur uit moest. Maar het lukte haar wel om met hem af te spreken dat ze die vrijdag samen in de stad zouden lunchen.

Ze was vijf minuten te vroeg in het restaurant van warenhuis Peter Jones, maar Piers kwam pas twintig minuten later. Ze begroetten elkaar snel en toen ging hij zitten, gebaarde naar de ober en bestelde biefstuk met niertjespastei. Ze vond hem er slecht uitzien, met wallen onder zijn ogen en een fletse teint. Zijn stropdas was slordig geknoopt en zo te zien had hij dat overhemd al langer dan een dag aan. Maar jongelui hadden het geluk dat ze er zelfs verfomfaaid nog aantrekkelijk uitzagen, en ze zag dat een jongedame aan een tafeltje naast dat van hen hem steels bestudeerde.

'Fijn dat je even tijd voor me kon maken, Piers,' zei ze. 'Helen heeft me verteld wat er is gebeurd.'

'O ja?' zei hij met een uitdagende blik in zijn ogen. 'Dat is echt typisch Aidan, om erover te gaan jammeren bij mammie.'

'Lieverd, zo is het vast niet gegaan.'

'En nu werk ik nota bene onder Aidan. Iedereen gaat door het stof voor de jonge meneer Aidan.' Minachting droop van zijn stem.

Ze had met hem te doen. Ze was zo blij geweest dat Piers, die schrander was en zich snel verveelde, direct na zijn ontslag uit het leger voor het familiebedrijf was gaan werken. Het maakte haar razend, maar het was zo kenmerkend voor Henry dat hij precies had gedaan wat zijn zoon het meest zou kwetsen.

Ze raakte zijn hand aan. 'Dat had je vader niet moeten doen. Maar ik weet zeker dat het maar tijdelijk is, lieverd. Hij is kwaad op je, en je weet hoe hij altijd graag een punt maakt.'

Piers prikte met zijn vork in de vetkorst op zijn bord. 'Hij moet naar me luisteren, want ik heb gelijk. De zaak zit vastgeroest in het verleden, mam. De cijfers zien er nu nog goed uit, maar dat gaat niet lang meer duren als pa niet snel wat verandert.'

'Heb je dat tegen hem gezegd?'

'Ja.'

O mijn god, dacht ze.

Piers praatte verder: 'We maken veel te veel afzichtelijke colliers voor mensen die meer geld dan smaak hebben, en we fabriceren veel te veel ouderwetse omabroches. Je weet wel, met een lompe saffier of robijn in een nestje van diamanten.'

Ze probeerde zich voor te stellen hoe de preek van Piers tegen Henry over hoe die de voorgaande veertig jaar het bedrijf had geleid zou zijn gegaan. Ze kreeg het al koud bij de gedachte.

'De zaak moet winst maken, lieverd,' zei ze. 'We moeten verkopen wat mensen willen kopen.'

'Mensen willen nieuwe dingen, moderne dingen. Jonge mensen, in ieder geval. Die kijken niet eens naar die ouwe troep van pa.'

'Je hebt vast gelijk, Piers. Maar je moet het geduldig en tactvol benaderen, lieverd. Niet even snel als je vader in het buitenland is!'

'Een deel van het personeel is het met me eens.'

Ze keek hem streng aan. 'Ik hoop maar dat je dat niet tegen je vader hebt gezegd. Piers, je mag het personeel hier niet bij betrekken. Als je vader dat hoort, ontslaat hij misschien mensen.'

Hij keek chagrijnig voor zich uit. 'En Aidan zei natuurlijk geen woord. Die stond er alleen maar bij, als een zoutzak.'

'Wat had je dan gewild dat hij zou zeggen?'

Piers schudde zijn hoofd. 'Niets,' zei hij verbitterd. 'Zo gaat het altijd. Hij doet niets.' Hij voegde nukkig toe: 'Niet dat het hem gaat lukken. Hij denkt dat hij het kan, maar dat is niet zo. Hij straalt niets uit.'

'Je hebt het wel over je neef,' hielp ze hem herinneren. 'Hij is familie van je. Aidan kan er niets aan doen dat dit gebeurt.'

'O nee?' Zijn ogen stonden kil. 'Het komt hem anders maar al te goed uit, dat pa en ik ruzie hebben. Nu heeft hij wat hij wil.'

'Piers, ik weet zeker dat dat niet zo is.'

'Mam, dat kun je niet weten. Je was er niet bij.'

'Ik ken Aidan,' zei ze stellig. 'En ik weet dat hij nooit iets zou doen om je te kwetsen.'

Hij dronk zijn waterglas leeg. 'Ik ben veel beter dan hij,' zei hij zacht. 'En dat weet pa. Waarom luistert hij dan niet?'

Omdat hij dat nooit doet, dacht ze. Hij weet niet hoe dat moet, en hij zou het een jammerlijke tekortkoming vinden als hij het wel zou kunnen.

Ze zei opgewekt: 'Piers, het is het bedrijf van je vader. Uiteindelijk is hij degene die beslist.'

'Dan moet ik misschien maar ergens anders gaan werken.'

Ze staarde hem geschokt aan. 'Je kunt niet weg bij Winterton's.'

'Waarom niet?'

'Om te beginnen omdat je het bedrijf dan cadeau doet aan Aidan.'

'Inderdaad.' Zijn mondhoeken trokken omlaag. 'Dat is wel een probleem, ja.'

Het gesprek ging niet de richting op die ze had gehoopt. Ze probeerde het bij te sturen. 'Piers, zet het idee dat je weggaat bij Winterton's alsjeblieft uit je hoofd. Niemand wil dat je dat doet.'

Zijn gezicht verwrong een kort moment, en ze zag de pijn die onder zijn bravade lag. Hij zuchtte. 'Ik ga niet weg, mam. Het is mijn bedrijf.'

'Op een dag zal het dat zijn, lieverd. Maar je moet geduldig zijn. Ik zal het er met je vader over hebben.'

'Nee,' zei hij fel. 'Dat wil ik niet. Ik kan dit zelf.'

De ober nam hun lege borden mee. Toen ze weer alleen waren, zei Juliet: 'Ik denk niet dat je je vader vermurwt door rond te lopen alsof je zo uit je bed bent komen rollen.'

Hij zei mokkend: 'Ik ben vandaag niet naar mijn werk geweest.'

Ze vond dat hij zich af en toe nog steeds als een tweejarige gedroeg die zijn zin niet kreeg. Hij had de sterke eigen wil en heetgebakerdheid van zijn vader, hoewel Piers minder dan Henry de neiging had in brullende razernij te ontvlammen. Zijn woede was killer, meer berekenend, en hij hield er langer aan vast. Ze wist niet wie haar op dit moment meer irriteerde: Piers omdat hij zich gedroeg op een manier die zijn vader alleen maar kwader maakte, of Aidan omdat hij zich door Henry liet misbruiken. Of Henry zelf, omdat die willens en wetens zijn zoon vernederde.

Henry, dacht ze geïrriteerd. Natuurlijk.

Ze stelde voor: 'Als je je vader nou eens bewijst dat je onmisbaar bent? Door ontzettend hard te werken en je best te doen?'

'Zijn hielen likken, bedoel je?'

‘Ik bedoel dat je hem laat zien dat hij het mis heeft.’

Piers beet peinzend op zijn onderlip. ‘Dat ik aantoon dat ik beter ben dan Aidan?’

Ze voelde zich niet prettig bij die voorstelling van zaken, maar ze knikte.

‘Wat ben je toch een goeie moeder,’ zei hij op vleierige toon. ‘Dat ik het nog zou meemaken dat je Aidan in de rug zou steken.’

‘Dat heb ik niet gezegd.’ Maar misschien was wat ze had gezegd niet zo anders. Ze voelde zich disloyaal naar Helen. ‘Probeer het alsjeblieft op te lossen, Piers. Al is het maar voor mij.’

Hij knikte langzaam. ‘Oké.’

‘Mooi.’ Ze voelde zich opgelucht. ‘Zullen we het toetje overslaan en naar de herenafdeling gaan? Dan koop ik een nieuw overhemd voor je. Dan kun je daarna naar je werk.’

Ze namen tien minuten later afscheid bij de ingang van het warenhuis. Juliet keek Piers na toen hij Sloane Square overstak en liep terug Peter Jones in om kousen voor zichzelf en Charley te kopen voordat ze op weg ging naar haar kleermaker in Pimlico.

Tijdens haar wandeling viel haar op hoe de stad was veranderd. Het Londen van de jaren dertig, met zijn geheimzinnige glamour, leek geheel te zijn verdwenen. Ook het vernietigde Londen uit de oorlogsjaren, platgebombardeerd en bankroet, was iets uit het verleden geworden. In plaats daarvan stond er nu een nieuwe stad met vrolijke winkels en moderne galerieën. Een klant opende de deur van een café en de klanken van ‘I Want to Hold Your Hand’ stroomden de stoep op. Ze tikte met haar vingertoppen het ritme van het liedje mee tegen haar handpalm.

Ze kwam al in het naaiatelier sinds voor de oorlog en ze was al die tijd al bevriend met de kleermaakster, Emmeline. Emmeline bood Juliet een glaasje sherry aan, dat ze dronk terwijl ze over de ruzie tussen Piers en Henry vertelde. Emmeline, die was gescheiden en in constante staat van oorlog met haar ex-echtgenoot verkeerde, leefde helemaal mee.

Juliet was zo van streek van haar gesprek met Piers dat ze drie jurken en een voorjaarsjas kocht. Piers was in staat om gevolg te geven aan zijn dreigement op te stappen bij Winterton's, bedacht ze terwijl ze afscheid nam van Emmeline en met haar handen vol tassen op weg ging naar het metrostation. Hij was onvoorspelbaar als hij kwaad was. Piers had in zijn poging het bedrijf zijn eigen visie op te leggen, het eerste waarschuwingsschot afgeschoten.

Ze nam zich voor die avond met Henry te gaan praten. Piers had tegen haar gezegd dat hij dat niet wilde, maar ze had hem geen beloftes gedaan. Ze zou tactvol proberen Henry zo te bespelen dat hij zich wat milder zou opstellen tegenover zijn zoon.

Ze ging terug naar het appartement en zette eerst thee voor zichzelf en nam daarna een gin-tonic. Henry en zij gingen die avond dineren met klanten. Ze nam een bad en trok een van de avondjurken aan die ze die middag had aangeschaft. In het naaiatelier had de jurk donkerviolet geleken, maar in haar eigen spiegel zag ze nu dat hij paars was en haar niet flatteerde. Ze deed hem uit, trok een smaragdgroene, knielange jurk van gevlamde zijde met een lint om de hoge taille aan. Stond die haar beter? Ze bestudeerde haar spiegelbeeld, maar ze wist het niet. Het moest maar. Ze speldde een broche met diamanten op het lint. Zou Piers het een omabroche vinden? Ze bestudeerde onzeker het sieraad.

Om zeven uur arriveerde Henry. Ze begroette hem en schonk een borrel voor hem in.

'Ik heb met Piers geluncht,' zei ze.

Ze waren in de slaapkamer. Henry knoopte zijn zijden stropdas om. Hij was nu begin zestig, was wat aangekomen, en zijn haar begon wat dunner te worden, maar hij was nog steeds een imposante man, en tot de uitdaging van Piers het onbetwiste hoofd van het Winterton-emperium. Ze vroeg zich af of wat Piers had gedaan hem van zijn stuk had gebracht, en of het hem eraan herinnerde dat hij ouder begon te worden.

'Hij heeft me verteld wat er is voorgevallen,' zei ze.

'Dat gaat jou niets aan, Juliet.' Zijn woorden klonken als waarschuwing.

'Hij is mijn zoon. Ik wil dat hij gelukkig is.'

'Je moet je niet bemoeien met zaken waar je geen verstand van hebt.'

Ze luisterde al die jaren al naar de gesprekken die de familie over het bedrijf had. Ze had soms het gevoel dat ze de zaak zelf zou kunnen leiden. 'Henry, Piers is nog jong,' zei ze, 'en hij is ambitieus, en hij wil naam maken. Dat herken je vast van toen je zelf die leeftijd had.'

'Ik had respect voor mijn vader. Ik respecteerde zijn autoriteit.'

'Het is belangrijk dat hij het gevoel heeft dat je naar hem luistert.'

Hij trok een grimas. 'Piers verwacht dat hij het bedrijf gewoon in zijn schoot krijgt geworpen. Maar dat gaat niet gebeuren. Hij is niet de enige Winterton. Hij moet het verdienen. Wat wil je dat ik doe? Hem een schouderklopje geven en zeggen dat hij een brave jongen is?'

'Natuurlijk niet. Ik bedoel alleen... Wees niet te streng voor hem.'

'Niet te streng...' Hij keek haar kritisch aan. Het was bijna onmogelijk haar rug recht te houden onder zijn starende blik, niet te voelen dat die groene jurk haar niet stond, dat die broche ouderwets was en dat haar haar helemaal verkeerd zat.

Er verscheen een glimlachje rond zijn mondhoeken. 'Dat is altijd jouw levensmotto geweest, hè? De gemakkelijke weg kiezen en moeilijke beslissingen uit de weg gaan. Weigeren de confrontatie aan te gaan met wat er moet gebeuren. Het lijkt niet eens in je op te komen dat die zwakke, jammerende houding die je aanneemt niet bepaald passend is voor een vrouw van jouw leeftijd.'

Ze begon te blozen. 'Ik zie niet in wat mijn leeftijd ermee te maken heeft.'

'Misschien dacht je dat je me kon overhalen aan Piers toe te geven met een eenvoudige verleidelijke blik.'

'Nee, Henry,' zei ze op pertinente toon. 'Zo dom ben ik niet. Ik stel enkel voor dat je hem een tweede kans geeft.'

Hij trok zijn colbert aan. 'Toen je negentien was, was ik misschien gevoelig voor die taal, maar die werkt nu niet meer. Je bent een te oude hond voor die trucjes, Juliet.'

Ze wendde zich af en controleerde direct zonder erbij na te denken in de spiegel of haar neus niet glom en haar lipstick nog goed zat. Ze zag in haar weerspiegeling de fijne lijntjes rond haar mondhoeken en het lichte hangen van haar halshuid.

Henry vervolgde: 'Piers heeft je natuurlijk gevraagd een goed woordje voor hem te doen.'

'Eerlijk gezegd zei hij juist dat ik dat niet moest doen.'

'Dan heeft hij tenminste nog een heel klein beetje gezond verstand.'

Henry liep de kamer uit. Ze trilde. Ze bleef even zitten voordat ze haar jas aantrok. Ze was vierenveertig, niet langer een jonge vrouw. Henry had altijd instinctief aangevoeld hoe hij haar onzeker kon maken.

Ze zeiden geen woord tegen elkaar in de taxi op weg naar het restaurant. Ze voelde zijn minachting voor haar en haar eigen haat voor hem door elkaar heen. Maar haatte ze hem echt? Ze was vanavond te moe om haat te kunnen voelen. Ze zag de avond voor zich: hoe ze haar rol als de elegante, charmante Juliet Winterton zou moeten spelen. Ze wist dat ze die goed zou uitvoeren, zoals ze dat altijd deed. Was dat wat ze was geworden: een actrice, een marionet die sprong en rende in een glinsterend decor?

Toch was ze toen ze Henry's cliënten begroette en het restaurant in liep verrast dat ze niet meer van slag was. Naarmate de avond vorderde, maakte haar eerdere wanhoop plaats voor misschien niet echt sereniteit, maar in ieder geval een gevoel van acceptatie. Iedereen die haar verhaal oppervlakkig kende zou, dacht ze, aannemen dat Henry's verwijten deels terecht waren. Haar besluit met hem te trouwen toen ze alleen en straatarm in Cairo was achtergebleven, haar latere beslissing verder te gaan met een relatie die altijd een grote strijd zou blijven, dat kon allemaal worden geïnterpreteerd als zwakte of passiviteit. Net als haar besluit de affaire van Gillis met Frances Hart geheim te houden.

Maar ze was niet zwak. Dat wist ze. Ze had overleefd. En niet alleen dat: ze had haar gezin een comfortabel en fijn huis gegeven en had twee intelligente, geweldige kinderen grootgebracht. Ze had vriendinnen, met Helen als de belangrijkste. Ze had het muziekfestival en haar lesgevende taken; die hielpen haar allemaal om te gaan met de gebreken in haar leven.

Ze had na een instabiele, gebrekkige jeugd de veiligheid die Marsh Court haar had geboden met beide handen aangegrepen. Ze probeerde nu al vijfentwintig jaar alle aparte touwtjes in handen te houden. Hoewel ze haar ergste onenigheid met Henry verborgen had proberen te houden voor Piers en Charley twijfelde ze er niet aan dat ze waren beïnvloed door de vijandige relatie van hun ouders. Piers had geleerd de confrontatie aan te gaan in plaats van te verzoenen. Charley snakte naar liefde, maar vond het tegelijkertijd moeilijk mensen te vertrouwen. Misschien hadden haar kinderen de prijs van haar liefde voor Marsh Court moeten betalen.

Maar ze hoefde nu niet langer zo hard haar best te doen. Ze hoefde niet langer te proberen een relatie in stand te houden die al zo lang niets meer betekende. Als Henry's woorden haar niet langer raakten, wat zei dat dan over haar? Wat had haar lange huwelijk met Henry Winterton voor effect op haar gehad? Ze vond dat het haar hard had gemaakt. En ongelukkig. Hoewel een gevoel van trots en zorg om haar gezin haar ervan had weerhouden het te laten zien, liep er een stroom van verdriet door haar heen die deel van haar was gaan uitmaken. Misschien was ze zo gemakkelijk voor de charme van Gillis gevallen omdat ze zo ongelukkig was. Misschien was het een reactie op haar liefdeloze huwelijk geweest dat ze zo gepassioneerd van hem had gehouden.

Zes jaar daarvoor was er een einde aan hun affaire gekomen. Ze hadden nadat hij had toegegeven dat Frances Hart zijn minnares was geweest nog één keer afgesproken, in een hotel in de buurt van Epping Forest. Ze hadden geprobeerd de liefde te bedrijven, maar het was alsof ze allebei waren vergeten hoe het moest, en het ritme dat ooit zo natuurlijk en vanzelfsprekend had gevoeld, was onhandig en houterig, en ze hadden er allebei geen plezier aan beleefd. Ze hadden halfslachtige woorden over een vage toekomst gesproken en hadden afscheid genomen. Op weg terug naar Marsh

Court was ze gestopt op een parkeerplaats en had gehuild, niet omdat ze hem had verloren, maar omdat ze een illusie had verloren. Hij was niet de man geweest die ze had gewild dat hij was. Ze had zich nog maanden verdrietig en teleurgesteld gevoeld.

Piers woonde ondertussen in Londen en Charley zou in de zomer of met kerst van school komen, afhankelijk van of ze toelatingsexamen voor Oxford zou gaan doen. Het moment dat ze niet meer vanwege de kinderen bij Henry hoefde te blijven, was nabij. Juliet besloot die avond terwijl ze aan tafel zat in dat restaurant en kletste over skivakanties en de Rivièra dat ze zodra de kinderen het huis uit waren een manier zou vinden om bij hem weg te gaan.

Dat zou niet eenvoudig worden. Als ze hem verliet, moest ze Marsh Court ook verlaten. Kon ze dat? Het zou haar hart breken. En scheiden was geen optie. Dan zou Henry ermee moeten instemmen bekend te maken dat zij overspel had gepleegd, wat onaangenaam en moeilijk zou zijn. Ze wilde het haar kinderen niet aandoen getuige te moeten zijn van het onsmakelijke spektakel hun ouders in de rechtbank modder naar elkaar te zien gooien. Ze wilde niet dat de familienaam door het slijk zou worden gehaald, daarvoor hield ze te veel van iedereen, daarvoor was ze iedereen te veel schuldig. Het beste waarop ze kon hopen was een wettelijke scheiding van tafel en bed. Dan zou ze nooit opnieuw kunnen trouwen, maar ze kon zich ook niet voorstellen dat ze ooit die behoefte weer zou voelen. Ze had er voor altijd genoeg van om getrouwd te zijn.

De galerie van Katherine Rose stond in Blantyre Street, in de wirwar van straatjes achter King's Road. Boven de grote etalage hing een matzwart bord, met daarop in zilverkleurige letters de naam WORLD'S END GALLERY. Achter het raam hing een schilderij van Gene Davis, een serie pastelkleurige strepen, precies afgemeten op een roze achtergrond. In de galerie hingen nog meer werken van dezelfde kunstenaar. Anne vond ze mooi. Ze waren rustgevend en deden haar denken aan de Engelse kust, strandstoelen en rechte stukken rots.

Katherine, een magere, elegante vrouw van in de zestig die steevast een zwart Chanel-jasje met een witte blouse en zwarte pantalon droeg, was al jaren bevriend met Anne en haar vader. Katherine was degene die nadat Annes verloving was verbroken had voorgesteld dat Anne een jaar of twee terug zou komen naar Londen, de logeerkamer bij haar thuis zou huren en in de galerie zou gaan werken. Anne was met een zucht van opluchting uit Amerika vertrokken, blij dat ze kon ontsnappen aan de puinhoop in haar leven. Het voelde alsof ze in de hemel was in Katherines huis in Hampstead, dat een en al beton, glas en leegheid was. Ze genoot van het koele interieur van de galerie, vond het leuk met de cliënten te werken en kon het prima vinden met Katherines andere assistent: een broodmagere, intense jongen die Paul heette.

Annes vader had in 1957 een vaste aanstelling als universitair docent aan het School of Art Institute in Chicago gekregen. Anne had besloten in Amerika te blijven, maar was teruggegaan naar San Francisco, waar ze was opgegroeid. Ze had er een secretaresse-opleiding gevolgd. Overdag had ze in een lokaal met vijftig andere meiden leren typen en stenograferen, en 's avonds had ze lange wandelingen over Ocean Beach gemaakt. Het altijd aanwezige geruis van de Stille Oceaan was de achtergrond van haar gedachten geweest en de Noordzee met zijn onverzettelijke, kille grijsheid had vreselijk ver weg geleken. Wanneer ze terugkeek op die zomer in Maldon was dat met een bepaalde mate van ongeloof geweest. Wat haar daar was overkomen, was zo onkenmerkend voor haar. Dat ze verliefd was geworden op Piers Winterton was zo angstaanjagend onkenmerkend voor haar.

Het zou zo eenvoudig zijn geweest om het achteraf af te doen als kalverliefde, maar daar was ze te eerlijk voor. Ze had genoten van haar zomer op de boot van Lachlan en Sue en had lekker gekletst en gewandeld met Aidan, en toen was Piers op een dag op het toneel verschenen.

Piers Winterton. Hartenbreker in een spijkerbroek met wit overhemd zonder stropdas. Lang, blond, met ogen die de kleur hadden van een heldere avondhemel. Aantrekkelijk, en dat wist hij.

Hij was haar leven in geparadeerd met een charmante glimlach en de uitstraling van iemand die alles volledig onder controle heeft. Haar val – het de diepte in getrokken worden, weg van elk gevoel voor rede en behoedzaamheid – waarvan ze altijd had gedacht dat ze een essentieel onderdeel van haar karakter vormden, was haar in luttele seconden overkomen. Ze had hem gezien en had hem liefgehad. Ze had hem gezien en had naar hem verlangd.

Piers had met haar geflirt. Ze had nog net genoeg van haar gezonde verstand overgehad om te weten dat hij dat met iedere vrouw zou hebben gedaan die ook maar een heel klein beetje aantrekkelijk was. Zo'n man was hij. Ze wist af en toe niet eens zeker of ze hem wel aardig vond. Ze vond Aidan af en toe de leukste van de Winterton-neven. Ze voelde zich veilig bij Aidan. Ze voelde zich allesbehalve veilig bij Piers. Bij hem zijn was alsof ze op de rand van een vulkaan stond en de brandende lava in tuurde.

Voordat haar ouders gescheiden waren, was ze grootgebracht door een moeder die er plezier in had anderen te kwetsen door ze op hun gevoelens te wijzen en Anne had al jong geleerd om haar eigen emoties te verbergen. Het was nadien een schrale troost geweest dat ze ervan overtuigd was dat Piers niet door had gehad wat ze voor hem voelde.

Hij was degene geweest die haar die vreselijke dag had uitgenodigd naar zijn huis te komen. Hij had gezegd dat het een picknick was, een familiepicknick in de tuin. Het eerste gênante moment was geweest toen ze had ontdekt dat Piers niet tegen zijn moeder had gezegd dat ze zou komen, dat ze niet was uitgenodigd, onverwacht aan de familie was opgedrongen en de enige aanwezige die geen Winterton was (de familie Sinclair leek beschouwd te worden als aangenomen familie). Die picknick was een formele lunch op het terras in de achtertuin van de familie Winterton gebleken. Anne, die de acht jaar daarvoor in flatjes had gewoond met vaak maar een paar kamers, had Marsh Court vreselijk deprimerend gevonden. Het leek haar spottend aan te kijken, zwaar van het gewicht van geschiedenis en Brits-zijn.

En dan de familie Winterton. Iedereen was blond, met blauwe ogen, zich bewust van hoe bijzonder, aantrekkelijk en slim ze waren, en ze was, o zo beleefd, aan een verhoor onderworpen. Waar verbleef ze? Wat deed haar vader? *Is hij kunstenaar... wat interessant.* Waar was ze naar school geweest en op welk continent woonden haar ouders nu? *Gescheiden*? Ze waren te goed opgevoed om hun wenkbrauwen op te trekken, maar Anne had gevoeld dat ze dat eigenlijk wel hadden willen doen. Mevrouw Winterton had haar bij Piers weggehaald en tussen twee neefjes gezet. *Dat vind je toch niet erg, Anne*? Ze had het gevoel gehad dat ze was verslonden en uitgespuugd. Ze had het gevoel gehad dat ze schromelijk was gezakt voor een test.

Ze haatte formaliteit en zag die als een strategie om mensen te weren die ergens niet thuishoorden. Nou, ze hoorde daar ook niet thuis; dat had ze opstandig moeten toegeven aan zichzelf. Het gesprek was over mensen gegaan die ze niet kende, er waren insidergrapjes gemaakt die ze niet begreep, en er had zich een of andere familieruzie afgespeeld, die haar een vreselijk ongemakkelijk gevoel had gegeven. Ze had het idee gehad dat ze ontzettend faalde, niet dat zij iets verkeerd deden. Ze had de kans gekregen een middag lid van de familie te zijn. Hoewel ze dat verschrikkelijk graag had gewild, was het haar niet gelukt. Ze had geen idee gehad hoe dat moest.

Naarmate de uren waren verstreken, was ze zich steeds ongelukkiger gaan voelen. Het was te warm geweest, klamme hitte die veel onaangenamer was dan de droge warmte in San Francisco, en het aanzicht van Piers met zijn familie had haar bewust gemaakt van hoe anders ze was voor hem, en hoe onbelangrijk. Ze had gedacht dat zijn uitnodiging iets betekende, maar daarin had ze zich vergist. Hij voelde niets meer dan vriendschap voor haar, en ze vermoedde dat Piers' vriendschap van kortere duur zou zijn dan die met Aidan. Hij zou haar vast vergeten zijn op de dag dat ze was teruggegaan naar Amerika.

Toen had die noodlottige gebeurtenis zich afgespeeld. De vader van arme Aidan was bezweken aan een hartaanval. Nadat ze had vastgesteld dat ze niets kon doen, niet kon helpen of troosten, had ze zich teruggetrokken en was teruggelopen langs het estuarium. Ze had de hele weg naar huis gehuild.

Ze werkte nu sinds twee maanden in de galerie van Katherine. Ze werd al die tijd al heen en weer geslingerd tussen enerzijds de overtuiging dat het niet verstandig zou zijn emoties naar boven te halen die ze beter begraven kon laten en anderzijds een gevoel van zelfhaat omdat ze zo'n lafaard was. Aidan en zijn familie hadden haar die zomer hun vriendschap aangeboden; het minste wat ze hun schuldig was, was een beleefdheidsbetuiging.

Toen ze Aidan had opgebeld in de juwelierszaak had zijn overduidelijke blijheid van haar te horen haar ervan overtuigd dat ze de juiste beslissing had genomen. Piers was verleden tijd. Als zij was doorgegaan met zijn leven, zou hij dat ook hebben gedaan. Ze stelde hem zich voor: getrouwd met een Engelse roos, een Caroline of Serena, gesetteld in een statig landhuis op het Engelse platteland. Ze zou een keer met Aidan afspreken, besloot ze, een vriendelijk gesprekje met hem voeren, en dan zou het daarbij blijven en zou ze haar plicht hebben vervuld.

Paul hield de deur open zodat de laatste cliënt de galerie kon verlaten. Het drietal sloot de rolgordijnen en de kostbaarheden werden in de kluis opgeborgen.

Katherine tuurde over de rand van de halvemaanglazen van haar bril en zei: 'Jij hebt zo een afspraakje, toch, Anne?'

'Het is geen afspraakje. Ik ga gewoon wat drinken met een vriend van vroeger.'

'Ga maar gauw dan. Paul en ik sluiten wel af.'

Anne trok haar jas aan, knoopte haar sjaal om haar hals, controleerde in het spiegeltje van haar compactpoeder of haar makeup nog goed zat en verliet de galerie.

Hij zag haar binnenkomen door de deur van de Lord Nelson aan King's Road, stond op en zwaaide naar haar. Het was vreselijk druk in de pub; hij had nog net een tafeltje kunnen bemachtigen.

'Aidan,' zei ze, en ze kuste hem op de wang. 'Wat heerlijk je te zien. Ik ga niet zeggen dat je geen spat bent veranderd, want we zijn allebei heel anders dan toen. Wat waren we nog kinderen, hè?'

Hij vroeg haar wat ze wilde drinken. 'Doe maar een biertje,' zei ze. 'Ik heb het Engelse bier gemist.'

Hij sloot achter aan in de rij en merkte dat hij blij was even bij haar weg te zijn. Hij zou een paar keer diep ademhalen, hun drankjes bestellen, en als hij dan weer terug was bij hun tafeltje zou hij eraan zijn gewend dat ze hier bij hem was, Anne Carlisle, het meisje dat hij nooit was vergeten.

Hij zette de drankjes op tafel en maakte een zakje chips open. 'Hoe lang ben je al terug?'

'Een paar maanden.'

Aidan liet die woorden even bezinken. Een heel klein en onredelijk stukje van hem had gehoopt dat ze zou gaan zeggen: *Een week*. Of zoiets. En dat ze zou vervolgen met, nog onredelijker: *Ik heb je verschrikkelijk gemist, Aidan.*

'Waar woon je?'

'Bij Katherine, mijn vriendin van de galerie. Ik ga binnenkort iets voor mezelf zoeken. En jij?'

'Ik heb een appartementje in de buurt van de zaak. Daar woon ik doordeweeks, en in het weekend ga ik naar huis.'

'Naar Maldon?'

'Ja.'

Ze vroeg naar zijn moeder en zei toen: 'Ik vond het zo verschrikkelijk, wat er gebeurde. Ik heb me heel schuldig gevoeld dat ik je in de steek heb gelaten.'

Hij schoof het zakje chips over de tafel naar haar toe. 'Als ik erop terugkijk, is het net of mijn leven toen in tweeën is gescheurd. Maar het gaat nu goed met me, en met mijn moeder ook. Ze heeft het lang moeilijk gehad, maar het gaat nu weer.'

'Hoe lang werk je al voor het familiebedrijf?'

'Sinds ik terug ben uit militaire dienst.' Hij dacht terug aan de middagen dat ze hadden zitten schetsen in de haven. 'De kunstacademie is nooit een realistische mogelijkheid geweest,' zei hij, 'maar door wat er met mijn vader is gebeurd, werd het helemaal onmogelijk. Maar ik zou waarschijnlijk toch nooit zijn aangenomen.'

'Ik weet zeker van wel.'

Hij was de kleine, zilverkleurige vlekjes vol licht in haar grijze ogen vergeten, en hoe serieus, overtuigd en oprecht ze was.

'Ik teken nog in het weekend,' zei hij. Hoewel het geen enkele zin had om alleen in het weekend te tekenen. Dat wist hij, en zij wist het ook. Als je beter wilde worden, moest je elke dag oefenen.

Hij vroeg naar haar ouders. Nadat ze klaar was met haar verhaal over haar vader in Chicago en haar moeder die een schoonheidssalon in Palm Springs had geopend, was ze even stil, en toen zei ze:

'Ik was verloofd, maar ik heb de relatie verbroken. Ik heb er een ongelooflijke puinhoop van gemaakt, dus toen ik de kans had hier terug te komen, heb ik die met beide handen aangegrepen. En jij, Aidan? Heb je een relatie?'

'Er is wel een meisje, ja,' zei hij vaag.

'Hoe heet ze?'

'Lynette.'

Lynette was een kleine, levenslustige brunette. Ze zat op de toneelschool en belde hem af en toe als ze kaartjes voor het theater had. Het waren altijd de allergoedkoopste, in de engelenbak, vanwaar je naar beneden keek en de acteurs als mieren over het podium zag bewegen.

'Het stelt niets voor,' zei hij. Hij zou het moeten uitmaken, vond hij. Dat wist hij al een tijdje, min of meer, maar hij had nog niets ondernomen. Lynettes hand zocht vaak de zijne als ze in de koude hoogte van de bovenring zaten. Als ze afscheid namen, kusten ze elkaar. Hij vond dan misschien dat het niets voorstelde, maar zij dacht daar wellicht anders over. Misschien voelde zij wel dezelfde honger naar hem als hij nu naar Anne voelde.

'Wat naar, van je verloving,' zei hij.

Ze keek hem meewarig aan. 'Nee hoor. Hij was niet de juiste man voor me, de arme schat. Hoe is het met de rest van je familie? Met al die neven en nichten?'

'Prima.'

Ze at een chipje uit het zakje. 'En met Piers?'

Piers was razend op hem. Piers vermeed nauwgezet elke vorm van contact met hem sinds oom Henry het in zijn hoofd had gehaald hem, Aidan, de functie van zijn neef te geven. Piers gaf hem de schuld van wat er was gebeurd, wat volslagen belachelijk was en typisch Piers. Aidan nam aan dat oom Henry uiteindelijk wel weer bij zinnen zou komen, dat ze weer van plaats zouden ruilen en dat alles weer normaal zou worden.

'O, met Piers gaat het prima,' zei hij.

Ze hadden in Maldon een eetafspraak met het echtpaar Stanmore, beiden vrijgevige ondersteuners van de zomerconcerten. Juliet maakte zich in haar slaapkamer op Marsh Court op en pakte een gouden collier en oorbellen. Toen ze klaar was, liep ze naar beneden. Ze nam terwijl ze op Henry wachtte, die uit Londen kwam, een gin-tonic en nam haar aantekeningen voor de volgende serie concerten door. Toen ze ze helemaal had gelezen, keek ze op de klok. Het was tien over zeven. Ze werden tussen half acht en acht verwacht. Henry was wel erg laat.

Kwart over... vijf voor half. Ze belde naar het appartement in Bond Street, en daarna naar allebei de winkels. Er werd nergens opgenomen. Uiteindelijk belde ze geïrriteerd het echtpaar Stanmore. Ze legde uit dat Henry vertraging moest hebben opgelopen en sloeg beleefd de uitnodiging van Margaret Stanmore af dat ze zelf vast zou komen en dat Henry zou volgen. Henry was nooit te laat. Er was iets mis, dat wist ze zeker. De auto zou wel een lekke band hebben. Henry stond vast briesend langs een donker landweggetje te worstelen met de krik.

Ze pakte een vel papier en een envelop uit haar bureau, ging zitten en begon aan een brief aan Charley. De telefoon ging toen ze hem net ondertekende. Ze nam op.

'Henry, ben jij dat?'

'Nee, met Gillis.'

Een korte uitwisseling van beleefdheden. Toen zei hij: 'Ik bel eigenlijk voor Henry.'

'Ik wilde net jou gaan bellen om te vragen of jij weet waar hij is.'

'Dus hij is niet thuis?'

'Nog niet. Hij had er allang moeten zijn. Hij zal wel een lekke band hebben of zo.'

Hij hing op. Juliet schonk nog een borrel in, liep naar haar slaapkamer en trok haar avondjurk uit. Henry had vast kilometers van de bewoonde wereld pech gekregen, anders zou hij haar hebben gebeld vanuit een telefooncel. Ze liep rusteloos terug naar beneden, deed een schort voor en begon de keuken te schrobben.

De voordeurbel ging. Ze deed open. Er stond een politieman voor de deur.

'Mevrouw Winterton?' vroeg hij, wat ze beaamde. 'Zou ik even binnen mogen komen?'

Henry was dood. Zijn auto, een kleine, snelle Mercedes, was op een bevroren stuk wegdek op een bolle brug bij Langford in een slip geraakt en tegen een boom geknald. De stuurstang had zijn hart doorboord en hij was op slag dood. Juliet bedacht terwijl de politieagent het hele verhaal een tweede keer vertelde – hij zou wel denken dat haar gebrek aan reactie betekende dat ze het niet begreep – dat beide broers Winterton aan hetzelfde waren overleden. Jonathan was een man met een groot hart geweest, maar Henry's hart was klein en droog geweest, en ze stelde zich voor dat het zou zijn verpulverd als een gedroogde zaaddoos.

De politieman kwam terug uit de keuken en zette een kop thee voor haar neer. Hij vroeg: 'Kan ik iemand voor u bellen?' Toen ze geen antwoord gaf, begon hij nogmaals: 'Mevrouw Winterton...'

'Mijn schoonzus, mevrouw Helen Winterton, in Maldon.'

Hij draaide Helens nummer. Juliet dronk haar thee. Ze hoorde in de verte een auto aan komen rijden. Dat was Henry, ging het door haar heen. Maar nee, dat kon niet: Henry was dood. Boven sloeg een deur dicht, en ze dacht even dat hij naar beneden was gekomen terwijl zij met de politieagent praatte en dat hij kwaad was omdat hij zijn manchetknopen niet kon vinden, of zoiets dergelijks. Ze kon het niet verwerken. Zijn aanwezigheid was zo allesomvattend dat… Wat? Zo allesomvattend dat hij niet weg kon zijn.

De thee was te zoet; ze had liever een glas whisky gekregen. Ze zou niet om hem kunnen rouwen, bedacht ze, en ze voelde een moment een golf van paniek door zich heen gaan. Ze vond het naar dat hij zo aan zijn eind was gekomen, ze vond het naar dat er een moment van doodsangst zou zijn geweest toen hij de controle over de auto had verloren, maar het gevoel ging niet dieper dan ze bij een onbekende zou hebben die hetzelfde zou zijn overkomen.

De voordeurbel ging. 'Ik doe wel even open,' zei de politieman.

'Nee,' zei ze vastberaden terwijl ze opstond. 'Laat mij maar.'

De telefoon ging terwijl Piers zichzelf in zijn appartement liet. Het was drie uur 's nachts.

Hij nam op. 'Met Piers Winterton.' Het was een lange avond geweest, eerst naar een pub, toen naar een restaurant en toen een nachtclub, en hij was behoorlijk dronken, dus hij moest zich concentreren om niet met dubbele tong te praten.

'Piers, met mama. Het spijt me verschrikkelijk, maar ik heb slecht nieuws.'

Ze vertelde hem dat er een auto-ongeluk was geweest en dat zijn vader dood was. Op een bepaald moment tijdens het gesprek haalde hij de hoorn van zijn oor, hield hem voor zich en staarde ernaar, zich afvragend of hij in slaap was gevallen en droomde.

'Dood?' herhaalde hij. 'Dood?'

'Ja, ik vrees van wel. Het spijt me, lieverd.'

'Weet je het zeker?'

'Ja, Piers. Het was een zwaar ongeval.'

Hij ging op de vloer zitten. Hij was misselijk en was bang dat hij het gesprek zou moeten onderbreken om te gaan overgeven.

Het lukte hem met moeite om tot zichzelf te komen. Terwijl het nieuws tot hem door begon te dringen, streek hij met een hand over zijn haar en zei verdwaasd: 'Maar we hadden ruzie. Pa en ik. Over de zaak.'

'Ja, dat weet ik. Piers…'

'Het laatste wat ik tegen hem heb gezegd...' Maar hij wist niet meer wat dat was. Vast een sarcastische sneer terwijl hij een of andere opdracht uitvoerde die zijn vader hem toe had geblaft. Niets vriendelijks. Geen glimlach of dankjewel, en al helemaal geen lieve woorden.

'Jezus,' zei hij zacht.

Zijn moeder zei: 'Lieverd, je vader hield van je, en jij hield van hem. Dat is het enige wat telt.'

Was dat zo? Hij dacht terug aan de beledigingen die hij en zijn vader de afgelopen periode hadden uitgewisseld en betwijfelde dat. En had zijn vader inderdaad van hem gehouden? Dat zou hij nu nooit meer zeker weten.

'Ik kom eraan, mam,' zei hij. 'Ik stap nu in de auto en ik kom eraan.'

'Nee,' zei ze gedecideerd, 'ik wil niet dat je dat doet. Ik wil dat je gaat slapen en dat je morgen komt. Helen is bij me. Het gaat wel.' Toen zei ze dat ze van hem hield, en ze hing de telefoon op.

Er was geen telefoon in het pand waar Aidan twee kamers huurde; hij belde op kantoor of in de kiosk verderop in de straat. Hij hoorde het dus pas toen hij zaterdagochtend op zijn werk arriveerde. Het was een zonnige winterdag en hij had een goede bui, dacht aan Anne, aan hoe heerlijk het was geweest om haar te zien, en aan hoe hij die avond toen hij voor hun afspraakje naar de pub op weg was, had bedacht dat zijn beoordelingsvermogen op zijn achttiende misschien niet veel had voorgesteld, en dat ze misschien wel... nou ja, heel gewoontjes zou blijken te zijn; maar dat hij enorme opluchting en bevrediging had gevoeld toen hij haar had gezien en had ontdekt dat ze nog mooier en liever was, en een betere gesprekspartner, dan hij zich herinnerde.

Hij liep de winkel in en riep een opgewekte begroeting. Toen drong tot hem door dat iedereen – juffrouw Burstein, de assistenten en juffrouw Rolfe, die aan het werk zou moeten zijn maar dat niet was – naar hem staarde. Het ging door hem heen dat Piers en oom Henry weer ruzie hadden gehad, dat er een scène was geweest of iets van die strekking, maar toen kwam juffrouw Burstein naar hem toe, legde haar hand op zijn arm en zei: 'Aidan. Zullen we even naar je kantoor lopen?'

Charley werd van school gehaald door haar neef Jake. Charley, die aan één stuk door had gehuild sinds de rectrix haar had verteld dat haar vader dood was, rilde en snakte naar adem terwijl hij haar weekendtas in de sportauto zette. De tas, die ze niet goed had ingepakt, sprong open, en er vielen kousen en marineblauwe slipjes in de kofferbak van de MG. Jake deed ze terug in de tas en klikte de achterbak dicht.

Hij was minstens dertig centimeter langer dan zij en moest flink vooroverbuigen om haar te omhelzen. Charley snotterde in zijn jaskraag van schapenvacht.

'Kom,' zei hij. 'Dan breng ik je thuis.'

Ze stapte in. Ze had hoofdpijn en branderige ogen van het huilen.

'Hier,' zei Jake, en hij gaf haar een paar aspirientjes en zijn heupfles aan.

Er zat iets heel smerigs in de fles, het brandde in haar keel en ze moest ervan hoesten, maar ze slikte de aspirine ermee weg.

'Dat is mijn oplossing tegen een kater,' zei hij, en het lukte haar te glimlachen. Hij kneep in haar hand. 'Ik vind het zo vreselijk voor je, Charley.'

Ze beet op haar onderlip en staarde uit het raam terwijl hij de afrit af reed. 'Ik ben zo bang,' fluisterde ze, 'dat niemand het erg vind behalve ik. Dat niemand anders hem zal missen. Arme papa, met niemand die om hem rouwt.'

'Ma gaat hem missen,' zei hij. 'Allebei haar broers zijn nu dood.'

'Waar is tante Jane?'

'Die is op weg naar Marsh Court. En Eliot en ik gaan hem ook missen. We maakten altijd grapjes over wat een rotzak hij was, maar ik kan me Marsh Court niet zonder hem voorstellen. We gaan hem allemaal missen, Charley.'

Mama niet, dacht ze terwijl ze bevend inademde en probeerde de tranen te stoppen. En ze wist ook niet of Piers hem zou missen. Maar als Jake dat niet al wist, ging zij het hem niet vertellen.

Piers was voor achten op Marsh Court. Hij zag er vreselijk uit, verfomfaaid, geschokt, en met donkere kringen onder zijn ogen. Helen zette koffie terwijl Juliet eieren met bacon en worst bakte. Helen bood aan het over te nemen, maar Juliet zei dat zij beter wist hoe het fornuis werkte.

Ze had zelf geen honger, maar Piers at als een bootwerker. Hij veegde met een laatste korst brood het eigeel van zijn bord.

'Mam, moet ik de financiën doornemen?'

'Daar ben ik al mee begonnen. Alle rekeningen staan op je vaders naam. Ik wilde net Tom Kendrick gaan bellen.'

'Dat doe ik wel.'

Ze begreep dat hij iets omhanden moest hebben en liet hem zijn gang gaan. Hij liep de keuken uit. Juliet draaide de warme kraan open.

Helen zei: 'Ik zal wel even afwassen.'

'Ik moet iets doen. Ik voel me zo rusteloos.'

'Heb je een beetje geslapen?'

Ze schudde haar hoofd. 'Ik was zo uitgeput dat ik dacht dat ik meteen in slaap zou vallen. Maar ik moest er steeds aan denken.'

'Kan ik ergens mee helpen?'

'Ach... met alles wat moet gebeuren. De begrafenis... waar iedereen moet slapen... of ik genoeg schoon beddengoed heb. Je weet wel.'

'Kom, dan maken we een lijstje,' zei Helen. 'Zoals je weet, zijn lijstjes mijn oplossing voor alles.'

Juliet ging aan de tafel zitten. 'Ik blijf maar denken aan hoe het had moeten zijn,' zei ze. 'Ik blijf maar denken aan wat we, als Henry en ik andere mensen waren geweest, hadden kunnen hebben. Waar ik nu dan om zou rouwen. Misschien dacht ik nu dan aan een heerlijke zomervakantie met de auto in Italië toen we jong waren. Of hoe we het hadden gevierd toen de kinderen hun examen hadden gehaald en elkaar hadden getroost toen ze naar kostschool gingen. Of hoe Henry altijd de afwas deed als we een etentje hadden georganiseerd en hoe ik dan afdroogde en hoe we dan kletsten, en lachten om de gasten.' Ze keek op naar Helen. 'Maar zulke herinneringen heb ik helemaal niet.'

Ze huilde nu. Buiten dwarrelde sneeuw naar beneden uit een asgrijze hemel.

Piers kwam de keuken in lopen. Ze veegde met haar handpalm haar ogen af.

'Mam, Kendrick belt je maandagmiddag. Is dat goed?'

'Natuurlijk.'

Hij liep weg. Ze snoot haar neus en propte haar zakdoek terug in de mouw van haar jurk. De voordeurbel ging. 'Dat zal Jane wel zijn,' zei Helen, die in Juliets schouder kneep. 'Ik ga wel. Juliet, weten Gillis en Blanche het al?'

'Nog niet.'

'Dat doe ik wel. En als je zijn adresboekje voor me kunt pakken, zal ik zijn andere vrienden ook bellen.'

Het drong toen ze in zijn bureau op zoek was naar zijn adresboekje tot Juliet door dat ze altijd had gedacht dat Henry onverwoestbaar was. Maar hij was gestorven op zijn eenenzestigste en hun huwelijk, waar ze al jaren genoeg van had, was nu voorbij, en de wereld zag er ineens heel anders uit.

De familie kwam bijeen op Marsh Court. Jane was alleen, met rode ogen van het huilen. Peter zou na zijn zaterdagochtenddienst komen, samen met Eliot, die in ziekenhuis St Thomas werkte. Charley en Jake arriveerden om elf uur op Marsh Court. Louise, die het voorgaande schooljaar eindexamen had gedaan en nu in Londen een secretaresseopleiding deed, reisde die middag naar Maldon met Janes dochter Gabe, met wie ze een appartement deelde.

Vroeg die avond zaten de vrouwen samen in de keuken. Helen en Juliet waren bezig het eten voor te bereiden. Jane serveerde drankjes en Gabe was aan het tellen hoeveel borden ze moest pakken. De kleine meisjes – hoewel Louise en Charley dat natuurlijk allang niet meer waren – waren trifle aan het maken. Charley maakte die altijd exact hetzelfde: met cake van Lyon's, stukjes mandarijn, custard van Bird's en slagroom uit een blikje.

De begrafenis zou die vrijdag zijn, over zes dagen. Helen vroeg: 'Blijf je de hele week thuis, Louise?'

Louise strooide gekleurde hagelslag op de sneeuwwitte slagroomtoefjes. 'Dat kan niet.'

'Dat vinden ze vast niet erg op school. Ik bel ze wel even.'

Louise en Charley wisselden een blik uit. 'Ik heb een baan, mam.'

Helen sneed een wortel in plakjes en deed die in een pan. 'Wat voor baan?'

'Als model,' zei Louise.

'Nou,' zei Jane, 'dat verbaast me niets. Wat spannend. Het is ook zo'n mooie meid, Helen.'

'Voor *Honey*, mam. Ik heb geen idee of het iets wordt, maar het is wel een buitenkans.'

'Werken als model,' zei Helen fronsend. 'Je wilde toch secretaresse worden?'

Louises lange, karamelkleurige pony bewoog over haar gezicht terwijl ze hagelslag strooide. Ze was een lange, magere, veulenachtige schoonheid met blauwe ogen die vaak weemoedig, dromerig stonden. Juliet had Louise nog nooit over een andere ambitie horen praten dan het openen van een ezelopvang. Ze had altijd aangenomen dat het een meisje was dat naadloos van school zou doorstromen naar een baan als secretaresse of verpleegster en daarna naar een huwelijk.

'Als ik een succes word,' zei Louise, 'verdien ik veel meer als model. En als het niet lukt, heb ik altijd nog mijn secretaressediploma.'

'We hebben het er nog wel over,' zei Helen.

'Hebben we genoeg aardappels geschild?' vroeg Juliet.

'Kilo's.' Jane pakte de dunschiller uit haar hand en duwde er een glas in.

Aangezien zijn vaders rekeningen na zijn dood waren geblokkeerd, moest Piers een behoorlijk gênant gesprekje met zijn moeder voeren om erachter te komen of ze genoeg geld had om van te leven. Hij wist dat ze het vreselijk vond om over geld te praten, dat ze het vulgair en vernederend vond, maar het lukte hem om vriendelijk en tactvol vast te stellen dat ze wel even vooruit kon.

Aidan kwam zaterdagavond nadat de winkels al dicht waren naar Marsh Court en vertrok zondag weer naar Londen. Nu Henry Winterton er niet meer was, moest iemand een oogje op de zaak houden. Hoewel Piers het vreselijk vond dat Aidan de leiding had, wist hij dat zijn moeder hem op Marsh Court nodig had, en het lukte hem tijdens het korte verblijf van zijn neef om in ieder geval beleefd tegen hem te zijn. Als Aidan hem ook maar een greintje loyaliteit zou hebben getoond, zou het misschien allemaal niet zo uit de hand zijn gelopen. Misschien dat zijn vader dan voor rede vatbaar zou zijn geweest. Hoewel hij moest toegeven dat die kans nihil was. Hij kon het Aidan niet vergeven dat die niet voor hem was opgekomen tijdens de ruzie met zijn vader, maar hij wist dat hij de leiding over het bedrijf binnenkort zou overnemen, dus hij kon zich wel veroorloven nu een beetje edelmoedig te zijn.

De herinnering aan de ruzie met zijn vader zat hem vreselijk dwars. Waarom had pa toen hij die maandagochtend nadat hij was teruggekomen uit Bahrein niet gewoon kunnen zeggen: *Goed idee, Piers, mooi gedaan*, gevolgd door een schouderklopje en een *Je bent precies je vader*, in plaats van tegen hem tekeer te gaan? Als kind had hij voortdurend geprobeerd de goedkeuring van zijn vader te winnen. Hij had hard gestudeerd op zijn examens en had zichzelf tot het uiterste gedreven om in het rugby- en cricketteam te komen. Maar het lukte zijn vader altijd om een kleine mislukking in een zee van successen te vinden. 'Je bent elfde geworden bij geschiedenis,' zei hij dan, waarbij hij voorbijging aan alle vakken waarin Piers de eerste plaats had behaald. Of: 'Heb je nou nog steeds de basisopstelling niet gehaald, Piers?' Na een tijdje had hij het opgegeven, was hij gedaald in het klassement en was hij wedstrijden gaan overslaan. Wat had het voor zin?

Tegen de tijd dat hij van school was gegaan, had hij het er afschuwelijk gevonden. Hij had zijn twee jaar in het leger van het begin tot het eind gehaat. Maar het familiebedrijf had hij geweldig gevonden vanaf de eerste dag dat hij er was gaan werken. Hij had altijd geweten dat dit de plek was waar hij thuishoorde en dat hij er goed in zou zijn. Dat zijn vader dat nooit tegen hem had gezegd, en dat ze in onenigheid uit elkaar waren gegaan, en dat de gebeurtenissen de laatste keer dat ze elkaar hadden gezien nu zo'n onverwacht permanente aard hadden gekregen, verscheurde hem. Het kwam toen hij zondagochtend vroeg in bed lag te tobben in hem op dat hij het voor een deel zou kunnen goedmaken door Winterton's nog succesvoller te maken dan het al was. Hij zou gaan doen wat zijn vader zou hebben gedaan als hij daar de tijd voor had gehad. Toen drong het tot hem door dat hij huilde.

Meneer Kendrick, de notaris van zijn vader, kwam maandagmiddag op bezoek. Piers' moeder liet hem de ochtendkamer in en ging theezetten. Meneer Kendrick, stokoud, uitgemergeld en verkouden, haalde zijn neus op en rommelde in zijn papieren.

Zijn moeder schonk de thee in. Meneer Kendrick zei: 'Ik weet niet of u op de hoogte bent van het feit dat meneer Winterton tien dagen geleden zijn testament heeft gewijzigd.'

Zijn moeder keek op. 'Nee, meneer Kendrick, dat wist ik niet. Wist jij dat, Piers?'

Nee, zei hij, daar wist hij niets van.

'Zijn er belangrijke dingen gewijzigd?'

'Ik vrees van wel.'

Meneer Kendrick schraapte zijn keel. Hij legde uit dat Charley vijftienhonderd pond per jaar zou krijgen. Hij, Piers, zou Marsh Court en het appartement aan Bond Street erven. Zijn moeder kreeg alleen de cottage en een inkomen van duizend pond per jaar.

En toen vertelde de notaris dat Aidan het bedrijf in zijn geheel zou erven. In zijn geheel, herhaalde meneer Kendrick, waarna hij nogmaals zijn neus ophaalde, voor het geval ze dat niet hadden begrepen. Beide winkels, aan Bond Street en Sloan Street, en het kapitaal dat bij het bedrijf hoorde. Dat was het moment dat Piers erachter kwam dat hij Winterton's niet zou gaan krijgen. En dat alles van Aidan zou zijn.

9

Januari 1964-februari 1964

Hoewel hij van Henry had gehouden, had hij hem verraden. Die gedachte ging door Gillis heen toen de dominee het spreekgestoelte van de All Saints-kerk in Maldon betrad. Het ging door hem heen dat Henry dat niet gedaan zou hebben. Wat hij ook voor tekortkomingen had gehad, hij was loyaal aan zijn vrienden.

De kerk zat volgepakt voor de uitvaart van Henry Winterton. Gillis zag Juliet op de voorste bank zitten. Een zwarte hoed bedekte haar blonde haar. Piers zat aan haar ene zijde en Charley aan de andere. Gillis dacht terwijl de dominee aan het woord was – *een onderscheiden oorlogsverleden... een man met ongekend doorzettingsvermogen en immense vastberadenheid* – na over de aard van zijn bedrog, over hoe je van iemand kon houden en hem tegelijk kon afnemen wat aan hem toebehoorde.

Blanche zat naast hem. Haar had hij natuurlijk ook verraden. Was dat wat hem maakte tot wie hij was? Niet zijn militaire staat van dienst, niet zijn politieke carrière, maar zijn overspel? Was zijn dwaze affaire met Frances Hart, met alle desastreuze gevolgen van dien, het bepalende moment in zijn leven geweest? Zouden de gebeurtenissen tijdens die storm op de Blackwater hem blijven achtervolgen tot de dag des oordeels?

'Sst,' mompelde Blanche terwijl ze zijn mouw aanraakte, en het drong tot hem door dat hij een geluid moest hebben gemaakt. Hij viste zijn zakdoek uit zijn zak en snoot zijn neus. Hij voelde zich gedeprimeerd: het was januari, en een oude vriend was gestorven. Ze waren om zes uur opgestaan en in het donker uit Londen naar Maldon gereden. Zelfs toen het eindelijk ochtend was geworden had het niet overtuigend gevoeld, met een zware, grijze hemel die het kale, met een dun laagje sneeuw besprenkelde landschap naar beneden leek te drukken. Na de dienst zouden ze naar Marsh Court rijden voor een lunch met familie en vrienden; ze moesten vanavond terug naar Londen, want hij had de volgende dag een afspraak. Nu hij hier zo zat, was hij zich bewust van elk moment van zijn zevenenvijftig levensjaren. Hij voelde zich leeg, moe bij het vooruitzicht op de lange uren die nog zouden volgen.

'Henry Winterton heeft op iedereen die hem ooit heeft ontmoet een onuitwisbare indruk gemaakt,' zei de dominee tegen de rouwgasten, wat Gillis zacht deed snuiven en hem een moment opwekte. Zeker weten dat Henry dat had gedaan. Het was vaak geen aangename indruk, maar hij was niet het soort man geweest dat je snel vergat. Henry's sarcasme en het plezier dat hij eraan beleefde mensen op de kast te jagen hadden Gillis nooit geraakt. Blanche zei altijd dat hij een dikke huid had, en misschien was dat normaal gesproken ook wel zo.

Maar vandaag niet. Hij voelde zich vandaag ontveld, afgeranseld. Henry Wintertons dood markeerde het einde van een tijdperk. Henry was in de vooroorlogse jaren, toen ze elkaar hadden leren kennen, een sterke en vermakelijke aanwezigheid geweest. Gillis had het heerlijk gevonden naar Marsh Court te gaan en had genoten van de erudiete, geestige en twistzieke gesprekken van de familie. Ze waren altijd grenzeloos gul jegens hem geweest met hun tijd, gezelschap en affectie. Hij voelde een brok in zijn keel opkomen, moest zijn neus opnieuw snuiten, en hij dwong zichzelf aan iets anders te denken: de wanorde in de regering in de nasleep van de Profumo-affaire en zijn eigen moeizame pogingen zijn persoonlijke oorlogservaringen op te tekenen, als memoires, wat dan ook.

Lieve God, laat deze dag snel voorbij zijn, bad ze terwijl ze zijn kist in de aarde lieten zakken. Charley drukte haar gezicht tegen Juliets arm. Juliet trok haar dochter tegen zich aan en sloeg haar armen om haar heen. Ze was zich bewust van Piers aan haar andere zijde, stil en onvermurwbaar ziedend van woede. Ze had emotionele chantage moeten inzetten om hem zover te krijgen dat hij naar de begrafenis van zijn eigen vader kwam. Beide winkels waren vandaag als uiting van respect gesloten en de meeste personeelsleden waren naar Maldon gereisd om de dienst bij te wonen. Het zou fijn zijn, bedacht Juliet, als ze de dag door zouden komen zonder dat Piers een gênante scène zou trappen in het bijzijn van trouwe Winterton's-bedienden als juffrouw Burstein en juffrouw Rolfe. Het zou fijn zijn als ze in ieder geval de schijn van waardigheid zouden kunnen ophouden.

Ze had berekend dat er na de uitvaart ongeveer vijftig mensen mee zouden komen naar Marsh Court. Ze hoopte maar dat ze genoeg eten had gemaakt. Ze ging in haar hoofd alle schalen langs die in de bijkeuken en koelkast stonden en deelde ze mentaal in porties op.

En toen was het ineens voorbij. De dominee schudde haar de hand en mompelde condoleances, en tijdens de teraardebestelling van haar echtgenoot had zij alleen maar aan de koude zalm en gekookte ham gedacht.

Ze liepen naar de haven, waar Piers de auto had geparkeerd. Het was vloed, en het water en de zandbanken hadden dezelfde bleke, kille kleur grijs als de lucht. Nu alleen de lunch en de rest van de middag nog, zei ze tegen zichzelf, en daarna zou ze kunnen gaan onderzoeken of er nog iets van haar over was na haar zesentwintig jaar huwelijk met Henry Winterton.

Zijn moeder had Aidan op zoek naar meer stoelen gestuurd. Hij vond er een paar in de ochtendkamer. Hij bleef met een stoel in zijn handen even bij het raam staan en keek naar buiten, over het grasveld met het dunne laagje sneeuw naar de vuurplaats. Hij vroeg zich af wie het hout er had neergelegd. Charley, waarschijnlijk.

Er klonk een geluid achter hem. Piers kwam de kamer binnen.

'Jij hebt dit zo gepland,' zei hij.

'Wat?'

'Wat?' sprak Piers hem met hoge stem en opgekrulde bovenlip na. 'Je wilde dat pa alles aan jou zou nalaten. Daarom heb je me niet gesteund toen hij me zo uitfoeterde. Je probeerde een wit voetje bij hem te halen.'

Dat was zo belachelijk en vergezocht dat Aidan bijna in de lach schoot.

'Ik wist niet eens,' wees hij Piers erop, 'dat je vader zijn testament heeft laten wijzigen. Ik had geen idee. Hoe zou dat ook kunnen?'

Piers deed de deur achter zich dicht. 'Ik geloof je niet.'

Dacht Piers nou echt serieus dat hij, Aidan, had samengezworen met Henry over diens nalatenschap? Hij zocht naar de juiste woorden, woorden die zijn neef tot rede zouden brengen.

'Hij heeft nooit met mij gesproken over wie het bedrijf zou erven. Hij heeft er tegen mij geen woord over gezegd, Piers, dat zweer ik. Ik ben er altijd van uitgegaan dat alles naar jou zou gaan.' Aidan zette de stoel neer. 'En als je het wilt weten: ik heb het tijdens die ruzie met oom Henry niet voor je opgenomen omdat ik bang was dat hij ook kwaad op mij zou worden.'

'Leugenaar. Je zag je kans en hebt hem gegrepen.'

'Denk wat je wilt,' zei hij kwaad, 'en ik weet dat het laf van me was, maar hij was verdomd angstaanjagend en ik heb mijn hele leven geprobeerd te voorkomen dat hij kwaad op me zou worden.' Het drong tot hem door dat hij Piers haatte om zijn spottende blik. Hij kon het niet laten zijn zelfgenoegzaamheid te ondermijnen en voegde toe: 'Ik betwijfel overigens of Winterton's gemoderniseerd moet worden. Ik vind het prima gaan zoals het gaat.'

De deur ging open en Louise kwam binnen. Ze keek van de ene naar de andere neef.

'Mama vraagt of je wilt opschieten, want een paar oudtantes hebben geen zitplaats. En als je niet snel terugkomt, zijn alle worstenbroodjes op.'

Het was kouder geworden en hun adem maakte wolkjes in het bleke licht. Peter pakte een paar schimmelige oude tuinstoelen uit de schuur en Jane vond wat karton, dat op het vuur werd gegooid. Flavia en Claudia zorgden voor hun kindjes terwijl hun echtgenoten gevallen takken verzamelden. Helen gooide handenvol bladeren op de hoop en Charley verfrommelde oude kranten, die ze onder in de brandstapel duwde.

Juliet stond een stukje op afstand toe te kijken. Ze wilde geen deel uitmaken van wat voor eerbetoon aan Henry dan ook. Ze zou geen takje of blaadje aan het vuur toevoegen. Hij moest een intense haat voor haar hebben gevoeld dat hij haar Marsh Court had afgenomen en haar enkel het gastenverblijf had nagelaten. Hij had geweten hoezeer ze van Marsh Court hield en had om haar ervoor te straffen dat ze partij voor Piers had gekozen, besloten haar het huis te ontzeggen. Hij had geweten dat ze niet in bezwaar zou gaan tegen het testament, want dat zou betekenen dat ze tegen Piers ten strijde moest trekken. Wat ze nooit, nooit zou doen.

Juliet was zich bewust van het drukkende gewicht van haar zorgen terwijl Charley met een lucifer het vuur ontstak. Marsh Court was haar zekerheid geweest, het object van haar liefde. Ze had het tijdens de oorlog in leven gehouden en had er sindsdien voor gezorgd. Ze had de tuinen beplant, had er gekookt en schoongemaakt, had het gevuld met muziek en lachende stemmen. Ze had er een thuis van gemaakt.

Het jaarlijkse bedrag dat Henry haar had nagelaten was kwetsend laag, veel minder dan hij aan Charley had nagelaten, en zo had hij ervoor gezorgd dat ze de rest van haar leven elke cent zou moeten omdraaien. De gevolgen van Henry's wraakzucht stapelden zich om haar heen op terwijl de droge bladeren vlam vatten en een bijtend rood de verstilde lucht vulde. Alle luxe die ze zo lang vanzelfsprekend had gevonden – de couture, de betaalrekening bij Harrods en Selfridges, haar auto, haar abonnement voor de Royal Albert Hall en het Royal Ballet – ontglipte haar nu.

Maar vergeleken bij Marsh Court viel dat allemaal in het niet. Al die extra's waren leuk, maar ze waren niet essentieel. Als ze Marsh Court zou kunnen houden, zou ze zonder enige pijn in het hart haar kleding op de rommelmarkt kopen en zich vermaken met bibliotheekboeken.

'Juliet.'

Ze draaide zich om en zag Gillis. Hij vroeg hoe het met haar was.

'O...' Ze glimlachte naar hem. 'Ik vrees dat ik niet echt een rouwende weduwe ben. Eerlijk gezegd ben ik een razende weduwe. Ik neem aan dat je het hebt gehoord?'

'Over het testament? Ja.'

'Ik neem aan dat heel Essex het weet.'

'Juliet, het is schandalig dat Henry dit heeft gedaan. Je moet het testament aanvechten.'

'Nee, dat ga ik niet doen, en Piers gaat dat ook niet doen. We hebben het erover gehad.' Ze hadden er tot diep in de nacht over gesproken. Ze had haar zoon gesmeekt en hem erop gewezen dat een rechtszaak de familie definitief zou verscheuren. Piers had er uiteindelijk mee ingestemd het testament niet aan te vechten.

Gillis fronste zijn wenkbrauwen. 'Je hebt een sterke zaak, als weduwe. Ik zal je de naam geven van iemand die ik ken.'

'De enigen die verdienen aan dit soort ellende zijn advocaten. Dat weet je, Gillis. Het is allemaal zo vulgair... dat doe ik de familie niet aan. Echt niet. Nooit.' Ze keek naar Piers, die bij het vuur stond.

'Juliet, laat je dan tenminste voorlichten over de mogelijkheden.'

'Gillis, zo'n familie zijn wij niet.' Haar stem klonk vastberaden en gedecideerd en stond verder geen enkele discussie toe. Ze lachte kort. 'Henry zei altijd dat familie het allerbelangrijkst is. Dat is zo ongeveer het enige waarover ik het ooit met hem eens ben geweest.'

Hij haalde in een teken dat hij verslagen was zijn schouders op. 'Komt het wel goed met je?'

Hij bedoelde: heb je genoeg geld om van te leven? Ze nam aan dat andere vrienden en kennissen dat zich ook afvroegen.

'Het gaat prima,' zei ze opgeruimd. 'Helemaal prima, Gillis.'

'Als je ooit in de problemen raakt, ben ik er voor je.' Hij schraapte zijn keel. De vlammen die de lucht in vlogen waren fel, razend rood. 'Je hebt een mooie show voor die ouwe opgevoerd,' zei hij.

‘Ik ben een Winterton,’ zei ze zwartgallig. ‘Daar zijn we ontzettend goed in, toch?’

Hij pakte haar hand en kneep erin terwijl zijn lippen zacht haar wang raakten. Ze sloot haar ogen en werd even herinnerd aan vroegere tijden, andere tijden.

‘Blanche en ik moeten jammer genoeg al weg,’ zei hij.

‘Ik zal jullie even uitlaten.’

‘Dat hoeft niet. Ik bel je wel. Zorg goed voor jezelf, Juliet. En vergeet niet: als we wat voor je kunnen doen…’

Gillis en Blanche liepen terug naar het huis. Ze bedacht dat ze niet alleen was, dat ze vrienden en familie had, en een gevoel van vredigheid kwam over haar heen. Haar huwelijk, dat haar zo veel had gegeven en haar zo enorm had gepijnigd, was voorbij. Ze had een kans om opnieuw te beginnen.

Toen kwam Piers met een blik benzine uit de schuur. Peter riep: ‘Wacht even, knul,’ maar Piers stond de benzine al op het vuur te gieten. Er klonk een diepe plof, de vlammen sloegen horizontaal over het grasveld en iedereen sprong naar achteren.

‘Idioot!’ schreeuwde Peter. ‘Dat had slecht kunnen aflopen.’

Aidan draaide zich om en liep van het vuur weg, het veld over richting het estuarium.

Achter hem verzamelde zich in rafelige witte strepen rook van het vuur, die door de ijskoude lucht laag over de velden werd geduwd. Het pad liep slingerend voor hem uit langs de grens tussen zoutmoeras en velden. Zijn voetstappen, snel omdat hij zo kwaad was, bonkten op de door vorst hard geworden grond en zijn adem maakte ronde wolkjes. Op de velden in de verte vormde sneeuw strepen op de geploegde aarde. Hij stak zijn handen in zijn jaszakken en liep verder, met gebogen hoofd, de ijzige lucht stekend in zijn gezicht.

Piers’ woorden weerklonken in zijn hoofd: *Je zag je kans en hebt hem gegrepen.* Dat was niet waar. Hij had voor het eerst gehoord dat oom Henry hem de zaak had nagelaten toen meneer Kendrick, de notaris van zijn oom, hem had gebeld. Na het telefoontje had hij in zijn kantoor verdwaasd door shock aan zijn bureau gezeten. Ik wil de zaak niet hebben, had hij gedacht. Ik wil de zaak echt, echt niet hebben.

Vandaag was in alle opzichten zo ondraaglijk geweest als hij had verwacht, met Piers die hem dodelijke blikken toewierp, tante Juliet in zichzelf teruggetrokken en zijn moeder overstuur van wat er allemaal speelde. Hij vond het vreselijk dat hij het middelpunt was van de behoefte aan conflict die zo kenmerkend was voor de familie Winterton, en hij had die middag gevoeld hoe de familie zich opsplitste in partijen. Wat hij nog het ergst van alles vond was dat Piers hun vriendschap zo gemakkelijk terzijde had geschoven en dat hij zijn oordeel al klaar had zonder ook maar naar zijn kant van het verhaal te luisteren. Hij voelde zich losgerukt en apart gezet van de mensen die hij zijn hele leven al kende en van wie hij zijn hele leven al hield, en het was hem ternauwernood gelukt zijn kalmte te bewaren toen Piers die stunt met die benzine had uitgehaald. Hij had bijna in het bijzijn van de hele familie tegen hem geschreeuwd dat hij niet zo idioot moest doen. Piers kon nooit gewoon kwaad zijn, hij moest altijd zo nodig zorgen dat het niemand ontging dat hij boos was. Aidan had het niet langer kunnen verdragen in de buurt van zijn neef te zijn en was weggelopen.

Voor hem lag het eiland, als een grijze walvis die uit het water opduikt. De bomen die erop stonden vormden een smalle lijn van donkerder grijs. Hij keek over het estuarium en zag tureluurs en bergeenden op zoek naar voedsel in de zandbanken. Honderden meeuwen vlogen schreeuwend door de lucht. Een wulp... een grutto met zwarte staart... en uit de bosjes achter hem klonk het harde, doordringende geroep van een roodborsttapuit. Een deel van de spanning gleed van zijn schouders. Hoe verder hij van Marsh Court wegliep, hoe beter hij zich begon te voelen.

Toen hij het verhoogde pad naderde, zag hij dat er een jonge vrouw op de oever van het eiland stond. Ze had een marineblauwe gevoerde jas met regenlaarzen aan en droeg een knalrode muts over haar rossige, krullende haar. Ze had een fototoestel op een driepoot voor zich staan en was een foto aan het maken.

Aidan voelde een rilling van irritatie door zich heen gaan. Hij wilde alleen zijn en had geen zin in een gesprek met een vreemde. Maar hij riep: 'Hallo, daar!'

Ze ging rechtop staan. 'Hallo!'

'Het wordt zo hoogwater! Je moet nu weg, anders zit je op het eiland vast.'

Hij zag haar kijken naar de plek waar water over het lagere deel van het pad klotste. 'Dank je!' riep ze. Ze gooide een rugzak over haar schouder, pakte de camera en de driepoot en haastte zich terug over het smalle pad.

Toen ze hem had bereikt, zei ze: 'Dank je wel. Je zou toch denken dat ik dat zo langzamerhand zou kunnen weten.'

Hij zag nu dat ze lang was, maar een paar centimeter kleiner dan hij, en ongeveer van zijn leeftijd. Ze had een open en vriendelijke glimlach en hij merkte dat hij er ondanks zijn slechte humeur op reageerde. Haar blauwe ogen stonden wijd uit elkaar in een breed, ovaal gezicht, en de kou had haar wangen vol sproeten roze gekleurd.

'Ik heb al ontzettend veel foto's van verhoogde paden aan de kust gemaakt,' zei ze. 'Ik zou zo langzamerhand toch verstand moeten hebben van de getijden.'

'Van verhoogde paden? Waarom?'

Hij probeerde beleefd wat tijd door te komen, maar ze leek zijn vraag serieus te overwegen. 'Het zijn net bruggen tussen twee werelden,' zei ze. 'Tussen een droom en de realiteit. Ze lijken me iets te vertellen.'

'Wat dan?'

Ze begon te grijnzen. 'Ik neem aan: "Als je niet wilt verdrinken, moet je hier wegwezen".'

Ze pakte haar lange haar bij elkaar en duwde het onder haar muts. 'Dit is vandaag mijn derde pad,' vertelde ze.

'Echt waar? Waar ben je dan al geweest?'

'Osea en Mersea. Ik denk dat ik een paar mooie foto's heb gemaakt. Weet je hoeveel van die verhoogde paden er op de Britse Eilanden liggen?'

Hij schudde zijn hoofd. 'Al sla je me dood.'

'Meer dan honderd.'

'Indrukwekkend,' zei hij beleefd.

'Ze lopen niet allemaal over de zee of door een rivier. Soms zijn het gewoon paden door een moeras.' Ze begon te lachen. 'Sommige mensen fotograferen bergen en meren, ik leg verhoogde paden vast. Ik heb er iets mee.'

Hij vond het een rare obsessie. 'Zijn ze niet allemaal behoorlijk, eh, modderig? En grijs en bruin?'

'Wat is er mis met grijs en bruin?'

'Niets,' moest hij toegeven, en hij voegde toe: 'Ik schilder een beetje. Je hebt met een hoop grijs en bruin te maken als je hier woont.'

'Ik heb een beeld in mijn hoofd van het pad waarnaar ik altijd op zoek ben.'

'Het perfecte pad?'

'Zoiets.'

Ze was atletisch gebouwd en het was niet moeilijk haar zich voor te stellen terwijl ze over rotsen klauterde en door rivieren waadde voor de beste foto.

Ze keek op haar horloge. 'Ik moet naar huis.'

'Waar woon je?'

'Londen. Holborn.' Ze stak haar hand naar hem uit. 'Freya Catherwood.'

Aidan vertelde haar zijn naam en knikte naar de driepoot. 'Zal ik je even helpen?'

'Dank je. Mijn auto staat vlakbij.'

Terwijl ze landinwaarts liepen, vroeg hij: 'Ben je professioneel fotograaf?'

'Nee... Dat zou ik wel willen zijn, maar het is heel moeilijk om ervan te leven.'

'Mooi fototoestel.'

'Ik ben zo ongeveer van de honger omgekomen om een Hasselblad te kunnen kopen.'

Haar auto, een rode Mini, stond langs de weg geparkeerd. Ze

maakte de kofferbak open en legde haar tas en de driepoot erin.

'Kan ik je ergens afzetten?' vroeg ze.

'Dank je, maar ik wil nog even wandelen.'

Ze opende het portier aan de bestuurderskant. 'Als je me je adres geeft, laat ik je weten wanneer mijn volgende tentoonstelling is. Dan kun je de foto's zien.'

'Dat lijkt me leuk.' Hij schreef zijn adres op een stukje papier en gaf dat aan haar. Toen reed ze weg.

Aidan was van plan geweest nog verder te wandelen, maar de hemel was steenkoolgrijs en zo te zien ging het zo weer sneeuwen, en hij had geen zin om in het donker zonder zaklamp door het moeras te moeten. Wat een dag, dacht hij terwijl hij een diepe zucht slaakte. Zijn ontmoeting met Freya Catherwood had hem opgevrolijkt en onder alle choquerende gebeurtenissen en alle onmin van de afgelopen week kwam zijn blijdschap dat Anne weer in Engeland was terug naar boven.

Hij wist dat hij het voorzichtig zou moeten aanpakken. Ze had net haar verloving verbroken en zou niet zomaar aan een nieuwe relatie willen beginnen. Godzijdank was hij geen onhandige achttienjarige meer die niets wist te zeggen, en hij had haar voordat ze afscheid hadden genomen na hun afspraak in de pub mee uit eten gevraagd.

Zijn wrevel verdween met het vervagende licht en hij had ineens het gevoel dat hij terug moest naar Marsh Court. Hij probeerde zich voor te stellen hoe hij zich zou hebben gevoeld als zijn vader hem zou hebben aangedaan wat Henry Winterton Piers had aangedaan. Maar dat lukte niet; het was onvoorstelbaar dat pa hem ooit zo veel pijn zou hebben gedaan, en nu hij aan hem terugdacht, voelde het zelfs te pijnlijk om zich dat te proberen voor te stellen. Piers mocht hebben wat hij zo graag wilde. Hij wilde het niet. Hij had het nooit gewild.

Toen de deurbel ging, had Piers de zijden ochtendjas en scheerspullen van zijn vader en wat boeken en een schrijfcassette in zijn handen.

Hij deed de deur open. Er stond een blond meisje op de stoep. Ze had een bosje bloemen in haar hand.

'Dag, Piers,' zei ze. 'Sorry dat ik stoor.'

Ze had een Amerikaans accent. Er viel een kwartje. Hij vroeg: 'Anne?'

'Ja.'

'Jezus. Wat doe jij hier? Je zat toch in Amerika?'

'Ik ben al een tijdje terug. Ik kom alleen even deze afgeven, voor je moeder.' Ze gaf hem de sneeuwklokjes aan. 'Gecondoleerd.'

'Kom binnen.'

'Nee, dank je.'

'Alsjeblieft? Ik heb een afgrijselijke dag gehad, dus jij moet me opvrolijken. Daar sta ik op.'

Hij legde de spullen van zijn vader op de vloer en deed de deur verder voor haar open. Ze zei onzeker: 'Nou, als je het echt zeker weet... Ik wil me niet opdringen. Vijf minuutjes dan.'

Hij liet haar de hal binnen. 'Wat leuk je te zien. Hoe lang is dat geleden?'

'Zes jaar,' zei ze.

Hij slaakte een zucht. 'Het voelt als een heel leven.'

'Ik vind het jammer dat het onder deze omstandigheden is, Piers. Hebben jullie vuur gemaakt? Ik zag de rook.'

'Ja. Ik wilde dit er net op gaan gooien.' Hij prikte met zijn grote teen in de berg spullen op de vloer. 'Dat is allemaal van pa.'

Hij zag dat ze probeerde haar verwondering te verbergen. 'Heeft je moeder je dat gevraagd?'

'Nee, natuurlijk niet.'

Hij was vergeten hoe mooi ze was. Of misschien was ze mooier geworden sinds de laatste keer dat ze elkaar hadden gezien.

Ze vroeg: 'Is Aidan er ook?'

'Aidan?'

'Ja. We hebben een afspraak om uit eten te gaan volgende week, maar misschien dat hij geen zin heeft, na wat er is gebeurd.'

Piers keek haar bedachtzaam aan. 'Misschien niet, nee. Kom, dan schenk ik wat voor je in.'

Ze liep achter hem aan naar de zitkamer. Juffrouw Rolfe van de winkel lag te slapen in een oorfauteuil bij de open haard. Er stond een fles sherry op een bijzettafeltje; hij schonk twee glazen vol.

'Proost.' Hij tikte zijn glas tegen het hare. 'Was je Californië zat?'

'Zoiets.'

'Ben je hier definitief?'

'Daar ziet het wel naar uit. Ik werk in een galerie in Chelsea.'

'Leuk,' zei hij afwezig. Hij zat ergens op te puzzelen in zijn hoofd.

'Piers,' zei ze vriendelijk.

'Wat?'

'Je drinkt je glas wel erg snel leeg.'

Hij knipperde met zijn oogleden. Zijn glas was vrijwel leeg. 'Ik zou niet weten hoe ik anders de dag door zou moeten komen,' zei hij oprecht.

'Ik vind het zo vreselijk, van je vader. Je zult hem wel ontzettend missen.'

Hij schudde zijn hoofd en zijn mondhoeken zakten naar beneden. 'Eerlijk gezegd helemaal niet. Ik ben blij dat die ouwe klootzak er niet meer is. Ik kan je het hele verhaal vertellen, maar dan zou ik nog vervelender worden dan ik al ben. Sorry, Anne.'

'Piers,' zei ze ernstig, 'je mag me alles vertellen wat je wilt.'

Wat zag hij in die stralende, zilvergrijze ogen? Aantrekking, ja... en misschien nog iets anders... Het idee dat al achter in zijn hoofd hing sinds Anne Carlisle onverwacht op de stoep had gestaan, het idee dat hem de perfecte gelegenheid zou bieden om het Aidan betaald te zetten, begon vorm aan te nemen.

'Dat etentje met Aidan,' vroeg hij langzaam, 'is dat een afspraakje?'

Ze glimlachte: doe niet zo gek. 'Nee, natuurlijk niet. We zijn gewoon vrienden.'

Misschien dat zij er zo over dacht, maar Piers had het donkerbruine vermoeden dat Aidan dat anders voelde. Aidan was die zomer zo lang geleden smoorverliefd op haar geweest, wat de reden was geweest dat hij, Piers, niet had geprobeerd haar te versieren.

Hij gaf haar zijn aanlokkelijkste glimlach, aantrekkelijk vermengd met het verdriet en de uitputting van iemand die onlangs een vreselijk verlies heeft geleden. 'Gelukkig,' zei hij.

'Hoezo?'

Hij legde een hand op haar schouder en leidde haar de kamer uit naar een rustiger deel van het huis.

'Omdat,' zei hij, 'ik hoopte dat ik je zelf mee uit eten kon nemen.'

'Wat doet zij hier?' snauwde Charley tegen Louise.

'Wie?'

Ze zaten in de speelkamer. Charley had de deur een stukje geopend en tuurde door de opening. Piers en Anne zaten op de trap.

Louise kwam naast haar staan. Charley zei: 'Zij hoort hier niet te zijn. Ze is geen Winterton.'

'Misschien vrolijkt ze Piers op.'

Charley wilde niet dat Anne Carlisle Piers kwam opvrolijken. Ze wilde dat ze wegging en hen met rust liet.

Maar toen ze zag dat het Louise totaal niet interesseerde, gaf ze het op en ging op de bank zitten. De veren waren doorgezakt en ze pulkte aan een pluk paardenhaar die van achter de kussens stak als de slagroomvulling van een cake. Haar verdriet was als een razend vuur dat in haar woedde. Het beangstigde haar en ze moest er afleiding van zoeken, dus vroeg ze Louise: 'Vertel eens over die modefotograaf. Hoe ziet hij eruit? Is hij waanzinnig sexy en stout?'

Schaduw verzamelde zich en maakte donkere vlekken op het gras. Het laatste licht verdween uit de hemel. Juliets hoofdpijn werd steeds erger terwijl ze de theekopjes die op het terras waren achtergelaten aan het verzamelen was.

Er bewoog iets in de schaduw; ze keek op en zag Aidan de tuin in lopen. Ze riep: 'Heb je een fijne wandeling gehad?'

'Ik heb een koppel eidereenden gezien. En een meisje dat foto's stond te maken van het verhoogde pad.'

‘Hemeltje, in deze kou?’

Hij kwam naast haar staan. ‘Ik wil de zaak niet hebben, tante Juliet. Ik heb hem nooit gewild. Piers heeft het mis. Hij moet hem krijgen, hij zou hem veel beter leiden dan ik.’

Juliet vroeg zich af of dat inderdaad zo zou zijn. En als de situatie omgekeerd zou zijn, zou Piers dan zo volwassen zijn om dat te kunnen toegeven? Ze voelde hoe dan ook een golf van opluchting door zich heen gaan.

‘Ga dan maar even met hem praten,’ zei ze. ‘Volgens mij zit hij in de speelkamer met de meiden.’

Ze liepen het huis in. Piers was niet bij Louise en Charley in de speelkamer. Juliet voelde het als een gemiste kans.

In plaats daarvan zat hij op de trap, met een meisje naast zich. Juliet hoorde Aidan mompelen: ‘Anne?’

Een poel van licht straalde op hen neer van de lamp aan het plafond. Piers zei op lage, verleidelijke toon iets tegen Anne en leunde toen naar voren om iets – een blaadje, een vlokje as – uit haar haar te vissen. Die blik op haar gezicht toen hij haar aanraakte: Juliet wendde zich onwillekeurig af en voelde medelijden voor haar. Adoratie. Onvoorwaardelijke adoratie.

Piers keek op. Toen hij Aidan zag, kwam er een glimlach op zijn gezicht. ‘Anne en ik gaan naar de pub. Ga je mee, Aidan?’

‘Nee, bedankt.’

‘Aidan?’ spoorde Juliet hem aan. ‘Je wilde toch wat bespreken met Piers?’

Maar zijn gezichtsuitdrukking was solide geworden, hard. ‘Nee, niets,’ zei hij. ‘Helemaal niets.’ Toen liep hij weg.

Zes jaar daarvoor had het heel wat lange wandelingen over Ocean Beach gekost om Piers Winterton uit haar hoofd te krijgen, maar het was haar, uiteindelijk, gelukt. Anne had Glenn Robertson op het strand leren kennen. Ze had een vreemd blauw wezen zitten schetsen dat ze op het zand had gevonden en Glenn was naast haar gehurkt, met zijn bruine ogen en bril, en had het zielige aangespoelde diertje bestudeerd. Hij had haar verteld dat het een bezaantje was, een hydroïdpoliep, dat zijn tentakels gebruikte om te zwemmen en het zeiltje op zijn rug om te sturen. Ze had het leuk gevonden dat hij zulke dingen wist. Het gaf ze gespreksstof.

Glenn had elektronica gestudeerd aan Caltech en werkte voor een bedrijf in het Market District in San Francisco dat kopieermachines en typemachines produceerde. Anne ging met hem naar de bioscoop en daarna eten in Chinatown. Het weekend daarna reden ze naar Monterey, waar ze over Cannery Row wandelden en praatten over Steinbeck.

Achttien maanden later had hij haar ten huwelijk gevraagd. Anne had ja gezegd. Ze werkte ondertussen als senior-secretaresse bij Macy's en had af en toe het gevoel dat ze klem zat, alsof ze per ongeluk in een leven was terechtgekomen dat helemaal niet bij haar paste. Ze wist dat ze iets anders moest gaan doen. Glenn kwam met het plan dat ze beiden een derde van hun wekelijkse salaris apart zouden leggen zodat ze voor hun huwelijk een aanbetaling op een huis zouden kunnen doen. Hij zei dat hij niet wilde dat ze hun getrouwde leven zouden beginnen in een huurflat. Twee jaar na de bruiloft zouden ze hun eerste kind krijgen, en twee jaar daarna het tweede. Ze had gegrapt: 'Om het jaar een baby?' waarop hij met zijn oogleden had geknipperd en had gezegd: 'Nee, Annie, we houden het bij twee kinderen. De wereld is al vol genoeg, vind je niet?'

In het weekend ging hij graag bij zijn ouders in Pasadena op bezoek. Mam en pap, zoals hij ze noemde, waren vriendelijke, rustige, gelovige mensen en Anne en Glenn sliepen als ze er waren in aparte slaapkamers. Het was geen huis waar je zou overwegen midden in de nacht over de gang te sluipen om stiekem seks te hebben.

Ze had zo kunnen doorgaan, een derde van haar loon apart kunnen leggen, op dinsdag- en vrijdagavond met Glenn kunnen vrijen en slaapwandelend een huwelijk binnen zijn gelopen, als haar vader niet had ingegrepen.

'Het is een aardige jongen,' had hij op een avond tegen haar gezegd, 'maar hij is niet geschikt voor jou.'

Dat was hij wel, drong ze aan. Ze ging met Glenn Robertson trouwen.

'Annie.' Hij pakte haar hand. 'Ik ken je. Je houdt niet van hem.'

Ze waren in Sausalito. Ze hielp haar vader met het organiseren van een tentoonstelling van zijn schilderijen in een plaatselijke galerie. Ze had haar hoofd laten zakken, had op haar onderlip gebeten, en hij had haar haar gestreeld, net zoals hij dat had gedaan toen ze nog klein was en bang voor het donker.

Een warme avond aan de Grote Oceaan: ze had in de haven gezeten, de maan zien opkomen en de boten heen en weer zien bewegen in het aanzwellende water en was door het pijnlijke proces gegaan dat haar had doen beseffen dat haar vader gelijk had. Ze hield niet van Glenn. Ze vond hem aardig, respecteerde hem, maar ze hield niet van hem. Ze leken te veel op elkaar om van elkaar te kunnen houden: ze waren te introvert, te serieus, te stil. Ze waren allebei planners en organisators en zouden elkaar verstikken. Zij had ook een andere kant in haar karakter, een uitbundige, onconventionele kant. Als ze met Glenn zou trouwen, zou dat deel van haar sterven.

Ze verbrak de volgende dag de verloving. Ze had gedacht – of had zichzelf ervan proberen te overtuigen – dat Glenn het net zo zou zien als zij en zou accepteren dat ze niet het beste in elkaar naar boven haalden. Maar dat was niet het geval geweest, en hij was ingestort, een sterke, goede man, in tranen omdat zij niet slim genoeg was geweest om sneller te beseffen dat ze meer nodig had.

Ze had vol van zelfhaat ontslag genomen bij Macy's, had een tweedehands Cadillac gekocht van haar aandeel van het spaargeld voor het huis (zorgvuldig toebedeeld door Glenn) en was vanuit San Francisco landinwaarts gereden. Toen ze over de reusachtige landmassa van de Verenigde Staten van Amerika had gereden, van Sacramento naar Salt Lake City en toen naar Omaha, Chicago en Cleveland, was het schuldgevoel gaandeweg overgegaan in opluchting. Ze was zich ervan bewust geworden dat ze geluk had dat ze was ontsnapt. Twee weken nadat ze uit Californië was vertrokken kwam ze aan in New York, waar ze de Cadillac verkocht en een kamer huurde in een bouwvallig herenhuis waar kakkerlakken achter de keukenkastjes woonden. Ze vond werk als assistente van de redactrice van een modeblad voor vrouwen. De redactrice was een schreeuwerige, klaagzieke vrouw en het was op kantoor een en al ruzie en mensen die kampen vormden. Ze haatte haar baan, maar onderging hem om de huur te betalen, en als vorm van boetedoening. Toen kreeg ze die brief van Katherine, die over haar nieuwe galerie schreef. Anne had direct teruggeschreven met de vraag of Katherine werk voor haar had. Er was een telegram gekomen – STAP MAAR SNEL OP HET VLIEGTUIG, SCHAT – en Anne was meteen vertrokken.

Daar dacht ze allemaal over na toen ze op de donderdag na de uitvaart over King's Road liep op weg naar haar afspraak met Aidan in een restaurant. Ze wilde het niet nog een keer verkeerd doen. Ze vermoedde dat er een grens was aan de hoeveelheid pijn waarvan je kon herstellen.

Aidan was die avond erg in zichzelf gekeerd, en het gesprek viel af en toe stil. Ze weet het aan het feit dat zijn oom net was overleden. Ze aten van hun coq au vin toen ze vroeg: 'Weet je of Piers een relatie heeft?'

Hij haalde zijn schouders op. 'Dat soort dingen vertelt hij me niet. Het zal wel.'

'Heeft hij veel vriendinnen?'

'Ja.'

'Echte vriendinnen?'

'Dat denk ik niet, maar dat hangt af van wat je met "echt" bedoelt. Volgens mij wordt hij niet verliefd op ze.' Hij keek naar haar op. 'Hoezo?'

'Ik heb er zo'n puinhoop van gemaakt in Amerika, met Glenn, mijn verloofde. Ik denk niet dat ik het zou aankunnen als ik het nog een keer zou verprutsen. Ik vroeg me af of Piers het wel eens over me heeft.' Ze zag zijn gezichtsuitdrukking veranderen en voegde snel toe: 'Ik vraag je niet om me iets vertrouwelijks te vertellen, Aidan. Maar ik heb je altijd als een goede vriend beschouwd en hoop dat je mij als een goede vriendin ziet. Maar het gaat ineens zo snel, met Piers. Toen we elkaar zes jaar geleden leerden kennen, heb ik totaal niet gemerkt dat hij meer dan vriendschap voor me voelde. Ik maak me zorgen dat het door de dood van zijn vader komt, dat hij afleiding zoekt of iets dergelijks.' Ze glimlachte. 'Ik doe idioot, hè? Je moet niet denken dat hij me niet gelukkig maakt, hoor. Piers is zo'n bijzonder mens, vind je niet? En jullie Britten hebben nou niet bepaald het hart op de tong.' Ze was even stil en nam een slok wijn. 'Sorry, ik zit te ratelen. Maar ik vrees dat ik verliefd op hem aan het worden ben.'

Aidan zei zo lang niets dat ze het gênant begon te vinden. Ze voelde zich een karikatuur van de breedsprakige, overdreven mededeelzame Amerikaan waar mensen als de Wintertons vast vreselijk op neerkeken.

Maar toen zei hij: 'Anne, Piers en ik spreken elkaar niet meer.'

Dat hoorde ze voor het eerst. 'O. Dat wist ik niet. Waarom niet?'

Hij legde haar uit dat Henry Winterton, Piers' vader en Aidans oom, zijn testament kort voor zijn dood had laten wijzigen en Aidan in plaats van zijn zoon Piers tegen alle verwachtingen in het familiebedrijf had nagelaten.

'Jemig, Aidan,' zei Anne. 'Wat afschuwelijk, voor jullie allebei.'

'Niet iedereen ziet het zo. Er zijn familieleden die het mij verwijten.'

Ze bestudeerde hem. 'Piers neemt het jou kwalijk. Bedoel je dat?'

'Heeft hij het je niet verteld?'

'Nee, we hebben het er niet over gehad.'

De pub waar Piers haar op de avond na de begrafenis van zijn vader mee naartoe had genomen stond diep in het platteland, aan de mond van het estuarium. Het was geen kroeg waarvan Anne had gedacht dat Piers er graag naartoe zou gaan, zonder enige glamour, de ruimtes klein, vervallen en donker, de gasten gekleed in hun dagelijkse kloffie. Maar het was magisch geweest, en alles, van het dunne laagje sneeuw op de velden en de koude, zilte geur van de zee tot de zilverkleurige halvemaan waarvan het licht op het water reflecteerde, had haar betoverd.

'We hebben het eigenlijk alleen over Amerika gehad,' zei ze.

'Piers adoreert de Verenigde Staten. Hij is vaker in New York geweest dan ik. En ik heb hem over Glenn verteld. Wat kan hij goed luisteren, hè?'

Aidan keek haar sceptisch aan. Ze stak haar hand over tafel uit en legde hem op die van hem. 'Geld kan zo veel kapotmaken,' zei ze vriendelijk. 'Jullie waren zulke goede vrienden. Dat moet je hierdoor niet laten verpesten, Aidan.' Ze aarzelde even en voegde toen toe: 'Piers heeft vast ook minder leuke kanten. Hij kan wel een beetje arrogant overkomen, hè? Maar zo gedraagt hij zich alleen om zijn ware gevoelens te verbergen. Dat zijn vader ervoor heeft gekozen het familiebedrijf aan jou na te laten en niet aan hem moet pijnlijk voor hem zijn. Dat snap je toch wel, Aidan?'

Toen ze later op weg terug was naar het huis van Katherine in Hampstead herleefde Anne, voor de honderdste keer, het magische moment waarop ze had aangebeld op Marsh Court en dat Piers de deur had opengedaan. Zodra ze hem had gezien, was er in haar iets op zijn plaats gevallen. Toen had hij erop gestaan dat ze binnen zou komen en had ze zich laten overhalen, hoewel ze had geweten dat de familie met rust gelaten moest worden na die ingrijpende dag.

Hoewel ze had vermoed dat Piers behoorlijk dronken was en ze had geweten dat hij overstuur was, was alles wat volgde zo'n wonder geweest, en toen hij had gezegd: 'Ik hoopte dat ik je zelf mee uit eten kon nemen,' had ze het gevoel gehad dat haar leven een ander pad in was geslagen, dat het ongeluk dat zo lang aan haar had gekleefd eindelijk van haar af was gegleden en dat er iets sprankelends en geweldigs voor in de plaats was gekomen.

Aidan had zich die avond op weg naar zijn afspraak met Anne vastgeklampt aan een flintertje optimisme dat ze met Piers was uitgegaan omdat ze met hem te doen had, en dat hij haar gezichtsuitdrukking toen hij haar met Piers op de trap van Marsh Court had aangetroffen verkeerd had gelezen.

Het was stuitend te ontdekken wat een sufferd je kon zijn als je verliefd was. *Maar ik heb je altijd als een goede vriend beschouwd en hoop dat je mij als een goede vriendin ziet.* Die vernietigende woorden hadden eens en voor altijd duidelijk gemaakt dat het enige verlangen dat er was dat van hem was; haar woorden hadden zich als een messteek in zijn hart genesteld.

Aidan liet zichzelf zijn appartementje binnen. Het was maar één kamer; hij deelde de keuken en badkamer. Er stonden een bedbank die niet lekker zat en niet lekker lag, een stoel met armleuningen en een tafel met zijkanten die je kon uitklappen. Aidan, die niets gaf om zijn omgeving, vond het een uitstekende kamer. Hij zette een langspeelplaat op, maar toen hij Ella Fitzgerald 'Every Time We Say Goodbye' hoorde zingen, drong tot hem door dat hij zich daar alleen maar ellendiger door ging voelen, dus zette hij de plaat weer af, plofte op de bedbank en vroeg zich af waarom hij Anne niet had verteld dat Piers enkel met haar flirtte om hem een hak te zetten.

Omdat ze hem niet zou hebben geloofd. En omdat het haar zou hebben gekwetst. En omdat ze hem zou zijn gaan haten. Ze was in dat stadium van verliefdheid waarin het vrijwel onmogelijk voor haar was om het over iets anders dan die verrekte Piers te hebben. Als hij haar had verteld dat zijn neef een gigolo of massamoordenaar was, zou ze nog een excuus voor hem hebben bedacht.

Toch was hij ervan overtuigd dat dit Piers' motief was. Piers liet hem weten dat als hij Winterton's niet kon krijgen, hij zou zorgen dat hij Anne kreeg. Hij zou Piers eigenlijk voor zijn bek moeten slaan, maar hij zag niet in hoe dat het er beter op zou maken.

Maar hij kon ook vuil spel spelen. Hij zou Winterton's houden en als Piers op zijn werk zou verschijnen – wat sinds de dood van Henry Winterton nog niet was gebeurd – zou Aidan het glasheldermaken dat hij nu de baas was en dat Piers geen andere keuze had dan te doen wat hem werd opgedragen. En als Piers dat niet zag zitten, zocht hij het maar uit. Hijzelf zou ondertussen proberen te genieten van zijn erfenis in plaats van zich er schuldig over te voelen, en hij zou van het extra inkomen dat Winterton's met zich meebracht zijn moeder helpen en een nieuwe auto voor zichzelf kopen.

Piers zou Anne vroeg of laat zat worden. Hij hoopte wel dat Piers haar tactvol zou afwijzen. Als hij haar maar niet ging kwetsen. Aidan bedacht – schuldbewust – dat hij zou zorgen dat hij in de buurt zou zijn om haar te troosten.

Hij keek op zijn horloge: half tien. In zijn aktetas zat een stapel papieren die hij van de accountant van Winterton's had gekregen om een beeld te krijgen van de financiële positie van Winterton's. Hij pakte de papieren en opende een map. De gedachte aan waaraan hij begon – aan waar oom Henry hem mee opzadelde – vervulde hem met afgrijzen. Hij had twijfel in de ogen van het personeel gezien en was bang dat dat terecht was.

De eerste keer dat ze Marsh Court had gezien, was als jonge bruid. Henry en zij hadden een reis van weken achter de rug en Juliet herinnerde zich dat ze zich allebei verdwaasd en als in een droom hadden gevoeld. De wegen waren steeds smaller geworden naarmate ze dieper het landschap van Essex in waren gereden, en het was mistig geworden, dus toen ze het huis waren genaderd, had ze alleen een vlek lichtgrijs tegen een vuilwitte hemel gezien. Marsh Court had er die dag monumentaal en ondoordringbaar uitgezien. Ze herinnerde zich dat ze had gedacht dat het onmogelijk zou zijn al die vervaagde, monotone tinten te schilderen, en dat ze zich niet kon voorstellen dat ze de vrouw des huizes van deze plek zou kunnen worden.

Het was nu zesentwintig jaar later en ze reed terug van een middag lesgeven in Maldon. De zware regen van eerder die dag was gestopt en zonlicht sijpelde tussen de wolken door en weerkaatste op het dak van Marsh Court. De sterke liefde die ze voor haar thuis voelde werd nu getemperd door verdriet. Hoewel Piers tegen haar had gezegd dat ze er zolang ze maar wilde mocht blijven wonen, wist dat ze hij dat misschien nu zo voelde, maar dat zijn gevoelens konden veranderen.

Ze parkeerde de auto en liep naar binnen. Biscuits opvolger, een golden retriever die Charley Lulu had genoemd, kwam haar begroeten, en ze boog zich voorover om de hond achter haar oren te kriebelen. Juliet maakte zich de laatste tijd zorgen om haar kinderen. Charley was humeurig en moeilijk sinds de dood van Henry. Charleys rectrix had een paar dagen daarvoor gebeld met een klacht over haar gedrag. Juliet had terwijl ze mentaal een diepe zucht had geslaakt, beloofd dat ze met haar dochter zou praten.

Met Piers had ze vreselijk te doen, maar hij irriteerde haar tegelijkertijd mateloos. Hij werkte niet meer bij Winterton's en was van plan het appartement aan Bond Street te verkopen zodra hij een geverifieerd afschrift van het testament had. Hij was van plan een eigen juwelierszaak te beginnen met de opbrengst van het appartement. Hij had niet geprobeerd te verbergen dat het de bedoeling was dat zijn winkel op een dag een rivaal voor Winterton's zou zijn. Charley had haar verteld dat Piers nog steeds die Amerikaanse zag, Anne Carlisle, en dat Aidan ooit verliefd op haar was geweest. Juliet dacht niet graag dat Piers in staat was een meisje te versieren om zijn neef er een hak mee te zetten, maar ze moest er rekening mee houden dat dat het geval was. Piers was de laatste tijd onbenaderbaar. Niets wat ze zei brak door het harde, reflecterende oppervlak van zijn woede.

Ze verliet het huis via de achterdeur en wandelde met Lulu over het pad dat langs de zijkant van het huis naar de cottage liep. Het was de eerste keer dat ze ernaartoe ging sinds ze had gehoord dat het Henry's bedoeling was dat ze er de rest van haar leven zou doorbrengen. Ze aarzelde even, met haar hand op de deurklink, maar liep toen naar binnen.

Beneden waren een zitkamer, eetkamer, keuken en een kleine bijkeuken; boven had het huisje drie slaapkamers en een badkamer. Het interieur was voor het laatst vernieuwd in de jaren twintig, toen de oude tante voor wie de cottage was gebouwd was overleden en deze als gastenverblijf in gebruik was genomen. De aankleding weerspiegelde het tijdperk: groen-wit geruite tegeltjes in de badkamer en ivoorkleurig, crèmekleurig en lichtblauw schilderwerk dat voor een deel bladderde en gebarsten was. De keuken, die nauwelijks was gebruikt door gasten, was spaarzaam ingericht. Het huisje voelde moe, vergeten en ongeliefd. Nou ja, als

Henry vond dat dit was wat ze waard was, was dat zo. Ze zou er iets van maken.

Maar haar liefde ging uit naar Marsh Court en ze vond diep in haar hart dat het haar toebehoorde. Ze vond het moeilijk te geloven dat het zou overleven zonder haar: ze had er een kwart eeuw voor gezorgd. Het drong tot haar door dat ze een ander mens zou worden als ze zou worden verbannen. Ze zou de passie verliezen die haar het gevoel gaf dat ze leefde, en dat was waarschijnlijk precies wat Henry's bedoeling was geweest.

10

April 1964-oktober 1964

De winkel was aan King's Road, gesitueerd tussen een groenteboer en een herenkledingzaak, waar in de etalage een roeiboot stond met een paspop erin die een corduroybroek met een overhemd droeg. Piers voelde een siddering van opwinding door zich heen gaan toen hij de sleutel in het voordeurslot stak.

De winkel zelf was klein en lag vol oude kranten, kartonnen dozen en een stuk of tien lege melkflessen. Er stond een gehavend metalen bureau en de grote etalageruit was zo smerig dat de voetgangers op de stoep en de voertuigen op straat langsbewogen als geestverschijningen. Hij had graag een groter pand gekocht, maar dat kon hij niet betalen, niet aan King's Road, en het was essentieel dat de winkel daar kwam, want al het geld zat aan King's Road.

In de trendy delen van de stad – Carnaby Street, Soho en natuurlijk King's Road – sprongen boetiekjes overal als paddenstoelen uit de grond. Piers had geweten dat hij niet moest wachten en met de golf moest meevaren nu die zo groot en sterk was. Maar het ambtelijke apparaat bewoog tergend langzaam en hij had nog geen geverifieerd exemplaar van het testament, dus kon hij het appartement aan Bond Street nog niet verkopen, hoewel hij er al een koper voor had. Hij had van verschillende bronnen geld geleend, met als onderpand de belofte van zijn erfenis, om het huurcontract te kunnen financieren.

Achter in de winkel was een deur die toegang gaf tot een doolhof van kamertjes, sommige zonder raam, allemaal vol stof en spinnenwebben. Hij wilde er opslagruimtes en een kantoor van maken. In een alkoof stond een aanrecht. Hij moest het leidingwerk en de elektra laten controleren, bedacht hij. Er moest een telefoon worden aangesloten. En er moesten bureaus, stoelen, een kluis en archiefkasten komen.

Hij had een jonge ontwerpster gevonden die net van Goldsmith's College kwam en die schitterende broches in organische vormen maakte, krullen van koper en geslagen goud met een enkele parel of opaal erin, als een dauwdruppel, half verborgen in een vouw. Piers zag ze al liggen: op zwart fluweel, glanzend, bijna levend. Hij ging ze niet wegbergen in een vitrine; de stukken van Bridget Frost schreeuwden erom aangeraakt en opgepakt te worden. Hij ging een betere manier bedenken om ze tentoon te stellen.

De winkel zelf moest glinsteren als een juwelenkistje en mensen van de straat naar binnen lokken. Hij zag het al helemaal voor zich: geen tapijt, geen gedempte stemmen of stokoud, intimiderend personeel. Hij stelde zich muziek in de winkel voor, en enthousiaste, mooie meisjes achter de toonbank. De winkel zou de sfeer van een levendig Italiaans café krijgen en niet die van een uitvaartcentrum, zoals bij Winterton's.

Hij verzamelde de melkflessen en spoelde ze uit onder een spetterende straal water voordat hij ze buitenzette voor de melkboer. Toen deed hij de kranten en kartonnen dozen in de vuilnisbakken die op de piepkleine achterplaats stonden, trok zijn jas aan en ging op weg naar Anne in de galerie. Hij ging met haar uit eten en daarna naar een feest. Anne en hij hadden gezoend en elkaars hand vastgehouden; dat was tot nu toe alles. Elke keer als hij probeerde verder te gaan, wimpelde ze hem af. Het was al moeilijk genoeg om haar ook maar in omstandigheden te krijgen die de mogelijkheid boden verder te gaan. Ze spraken af op openbare plaatsen, in kroegen, cafés en galerieën. Ze was beeldschoon, maar hij begon zich steeds meer een afgewezen zestienjarige te voelen, en hun relatie begon net zo frustrerend te worden als de rompslomp rond de afwikkeling van de erfenis. Hij snakte ernaar zijn leven op te pakken, door te gaan, de volgende stap te zetten. Hij was het wachten zat; hij wilde in het leven staan, Piers Winterton zijn: succesvol, benijdenswaardig en onnavolgbaar, iemand die ertoe deed.

Ze hadden lol met het bedenken van een naam voor de winkel. 'Winterton's' was uiteraard geen mogelijkheid.

Anne vroeg Piers hoe de ontwerpster heette.

'Bridget Frost.'

'Frost... dat is mooi.'

'Ik kan de winkel niet naar haar vernoemen. Als haar ontwerpen niet verkopen, moet ze weg.'

Ze hadden Indiaas gegeten, wat gedronken in een pub, en waren toen naar het feest gegaan. Ze waren nu in een kelder in Islington, met scheuren in de muren en flesjes bier die koel werden gehouden in water in de gootsteen. Op de platenspeler klonk de Dave Clark Five en mensen schreeuwden het refrein van 'Bits and Pieces' mee. Buiten raasde onweer; het kale peertje in de ruimte knipperde aan en uit.

Anne zat bij Piers op schoot in een hoek van de ruimte. Ze bestudeerde hem en bewonderde zijn perfecte profiel.

'Zou je dat kunnen?' vroeg ze hem. 'Iemand een geweldige kans geven en hem dan zomaar weer afpakken?'

'Ja.' Hij gooide zijn hoofd naar achteren om zijn bierflesje leeg te drinken. 'Wil je nog wat drinken?'

'Nee, dank je.'

'Keur je dat af?'

'Ik weet niet of ik zo meedogenloos zou kunnen zijn.'

'Als ik dat niet ben, werkt het niet. En ik heb het van de meester geleerd.' Piers grimlachte.

'Van je vader?'

'Ja.'

Hoewel iedereen van de familie Winterton amusant en goed gezelschap was en Anne zich aangetrokken tot hen voelde, was ze ook op haar hoede. Ze had jaren psychoanalyse gehad om de scheiding van haar ouders te verwerken en herkende een disfunctionele familie uit duizenden. Piers sprak nog steeds niet met

Aidan, en dus ook niet – aangezien Piers geen halve maatregelen nam – met Louise en Helen, hoewel hij sinds zijn geboorte een band met hen had gehad. Hij had een capaciteit tot rancune, tot wraakzucht, die Anne soms zorgen baarde.

Ze zei: 'Piers, ik weet dat dit allemaal heel pijnlijk voor je is, maar denk je niet dat je op het punt staat er iets geweldigs van te maken?'

Zijn vingers streelden over haar ruggengraat en volgden de kleine botjes. 'Je gaat toch niet zeggen dat wat mijn vader me heeft aangedaan eigenlijk een zegen is, hè?'

'Nee, natuurlijk niet. Maar uiteindelijk is het misschien zo erg nog niet dat je op eigen kracht voor jezelf bent begonnen. Familie kan verstikkend zijn.'

'Dat kun je wel zeggen, ja.' Hij rekte zich gapend uit.

Anne dacht aan Piers' familie. Henry Winterton was dan wel dood, maar hij leek nog steeds enorme invloed uit te oefenen. Anne vond Piers' moeder erg in zichzelf gekeerd en ze had het gevoel dat Piers' zusje, Charley, haar niet aardig vond. Anne vermoedde dat Charley ziekelijk afhankelijk van Piers was vanwege het slechte huwelijk van hun ouders en Anne als indringer beschouwde. Misschien dat Juliet Winterton het ook wel zo voelde. Vrouwen in een ongelukkig huwelijk waren vaak te afhankelijk van hun kinderen, met name van hun zoons, voor emotionele steun. Hoewel het ook zou kunnen, moest Anne toegeven, dat Juliet koel en afstandelijk was tegen iedereen die geen lid van de familie Winterton was.

Piers' hand bewoog naar beneden en volgde de kromming van haar heup voordat hij op haar bovenbeen bleef liggen. De warmte van zijn hand maakte een golf van verlangen bij haar los. 'Wat ik bedoel,' zei ze terwijl ze rechtop ging zitten en haar rok naar beneden trok, 'is dat je iets van jezelf maakt. Je doet het allemaal zelf. Je bent van niemand afhankelijk. Niet van je vader, niet van Aidan, niet van wie dan ook.'

'En daar moet ik Aidan dan dankbaar voor zijn?'

'Nee, niet dankbaar. Maar je kunt hem wel vergeven. Hij kan er niets aan doen, Piers.'

'Dat weet je niet.'
'Jawel. Ik heb het er met hem over gehad.'
Hij blies kwaad zijn adem uit.
'We zijn vrienden,' zei ze rustig.
Een stelletje danste in het midden van de kamer, wiegend, tegen elkaar aan geleund. Anne nestelde zich tegen Piers' schouder. Cilla Black zong 'Anyone Who Had a Heart'. Ze was gek op dat liedje en zou het heerlijk hebben gevonden om haar ogen te sluiten en zich over te geven aan het genot van dat moment, aan de warmte van Piers' armen om haar heen, met het gekwelde, gepassioneerde lied op de achtergrond, maar ze wist dat ze iets duidelijk moest maken.
'Ik zou zo graag zien dat jullie het goedmaken,' zei ze, 'maar als dat niet kan, is dat zo. Ik heb echter altijd zelf mijn vrienden gekozen en ik ben niet van plan dat te gaan veranderen.'
Het was eenvoudiger voor Piers om Aidan de schuld te geven voor wat hem was overkomen dan het was om de pijn aan te gaan die hij voelde omdat zijn vader hem had onterfd. Anne vroeg zich af of Piers diep vanbinnen misschien twijfelde of hij iemand was die het waard was om van te houden. Ze hoopte maar dat ze te midden van alle tumult een toevluchtsoord voor hem was.
'Je zou je vast veel beter voelen als je dit allemaal achter je kon laten.' Ze kuste hem. 'Ga verder met je leven. Sluit nieuwe vriendschappen in plaats van je rot te voelen over oude.'
'Ik vind het heerlijk als je zo ernstig doet. Het is zo lief. En ik heb geen probleem met nieuwe vriendschappen.' Zijn mond raakte haar bovenlip. 'Ik heb genoeg van dit feest, jij ook?'
Ze namen afscheid van Paul, groeven hun jas op uit de berg op het bed en liepen naar buiten. Piers stak zijn paraplu op.
'Kom je nog even koffie bij me drinken?'
'Het is al laat, schat. Ik moet morgen werken.'
Hoewel Piers haar altijd uitnodigde, ging ze nooit mee naar zijn woning, want ze wist dat hij ervan uitging dat ze dan met hem naar bed zou gaan. Niet dat ze dat niet wilde; elke vezel in haar lichaam snakte naar zijn aanraking. Wat haar ervan weerhield

mee te gaan was het stemmetje in haar hoofd dat haar herinnerde aan de puinhoop die ze er met Glenn van had gemaakt. Het vrijen was niet het moeilijke onderdeel: dat had ze geleerd. Het was nadat het bed weer koud was geworden dat de scherven van je gebroken hart op je pad vielen.

Hij streelde haar nek onder de beschutting van de paraplu. 'Een half uurtje. Alleen een kop koffie.'

'Nee, Piers.'

Ze smolt weg van zijn glimlach; ze voelde dat ze hem nauwelijks kon weerstaan. 'Het is kilometers naar Hampstead,' probeerde hij haar te overreden. 'Is dat niet vreselijk vermoeiend, al dat reizen? Ik heb wel een plekje voor je om te slapen.'

'Dank je wel, maar nee.'

'Dan slaap ik op de bank.'

'Ja hoor.'

'Waarom niet?'

'Daarom niet.'

Hij stond te pruilen. 'Ik weet nooit waar ik aan toe ben met jou. Of wat je van me wilt.'

'Ik wil gewoon bij je zijn. Dat is alles.'

'Maar nu niet. Je wilt nu niet bij me zijn. Jezus, Anne, het is nog niet eens twaalf uur.' Hij staarde even bedachtzaam voor zich uit en vroeg toen: 'Je bent toch niet gelovig?'

Ze schoot in de lach. 'Nee. Waarom denk je dat? Ik ben opgegroeid in San Francisco, Piers, niet in een of ander gehucht op het platteland. Ik weiger geen seks met je uit puritanisme, als je dat soms denkt.'

'Waarom dan wel? Ben je bang dat je zwanger raakt?'

'Dat zou een ramp zijn, maar nee, dat is het niet.'

'Wil je wachten tot je getrouwd bent?'

'Nee. Absoluut niet.' Ze gaf hem een arm. 'Kom op. Loop je even met me mee naar de metro?'

Ze voelde terwijl ze over de stoep liepen de irritatie uit hem sijpelen als de regen die van de rand van de paraplu drupte. Uiteindelijk flapte hij eruit: 'Twijfel je of je me leuk vindt? Is dat het?'

Ze bleef staan en draaide zich naar hem om. 'Piers, ik weet honderd procent zeker dat ik je leuk vind. Het probleem is dat ik van je hou.'

'O.' Na een korte stilte zei hij: 'Ik hou ook van jou.'

Haar hart sloeg over. 'Echt waar?'

'Ja, natuurlijk.'

Ze liepen in stilte een stukje verder. Ze wilde dat hij het nog een keer zou zeggen, maar dat deed hij niet. Ze leunde met haar hoofd tegen zijn schouder, probeerde het getik van de regen en de geur van de natte stoeptegels te memoriseren, zodat ze dit moment voor de rest van haar leven in haar hart kon bewaren.

Toen zei hij: 'Als we trouwen, kunnen we de winkel "Piers Carlisle" noemen. Dat klinkt ontzettend chic, vind je niet?'

Aidan vertrok na zeven uur van kantoor. De galerie was aan Frith Street, in Soho, om de hoek, dus hij stapte stevig door, baande zich een weg door de drukte op de stoep, genoot ervan weer in beweging te zijn en rekte zijn schouders om de stijfheid van een dag achter zijn bureau van zich af te schudden.

Een bord in de etalage kondigde de titel van de tentoonstelling aan: TRANSITIES: FOTO'S DOOR FREYA CATHERWOOD. Aidan duwde de deur open en liep naar binnen. Hij zag Freya's kleurrijke hoofd midden in de ruimte, omringd door mensen, en hij liep wat heen en weer langs de perimeter van de drukte. Iemand bood hem een glas wijn aan, dat hij glimlachend aannam.

Een deel van de foto's was in kleur, maar de meeste waren zwart-wit, het contrast overdreven om de compositie te benadrukken. De kale lengtes zand en water zagen er streng aantrekkelijk uit. Een kronkelend pad kwam tevoorschijn uit de rotspoelen en het zeewier bij de Brough of Birsay op Orkney, en zwarte palen uit een watervlakte waren op een foto van het eiland Lindisfarne de enige markering van een verdwijnend pad.

'Ik wist niet of je zou komen.'

Hij draaide zich om en zag Freya. Ze had een mouwloze zwartfluwelen jurk aan. Haar benen waren bloot en ze droeg sandaaltjes zonder hak, alsof die jurk een concessie was en ze liever iets anders had aangetrokken. Haar krullende haar zat in een knot met lange zwarte pennen erin die op breinaalden leken en die wel bedoeld zouden zijn om hem op zijn plaats te houden, maar strengen haar waren eruit losgebroken en hingen over haar schouders.

'Ik wilde het voor geen goud missen,' zei hij. 'Sorry dat ik zo laat ben. Ik moest overwerken.'

Mensen begonnen te vertrekken. 'Godzijdank,' mompelde ze. 'Ik heb pijn in mijn kaken van het praten.'

'Ben je op al die plaatsen geweest? Zelfs naar Orkney?'

'Ja. Orkney was ontzettend bijzonder. Ik wil er nog een keer heen.'

'Heb je veel verkocht?'

'Behoorlijk, ja. Wil je jouw foto's zien?'

De foto's van Thorney Island hingen aan de andere kant van de galerie, in een groep van zes. Aidan bewonderde de eenvoud en kracht van haar werk terwijl Freya afscheid nam van haar gasten. Haar camera had de grijze ondoordringbaarheid van de januarihemel en het moment dat de Blackwater over de zijkant van het verhoogde pad begon te stromen perfect vastgelegd. Het viel hem op dat ze niet leek te zitten met delen van leegte binnen de lijst.

'Je zei dat je geen professionele fotografe bent,' zei Aidan toen Freya weer naast hem kwam staan. 'Maar ik vind het er allemaal verdomd professioneel uitzien.'

'Dank je. Wat ik bedoelde, is dat ik er niet van kan leven. Landschappen verdienen niet. Als ik voor een krant zou werken of het leuk zou vinden om bruiloften of societymeisjes te fotograferen, zou het kunnen. Of als ik hip en slim was, en een man, misschien dat ik dan als modefotograaf zou kunnen rondkomen.'

'Maar dat wil je niet?'

'Jammer genoeg niet, nee.' Ze onderbrak haar verhaal om afscheid te nemen van een stel dat vertrok. Toen haar gasten weg waren, zei ze tegen Aidan: 'Ik woon en werk in Londen, maar dat is niet waar ik wil zijn. Ik ben wanneer ik maar kan op het platteland te vinden.'

Hij zag haar voor zich met een rugzak over haar schouder, lange tochten makend over heuvels en door moerassen. Ze liep vast met grote passen en zou het niet erg vinden om alleen te zijn en door weer en wind te lopen.

'Er is hier vlakbij een Italiaans restaurantje,' zei hij. 'Heb je zin om wat te gaan eten?'

'Dat lijkt me heerlijk. Ik help Charles even met opruimen en dan ben ik zover.'

'Dan regel ik vast een tafeltje.'

Aidan bekeek in het restaurant de wijnkaart en bestelde een fles chianti. Toen Freya tegenover hem zat, toostten ze op het succes van de tentoonstelling.

Ze glimlachte. 'Wat moet ik als ik alle verhoogde paden op de gevoelige plaat heb vastgelegd?'

'Dan bedenk je wat anders. Bruggen... veerboten... Wat doe je als je niet aan het fotograferen bent?'

'Ik ben medisch secretaresse in het ziekenhuis van University College.' Ze trok haar neus op. 'Het is prima werk. Ik kan er de huur van betalen en in het weekend hoef ik niet te werken, dus dan kan ik wat reizen om foto's te maken. Patrick, mijn baas, is een vriend van mijn vader. Hij is orthopeed. Hij kent Charles Norton, de eigenaar van de galerie. Hij heeft een goed woordje voor me gedaan, en daar ben ik hem heel dankbaar voor.'

'Is je vader arts?'

'Nee, academicus. Hij is hoogleraar aan Oxford.'

'Wat is zijn vakgebied?'

'Hij is linguïst. Zijn specialisme is Oudnoors.'

'Mijn god.'

Ze begon te grijnzen. 'Ik zeg altijd tegen hem dat iemand het moet doen. Dat is natuurlijk een grapje. Hij schrijft ook gedichten.'

Het viel hem op dat ze met trots en warme affectie over haar vader sprak. 'Heeft hij je naam gekozen?'

'Ja.' Ze nam een heroïsche houding aan. 'Freya, de Noorse godin van liefde, schoonheid, oorlog en dood. Er schijnen op

Shetland een heleboel Freya's te wonen. Daar wil ik ook nog eens naartoe.'

'Dat is nogal een eindje weg.'

'Met de nachttrein naar Aberdeen en dan met de ferry naar Lerwick. Eitje.'

'Hebben ze daar verhoogde paden?'

'Meerdere.'

'Spreek jij ook Oudnoors?'

'Geen woord. Ik ben ongelooflijk slecht in talen.'

'Mijn vader was een getalenteerde pianist, maar ik kan geen noot zuiver zingen.'

'Ik ben geadopteerd. Ik geloof niet dat mijn vader ooit de hoop heeft gehad dat ik op hem lijk.'

Ze vertelden elkaar over hun familie. Hij vertelde over Louise, die kledingmodel voor tijdschriften was en in de kleurenkatern in de *Sunday Times* zou komen. En dat zijn vader dood was en dat zijn moeder nog in het familiehuis in Maldon woonde.

'Mijn oom is afgelopen januari overleden,' voegde hij toe. 'Zijn huis, Marsh Court, staat naast de Blackwater. Op de dag dat wij elkaar hebben leren kennen, was hij net begraven.' Aidan gaf een korte samenvatting van het verhaal over het testament en Winterton's, en Piers.

'Dus nu heb jij de leiding,' zei ze toen hij klaar was.

'Dus nu heb ik de leiding.' Het klonk nog steeds gek als hij het hardop zei. Bijna alsof hij fraudeerde. 'Ik vind het eerlijk gezegd een hel.' Het was de eerste keer dat hij dat tegen iemand zei. Hij kon het veilig tegen Freya zeggen, omdat ze niets met de familie te maken had. Hij prikte met zijn vork in zijn pasta. 'Ik maak aan één stuk door fouten. Godzijdank heb ik personeel, dat weet tenminste wat het doet. Iedereen is constant bezig te voorkomen dat ik een kardinale fout bega.'

'Je doet het vast beter dan je zelf denkt,' zei ze vriendelijk. 'Ik sta altijd doodsangsten uit voor een tentoonstelling. Het is gewoon plankenkoorts.'

Hij schonk hun glazen bij. En toen zat hij ineens iets te vertellen wat hij nooit, maar dan ook echt helemaal nooit, aan een Winterton zou kunnen toegeven.

'Het ergste is nog dat ik helemaal niet van sieraden hou. Iedereen gaat maar door over hoe mooi die stenen zijn, maar ik zie het gewoon niet. Ik vind ze alleen maar kil, hard en opzichtig.' Hij fronste zijn voorhoofd en keek langs haar heen, door het raam de duisternis op straat in. Het gevoel van afgrijzen waar hij al zo aan gewend was geraakt en dat hij associeerde met Winterton's, nestelde zich al in zijn maag bij de gedachte dat hij er morgenochtend weer naartoe moest.

Wat ben je toch een idioot, zei hij tegen zichzelf. Je hebt totaal geen ruggengraat.

Het lukte hem te glimlachen. 'Maar volgens mij ben jij ook geen fan van botten, en toch werk je voor een orthopeed. Je hoeft niet dol te zijn op de dingen waar je je geld mee verdient, toch?'

'Nee,' zei ze, 'maar het helpt wel.'

Piers vroeg Anne zich om te draaien terwijl hij de winkel opende. Toen zei hij dat ze haar ogen dicht moest doen en leidde haar naar binnen.

'Doe ze maar weer open,' zei hij.

'O,' fluisterde ze, en ze kreeg een brede glimlach op haar gezicht terwijl ze om zich heen keek. 'Piers, het is prachtig! Wat prachtig!'

Het was een vreselijke haastklus geweest om de winkel in te richten, en er lag nog steeds een lange lijst met klussen die gedaan moesten worden. Hij had moeten wachten met een deel van de duurdere aanpassingen, maar het geverifieerde testament was er nu eindelijk, wat betekende dat hij een deel van zijn crediteuren kon betalen.

'De bedoeling is dat het eruitziet als een schatkist,' zei hij.

'Dat doet het.' Ze draaide zich langzaam om en nam het allemaal in zich op. 'Piers, wat heb je dat mooi gedaan; het is echt net een schatkist.'

Een muur was helemaal bedekt met vellen geslagen koper. Hij had eigenlijk alle muren met metalen panelen willen bekleden, maar dat had hij niet kunnen betalen, dus had hij de andere drie behangen met glanzend, lichtgekleurd materiaal. De vloertegels leken wel geglazuurd met honing en de lampen aan de muur haalden het rood van het koper naar voren. Hij had een vriend van Bridget, een beeldhouwer, opdracht gegeven standaards te maken in de vorm van bomen met kale takken, waar kettingen en armbanden aan hingen. De ringen en broches zouden in met zwart fluweel gevoerde doosjes worden tentoongesteld.

Hij nam Anne mee naar het kantoor achter in het pand. Hier waren de muren wit geschilderd. 'Bridget zal voorlopig in haar eigen atelier moeten werken,' legde hij uit. 'Ik heb hier geen werkruimte voor haar. Dit wordt mijn kantoor, en dit' – een hoek in een smalle gang – 'is voor mijn secretaresse.'

'Heb je iemand gevonden?'

'Ene Tricia. Ze is piepklein, dus dat komt goed uit.'

'Het is schitterend. Je hebt keihard gewerkt, Piers. Ik ben trots op je.'

Ze kusten elkaar. Ze had een dun, wit jurkje aan en hij voelde haar lichaamswarmte door de stof heen. Ze leek te smelten in zijn armen, vloeibaar en soepel, alsof hij probeerde rivierwater vast te houden. Toen hij een stap naar achteren deed, snakte ze naar adem, en hij zag dat haar ogen dromerig en verdwaasd stonden. Hij kuste haar nogmaals en reikte met een hand naar het touwtje van de luxaflex terwijl hij met de andere over haar been naar boven bewoog en haar jurk omhoogschoof. Hij wist dat ze hem deze keer niet zou afwijzen. Een stemmetje in zijn hoofd wees hem erop wat een geweldige dag dit was, wat een triomf: de winkel klaar om open te gaan en Anne die hem eindelijk toestond met haar te vrijen.

Hun samensmelten ging snel en was bijna pijnlijk intens. Nadien klemde hij haar tegen zich aan terwijl hij op adem kwam.

Toen drong het tot hem door dat ze huilde. 'Jezus!' riep hij geschokt. 'Wat is er? Wat heb ik gedaan? Ik heb je toch geen pijn gedaan?'

Ze schudde haar hoofd en zei toen met gedempte stem, mompelend: 'Dat was ik niet van plan.'

'Waarom niet?'

De stilte duurde nu langer. Toen ging ze rechtop zitten, veegde met haar vingertoppen de tranen van haar gezicht, en ze zei met vermoeide stem: 'Je houdt niet van mij zoals ik van jou hou, Piers. Dat kan ik zien.'

Hij begreep niet waarom ze alles zo moeilijk moest maken, maar hij wilde niet dat ze huilde, dus zei hij: 'Jawel. Jawel, echt waar. En dat zal ik je bewijzen.'

'Je hebt een goed stel hersens, Charlotte. Als je ze gebruikt.'

Charleys lerares Engels, juffrouw Stephens – een jaar of veertig, donker krullend haar, droog sarcastisch – had haar gevraagd na te blijven. Ze ruimde boeken in een leren tas op.

'Heb je al besloten of je toelatingsexamen voor Oxford gaat doen?'

'Nee, juffrouw Stephens. Dat heb ik nog niet besloten.'

'Ik hoop dat je in de zomervakantie wat tijd kunt vrijmaken om over je toekomst na te denken.'

'Ja, juffrouw Stephens.'

'Het is een belangrijke beslissing. Hier is de leeslijst, voor het geval je besluit door te zetten.' Een vel papier werd in Charleys handen geduwd. 'Denk er goed over na, Charlotte. Je krijgt maar één kans.'

Het was halverwege juli, de dag voordat de vakantie begon. Haar moeder kwam haar die middag van school halen. Toen Charley met haar spullen in de Morris zat, vertelde haar moeder dat Piers en Anne die avond kwamen eten.

'Ze stappen in de auto zodra Piers de winkel heeft gesloten. Dus ik heb jullie allebei op Marsh Court dit weekend. Net als vroeger.'

Het zou helemaal niet zoals vroeger worden, bedacht Charley, en ze staarde uit het autoraampje. Haar vader zou er niet zijn. Vroeger – ze dacht er altijd aan als *vroeger* – zou ze uit school zijn gekomen en hem haar rapport hebben laten zien, wat hij zou hebben gelezen voordat hij iets zou hebben gemompeld in de trant van: 'Je hebt een vier voor scheikunde.' En dan zou ze haar scheikundelerares, mevrouw Mackintosh, hebben nagedaan en hebben gezegd: 'Charlotte moet haar werk met meer precisie benaderen,' en dan zou haar vader in de lach zijn geschoten. Dan zou hij haar een pond hebben gegeven, en dan zou hij hebben gezegd dat ze die niet mocht verspillen, en dan zou ze hem een kus op zijn kruin hebben gegeven en hebben gezegd: 'Natuurlijk niet, mijn beste vader.' Een beetje sarcasme amuseerde hem. Als het van haar kwam, in ieder geval.

Maar haar vader was dood en in plaats van dat hij er was, zou die afgrijselijke Anne Carlisle op Marsh Court zijn, Charleys favoriete plek op de hele wereld, en dan zou ze naar hen staren met haar rare vissenogen en humorloze opmerkingen maken. Charley had school de voorgaande weken als steeds zinlozer en beklemmender ervaren en had ernaar verlangd naar huis te gaan, maar nu ze door de bosrijke omgeving van Hertfordshire werd gereden, verdween het gevoel van opluchting dat ze van school ging, en het maakte plaats voor haar oude gevoel van zwaarmoedigheid.

Toen zei haar moeder: 'Nate en Rory komen ook, had ik dat al gezegd? Nate is net terug van waar hij ook is geweest. Gillis en Blanche moesten ergens naartoe, dus toen zei Nate dat hij morgen komt en Rory meeneemt.'

'O,' zei ze, en ze voelde zich acuut beter. 'Hoe lang blijven ze?'

'In ieder geval tot zaterdagavond.' Haar moeder keek haar van opzij aan. 'Helen en Louise komen ook eten.'

Nou, dat wordt dan interessant, bedacht Charley cynisch. Piers had hen nauwelijks gesproken sinds hij had ontdekt dat Aidan Winterton's zou erven. Ze vermoedde dat haar moeder wilde proberen iedereen weer bij elkaar te brengen.

'Ik maak eend,' zei haar moeder. 'Als je zin hebt, kun je trifle maken, Charley. Daar zou je me enorm mee helpen.'

Ze werd zoals gewoonlijk weer afgescheept met een Nuttige Taak. Maar ze zou Nate zien, die negen maanden in het buitenland op rondreis was geweest. Die gedachte vrolijkte haar op, dus ze zei: 'Geen probleem, mam.'

'Ik moest midden in de rivier gaan staan. Hij was ijskoud. Ik kreeg hele witte voeten. En toen wilde hij me fotograferen terwijl ik over een veld rende, maar ik had het zo koud dat ik nauwelijks een vin kon verroeren, en toen schreeuwde hij: 'Hoe kan ik nou werken met een model dat eruitziet als een spook en nog mank loopt ook?'

Ze zaten in Charleys slaapkamer op Marsh Court en Louise deed zichzelf na door te laten zien hoe ze had proberen te rennen met bevroren voeten terwijl een razende fotograaf tegen haar schreeuwde. Ze proestten het uit van het lachen en vielen samen op het bed.

Toen ze weer in staat waren te praten, zei Louise: 'En vervolgens wilde hij met me naar bed.'

Charley was onder de indruk. 'Heb je dat gedaan?'

'Nee. Hij is aanstootgevend. En stokoud. Dus werd hij weer kwaad op me. Maar de foto's komen in november in *Vogue*.' Dat zei Louise heel achteloos, op dezelfde toon waarmee ze iemand zou informeren dat ze even een boodschapje ging doen.

'*Vogue*,' zei Charley. 'Jemig.'

'Wat trek jij aan, vanavond?'

Charley deed haar kledingkast open. 'Deze.' Ze pakte een mosterdkleurige jurk van Mary Quant. Hij was kort en mouwloos, met een brede plooi over de voorkant van de rok.

'De zoom hangt los,' zei Louise.

'Ik ben er met mijn voet in blijven steken.'

'Geef maar even naald en draad, dan maak ik hem voor je.'

Aangezien Charley geen naaidoos had, rende ze naar de kamer van haar moeder. Ze hoorde terwijl ze een pakje naalden en draad pakte een auto over de oprit rijden. Ze vroeg zich af of het Piers en Anne waren of Nate en Rory. Ze hoopte Nate en Rory.

Die waren het inderdaad. Ze zag van boven Rory's bruine hoofd en de donkere krullen van Nate. Ze stond stil naar beneden te kijken en zag dat Nate ontzettend was veranderd sinds de vorige keer dat ze hem had gezien. Hij zag er veel ouder uit, en om de een of andere reden een beetje ontzagwekkend.

Ze liep in haar onderjurk, dus ze verwelkomde hen vanaf de overloop in plaats van naar beneden te gaan. Toen ging ze terug naar haar kamer.

'Nate is ontzettend bruin geworden,' zei ze tegen Louise, die met de zoom begon. 'Hij heeft de kleur van een kastanje. En Rory is dertig centimeter gegroeid sinds de laatste keer dat ik hem heb gezien. Hij was altijd kleiner dan ik.' Charley bestudeerde zichzelf in de spiegel. Ze was al drie jaar lang een meter vijfenvijftig; ze bedacht spijtig dat de kans klein was dat ze nog langer dan dat zou worden. Ze had haar blonde haar kort daarvoor in een boblijn laten knippen, wat een welkome bevrijding van de jaren met vlechten en staarten was.

Piers en Anne arriveerden pas om half negen. Iedereen was ondertussen uitgehongerd en haar moeder maakte zich zorgen om de eend. Anne had een kort, zwart, geborduurd jasje over een jurk van glanzende, bleekroze stof aan. Toen Juliet haar een complimentje gaf over het jasje, zei Anne: 'O, dit? Daar ben ik tegenaan gelopen in Petticoat Lane. Het is een Schiaparelli.'

Ze aten selderijsoep, gevolgd door geroosterde eend met mandarijnen en kersensaus. Piers vertelde over de winkel. Het openingsweekend was een triomf geweest, er kwam een artikel over zijn sieraden in een tijdschrift en een zanger met een hit in de top twintig was geweest en had het interieur helemaal het einde gevonden. Charley vond dat hij veel te veel praatte, en nog opschepperig ook, en tactloos, aangezien tante Helen er ook was. Maar Piers was wel vaker tactloos en tante Helen zei toen hij zijn mond even hield om adem te halen alleen maar: 'Wat geweldig voor je, Piers. Het wordt vast een overweldigend succes.' Anne zei zoals gebruikelijk bijna niets. Charley vond dat het net leek of ze haar gespreksstof rantsoeneerde en alleen mensen die ze het waard vond tegen te praten haar aandacht gaf.

Uiteindelijk hield Piers op met praten en at zijn maaltijd. Charley vroeg Nate hoe het in Zuid-Amerika was geweest. Ze bedankte hem voor de zes ansichtkaarten die hij haar had gestuurd, die op een rij op de schoorsteenmantel in haar slaapkamer stonden.

Ze vroeg: 'Welk land vond je het leukst?'

Nates ogen glansden diep, heldergroen tegen zijn gebruinde huid. 'Ik denk Patagonië. Je hebt daar alles. Het is er prachtig en leeg en niemand heeft veel bezit, maar dat is totaal onbelangrijk.'

Charley was al sinds haar kindertijd dol op zeevaardersverhalen. 'Ben je rond Kaap Hoorn gevaren?'

'Deze keer niet. Dat ga ik op een dag nog doen. Maar we hebben wel op een gletsjer gewandeld.'

'Een gletsjer.'

'Gletsjers zijn helemaal niet zo wit als je zou denken. Meer modderig. En ik heb over de paden in de Torres del Paine gereden.'

'Op een paard?'

'Nee, op een kameel.' Hij trok zijn wenkbrauwen naar haar op. 'Natuurlijk op een paard. En ik heb op een estancia gewerkt...'

'Was je een gaucho?'

'Meer een boerenknecht. Hoe gaat het op school?'

Charley trok een gezicht. 'Walgelijk. Het voelt als een door de motten opgevreten oude jurk waar ik al jaren niet meer in pas.'

Haar moeder was de tafel aan het afruimen. Charley hielp haar alles naar de keuken te brengen en liep terug met de trifle.

'Jammie, trifle,' zei Piers.

Niemand zei wat. De sfeer in de kamer was te snijden. Charley staarde naar haar broer. Hij zat te zieken, dacht ze. Hij zocht ruzie. Piers zocht voor de lol ruzie als hij een bepaalde bui had.

Haar moeder keek hem met gefronst voorhoofd aan. 'Getrouwd?'

'Ja, mam.'

'Bedoel je... verloofd?'

'Nee, mam. Getrouwd.'

Tante Helen zei: 'Piers?'

'Op het bureau van de burgerlijke stand in Chelsea. Gisterenmiddag.'

Anne zei ook wat: 'We wilden het klein houden.'

'Gefeliciteerd,' zei tante Helen halfhartig. 'Wat een geweldig nieuws.'

'Dat kun je niet maken.' Charley was niet van plan geweest dat te gaan zeggen, het flapte er zomaar uit. 'Dat kan niet.'

'Jawel hoor.' Piers keek haar uitdagend aan. 'En het is al gebeurd.'

Charley legde de opscheplepel neer. Haar stem beefde en tranen rolden over haar wangen. 'Je moet hiermee ophouden, Piers!' snauwde ze. 'Dat moet!' En toen, tegen Anne: 'Snap je het dan echt niet? Snap je nou echt niet dat hij alleen maar met je is getrouwd om Aidan een hak te zetten?'

Nu keek iedereen háár ineens geschokt en afkeurend aan, wat verschrikkelijk oneerlijk was, aangezien Piers degene was die zich stuitend gedroeg. Ze had zo'n haast de kamer uit te rennen dat ze haar stoel omver trapte.

Ze wist niet waar ze naartoe moest en kwam in de keuken terecht; toen drong tot haar door dat ze het niet zou verdragen om langer in huis te zijn. Ze gooide de deur open en rende over het terras de tuin in. Ze stopte niet bij de vuurplaats, maar rende door de cirkel van as. Ze struikelde over kluiten gras, trapte haar pumps uit en rende blootsvoets verder, huiverend door de distels. Toen ze de rand van het terrein had bereikt, klauterde ze tegen de met gras begroeide oever op, liet zich op de grond vallen en barstte in tranen uit.

Toen ze uiteindelijk uitgehuild was, veegde ze met haar mouw haar ogen af, ging op haar rug liggen en staarde naar de hemel. In het westen was nog een heel klein beetje licht aan de hemel te zien. Ze bedacht hoe afschuwelijk het allemaal was, helemaal verkeerd, en ze wenste dat ze de klok kon terugdraaien. Ze had pijn in haar ogen van het huilen.

Ze werd zich ervan bewust dat er iemand door het veld naar haar toe kwam lopen, hoorde voetstappen die het lange gras deden ruisen. Ze ging zitten, keek over haar schouder en zag tot haar grote opluchting dat het Nate was.

Hij klom de oever op. Haar aanname dat hij haar zou begrijpen en zou troosten werd ontkracht door de blik in zijn ogen.

'Jezus,' zei hij razend. 'Waar ben jij in godsnaam mee bezig?'

Nates ontriefde houding maakte haar kwaad. 'Ik heb alleen maar hardop gezegd wat iedereen denkt,' zei ze opstandig.

'En daarom mag je het zeggen?'

'Het is de waarheid! Dat is waarom hij met haar is getrouwd: omdat hij er niet tegen kan dat Aidan Winterton's heeft gekregen. Hij weet dat Aidan Anne wil, en hij wil het hem gewoon betaald zetten!'

'Zelfs als dat waar zou zijn,' zei Nate onderkoeld, 'eerlijk gezegd júíst als dat waar zou zijn, had je dat niet mogen zeggen. Snap je dat niet? Hoe denk je dat Anne zich nu voelt?'

Ze zei bijna dat dat haar niets kon schelen, maar een instinct dat hij dat onvergeeflijk zou vinden weerhield haar ervan de woorden hardop te zeggen. In plaats daarvan mompelde ze: 'Ik ken Piers. Ik ken hem beter dan wie dan ook. Je hebt geen idee hoe overstuur hij was vanwege pa, maar dat was hij, echt vreselijk. Je was er niet eens bij, Nate.'

Nate zei niets en stond daar alleen maar, uit te kijken over het estuarium.

'Ik begrijp niet waarom je nou ineens kwaad op mij bent,' zei ze wrokkig, 'terwijl ik alleen maar de waarheid heb gesproken.'

'Omdat het niet meer ongedaan kan worden gemaakt. Niet als ze echt zijn getrouwd. En dat zijn ze, dat heb ik aan Piers gevraagd.' Zijn ogen spuwden vuur. 'En waag het niet om te zeggen dat ze kunnen scheiden. Ze moeten er wat van maken.'

Ze zei mistroostig: 'Maar hij houdt niet van haar.'

'Dat weet je niet.'

'Nate. Hij heeft het uren over zijn winkel gehad. Het heeft tot het toetje geduurd voordat hij er ook maar melding van maakte.'

'Dat was vast omdat hij zich zorgen maakte om de reactie die hij zou krijgen.' Hij keek haar streng aan. 'En terecht, zo blijkt.'

Toen zuchtte hij diep, en hij ging naast haar zitten. Ze zaten heel lang in stilte. Het laatste licht tussen de wolken werd donkerblauw. In een boom in de tuin zat een uil te roepen.

'God, wat een scène,' zei Nate toen. 'Piers zou het op geen

slechtere manier hebben kunnen vertellen. Als je zoiets doet, als je trouwt zonder iemand er van tevoren van op de hoogte te stellen, is het minste toch wel dat je het eerst alleen aan je moeder vertelt?' Hij stak een sigaret op.

'Dit zou allemaal niet zijn gebeurd als pa niet dood zou zijn.' Charley trok aan een los draadje in de zoom van haar jurk; het keurige naaiwerk van Louise was deels losgekomen tijdens haar sprint uit het huis en haar kousen waren aan flarden gescheurd door de netels. 'Alles gaat mis sinds hij er niet meer is. Ik weet dat het verschrikkelijk is wat pa heeft gedaan, dat hij boos was op Piers, en dat had niet mogen gebeuren, maar hij zou erop zijn teruggekomen, dat weet ik zeker. Als hij niet was verongelukt, zou hij het ongedaan hebben gemaakt.'

Hij keek haar nu vriendelijker aan. 'En hoe is het met jou, Charley?'

'Gaat wel.'

'Ik vind het zo vreselijk, van je vader. Je mist hem, hè?'

'Constant. Pa was soms ontzettend gemeen, dat weet je, Nate. Maar hij hield van ons, van Piers en van mij.'

'Je vader en Piers waren geen goed koppel.'

'Je kunt prima van iemand houden,' zei ze betekenisvol, 'terwijl hij je irriteert.'

'Zeker weten.' Hij woelde met zijn hand door haar haar.

Ze stak haar hand uit naar Nate en hij gaf haar de sigaret. 'Pa wilde niet dat Piers iets veranderde bij Winterton's omdat hij dat zag als kritiek,' zei ze. 'En omdat hij dacht dat Piers zich niets aantrok van wat hij vond.'

Nate keek haar onderzoekend aan. 'Denk je?'

'Ja.' Mensen zoals haar vader, die alles op hun manier wilden hebben en er vreselijk veel stampij over maakten, hadden ook gevoel. Niet dat veel mensen dat leken te begrijpen, maar Charley deed dat wel.

Ze rustte met haar hoofd tegen zijn schouder. Ze zei: 'Ik weet niet wat ik moet doen, Nate.'

'Waarmee?'

'Met alles.'

'Vertel.'

'Ik weet bijvoorbeeld niet of ik naar de universiteit moet.'

'Wil tante Juliet dat je gaat?'

'Ze zegt dat het mijn keuze is, maar ik weet zeker dat ze het wil. Net als mijn lerares Engels.'

'En jij?'

'Ik denk het niet. Als ik eraan denk, word ik niet blij of opgetogen, en dat zou volgens mij wel moeten, als dit de goede keuze zou zijn, toch?'

'Ja. Dan moet je het niet doen.'

'Maar dan moet ik iets anders gaan doen en ik heb geen idee wat.'

'Als carrière, bedoel je? Je bent goed met mensen. Je hebt zicht op wat ze voelen. Misschien moet je psychiater worden.'

Dat vleide haar, maar ze zei: 'Dan moet je eerst medicijnen studeren. Dat zegt Jake.'

'En dat wil je niet.'

Ze schudde haar hoofd. 'Ik denk dat ik maar een secretaresseopleiding ga doen, net als Louise.'

'Wil je niet bij Winterton's werken?'

Ze huiverde en gaf hem zijn sigaret terug. 'Nee zeg. Het is daar afgrijselijk. Ik heb echt met Aidan te doen. Ik heb het personeel laatst horen mompelen dat het veel beter was in de tijd van meneer Henry en meneer Jonathan. Toen ze me zagen, deden ze snel alsof ze niet over Aidan stonden te roddelen. En het is er saai, elitair, snobistisch en uit de hoogte. Ik heb elke keer als ik er ben zin om al mijn kleren uit te trekken, er naakt rond te gaan rennen en communistische slogans op de muren te kalken.'

'Laat het even weten als je dat gaat doen, dat wil ik voor geen goud missen.' Hij viste een grasspriet van de mouw van zijn overhemd. 'Een secretaresseopleiding kan nooit kwaad. En dan heb je tijd om na te denken over wat je echt wilt.'

Ze begon een pad te zien; vaag, maar herkenbaar. 'Als ik tegen mama zeg dat ik overweeg om steno en typen te leren, laat ze me misschien een cursus doen in Londen. Dan kan ik bij Gabe en Louise gaan wonen.'

'Wil je dat?'

'Ja. Hier kan ik niet blijven,' voegde ze verdrietig toe. 'Niet nu Piers met Anne is getrouwd.' Aangezien Piers het achterlijke idee had gehad om met Anne te trouwen, betekende dat op een bepaalde manier dat Marsh Court nu zowel van Anne als van Piers was, wat verwarrend en verkeerd voelde.

Ze zei: 'Kon ik maar gewoon vertrekken, zoals jij hebt gedaan.'

'Dat kan ook.' Hij keek van opzij naar haar. 'Ga met me mee.'

Ze zag een moment een schitterend beeld van zichzelf met Nate, op een zeilschip rond Kaap Hoorn, maar toen slaakte ze een zucht. 'Dat zou mama nooit toestaan, Nate. En ik kan haar niet alleen laten.' Ze raakte zijn zwarte krullen aan. 'Je haar is te lang. Je ziet er sjofel uit.'

Hij bestudeerde haar. 'Ik vind die bob erg leuk. Je mooie ogen komen er goed door uit.'

'Mooie ogen!' zei ze smalend. 'Je bazelt maar wat, Nate.'

Hij stond op en stak zijn hand naar haar uit. 'Zullen we teruggaan naar het huis?'

'Dat kan ik niet.' Ze schudde gedecideerd haar hoofd.

'Waarom niet?'

'Dan moet ik haar mijn excuses aanbieden!' jammerde ze.

'Anne? Inderdaad.'

'Nate, dat kan ik niet! Ik moet er niet aan denken!'

Hij zei op feitelijke toon: 'Hoe langer je ermee wacht, des te moeilijker het wordt.' Hij trok zachtjes aan haar hand. 'En nadat je je excuses hebt aangeboden, kunnen jullie vriendinnen worden.'

'Vriendinnen... Nate. Het idee alleen al.'

Hij fronste zijn voorhoofd. 'Misschien heb je gelijk en houdt Piers niet echt van haar. Maar is het wel eens in je opgekomen dat zij misschien van hem houdt?'

Charley kreeg een onaangename herinnering aan de vreugde op Annes gezicht toen Piers haar in zijn armen had genomen nadat hij die race van Aidan op Thorney Island had gewonnen.

‘Anne kan vast wel een vriendin gebruiken,’ zei Nate. ‘Beloof het me, Charley.’

Juliet kon niet slapen en liep om half twee naar de keuken, pakte de trifle uit de koelkast, ging aan de tafel zitten en begon te eten. Ze had niet veel gegeten die avond, had geen zin meer gehad in de eend tegen de tijd dat ze hem had voorbereid, gebraden en gesneden, en niemand had van de trifle gegeten, die onaangeroerd op de tafel had gestaan terwijl iedereen zat bij te komen van de shock van Piers’ aankondiging.

Helen en Louise waren uiteindelijk naar huis gegaan en verder lag iedereen nu in bed, godzijdank, dus had Juliet een moment rust om te bedenken wat ze van het huwelijk van haar zoon vond. Ze was diep geschokt. Ze voelde zich diep geschokt, teleurgesteld en verraden. Wat een rotstreek, om het nieuws op deze manier te brengen! Hoe had hij het in zijn hoofd gehaald om met dat meisje te trouwen zonder haar ook maar om advies te vragen? Ze had niet de gelegenheid gehad om de voor de hand liggende vraag te stellen: of ze hadden moeten trouwen omdat er een baby onderweg was. Ze wist niet zeker of ze dat zou kunnen. Piers had zo’n kort lontje de laatste tijd. Je moest hem behoedzaam benaderen.

Ze voelde dat haar van alles werd ontnomen, zowel belangrijke als triviale zaken. Ze zou graag een echte bruiloft voor haar zoon hebben georganiseerd. Ze treurde om de zijden jurk en grote hoed die ze zou hebben gedragen, en de taart die ze voor hen zou hebben gebakken, vier lagen met roze en crèmekeurige roosjes erop. Ze zou Marsh Court hebben overladen met bloemen en muziek voor Piers, ze zou zich met hart en ziel hebben gestort op een geweldige bruiloft die de hele familie zou hebben opgevrolijkt. Ze zou het fijn hebben gevonden om Anne te leren kennen en van haar te gaan houden. Ze vond het afschuwelijk dat Piers er zoiets armzaligs van had gemaakt, en nog wel in een bureau van de burgerlijke stand! Bruiloften waren belangrijk, bedacht ze geïrriteerd terwijl ze haar lepel diep in de trifle prikte voor een grote hap custard met room. Een bruiloft hoorde een openlijke liefdesverklaring te zijn die werd bijgewoond door beide families. Dit haastige huwelijk herinnerde haar veel te veel aan haar eigen gehaaste ceremonie in Cairo, en dat baarde haar zorgen.

En dan Anne. Juliet pakte een geglaceerde kers van de trifle en stak hem in haar mond. Anne was een beeldschoon meisje en Juliet zag wel dat mannen dolverliefd op haar konden worden. Maar het was beter, bedacht ze, om met iemand te trouwen vanwege haar uiterlijk, of uit verlangen, dan om een ander een hak te zetten, waar Charley Piers van beschuldigde. Was Piers in staat om dat te doen? Dat kon niet zo zijn. Dat kon ze niet geloven. Maar toch leek hun beslissing zo snel, zo onbezonnen.

Was Anne de juiste vrouw voor Piers? Ze zou zelf iemand met meer pit hebben gekozen, dacht Juliet. Ze zou een vrouw hebben gekozen die qua arrogantie zijn gelijke zou zijn, die hem zou uitputten en afstand zou houden tot hij haar zou smeken van hem te houden.

Piers en Anne waren in Piers' voormalige slaapkamer. Juliet had een aparte kamer voor Anne klaargemaakt; vlak voordat ze naar bed waren gegaan was er een vlaag van besef door Juliet heen gegaan, van schrik over hoe het georganiseerd was. Anne had gezegd dat ze het geen enkel probleem vonden om een eenpersoonsbed te delen, echt niet, dat dat echt geen probleem was. Toen waren ze naar zijn kamer vertrokken, met de wereldkaart aan de muur en de Airfix-modellen van Spitfire- en Hurricane-vliegtuigen op de hoge plank. Piers kleedde zich uit en liet zijn kleren op de grond vallen, wat hij – zoals Anne aan het ontdekken was, altijd deed – terwijl zij op het bed zat.

Hij maakte aanstalten haar uit haar jasje te helpen; ze bewoog van hem weg. Ze vroeg: 'Is het waar?'

'Wat?'

'Wat Charley over Aidan zei.'

'Nee, natuurlijk niet.' Hij trok een sok uit.

Het was haar op de een of andere manier gelukt om de avond door te komen terwijl de woorden die Charley over de tafel had geschreeuwd – *Snap je nou echt niet dat hij alleen maar met je is getrouwd om Aidan een hak te zetten* – steeds maar weer in haar hoofd hadden geklonken en een paniekerige angst in haar hadden losgemaakt.

Ze zei langzaam: 'Blijkbaar denkt Charlotte dat Aidan gevoelens voor me heeft.'

'Ik zou het niet weten.'

Ze hadden de gordijnen nog niet dichtgedaan en maanlicht stroomde door het raam naar binnen, waardoor zijn profiel scherp werd afgetekend. Ze vond zijn rechte voorhoofd en de krul van zijn bovenlip zo prachtig, maar misschien zouden deze dingen niet van haar moeten zijn.

'Piers?' vroeg ze.

'Ik heb Aidan nauwelijks meer gesproken sinds het overlijden van pa afgelopen januari.' Hij klonk pruilerig. 'Dat was voor jouw terugkomst. Hoe kan ik nou weten of hij je leuk vindt?' Hij liep naakt naar het raam en staarde de donkere tuin in.

Dat feit stelde haar gerust. 'Dat is waar.' Ze stond op, liep naar hem toe, legde haar armen om zijn middel en liet haar wang tegen zijn schouder rusten. 'Het is allemaal zo'n wervelwind. Charley zal het ook wel moeilijk vinden.'

'Charley,' zei hij terwijl hij zich omdraaide en haar in zijn armen nam, 'wil graag dat alles blijft zoals het was. Zeg, we gaan toch geen ruzie maken, hè?'

'Volgens mij heb ik nog nooit ruzie gehad met een naakte man.'

Hij maakte de knoopjes van haar jasje los en schoof het over haar schouders en armen naar beneden. Toen ritste hij haar jurk los; ze schudde hem van zich af en hij gleed naar haar voeten, een glanzend stuk roze zijde.

Kussen raakten zacht haar voorhoofd en zijn handpalmen lagen op haar billen. 'En ik heb nog nooit met iemand gevreeën in dit bed.'

'Ik dacht dat jullie Britten het allemaal met de dienstmeid deden.'

'En ik dacht,' mompelde hij terwijl zijn handen over haar lichaam gingen en hij haar met een sluwe glimlach aankeek, 'dat

Amerikaanse vrouwen preuts en burgerlijk waren. Dat ze allemaal taart bakken en naar de kerk gaan, dat soort dingen.'

Ze kon ondertussen niets meer uitbrengen, dus tilde hij haar op en droeg haar naar het bed. Hij vree snel, grondig en stil met haar; Rory lag in de kamer ernaast te slapen. Nadien lagen ze tegen elkaar aan gekruld, huid tegen huid, bijna versmolten.

Piers viel direct in slaap. Anne dacht dat ze ook wel in slaap zou vallen, maar toen voelde ze dat ze moest plassen. Ze maakte zich los uit Piers' armen, heel voorzichtig om hem niet wakker te maken. Ze trok haar ochtendjas aan en liep de gang in. Hoewel het een groot huis was, was er maar één badkamer op Marsh Court. Het was een grote, tochtige ruimte die zelfs in juli een beetje fris was. Er was natuurlijk geen douche, alleen een reusachtig, geemailleerd bad waarvan het koude water op je huid prikte als je erin ging zitten, zelfs nadat je de hete kraan had aangezet. Alles in de badkamer, hoewel brandschoon, was versleten, oud en al decennialang uit de tijd. Het hele huis was zo, bedacht Anne terwijl ze haar handen waste en zichzelf in de oude zilveren spiegel bestudeerde, een object dat representatief was voor alles in dit huis: prachtig, maar zo verweerd door ouderdom dat het nauwelijks zijn taak uitvoerde je te vertellen hoe je eruitzag. Ze vroeg zich af of de familie Winterton het verspilling vond als je dingen verving voordat ze uit elkaar vielen, of ze zich niets nieuws konden veroorloven, of het ze niet opviel, of dat het ze niet kon schelen.

Ze liep terug naar de slaapkamer. Ze hoorde voetstappen de trap op lopen: ze was niet de enige die niet kon slapen. Toen klonken er een paar klikken terwijl een deur werd geopend en gesloten.

Piers lag nu op zijn rug. Ze keek even vertederd naar hoe hij lag en ging toen naast hem liggen. Was Aidan verliefd op haar geweest? Hij had er niets van laten merken. Maar Aidan was ook heel anders dan Piers. Hij overwoog het leven diep en had een stille, afgemeten kant die Piers ontbeerde. Ze had jaren geleden, toen ze op de boot van Lachlan en Sue had gelogeerd, de hele zomer met Aidan doorgebracht. Piers was er pas halverwege bij gekomen. De gedachte verliefd te worden op Aidan was nooit ook maar door haar heen gegaan. Ze had zichzelf als zijn vriendin gezien, maar nooit als zijn minnares.

Maar nu herinnerde ze zich de vreugde in Aidans stem toen ze hem zes maanden daarvoor, toen ze net in Engeland terug was, had opgebeld. Hij had niet gevraagd: 'Welke Anne?' en had niet gezegd: 'Sorry, maar ik ben druk,' maar had haar meteen uitgenodigd voor een borrel. En na die avond in de pub had hij haar mee uit eten gevraagd. Hoewel zij had aangenomen dat zijn vraag een vriendschappelijke uitnodiging was en geen afspraakje, had Aidan dat misschien anders gevoeld. Ze vroeg zich af of haar verlangen naar Piers haar zo had afgeleid dat Aidans gevoelens helemaal langs haar heen waren gegaan.

Maar als zij niet had gemerkt dat Aidan verliefd op haar was (als dat zo was), zou Piers dat dan wel hebben geweten? Hoewel hij in staat was dingen op te merken, was dat vaak niet het geval. Piers was zo iemand die helemaal in beslag werd genomen door zijn eigen projecten, zoals hij momenteel aan weinig anders dan zijn nieuwe bedrijf kon denken, dat hij overigens inderdaad, wat haar enorm vleide, Piers Carlisle had genoemd.

De eerste keer dat hij haar had gevraagd met hem te trouwen, nadat ze die avond in de winkel hadden gevreeën, had ze nee gezegd. De volgende dag had hij haar nogmaals gevraagd, en de dag erna weer. Iets had haar doen aarzelen. Nadat haar ouders waren gescheiden, had ze zich los van alles om haar heen gevoeld. Ze had het gevoel gehad, zoals ze aan haar vader had proberen uit te leggen, alsof ze door glas heen naar de wereld keek. Er was een therapeut ingehuurd, die haar had uitgelegd dat een trauma een emotionele reactie teweeg kan brengen. Dat was, dacht ze, wat er met Piers was gebeurd. De dood van zijn vader, in combinatie met het feit dat Henry Winterton hem zo had afgewezen, had zijn emoties afgevlakt.

Moest je trouwen met iemand die niet helemaal zichzelf was? Ze had uiteindelijk ja gezegd. Het was per slot van rekening ook wat zij wilde.

Anne had aangenomen dat Piers een snelle ceremonie bij de

burgerlijke stand had voorgesteld vanwege zijn bedrijf, omdat hij niet meer tijd kon missen. Anne, die nog werd achtervolgd door haar afgebroken verloving met Glenn – al die voorbereidingen voor de bruiloft die ze had moeten afzeggen voordat ze uit San Francisco was vertrokken – had ermee ingestemd.

'Als we mijn moeder uitnodigen, moeten we Charley ook vragen,' had Piers naar voren gebracht toen ze het over trouwen hadden gehad, 'en die vertelt het dan direct aan Louise, en dan weten voordat je er erg in hebt alle neven en nichten het en dan komt iedereen.' Dat was hoe ze zich had laten overhalen.

Maar ze zag nu in dat ze het niet zo hadden moeten doen, dat het een vreselijk slecht idee was geweest en dat ze er deels uit lafheid mee had ingestemd, vanwege haar eigen aversie in het middelpunt van alle aandacht te staan en, tot haar grote schaamte, vanwege de angst die ze nauwelijks aan zichzelf kon toegeven: dat Piers' liefde voor haar misschien niet sterk genoeg zou zijn om de publiekelijke, kritische test van een grote familiebruiloft te doorstaan. Al die Wintertons, met hun vragen en meningen.

Ze hadden Juliet gekwetst met wat ze hadden gedaan; dat was vanavond tot Anne doorgedrongen. Misschien dat het haar vader ook pijn zou doen, hoewel hij dat nooit zou zeggen.

Piers had Aidan nog steeds niet vergeven voor wat er met Winterton's was gebeurd. Het drong nu tot Anne door dat Aidan Piers misschien ook nog wel niet vergeven had. Maar gedane zaken nemen geen keer, bedacht ze. Piers en zij waren getrouwd, en als Aidan ooit gevoelens voor haar had gehad, zou hij die nu achter zich hebben gelaten. Het beste wat ze kon doen was proberen te helpen de breuk tussen de neven te lijmen.

Katherine Rose van de galerie en een oude schoolvriend van Piers, Jamie Mortimer, waren de enige gasten op de bruiloft geweest. Ze dacht er, glimlachend in de duisternis, aan terug. Ze had helemaal niet aan een bruidsboeket gedacht, dus was Katherine naar een bloemist gerend, en ze had een gigantische bos abrikoos- en crèmekleurige rozen gekocht, en knoppen in dezelfde kleur voor in het knoopsgat van Piers en Jamie. Ze hadden voor de ceremonie een oude zegelring van Piers gebruikt. Bridget Frost, de ontwerper van Piers' juwelierszaak, was een verlovings- en trouwring voor haar aan het maken, van goud met diamanten, die je heel mooi in elkaar kon klikken. Na de ceremonie hadden ze gedineerd bij Prunier, waar Jamie champagne had besteld en Katherine foto's had gemaakt. Toen waren ze naar Piers' appartement gegaan, waar ze de liefde hadden bedreven.

Piers had voorgesteld naar een groter appartement te gaan zoeken; Anne, die had geleerd voorzichtig met geld te zijn, vond dat ze moesten blijven waar ze woonden. De dag na het diner op Marsh Court hadden ze het er op weg naar huis over. Ze hadden ruimte genoeg, betoogde ze: een keuken, een zitkamer, een slaapkamer en een badkamer.

'Maar geen eetkamer,' zei Piers. 'Hoe moet dat als we gasten willen ontvangen?'

Als zij en haar vader vrienden hadden uitgenodigd, gingen ze naar een Italiaans café, of aten ze fish-and-chips uit een krant. 'Dan gaan we uit,' zei ze. 'Dat is veel leuker.'

'En minder afwas.' Piers draaide met één vinger aan het stuur en reed een bocht in.

Nu ze met hem getrouwd was, leerde ze de realiteit van een leven met Piers Winterton kennen. Hij werkte zes dagen per week, vaak twaalf uur per dag, soms meer. Hij was regelmatig een dag of twee weg naar een ander deel van het land om naar werk van een ontwerper te kijken of goedkoop gereedschap aan te schaffen. Dus regelde Anne de boodschappen en het huishouden. Ze ging twee keer in de week na haar werk met hun wasgoed naar de wasserette, waar ze een halve kroon betaalde en de berg wasgoed de volgende dag gewassen en gevouwen ophaalde. Op de avonden dat ze niet uitgingen, kookte ze eenvoudige maaltijden van spaghetti met kaas of worstjes, Piers' lievelingseten. Ze was niet bepaald een keukenprinses, koken interesseerde haar gewoon niet.

Maar ze hield alles wel graag opgeruimd. Piers' koffiekopjes bleven achter op armleuningen en het tapijt, en nadat hij zich had geschoren, lag de wastafel vol haartjes. Hij zorgde dat de winkel tiptop in orde was, maar thuis was hij een vreselijke sloddervos. Ze nam aan dat zijn moeder zijn rommel wel zou hebben opgeruimd. Anne wilde niet zeuren, dus beloofde ze zichzelf een schoonmaakster zodra ze daar geld voor zouden hebben, en tot die tijd deed ze voordat ze naar haar werk ging een snelle ronde door de woning.

In hun vrije tijd gingen ze uit met de vrienden van Piers, eigenaren van modellenbureaus en opnamestudio's en mensen die een bedrijf, keten boetiekjes of uitzendbureau voor secretaresses hadden opgezet. Die vrienden reden in een Austin-Healey of MG Midget, en ze woonden in een appartement in Chelsea of waren een huis in Islington aan het opknappen. Sommigen van hen, zoals Piers zelf, kwamen uit een rijke familie en waren naar kostschool geweest; anderen hadden zich zelf omhooggewerkt en hadden zo'n sterk accent – Cockney-Londens, Glasgows of Liverpools – dat Anne ze in het geroezemoes van een hip restaurant of een trendy nachtclub nauwelijks kon volgen.

'Londen is aan het opbloeien,' zei Katherine. Hoewel ze in Amerika was geboren, woonde ze al dertig jaar in Engeland. 'Je kunt zien hoe het onder het stof en de spinnenwebben vandaan komt.'

In september kwam Annes vader logeren. Aangezien ze geen logeerkamer hadden, boekte ze een kamer in een hotelletje om de hoek voor hem. Anne nam een paar dagen vrij van haar werk en ze gingen samen op stap. Ze gingen naar de winkel, waar John Carlisle Piers' sieraden bewonderde. Juliet kwam een dagje naar Londen, waar ze samen lunchten, hoewel Piers voor het dessert weg moest.

'Je vindt hem aardig, toch, pap?' vroeg ze op een middag toen ze in de National Gallery waren.

'Zeker. En hij is een harde werker. Ik zou een luie vent niet kunnen verdragen.'

'Ik wist dat je hem aardig zou vinden.'

Ze stonden voor Turners *The Fighting Temeraire*. 'Moet je dit nou toch zien,' zei haar vader. 'Zo ziet een verdrietig schip eruit. Piers is wel erg druk, hè, Annie? Je bent toch hoop ik niet eenzaam?'

Was ze eenzaam? Toen ze later die week afscheid van haar vader nam op vliegveld Heathrow, moest ze huilen.

In oktober voelde ze zich niet lekker. Ze dacht dat ze was hersteld, maar op een ochtend moest ze toen ze aan het werk was in de galerie naar het toilet rennen.

Toen ze terug was bij haar bureau, vroeg Katherine: 'Gaat het, schat?'

'Nu wel, ja.' Anne klopte op haar maag. 'Ik denk dat het de oesters zijn.'

'Ik eet ze niet. Niet na die slechte die ik in Livorno heb gegeten. Ik dacht dat ik doodging.'

De volgende ochtend moest ze weer overgeven. Toen ze uit het toilet kwam, had Katherine Paul weggestuurd om koffiebonen te kopen. Ze zei: 'Ik nam aan dat je aan de pil was, Anne.'

'Dat was ik ook, maar ik ben ermee gestopt. Ik werd er ziek van.'

Katherine keek op van haar bestellingenboek en keek haar over haar brillenglazen heen aan. 'Wat?' vroeg Anne. 'Wat is er?'

'Ben je zwanger?'

'Zwanger?'

'Dat zou kunnen,' zei Katherine vriendelijk. 'Het is niet onmogelijk.' Toen ging de telefoon, en ze nam op.

Anne moest een artikel voor de nieuwe catalogus schrijven. Ze klikte het uiteinde van haar pen in en uit, maar de woorden kwamen niet. Ze was al twee keer niet ongesteld geweest. Ze was ervan uitgegaan dat dat kwam doordat ze was getrouwd en regelmatig seks had, heel vaak zelfs, en had aangenomen dat haar systeem daardoor in de war was. Ze had ergens gelezen dat dat kon.

Had ze maar iemand om mee te praten. Had ze maar een zus, of zo'n moeder die naar je luisterde als je haar in vertrouwen nam. Ze had Juliet Winterton natuurlijk, maar het was ondenkbaar dat ze met Juliet Winterton over de symptomen van een zwangerschap zou praten. Of met een andere Winterton. Ze had geen idee hoe ze over haar dachten.

Dan was er nog Ceridwen, die ze in de wasserette had leren kennen. Ceridwen was even oud als Anne en had een zoontje, Owen. Anne had Owen beziggehouden terwijl Ceridwen de was uit de machine haalde. Ze waren aan de praat geraakt en Ceridwen had haar op de koffie uitgenodigd. Ze was snel, slim en Welsh, en ze had zwart haar, een papierdunne huid en schaduwen van uitputting als dikke duimafdrukken onder haar ogen. Ceridwens ouders hadden haar het familiehuis in een vallei in Wales uit gegooid toen ze ongetrouwd zwanger bleek te zijn. Ze woonde nu met anderen in een huis in het sjofele deel van Notting Hill, werkte overdag in een café en studeerde 's avonds Engels, waarnaast ze ook nog een bibliothecaressenopleiding deed. Anne paste regelmatig op Owen.

Nadat ze die middag om vijf uur van de galerie vertrok, nam ze de metro naar Notting Hill en liep over stoepen vol koperkleurige gevallen bladeren naar Ceridwens huis. De gedachte aan een baby deed haar het bijna uitschreeuwen van vreugde. Een moment daarna maakte dezelfde gedachte een vlaag van paniek in haar los. Wat moest ze in vredesnaam met een baby?

11

December 1964-mei 1965

Het toneelstuk was een farce die 'Excuseer mijn taalgebruik!' heette, en de regisseur van de amateurtoneelvereniging, een man van in de veertig die Kenneth heette en altijd een zwarte coltrui met een mosterdkleurige corduroybroek droeg, had hem geschreven. Charley speelde de dienstmeid, Fifi, en moest een paar keer wapperend met een verenplumeau over het podium rennen.

Ze waren al drie weken aan het oefenen; het toneelstuk zou een maand daarna, in januari, worden uitgevoerd. Kenneth gaf iedereen op een avond na de repetitie voordat de spelers naar huis gingen zijn aanwijzingen.

'Het publiek begint pantomime zat te worden,' beëindigde hij zijn toespraak, die Charley overdreven zelfverzekerd vond. 'Ik weet zeker dat er veel mensen komen kijken.'

'Optimistisch als altijd,' mompelde de hoofdrolspeler.

Het drong tot Charley door dat hij het tegen haar had. Ze voelde dat ze begon te blozen. Hij heette Christian Fraser en was adembenemend aantrekkelijk, met toffeekleurig haar en grote, slaperige, grijsblauwe ogen. Tot nu toe waren zijn opmerkingen tegen haar beperkt tot: 'Kun je dat de volgende keer wat beter timen?' of: 'Geef dat script eens aan.' Het verhaal in de wandelgangen was dat hij een affaire had met de ingénue, een beeldschoon meisje met donker haar dat Lizzie Scott heette.

De bijeenkomst werd afgerond, iedereen nam afscheid, trok zijn jas aan en zette zijn hoed op. Charley liep toevallig tegelijk met Christian de ruimte uit.

'Het is echt een draak van een stuk,' zei hij.

'Behoorlijk, ja,' stemde ze in.

Het pad naar de koude, slecht verlichte kerk waar ze oefenden, in een achterafstraatje in Kensington, liep langs een kerkhof. De taxusbomen wierpen hun schaduw op het pad. Ze zaten vol rode bessen en deden Charley aan kerst denken.

'Het is een pronkstuk van Ken,' vervolgde Christian. 'Ik doe mijn best met de rol, maar er zijn grenzen, begrijp je? Ik overweeg over te stappen naar een ander gezelschap.'

'Ga je bij ons weg?'

'Ik wil mijn talent niet verkwanselen. Er zijn betere toneelgroepen.'

'Je bent ontzettend goed,' waagde ze.

Ze hoorde rennende voetstappen. Lizzie Scott kwam naast hen lopen.

'Die verdomde Ken. Straks mis ik mijn bus nog. Ik haat die man.'

Iedereen ging aan het einde van het pad een andere kant op. Charley zei gedag.

'Dag, Charley,' zei Christian. 'Tot volgende week.'

Ze liep in een roes van geluk en optimisme terug naar het huis in Chelsea waar ze woonde met haar nichten Louise en Gabe. Christian Fraser had met haar gepraat. Hij wist hoe ze heette. Hij had haar gezien als iemand met wie een man als hij een babbeltje maakte; nog beter zelfs: hij had de behoefte gevoeld haar toe te vertrouwen dat hij het een vreselijk stuk vond, wat het inderdaad was, en dat hij misschien ergens anders ging acteren. Ze fantaseerde dat hij zou voorstellen dat ze samen afscheid zouden nemen van toneelvereniging Kinwell Road. Hij zou haar met een bedachtzame frons op zijn voorhoofd bestuderen en iets zeggen als *Je hebt alles gegeven voor die rol, Charley. Het stuk zou nergens zijn geweest zonder jou. Je hebt iets heel speciaals. We zijn een magisch duo.*

Ze stak Fulham Road over en liep Sydney Street in. Ze woonde sinds drieënhalve maand in Londen, bij Louise en Gabe. Overdag deed ze een secretaresseopleiding, waar ze steno, typen en handelskennis volgde. Het was een prima opleiding. Niet bepaald spannend, maar prima.

Louise en Gabe hadden allebei een vriendje. Louises vriendje heette Josh. Hij was dun, donker en slim en deed promotieonderzoek in de theoretische natuurkunde aan Imperial College. Hij was absoluut niet het soort vriendje dat Charley had gedacht dat Louise zou kiezen. Louise had haar secretaressebaan opgegeven en wijdde al haar tijd nu aan modellenwerk. Ze werd uitgenodigd op feesten en weekendjes waar ze beroemde acteurs, popartiesten, fotografen en modeontwerpers ontmoette. Toen Charley vroeg of ze wel eens mee uit werd gevraagd, antwoordde ze achteloos: 'Aan één stuk door. Maar ik vind beroemdheden totaal niet interessant.' Haar voorkeur ging uit naar Josh, legde ze uit. Die was tenminste interessant.

Gabes vriendje heette Adam. Hij had vrij lang, touwkleurig haar, een lang, mooi, verdrietig gezicht, en hij was solodanser bij een balletgezelschap in Pimlico. Hij had Gabe en Charley kaartjes voor een voorstelling gegeven. Het was een modern dansgezelschap, dus er werden geen tutu's gedragen; in plaats daarvan droegen alle dansers een zwart gympak, en er was vrijwel geen decor. Charley had het hele ballet ontzettend saai en verwarrend gevonden tot Adam een duet had gedanst met de prima ballerina van het gezelschap, toen Charley werd gegrepen door een rauwe emotie die haar tot diep in haar ziel raakte, en toen zat ze ineens aan van alles te denken: haar vader en Piers, en Nate, die weer aan de andere kant van de wereld was, zo ver weg, en toen zat ze plotseling te huilen en haalde ze zo hard haar neus op dat degene in de stoel voor haar zich had omgedraaid en haar een razende blik had toegeworpen.

Louise en Josh hadden Charley toen ze net in Londen woonde heel lief mee uit gevraagd, maar ze was zo slim geweest om de uitnodiging af te slaan. Ze ging wel eens wat drinken met Aidan of Jake, en ze ging wel eens bij haar neef Eliot op bezoek, die was getrouwd en in Richmond woonde. Ze kocht wanneer het maar lukte een kaartje voor het theater. Ze vond het niet erg om in haar eentje te gaan, deed dat in bepaalde opzichten zelfs liever, omdat ze dan met niemand hoefde te praten en zich helemaal in het stuk kon verliezen. Als ze dan na de voorstelling de straat op liep, voelde ze zich vervreemd en in de war, alsof de wereld binnen de zaal de echte was geweest en die op straat slechts een zwak aftreksel.

Ze ging af en toe, daartoe aangezet door haar belofte aan Nate, na school naar Piers' appartement. Piers was er bijna nooit, maar Anne vrijwel altijd. Charley had bedacht dat als zwanger zijn je zo ziek maakte als Anne eruitzag, ze er nooit aan zou beginnen. Anne, die altijd al bleek was, was nu doorzichtig. Ze deed niets anders dan naar het toilet rennen om over te geven en afgrijselijke dingen eten, zoals lever, omdat haar arts had gezegd dat ze bloedarmoede had. Het appartement was een grote bende. Zelfs Charley, die niet bepaald netjes was, begreep wel dat Anne het had opgegeven.

Charley deed haar best het gesprek op gang te houden door amusante anekdotes over haar opleiding te vertellen, maar het kostte haar veel moeite, en ze had te doen met Piers dat hij met zo'n saai type was getrouwd. Piers, daarentegen, was altijd één brok energie als ze bij hem op bezoek ging in de winkel. Charley vond het intieme, glinsterende interieur geweldig en zag hoe trots Piers was. Hij was altijd druk: praatte aan de telefoon, riep instructies tegen zijn secretaresse of was dozen aan het uitpakken. Hoewel Charley niets had met sieraden – een onvergeeflijk gebrek in een Winterton – kocht ze een koperen broche in de vorm van een vos in zijn winkel omdat die haar deed denken aan de vossen die op mistige ochtenden over de gazons van Marsh Court renden. Ze was achttien geworden en had nu beschikking over het geld dat haar vader haar had nagelaten.

Charley deed de voordeur van het rijtjeshuis in Chelsea waar ze met haar nichten woonde open en liep naar binnen. Louise en Josh waren in de keuken. Louise stond eieren te bakken. Ze keek op toen Charley binnenkwam.

'Zal ik voor jou ook een ei bakken?'

'Twee graag.'

'Hoe ging het?'

'Lizzie was al haar tekst kwijt. Echt alles. Kenneth heeft haar stijf gescholden. Hoe was jouw dag?'

'Goed.' Louise brak eieren. 'Hector heeft een paar prachtige foto's gemaakt. Bruidsmode. Ik voelde me net Miss Havisham uit *Grote verwachtingen* van Dickens.'

'En jij, Josh?'

'Ik heb een vreselijk spannende dag gehad, maar ik ga je niet uitleggen wat er is gebeurd, want dat zou je toch niet begrijpen.' Josh zei het op feitelijke, niet neerbuigende toon, en Charley wist dat hij gelijk had: ze zou er niets van begrijpen.

'We hadden het net over kerst,' zei Louise. 'Ik heb Josh uitgenodigd met ons mee te gaan, maar hij zegt dat hij gaat werken.'

'Dan heb ik de hele afdeling voor mezelf.' Josh smeerde boter op zijn toast. 'Ik weet zeker dat ik bergen werk ga verzetten.'

'Je kunt toch niet werken met kerst?' zei Charley.

'Dat doe ik altijd. Dat is een van de voordelen als je Joods bent. Dan mag je doen alsof het er niet is.'

Er werd voor de kerst nog meer geoefend voor het toneelstuk. Lizzie Scott had griep en werd vervangen door een understudy. Christian Fraser kwam toen iedereen weer naar huis ging naast haar lopen op het pad langs het kerkhof.

Hij zei: 'Ik ga Lizzie vertellen dat Ken heeft gezegd dat ze moet komen oefenen, al ligt ze op sterven.'

Ze keek naar hem op. Hij had die avond twee keer naar haar geglimlacht, een vriendelijke, samenzweerderige waarom-pikken-we-dit-toch-allemaal-glimlach. Ze vroeg ronduit: 'Is Lizzie je vriendin?'

'We zijn wel een paar keer uit geweest, ja. Hoezo?'

'Dat vroeg ik me gewoon af.'

'Stel je je kandidaat voor de positie?'

Haar gezicht werd helemaal heet. 'Nee... sorry... ik wil me nergens mee bemoeien.'

'Je bent beeldschoon, Charley.'

'O.' Het was de eerste keer dat een man dat tegen haar zei. Haar moeder zei het om de haverklap, maar dat moest ze ook wel, dat deed je als je moeder was. Haar vader had het nooit tegen haar gezegd; misschien omdat hij had gedacht dat ze ervan naast haar schoenen zou gaan lopen, of misschien had hij haar gewoon wel niet mooi gevonden. Piers had het natuurlijk ook nog nooit gezegd. Piers had altijd alleen oog voor zichzelf. En wat betreft de tantes, ooms, neven en nichten: waarom zouden die iets over haar zeggen terwijl ze zo overduidelijk werd overschaduwd door de schoonheid van Louise? Nate had een keer tegen haar gezegd dat ze mooie ogen had, maar dat was gewoon Nate die gek deed.

Christian zei: 'Je lijkt verrast. Vind je jezelf niet mooi?'

'Zo denk ik er nooit over na,' zei ze oprecht.

Hij schoot in de lag. 'Wat gruwelijk bescheiden. Als ik mijn metro niet moest halen, zou ik je uitnodigen voor een borrel. Misschien na de kerst.'

Twee dagen later ging ze naar huis, naar Marsh Court. Het was de eerste kerst zonder haar vader. Hij regelde altijd de boom en zette die dan in een grote pot met aarde en stenen, maar deze keer deed Charley dat met haar moeder. De boom bleef maar opzijzakken in de pot en uiteindelijk moesten ze allebei huilen van het lachen. Ze sleepten puffend en steunend de boom het huis in, bijna struikelend over Lulu, die vreselijk in de weg liep. Toen zei haar moeder met bevende stem: 'Zullen we even uitrusten voordat we hem versieren?' Charley ging naar haar slaapkamer, waar ze een tijdje zat te huilen. Ze vroeg zich af of haar moeder ook moest huilen; het was niet aan haar te zien.

Toen ze later de boom met engelenhaar en ballen stond te versieren dacht ze weer terug aan haar gesprek met Christian. Ze besloot dat ze alleen uit liefde zou trouwen. Ze vermoedde dat haar ouders dat niet hadden gedaan. Ze liep terug naar haar slaapkamer om zich om te kleden voor het avondeten en bestudeerde zichzelf in de spiegel. *Je bent beeldschoon.* Ze bracht wat oogschaduw aan, tufte op haar mascara en smeerde die op haar wimpers. *Als ik mijn metro niet moest halen, zou ik je uitnodigen voor een borrel. Misschien na de kerst.* Ze dacht diep na over Christians gebruik van het woord *Misschien.* Bedoelde hij daarmee dat hij haar misschien zou uitnodigen voor een borrel – of misschien ook niet – of bedoelde hij misschien na kerst of misschien later in januari? En hoe zat het met Lizzie Scott? Was ze nou zijn vriendin of niet? En als ze dat wel was, moest Charley dan wel met hem uitgaan?

Er stonden tussen kerst en oud en nieuw geen repetities gepland. Louise, die een nieuwe auto had gekocht, een Mini, gaf Charley begin januari een lift terug naar Londen. Donderdagavond ging ze naar het toneelgezelschap. Toen ze in de kerk was gearriveerd, ging ze op zoek naar Christian. Haar hart sloeg over toen ze hem zag. Ze manoeuvreerde dichter naar hem toe, en hij zei vriendelijk: 'Hallo,' maar hij vervolgde zijn gesprek met een stel andere acteurs. Ze durfde er niet bij te blijven staan.

Lizzie was er weer en had godzijdank haar tekst geleerd, en Charley moest toegeven dat Christian en zij het die avond behoorlijk goed deden. Tijdens de koffiepauze stond het tweetal samen in een hoekje. Charley voelde haar humeur naarmate de avond verstreek steeds slechter worden. Christian was vergeten dat hij ooit had overwogen haar mee uit te vragen. Of hij had het nooit zo bedoeld, of ze had hem verkeerd begrepen.

Na de derde acte begon iedereen te klappen, en het lukte zelfs Kenneth om iets aardigs te zeggen. Charley klampte zich toen ze op weg naar huis ging vast aan de hoop dat Christian naast haar zou komen lopen op het pad langs het kerkhof. Het meisje dat de rekwisieten regelde liep met haar mee naar de straat en kwebbelde over een fout die ze tijdens de eerste akte had gemaakt – 'Ik dacht dat Kenneth me iets zou aandoen!' – toen ze de grafstenen en taxusbomen passeerden.

Toen ze op de hoofdweg waren aangekomen, vroeg het meisje van de rekwisieten: 'Jij moet toch dezelfde kant op als ik?'

Op dat moment riep een stem: 'Charley!' Ze keek achter zich en zag Christian aan komen rennen.

'Ik dacht dat je al weg was,' zei hij.

De avond werd ineens behoorlijk perfect. Het meisje van de

rekwisieten keek eerst naar Christian en toen naar Charley. 'Ik moet naar mijn bus,' zei ze. 'Tot volgende week.'

Het was een vrieskoude nacht en Christian droeg een winterjas met een sjaal. Hij wreef zijn handen tegen elkaar en blies erin om ze op te warmen.

'Dat je zomaar vertrekt, zeg. We gingen toch wat drinken?'

'Ik dacht dat je dat was vergeten.'

'Ik? Ik vergeet nooit iets. Kom. Ik weet een superleuk tentje.'

Ze liepen naast elkaar door straten en steegjes waar Charley nog nooit was geweest. IJs glinsterde op de stoepen en de lucht was scherp en rokerig. De verlichte interieurs van taxi's en de pubs en cafés met hun klanten zagen er mysterieus en chic uit.

Ze hadden het over het toneelstuk, Kenneth en kerst. Christian had het niet nogmaals over een andere toneelgroep. Zijn superleuke tentje was in de ogen van Charley niet anders dan een heleboel andere pubs in Londen, met een donkerbruin interieur en de lucht blauw van de rook. Ze zaten in het open gedeelte, niet in het afgesloten stuk. De barman vroeg naar haar leeftijd, waarop ze zei dat ze eenentwintig was, want ze was bang dat Christian achttien kinderlijk jong zou vinden.

Hij bestelde voor haar een gin met limoen en voor zichzelf een biertje. 'Heb je me gemist?' vroeg hij terwijl hij een zakje chips opentrok.

Hoewel ze zich ervan bewust was dat ze met dezelfde achteloze hooghartigheid moest antwoorden waarmee ze had gelogen tegen de barman, zei ze onwillekeurig: 'Ja.'

Hij vouwde het blauwe papiertje open en strooide het zout over de chips. 'Je begint me te intrigeren.'

'Is dat zo?'

'Ja. En doe nou maar niet of dat je verrast. Ik vind je erg leuk. Ik geloof dat ik wel met je uit wil.'

Charley interpreteerde Christians woorden alsof er sprake was van een belemmering, een horde die genomen moest worden. Ze zei: 'Ik heb geen vriendje, als je je daar zorgen om maakt.'

'Ik dacht eerlijk gezegd aan Lizzie.' Hij at een chipje. 'Ze is nogal jaloers aangelegd.'

'O ja?'

'Ze kan het al niet uitstaan als ik naar een ander meisje kijk.'

'Zijn jullie al lang samen?'

'Nee hoor. Ik ken haar pas sinds we met dit toneelstuk bezig zijn. Maar ik zou wel een keuze moeten maken.'

Probeerde hij nou uit te leggen dat hij Lizzie moest laten gaan zonder haar te kwetsen? Of bedoelde hij dat ze moesten wachten tot na het toneelstuk, waarvan de week erna drie uitvoeringen stonden gepland?

'Ik wil niemand kwetsen,' zei ze. 'En ik vind het niet erg om te wachten.'

Hij staarde haar met een indringende blik aan en dronk nog wat van zijn bier. 'Het probleem is dat ik tussen jullie moet kiezen. Dat is ingewikkeld, hoor, als je op twee vrouwen tegelijk valt. De keuze zou eenvoudiger zijn als ik meer feiten had.'

Ze vroeg in verwarring: 'Wat voor feiten?'

'Ik ken jou nog niet goed genoeg. Lizzie en ik zijn al een paar keer met elkaar naar bed geweest. Ik zou eerst met jou naar bed moeten voordat ik mijn keuze maak.'

Charley had geen flauw idee hoe ze daarop moest reageren. Het kon toch niet dat Christian dat bedoelde? Ze had het vast verkeerd begrepen.

'Zodat ik kan beslissen wie ik het leukst vind,' voegde hij eraan toe, wat duidelijk maakte dat hij dat wel bedoelde. Hij pakte haar hand en strengelde zijn vingers door de hare, keek haar recht in de ogen en glimlachte warm. 'Zodat ik weet wie van jullie beter bij me past.'

'Bedoel je nou,' vroeg ze terwijl haar brein koortsachtig naar de juiste woorden zocht, 'een soort wedstrijd?'

'Zo zou ik het niet willen noemen. Dat klinkt een beetje harteloos. Maar je wilt toch mijn vriendin zijn, Charley?'

Zijn bovenbeen duwde tegen dat van haar. Ze vroeg zich af of dat zo was. 'Ik denk het niet,' zei ze. 'Nee... eigenlijk niet.'

Hij keek haar verrast aan. 'Waarom niet?'

'Dat weet ik niet.' Als ze zou zeggen hoe geschokt en teleurgesteld ze was, zou hij haar misschien uitlachen.

Maar hij begon hoe dan ook te lachen. Maar eerst verdiepte de frons op zijn voorhoofd. 'Je bent toch niet nog maagd, hè?' Hij schudde kort met zijn hoofd en maakte toen een kort, geamuseerd, smalend geluid. 'Jezus, je bent nog maagd. Oké, laat maar.'

'Christian...'

'Ik zei: "laat maar".'

'Ik dacht dat we misschien vrienden konden zijn,' zei ze in een poging iets te redden.

Hij dronk in één teug de rest van zijn glas leeg, stond op en trok zijn jas aan. Charley pakte haar spullen bij elkaar.

Buiten in de kou zei ze: 'Christian, ik vind je echt ontzettend leuk.'

Hij woelde met zijn vingers door haar haar. 'Het wordt tijd dat je volwassen wordt, weet je dat? Je kunt niet altijd papa's prinsesje blijven.'

Toen liep hij weg. Charley zag hem in de nacht verdwijnen. Ze liep een kant op waarvan ze dacht dat het de goede was, maar ze was al snel de weg kwijt. Het dwalen door onbekende straten maakte haar wanhopige gevoel van vernedering alleen maar erger. Ze zag uiteindelijk een oude vrouw lopen, die langzaam een rieten boodschappenmand op wieltjes voor zich uit duwde over de stoep. Er zaten kleren in, en een vieze deken, een beduimelde pocket, een grijs-wit breiwerk en een mok, een bord en bestek. Alsof, dacht Charley, ze haar hele huis met zich meedroeg in die mand.

De vrouw wees haar naar Sydney Street. Charley bedankte haar en liep verder terwijl ze zich afvroeg of ze had moeten liegen over haar maagdelijkheid. Ze was bang dat Christian het aan zijn vrienden van de toneelclub zou vertellen. Ze zouden haar uitlachen. Ze vroeg zich af of hij haar zou hebben beoordeeld op haar bedrevenheid, of gebrek aan bedrevenheid, in bed. Of hij haar een cijfer zou geven. Ze vroeg zich af of een ander meisje mee zou zijn gegaan in wat Christian had voorgesteld, of dat een ander misschien het seksuele zelfvertrouwen zou hebben om hem erom uit te lachen. Ze had er geen spijt van dat ze hem had afgewezen, maar ze wenste wel dat ze het stoutmoediger had gedaan.

Uiteindelijk vond ze haar huis in Chelsea, en ze liet zichzelf binnen. Louise riep: 'Charley, ben jij dat?', en kwam in haar pyjama boven aan de trap staan.

'Ja.'

'Hoe was het?'

'Prima.' Ze zou nooit iemand kunnen vertellen, zelfs Louise niet, wat er met Christian was gebeurd.

Louise gaapte. 'Ik moet morgen vroeg op. Slaap lekker.'

Charley trok haar jas uit en liep de trap op naar haar slaapkamer. Ze voelde kort een hevig verlangen terug te zijn op Marsh Court, in kleermakerszit op het kleed voor de brandende haard in de zitkamer, met haar favoriete boek op schoot, met haar moeder die in een stoel vlak bij haar zat te breien of een brief schreef. Maar toen haalde ze diep adem en herinnerde zichzelf eraan dat dit was waarvoor ze had gekozen: Londen, vrijheid en avontuur.

Ze ging nooit meer terug naar de toneelclub, dus ze miste ook de voorstellingen. Iemand anders, misschien het meisje van de rekwisieten, droeg Charleys zwarte jurkje met het witte schort en zwaaide met de verenplumeau. Charley werd lid van een andere toneelgroep, in Bayswater, te ver weg en niet hip genoeg voor Christian, waar serieus drama werd gespeeld in plaats van Franse komedie. De mannen op de club droegen grofgebreide visserstruien en de meiden zwarte of olijfgroene coltruien, en na het repeteren gingen ze met zijn allen naar de pub, waar ze filosofeerden over de wereldpolitiek, het aan het licht brengen van onrecht, en over de aard van het socialisme.

Juliet reed in een zware regenbui over de weg naar Maldon toen ze een jeep in de berm geparkeerd zag staan. De motorkap was open en een man stond eroverheen gebogen. De dichtstbijzijnde garage was kilometers verderop, dus ze stopte.

'Kan ik iets doen?'

De man keek op en ze herkende Joe Brandon. Hij had de kraag van zijn kakikleurige jas omhooggezet en zijn natte, zwarte haar viel over zijn ogen.

Hij sloeg de motorkap dicht en gaf er met zijn handpalm een klap op. 'Er is iets mis met de elektronica. Ik moet hem naar de boerderij slepen.'

'Misschien kan ik helpen.'

'Dank u, maar het is een zwaar beest en dat kan uw Morris niet aan. Ik rijd er morgenochtend wel met de tractor naartoe.'

De regen sloeg naar beneden uit een zwarte hemel en kletterde op beide auto's. Ze zei: 'Laat me u dan in ieder geval naar Greensea brengen.'

'Dat is heel vriendelijk van u...'

'Ik wil niet dat u nogmaals nat wordt vanwege mij, meneer Brandon.' Ze glimlachte en dacht terug aan die middag dat hij haar terug naar land had geroeid van Thorney Island. 'Dat is wel het minste wat ik kan doen. Dan heb ik u ook een keer gered.'

Ze vroeg zich even af of hij koppig zou weigeren en erop zou staan het hele eind naar Greensea te lopen. Maar toen zei hij: 'Dank u, mevrouw Winterton. Graag.'

Toen ze de weg op was gereden, regende het zo hard dat ze nauwelijks de weg kon zien, en de ruitenwissers konden de zware regen niet aan. Ze moest zich vreselijk concentreren om niet van de weg te rijden en ze vond het niet erg dat hij niet probeerde een gesprekje te voeren. De smalle zijweggetjes stonden allemaal onder water.

'Het is de volgende links,' zei hij.

'Dat weet ik.' Ze keek hem van opzij aan. 'Ik ben al eens eerder op Greensea geweest, weet u nog? Lang geleden, tijdens de oorlog, toen uw vrouw zo ziek was en ik een mandje ben komen brengen.'

'Dat kan ik me niet meer herinneren.'

'U hebt het bij me teruggebracht.'

'Is dat zo? Wat onbeleefd.'

'Er zat niets bijzonders in.'

Een bliksemflits, zilverkleurig in een violette hemel, verlichtte niet zo ver van hen vandaan het zoutmoeras. Haar Morris stuiterde rammelend over het smalle pad dat door het doorweekte platteland kronkelde. De populieren die om de boerderij heen stonden werden gemaskeerd door een gordijn van regen.

Ze parkeerde de auto op de voorplaats bij het huis.

'Dank u wel, mevrouw Winterton.' Hij leek te aarzelen. 'Kan ik u een kop thee aanbieden?'

Ze nam het aanbod aan, uit nieuwsgierigheid naar hoe Joe Brandon woonde, en rende achter hem aan naar de voordeur.

Hij opende de deur en liet haar binnen. Water drupte van hun jassen op de rode tegels in de hal. Drie honden van verschillend formaat en ras kwamen op hen af rennen om hen te begroeten.

Hij nam haar jas aan en hing hem op een hanger. 'Christine?' riep hij. 'Ik heb bezoek meegenomen.'

Er ging een deur open, er klonken voetstappen en toen verscheen er een vrouw. Juliet dacht dat ze in de zeventig was. Haar dunne, steile grijze haar was in een boblijn geknipt en haar gezicht was smal, bruin en gegroefd. Ze was lang en pezig, en ze droeg een grijze broek met een flesgroene, handgebreide trui erop.

Joe Brandon stelde hen aan elkaar voor. 'Mevrouw Winterton, dit is mijn tante, juffrouw Christine Brandon.'

Ze schudden elkaar de hand. 'De telefoon rinkelt al de hele middag, Joe,' zei ze op beschuldigende toon.

'Ik ben er nu weer. Zou je thee voor ons willen zetten?'

Christine Brandon liep weg. 'Ik mag geen thee zetten,' legde Joe uit terwijl hij Juliet de zitkamer binnenliet. 'Ze zegt dat ik een bende van haar keuken maak.'

De honden liepen achter hem aan; ze gingen bij de haard zitten, hijgend en met de tong uit de bek, en keken hem adorerend aan. De telefoon ging.

'Sorry,' zei hij. 'Die moet ik echt even nemen. Pardon.'

Hij gebaarde haar toch vooral te gaan zitten. Juliet mompelde een bedankje, maar deed dat niet direct. Ze was afgeleid door het feit dat er op een van de banken een jongen lag, een paar jaar jonger dan Piers, languit over de hele bank tegen de kussens, zo te zien in slaap.

Ze keek terwijl meneer Brandon de telefoon aannam – 'Roy,

fijn dat je belt. Ja, dat is prima voor die week, als je denkt dat dat het beste is' – om zich heen in de kamer.

Hij was groot en licht, vierkant en met een hoog plafond. Voor de hoge schuiframen hingen crèmekleurige gordijnen. Bij de open haard stonden tegenover elkaar twee banken, bekleed met sleets geworden chintz. Aan de ene kant naast de open haard stond een ladekast en aan de andere een piano. Op de schoorsteenmantel stonden een mooie oude klok en een paar beeldjes van Meissnerporselein. In een hoek van de kamer stond een grammofoonspeler met een laag kastje ernaast met daarop een stapel platen, en tegen de muur stond een aantal hoge kasten vol boeken: zware historische werken en Penguin-pockets. Op tafel lagen exemplaren van *The New Statesman*, *The Guardian* en *The Tribune.* De *Guardian* van die dag lag opengevouwen bij de kruiswoordpuzzel, die bijna klaar was.

Het raam keek uit op een ommuurde tuin, met daarachter een boomgaard, grijs en nat in de regen. Joe Brandon gebaarde een excuus naar haar terwijl hij zijn gesprek vervolgde. 'Roy, dat is aan jou. Je weet dat ik deze kant ervan graag aan jou overlaat. Wat vindt Paddy ervan?' Het was moeilijk de jongeman op de bank te negeren. Hoewel hij aantrekkelijke gelaatstrekken had, had hij, zelfs in zijn slaap, pruilerig hangende mondhoeken.

Juliet bestudeerde de ingelijste foto's op de schoorsteenmantel. Ze vond een van de foto's met name interessant: een groepje jonge soldaten in woestijnuniform. Op een andere stond een jonge vrouw met donker krullend haar en een aanstekelijke glimlach.

'Dat is Molly,' zei Joe Brandon terwijl hij de telefoon neerlegde.

'Wat een mooie vrouw.'

'Dat was ze zeker, ja.'

Ze keek naar de telefoon. 'Problemen?'

'Niets wat niet kan worden opgelost. Ik help in Londen bij een liefdadigheidsinstelling. We sturen stadsjongens naar de boerderij om ze het plattelandsleven te laten ervaren. Ze kamperen op Greensea. Niet mijn hele terrein is geschikt om erop te verbouwen, dus ik maak er graag op een andere manier goed gebruik van. Sommige jongens zijn in aanraking geweest met justitie of hebben zelfs in een jeugdgevangenis gezeten. We proberen ze te laten zien dat het ook anders kan.' Toen zei hij met luide stem: 'Neville.'

De jongen op de bank opende zijn ogen en kwam zo snel overeind dat Juliet zich afvroeg of hij echt had liggen slapen of de hele tijd had gedaan alsof.

'Dag, oom Joe.' Zijn lange, golvende, bruine haar zat door de war en zijn kleding was gekreukt.

'Neville, dit is mevrouw Winterton. Mevrouw Winterton, dit is mijn peetzoon, Neville Stone.'

Ze schudden elkaar de hand. Neville glimlachte slaperig naar haar.

Joe zei: 'Ik heb pech gehad met de jeep, Nev. Je zult me morgenochtend even moeten helpen hem naar de boerderij te slepen.'

'Prima.'

'Heb je de kippen al binnengehaald?'

'Nog niet.'

'Het begint donker te worden. De vos gaat niet op je wachten, hoor.'

De deur ging open en Christine Brandon kwam binnen met een dienblad met thee. Ze zette het op tafel en vertrok weer.

Neville maakte zich van de bank los, pakte een handvol biscuitjes van het dienblad en liep naar de deur. Er leek iets tot hem door te dringen, want hij bleef met gefronst voorhoofd staan.

'Als de jeep stuk is, hoe moet ik vanavond dan naar de pub?'

'Je kunt mijn fiets lenen.' Joe schonk thee in.

'Je fiets.'

'Inderdaad. Dat is dat ding met twee wielen en een stuur dat in de schuur staat. Misschien dat je de banden even moet oppompen.'

Neville liep met een zucht de kamer uit. Joe riep achter hem aan: 'Ik kom je morgenochtend om zes uur wakker maken.'

Een chagrijnig 'Zes?!' klonk voordat Neville niet meer te horen was.

Joe zei tegen Juliet: 'Zijn vader was een vriend van me. Het is een goeie jongen, maar hij is zo lui als een varken.' Hij gaf haar een kop thee aan en pakte toen de foto van de soldaten in woestijntenue. 'Dat is zijn vader, Richard Stone.' Hij wees de lange, aantrekkelijke man op het hoekje van de rij aan. 'Hij is omgekomen in El Alamein. Ik hou sindsdien een oogje op de jongen, doe wat ik kan.'

'Leeft zijn moeder nog?'

'Virginia is actrice. Ze reist veel voor haar werk. Neville is een paar weken geleden geschorst van school. Hij heeft me het hele verhaal nog niet verteld, maar ik hoop dat hij terug kan om zijn studie af te maken. Ik heb gezegd dat hij hier mag blijven om te helpen tot hij heeft bedacht wat hij gaat doen. Als hij zich ergens op focust, is hij in staat tot heel veel.'

Juliet bestudeerde de foto. 'Dat is toch sportclub Gezira?'

'Kent u die?'

'Mijn vader en ik hebben een tijdje in Cairo gewoond.'

Zijn mondhoeken krulden geamuseerd op. 'Ik nam aan dat u een geboren en getogen plattelandsmeisje was,' zei hij. 'Kostschool, goed huwelijk, een plattelandsleven met honden en parelkettinkjes.'

Ze schudde haar hoofd. 'Dat hebt u dan helemaal mis.' Ze keek nogmaals naar de foto, nu naar de lachende, donkere aantrekkelijke man naast Richard Stone. 'Bent u dat?'

Hij knikte. 'Cairo was fascinerend. Ik heb er jammer genoeg maar weinig van meegekregen. Hebt u er lang gewoond?'

'Een paar jaar. Ik was nog erg jong. Jonger dan Neville, denk ik.'

'Neville is tweeëntwintig.'

'Dan was ik inderdaad jonger. Het is al zo lang geleden. Ik heb Henry er leren kennen.'

'Nog gecondoleerd met uw verlies. Ik weet nog wel hoe moeilijk het was toen Molly net was overleden. Christine heeft alles overeind gehouden. Zonder haar zou ik het nooit hebben gered. Maar u hebt kinderen, toch? Die geven vast veel troost.'

Juliet vroeg zich af of dat zo was. Ze maakte zich zorgen om Charley in Londen. Ze had het gevoel dat haar dochter nog te jong was om op zichzelf te wonen, en de gedachte dat ze zelf op haar negentiende alleen in Cairo had gewoond was niet geruststellend. Ze herinnerde zich de vreselijke eenzaamheid en de beslissingen die ze had genomen waarvan ze later zo'n spijt had gehad. Het was net of Charley alle vrolijkheid uit het huis had meegenomen. Juliet had geprobeerd haar over te halen dichter bij Maldon naar een secretaresseopleiding te gaan, maar Charley had per se naar Londen gewild.

Ze maakte zich ook zorgen om Piers en Anne. Het zou natuurlijk heerlijk zijn om een kleinkind te hebben, en de baby zou hen misschien dichter bij elkaar brengen, maar wat als dat niet zo zou zijn? Hoewel sommige vrouwen moeiteloos door hun hele zwangerschap gingen, was dat bij Anne niet het geval, en ze zag er ziek en moe uit. Ze zou eigenlijk moeten stoppen met werken in de galerie en het rustig aan moeten doen, vond Juliet. Was Piers maar niet zo druk met zijn zaak, dan zou hij misschien zien dat Anne het ontzettend moeilijk had.

Maar dat kon ze allemaal niet aan Joe Brandon vertellen, net zomin als dat ze kon zeggen dat ze eerlijk gezegd vreselijk opgelucht was dat Henry dood was.

'Ja,' zei ze. 'Die zijn een enorme troost.'

Ze dacht op weg naar huis aan Joe Brandon. De kamers van Greensea waren netjes en schoon, maar er had ook een sfeer van somberte gehangen, van afwezigheid. Er had iets gemist, bloemen misschien, wat vrolijke kussens, wat lichte lectuur, open op tafel en klaar voor de lezeres om er in verder te gaan als ze terugkwam. Juliet vroeg zich af of hij het huis vulde met rapaille – een peetzoon die nergens goed voor was, een stel jongens uit een achterbuurt – om de eenzaamheid tegen te gaan. En toch had ze het gevoel dat te hebben liefgehad en verlies te hebben geleden zoals Joe Brandon dat had meegemaakt beter was, hoe pijnlijk ook, dan nooit te hebben liefgehad, zoals zij.

Joe moest drie keer op Nevilles deur bonken voordat die, gapend en met ongestrikte veters en een trui over zijn pyjama heen, de deur opendeed. Hij duwde Neville een mok zwarte koffie in zijn handen en ging de tractor halen. Hij bestuurde de tractor terwijl Neville naast hem op de treeplank stond. Het was rustig op de weg en de regen had poelen in de kleur van koffie met melk achtergelaten.

Neville hielp hem de jeep vast te maken. Joe liet de jongen de tractor rijden terwijl hij de auto stuurde. Christine zat met het ontbijt op hen te wachten toen ze terugkwamen. Joe vroeg Neville boven een bord bacon, eieren en worst hoe het in de pub was geweest.

'Ging wel.'

En toen hij hem vroeg of hij school al had gebeld om te vragen of hij toch zijn studie mocht afmaken: 'Nog niet.'

'Je moet wel laten merken dat je het wilt. Je vraagt ze om jou een gunst te verlenen.'

Neville propte nog een stuk brood in zijn mond, gromde iets onverstaanbaars en stond van tafel op. Vijf minuten later hoorden ze de voordeur achter hem dichtslaan.

Joe wist dat hij dat niet goed had aangepakt. Hij had geprobeerd een gesprekje met de jongen aan te knopen, maar het was uitgedraaid op een ondervraging. Hij bedacht dat hij eigenlijk Virginia zou moeten bellen om het met haar over Neville te hebben, maar Virginia was op tournee in het noorden van Engeland. Een brief dan. Hij moest haar eraan helpen herinneren dat ze een zoon had die verloren dreigde te gaan.

Virginia Stone was halverwege de veertig, getalenteerd, amusant en mooi. Joe had jaren daarvoor een verhouding met haar gehad. Dat ze hem had verleid had hij destijds verklaard door het feit dat ze allebei op zeer jonge leeftijd hun partner hadden verloren; misschien had ze het gevoel gehad dat ze dat gemeen hadden. Achteraf vermoedde hij dat ze met hem te doen had gehad en enkel had geprobeerd hem op te vrolijken. De affaire had af en aan in totaal vijf jaar geduurd. Hij had er een gevoel van verantwoordelijkheid jegens Neville aan overgehouden, die luchthartig werd verwaarloosd door Virginia, die hem op zijn vijfde naar kostschool had gestuurd en hem bij vrienden of familie achterliet als ze op tour ging met haar toneelgezelschap.

De kans dat Virginia aan haar verantwoordelijkheden herinneren enig effect zou hebben was minimaal, maar hij moest het toch proberen. De jongens die hij leerde kennen via het onderwijsprogramma van Roy en Paddy waren het overduidelijke bewijs van wat er gebeurt als een gezin een kind opgeeft. Op hun vijftiende spijbelden ze of stopten ze helemaal met school, en als er geen vader was die een baan in de haven of in een autofabriek kon regelen, lukte het meestal hoe dan ook niet om werk te vinden. Ze kregen maar al te vaak verkeerde vrienden en kwamen al snel in aanraking met justitie.

Hoewel Neville werd beschermd door zowel geld als klasse had hij nooit geleerd door te zetten. Als hij ervoor koos die in te zetten had hij charme, die hij misbruikte om weg te komen met, vond Joe, veel te veel. Het was jammer dat hij Virginia's acteertalent niet had geërfd en ook Virginia's doorzettingsvermogen ontbeerde. Virginia had, hoezeer ze als moeder ook had gefaald, wel altijd keihard gewerkt. Ze had in haar eentje Nevilles onderhoud en school gefinancierd, en daar bewonderde Joe haar om. Neville, daarentegen, begon al te kreunen en steunen bij alleen al de gedachte dat hij waar dan ook hard aan zou moeten werken.

Hij ruimde de tafel af en bedankte Christine voor het ontbijt. Toen ging hij naar buiten. Het grootste deel van Greensea was in het midden van de achttiende eeuw gebouwd. Door de jaren heen waren er bijgebouwen en extra vleugels aangebouwd. Het was een goed, solide huis, niet mooi of opmerkelijk, maar het stond daar prima in de velden, met het zoutmoeras en estuarium vlakbij. In de zomer rook je zout en lamsoor in de lucht.

Molly was een enthousiast tuinierster geweest, en nakomelingen van de narcissen die zij in de tuin had geplant waren weer opgekomen rond het huis, een zee van goud met knikkende kopjes in de wind. Joe plantte elke herfst extra bollen, ter nagedachtenis aan haar. Achter de tuin lagen de resten van een middeleeuwse gracht. Het enige wat je er nu nog van zag waren twee aanzienlijke vijvers, waar ze de jongens uit Londen hadden geleerd – of in ieder geval hadden geprobeerd te leren – te roeien en vis te vangen, die ze weer loslieten in de Blackwater. Roeien ging over het algemeen beter dan vissen. Voor vissen had je geduld nodig.

Greensea was een gemengde boerderij van zeshonderd acre. De helft van het land werd beplant met wintertarwe en gerst; de andere helft werd begraasd door melkvee. Christine hield kippen en een paar varkens, die de restjes aten en hen voorzagen van spek. Tijdens de oorlog hadden ze geprobeerd ook op de rest van het land voedsel te verbouwen, maar dat was niet gelukt. Het lag te dicht bij het zoutmoeras, waardoor er niets goed groeide. Het lag sindsdien braak en werd maar één maand per jaar gebruikt, als kampeerterrein voor de jongens uit Londen.

Joe was de hele ochtend bezig de jeep te repareren, en de middag bracht hij door met het snoeien van heggen en het leegscheppen van greppels, geholpen door zijn dagarbeider, Ted Blacklock. Het was koud, nat werk en Ted was geen prater, dus Joe's gedachten dreven af. Hij dacht afwisselend aan zijn zorgen om Neville en aan Juliet Winterton. Hij had haar regelmatig op straat in Maldon gezien, maar voor de dag ervoor had hij haar maar twee keer gesproken. De eerste keer was in de oorlog geweest, toen hij haar in zijn kreupelhout had aangetroffen. Tijdens hun tweede ontmoeting, toen hij haar van Thorney Island terug had geroeid naar het vasteland, was hij gaan denken dat hij haar misschien verkeerd had ingeschat.

Hij had haar gezien, gestrand op de oever. Haar donkergouden haar, een heldere kleur in al die moddertinten, had zijn aandacht getrokken. Hij had met haar te doen gehad, op weg terug naar Marsh Court, een slanke gestalte in de zonsondergang, alleen op een pad bij het estuarium. Er deden verhalen de ronde. Het huwelijk werd niet beschouwd als een gelukkige verbintenis.

Hij hield niet van roddelen, maar zelfs hij had gehoord dat Henry Winterton zijn vrouw niet meer dan een cottage en een aalmoes om van te leven had nagelaten. Dat was iets wat de hele county wist. Hij had haar gisteren gecondoleerd omdat dat zo hoorde, en omdat hij vermoedde dat ze het verschrikkelijk zou vinden als hij zou weten hoezeer ze was vernederd door haar overleden man.

Nadat ze was weggereden van Greensea, was tot hem doorgedrongen dat er iets was veranderd. Hij was de post van die dag aan het sorteren toen Christine zei: 'Wat hoor ik nou? Je loopt toch niet te zingen, hè? Wat is er met jou aan de hand, Joe?'

Hij voelde een lichtheid die hij lange tijd niet had ervaren. Ondanks het moeizame gesprek met Neville, ondanks de nattigheid en de kou bleef de lichtheid hangen, en het drong tot hem door dat ze iets te maken had met Juliet Winterton.

Ted en hij maakten hun werk af en ruimden daarna het gereedschap op. Joe bedankte Ted, die op weg ging naar zijn cottage in Mundon. Toen liep hij naar de voorkant van het huis. De zon begon te zakken en kleurde het land abrikoos- en violetkleurig. Hij dacht terug aan de dag dat Molly de narcisbollen had geplant, met haar haar onder een rood-witte sjaal gebonden en een kakikleurige tuinbroek aan, voorovergebogen boven de aarde. En toen werd de herinnering aan haar vervangen door een recenter beeld van Juliet Winterton die uit haar auto stapte in de kletterende regen en hem een glimlach en een lift naar Greensea aanbood.

Hij zei hardop, bijna geïrriteerd: 'Nou, waar wacht je nog op?', opende zijn zakmes en begon narcissen te snijden. Steel na steel, goud en oranje met witte randjes, tot hij zijn armen er vol mee had.

De school had haar meer lesuren aangeboden, die ze opgelucht had aangenomen. Ze kleedde zich op Marsh Court aan om een ochtend les te gaan geven: een marineblauwe rok, witte blouse en een vest, gecompleteerd met een paar gepast bescheiden oorclips. Ze bedacht dat ze een deel van haar sieraden zou moeten verkopen. Ze had een aantal pronkerige stukken van Winterton's die ze helemaal niet mooi vond, helemaal Henry's smaak en niet de hare; ze zou ze als weduwe toch nooit meer dragen. Ze vermoedde dat ze het afgelopen jaar van een aantal lijsten was geschrapt: ze was nu de ingewikkelde alleenstaande vrouw voor wie niemand een plaatsje aan zijn tafel had. Ze was niet langer de steenrijke, benijdenswaardige Juliet Winterton. Ze was een weduwe, met nauwelijks een penny te makken, die moest werken voor haar geld.

Een beetje poeder en wat lipstick en ze was klaar. Ze controleerde of haar portemonnee en zakdoek in haar tasje zaten, gaf Lulu een knuffel, pakte haar schooltas en sleutels en opende de voordeur.

Haar blik werd gevangen door een flits goud. Onder het dak van de portiek lag een reusachtige bos narcissen, ingepakt in bruin papier en ruw omwonden met een stuk touw. Ze raapte de bos op en genoot van de kleur, die lente en optimisme beloofde.

Er zat een velletje papier in het boeket. Ze vouwde het open.

Er stond op:

Beste mevrouw Winterton, hartelijk dank voor uw vriendelijke daad gisteren.

Hij was ondertekend met: *Joe.*

Narcissen, dacht ze. Waarom had hij haar narcissen gegeven?

Toen ze die middag uit school kwam, schikte ze de bloemen in meerdere vazen, die ze op verschillende plaatsen in huis zette. Het huis leek gedurende de vijftien maanden dat Henry nu dood was vreemd kleurloos te zijn geworden. Of was het dat al veel langer geweest en was het haar pas onlangs gaan opvallen? Ze had wel een paar keer gedacht: ik zou die kamer moeten schilderen, hem moeten opvrolijken. Maar ze had het gevoel gehad dat het uitvoeren van die taak boven haar macht lag.

Het geel van de bloemen ving nu haar blik terwijl ze van kamer naar kamer liep. Die narcissen vertelden haar iets, maar ze wist nog niet wat.

Aidan en Freya waren op het verhoogde pad. Freya zette op een vlak stukje grond de driepoot op en nam foto's van het zich terugtrekkende water. Het water stroomde van het pad; Freya keek in de zoeker en stelde de lensopening en sluitersnelheid in. De sluiter klikte en er klonk een snorrend geluid terwijl ze de film doordraaide.

Aidan stond met zijn rug tegen het hek geleund. Hij was Freya aan het tekenen, die voorovergebogen over de camera stond. Een kronkelende lijn waar een streng krullend haar uit haar baret was ontsnapt; zachte schaduw waar ze haar broek in haar laarzen had gepropt. De rivier trok zich zichtbaar terug, alsof iemand ergens een stop had losgetrokken. De hemel had de kleur van vergeet-mij-nietjes en wierp donkerblauwe schaduwen over het water; de lucht rook naar lente: fris, groen en vol belofte.

De voorgaande zes maanden waren in veel opzichten een hel geweest, maar zijn vriendschap met Freya had hem enige troost geboden. Niets kon de misselijkmakende razernij compenseren die over hem heen was gespoeld toen hij erachter was gekomen dat Piers met Anne was getrouwd, maar de lange wandelingen die hij in het weekend met Freya maakte boden in ieder geval wat afleiding. In zijn fantasie had Anne gehuild, haar huwelijk betreurd en hem om vergeving gesmeekt. Hij was geschrokken van de intensiteit van zijn woede en was er uiteindelijk een hekel door aan zichzelf gaan krijgen.

Toen hij had gehoord dat Anne zwanger was, had zijn boosheid plaatsgemaakt voor een gevoel van wanhopige futiliteit. Dat, gecombineerd met de meedogenloze opgave die zijn werk bij Winterton's was, had een gevoel van uitzichtloosheid bij hem losgemaakt.

Het pad kwam steeds verder omhoog uit het kanaal, glinsterend van het water. Freya draaide zich naar hem om. 'Zullen we naar het eiland gaan?'

Ze pakten hun spullen en staken het pad over. De bomen langs het enige pad op Thorney Island begonnen blad te krijgen. Ze kletsten terwijl ze de helling en de weg op liepen over wat ze zagen: de vogels, bloemen en heggen. Freya had twee camera's bij zich: de

Hasselblad, die ze met de driepoot gebruikte, en een kleiner model, een Leica M2, die ze om haar nek droeg. Toen er twee hazen het veld op kwamen rennen, richtte ze het kleine fototoestel en maakte twaalf foto's, waarbij ze met geoefend gemak de film doordraaide.

'Wat ben je snel, zeg.'

'Dat moet ook wel.'

'Ik wist niet dat je zo veel foto's maakte.'

'Ik maak er honderden. Ik selecteer de negatieven. Soms bewaar ik er maar een paar. Ik ben net als jij en blijf dingen weggummen tot het resultaat precies goed is.'

Ze nuttigden hun picknick van sandwiches met kaas en augurk, met een thermosfles koffie, op de zeewering achter op het eiland. Onder de muur lag een groot zoutmoeras met klompen lichtgroene en grijze zeepostelein en ezelsoor. Aidan had het gevoel dat de wind die over het eilandje waaide zijn problemen wegblies. Hij vertelde Freya dat de afgelopen week op zijn werk relatief goed was gegaan. Hij had het grootste deel van de tijd het gevoel gehad dat hij wist waarmee hij bezig was.

Ze liepen langs de zeemuur terug naar de plek waar het pad met het eiland werd verbonden. Modder en water reflecteerden de hemel als een spiegel.

Freya zei: 'Ken je dat gevoel, dat je een beeld in je hoofd hebt en niet weet of het een herinnering is of iets wat je in een droom hebt gezien?'

'Of een herinnering aan een droom.'

'Zo voelt het hier: als een droom.'

'Een mooie droom, of een nachtmerrie?'

Ze schudde haar hoofd. 'Gewoon een droom.'

Ze liepen terug over het pad. Ze liep voor hem uit, met de driepoot balancerend op haar schouder. Haar lange haar wapperde in de wind terwijl ze met grote passen over de natte stenen liep. Hij vond dat ze er wild uitzag. Hij zag voor zich hoe ze hier vijfduizend jaar eerder zou hebben rondgerend, vissen spietsend met haar speer, of jagend op een wolf, hert of ander beest.

Ze was in ieder geval niet meer misselijk, bedacht Anne. Ze kon zich niet voorstellen dat iemand anders – behalve natuurlijk een andere zwangere vrouw – zou kunnen begrijpen hoe zalig het was om niet misselijk te zijn. Ze was de eerste vijf maanden van haar zwangerschap misselijk geweest, wat veel langer was dan de boeken over zwangerschap zeiden. Haar arts had gezegd dat ze 's ochtends voordat ze opstond een droge cracker moest eten, maar daar ging ze van kokhalzen. Toen ze had geprobeerd hem te vertellen hoe ellendig het was om je de hele tijd zo misselijk te voelen en steeds te moeten overgeven, had hij haar gevraagd of ze een gelukkig huwelijk had. Ze zei sindsdien elke keer als hij ernaar vroeg dat het prima met haar ging.

Was ze gelukkig getrouwd? Een groot deel van de tijd wel. Ze voelde zich gelukkig als Piers om zeven uur thuiskwam uit zijn werk en als ze uitgingen en spaghetti aten in een Italiaans eetcafé. Ze had zich gelukkig gevoeld toen hij haar op haar verjaardag had meegenomen naar een hotel op het platteland in Surrey en haar toen ze zich kleedde voor het diner een prachtige broche van Bridget Frost had gegeven. Het hotel en die broche waren een verrassing; daar was Piers goed in.

Ze ging bij Aidan op bezoek, in zijn nieuwe appartement in Chelsea, met lichte kamers op de bovenste verdieping, maar een paar straten van het rijtjeshuis vandaan waar Louise, Gabe en Charley woonden. Het appartement had hoge plafonds en grote, schuine ramen. Hij had de muren wit gesausd en foto's en schilderijen opgehangen.

'Wat een heerlijke ruimte,' zei ze terwijl ze om zich heen keek. 'Al dat licht.'

Er hing een foto aan de muur, zwarte en grijze lijnen over een vage kust. 'En wat een mooie foto,' zei ze. 'Hij is goed.'

'Een vriendin van me, Freya Catherwood, heeft hem gemaakt.' Hij sloeg een schetsboek open. 'Dit is een tekening van haar.'

Aidan had het haar en de jas van de vrouw helderrood gemaakt. De rest van de tekening was in zwarte inkt. Elke keer als Aidan zijn werk aan Anne liet zien, wilde ze hem vragen wat hij daar deed, de hele dag in dat kantoor, terwijl hij zou moeten tekenen. Maar dat deed ze niet. Ze wist dat ze waarschijnlijk niet het antwoord zou krijgen dat ze wilde horen. Ze zag aan Aidan dat hij het niet naar zijn zin had bij Winterton's. Hij deed zijn werk consciëntieus en goed, vermoedde ze, aangezien Aidan alles consciëntieus en goed deed, maar hij vond het niet leuk. Dus je moest je toch afvragen waarom hij de zaak niet gewoon overdroeg aan Piers. Misschien omdat hij kwaad was op Piers, die zich jegens hem had misdragen. Of misschien had Piers hem iets – of iemand – afgenomen wat Aidan hoopte ooit het zijne te kunnen noemen.

'Hoe is jullie nieuwe appartement?' vroeg Aidan.

'O.' Ze ging met een zucht op de bank zitten. 'Ik heb de keukenkastjes geschilderd. Ze zijn nu in ieder geval niet meer zo bruin. Louise is gordijnen voor me aan het maken. Ivoorkleurig linnen in plaats van dat afzichtelijke gebloemde chintz.'

Anne vond het moeilijk het nieuwe appartement mooi te vinden. Ze berispte zichzelf dat ze zich als een verwend nest gedroeg, dat een heleboel mensen niet eens een dak boven hun hoofd hadden, en dat ze er wel aan zou wennen. Maar daarvan ging ze het niet mooier vinden.

Het nieuwe appartement had twee slaapkamers, een eetkamer, een zitkamer en een keuken. Het was ontzettend duur, dus ze vond dat ze het mooi moest vinden, maar de zitkamer was op het noorden, met kleine ramen, dus het was er donker en koud en geen plek waar je lang wilde blijven zitten. Piers was trots op de protserige marmeren schoorsteenmantel, die Anne, die van licht en modern hield, afgrijselijk vond. De keuken was klein en smal, met maar één raam, heel hoog in de muur. De kastjes waren de kleur van modder voordat ze ze had geschilderd, en het linoleum was ook modderkleurig. Ze had liever iets gezocht wat ze naar eigen smaak hadden kunnen opknappen, zoals Aidan had gedaan. Maar dat had ze zo niet tegen Piers kunnen zeggen, aangezien ze nooit iets over Aidan tegen Piers zei.

Ze was er lang geleden mee opgehouden Piers te vertellen dat ze bij Aidan op bezoek ging, in de eerste maanden van de zwangerschap, toen ze zo ziek en moe was geweest dat ze het niet aankon om de ruzie en het gepruil aan te gaan. Piers nam aan dat ze geen contact meer had met Aidan en dat had ze niet tegengesproken. Ze had het niet zo gepland. Als ze nu alsnog de waarheid zou vertellen, zou Piers denken dat ze haar bezoekjes aan Aidan opzettelijk geheim had gehouden. Wat ook zo was, op een bepaalde manier. Zodra de baby is geboren, beloofde ze zichzelf. Zodra de baby was geboren en ze zich weer normaal zou voelen, zou ze een manier bedenken om met Piers over Aidan te praten.

'Wil je een plak cake?' Aidan zwaaide met een koekblik naar haar.

'Aidan, heb je cake in huis?'

'Speciaal voor jou.'

'Wat ben je toch een schat. Doe maar een dikke plak, als dat mag.' Ze was een magere vrouw met een enorme bult. Ze had het gevoel dat ze wat in te halen had.

'We hebben laatst een etentje georganiseerd,' vertelde ze.

'Voor wie?'

'Vrienden van Piers. Bridget – dat is echt een lieverd – en haar vriend. En die modeontwerper van wie hij hoopt dat hij zijn sieraden gaat gebruiken. En Sylvie Duvallier en haar man, die is heel interessant; ze is bezig een tijdschrift op te zetten. Ze zoekt schrijvers en fotografen. Misschien moet je vriendin Freya eens contact met haar opnemen.'

'Die doet alleen landschappen.'

'Misschien wil Sylvie dat wel.' Anne opende haar handtas en haalde haar adresboekje eruit. Ze krabbelde iets op een bladzijde, scheurde hem uit het boekje en gaf hem aan Aidan. 'Ze kan dit nummer bellen. Zeg maar dat ze moet zeggen dat het via Anne Winterton is. Het is een aardige vrouw. Ik heb veel met haar gepraat tijdens het etentje.'

'Hoe ging het?'

'O, Aidan, het was afgrijselijk!' Anne trok een gezicht. 'Ik heb geprobeerd quiche te maken. Ik had nota bene een kooktijdschrift gekocht en echt ontzettend mijn best gedaan. Ik ben er de hele dag mee bezig geweest en hij was niet te vreten!'

Aidan vroeg geamuseerd: 'En toen?'

'Toen heb ik Piers gebeld. Ik zat letterlijk te janken aan de telefoon. Zielig hè? Hij heeft Tricia naar Fortnum's gestuurd om kreeft, mayonaise en een koffie-walnootcake te kopen. De gasten vonden het helemaal goed. Maar...'

'Maar wat?'

'Alle vrouwen van de familie Winterton kunnen koken! Louise, en zelfs Charley! Ik zou toch ook in staat moeten zijn om te koken, vind je niet?'

Hij haalde zijn schouders op. 'Jij hebt andere talenten. Het geeft niets dat je niet kunt koken.'

Daar dacht Anne heel anders over. 'Het probleem met jouw familie,' zei ze op een toon die meer dan een tikkeltje gefrustreerd klonk, 'is dat iedereen alles zo verdomd goed kan. Jouw moeder en die van Piers zijn waanzinnige tuiniersters. Ze steunen allerlei goede doelen. Ze bestieren gigantische, tochtige, oude huizen en vertrekken geen spier als er zes mensen komen logeren. En dan kunnen ze ook nog zalig koken.' Ze schudde haar hoofd. 'Ik ben geen goede Winterton-echtgenote.'

'Je mist de galerie, hè?'

Ze zuchtte. 'Verschrikkelijk. Maar ik was zo moe, Aidan. En Katherine had niets aan me, ik lijk wel een olifant.'

Ze was een maand daarvoor gestopt met werken. Het was een opluchting geweest omdat ze zo uitgeput was, maar het betekende ook dat ze meer tijd in het appartement doorbracht, waar ze zich niet goed genoeg voelde om iets te ondernemen tegen haar verveling.

Ze nam nadat ze haar cake had opgegeten afscheid van Aidan. Ze zei terwijl hij haar uitliet: 'Zeg maar tegen Freya dat ze Katherine ook mag bellen. We organiseren af en toe tentoonstellingen voor veelbelovende jonge kunstenaars.'

De straten baadden in een roze gloed van het zonlicht terwijl ze naar huis liep. Als Piers 's avonds pas laat thuiskwam, ging ze wel eens naar Ceridwen – dat meisje uit Wales dat ze in de wasserette had leren kennen – in haar sjofele, gammele huis in Notting Hill, dat ze deelde met haar vriendin Maria, die verpleegster was. Maria had een dochtertje, Nancy, en ze had haar man verlaten omdat die hen beiden sloeg. Anne nam vaak een fles wijn mee, en dan zaten ze met zijn drieën uren te kletsen.

Hoewel ze begreep dat het gemakkelijker voor Piers was om Aidan de schuld te geven van wat er was gebeurd, moest hij leren accepteren dat zijn vader hem willens en wetens had gekrenkt, maar dat was niet iets wat Piers al kon horen. Henry Winterton was nu zestien maanden dood, wat een lange tijd was om zo kwaad te blijven. Piers koesterde zijn woede en zocht actief naar manieren om de smeulende kolen op te blijven stoken. Anne had voorgesteld dat hij in therapie zou gaan, maar dat had hij geweigerd. Hij voedde zijn woede liever.

Ze had een tijdje gedacht dat ze als intermediair voor de neven zou kunnen optreden, maar die hoop was allang vervlogen. Ze zouden hun conflict alleen zelf kunnen oplossen, en het was arrogant van haar geweest dat ze had gedacht dat ze erbij kon helpen. *Snap je nou echt niet dat hij alleen maar met je is getrouwd om Aidan een hak te zetten?* Charleys woorden achtervolgden haar op donkere momenten nog steeds. Ze was zonder het te weten in een oorlog verzeild geraakt.

De volgende middag kwam Louise naar het appartement, en ze hingen samen de nieuwe gordijnen op. Nadat Louise weer weg was, ruimde Anne de restanten van de lunch op en ging even op bed liggen. Ze legde haar handpalmen op haar bolle buik. De baby bewoog de laatste tijd minder, alsof hij minder ruimte had. Mensen hadden haar gevraagd of ze een jongen of een meisje wilde, maar dat maakte haar echt niet uit. Vroeg in haar zwangerschap had ze zich zorgen gemaakt dat haar misselijkheid een negatieve invloed op de baby zou hebben, dat hij klein, zwak of ziek zou worden. Nu ze vandaag op bed lag en een voet en een schouder voelde, was ze erop gerust dat alles goed was. De baby had al het eten dat ze binnen had kunnen houden tot zich genomen, dus hoewel zij misschien dunner was geworden, was de baby gegroeid. Piers en zij hadden nog geen namen bedacht. Ze gleed in slaap terwijl ze over namen nadacht die steeds minder waarschijnlijk werden: Archie... Meg... Salome... Elvis...

Ze werd verward wakker, heet en stram. Ze keek op haar horloge. Het was kwart over acht. 'Piers?' riep ze, maar er klonk geen antwoord. Ze moest plassen en kwam moeizaam overeind. Er druppelde wat vloeistof tussen haar benen vandaan, en toen een hele stroom. Ze was in eerste instantie bang dat ze het toilet niet op tijd had gehaald, maar toen drong tot haar door dat haar vliezen waren gebroken.

Ze trok andere kleren aan en belde de zaak. Er werd niet opgenomen. Als Piers nou maar op weg naar huis was; ze verlangde er wanhopig naar zijn sleutel in het slot te horen. Onder in haar buik voelde ze nu en dan een hevige pijnscheut, alsof ze heel zwaar ongesteld was. Ze belde het ziekenhuis, vertelde wat er gebeurde, en de telefoniste zei dat ze aan het bevallen was en direct moest komen. Aan het bevallen. Anne sloot haar ogen en haalde een paar keer diep adem, zoals in *Moeder worden zonder vrees* werd geïnstrueerd. Toen belde ze nog een keer de winkel.

Ze liet de telefoon overgaan tot hij zelf stopte. Ze probeerde te bedenken in welke restaurants Piers graag at met zijn zakenpartners en belde ze allemaal, maar daar was hij niet. Ze pakte haar tas en schreef een briefje voor Piers, dat ze aan de keukendeur plakte, waar Piers het zeker zou zien. Toen belde ze Ceridwen, die zei dat ze Owen naar Maria zou brengen en meteen in een taxi zou springen.

Ze keek uit het raam terwijl ze op Ceridwen wachtte, hevig wensend dat ze Piers de hoek om zou zien komen lopen. Maar de taxi reed voor en ze liep naar beneden. De pijn werd erger; Anne kneep in de taxi in de hand van haar vriendin en concentreerde zich op haar ademhaling.

'Ik wacht hier op Piers,' zei Ceridwen toen ze in het ziekenhuis waren gearriveerd. 'Hoe ziet hij eruit?'

‘Blond. Aantrekkelijk. Altijd gehaast.’ De verpleegster nam Anne mee.

Ze moest een ziekenhuisjapon aantrekken en werd in een ruimte met een hoog bed achtergelaten. Uiteindelijk kwam er een andere verpleegster, die haar onderzocht en zei dat ze vier centimeter ontsluiting had, waarna ze haar schoor en haar een klysma gaf, hoewel Anne, die *Moeder worden zonder vrees* nauwkeurig had bestudeerd, protesteerde dat dat niet nodig was.

‘Is mijn man er al?’ vroeg ze nadat de nare procedure achter de rug was.

‘Ik zal even gaan kijken.’ De verpleegster, een kleine vrouw met dikke enkels, liep met zware tred weg.

Golven van pijn gierden door Annes lichaam. Ze ademde diep en probeerde te visualiseren hoe de spieren in haar baarmoeder de baby het geboortekanaal in duwden naar het moment dat ze hem voor het eerst zou zien. De pijn was goed omdat die haar haar zoon zou schenken. Ze wist dat het een jongen was, ongeduldig om zijn leven te leiden, net als Piers.

De verpleegster kwam terug. ‘Uw echtgenoot is er, mevrouw Winterton.’

‘Mag ik hem zien?’

Een grinnik. ‘Nee, lieverd.’

Dan zou ze deze klus alleen klaren, besloot ze. Er kwam een arts, die haar onderzocht. Toen wilde hij een maskertje over haar mond en neus duwen.

‘Nee,’ zei ze, en ze sloeg het weg. ‘Nee, dat wil ik niet. Laat me met rust.’ Ze had bedacht dat ze dan misschien niet kon koken en geen huishouden kon runnen zoals het een Winterton betaamde, maar dat dit een taak was die niemand anders kon doen. En ze zou hem goed gaan doen.

De telefoon ging om vijf uur ’s ochtends. Juliet rende naar beneden.

Ze wist al dat het Piers was voordat ze had opgenomen. ‘Hallo? Piers? Is alles in orde?’

Anne was bevallen van een jongetje. 'Ze maken het allebei goed,' zei hij. 'Hij weegt ruim zes pond. Hij is de grootste baby op de afdeling. We noemen hem Edward, Eddie.' Hij klonk verdwaasd, sprak te snel, struikelde over zijn woorden.

'Ik kom zo snel mogelijk,' zei ze opgelucht en gelukkig. 'Vandaag nog.'

Ze zette een kop thee en nam die mee terug naar bed. Hoewel het bijna eind mei was, was het vroeg in de ochtend nog steeds fris in huis. Ze sloeg haar dekbed om zich heen en dacht aan haar kleinzoon. Ze vroeg zich af of ze direct van hem zou houden, of dat daar tijd voor nodig zou zijn. Ze dacht aan Anne en had met haar te doen; ze herinnerde zich het bloed en de pijn van het bevallen maar al te goed.

Ze hadden het station in Maldon gesloten, dus ze reed naar station Witham en stapte daar op de trein naar Londen. Piers liep net het ziekenhuis in toen ze aankwam, dus ze ging samen met hem naar de afdeling.

Annes gezicht was zo wit als de kussens waartegen ze half overeind zat. Juliet kuste haar en gaf haar een dekentje dat ze voor de baby had gebreid, en een pakket dat ze voor Anne zelf had samengesteld, met dingen waarvan ze vermoedde dat Piers er niet aan zou denken: lekkere zeep, een nieuwe flanellen nachtpon en handcrème van Yardley.

'Wil je je kleinzoon vasthouden, mam?' vroeg Piers.

Ze merkte nu dat ze al negen maanden vol spanning op dit moment had gewacht. Ze ging op een stoel zitten en Piers legde de baby in haar armen. Ze voelde zijn gewicht, zijn warmte. Hij paste perfect in de kromming van haar arm! Ze bestudeerde zijn ronde, roze mondje en de lijnen op zijn voorhoofd, die er leken te zijn geschetst in afwachting van de verre toekomst, als hij oud zou zijn. Zijn schedeltje was een beetje eivormig als gevolg van zijn reis naar de wereld, waardoor hij net een elfje leek. Zijn gerimpelde handjes leken buitenproportioneel groot aan zijn dunne armpjes, die langzaam heen en weer bewogen, als zeewier in diep water.

'Dag, lieverd,' fluisterde ze terwijl ze liefde haar hart in voelde stromen. 'Dag, Edward. Welkom in de familie.'

Toen het bezoekuur voorbij was, ging ze met Piers mee terug naar zijn appartement. Hoewel ze voorstelde dat hij even zou gaan liggen – hij was de hele nacht op geweest, in het ziekenhuis – zei hij dat hij niet moe was. Ze hoorde hem vanuit de keuken zijn vrienden bellen en hun over de baby vertellen.

Ze zette thee en liep daarmee naar de zitkamer. 'Heb je Helen al gebeld?'

'Vertel jij het haar maar, ma.'

Hoewel die opmerking haar irriteerde, kon ze zich er niet toe zetten tegen hem in te gaan. Hij had de verdwaasde, zenuwachtige blik in zijn ogen van iemand wiens leven van het ene op het andere moment totaal anders is geworden.

Nadat ze hun thee hadden opgedronken, zei hij: 'Ik denk dat ik toch maar even ga liggen.' Hij strekte zich uit op de bank en sliep binnen een paar minuten.

Piers en Anne hadden bijna geen melk meer in huis, dus nadat Juliet in de kastjes had gekeken en een boodschappenlijstje had gemaakt, verliet ze het appartement. Op weg terug van de winkel liep ze een telefooncel in. Ze draaide Helens nummer en vertelde haar het nieuws over de baby.

Toen vroeg ze Aidans nummer, dat ze op haar boodschappenlijstje schreef. Baby's waren een wonder, ze boden je de kans op een nieuw begin. Edward was de eerste van een nieuwe generatie Wintertons. Ze hoopte dat deze vreugdevolle gebeurtenis de strijdende neven nader tot elkaar zou brengen.

Aidan nam zelf op. 'Met tante Juliet,' zei ze. 'Ik dacht dat je het misschien fijn zou vinden om te weten dat Anne gisterenavond is bevallen. Het is een jongetje.'

'Gaat het goed met haar?'

'Uitstekend. Moe, maar heel gelukkig.' Nadat ze Aidan had verteld hoe de baby heette en hoeveel hij woog, voegde ze eraan toe: 'Ze blijft een week in het ziekenhuis. Heb je het adres van Piers?'

Dat had hij, zei Aidan. Hij bedankte haar voor het bellen en hing op.

Aidan kocht bij speelgoedwinkel Hamleys een lichtblauwe teddybeer. Toen ging hij naar Harrods, waar hij zich liet assisteren door een verkoper bij het uitzoeken van een piepklein wit babypakje.

De langdurige ruzie met Piers maakte hem ziek. Ze voelde zinloos en buiten proportie. Piers was ooit altijd in zijn gezelschap geweest. Hij dacht aan hoe ze als kinderen hadden gespeeld in de tuin van Marsh Court, aan de hutten en vlotten die ze hadden gebouwd, aan de fiets- en boottochtjes die ze samen hadden gemaakt. Toen ze ouder waren, een jaar of vijftien, was het bootje van Piers een keer gekapseisd, en hij herinnerde zich de schok van het koude water nog, zijn paniek toen hij Piers nergens zag, en zijn opluchting toen zijn neef hoestend en proestend uit het water van het estuarium was opgedoken, schuddend met zijn natte hoofd, lachend. Piers en hij hadden samen hun eerste sigaret gerookt, die Aidan uit de houder van zijn vader had gepikt. Ze hadden samen hun eerste biertje gedronken, in een armoedige pub in een achterafstraatje in Maldon waar ze niet naar hun leeftijd waren gevraagd.

Dat alles hadden ze weggegooid vanwege een belachelijke ruzie om geld en een meisje. Hij had de breuk lang geleden al moeten lijmen.

Een week na de geboorte van Piers liep hij naar het appartement van Piers en Anne en belde aan. Er klonken voetstappen op de trap, en toen deed Piers open.

Piers staarde hem aan. ‘Wat doe jij hier in godsnaam?’

‘Ik wilde jullie dit geven.’ Hij bood het cadeau aan. ‘Voor de baby.’

‘Nee, bedankt. Dat willen we niet.’

Hij hield zich rustig en probeerde het nogmaals. ‘Ik weet dat het niet goed gaat tussen ons de laatste tijd, maar kunnen we in ieder geval beleefd zijn tegen elkaar?’

‘Anne en ik willen je niet zien. Je bent hier niet welkom.’

'Ik ben familie,' zei hij zacht. 'Jij en ik zijn familie, Piers. Kom op, man. Hoe lang ben je van plan kwaad te blijven?'

Piers trok wit weg. 'Zo lang als het duurt. En nu opgedonderd.'

De deur ging dicht. Aidan, gespannen van woede, pijn en vernedering, liep weg. Een paar huizen verderop stond een wandelwagen op de stoep. Hij legde zijn cadeau erin en liep verder.

12

Juni 1965-september 1965

Juliets vader had haar toen ze nog klein was de legende van de golem verteld, een wezen met een menselijke vorm, maar gemaakt van klei, gevormd uit de oever van de rivier. De jongen die ze aantrof op de zandbank herinnerde haar aan het verhaal van haar vader. Hij glibberde grijs en kleverig in de woestenij van Marsh Creek rond.

'Kan ik je helpen?' riep ze. 'Gaat het wel?'

Nog een glibberige beweging en toen verloor de figuur in het moeras zijn balans en viel op zijn rug in de modder. Hij klauterde kreunend in een zittende positie en greep naar zijn enkel. Tien meter verderop lag een bootje in het ondiepe water. Een windstoot duwde het bootje verder op de zandbank en vlekte het witte zeil smerig grijs.

Nog een kreunend geluid. 'Ze doen me verdomme wat aan.'

Ze liep kriskras via de grassige eilandjes naar hem toe. 'Wie?'

'Roy en Paddy. En meneer Brandon.'

Dus dit was een schoffie van Joe Brandon, uit de jeugdgevangenis. Hij was jonger dan Piers, echt nog een jongen. Ze vroeg: 'Dus dat bootje is niet van jou?'

Hij schudde zijn hoofd.

'Weet meneer Brandon dat je ermee weg bent?'

Hij schudde nogmaals zijn hoofd. 'Dat zei ik toch? Hij doet me wat aan.'

'Voordat dat gebeurt,' zei ze pragmatisch, 'zul je eerst uit de modder moeten komen.'

'Dat lukt niet. Ik heb mijn enkel verzwikt.'

Haar rubberlaarzen zakten in de ondergrond terwijl ze voorzichtig naar hem toe bewoog. 'Geef me maar een hand.' Ze hielp hem de hardere ondergrond op.

'Het bootje.' Hij keek ernaar.

'Dat lost meneer Brandon wel op. Je rilt helemaal. Kom, dan neem ik je mee naar mijn huis.'

Ze gaf hem een arm en hij hupte langzaam mee naar Marsh Court. Hij vertelde haar dat hij Gary heette, dat hij zeventien was en uit Battersea kwam. Hij haatte het platteland. Overal waar je keek alleen maar modder en achterlijke beesten die je raar aan stonden te staren.

Aangekomen op Marsh Court maakte ze een warm bad voor hem. Ze zei dat hij zijn modderige kleren op de grond mocht leggen en ging schone kleren voor hem zoeken. Nadat ze hem een handdoek en wat oude kleding van Piers had gegeven, liep ze naar beneden en belde het nummer van Greensea.

Joe Brandon nam op.

'Met Juliet Winterton,' zei ze. 'Bent u toevallig een jongen kwijt die Gary heet?'

'Hebt u hem gevonden?'

'Ja, hij is bij me thuis.'

'Godzijdank.' Ze hoorde de opluchting in zijn stem. 'Ik kom hem direct halen. Hij had zeker geen bootje bij zich, hè?'

'Dat ligt in onze kreek. Het is gekapseisd.'

Joe arriveerde tien minuten later in zijn jeep. Ze vroeg hem terwijl ze hem het huis in liet hoe lang Gary al vermist was.

'Sinds vanochtend.' Hij fronste zijn voorhoofd. 'Ik wilde net de kustwacht gaan bellen. Je gaat je toch zorgen maken als ze zoiets stoms doen, aangezien ze het estuarium niet begrijpen. We leggen ze elke keer weer uit hoe gevaarlijk het tij is en hoe gemakkelijk je de zee in gesleurd kunt worden, maar u weet hoe jongens zijn: ze luisteren niet altijd.'

Je, ze wist hoe jongens waren. De verzoening die ze tussen Piers en Aidan had proberen te regelen was desastreus misgelopen. Ze had het alleen maar erger gemaakt; ze had spijt dat ze zich ermee had bemoeid en als ze eraan dacht, deed haar hart letterlijk pijn.

‘Gary lijkt me een aardige jongen,’ zei ze.

‘Het is een straatjongen die zichzelf constant in de nesten werkt, maar ik heb een enorm zwak voor hem. Maar dat moet u maar niet tegen hem zeggen.’

Ze had Joe voor vandaag eigenlijk alleen zien strijden tegen de elementen, in de wind of regen. Nu ze hem in een donkere broek met een wit overhemd zag, dat hij met het bovenste knoopje open onder een jack droeg, zag hij er onverwacht aantrekkelijk uit, wat haar van haar stuk bracht. Ze dacht terug aan de narcissen, die reusachtige, extravagante bos die hij op haar portiek had achtergelaten, en ze vroeg zich, niet voor het eerst, af waarom hij ze daar had neergelegd. Hij kwam op haar over als een serieuze, gereserveerde man, niet als iemand die gemakkelijk een flamboyant gebaar maakte.

Gary kwam op blote voeten de trap af huppen en verbrak daarmee een stilte die ongemakkelijk was beginnen te voelen.

Joe zei op vriendelijke toon: ‘Idioot dat je er bent. Je had wel kunnen verdrinken.’

Gary keek hem kribbig aan. ‘Die kloteboot…’

‘Gary.’

‘Sorry,’ mompelde hij tegen Juliet. ‘Hij deed niet wat ik wilde. Volgens mij is hij kapot.’

‘Laat je enkel eens zien.’ De jongen ging op een stoel zitten en stak zijn been uit.

‘Ik zal even warme chocolademelk maken,’ zei Juliet.

‘Dank u wel, maar we gaan ervandoor.’ Joe grimlachte naar Juliet. ‘Ik denk niet dat zijn enkel is gebroken, alleen verstuikt, maar we moeten hem wel even verbinden. En we hebben al genoeg van uw tijd in beslag genomen. Roy en ik komen later vandaag de boot halen, als u dat goedvindt. Dank u wel voor de hulp, dat waardeer ik. Dat waarderen we allebei.’

Roy en hij trokken lieslaarzen en een regenjas aan en gingen op weg naar het bootje. Joe dacht terwijl hij in de kreek stond en het bootje terugkiepte aan Juliet Winterton. Hij dacht de laatste tijd erg vaak aan haar. Haar haar had helemaal door de war gezeten van de wind en ze had een veeg modder op een wang gehad, maar ze had er zo mooi uitgezien. Ze vond het vast onvergeeflijk dat hij zijn herrieschoppers op haar land liet.

Roy roeide het bootje terug naar Mundon Creek terwijl Joe het modderige zeil in de jeep legde en terugreed naar Greensea. Daar kleedde hij zich om, en toen serveerde Christine het avondeten. Christine was geen kletskous, maar het was vanavond een ongebruikelijk stille maaltijd, zelfs voor hun doen. Het huis leek hun woorden in te slikken. Hij vroeg zich af of Juliet Winterton zich ook zo voelde: alleen in dat grote, lege huis. Hij was vandaag voor het eerst binnen geweest op Marsh Court. Het huis voelde donker en afschrikwekkend, had de sfeer van een fort, gebouwd om de wereld buiten te houden en de macht en rijkdom van de familie Winterton te beschermen. Hoewel ze buren waren, had hij nooit veel met de familie Winterton te maken gehad en hadden hun paden hoogstzelden gekruist. Hij kende ze meer van reputatie dan in persoon: steenrijke, onwankelbare conservatieven, slechts met enkele families in de omgeving op vriendschappelijke voet. Hij had tot nu nooit eerder het verlangen gevoeld iemand van de familie beter te leren kennen.

Hij voelde zich aangetrokken tot Juliet Winterton zoals hij zich al heel, heel lang niet tot een vrouw aangetrokken had gevoeld. De eigenschappen die hem enigszins afstootten in de familie Winterton – exclusiviteit, snobisme en een superioriteitsgevoel – zag hij niet terug bij Juliet. Ze straalde goedheid, eerlijkheid en vriendelijkheid uit. Ze had niet gemopperd dat Gary met zijn modderpoten door haar huis had gelopen en had de jongen sympathiek en vriendelijk bejegend.

Hij controleerde na het eten het vee en liet daarna de honden even in de tuin ravotten. Het was een mooie avond en de lucht rook naar rozen. Hij had zichzelf nooit een lafaard gevonden, maar zo voelde hij zich nu wel. Waarom was het zo moeilijk de woorden te formuleren en een eenvoudige vraag te stellen? Molly zou niet hebben gewild dat hij de rest van zijn leven alleen zou blijven, dat wist hij. Waarom aarzelde hij dan zo? Hij wist dat het angst was wat hem tegenhield. Angst dat ze hem zou afwijzen nu hij eindelijk iets had gevonden waarnaar hij verlangde. Angst om nogmaals een verlies te lijden. Hij was bang om opnieuw verliefd te worden, er te diep in betrokken te raken, zichzelf bloot te stellen aan de risico's en pijn die onontkoombaar met liefde gepaard gingen.

Maar hij zat er nu al te diep in. Hij was van het verhoogde pad af gestapt en nu stroomde het water eroverheen en versperde hem de weg terug. Hij begon de roze en witte rozen af te snijden die het sterkst geurden. Toen riep hij de honden bij zich. Hup, zei hij tegen zichzelf. Niet over nadenken, gewoon doen.

Ze maakte het bad schoon, ruimde de modder in de hal op en at haar avondeten. Na het eten probeerde ze aan haar lesplan te werken, maar ze kon zich niet concentreren. Ze werd ergens door afgeleid. Ze voelde onrust in haar maag, een gevoel dat haar deed denken aan hoe je je voelt voordat je aan een lange reis begint.

Het geluid van een auto op de oprit deed haar uit het raam kijken. Ze herkende Joe's jeep, liep naar de voordeur en deed open.

De avondschemer wierp donkere schaduwen rond zijn ogen en mond. 'Sorry dat ik zo laat nog kom,' zei hij. 'Deze zijn voor jou, om je te bedanken.'

Hij gaf haar een bos rozen, net zoals de narcissen ingepakt in bruin papier met touw eromheen. 'Joe, wat schitterend,' zei ze. Ze stak haar neus in de bloemen. 'Wat ruiken ze zalig. Hoe is het met Gary?'

'Hij loopt een beetje kreupel, maar verder gaat het prima.'

'Is het gelukt met het bootje?'

'Ja, Roy is ermee teruggeroeid naar Greensea.' Hij schraapte zijn keel. 'Ik vroeg me af of je het misschien leuk zou vinden om zondag thee te komen drinken. Mijn broer en zijn gezin komen ook. Ik zou je graag aan ze willen voorstellen. Als het schikt, tenminste.'

'Ja,' zei ze. 'Dat lijkt me ontzettend leuk.'

Nadat hij was vertrokken, liep ze terug naar binnen en zette de rozen in een witte porseleinen vaas. Het drong terwijl ze met de bloemen bezig was tot haar door dat ze zich aangetrokken voelde tot Joe Brandon. Het was zo lang geleden dat ze ook maar een flikkering van verlangen naar een man had gevoeld dat het even duurde voordat ze herkende wat er gebeurde. Wat vond hij van haar? Ze had geen idee. De narcissen, dacht ze, de rozen. Ze dacht terug aan die opmerking van Jonny, al die jaren geleden, dat Joe Brandon niet tot hun soort mensen behoorde. Maar behoorde zij misschien wel tot Joe Brandons soort mensen? Zou dat kunnen?

Zondagmiddag. Juliet reed naar Greensea. Toen ze de hoofdweg af reed en de smalle landweggetjes op ervoer ze diezelfde emotie die ze hier al eerder had gevoeld: dat ze zich onderdompelde in een landschap dat oeroud was en onaangedaan door het verstrijken van de tijd. Zonlicht schitterde op het donkere water van de vijver en kleurde de bladeren van de populieren wit.

Ze parkeerde op de voorplaats en belde aan. Een vrouw van ongeveer haar leeftijd deed open. Ze had bruin haar, glimlachte en zag er vriendelijk uit.

'Dan bent u zeker mevrouw Winterton,' zei ze. 'Ik ben Hazel Brandon, Joe's schoonzus.'

Ze schudden elkaar de hand. Toen leidde Hazel haar door het huis naar een kamer waar openslaande deuren naar de achtertuin van Greensea leidden.

'Joe!' riep Hazel.

Hij zat op een tuinstoel op het grasveld, te praten met een zwaargebouwde man met een rood gezicht. Verderop in de tuin waren een paar meisjes met een bal voor de honden aan het gooien. Maar haar blik werd naar Joe getrokken.

'Juliet, welkom op Greensea.' Hij stond op en kwam naar haar toe lopen. 'Kom, dan stel ik je aan iedereen voor.'

Joe's broer Fred was een grotere, dikkere, luidruchtiger versie van Joe. Dezelfde donkerbruine ogen stonden in een bol, donkerrood, verweerd gezicht, heel anders dan het slanke, gebruinde gelaat van Joe.

'Joe vertelde me net,' zei Fred, 'dat je een van zijn schoffies hebt gered. Zo'n tenger ding als jij, stel je voor.' Hij schreeuwde: 'Meiden! Kom eens even kennismaken!'

Vier stevige meiden met bruin haar en roze wangen, variërend in leeftijd van halverwege tot eind tienerjaren, kwamen over het gras naar hen toe rennen. 'Susie, Debbie, Heather en Glenys,' stelde Fred hen voor.

De volwassenen gingen op de tuinstoelen zitten en de meiden gingen weer met de honden spelen. Joe's tante Christine zette een dienblad op tafel en schonk thee in. Juliets blik bewoog naar Joe, en ze zag dat hij naar haar zat te staren. Ze keek snel weg, alsof ze was gestoken door een van de bijen die rondzoemden in de lavendel.

Het gazon leidde naar een stuk grond waar het gras hoger was en waar appel- en pruimenbomen stonden. Het zag eruit of alles er al eeuwen stond, met een moerbeiboom tegen een muurtje dat groen-goud was bedekt met mos en vaste planten in de bloembedden met knoppen die op barsten stonden. Zelfs de roestige, smeedijzeren tafel onder de bomen zag eruit of hij uit het hoge gras groeide.

De thee werd geserveerd met scones. Fred vroeg Juliet waar ze woonde.

'Op Marsh Court,' zei ze, 'ten noordoosten van Mundon.'

'Je kunt het zien vanaf de zeewering,' zei Joe.

'Dat pand met die drie torens?' vroeg Fred. 'En dat rode dak?' Hij wendde zich tot zijn vrouw. 'Hebben we niet een keer een boot gebouwd voor iemand die de familie Winterton kende, Hazel?'

'Een klein jacht,' zei Hazel terwijl ze Juliet een kop thee aangaf. 'Jaren geleden, vlak na de oorlog.'

'Iemand uit de politiek... lang, blond...'

'Ik vergeet nooit een boot. Hoe heeft hij haar ook alweer genoemd? Sea Dancer, nu weet ik het weer. Sea Dancer.'

Er viel een schaduw over de zonnige junidag. 'Dat is Gillis Sinclair,' zei ze. 'Jullie bedoelen Gillis Sinclair.'

Een van de meiden gooide een stok de boomgaard in, en de meisjes en honden verdwenen onder de bomen. Juliets gedachten gingen bijna twintig jaar terug, naar de zomer van 1946. Gillis was dat jaar vaak naar Marsh Court gekomen. Hij had tegen haar gezegd dat hij er was om een jacht te kopen, maar hij kwam om Frances Hart te bezoeken, op Thorney Island. Hij zeilde nog steeds op de Noordzee en in de estuaria aan de oostkust met de Sea Dancer, maar Frances Hart en haar kinderen waren allang dood, verdronken in de Blackwater. Ze keek nogmaals steels naar Joe. Wist hij nog dat hij haar die keer had verteld dat hij Gillis met Frances Hart had gezien? Als dat zo was, liet hij het niet merken.

Ze begon over iets anders. 'Waar wonen jullie, Fred?'

'West Mersea. Ken je het daar?'

'Ik ben vaak op het eiland geweest. We gingen er regelmatig met de kinderen naartoe toen ze nog klein waren.'

'De mooiste plek op aarde. Ik zou nergens anders willen wonen. Voor mij geen Capri of Monte Carlo, doe mij maar Mersea. Ik ben direct na de oorlog boten gaan bouwen. Je vriend Sinclair was een van onze eerste klanten. Het is een mooi bedrijfje geworden. Ik wilde het doorgeven aan mijn zoons, en moet je zien wat ik heb gekregen!' Een schaterlach. 'Vier dochters!'

'Susie zou prima in staat zijn het bedrijf te leiden,' zei Joe.

'Susie,' herhaalde Hazel op spottende toon. 'Die gaat met die jongen van de tennisclub. Een mager scharminkel met sproeten. Hou er maar rekening mee dat we nog dit jaar de huwelijksklok gaan luiden, Joe.'

Het gesprek ging over op de opbrengst van de oogst en zeilen. Na de thee ruimde Christine op en gingen Fred en Hazel met de meiden naar huis.

Juliet bestudeerde de rozen die tegen de muur waren geplant terwijl Joe het bezoek uitliet. Een bij, zijn ronde, bruine lijfje goud bestoft met stuifmeel, begroef zichzelf in het hart van een bloem. Ze voelde zich rusteloos en verward. Waar was ze mee bezig door verliefd te worden op een man die ze nog maar een paar keer had gezien? Ze wist vrijwel niets over Joe Brandon.

Joe kwam terug de tuin in lopen. 'Laat me je niet ophouden, Joe,' zei ze. 'Laat ik maar eens gaan.'

'Moet je al weg? Ik hoopte je nog een rondleiding te kunnen geven.'

Een flikkering van genot. 'Dat is goed. Dank je, dat lijkt me gezellig.' Misschien vond hij haar aardig. Het was zo moeilijk in te schatten.

Het huis stond op een heuveltje, met rondom een tuin. Hij vertelde haar dat het tweehonderd jaar daarvoor was gebouwd, ter vervanging van een eerdere, kleinere, boerderij. De familie Brandon had Greensea sinds het begin bewoond; er lagen in Mundon graven van de familie Brandon terug tot in de tijd van de Stuarts. Vergeleken bij de Brandons, zo bedacht Juliet, was de familie Winterton een stel parvenu's.

De lathyrus pronkte met zijn knalroze bloemen en goudsbloemen waren tussen de rijen groenten in de moestuin geplant. Hun gesprek, over zaadtypen en hun opbrengst, gaf haar iets wat solide voelde en waar ze zich aan kon vastklampen. Ze had het gevoel dat de aarde onder haar vandaan gleed en dat het landschap dat ze zo goed had gekend opeens veranderde. Ze was Juliet Winterton, ongelukkig getrouwd met Henry, en ze was blind en rampzalig verliefd geworden op Gillis Sinclair. Ze had altijd gedacht dat dat het einde van haar verhaal was.

Zonlicht filterde door de bladeren heen en maakte vlekken op het ruwe gras terwijl ze door de boomgaard wandelden. Joe vertelde haar dat er vier soorten pruimen op Greensea werden verbouwd, en ook nog damastpruimen en reine-claudes. Christine maakte jam van de zachte vruchten. Een deel van Juliets brein functioneerde nog en stelde haar in staat over jam en gelei te praten, maar de rest fladderde rond als een vlinder en was op ontdekkingstocht in deze nieuwe wereld. Haar bewust-zijn van Joe Brandon, zoals hij naast haar liep, was acuut; haar starende blik werd naar hem getrokken en ze leek bijna de warmte van zijn lichaam te voelen. De bolling van zijn spieren onder zijn witkatoenen overhemd, het lichte waas van transpiratie op zijn bovenlip toen ze van de beschutte boomgaard de verstikkende hitte op de open velden in liepen: dat viel haar allemaal op, en ze werd er onrustig van. En die duistere diepten van zijn ogen, wat zag ze daar als hij haar aankeek om iets tegen haar te zeggen? Het was alsof ze in een zwarte spiegel staarde; ze voelde dat ze erin gezogen werd.

Ze hield een hand boven haar ogen tegen het zonlicht. Stofdeeltjes dwarrelden lui in de zinderende lucht. Masten als potloden staken omhoog van achter de velden en gaven aan waar de kreken van het estuarium het land in kronkelden. De zilveren glinstering van het water leek als een zinsbegoocheling boven het groene gras te drijven.

Joe vertelde dat Greensea helemaal tot aan het zoutmoeras doorliep. 'Het is een doolhof tussen die kreekjes,' zei hij. 'Ik ben er als kind eens verdwaald. Ik was met het bootje op avontuur, ben te lang weggebleven, en toen werd het donker en heb ik er in kringetjes rondgedwaald. Mijn vader heeft me met de riem geslagen toen ik weer thuis was. Dat heeft me wel geleerd te zorgen dat ik er de weg kende, zelfs in het donker.'

'Ben je hier geboren?'

'Ja, op de boerderij.'

'Ik kan me niet voorstellen hoe dat voelt, je hele leven op dezelfde plek wonen.'

'In de oorlog, toen ik in Noord-Afrika was, heb ik het hier vreselijk gemist.' Hij keek over het moeras uit. 'Ik heb er zo veel aan gedacht toen ik in de woestijn zat. Dan probeerde ik de kreekjes en het zoutmoeras voor me te zien. Het voelde als een ander leven. Bijna als een andere wereld.'

Toen ze terugliepen door de boomgaard verstomde hun gesprek; ze liepen in hetzelfde ritme naast elkaar. Toen hij het portier van haar auto voor haar opende en ze instapte, zag ze dat zijn hand even op de handgreep bleef liggen, alsof hij niet wilde dat ze wegging.

Annes lichaam, dat ooit sierlijk was en deed wat ze het opdroeg, leek nu een eigen wil te hebben. Haar buik hing en haar borsten druppelden op de gênantste momenten melk: als ze met de baby op weg was naar het consultatiebureau om hem te wegen, of als ze even snel naar de winkel ging om brood te halen. Nee, zo was het niet: ze ging nergens nog even snel naartoe. Bij elk uitstapje, hoe klein ook, moest ze eerst Eddies luier controleren, hem als het ook maar een heel klein beetje fris was een jasje aantrekken en een mutsje opzetten, en de loodzware wandelwagen de trap af sjouwen (de benedenbuurman, meneer Lord, werd kwaad als ze hem in de gang liet staan) terwijl Eddie boven in zijn bedje lag te krijsen alsof ze hem voor altijd had achtergelaten. Vervolgens moest de wandelwagen dan nog de stenen trap bij de voordeur af – wie had het in godsnaam ooit een goed idee gevonden om een appartement te kopen met een trap naar de voordeur? – om dan weer naar boven te rennen om de baby te halen, die over het algemeen tegen die tijd zo over zijn toeren was geraakt dat hij over zijn kleertjes had gespuugd, zodat ze hem moest voeden om hem te kalmeren en vervolgens weer helemaal opnieuw moest aankleden.

Ze was als ze bezig was met de wandelwagen bang dat iemand, een gestoorde vrouw die een baby had verloren, zou inbreken en haar kind zou stelen, en als ze de baby aan het halen was, was ze bang dat iemand de dure Silver Cross-wandelwagen zou pikken, die ze van haar vader had gekregen. Ze was ontzettend goed geworden in zich zorgen maken sinds de geboorte van Eddie. Ze was er een expert in geworden. Ze vroeg zich af of het kwam doordat ze niet genoeg sliep – of eigenlijk vrijwel helemaal niet; een goede nacht was er een als de baby zich drie uur aan één stuk niet liet horen – of doordat ze moeder was geworden. Niemand vertelde je er wat over voordat je beviel, waarschijnlijk omdat het te belachelijk voor woorden was en je het toch niet zou hebben geloofd. Ze had geen idee gehad dat de zwangerschap en bevalling nog maar het begin zouden zijn, dat niets ooit weer normaal zou worden, haar lichaam niet en haar dagelijkse routine niet, en dat ondertussen van haar werd verwacht dat ze alle dingen van vroeger bleef doen: het huishouden en de was en de boodschappen en eten koken, hoewel er dagen waren dat haar zoon niet langer sliep dan een half uur achtereen, en hoewel het onmogelijk was om iets gedaan te krijgen als hij wakker was.

Toen Eddie acht weken oud was, besloot Piers dat ze een etentje gingen organiseren. Alleen wat familie en goede vrienden, zei hij, heel ontspannen. Anne stemde in omdat ze wist dat Piers zich net zo voelde als zij: alsof hun oude leven, waarvan ze beiden hadden genoten, weggeglipt was zonder dat ze daar iets over te zeggen hadden gehad. Ze bladerde terwijl ze Eddie zat te voeden door kookboeken. Ze besloot dat ze als voorafje een kaassoufflé zou gaan maken. Volgens de kookboeken waren die helemaal niet zo moeilijk te maken als iedereen altijd dacht. Waldorfsalade en gebraden ham als hoofdgerecht; die zou ze kant-en-klaar bij de slager kopen, dan hoefde ze zelf niets te braden, en iedereen kon salade maken, toch? En dan als dessert sinaasappelsalade met kokosmakronen, die Piers op weg naar huis van Fortnum's kon meebrengen.

Ze nodigden drie stellen uit: Piers' nicht Gabe met haar vriend Adam, Claudia, de jongste dochter van Gillis Sinclair, met haar man Toby, en Jamie Mortimer, die hun getuige was geweest bij hun huwelijk, met zijn vriendin, Gloria. Piers kwam op de avond van het etentje laat thuis en Anne kwam er al snel achter dat hij de makronen had vergeten. Er lag nog een pakje Nice-koekjes in de kast; dan moesten ze het daar maar mee doen.

De zitkamer was een chaos; ze had willen opruimen, maar daar was ze niet aan toegekomen. Ze vroeg Piers op te ruimen terwijl zij Eddie aan het voeden was, maar toen ze de kamer in kwam, lag hij languit op de bank te slapen. Ze voelde een golf van woede door zich heen gaan – dat hij lag te slapen terwijl zij degene was die elke nacht op moest om de baby te voeden! – maar ze wist dat ze onredelijk was. Hij werkte vreselijk lange dagen. De baby was haar taak, een succes van de zaak maken was de zijne.

Ze legde Eddie in bed en trok snel een kort, zwart, linnen jurkje aan, waar ze de broche die Piers haar had gegeven op speldde. Ze knoopte een schort voor en raspte de kaas voor de soufflé, zo snel als ze kon, want ze was bang dat Eddie weer zou gaan huilen. Ze was halverwege de witte saus toen ze hem hoorde jammeren. Volgens het kookboek was het fataal om de saus op dit moment te laten staan, dus rende ze naar de kinderkamer, pakte Eddie en zette hem in zijn wipstoeltje op de keukentafel en zong voor hem terwijl ze stond te roeren.

Piers kwam de keuken in schuifelen. 'Mijn god. Ik ben echt helemaal kapot.'

'Kun jij hem even in de gaten houden?'

'Ik moet me omkleden.'

'Piers, ik sta een soufflé te maken. Heb je de zitkamer opgeruimd?'

'Nog niet.' Hij tilde Eddie uit het stoeltje, die acuut ophield met huilen. Eddie huilde bij Piers veel minder. Anne vroeg zich af of dat kwam doordat hij alleen aan melk dacht als hij haar zag, of dat Piers beter was in hem rustig krijgen, of dat Piers gewoon beter was met baby's en het beter zou zijn als hij thuis zou blijven om voor hun zoon te zorgen terwijl zij terugging naar de galerie.

De voordeurbel ging. 'Jezus,' zei Piers. 'Hoe laat is het?'

'Zeven uur. We hebben half acht gezegd.'

'Niemand komt om zeven uur als je om half acht afspreekt.' Hij liep mopperend naar beneden en liet Jamie en Gloria binnen. Gloria was een kleine, donkere, stevige dame met krullen. Ze droeg een nauwsluitende, knalrode jurk. Anne zei gedag en ging verder met de soufflé.

Piers stak zijn hoofd om de keukendeur. 'Ze drinkt alleen Babycham,' zei hij geïrriteerd.

'Je had toch een fles champagne gekocht?'

'Ze drinkt geen champagne, alleen Babycham. Ik moet even gaan halen. Hou jij ze zolang bezig?'

Anne zette de soufflé in de oven en liep naar de zitkamer. Piers had Eddie weer in zijn wiegje gelegd. Anne kletste wat met Jamie en Gloria en toen arriveerden Gabe en Adam. Piers kwam thuis met de Babycham voor Gloria. Anne rende terug naar de keuken. De soufflé zag er goed uit: hij was mooi gerezen en had een lichtbruine bovenkant. Het drong tot haar door dat ze de tafel nog niet had gedekt en ze begon bestek te tellen. De tafel was klein voor acht mensen. Maar misschien kwamen Claudia en Toby niet opdagen; het was al vijf over half acht.

Een langgerekt belgeluid: daar waren ze. Er klonk een schreeuw uit de kinderkamer.

Gabe bewoog haar hoofd opzij. 'Is dat Eddie?'

'O, hemel.' Anne stond als versteend, met een hand vol opscheplepels.

'Ik haal hem wel even,' zei Gabe.

'Nee, ik zal hem even voeden, dan haalt hij het wel tot na het eten. Ik ben zo terug.'

Eddie was een hete, rood aangelopen bal woede. Ze suste hem, wiegde hem, kalmeerde hem. Hij stikte bijna toen hij haar tepel in zijn mond had, dus klopte ze hem op zijn ruggetje en probeerde hem tot bedaren te brengen. Hij greep, wild van de honger, nogmaals naar haar tepel en begon te zuigen.

Er werd aangeklopt en Claudia kwam binnen. 'Anne, schat, sorry dat ik stoor, maar de soufflé is aangebrand.'

'Is het heel erg?'

'Ja, ik vrees van wel. Zal ik eieren koken? Er staat nog een doos in de koelkast.'

'Graag.' Ze perste het woord uit haar keel. Ze wilde huilen. Ze was die hele soufflé, die er nog maar een kwartier geleden zo perfect had uitgezien, helemaal vergeten. Ze onderdrukte haar tranen, liet Eddie een boertje doen, verschoonde hem en legde hem terug in zijn bedje. Hij begon op zijn handje te kauwen en maakte zuiggeluidjes.

Claudia en Gabe waren in de keuken. Gabe stond sla te wassen en er pruttelde een pan met eieren op een gaspit. Toen Anne de soufflé in de gootsteen zag staan, helemaal zwart en vol scheuren, wilde ze weer gaan huilen.

'Toen ik voor het eerst een etentje voor Toby's ouders had georganiseerd, is de kat er met de zalm vandoor gegaan.' Claudia bulderde van het lachen. 'Ik moest hem in elkaar passen als een puzzel. Ik voelde me afschuwelijk dat ik mijn schoonouders eten serveerde dat door de kat was aangevreten.'

Anne goot het kokende water met de eieren in een vergiet, liet ze schrikken onder koud water, en toen pelden ze ze, sneden ze doormidden en legden de halve eieren in een nestje van sla.

'Dank jullie wel,' zei Anne. 'En ga nu maar lekker zitten.'

'We helpen wel even met serveren,' zei Claudia.

'Nee, ga alsjeblieft zitten.'

Anne haalde diep adem, schepte mayonaise op de eieren en probeerde er niet al te erg mee te zitten. Toen liep ze met de eieren naar de eetkamer.

Piers zei: 'We aten toch soufflé?'

'Die is aangebrand.'

'Ik weet niet of deze wijn wel smaakt bij eieren.'

'Doe niet zo moeilijk, Piers,' zei Claudia opgewekt. 'Schenk hem nou maar gewoon in.'

'Wat een schitterende broche,' zei Gloria tegen Anne.

'Hij komt van de winkel van Piers.'

'Kom eens langs,' zei Piers.

Er klonk een schreeuw uit de kinderkamer. 'Wat is er nu weer?' zei Anne wanhopig. Ze stond van tafel op.

Eddie had alweer honger. *Ik heb je de afgelopen twee uur vier keer gevoed*, wilde ze tegen hem zeggen, maar dat zou geen enkele zin hebben. Ze ging in de leunstoel zitten en ritste haar jurk los. Hij dronk wat en keek toen met grote ogen om zich heen.

Claudia kwam de kamer binnenlopen. 'Krampjes?'

'Misschien.'

'Zo te zien is hij klaarwakker.'

'Dat kan niet! Hij is de hele dag al wakker!'

'Met Natasha was het 's avonds ook altijd moeilijk. Zal ik even?' Claudia nam de baby van Anne over. 'Dan kan ik even lekker met hem knuffelen. Wat ben je toch een heerlijk, heerlijk jongetje. Die gemene ouwe Toby zegt dat hij geen kinderen meer wil.'

Ze liepen terug naar de eetkamer, Claudia met de baby tegen haar schouder genesteld.

'Moet hij niet slapen?' merkte Piers op.

'Dat zou wel moeten, ja,' zei Anne op gespannen toon. 'Maar dat is niet zo.'

Ze ruimde de tafel af. Hoofdpijn stak tegen haar schedel. Ze schonk een groot glas water in en dronk het leeg. Ze legde de ham op een bord en pakte een vleesmes. Gabe dwaalde de keuken in en at de overgebleven eieren op. Gabe at vreselijk veel, maar ze was lang en ontzettend dun.

Anne keek naar de salade, die ze eerder die dag had gemaakt. 'Ik ben de walnoten vergeten.' Ze zocht in de kast. 'Volgens mij heb ik ze niet gekocht.'

'Maak je daar maar geen zorgen om,' zei Gabe. 'Niemand houdt van walnoten. Alsof je stukjes hout zit te eten.'

Ze liepen met het eten naar de zitkamer. Piers had het over de winkel. 'Het was barstensvol, vanochtend. Echt een massa klanten. Jullie zouden allemaal eens moeten komen kijken.'

'Je zult wel lange dagen maken,' zei Toby.

'Dat kun je wel zeggen, ja.'

'Ik had nauwelijks tijd voor de kinderen toen ik de zaak aan het opzetten was.'

'Je hebt nog steeds nauwelijks tijd voor de kinderen, schat,' zei Claudia. 'Ik dacht dat je het zo wilde.' Ze legde de baby een beetje anders tegen zich aan. Eddies irissen waren donkere spleetjes onder naar beneden zakkende oogleden.

'Heb je plannen om terug te gaan naar de galerie, Anne?' vroeg Gabe.

'Ik weet nog niet wat ik ga doen. Ik zou het wel willen, maar ik weet het niet.'

'Je wilt toch niet zonder Eddie zijn?' vroeg Piers.

'Nee, natuurlijk niet.' Anne dacht vol verlangen aan de galerie: het koele, serene interieur, het rustgevende werk van het kiezen en verkopen van schilderijen. Het leek niet alleen of dat een ander leven was, maar ook of het het leven van iemand anders was.

'Neem dan een au pair,' zei Claudia. 'Ik zou me geen raad weten zonder Karen. Nu kan ik tenminste rustig naar de kapper en af en toe eens winkelen zonder wandelwagen.'

'En dat is waarom ik niets anders doe dan werken,' zei Toby met een brede grijns op zijn gezicht. 'Om te betalen voor de au pair, de kapper en het winkelen.'

'Hou toch je mond, Toby. Zal ik de kleine jongen even terugleggen in bed, Anne?' Claudia kuste de baby op zijn kruin. 'Hij vond het verschrikkelijk leuk om bij ons feestje te zijn, maar nu moet hij slapen.'

Anne serveerde het dessert. Toen zette ze koffie. Dat was haar enige culinaire talent, bedacht ze: volle, sterke koffie in plaats van dat slootwater dat de Britten graag dronken. Piers zette een langspeelplaat op, ze dronken samen een fles cognac, en om half twaalf begonnen de gasten te vertrekken.

Anne ruimde de koffiespullen en de cognacglazen op. Piers kwam de keuken in lopen. Ze zei: 'Ik ben bang dat ik dit nooit ga leren.'

'Wat?' Hij zocht in de kastjes naar nog een borrel.

'Koken. Gasten ontvangen.'

'Het was hartstikke gezellig. Iedereen heeft een heerlijke avond gehad.'

'Piers. Het eten was niet te vreten. De soufflé was aangebrand en we hebben waldorfsalade zonder walnoten gegeten. De ham kwam van de slager en de koekjes kwamen uit een pakje. Het enige wat ik heb gedaan, was een paar sinaasappels schillen.'

Hij drukte zijn lippen in haar hals. 'Wat maakt dat nou uit?'

Ze maakte zich met een felle beweging van hem los. 'Voor mij maakt het uit. Iedereen in de familie Winterton is mooi en slim, en jullie delen zo veel met elkaar: herinneringen, je jeugd. Tot aan die verrekte vreugdevuren aan toe. En dan heb je mij: altijd aan de periferie.'

Hij keek haar met gefronst voorhoofd aan. 'Anne, dat is nonsens. Iedereen heeft zijn best gedaan om je het gevoel te geven dat je erbij hoort. Je voelt het alleen maar zo omdat je zo moe bent, door de baby.'

'O, ja, de baby,' zei ze verbitterd. 'Waarom vertelt niemand je hoe het leven echt is met een baby? Omdat niemand er dan nog aan zou beginnen. Omdat het menselijke ras dan zou uitsterven.' Ze stak haar handen in het afwaswater. 'Misschien moeten we inderdaad een au pair nemen, zoals Claudia voorstelde.'

'Jezus, er is helemaal niets te drinken meer.' Piers tapte een glas water voor zichzelf uit de kraan.

‘Of een schoonmaakster. Dat zou zo schelen, Piers. Een paar uurtjes per week maar, om te helpen zolang Eddie nog niet doorslaapt.’

Hij dronk zijn glas leeg en zei toen: ‘We kunnen ons geen schoonmaakster veroorloven. En ook geen au pair.’

Ze stond met een mes aangebrande soufflé uit de ovenschaal te schrapen. ‘Hoe bedoel je?’

‘Ik bedoel dat we dat niet kunnen betalen. Net zoals we eigenlijk die champagne niet kunnen betalen. Om nog maar te zwijgen over die verdomde Babycham.’

‘Piers?’

‘Ik heb wat geld moeten lenen.’

‘Hoeveel?’

‘Dat weet ik niet precies.’ Hij ontweek oogcontact.

‘Dat had je me moeten vertellen.’ Hoe kon hij dat nou hebben verzwegen? Ze voelde zich bang worden.

‘Ik los het wel op. We moeten het gewoon even rustig aan doen, verder niets. Tot het wat gemakkelijker wordt. En dan kun je net zo veel schoonmaaksters inhuren als je maar wilt.’

‘Ik dacht,’ zei ze, zorgvuldig om niet boos of bang te klinken, ‘dat we met wat je van je vader hebt geërfd, en met de verkoop van zijn appartement...’

‘Dat wordt allemaal opgeslokt door de zaak,’ zei hij terwijl hij een restje ham pakte. ‘Ik wilde je niet bezorgd maken.’

‘Piers.’ Ze legde het mes neer en sloeg haar armen om hem heen. Ze zag dat hij zich zorgen maakte, hoewel hij dat nooit zou toegeven. ‘Had het me verteld,’ zei ze. ‘We moeten dingen met elkaar delen. Zowel goede als slechte dingen.’

‘Het komt heus wel goed.’ Hij streelde over haar rug. ‘Zo gaat het altijd als je een nieuw bedrijf opstart, dat zegt iedereen. Het eerste jaar is het altijd moeilijk.’

Ze kusten elkaar. Ze hadden sinds de geboorte van Eddie nog niet gevreeën; ze voelde nu voor het eerst sinds de bevalling haar verlangen opvlammen.

Toen sneed een schreeuw door de stilte. Anne gaf Piers een kus en ze liep naar de kinderkamer. Ze haalde Eddie uit zijn wiegje en voedde hem terwijl ze nadacht over wat Piers net had verteld. Ze maakte zich niet zozeer zorgen om het gebrek aan geld als wel dat ze schulden hadden. En om hoeveel ging het precies? En als ze zo weinig geld hadden, waarom hadden ze dan zo veel uitgegeven aan een appartement dat ze niet eens mooi vond?

Het was half één in de nacht en ze was al sinds die ochtend vijf uur op. Ze viel steeds in slaap tijdens het voeden, dreef steeds een paar seconden weg. Ze drukte haar nagels in haar handpalm om zichzelf wakker te houden.

Toen hij was gevoed en verschoond, focusten Eddies donkere ogen zich op haar en begon hij te glimlachen.

'Hoi, ellendeling,' fluisterde ze liefdevol.

Ze zat met hem in haar armen, zacht zingend. Ze had een stilte leren vinden met de baby waarvan hij in slaap viel. Geen oogcontact; enkel een bewegingloze, stille aanwezigheid en een zacht, mompelend liedje. Dat was ook iets wat ze je van tevoren niet vertelden, bedacht ze terwijl ze hem in zijn wiegje legde: hoe vreselijk veel je van zo'n wezentje ging houden.

Joe dacht terwijl hij controleerde hoe het met de tarwe op het grote veld ging terug aan hoe het was geweest om met Juliet naast zich door de boomgaard op Greensea te lopen. 's Avonds overviel ze hem als hij de administratie zat te doen en leidde hem af met een glimlach of gebaar. Na een week van fouten maken, onoplettendheid en Christine die hem vroeg of hij ziek was, wist hij dat hij er iets aan moest doen. Maar wat? Hij was vergeten hoe hij een vrouw het hof moest maken. Hij was niet bang dat hij zichzelf voor schut zou zetten, maar hij maakte zich zorgen om die gekwetste uitstraling die ze had, een kwetsbaarheid die hem zowel raakte als waarschuwde. Hij zou haar nooit opzettelijk pijn doen, maar hij zag wel dat dat per ongeluk zou kunnen gebeuren.

Hij besloot haar mee uit eten te vragen. Obstakels – complicaties – drongen zich aan hem op. Als ze naar een restaurant in Maldon zouden gaan, zou de wijde omgeving de volgende dag weten dat Joe Brandon en Juliet Winterton samen hadden gedineerd. Hem maakte dat niet uit, maar hij wilde haar niet tot onderwerp van roddel en achterklap maken. Maar waar moest hij dan met haar heen? Hij ging hoogstzelden uit eten. Brood met kaas in een pub als hij naar een boerenmarkt was, of een hapje in een eenvoudig tentje als hij zaken had in Londen en er bleef slapen. Fred zou een en al vriendelijke, nieuwsgierige vragen zijn als hij hem om advies zou vragen. En Christine vond een kop koffie in een café in Maldon al geldverspilling.

En dan zat hij ook nog met de jeep. Hij kon niet met Juliet Winterton naar een restaurant rijden in een jeep. De jeep was in 1944 achtergelaten door het Amerikaanse leger, ondertussen meer dan twintig jaar oud, en de lak was beschadigd en de auto zat vol deuken. Ze kenden elkaar door en door, hij en die jeep, en hij kreeg hem altijd weer aan de praat als er iets was, maar wat als hij ermee ophield op weg naar een restaurant? Zelfs nadat hij was schoongemaakt, stonk hij bovendien nog naar het boerenleven.

Hij ging in de buurt van Colchester naar een tweedehands autobedrijf dat goed bekendstond en kocht een twee jaar oude Rover. De verkoper kwam over als een aardige man, dus Joe vroeg hem of hij een leuk restaurantje in de buurt wist. Hij kreeg meerdere tips. Op weg naar huis vroeg hij zich af hoe hij zo wereldvreemd had kunnen worden dat hij zulke vragen aan een vreemde moest stellen.

Die avond belde hij Juliet Winterton. Toen ze zijn uitnodiging aannam, ging er een golf van opluchting en gelukzaligheid door hem heen, die delen van zijn hart oplichtte die lang verwaarloosd waren geweest.

Hij ging naar de kapper, controleerde of zijn goede pak nog netjes was en poetste zijn schoenen. Hij bestudeerde zijn overhemden en kocht een stel nieuwe. Hij vond zichzelf belachelijk; hij leek wel een tiener. Toen hij zich op de grote avond aan het aankleden was, leek het of hij voor het eerst in jaren goed in de spiegel keek. Hij was oud geworden: hij merkte de zilvergrijze strepen bij zijn slapen op, en de diepe lijnen aan weerszijden van zijn mond. Oud, slonzig en wereldvreemd. Wat kon een vrouw als Juliet Winterton nou willen met een man als hij?

Hun gesprek op weg naar het restaurant begon levendig en ebde toen weg in stilte. Misschien was het beter geweest als hij iets had gezocht wat dichter bij huis was: de reis legde bloot hoe weinig ze van elkaar wisten. Hij hoopte maar dat het gesprek als ze eenmaal in het restaurant waren beter zou lopen, na een drankje. Ze complimenteerde hem met de auto; hij vertelde maar niet dat hij hem speciaal had gekocht om met haar uit te gaan; dat zou belachelijk hebben geklonken, overdreven gretig.

Het restaurant was een stijve, formele plek in een buitenwijk. De tafels waren gedekt met wit damast en zilveren bestek in een ruimte met hoge ramen die uitkeek over een terras met een rechthoekige vijver. Ze excuseerde zich om haar neus te poederen. Hij veegde een stofje van zijn manchet en keek op het menu.

Toen ze terugkwam aan tafel, stond hij op. Ze had haar jasje uitgetrokken en droeg een jurk van glanzend materiaal in dezelfde donkergouden tint als haar haar. De ober schoof haar stoel voor haar aan; ze namen plaats.

'Wat zie je er mooi uit,' zei hij.

Ze glimlachte. 'Dank je.'

'Ik ken het hier niet. Ben jij hier al eens geweest?'

'Nee. Ik ben al een eeuwigheid niet uit eten geweest.' Ze liet haar hoofd zakken en fronste haar wenkbrauwen een beetje. 'Ik weet niet meer zo goed hoe dit allemaal moet.'

'Maar wel beter dan ik.'

'Zullen we samen dan maar wat aanmodderen?'

Hij bedacht dat hij haar leuk vond. Hij vond haar aantrekkelijk en vreselijk leuk. 'Zullen we wijn bestellen?'

'Lekker.'

Het was zo'n restaurant met een Franstalige menukaart; toen ze de gerechten voorlas, hoorde hij dat ze ze accentloos uitsprak. Ze bestelden en de ober schonk na een omslachtig toneelstuk met de fles de wijn in.

Ze proostten. 'Op samen aanmodderen,' zei ze, en hij herhaalde haar woorden.

Ze hadden het over het platteland, over de wandelingen die ze zo fijn vonden en over de boeken die ze hadden gelezen. Ze vertelde over de concerten die ze elke zomer organiseerde om geld in te zamelen voor goede doelen. Hij vertelde dat hij elk jaar naar de Proms ging, met Paddy, de vrouw van zijn vriend Roy, die niet van muziek hield en er het nut niet van zag. Hij merkte terwijl ze zaten te praten op hoe haar haar over haar schouders viel, hoe de vlekjes groen in haar ogen sprankelden en hoe elegant al haar bewegingen waren: een handgebaar om een punt dat ze maakte te benadrukken, de manier waarop ze haar hoofd bewoog als ze lachte.

Na het eten bracht hij haar terug naar Marsh Court. Het was donker achter de ramen. Hij vond het geen prettig idee dat ze alleen zou zijn in dat grote, lege huis. Hij vond het geen prettig idee dat ze misschien eenzaam was. Hij wist dat hij verliefd op haar aan het worden was. Wat een vreemde ervaring; hij had zo lang gedacht dat liefde voor hem niet meer mogelijk was.

Ze gaf hem een kus op de wang. 'Ik heb een heerlijke avond gehad, Joe. Dank je wel.'

Hij wachtte tot ze de voordeur had gesloten en reed toen terug naar Greensea. Een hoog hangende halvemaan verlichtte de velden en de nieuwe auto gleed door de bochten en over de weggetjes die naar de boerderij leidden.

Eenmaal thuisgekomen schonk hij een glas cognac voor zichzelf in. Hij deed zijn stropdas af en zijn blik dwaalde naar de foto van Molly op de ladekast. Hij had in de dagen en weken na haar overlijden elke avond een kledingstuk van haar mee naar bed genomen. Maar haar geur was vervaagd en uiteindelijk had hij Paddy gevraagd te helpen met het opruimen van haar kast. De daaropvolgende jaren was hij steeds meer stukjes van haar kwijtgeraakt. Op een dag was het tot hem doorgedrongen dat hij zich het geluid van haar voetstappen niet meer herinnerde, en op een andere had hij ontdekt dat hij niet meer wist welke liedjes ze graag zong als ze stond af te wassen.

Je geheugen ontnam je alles wat je het kostbaarst was. Verliefd worden op Juliet Winterton zou voelen alsof hij Molly opnieuw in een kist zou leggen. Dat geluid was hij nooit vergeten: de doffe bonk van aarde die op de kist werd geschept.

Charley stootte op haar eerste werkdag bij het hoogheemraadschap in Finsbury een kop thee om toen ze brieven uit de postkamer aan het ophalen was. De thee verspreidde zich in een bleekbruine overstroming over het bureau.

De jongeman aan het bureau naast haar sprong op om te helpen. Hij depte de poel droog met zijn zakdoek terwijl zij koortsachtig probeerde papieren en mappen te redden.

'Leg ze maar op de radiator,' zei hij. 'Dan zijn ze zo droog. Zo, je ziet er niets meer van.'

'Dank je.'

'Graag gedaan. Ben je hier nieuw?'

'Het is mijn eerste dag.' Ze trok een gezicht. 'En het zal ook wel meteen mijn laatste zijn.'

Een van haar taken, na dat debacle met de thee, bleef het ophalen van de post, dus ze zag hem elke dag. Hij glimlachte altijd naar haar en bood haar dan een zuurtje aan.

Op een ochtend zei hij: 'Ik heb je gisteren gemist.'

'Ik had een dag vrij. Ik ben naar de rechtbank geweest.'

Hij trok vragend zijn wenkbrauwen op.

'Om onderzoek te doen,' legde ze uit. 'Ik ben een toneelstuk aan het schrijven, het speelt zich af in de rechtbank, en ik wilde zien hoe het eraan toegaat tijdens een proces.'

'Wie gaat het uitvoeren?'

Ze vond het leuk dat hij aannam dat het uitgevoerd zou gaan worden, dat het niet een hobby was die ze had om zichzelf bezig te houden. Ze zei: 'Mijn toneelvereniging, volgend jaar, als ik het op tijd af heb.'

De week daarna was hij twee dagen afwezig. De volgende dag sprak ze hem aan toen ze zijn post verzamelde. 'Ben je op vakantie geweest?'

'Mijn vrouw was ziek, dus ik moest voor ons zoontje zorgen.'

Een man in een marineblauw krijtstreeppak teemde: 'Meneer Renfrew, als u tijd hebt voor kletspraat, bent u vast ook wel in de gelegenheid om mij mijn cijfers te presenteren.'

'Uiteraard, meneer Fielding, ik heb ze bijna af.' Hij praatte zachter verder tegen Charley: 'Lunch je in de kantine?'

'Meestal wel, ja. Om een uur of één.'

Het hoogheemraadschap was gevestigd in een groot, imposant gebouw van rode baksteen. De holle kroonlijsten en het sierpleisterwerk op de plafonds vormde een vreemde combinatie met de gehavende metalen bureaus en stoelen.

Charley liep om één uur naar de kantine op de begane grond. Toen ze met haar dienblad van de kassa wegliep, zag ze meneer Renfrew, die boterhammen uit een verpakking van vetvrij papier zat te eten.

'Ik heb een stoel voor je vrijgehouden.'

'Dank je, meneer Renfrew.'

'Daniel.'

'Charlotte. Of eigenlijk Charley. Ik hoop dat je vanochtend niet bent berispt.'

Hij schudde zijn hoofd. 'Fielding zit me op de huid omdat ik vorige week twee dagen vrij moest nemen, verder niets. Hoe gaat het met je toneelstuk?'

'Traag.' Charleys ervaring met rechtszaken was tot de dag dat ze naar de Old Bailey was geweest beperkt geweest tot de televisieserie *Perry Mason*. Het ging er in de Old Bailey totaal anders aan toe. Het grootste deel van de tijd was het ronduit saai geweest, maar soms was het heel verdrietig; het leven van de betrokkenen was heel verdrietig.

Ze vroeg: 'Is je vrouw weer hersteld?'

'Het gaat beter, dank je. Mijn schoonmoeder helpt. Normaal gesproken zorgt zij voor Simon als Jeannette ziek is, maar ze kon vorige week niet. Ik heb nog geprobeerd of hij extra naar de peuterspeelzaal mocht, maar dat kon niet. Fielding is een sarcastische klootzak die denkt dat het probleem is dat ik er een zootje van maak.'

Zijn toon klonk meer vermoeid dan haatdragend. Charley vroeg zich af wat er met zijn vrouw aan de hand was dat ze vaak ziek was, maar ze vond dat ze hem niet goed genoeg kende om ernaar te vragen.

Hij vroeg: 'Heb je het hier naar je zin?'

'Het gaat wel.'

Ze vond dat hij een lieve glimlach had, die zijn ogen oplichtte, die vogelachtig, nieuwsgierig bruin waren. 'Dan neem ik aan,' zei hij, 'dat je niet van plan bent de rest van je leven te blijven werken voor het hoogheemraadschap?'

'Daar ga ik niet van uit.'

'We zijn hier toch niet ook onderzoek voor een toneelstuk, hè?'

'Nee, ik had werk nodig. Maar je weet maar nooit.'

'Moord in het magazijn... romantiek rond de theewagen.' Hij keek haar steels aan. 'Ik probeer niet de draak met je te steken, hoor.'

'Dat weet ik.'

'Ik vond Engels vroeger heerlijk op school.'

'Ga je vaak naar het theater?'

'Tegenwoordig niet meer.'

'Ik ga even koffie halen. Wil jij ook?'

'Nee, dank je. Ik heb een eigen thermosfles.'

'Wil je een KitKat?'

'Nee, dank je.'

Ze kocht er toch een en gaf hem de helft. Ze lunchten de daaropvolgende weken regelmatig samen. Hij was geestig, intelligent en opmerkzaam en ze vond hem ontzettend aardig. Hij was slank gebouwd, had een gemiddelde lengte, en hij had met zijn prominente jukbeenderen en smalle kin het uiterlijk van een vrolijke, slimme elf. Ze maakte hem graag aan het lachen, zag graag zijn vriendelijke glimlach. Hij had fijn bruin haar, dat over zijn voorhoofd viel; zijn leidinggevende, meneer Fielding, teemde daar graag over: 'Die haardracht zou kunnen als u lid was van The Beatles, meneer Renfrew, maar op kantoor is het ongepast.' Hoewel ze het leuk vonden om de saaiere medewerkers op het hoogheemraadschap te bespotten, kreeg Charley de indruk dat Daniel zijn werk serieus nam en het goed deed.

Na een tijdje drong het tot haar door – en ze voelde zich verschrikkelijk stom dat ze het nu pas bedacht – dat hij krap bij kas zat. Ze nam aan dat het door zijn zieke echtgenote kwam, en hun zoontje. Aangezien hij zich verplicht voelde om de beurt de Kit-Kat te betalen, zei ze tegen hem dat ze op dieet was en ze niet meer at.

Daniel werkte nu vijf jaar voor het hoogheemraadschap. Het gezin Renfrew woonde in Islington; Daniels zoon Simon was bijna vier. Het duurde even voordat ze het gevoel had dat ze hem goed genoeg kende om naar zijn vrouw te vragen.

Ze liepen na het werk samen naar de bushalte. 'Ze heeft een vorm van reuma,' legde hij uit. 'Het is begonnen na de geboorte van Simon. Daarvoor was er niets aan de hand. Het komt en gaat.'

'Wat vreselijk,' zei Charley. 'Dat moet echt afschuwelijk voor haar zijn.'

'Haar gewrichten zwellen helemaal op en worden heel pijnlijk. Als het slecht gaat, kan ze Simon niet dragen. Ze kan dan ook niet koken, ze kan dan eigenlijk helemaal niets. De artsen schijnen er niets aan te kunnen doen behalve haar adviseren aspirine te slikken.' Hij trok zijn wenkbrauwen op, die een puntige Chinese hoed vormden boven zijn amandelvormige ogen. 'Het ergste is nog dat ze helemaal niet van het moederschap kan genieten. Ze vindt het vreselijk dat ze niet zelf voor Simon kan zorgen.'

'O, Daniel.' Ze omhelsde hem troostend en toen kwam de bus.

Charley besloot, daartoe aangespoord door schuldgevoel en het besef hoe goed ze het zelf had, bij Anne in South Kensington op bezoek te gaan. Ze schreef onderweg in de metro een paar regels dialoog voor haar toneelstuk, maar ze sloegen nergens op, dus maakte ze een prop van het vel papier en gooide het op weg uit het metrostation in een prullenbak.

Anne liet haar binnen. Het geluid van een huilende baby werd harder terwijl ze de trap op liep. Het appartement was groot, lelijk en pretentieus: dat was typisch Piers, vond Charley, om zoiets monsterlijks als dit te kiezen. Op de plafonds zat stoffig sierpleisterwerk en de schoorsteenmantel in de zitkamer was van een roze steensoort die aan ingeblikt vlees deed denken. Het was een koude, mistige herfstdag en Anne had de elektrische kachel aangezet om de kamer te verwarmen.

Anne tilde de rood aangelopen Eddie uit zijn wandelwagen. 'Dag, lieverd,' zei ze zacht.

'Heeft hij honger?'

'Dat kan niet, ik heb hem net gevoed. Wil je koffie?'

'Zal ik hem even zetten?'

'We hebben zo'n onmogelijk te bedienen apparaat; laat mij maar.'

Anne klonk meer berustend dan kritisch, waardoor Charley zich behoorlijk nutteloos voelde, dus bood ze aan om Eddie vast te houden.

'Hij heeft een moeilijke dag,' zei Anne, maar ze legde de baby wel in Charleys armen.

Eddie trok een grimas ter voorbereiding op een huilbui, dus Charley vlijde hem tegen haar schouder en liep in een wiegende beweging met hem door de kamer. Hij leek het leuk te vinden om uit het raam te kijken, dus bleef ze heen en weer wiegend met haar rug naar het raam gekeerd staan tot Anne terugkwam met de koffie.

'Slaapt hij?'

'Volgens mij wel.' Eddies hoofdje rustte zwaar tegen haar schouder; Charley streelde met haar wang over zijn donzige schedeltje.

'Godzijdank.' Anne ging zitten, sloot haar ogen en drukte haar vingertoppen tegen haar slapen. Ze had zich niet opgemaakt en op de schouder van de jurk die ze aanhad zat opgedroogd babyspuug. Voor haar zwangerschap had ze er altijd op het irritante af goed verzorgd uitgezien, maar dat was verleden tijd. Als Charley bij Anne was, voelde ze zich voornamelijk verveeld en schuldig. Vandaag voelde ze ook medeleven met Anne.

'Zal ik een keer komen oppassen,' bood ze aan, 'zodat jij en Piers een avondje uit kunnen?' Toen Anne geen antwoord gaf, zei Charley: 'Ik weet wat ik moet doen met een baby, hoor. Ik pas ook wel eens op bij Eliot.'

‘Dat is het niet,’ zei Anne. ‘Het probleem is niet dat we geen oppas hebben.’ Ze schonk koffie in. ‘Piers is vrijwel nooit thuis voor een uur of negen, tien, en tegen die tijd ben ik veel te moe om nog iets te ondernemen. Louise komt af en toe vroeg in de avond, zodat ik in mijn eentje wat kan gaan doen.’

Charley voelde zich gekrenkt dat Louise dat niet had verteld. ‘O,’ zei ze. ‘Nou, mijn aanbod blijft staan.’ Ze wist dat ze onbeholpen klonk.

‘Als hij slaapt, moet hij in zijn wagen,’ zei Anne. ‘Ik probeer hem af te leren dat hij alleen slaapt als hij wordt vastgehouden.’

Charley legde Eddie in de wagen en trok het dekentje over hem heen. ‘Moet Piers vreselijk hard werken?’

‘Piers zal niet rusten voordat hij het beter doet dan alle andere juweliers in Londen. Met name Winterton’s, natuurlijk.’ Annes toon was gelaten afstandelijk. Ze sprak zonder geamuseerdheid of liefde en Charley voelde een onderstroom van woede in haar woorden. Ze probeerde een ander gespreksonderwerp te bedenken, toen Anne zei: ‘Weet je dat etentje op Marsh Court nog, toen Piers heeft verteld dat we waren getrouwd?’

Al Charleys zintuigen werden acuut alert. Natuurlijk wist ze dat nog. Ze zou de dialoog van die avond moeiteloos zin voor zin kunnen reciteren. Het was uitermate irritant dat het zo moeilijk was om vervelende dingen te vergeten, zoals dat Nate kwaad op haar was, terwijl ze leuke dingen leek te vergeten zodra ze waren gebeurd. Ze had gehoopt dat Anne was vergeten wat ze had gezegd, maar ze zag nu wel in hoe naïef die gedachte was geweest, en ingegeven door de behoefte haar eigen geweten te sussen.

‘Ja,’ zei ze op haar hoede.

‘Je hebt toen gezegd dat Piers alleen met me is getrouwd om Aidan een hak te zetten. Waarom heb je dat gezegd?’

Charley gaf geen antwoord. Ze wenste dat ze niet was gekomen. Ze wenste dat Eddie wakker zou worden en weer zou gaan huilen.

‘Charley, je hoeft het alleen maar te vertellen,’ zei Anne met een licht lachje in haar stem. ‘Ik neem je niets kwalijk.’

‘Ik had het nooit moeten zeggen. Het waren afgrijselijke woorden en het spijt me verschrikkelijk. Ik had een slechte dag en het flapte er zomaar uit. Ik bedoelde er niets mee.' Wat zielige woorden waren, en niet eens de waarheid. Ze had het gevoel dat Anne haar niet aardig vond; gek genoeg zat dat haar dwars.

'Volgens mij meende je het wel,' zei Anne zacht.

'Nou ja, op dat moment misschien. Maar ik zat ernaast.'

'Is Aidan verliefd op me geweest?'

Ze schudde haar hoofd. 'Dat weet ik niet.'

Anne staarde naar de vloer. 'Ik kan het maar niet uit mijn hoofd zetten. Ik blijf me maar afvragen of Piers tot zoiets in staat zou zijn. Nee, toch?'

Zeg dan wat, berispte Charley zichzelf boos. Zit daar niet zo stom, als een pop. 'Anne, Piers houdt van jou en van Eddie. Echt waar.'

Anne keek op. Haar gezichtsuitdrukking was er een van pure wanhoop. 'Waarom is hij er dan nooit?'

'Dat is Piers, zo is hij altijd geweest. Hij raakt geobsedeerd door dingen en merkt niets anders op.'

Maar dat hielp niet. 'Waarom ziet hij zijn zoon niet?' vroeg Anne. 'Waarom ziet hij mij niet?'

Charley kon verder niets te zeggen bedenken, en alles wat ze al had gezegd, had het alleen maar erger gemaakt. Anne leek zichzelf tot de orde te roepen. Ze vroeg Charley naar haar werk, en Charley perste er een antwoord uit. Toen viel het gesprek weer stil. Tien minuten later vertrok ze. Tijdens de wandeling naar huis wenste ze dat ze een man was en een pub in kon duiken om een glas gin te bestellen; ze durfde dat niet in haar eentje te doen. Ze schaamde zich diep en ontdekte tot haar opluchting toen ze thuiskwam dat Gabe en Louise er niet waren.

Ze was die ochtend laat opgestaan en als laatste vertrokken, en ze had de keuken vol schaaltjes van de ontbijtgranen en toastkruimels achtergelaten. Normaal gesproken zou ze ervan zijn uitgegaan dat Louise of Gabe later wel zouden opruimen – ze waren allebei heel ordelijk aangelegd – maar het drong nu tot haar door hoe walgelijk haar gedrag was. Ze moest toegeven dat ze op dit moment weinig positiefs aan zichzelf zag. Misschien was haar slordige en onhandige aard niet zo schattig als ze altijd zo vanzelfsprekend had gevonden. Kon ze haar gesprek met Anne maar vergeten, met name de laatste tien minuten van haar bezoekje, die vrijwel in een complete stilte waren voorbijgegaan. Uit dat deel van haar geheugen waar ze de dingen opsloeg waaraan ze niet wilde denken klonk nog een stem, die van Christian Fraser: *Het wordt tijd dat je volwassen wordt, weet je dat?* Ze bedacht terwijl ze de warme kraan opendraaide en aan de afwas begon dat hij vast gelijk had.

Ze vertelde Daniel een paar dagen later wat er was gebeurd. Ze moest het aan iemand vertellen. Als ze het voor zichzelf zou hebben gehouden, zou ze zijn geëxplodeerd van zelfhaat en spijt, en Daniel was begripvol en geen familie.

Ze legde kort uit hoe het rond de dood van haar vader was gegaan, en met de ruzie tussen Piers en Aidan, en dat ze Anne niet aardig vond.

'Waarom niet?' vroeg hij.

Nate had die vraag ook eens gesteld. Het was lunchtijd, en ze zaten in de kantine. Ze snakte naar de troost van chocolade en had een KitKat gekocht. Ze brak de helft eraf en gaf die aan hem.

'Als ze er was, had Piers alleen maar aandacht voor haar, en dan negeerde hij mij volledig. En ze was altijd zo perfect.'

'Waarom vond je dat vervelend?'

'Omdat ik zelf allesbehalve perfect ben!' Tranen stroomden over haar wangen.

'Ik vind je wel perfect.'

Die woorden verrasten haar zo dat ze acuut stopte met huilen. 'Niet waar,' zei ze verongelijkt. 'Helemaal niet.'

'Je bent geestig, slim, en leuk gezelschap. En mooi.'

Nu deed hij echt belachelijk. 'Daniel, doe normaal,' zei ze pertinent. 'Ik ben klein en dik. Ik zou dit helemaal niet moeten eten.' Ze schoof haar eigen helft van de KitKat over de tafel naar hem toe. Toen slaakte ze een diepe zucht. 'Ik moet het goedmaken.'

'Dat kan misschien niet.'

'Het moet.'

'Charley, niet alles is maakbaar.'

Toen vertelde hij dat hij Jeannette op school had leren kennen, in de zesde klas. Ze hadden vijf maanden verkering toen Jeannette ontdekte dat ze zwanger was. Ze waren zes weken later getrouwd. Ze waren allebei achttien.

'Ik wilde naar de universiteit,' zei hij, 'en Jeannette wilde verpleegster worden. We hebben niet eens eindexamen gedaan. In plaats daarvan zijn we getrouwd en hebben we Simon gekregen. Ik klaag niet; Simon is het beste wat me ooit is overkomen. Maar ik zal nooit naar de universiteit gaan en misschien blijf ik hier wel de rest van mijn leven werken. Je kunt de klok niet terugdraaien.'

'Je kunt naar de avondschool gaan.'

'Misschien, op een dag. Maar nu geef ik 's avonds Simon een bad, leg hem in bed, en dan kook ik eten en doe ik het huishouden. Jeannette kan vrijwel niets zelf. Dan doen we een potje scrabble, of we kijken televisie, en dan, als het heel slecht gaat, help ik Jeannette in bed. En dan probeer ik in bed te lezen, maar ik val altijd in slaap voordat ik een paar bladzijden verder ben.'

Hoewel ze vreselijk met Daniel had te doen, geloofde ze, op dat moment, niet dat hij gelijk had. Ze wist zeker dat ze een manier zou vinden om het goed te maken. Toen ze dat weekend thuiskwam op Marsh Court, was haar moeder de hal aan het schilderen, van het smoezelige bruin waarmee Charley was opgegroeid en dat ze zo mooi vond, in zachtgeel. Charley hielp haar. Ze kreeg een idee terwijl ze op een ladder stond en over de bleke, spookachtige rechthoeken die de schilderijen hadden achtergelaten heen sausde. Ze zou met Piers gaan praten.

Na een heleboel telefoontjes en achtergelaten boodschappen ging ze uiteindelijk de donderdag daarna op weg naar een afspraak met haar broer in een pub aan King's Road.

Piers zei dat hij tien minuten had terwijl hij op een kruk aan de bar schoof. Hij bestelde een gin-tonic voor haar. Was er iets aan de hand? Met mam?

'Met mama is alles prima. Ze is het huis aan het opknappen.'

'Mijn god.' Hij trok zijn wenkbrauwen op. 'Dan is ze nog minstens tien jaar bezig.'

'Ik wil het met je over Anne hebben.'

'Anne?' Hij viste een pakje Rothmans uit zijn zak en haalde er een sigaret uit. 'Jij ook?'

'Nee, dank je. Volgens mij is ze niet gelukkig, Piers.'

'Ze is gewoon moe. De baby...' zei hij vaag.

'Het gaat niet alleen om Eddie.' Ze kon geen manier bedenken om het tactvol te zeggen, en hij begon haar hoe dan ook te irriteren, dus ze zei plompverloren: 'Het gaat om jou. Misschien zou je wat eerder naar huis kunnen gaan na je werk.'

'Misschien zou jij je niet met mijn zaken moeten bemoeien.'

Zijn blik maakte haar nerveus. Hij was altijd in staat geweest haar het gevoel te geven dat ze jong en dom was, een onbelangrijk klein zusje.

'Piers. Ze is echt ongelukkig.'

'En hoe vaak ga jij bij haar op bezoek?'

Ze begon te blozen. 'Dat weet ik niet precies... Ongeveer eens in de drie of vier weken.'

'En dat maakt jou tot expert op het gebied van de gevoelens van mijn vrouw?'

'Ik bedoelde niet...'

'Je hebt haar gewoon op een slechte dag getroffen. Anne weet dat ik hard moet werken om het bedrijf van de grond te krijgen. Dat begrijpt ze.'

Charley keek weg in de drukke pub. Haar starende blik ging van het ene naar het andere stelletje: sommige koppels zagen er gelukkig uit, sommige verveeld, en een paar hadden ruzie.

'Ze is eenzaam, Piers. En Eddie is een schatje, maar het is wel heel intensief met hem.'

'Heeft Anne dat tegen je gezegd?'

'Nee,' gaf ze toe.

'Bemoei je er niet mee, Charley. Je hebt geen idee waar je het over hebt.' Zijn ogen stonden kil; hij maakte met een felle beweging zijn sigaret in de asbak uit. 'Je hebt echt geen idee.'

Louise en Josh zaten *Z-Cars* te kijken toen Charley thuiskwam. Josh had een doosje Maltesers gekocht. Charley at er een paar en keek mee met het televisieprogramma. Ze dacht aan de opmerking van Daniel, die had gezegd dat niet alles maakbaar was. Ze wist dat hij het over zichzelf had gehad. Hij had tegen haar gezegd dat zijn zoon het beste was wat hem ooit was overkomen, maar hij had niet hetzelfde over Jeannette gezegd. Ze hadden moeten trouwen omdat er een baby op komst was, maar hij had niet van haar gehouden.

En Piers, die zou wel gelijk hebben. Zijn relatie met Anne ging haar niets aan. Toch voelde ze zich vreselijk verantwoordelijk. *Ik kan het maar niet uit mijn hoofd zetten*, had Anne gezegd. Charleys eigen woorden, over de tafel op Marsh Court geschreeuwd, achtervolgden Anne. Charley zou er zo ongeveer alles voor overhebben om ze terug te kunnen nemen.

Ze liep naar boven en pakte het manuscript van haar toneelstuk. Ze bleef die avond tot diep in de nacht op en schrapte alles in de tekst wat ze zwak of onoprecht vond, waarbij ze diep in haar hart groef om de juiste gedachte en emotie over te brengen. Ze had ontdekt dat woorden belangrijk waren. Ze hadden consequenties. Je moest zorgen dat je de juiste koos.

13

Oktober 1965-december 1965

'Joe vertelde dat je lesgeeft, Juliet,' zei Paddy.

Ze waren op Greensea, in de kamer met de hoge ramen en de versleten chintzbanken. Joe had een paar dagen daarvoor tegen haar gezegd dat hij haar aan zijn vrienden wilde voorstellen.

Roy en Paddy – Patricia – leidden de liefdadige organisatie die de kampeertripjes voor de jongens uit de achterbuurten organiseerde. Paddy was van ongeveer dezelfde leeftijd als Juliet; ze was klein, donker en energiek. Roy, die oorspronkelijk uit Yorkshire kwam, was breedgebouwd, brildragend, en hij had blond haar en een baard. Hij stond Joe's boekenplanken te inspecteren.

'Ik geef kunstzinnige vorming op een jongensschool in Maldon,' zei ze.

Roy keek op. 'Openbaar of particulier?'

Joe gaf Juliet een glas sherry en ze bedankte hem. 'Particulier,' zei ze tegen Roy. 'Maar we nemen elk jaar een paar jongens aan met een beurs.'

'Een beurs,' herhaalde Roy op geringschattende toon. 'Voor jongens die slim en bekwaam zijn, neem ik aan. Niet voor de jongens die het hardst een degelijke opleiding nodig hebben.'

'Ik neem niet aan,' zei Joe terwijl hij Roy een biertje aangaf, 'dat Juliet beslist welke jongens een beurs krijgen.'

'Ik heb er helemaal niets over te zeggen,' zei ze. 'Ik geef parttime les. Ik ben erin gerold toen een van de leerkrachten plotseling vertrok. Het schoolhoofd wist dat ik een beetje kan tekenen en knutselen omdat ik had geholpen met het decor voor het kerstspel toen mijn zoon er op de kleuterschool zat.'

'Dus je zoon is naar een particuliere school geweest?'

'Allebei mijn kinderen.'

'Dat is fijn voor ze,' zei Roy op een toon alsof hij een punt had bewezen.

'Iedereen heeft toch het recht om te kiezen wat het beste is voor zijn kinderen?'

'En als die luxepositie van invloed is op de keuze van anderen?'

'Hou eens op haar te ondervragen, Roy,' riep Joe over zijn schouder terwijl hij nog een flesje bier opende.

'Sorry.' Hij glimlachte verontschuldigend naar haar. 'Ik kan het niet laten.'

'Het probleem met Roy,' zei Paddy terwijl ze een glas bier van Joe aannam, 'is dat hij een onverbeterlijke idealist is. Je kent Juliet pas vijf minuten, schat. Dat is wel heel snel om te concluderen dat ze vindt dat ze een voorkeurspositie verdient te krijgen.'

'Onderwijs is de sleutel tot het verbeteren van de maatschappij. Ik zou het daarom graag wat evenrediger verdeeld willen zien, dat is alles. Mag ik deze lenen, Joe?' Roy stond met een paperback van Isaac Asimov te zwaaien.

'Natuurlijk.'

Roy ging in een leunstoel zitten. 'Sommige van de jongens die we proberen te helpen zijn opgegroeid zonder ook maar één boek in huis. Probeer je dat eens voor te stellen, Juliet. Toen ik klein was, struikelde je er bij mij thuis over.'

'Tijdens de oorlog,' zei Juliet, 'toen ik vreselijk veel behoefte aan boeken had, heb ik het plan opgevat alle boeken uit de bibliotheek van Marsh Court te lezen. Dat is niet gelukt. De oorlog was voorbij voordat ik bij de bovenste plank was aanbeland. Maar ik heb wel *Verval en ondergang van het Romeinse Rijk* helemaal uitgelezen. Daar was ik wel trots op.'

'Mijn god,' zei Paddy. 'Ik ben niet verder gekomen dan het eerste hoofdstuk.'

Joe ging naast Juliet op de bank zitten. 'Ik heb de gedichten van Andrew Marvell meegenomen toen ik naar Noord-Afrika werd uitgezonden. Piepkleine lettertjes op flinterdun papier, want het moest in mijn plunjezak passen.'

'Joe, wat ben je toch een romanticus,' zei Paddy. Toen citeerde ze: '"*The luscious clusters of the vine, Upon my mouth do crush their wine*". De weelderige trossen van de rank, schenken mijn mond hun godendrank. Nou, doe mij maar gewoon een biertje.'

Juliet bedacht hoe haar vader en zijn boeken ankers in haar onstabiele kindertijd waren geweest. Romanpersonages waren haar vrienden geweest, hun huizen haar woonwijk. Er ging een herinnering door haar heen uit de periode dat ze net getrouwd was en in de zitkamer van Marsh Court had toegekeken terwijl Helen en Jonny dansten. Hun gedeelde ongedwongenheid in elkaars bijzijn had haar verteld wat zij en Henry misten. Ze had zich afgevraagd of een goed huwelijk een kwestie van geluk was, of dat je een bepaald soort mens moest zijn om een huwelijk te kunnen laten slagen. Ze kon zich geen huis zonder boeken indenken, maar ze kon zich evenmin voorstellen hoe het zou zijn om van een man te houden die net zo veel van haar hield als zij van hem.

Ze wilde dat deze avond goed zou gaan. Ze wilde dat Joe's vrienden haar aardig vonden en zij wilde hen aardig vinden. Ze was zich bewust van Joe, die naast haar zat. Het zou zo eenvoudig zijn om haar vingers een centimeter of vijf te verplaatsen en op zijn arm te laten rusten. Ze snakte ernaar dat hij zich naar haar toe zou draaien, haar hand zou pakken en die tegen zijn wang zou drukken.

Er waren tweeënhalve maand verstreken sinds hij haar mee uit eten had genomen in dat restaurant in Colchester. Ze was sindsdien, hoewel ze samen hadden gewandeld en nog een paar keer uit eten waren geweest, nog steeds onzeker over wat hij van haar vond. Ze wist zeker dat hij haar mocht, maar het was mogelijk dat hij op zoek was naar gezelschap en niet naar liefde. Ze hadden elkaar nog nooit aangeraakt, nog nooit gekust. Ze kon niet inschatten of hij sinds hij zijn vrouw had begraven nog in staat was lief te hebben. Als dat niet het geval was, zou vriendschap dan genoeg voor haar zijn? Ze wist dat dat niet zo was.

Joe ging kijken hoe het met het eten ging; toen hij terugkwam, vroeg Paddy hem naar Neville.

'Hij werkt nog steeds bij dat theater, maar ik blijf nog even voor hem duimen.'

'Dat heeft hij wel nodig,' zei Roy.

'Het komt wel goed met hem,' zei Joe. Roy maakte een ongelovig, smalend geluid.

'Wat een prachtige jurk heb je aan,' zei Paddy tegen Juliet.

'Vind je?' Ze droeg een eenvoudige zwartzijden jurk van Hardie Amies. 'Het is een van mijn favorieten. Ik heb hem al jaren.'

Juliet had de jurk gecomplementeerd met een diamanten hanger en bijpassende oorbellen. 'Wijlen mijn man was juwelier,' legde ze uit, 'dus ik ben ontzettend verwend. Ik heb een kast vol mooie spulletjes.'

Het drong tot haar door dat ze veel te chic gekleed was. Roy droeg een houthakkersoverhemd met een corduroybroek, Paddy een Schotse rok tot op de knie en een zelfgebreide trui. Joe zag er aantrekkelijk uit in zijn donkere broek met colbert en een wit overhemd.

Joe was nogmaals naar de keuken gelopen en kwam terug met de mededeling dat het eten klaar was, dus ze liepen naar de eetkamer. Het gesprek tijdens de soep ging over de politieke situatie in Rhodesië en Zuid-Afrika.

'Groot-Brittannië,' zei Roy, 'is natuurlijk net zo verdeeld als het daar is, maar dan door klassenverschillen in plaats van ras.'

'Ik denk niet dat je ons klassensysteem kunt vergelijken met apartheid.' Joe liet het broodmandje rondgaan.

'Als je er goed naar kijkt, zijn er heel veel overeenkomsten.'

'Het klassensysteem is niet door de wet bepaald.'

'Onzin. Je kletst maar wat, Joe.'

'Roy,' zei Paddy op waarschuwende toon.

'Het enige verschil is dat wij het hier op een andere manier doen. Subtieler.'

Juliet zei: 'Vanwege het klassensysteem belanden geen mensen in de gevangenis.'

'Weet je dat heel zeker?' Roy dreunde statistieken op die aantoonden dat een onevenredig aantal mensen uit de arbeidersklasse in de gevangenis terechtkwam. 'Dit land is net zo verdeeld als Zuid-Afrika,' sloot hij zijn betoog.

Toen ze opkeek, wierp Joe haar een samenzweerderige blik van gedeeld begrip toe. Ze zag ook affectie, en nog iets, wat haar hart sneller deed kloppen. Hoewel de discussie om haar heen op verhitte toon verderging, mengde ze zich er nauwelijks in. Er was iets veranderd met die blik. Haar twijfel was ineens weg; hoop en optimisme kwamen ervoor in de plaats.

Het resterende deel van de avond werd een beetje een verplichting; best gezellig, maar uitstel van de conversatie waarvan ze wist dat ze die nog zouden gaan hebben. Roys opmerkingen – 'heel veel huizen hebben nog steeds een bediende-ingang,' en 'het draait er in dit land allemaal om dat je je plaats kent' – verduisterden nu en dan haar stralende geluk, maar dan kwam ze toch steeds weer terug bij waar het die avond echt om ging: die vonk van verstandhouding en verlangen die ze in zijn ogen had gezien. Als hij iets voor haar voelde, was hij er dan aan toe om weer lief te hebben? Ze herkende hun gedeelde voorzichtigheid, hun gedeelde angst om weer te moeten lijden. Joe Brandon kwam over als een goede man, maar had ze dat niet ook van Gillis gevonden? Het drong tot haar door dat ze de afgelopen weken had verwacht een zwakke kant van Joe te gaan zien. Hij zou bepalend zijn, zoals Henry, of trouweloos, zoals Gillis.

Maar nee, Joe was anders; ze kende hem ondertussen lang genoeg om te weten dat hij van hen beiden met stip de beste mens was, dat hij de messcherpe integriteit had die Gillis ontbeerde en een vriendelijkheid bezat die Henry geheel vreemd was.

'We zijn niet getrouwd,' vertelde Paddy haar. 'Roy en ik geloven niet in het huwelijk. Dat betekent niet dat we het afkeuren voor anderen, maar bij ons past het niet.'

'De buren keuren het af,' zei Roy.

'Laten we toosten.' Joe stak zijn glas op. 'Op het wakker schudden van de bourgeoisie.'

En als – daar had je die 'als' weer – ze de muur neerhaalden die ze allebei om zich heen hadden opgetrokken, wat dan? Zou ze het kunnen verdragen, de periode dat hij haar het hof zou maken, de ruzies, het goedmaken en de afwezigheid, al die onontkoombare bijverschijnselen van de liefde? Zou het niet veel eenvoudiger zijn om door te gaan zoals ze had aangenomen dat het de rest van haar leven zou gaan: dat deel van haar leven opgegeven, bevrediging vindend in haar werk, kinderen en kleinzoon?

'Je zou vakantie moeten nemen,' zei Joe tegen Roy. 'Er even tussenuit gaan.'

'Ik? En jij dan, Joe? Wanneer heb jij voor het laatst vakantie gehad?'

'Boeren hebben geen vakantie, dat weet je.'

Toen Paddy haar hand over de tafel uitstak, die van Roy pakte en vertelde over een gepland weekje naar het Peak District dwaalde Joe's blik nogmaals naar Juliet.

'Wat moet ik met een vakantie?' zei hij. 'Ik heb hier alles wat mijn hartje begeert.'

Een gevoel van rust en zekerheid omhulden haar, als de mist die als een deken over het zoutmoeras valt. Het enige wat ze hoefde te doen was wachten, geduldig zijn, en dan zou de toekomst haar loop nemen. Sommige dingen waren het wachten waard.

De avond werd om middernacht afgesloten. Roy en Paddy zouden die nacht nog naar Londen terugrijden; ze namen afscheid en Joe zwaaide ze uit bij de voordeur.

Hij had erop gestaan Juliet van Marsh Court te halen en haar na het etentje weer thuis te brengen. 'De landweggetjes kunnen verraderlijk zijn in de herfst,' had hij gezegd toen ze had geprotesteerd dat hij haar niet hoefde te halen, dat ze zelf kon rijden.

Toen ze wegreden van Greensea blies een stormachtige wind bladeren van de bomen: zwarte, rafelige vormen die werden verlicht door de koplampen van de auto.

Joe zei: 'Roy is een goeie vent, maar hij kan zijn mond niet houden over politiek. Ik hoop dat je het niet erg vond.'

'Ik vind hem aardig. En Paddy ook. En ik ben vijfentwintig jaar met Henry getrouwd geweest, dus ik kan wel tegen een discussie.'

Joe wachtte tot er een tegenligger was gepasseerd en reed toen de zijweg in. Ze keek van opzij naar zijn profiel: sterke kin, rechte neus, hoog voorhoofd. 'Op een dag zal ik je over Henry vertellen,' zei ze, 'maar nu niet. Ik heb een fijne avond gehad, Joe, en die wil ik niet verpesten. Dank je voor de uitnodiging.'

De vollemaan wierp haar bleke licht over de velden en heggen. Een uil vloog laag over de velden, het gras in zich opnemend terwijl hij zijn territorium overzag. Ze verlangde ernaar dat het ritje langer zou duren, maar tegelijkertijd snakte ze ernaar dat het klaar zou zijn, dat de blikken en uitwisselingen van die avond tot hun natuurlijke einde zouden komen.

Joe reed de zijweg naar Marsh Court in. Hij parkeerde de auto op de voorplaats en liep om de auto heen om haar portier voor haar te openen.

Ze stapte uit en hij nam haar in zijn armen. Zijn lippen raakten de hare. Ze voelden warm en droog en vormden zachte vragen. Ze beantwoordde zijn kussen en voelde zijn vingertoppen tegen haar ruggengraat drukken.

Toen ze zich van elkaar losmaakten, zei ze: 'Ik aarzelde over je gevoelens voor mij.'

'Ik vind je een formidabele vrouw.'

'Formidabel klink oorlogszuchtig, als een strijdbijl.'

'Ik zoen geen strijdbijlen.'

Ze kusten elkaar nogmaals, intenser deze keer, met open mond. Haar lichaam drukte tegen het zijne en zijn mond ontdekte die van haar. Ze moesten het rustig aan doen, ze had in het verleden zo veel fouten gemaakt, ze moest behoedzaam zijn. Maar die gedachten smolten weg als sneeuw voor de zon en maakten plaats voor een allesoverheersend verlangen naar hem.

'Kom je nog even binnen?' vroeg ze.

Ze stak de sleutel in het slot. Ze liepen naar boven. In de kamer die ze ooit had gedeeld met Henry opende Joe de rits van haar zwartzijden jurk. Onderrok, kousen, beha – hij trok alles haar stuk voor stuk uit. Haar vingers hadden moeite met de knoopjes van zijn overhemd en de gesp van zijn riem. Hun kleding was half uitgetrokken en er lagen kledingstukken over het bed toen ze zichzelf voor hem opende; ze snakte naar adem van genot toen ze hem in zich voelde.

Nadien lagen ze in bed. Ze hadden geen licht aangedaan en de gordijnen niet gesloten; het maanlicht scheen gefragmenteerd op hun verstrengelde lichamen, een lappendeken van zwart en zilver. Hij kuste haar, streelde haar hele lichaam, ontdekte de vormen van haar borsten en benen. De kou van de lucht, het maanlicht en zijn huid, die naar zout, citroen en de koude buitenlucht smaakte. Hij bedreef nogmaals de liefde met haar, en ze verloor zichzelf in hem, vergat wie ze was en waar ze was, en was zich alleen bewust van het diepe verlangen dat in haar woedde.

Hij vertrok de volgende ochtend vroeg om terug te gaan naar de boerderij. Ze kusten elkaar bij de voordeur. Ze zeiden niet veel; ze vermoedde dat hij zich net zo voelde als zij: uitgeput van geluk. Toen hij weg was, ging ze met de hond wandelen. De wereld zag er die ochtend zo schitterend uit, de hemel in het westen donkerviolet; de lucht was fris en rook naar de gevallen bladeren en de allerlaatste rozen. Bladeren werden over het pad geblazen en de asters in de borders knikten met hun paarse kopjes. Ze was altijd al dol geweest op de herfst.

Als kind had ze gedacht dat liefde iets voor jonge mensen was, dat ze vervaagde met een gladde huid en haar zonder grijze strengen. Ze leerde nu hoe verkeerd ze dat had begrepen. Verliefd worden op Joe Brandon zou voelen alsof ze een vreemd land bezocht. Een deel van haar voelde zich opgetogen en een ander deel was bang. Ze vertrouwde wat de liefde betrof niet op haar eigen beoordelingsvermogen. Ze had de voorgaande keren dat ze verliefd was geworden vreselijke fouten gemaakt. Als je examen kon doen in de liefde zou ze faliekant zijn gezakt. Toch dacht ze niet dat ze deze keer een fout maakte.

Ze voelde een flikkering van ongemak door zich heen gaan terwijl ze bedacht hoe weinig ze over hem wist. Wat hij deed als hij naar Londen ging, wie hij er ontmoette. Wie zijn vrienden waren, of er oude minnaressen waren van wie ze niets wist en die hij af en toe nog tegenkwam. En hoe weinig ze hem over zichzelf had verteld. Ze moest hem op een dag over Henry vertellen. En over Gillis. Wat zou hij ervan denken als ze hem de waarheid zou vertellen?

We moeten het gewoon even rustig aan doen, had Piers tegen Anne gezegd, *tot het wat gemakkelijker wordt*. Hij had haar nog niet de helft verteld.

De waarheid was dat hij diep in de schulden zat. De huur aan King's Road was torenhoog en de aankleding van de winkel had veel meer gekost dan hij had voorzien. Hij moest voorraden aanschaffen, en hoewel Bridget niet veel meer dan de kostprijs vroeg, vroegen meer gevestigde goudsmeden dat wel. En dan waren er ook nog de rekeningen: elektriciteit, telefoon, water, loon voor Tricia de secretaresse, en Gareth en Deborah die in de winkel werkten.

Van het kapitaal dat zijn vader hem had nagelaten, was een deel opgeslokt door het bedrijf, en het resterende bedrag had hij na de verkoop van zijn vrijgezellenflatje bijgelegd om het nieuwe appartement in Kensington te kunnen kopen. Niettemin had hij nog een flinke hypotheek moeten nemen. Daarnaast nog een nieuw fornuis, een koelkast, een wasmachine – Anne had hem erop gewezen dat ze niet met tassen vol vieze luiers naar de wasserette kon – en babyspullen (wiegje, draagstoeltje, meubeltjes); rekening na rekening viel door de brievenbus.

Zes maanden als juwelier hadden hem geleerd dat het naïef was geweest om te geloven dat het winkelende publiek zijn etalage vol prachtige en originele sieraden zou zien, binnen zou lopen en sieraden zou aanschaffen. Zo werkte het gewoon niet. Er kwam wel eens iemand binnen, die dan bewonderend alles bekeek en vastpakte, en vervolgens de winkel weer uit liep zonder iets te hebben gekocht. Veel vaker keken ze even snel in de etalage en liepen dan weer door. Er gingen hele ochtenden voorbij met maar een stuk of zes klanten. Uiteindelijk had hij vitrines moeten aanschaffen om de duurste juwelen in tentoon te stellen. Hoewel Gareth en Deborah alles goed in de gaten probeerden te houden waren er stukken gestolen, in jaszakken en handtasjes verdwenen, waardoor zijn al schamele winst nog kleiner werd.

Hij had dat grotere appartement moeten kopen omdat hij gasten moest kunnen ontvangen. Zes maanden daarvoor had hij zich voorgesteld dat hij intieme etentjes zou organiseren voor journalisten van modebladen en fotografen van supermodellen. Hij zou zijn persoonlijke netwerk inzetten om zijn bedrijf op te bouwen. Toen was de baby geboren. Het appartement was een puinhoop en Eddie huilde aan één stuk door, en toen hij Anne vorige week zondag had gevraagd of ze zin had om een feestje te organiseren, was ze tegen hem gaan schreeuwen. 'Of ik daar zin in heb? Weet je waar ik zin in heb, Piers? In slapen tot ik uit mezelf wakker word! Dat doen normale mensen, toch?'

Hij had het idee geschrokken laten varen en had aangeboden met de baby te gaan wandelen zodat Anne even kon rusten. Toen hij die sombere novembermiddag had rondgelopen, had Eddie hem met zijn kraaloogjes van tussen zijn dekentjes en van onder zijn mutsje aangekeken. Piers nam aan dat hij interessanter zou worden als hij ouder zou zijn, als hij zou kunnen praten en lopen. Eddie was nu niets anders dan een bal witte wol, vrijwel altijd vochtige en enigszins stinkende witte wol, die elk moment in janken kon uitbarsten. Piers voelde zich nerveus en incompetent als hij naar het kleine en fragiele wezentje keek.

Na een uur wandelen ging hij naar huis in de hoop dat Anne niet meer kwaad was. Ze was de laatste tijd heel vaak kwaad op hem en klaagde over zijn lange dagen, die hij ook heel vervelend vond, maar wat moest hij dan? De zaak moest een succes worden. De gedachte dat hij zou falen maakte hem letterlijk ziek. Nu Anne niet meer in de galerie werkte, was hij volledig verantwoordelijk voor het voeden, kleden en behuizen van zijn gezinnetje. De zaak was zijn verantwoordelijkheid, de baby de hare.

Toen kwam die afgrijselijke, memorabele dag dat ze helemaal niets verkochten. Niets. Nog geen oorbel of broche. Hij durfde zijn personeel niet aan te kijken toen ze afscheid kwamen nemen voordat ze die avond naar huis gingen. Hij bladerde in zijn kantoortje door de verkoopgegevens en zag niets; zijn geest was als verdoofd. Het vooruitzicht te falen pijnigde hem. Wat als hij het verkeerd had gehad? Wat als hij er geen aanleg voor had? Misschien had hij de verkeerde stukken ingekocht. Misschien had hij slechte verkopers in dienst.

Er lag een fles scotch in de onderste la van de archiefkast. Piers schonk een glas voor zichzelf in. Een paar slokken, een sigaret, en zijn geloof in zichzelf begon weer langzaam terug te komen. Hij zou gaan besparen, maar niet op dingen die direct van invloed waren op het imago van de zaak. Hij zou de accountant ontslaan en zelf de boekhouding gaan doen. Hij zat achter zijn bureau en keek gemelijk voor zich uit. Een van de voordelen van het feit dat zijn vader hem jaren had getraind om Winterton's over te nemen was dat hij alle aspecten van de bedrijfstak kende. Hij had nog steeds vertrouwen in zijn belangrijkste ontwerpster en voelde in zijn botten dat de winkel op de goede plek stond. Maar hij moest zorgen dat hij naam maakte; hij moest bekend worden. Het succes zou wel komen. Als Piers Carlisle maar in de juiste kranten en tijdschriften zou worden besproken, zouden de juiste mensen zijn ontwerpen gaan dragen. En dan zouden ze in de rij staan voor zijn winkel aan King's Road.

Hij trok zijn jas aan en sloot af. Hij overwoog Anne te bellen dat hij laat thuis zou zijn, maar zag er te veel tegen op om weer een boze bui over zich heen te krijgen. En hij vond hoe dan ook dat hij geen toestemming zou moeten hoeven vragen om later thuis te komen.

Hij ging naar de Ad Lib in Soho. Het was er druk; een groep jongens stond mee te zingen met een lied en de dansvloer was gevuld met meisjes. Piers vond een zitplaats. Hij besloot dat hij een andere, goedkopere ontwerper moest zoeken. Misschien waren de spullen van Bridget niet geschikt voor een groot publiek. De meiden op de dansvloer zagen er misschien op-en-top hip uit in de stijl van Jean Shrimpton en Mary Quant, maar de meesten van hen waren waarschijnlijk eenvoudige verpleegsters of stenotypistes. Hij moest dingen gaan verkopen die zij zich konden veroorloven, die nu modieus waren, gemaakt van goedkopere materialen, leuk, modern en anders, om Bridgets ontwerpen mee aan te vullen. Hij moest zijn omzet verhogen om de crediteuren op afstand te houden. Als het lukte om klanten de winkel in te lokken, zouden ze misschien ook de duurdere stukken aanschaffen.

De serveerster die hem zijn drankje kwam brengen fluisterde dat George Harrison er was. Piers keek om zich heen.

Toen zag hij hem. Aidan, die aan een hoektafeltje zat. Hij was in het gezelschap van drie andere mannen en een stel meiden. Een van de meiden was Louise Winterton. Piers herkende een paar van de heren als klanten van Winterton's. In een zilveren koelemmer stond een omgekeerde champagnefles; Piers zag Aidan naar de serveerster gebaren nog een fles champagne te brengen.

Piers' plotseling opkomende razernij maakte dat zijn hart begon te bonken. Waarom was alles voor Aidan altijd zo godvergeten eenvoudig? Hij werkte zich een slag in de rondte, terwijl Aidan zat te drinken van de winst die van Piers had moeten zijn. Hij moest er alles aan doen om klanten binnen te halen, terwijl Aidan de vaste klanten van Winterton's zat te vermaken. Híj ploeterde om zijn bedrijf van de grond te krijgen, terwijl Aidan de vruchten plukte van een gevestigd en succesvol bedrijf.

Louise schudde lachend met haar lange, glanzende haar. Aidan zei iets waar de anderen hartelijk om moesten lachen. Een modefotograaf die Piers kende uit de krant bleef even bij hun tafeltje staan om te kletsen. Hij, die ooit hun beste vriend was geweest, was verbannen uit hun kring. Hij voelde zich verbitterd en verslagen.

De band speelde 'The Last Time' en mensen stroomden de dansvloer op. Toen bedacht Piers dat hij niet zonder mogelijkheden was. Marsh Court was van hem, zowel het huis als het omliggende en waardevolle land. Kon hij dat verkopen? Niet zolang zijn moeder er nog woonde, maar als ze in de toekomst ergens anders zou gaan wonen, waarom niet? Hij was niet iemand die zich erg hechtte aan zijn omgeving. Marsh Court was het huis waar hij was opgegroeid, het koninkrijk van zijn vader. De geest van zijn vader waarde nog steeds door de gangen.

Hij mocht niet falen. Als het bedrijf geen succes werd, zou dat betekenen dat Aidan had gewonnen. Hij moest er koste wat kost een succes van maken. Koste wat kost, bedacht hij terwijl hij zijn jasje van de rugleuning van zijn stoel pakte en naar buiten liep.

Toen hij de avondlucht in liep, zag hij een bekende oversteken. 'Hé, Esteban!' riep hij. De ontwerper draaide zich om en kwam naar hem toe lopen om hem te begroeten.

'Piers. Hoe is het?' Esteban Galea schudde hem de hand. 'Hoe gaat het met je winkel?'

'Fantastisch. Kom eens langs.'

'Om te zien hoe de concurrent het doet? Misschien doe ik dat wel, ja. We missen je, Piers. Het is niet hetzelfde zonder jou.'

'Niet?'

Esteban schoot in de lach. 'Eerlijk gezegd heb je al het leven uit de zaak met je meegenomen.'

'Misschien moet je eens overwegen ergens anders te gaan werken.'

Een klap op zijn schouder. 'Als ik besluit dat te doen, ben je de eerste die ik bel.'

Juliet hoorde Joe's Rover over de oprit rijden en rende naar beneden om open te doen.

Ze maakte omelet, die Joe en zij aan de keukentafel aten. Ze hadden het over van alles, leerden elkaar kennen. Hij hield van opera, moderne jazz en haar favoriete kamermuziek. Hij vertelde dat hij na de dood van Molly had overwogen de boerderij te verkopen. Greensea was vol herinneringen aan haar en hij was het gaan haten. Hij had het te koop gezet, maar niemand kocht in die tijd en uiteindelijk had hij het van de markt gehaald. Juliet vroeg zich wel eens af of de geest van Molly om Joe te steunen nog steeds door de boomgaard en langs het zoutmoeras waarde.

Dat hij ondanks alles wat hem was overkomen – zijn vrienden die in de oorlog waren omgekomen en zijn vrouw die aan een gruwelijke ziekte was overleden – nog steeds geloofde dat de wereld kon veranderen, verbijsterde haar. Ze onderwierp haar cynisme aan een vergelijking met zijn idealisme. Zoals zij het zag, kon ze niet verantwoordelijk zijn voor ieders welzijn. Het was al ingewikkeld genoeg om de familie bij elkaar te houden. Als ze zich zorgen zou maken om alle problemen in de wereld, zou ze gek worden.

Ze stonden in de deuropening van de keuken en zoenden elkaar; de deurknop stak in haar rug. Hij liet zijn vingertoppen over haar kaaklijn glijden en glimlachte een lange, trage lach naar haar. Toen gingen ze naar boven, naar bed.

Nadat hij was weggegaan, ruimde ze de spullen van de lunch op, pakte haar schetsboek en potloden en trok haar jas aan. Mist was neergedaald over het landschap en ze zag terwijl ze door de tuin liep de waterdruppels die aan de grassprieten hingen en van de laatste bladeren aan de bomen drupten. De grens tussen water en land was vervaagd, waardoor het moeras met de rivier leek te zijn versmolten en de vogels onzichtbaar waren; je hoorde wel hun gekwetter en het gedempte geluid van hun klappende wieken.

Ze probeerde te bedenken wat ze zo fijn vond aan Joe, maar dat was net zo moeilijk concreet te maken als het veranderlijke landschap. Een gebaar, een glimlach. Zijn vrijgevigheid, dat hij zich bekommerde om mensen die het slechter hadden dan hij. Ze hield van zijn rust en soliditeit, maar ook van de onverwachte dingen die hij deed. Dat hij haar armen vol narcissen bracht. Dat hij een gepassioneerde en tedere minnaar was. Ze vroeg zich af hoe het kon zijn dat haar geluk zo was gekeerd, dat ze van een man was gaan houden die maar een paar kilometer verderop woonde.

Ze was op weg naar Thorney Island. Het pad liep over de top van de hoge oever. Ondiepe plassen lagen als vlekken in de modder tussen de matten van strokleurig gras. Het was laagwater en de Blackwater was gereduceerd tot een smal, traag kanaal met de kleur van koffie met melk. Ze kon het eiland in eerste instantie niet zien, maar toen doemde het op uit de mist, veranderlijk en vluchtig.

Ze liep een bocht in het pad om en zag een man op de oever staan, nog geen twintig meter van haar vandaan, op het deel waar het pad contact maakte met het vasteland. Hij was klein en breedgebouwd, met kort krijs haar, en hij droeg een legerjack en een sjaal. Een witte hond rende over de oever naar hem toe.

De man draaide zich naar haar om. Zijn blik bleef naarmate ze dichterbij kwam op haar gericht. Geen glimlach, geen begroeting; in plaats daarvan een alerte, inschattende gezichtsuitdrukking, alsof hij zich afvroeg wat hij met haar aan moest.

Ze voelde een flikkering van gevaar door zich heen gaan: de stilte, de mist, de eenzaamheid van deze plaats. Er kon van alles gebeuren. Ze draaide zich om en liep terug in de richting vanwaar ze gekomen was, maar ze voelde zijn starende blik in haar rug priemen terwijl ze terug op weg ging naar Marsh Court. Ze keek een paar keer over haar schouder, maar er was niemand.

Eddie begon door te slapen toen hij vijfenhalve maand oud was. Zomaar, alsof er een knopje was omgegaan. Iedereen had tegen Anne gezegd dat ze zich als herboren zou voelen zodra de baby zou doorslapen, maar dat had ze in haar moeras van uitputting niet geloofd, ze had zich niet kunnen voorstellen dat ze zich ooit nog beter zou gaan voelen.

Het doorslapen leek Eddie ook gelukkiger te maken. Hij grinnikte naar haar en probeerde de lepel te grijpen als hij in zijn kinderstoel zat en ze hem gemalen beschuit voerde. Hij moest ook grinniken van de vogels in het park en de honden op straat. Ze knutselde een mobile voor hem voor boven zijn wieg, van kartonnen vogeltjes aan stukjes touw. Ze legde hem in zijn wieg om naar de bewegende vogels te kijken als ze haar haar waste of zich opmaakte. Als ze dan haar hoofd onder de kraan hield of mascara opbracht, hoorde ze hem lachen en kirren.

Ze begon van hem te genieten. Ze nam hem mee naar de galerie en pronkte met hem bij Katherine en Paul; ze duwde hem in zijn buggy naar Ceridwens huis, waar de drie vrouwen scrabbelden terwijl de baby's en kinderen speelden en ruzieden in de koude, sjofele woonkamer. Anne en Eddie reden met de trein naar Witham, waar Juliet ze ophaalde en met ze naar Marsh Court reed. Ze bleven vier dagen. Ze begon Marsh Court ook leuker te vinden. Ze hielp Juliet met nieuwe kleurenschema's voor de kamers. De mist deed haar denken aan die in San Francisco.

Ze had het gevoel dat ze uit een lange, donkere tunnel het licht in liep. Ze kocht een kookboek voor zichzelf, een basisboek, en leerde stoofpot en vis bereiden. Ze ruimde het appartement op als Eddie zijn middagslaapje deed, kocht verf en schilderde de woning. Als ze stond te schilderen, met Eddie naast zich die op zijn buik liggend probeerde zichzelf vooruit te bewegen naar een plastic autootje of bouwblok, dacht ze na over haar huwelijk. Ze had het gevoel dat Piers en zij op verschillende sporen leefden, parallel aan elkaar, hun paden nauwelijks kruisend. Een deel van hun problemen was veroorzaakt door het feit dat hun gesprekken gehaaste woordenuitwisselingen waren voordat Eddie zou gaan huilen of de telefoon zou gaan of Piers naar de winkel rende. Andere waren dieper geworteld.

Zelfs als het niet helemaal zo was dat Piers met haar was getrouwd om Aidan een hak te zetten, was Anne gaan geloven dat er wel waarheid lag in wat Charley had gezegd. Charley kende Piers per slot van rekening waarschijnlijk beter dan wie dan ook. Anne wist niet zeker of Piers zelf wist waarom hij met haar was getrouwd. Toen ze de dag van Henry Wintertons begrafenis naar Marsh Court was gegaan, had alles wat uit dat moment was voortgekomen miraculeus gevoeld. Maar hun ontmoeting had voor Piers iets anders betekend. Ze hoopte dat dit als ze er maar lang genoeg over zou nadenken geen pijn meer zou doen, maar ze ontdekte dat dat niet het geval was.

Helen vroeg: 'Wat zullen we voor groente maken?' Ze opende de koelkast. 'Er is prei.'

Ze stonden in de keuken op Marsh Court. Helen was er om aan de voorbereiding voor de volgende serie zomerconcerten te beginnen. Margaret Stanmore, die sponsor was van een van de concerten, kwam ook. Ze zouden samen lunchen.

Juliet tuurde in de koelkast. 'Die is wel erg slap geworden. Zou Margaret van diepvriesdoperwten houden?'

'Vast wel. Hoe gaat het met de quiche?'

Juliet haalde hem uit de oven. Hij was goudbruin en perfect. Margaret kon elk moment arriveren. Als Margaret weer was vertrokken, was Juliet van plan Helen over Joe te vertellen. Ze kon het nauwelijks voor zich houden.

Ze rende naar haar slaapkamer om haar haar te borstelen en haar lippen opnieuw te stiften. Ze keek uit het raam en zag dat er een man over het pad naar het huis kwam lopen. Ze liep naar beneden en de voorplaats op.

'Komt u voor de oprit?' riep ze. Er zou iemand uit Mundon komen om de kuilen te vullen.

Toen hij dichterbij was, herkende ze de bezoeker als de vreemdeling die ze een paar dagen daarvoor op het pad naar Thorney Island had gezien. De hond, een Engelse bulterriër, liep naast hem. Wat kwam hij hier doen?

De man nam zijn sigaret uit zijn mond en gooide hem in een waterplas. 'Nee, ik kom niet voor de oprit. Ik wil het met u over Gillis Sinclair hebben.'

Hij had een Welsh accent. Nu ze hem van dichtbij zag, schatte ze hem qua leeftijd op in de vijftig. Hij was niet lang, sterk gebouwd, met brede, gespierde schouders en een verweerd, vlezig gezicht. De manchetten van zijn legerjas waren versleten en hoewel zijn schoenen netjes waren gepoetst, zag ze dat ze oud en vaak gedragen waren. Hij had een tatoeage van een anker op zijn pols.

'Die woont hier niet,' zei ze. 'Hij woont in Londen.'

'Dat weet ik. Bryn!' Zijn stem klonk nu fel, tegen de hond, een nerveus dier dat was weggerend, misschien achter een konijn aan. 'Kom eens hier! Hier! U kent Gillis al een hele tijd, toch, mevrouw Winterton?'

Het idee dat hij wist hoe ze heette, maakte haar onrustig. Ze vroeg: 'Is Gillis een vriend van u?' Hij zag er niet uit als het soort man dat bevriend zou zijn met Gillis.

'Ik ben David Morgan. Misschien heeft Gillis het wel eens over me gehad.'

'Nee,' zei ze onderkoeld. 'En als u me nu wilt verontschuldigen, ik heb het erg druk...'

'Ik heb in de oorlog onder hem gediend. We hebben samen bij de marine gezeten.'

Ondanks zijn armoedige uiterlijk had hij de gezaghebbende uitstraling die gepaard gaat met een militaire achtergrond. Ze vroeg zich af of het hem tegenzat in zijn leven en of hij een slaatje wilde slaan uit het feit dat hij Gillis kende, misschien door te proberen of hij een lening of werk van hem kon krijgen. Maar wat deed hij hier? En hoe wist hij haar naam?

'Probeert u hem te bereiken, meneer Morgan?' vroeg ze kortaf. 'Dat kan via het secretariaat van het parlement.'

Zijn blik, met blauwe ogen, onder rode, opgezwollen oogleden, dwaalde naar het huis. 'Wat een mooi pand. Ik herinner het me nog van vroeger. Maar ik heb het natuurlijk alleen in het donker gezien.'

Zijn glimlach was alwetend, alsof hij haar kende, drong het met een schok tot haar door. Ze had het gevoel dat hij haar om de een of andere reden van haar stuk probeerde te brengen. En dat lukte: onrust greep om haar hart, en het gevoel van gevaar dat ze had ervaren toen ze hem bij de Blackwater had gezien, versterkte.

'Het spijt me, maar ik heb echt geen tijd,' zei ze. 'Ik heb andere verplichtingen.'

'Ik heb u die avond niet gezien. Gillis logeerde in de cottage, maar u was thuis.'

De cottage. Die avond. Haar hart sloeg over; ze staarde hem aan.

Helens stem klonk achter haar: 'Schat, zal ik een gin-tonic voor je inschenken? Of wil je liever sherry?'

Juliet draaide zich om; Helen stond bij de deur. Morgan zei: 'Gaat u ons niet aan elkaar voorstellen?'

'Gin-tonic, graag,' zei Juliet snel. 'Ik kom eraan.'

Toen Helen weg was, trok Juliet de deur een stuk dicht. *Gillis logeerde in de cottage, maar u was thuis.* Ze wist dat Morgan het over de avond van de storm had, de avond dat Frances Hart was omgekomen en Gillis naar Marsh Court was gekomen. Hij was hier om haar iets te vertellen, dat wist ze nu zeker. Ze vreesde de woorden die hij zou gaan spreken.

'Het spijt me, maar ik moet echt verder. Ik heb gasten.' Haar stem klonk schril. 'Als u me uw telefoonnummer geeft, kan ik meneer Sinclair vragen contact met u op te nemen.'

'Dat doet hij niet. Dat heb ik al geprobeerd, en hij is erg goed in doorgeven dat hij onbeschikbaar is.' Morgan haalde een sigaret uit een pakje Senior Service. Hij keek haar aan. 'Ik wil hem namelijk helpen herinneren aan dat kleine meisje. Ik wil hem laten weten dat ik haar niet ben vergeten.'

Ze moest haar schok hebben verraden, want Morgan begon te glimlachen. 'U weet het nog, van dat kleine meisje, mevrouw Winterton?'

Haar hart hamerde tegen haar ribben. Ze hield haar stem laag. 'Bedoelt u Thea Hart? Dat meisje dat is verdronken?'

'Ze is niet verdronken.'

Dat was het moment dat ze begon te denken dat hij gek was. Ja, hij was gek; ze moest zorgen dat ze van hem af kwam.

'Jawel,' zei ze. 'Dat weet ik zeker.'

'Nee. Als hij dat heeft gezegd, loog hij.'

'Dat kan niet.'

'Jawel hoor; het was zelfs heel eenvoudig.' Morgan stond veel te dicht bij haar. Ze rook de muffe, ranzige lucht van kleding die te lang wordt gedragen en niet wordt gewassen. 'Gillis heeft me vanuit uw huis gebeld, nadat hij haar in de cottage had verborgen. Ik kan het weten, want ik heb haar daar weggehaald. Ik moet er veel aan denken. Je kunt wel zeggen dat het aan me knaagt. Dat arme kind; weggestuurd alsof ze niets voor hem betekende.'

Thea Hart was verdronken. Gillis' onwettige dochtertje was tijdens de storm die avond verdronken in de Blackwater. Morgan wist om de een of andere reden van Gillis en Frances Hart; hij wist op de een of andere manier dat Gillis die nacht in de cottage had geslapen en hij had dit belachelijke verhaal gefabriceerd om tegen hem te gebruiken.

'U liegt,' fluisterde ze. Ja, dat kon niet anders... Ze wist alleen niet waarom. Misschien om Gillis te chanteren.

'Volgens mij weet u dat dat niet zo is. Ik heb zijn kind naar een weeshuis in Southampton gebracht. Ik heb haar overgedragen aan de directrice, mevrouw Farmer. U speelt het overtuigend, mevrouw Winterton, maar volgens mij weet u dit allemaal.'

Hij keek haar sluw aan. Ze herkende een beschuldiging in zijn blik... Waarvan? Van betrokkenheid, van medeplichtigheid. Was het mogelijk dat deze man van hun affaire wist? Dat hij wist dat Gillis haar minnaar was geweest? Ze moest een huivering onderdrukken.

'Ga alstublieft weg,' fluisterde ze.

Morgan haalde zijn schouders op. 'Ik heb geen geld.' Hij keek nogmaals naar het huis. 'U zei net toch dat u bezoek hebt?'

Wat hij bedoelde was overduidelijk. Ze hoorde het geluid van een auto op de hoofdweg, vlakbij, en dook het huis in. Haar handtas stond op het haltafeltje. Het geld voor de man die de oprit zou komen repareren, zat erin. Ze haalde het er met trillende handen uit en rende terug naar buiten.

Morgan zat op een stenen bankje bij het punt waar je met de auto kon draaien. Zijn grote, brede hand met korte vingers aaide de terriër en hij sprak wat liefkozende woordjes tegen het dier.

'En nu wegwezen,' snauwde ze tegen hem terwijl ze het geld in zijn hand drukte. 'En waag het niet ooit nog terug te komen!'

Hij propte de biljetten in de binnenzak van zijn legerjas. 'Zeg maar tegen Gillis dat ik nog wel contact met hem opneem. En zeg dan ook maar meteen dat het verstandig zou zijn om me de volgende keer niet af te schepen.'

Hij liep weg, op de voet gevolgd door Bryn. Het lukte haar even niet om adem te halen en ze was bang dat ze zou flauwvallen. Toen zag ze Margaret Stanmore aan komen rijden over de oprit. Juliet forceerde lucht in haar longen en liep naar de auto om Margaret te begroeten.

Juliet vertelde Helen uiteindelijk niet over Joe. Dat kon ze niet aan; het lukte ternauwernood om wat oppervlakkigheden over het muziekprogramma en de gastartiesten mede te delen. Ze voelde dat Helen wist dat er iets mis was, en toen Margaret even de kamer uit was, mompelde Juliet met een geforceerde glimlach dat ze tergende hoofdpijn had. Dus rondde Helen, die lieve Helen, het gesprek zo snel mogelijk af en vertrok Margaret uiteindelijk weer naar huis.

Helen vroeg: 'Kan ik iets voor je doen? Een kop thee? Aspirine?'

'Wat lief van je, maar nee, bedankt.'

'Ga even liggen; misschien doet een dutje je goed.' Helen kneep Juliet zachtjes in haar schouder. 'Dat helpt bij mij altijd. Ik bel je morgen wel.'

Toen was ze alleen, maar ze was bang om alleen te zijn. Ze maakte zich zorgen dat David Morgan zou terugkomen naar het huis. Ze vreesde wat ze zou ontdekken als ze in het verleden zou duiken.

Helen had de afwas gedaan; Juliet droogde af en zette de borden en glazen in de kast. Lulu lag te piepen aan haar voeten, smeekte om een wandeling. Juliet deed de achterdeur open om de hond in de tuin te laten. Ze keek uit naar de vuurplaats, en toen naar de zeewering. Ze was bang dat ze Morgan er zou zien staan, tegen de grijze wolken en hemel, naar haar kijkend.

Ze dacht terug aan twintig jaar eerder en deed haar best om dat wat ze zich herinnerde te scheiden van de laagjes die tijd en aannames over haar herinneringen hadden gedrapeerd. Gillis had op de avond van de storm iemand gebeld vanuit Marsh Court. Morgan had haar verteld dat hij degene was die Gillis had gesproken. Morgan had gezegd dat hij naar de cottage was gereden en het kind, Thea, naar een weeshuis had gebracht. Haar geest sloeg op hol, niet in staat het te verwerken, niet in staat er een zinnig verhaal van te maken.

Gillis had in de cottage geslapen en was de volgende ochtend voor zonsopgang vertrokken. Tien jaar later, op de avond dat hij haar had verteld dat hij een verhouding met Frances Hart had gehad, had hij tegen haar gezegd dat hij in de cottage was gaan slapen omdat hij bang was geweest dat hij als hij bij haar zou zijn gebleven, zou zijn ingestort en zou hebben opgebiecht hoe het zat met Frances en de kinderen. Hij had haar er niet bij willen betrekken. *Ik deed het voor jou.* En toen was Piers wakker geworden door de storm en de boom die in de tuin was omgewaaid.

Morgan had haar een killere, grimmiger waarheid verteld. In het licht van Morgans verhaal begreep ze waarom Gillis voor zonsopgang was vertrokken zonder afscheid van haar te nemen. Ze begon zich ervan bewust te worden dat er leugens op leugens waren gestapeld en dat deze haar nu bedreigden. Ze herinnerde zich dat ze wel het lichaam van de jongen hadden gevonden, maar niet dat van het meisje.

Ze liep het terras op tot ze de cottage kon zien: het kleine huisje dat verborgen in de schaduw van een cipres stond. De natte kou van de novembermiddag sneed in haar gezicht. Lulu kwam over het gazon op haar af rennen. Ze liepen terug naar het huis.

Hoewel ze Helens advies opvolgde en naar haar kamer ging om even te gaan liggen, lukte het niet om te rusten. *Gillis heeft me vanuit uw huis gebeld, nadat hij haar in de cottage had verborgen. Ik kan het weten, want ik heb haar daar weggehaald.* Hoe kon Morgan Marsh Court en de cottage hebben gekend tenzij hij hier al eerder was geweest? Hoe kon hij hebben geweten wat de band van Thea Hart met Gillis was tenzij Gillis hem dat had verteld? Morgan wist alles. Hij wist dingen die zij nu pas begon te bevatten. Hij had de waarheid gesproken.

Om zes uur belde ze Joe om de gezamenlijke maaltijd af te zeggen die ze voor die avond hadden gepland. Ze vertelde hem dezelfde leugen die ze Helen had verteld: dat ze hoofdpijn had. Ze minachtte zichzelf terwijl ze de woorden sprak.

Een uur later belde ze het huis van de familie Sinclair in Londen. Blanche nam op. Juliet vroeg hoe het met haar was. Prima, zei Blanche. Ze wisselden wat nieuwtjes uit over hun kinderen en mompelden hoe lang het al geleden was dat ze elkaar hadden gezien. Blanche klonk vlak en vermoeid.

Juliet vroeg: 'Is Gillis thuis? Ik wil hem iets vragen. Een juridisch probleempje, niets belangrijks, maar het ligt gevoelig, en Tom Kendrick is niet bereikbaar.' Nog meer leugens.

'Ik roep hem wel even.'

Gillis nam aan. Juliet vroeg: 'Kun je praten?'

'Niet echt.'

'We moeten afspreken. Er is iets gebeurd. Ik moet je alleen spreken.'

'Dat ligt moeilijk op dit moment.'

'Het is belangrijk.' Ze sprak fel. 'Ik ben donderdag in de stad. Ik moet 's ochtends naar de tandarts, maar ik kan vanaf een uur of twaalf.'

'Kom maar naar het huis, dan,' zei hij. 'Om een uur of één; dan zorg ik dat ik er ben.'

Donderdag. Ze voelde met haar tong aan haar net gevulde kies terwijl ze door Green Park liep. De verdoving begon uit te werken tegen de tijd dat ze het huis van de familie Sinclair aan St James's Place bereikte.

Ze belde aan. Gillis liet haar binnen. 'Blanche is naar een lunch voor een liefdadigheidsinstelling,' zei hij. 'Heb je gegeten?'

Ze raakte haar wang aan. 'Ik heb een nieuwe vulling.'

'Arme jij. Wil je thee? Koffie? Een borrel, om er even niet aan te denken?'

'Nee, dank je.'

Het huis van de familie Sinclair was in de achttiende eeuw gebouwd en straalde grandeur uit. Je kon je gemakkelijk voorstellen dat er belangrijke gesprekken werden gevoerd in het pand. De kamers waren groot, met hoge plafonds, maar Blanche had het heel huiselijk gemaakt, en de strengheid van de zitkamer werd verzacht door kamerplanten, kleurrijke kussens en vrolijke schilderijen. Aan beide zijden van de schoorsteenmantel stond een reusachtige bronzen vaas met chrysanten. Juliet vond het in haar angstige, gespannen toestand net urnen.

Gillis liep naar het drankenkastje en schonk een borrel voor zichzelf in. Hij was aangekomen sinds de laatste keer dat ze hem had gezien; hij had een vetlaagje rond zijn middel dat haar nog niet eerder was opgevallen. Onder zijn zongebruinde teint – hij ging nog steeds graag zeilen, en de familie Sinclair ging regelmatig op skivakantie – had zijn huid een slappe en vale uitstraling.

Ze zei: 'Er is ene David Morgan bij me op bezoek geweest.'

Ze zag hem ineenkrimpen, alsof de naam hem raakte met de kracht van een hamerslag. Toen zette hij de karaf neer en drukte de stop erin.

'Is Morgan naar Marsh Court gekomen?'

'Ja.'

'De hufter.' De woorden werden binnensmonds gemompeld.

Zag ze angst in zijn ogen? Ze werd zich gewaar van een kloppende pijn in haar kaak onder de kies die was gevuld.

Hij vroeg: 'Wat kwam hij doen?'

'Hij zei dat hij wilde dat ik jou een bericht doorgaf: dat hij contact met je opneemt en dat je hem dan maar beter te woord kunt staan. Maar eerlijk gezegd was zijn belangrijkste doel volgens mij om mij over je dochter te vertellen.'

'Mijn dochter?' herhaalde hij.

'Ja, Gillis, je dochter. Thea.'

Haar stem klonk berustend, met een ondertoon van spot. Elke twijfel die ze nog had gehad, elk beetje hoop dat Morgans verhaal niet waar was geweest, vervloog als de stofdeeltjes die dansten in het zonlicht dat door de schuiframen naar binnen viel.

Ze zei: 'Thea is niet verdronken, hè? Je hebt haar gevonden en hebt gedaan alsof ze dood was. En toen heb je haar naar een weeshuis laten brengen. Morgan heeft me verteld dat hij haar daarnaartoe heeft gebracht. Ik wil niet...' ze stak haar hand op om hem de mond te snoeren, '... dat je wat zegt. Nog niet. Ik verdraag het niet als je me nog meer leugens voorschotelt. Ik kan het verhaal als ik dat zou willen natuurlijk verifiëren. Hij herinnerde zich niet veel meer over dat weeshuis, maar hij wist nog wel de naam van de directrice.'

Hij ging in een leunstoel zitten. 'Ik was niet van plan om tegen je te liegen,' zei hij.

Ze vond hem er oud uitzien, oud en vermoeid. De tijd had Gillis Sinclair ingehaald. Hij was ooit op haar af komen lopen, opdoemend uit de rook en het moeras, en het zonlicht had hem goud gekleurd, en zij was verliefd op hem geworden. Haar verdriet en spijt leken nu de kamer te vullen.

Hij nam een slok whisky en streek met een hand over zijn gezicht.

'Vertel het me,' sprak ze nu zacht. 'Vertel me de waarheid.'

Zijn mond vertrok en toen begon hij te praten. 'Morgan heeft onder me gediend in de oorlog. Ik ken hem sinds Duinkerken. Ik heb altijd het gevoel gehad dat Duinkerken iets met hem heeft gedaan... zoals het dat met velen van ons heeft gedaan. Morgan is een wilde hond. Hij is heel goed bruikbaar, maar je moet hem wel in de gaten houden. Hij voelt geen medelijden en heeft geen geweten, en het is altijd een drinker geweest, wat door de jaren heen alleen maar erger is geworden.' Hij perste zijn lippen op elkaar en slaakte een zucht. 'We hebben een tijdje terug ruzie gekregen. Hij heeft na de oorlog voor me gewerkt. Maar er waren almaar incidenten, dus ik heb hem ontslagen. Ik heb hem meer dan tien jaar niet gesproken. Toen stond hij ongeveer een jaar geleden ineens op de stoep. Volgens mij heeft hij geen fortuinlijke jaren gehad. Ik heb hem weggestuurd. Hij belde af en toe, maar ik heb hem nooit meer te woord gestaan.'

Ze fluisterde: 'Wat wilde hij?', hoewel ze het antwoord op die vraag al wist.

'Geld, natuurlijk.' Gillis' glimlach was gelaten. 'Ik heb hem niets gegeven. Ik wist dat ik nooit meer van hem af zou komen als ik daar eenmaal aan zou beginnen.'

Het tikken van de klok; op straat jengelde de bel van een ambulance die langs het huis snelde. Hij zei zacht: 'Ik hoopte dat hij zichzelf dood zou drinken. Of een gevecht met de verkeerde zou aangaan. Ik heb er nooit een moment bij stilgestaan dat hij naar jou zou gaan.'

'Het kind, Gillis.'

Hij keek op. 'Thea? Ja, dat is waar: ze heeft het overleefd.'

Ze liet haar hoofd zakken en sloot haar ogen. Haar kies deed pijn, een bonkend gevoel dat door haar hele kaak uitstraalde. Ze dwong zichzelf hem aan te kijken. Ze bedacht dat ze ooit van hem had gehouden. Dat leek een heel leven geleden.

'Hoe kon je dat doen?'

'Je mag me veroordelen, Juliet. Dat verdien ik.'

Geheimen en leugens, bedacht ze. Ze hadden nooit iets substantieels gedeeld, alleen geheimen en leugens. Ze fluisterde: 'Waar heb je haar gevonden?'

'In het huis, dat helse huis op Thorney Island.' Hij lachte verbitterd. 'Het zoekteam was er al geweest, maar het leek me slim om nog eens goed te kijken. Ik kende het daar beter dan zij. Thea was een stil meisje, een huismus, heel anders dan haar broer, en ik dacht dat ze misschien terug naar huis zou gaan als ze bang was… Ik kon mijn zoon niet vinden, maar haar trof ik er inderdaad aan. Ze had zich in de trapkast verstopt, onder een stapel lakens. Daar zat ze ook altijd als we verstoppertje deden. Kleintjes verstoppen zich altijd op dezelfde plek, hè?'

Hij keek naar zijn glas, dat weer leeg was. Ze stond zonder erbij na te denken op, nam het uit zijn hand en schonk nog een borrel voor hem in. Ze nam er zelf ook een, hopend dat haar kiespijn er minder door zou worden, dat het de pijn zou verzachten.

'Er kwam geen woord uit,' zei hij terwijl ze hem het glas aangaf. 'Ze was er slecht aan toe, tot op het bot verkleumd, en ze rilde helemaal. Haar kleren waren doorweekt. Ik heb haar afgedroogd, warm aangekleed en in een deken gewikkeld. Ze heeft de hele tijd dat ik met haar bezig was geen woord gezegd, helemaal niets. Ze huilde niet. Je zou denken dat ze zou huilen. Ik voelde haar trillen, als een pianosnaar die maar blijft vibreren. Ze was bang voor me. Ik heb haar op het bed achtergelaten terwijl ik Edmund ging zoeken.' Nog een slok whisky. 'Maar die was verloren. Dat wist ik. Ik ben blijven zoeken, maar ik wist dat hij weg was… dat voelde ik. Hij zal wel achter zijn bal of bootje het water in zijn gepeddeld en vervolgens zijn meegesleurd, zoiets. Frances is vast achter hem aan gegaan. Ze was onoplettend, maar ze hield van de kinderen. Ze heeft vast geprobeerd hem te redden. Misschien heeft Thea het allemaal zien gebeuren, dat ze door het tij werden meegesleurd, en is ze toen...'

Zijn woorden zweefden weg als herfstbladeren in een briesje. Hij zei een paar minuten niets. Toen, na een diepe zucht: 'Ze moet terug zijn gegaan naar het huis. Ik heb die gedachte nooit kunnen verdragen. Die arme kleine Thea, helemaal alleen op weg terug naar het huis. Misschien dacht ze dat ze hen er zou aantreffen. Misschien wachtte ze op hun thuiskomst toen ik haar er aantrof.'

Hij wreef met een hand in zijn betraande ogen. Toen schraapte hij zijn keel, en zijn stem werd vastberadener. 'Ik wilde haar mee terug naar het vasteland nemen en het zoekteam laten weten dat ze in orde was. Ik wist dat mijn leven voorbij zou zijn als ik ze over Thea zou vertellen. Ik overwoog haar over te dragen met een leugen en er het beste van te hopen, maar ze hoefde alleen maar een keer 'papa' tegen me te zeggen en dan zou ik alles kwijt zijn: mijn carrière, mijn huwelijk, alles weg. Ik zou er nooit iets van terugzien. Ik had er zo verdomd hard voor gewerkt. Toen ik halverwege het verhoogde pad was, drong tot me door dat ik het aan niemand hoefde te vertellen. Niemand wist dat ik er was. Niemand wist van mijn band met hen. Dus heb ik haar onder mijn jas verstopt. Ik ben uit de buurt van het zoekteam bij de zandbanken gebleven en heb haar meegenomen naar mijn auto.' Hij keek haar aan. 'Het zal wel paniek zijn geweest. Ik kon het niet onder ogen komen... Blanche... mijn werk... niets. Zoiets besluit je in een fractie van een seconde, toch?'

Ze kon zich geen enkele omstandigheid voorstellen waarin ze haar kinderen zou achterlaten. Ze vroeg: 'Waarom heb je haar meegenomen naar de cottage?'

'Ik heb overwogen naar een hotel te gaan, maar ik was bang dat ik zou worden herkend en dat iemand vragen zou gaan stellen. Ik kon haar uiteraard niet mee terug naar Londen nemen. En toen dacht ik aan de cottage op Marsh Court. Ik kon haar daar mee naartoe nemen om te bedenken wat ik moest doen. Ik wist dat ze in shock was. Ze was koud en slap en viel steeds in slaap, dus ik moest snel handelen. Ik moest zorgen dat ze het warm kreeg en dat ze wat zou eten. Marsh Court was in de buurt en ik wist dat Henry naar Londen was; ik had hem de avond daarvoor nog gezien. Ik heb overwogen rechtstreeks naar de cottage te gaan in de hoop er genoeg haardhout voor een vuur aan te treffen en jou erbuiten te kunnen houden, maar toen drong tot me door dat dat niet zou lukken. Dan zou je de rook uit de schoorsteen misschien zien, en ik had eten en drinken voor Thea nodig, en ik moest Morgan bellen. Ik wist dat Morgan discreet zou handelen. Ik vertrouwde hem nog in die tijd. Hij deed af en toe klusjes voor me, als het over dingen ging waarvan ik niet wilde dat een ander ervan wist. Hij had de huur voor dat verdoemde huis op het eiland een half jaar daarvoor nog geregeld. Ik had hem niets over Frances en de kinderen verteld, maar daar moet hij achter zijn gekomen.'

Hij was even stil en staarde in zijn glas. 'Ik heb Thea in de auto achtergelaten terwijl ik op Marsh Court was om met jou te praten. Eenmaal in de cottage heb ik een haardvuur gemaakt, melk voor haar opgewarmd en er wat suiker in gedaan tegen de shock. Ze kon niet uit de beker drinken, dus heb ik haar gevoerd met een lepel. Het is me gelukt haar een halve beker te geven, en toen werd haar huid weer een beetje roze en wist ik dat ze het zou overleven. Ik heb haar de hele nacht in mijn armen gehouden. Ik heb haar in mijn armen gehouden tot het licht werd.'

'En die ochtend heb je haar aan een vreemde overgedragen.'

'Ja.' Zijn blik, met rode ogen van ongeplengde tranen, rustte op haar. 'Inderdaad, dat heb ik gedaan. Ik dacht dat het daarmee achter de rug zou zijn. Ik was opgelucht toen Morgan haar meenam. Maar het was natuurlijk niet achter de rug. Zoiets is nooit achter de rug.'

'Gillis, ze was je dochter.' Haar stem klonk hees.

'Wat had ze aan mij?' Hij klonk opstandig. 'Ik ben nooit een vader voor haar geweest. Ze verdiende een betere vader dan ik ooit had kunnen zijn.'

'Waar is Morgan met haar heen gegaan?'

'Ik had in 1945, tijdens mijn campagne voor de verkiezingen, in Southampton een vrouw leren kennen die een weeshuis had.'

'Mevrouw Farmer.'

'Ja. Het was een klein tehuis, met een stuk of zes kinderen. Ik had haar een donatie gegeven en gezorgd dat ze publiciteit kreeg.' Hij lachte cynisch, humorloos. 'Het was een goede, vriendelijke vrouw, maar ze was hopeloos met geld. Je kent ze wel: moederlijk, maar allesbehalve praktisch ingesteld. Nooit getrouwd geweest en geen eigen kinderen. Ik wist dat ze goed voor Thea zou zorgen en heb mezelf voorgehouden dat dit het beste voor haar zou zijn, dat ik haar een nieuwe start gaf, een nieuw leven. Morgan moest haar brengen, want ik zou zijn herkend. En hoe dan ook...'

'Je wilde van haar af?' Het drong tot haar door dat ze hem haatte.

'Ik wilde...' hij sprak zacht, 'dat het me allemaal niet overkwam. Ik wilde terug naar mijn eigen leven. Het was een nachtmerrie... Ik wilde dat het voorbij was.'

Zijn handen voelden aan de stof van de knieën in zijn broek. 'Ik heb tegen Morgan gezegd dat hij tegen mevrouw Farmer moest zeggen dat Thea een vondeling was, dat ze tijdens de Blitz in Londen op straat was aangetroffen. We hebben haar natuurlijk een andere naam gegeven. Morgan moest zeggen dat het weeshuis waar ze vandaan kwam was gesloten en dat ze een nieuw onderkomen nodig had. Mevrouw Farmer zal hebben vermoed dat het allemaal leugens waren, maar ze had geld nodig. Die kinderen waren haar leven. Ik heb gehoord dat ze een paar jaar nadat Thea is geadopteerd is gestorven en dat het weeshuis is gesloten. Het was een leuk, ouderwets huis, nog van voor de oorlog. Je zou er tegenwoordig niet meer mee wegkomen, er is nu een hele berg papierwerk, dat gaat nu allemaal anders.'

Hij maakte een geluid dat klonk als iets tussen een lach en een schreeuw. 'Ik heb Morgan een paar weken later laten bellen naar het weeshuis om te vragen hoe het met haar ging. Ze had nog steeds geen woord gesproken. Geen woord. Dat kan een shock met kinderen doen. Ik heb geen idee hoe lang het heeft geduurd voordat ze haar stilte heeft verbroken. Dus misschien had ik er toch mee kunnen wegkomen. Had ik haar aan het zoekteam kunnen overdragen en mijn handen ervanaf hebben getrokken. Misschien had ik Morgan er niet bij hoeven te betrekken. Maar dat wist ik toen niet.' Er klonk geen emotie in zijn stem, alsof de gevoelens die hij ooit had gekoesterd over de hele kwestie lang geleden waren uitgedoofd.

'Wat is er met haar gebeurd, Gillis? Waar is ze nu?'

'Dat weet ik niet. En dat is de waarheid,' voegde hij er snel aan toe zodat ze hem niet zou onderbreken. 'Ik wilde het ook niet weten, daar ben ik altijd heel duidelijk in geweest. Morgan moest mevrouw Farmer een geldbedrag geven toen hij Thea naar het weeshuis bracht, en nog een betaling doen zodra het meisje bij geschikte adoptieouders zou zijn geplaatst. Het is allemaal anoniem gebeurd. Er was niets wat haar aan mij kon verbinden.'

'Behalve Morgan.'

'Ja,' zei hij grimmig. 'Behalve Morgan.'

Ze waren allebei even stil. Toen dronk Gillis zijn glas leeg. Hij stond op en zei: 'Ze hebben al heel snel een gezin voor haar gevonden. Het was een slim, mooi meisje, en meisjes zijn sowieso gemakkelijker te plaatsen dan jongens. Het was een keurig gezin en een goed thuis voor haar. Morgan zal jou niet meer lastigvallen, Juliet, daar zal ik voor zorgen. Je hoeft je er geen zorgen meer over te maken.'

Geloofde hij dat echt? 'Gillis, het is jouw geheim niet meer,' zei ze zacht. 'Het is nu ook mijn geheim. En ik wil het niet. Het spijt me, maar ik wil het echt niet.'

Ze haatte het. Ze had vreselijk veel spijt dat ze ermee had ingestemd zijn verhouding met Frances Hart stil te houden. Ze was zo dom geweest. Ze had hem beloftes gedaan omdat ze van hem hield.

'Je moet het aan Blanche vertellen,' zei ze.

Hij schudde zijn hoofd. 'Dat kan ik niet.'

‘Ik kan het niet naast me neerleggen, deze keer niet. Stel dat Thea familie heeft.’

‘Als ze die heeft, wat maakt dat nu dan nog uit?’ Zijn stem klonk koud.

‘Dan heeft die al die jaren om haar gerouwd. Je moet iedereen de waarheid vertellen, om het goed te maken.’

‘Nee.’

‘Zou Blanche je niet kunnen vergeven? Het is al zo lang geleden.’

‘Nee, Juliet, dat is onmogelijk.’

Ze haatte hem om zijn zwakte, haatte het dat hij haar in zijn web van bedrog had getrokken.

‘Dan vertel ik het haar,’ zei ze ijzig. ‘Het spijt me, maar ik kan het niet voor me houden. Het is te vreselijk. Het is één ding om te zwijgen over een affaire, Gillis, maar het bestaan van een kind verzwijgen, en mensen laten geloven dat ze dood is terwijl ze nog leeft, is iets heel anders.’

‘Blanche is ziek.’

‘Wat?’ Ze staarde hem aan. Ze had spijt dat ze die whisky had gedronken; ze had er hoofdpijn van en kon niet meer helder nadenken. Ze had nog steeds kiespijn, ze was moe en ze had pijn in haar ogen.

‘Ze heeft kanker.’

Het ging even door haar heen dat hij tegen haar loog. Dat hij probeerde medelijden bij haar op te wekken, een vluchtweg voor zichzelf te creëren. Maar ze zag zijn askleurige teint. Verslagenheid was als een sluier over hem heen gevallen.

‘Mijn god, Gillis.’

‘Niemand weet het nog.’ Hij stak een sigaret op. ‘We hebben het niet aan de kinderen verteld. Dat heeft Blanche verboden. Ze hoopte dat het kon worden opgelost zonder dat ze het hoefden te weten. Ik ben erin meegegaan, maar ze is ondertussen terminaal verklaard, dus we kunnen er niet meer omheen. Nate moet naar huis komen. Ik zie er zo tegen op om het aan Rory te vertellen, ze hebben zo’n innige band. Ze is bij een arts in het Royal Marsden. We zijn er maandag nog geweest. Hij heeft tegen me gezegd – terwijl Blanche naar een of ander onderzoek was – dat het een kwestie van maanden is.'

Hij stond op en liep naar het raam, tuurde naar het passerende verkeer. Ze ging naast hem staan.

'Het is allemaal zo godvergeten oneerlijk,' hoorde ze hem zeggen. 'Zulke dingen zouden goede mensen niet moeten overkomen. Als ik het zou zijn, zou je het tenminste begrijpen, toch?'

'Zo moet je niet denken, Gillis.'

'Ik kan het haar niet vertellen.' Zijn ogen stonden smekend. 'Dat snap je toch wel? Ik kan het Blanche niet vertellen en ik kan het de kinderen niet vertellen. Ik smeek je er niets over te zeggen, Juliet.'

Wat kon ze anders dan instemmen met zijn verzoek? Toen ze knikte, stroomden de tranen over haar wangen.

'Arme Gillis,' zei ze. 'Wat vreselijk. Arme Blanche.'

'Ze heeft vreselijk veel pijn. Ze probeert zich op de kerst te concentreren. Je weet hoe dol ze op Kerstmis is. Ze zoekt cadeaus voor de kleinkinderen uit, dat soort dingen.' Hij greep haar handen en drukte ze tussen de zijne. 'Ik beloof je dat je nooit meer last van Morgan zult hebben, Juliet. Je moet hem vergeten.'

Ze was zich terwijl hij sprak bewust van een dof en zwaar gewicht in haar, en ze vroeg zich af of dat ooit nog zou verdwijnen.

Gillis lachte verbitterd. 'Weet je wat zo grappig is?' zei hij. 'Als je succes proeft, als je het geluk aan je zijde hebt, dan denk je dat het altijd zo blijft, en als je het dan weg voelt glippen, denk je dat je er recht op hebt, dat je het verdient, en dan doe je alles om het terug te krijgen. Ik heb er al die tijd over gedaan om te gaan beseffen dat al die ambitie en al die glorie nooit wat hebben betekend. En ik maar denken dat ik slim was. En ik maar denken dat ik bijzonder was.'

Ze vertrok een half uur later. Ze was eerder die ochtend van plan geweest even op bezoek te gaan bij Anne en haar kleinzoon, maar ze wist dat ze de benodigde gemoedsrust daar niet voor zou kunnen voelen. Blanche, Thea Hart, het was allemaal te veel om te verwerken. Anne zou aanvoelen dat er iets aan de hand was. En ze had kiespijn.

Ze hield in Pall Mall, te uitgeput om de metro te nemen, een taxi aan om haar naar Liverpool Street te brengen, waar ze slechts minuten voordat haar trein zou vertrekken arriveerde. Het was druk en ze rende over het perron, turend door de raampjes tot ze een leeg plekje in de volle wagons zag. Ze perste zich langs de knieën naar haar zitplaats en de trein kwam langzaam in beweging.

Ze was misselijk. Als ze nu maar geen spektakelstuk van zichzelf maakte door flauw te vallen in een overvol treinstel. Ze groef in haar handtas, haalde een rolletje Polo's tevoorschijn en nam een pepermuntje. Ze had niets meer gegeten sinds het ontbijt en het pepermuntje met suiker kalmeerde haar maag en hart. Ze dwong zichzelf zich te concentreren op het uitzicht door het met modder bespatte raam en telde de stations: Stratford, Manor Park, Ilford, Romford. Maar de gedachten drongen zich aan haar op en ratelden door haar hoofd: Blanche, Thea Hart, David Morgan.

Ze bereikte uiteindelijk Witham, waar de trein tot stilstand kwam en ze naar haar auto liep. Ademen ging gemakkelijker nu ze door de bekende weggetjes reed die haar veilige haven, haar toevluchtsoord, omringden: Marsh Court. Ze liet zichzelf binnen, liet haar tas en jas op de trap achter, liep naar de keuken, deed brood in de rooster en zette een ketel water op. Toen ze in de badkamer stond om een aspirine te nemen, ging de telefoon; ze vroeg zich af of het Joe was. Ze nam niet op.

Ze liep met haar thee en toast naar de ochtendkamer en ging in haar lievelingsstoel bij het raam zitten. Ze at de toast zorgvuldig, met de goede kant van haar mond. Joe, bedacht ze, wat moet ik met Joe? Hem de waarheid vertellen?

Nee, dat kon ze niet, en niet alleen omdat ze Gillis had beloofd tegen niemand iets te zeggen. Joe zou Gillis' verhaal verachtelijk vinden. Hij zou hem minachten om het feit dat hij zijn dochter in de steek had gelaten, en misschien zou hij haar ook wel gaan haten, omdat ze van een man had gehouden die tot zoiets in staat was. Ze kon hem niets over het gezin Hart vertellen zonder toe te geven dat ze een verhouding met Gillis had gehad. Die twee dingen waren onlosmakelijk met elkaar verbonden. Ze zou hem haar keuzes niet kunnen uitleggen zonder te vertellen hoeveel ze van Gillis had gehouden.

Misschien moest ze een einde aan de relatie maken. Als ze niet eerlijk tegen hem kon zijn, kon ze misschien maar beter bij hem weggaan.

Maar dat was te hartverscheurend om ook maar te overwegen, en ze sloot vermoeid haar ogen. Een dutje, zei ze tegen zichzelf, tien minuutjes maar, en toen viel ze in een diepe, droomloze slaap.

Toen ze wakker werd, was het donker buiten. Ze had geen kiespijn meer, haar hoofdpijn was weg en ze voelde zich niet langer gedeprimeerd en onzeker. Ze trok de gordijnen dicht.

Ze was lang genoeg eenzaam geweest, ze had zich lang genoeg wanhopig gevoeld. Je kreeg niet veel kansen op geluk. Haar affaire met Gillis behoorde tot het verre verleden. De keuzes die ze hadden gemaakt, behoorden ook tot het verleden. Ze had geen rol gehad in het feit dat Gillis Thea Hart had verlaten en ze hoefde zich niet te schamen voor wat ze vandaag had gehoord. Gillis had beloofd dat Morgan haar niet meer zou storen. Ze moest leren dat het verleden zichzelf ploste. Zij hoefde niet te boeten voor de fouten die Gillis had gemaakt.

En had zij niet ook een beetje geluk verdiend? Had ze het niet verdiend om te leven?

Blanche Sinclair stierf drie dagen voor Kerstmis. De uitvaart was op een van de gure, lege dagen tussen kerst en oud en nieuw. Gillis huilde de hele dienst aan één stuk door, het vreselijke, verstikte geluid van een man die er niet aan is gewend zijn emoties te tonen. Zijn dochters, Flavia en Claudia, zaten aan zijn ene kant op het kerkbankje, en zijn zonen, Nathan en Rory, aan de andere. Ergens, lang geleden aan de vier winden overgedragen, leefde Gillis' andere dochter in onwetendheid over haar afkomst. Juliet herinnerde zich de droom nog die ze had gehad, kort na de verdrinkingen, van het meisje in de rode jurk dat door de golven van de grijze Noordzee werd weggedragen.

Ze duwde het beeld weg en dwong zichzelf aan iets anders te denken, wat dan ook: hoe klam en koud het was in de kerk, de brede, rollende akkoorden van het orgel die omhooggingen om een van Blanche's favoriete hymnen te zingen: 'Guide Me O Thou Great Redeemer'.

14

Februari 1966

Charley vond Nate in een bar in een hotel in Holborn. Het was een opzichtig etablissement, met oranje, pluchen leunstoelen en erwtgroen-roze gordijnen. Hij stond bij een raam. Hij zong een Spaans liedje, heel hard, en maakte er theatrale gebaren bij.

De vrouw die naast hem zat (zwart haar in een knotje, een nette zwarte jurk) sprak Charley aan toen die bij hen ging staan. 'Godzijdank,' zei ze vol afgrijzen. 'Breng hem alsjeblieft naar huis. Dan ben ik ervanaf.' Ze pakte haar handtas en liep naar buiten.

Een half uur daarvoor was de telefoon gegaan, om negen uur, toen Charley in haar slaapkamer had zitten schrijven. 'Ik kwam je telefoonnummer in Nathans adresboekje tegen,' had de stem aan de andere kant van de lijn gezegd nadat ze zich aan Charley had voorgesteld als Jacqueline Watson, een collega van Nate. 'Hij zei dat ik jou moest bellen. Hij misdraagt zich en ze dreigen hem eruit te gooien. Je moet hem komen ophalen.'

Hij stond nog steeds te zingen. 'Hou daarmee op, Nate,' zei Charley.

Dat deed hij, en vervolgens keek hij om zich heen, met zijn ogen knipperend. 'Waar is Jacqueline?'

'Naar huis.'

'Wil je wat drinken?'

'Nee. En jij ook niet.' Ze duwde hem de bar uit. Mensen staarden naar hen terwijl hij tussen de tafeltjes door zwalkte.

Ze zag het niet zitten om met hem in een metro te stappen, dus hield ze een taxi aan om hen naar huize Sinclair te brengen. Eenmaal in de taxi zei ze: 'Nate, je moet hiermee ophouden.'

'Is dat zo?' Zijn wazige blik verhardde terwijl hij zich op haar focuste, en er schemerde nu aversie in door.

'Ja, dat moet. Ik hou van je en ik wil niet dat je jezelf de vernieling in helpt.'

'Charlotte Winterton, wat goed, nobel en rechtschapen van je. Wanneer ben je zo saai geworden?'

Ze haatte het als hij zo tegen haar sprak. Ze staarde naar de flikkerende, groengele schittering van de lantaarnpalen op straat en beet op haar onderlip.

'Hier wordt het niet beter van, Nate,' zei ze zacht.

'Mijn moeder is dood. Hoe gaat dat beter worden?'

Er viel een lange, gespannen stilte en ze probeerde haar tranen terug te dringen. Toen hoorde ze hem zeggen: 'Sorry. Het spijt me, Charley. Zo bedoelde ik het niet. Ik heb te veel gezopen. Ik heb een slechte dag gehad.'

'Extreem slecht, of gemiddeld slecht?'

'Geen idee.' Hij zuchtte. 'Ze zijn me allemaal te veel.' Hij raakte haar mouw aan. 'Dank je wel dat je me bent komen halen.'

'Graag gedaan. Is Jacqueline je vriendin?'

'Na vanavond waarschijnlijk niet meer.' Hij keek haar van opzij aan. 'Maar dat maakt niet uit. Niet echt. Toch?'

Charley vroeg zich af of het zou uitmaken voor Jacqueline, maar zijn blik was doods en ze had vreselijk met hem te doen. 'Nee, natuurlijk niet,' zei ze vriendelijk.

Ze waren bijna bij zijn huis. 'Is je vader thuis?'

Nate schudde zijn hoofd.

'Heb je al gegeten?'

Hij staarde nors voor zich uit en probeerde het zich te herinneren. 'Waarschijnlijk niet.'

Charley betaalde de chauffeur en ze liepen het huis in. Ze bakte in de keuken de oud uitziende worst die ze onder in de koelkast vond. De ruimte zag eruit als een die vroeger met zorg was bijgehouden en nu werd verwaarloosd en nauwelijks werd gebruikt door twee extreem drukke en extreem ongelukkige mannen.

Ze maakte sandwiches met worst, die ze in de zitkamer opaten, waar alleen de lamp boven de tafel aan was en maanlicht door de schuiframen naar binnen scheen.

'Hoe is het met Rory?' vroeg ze.

'Geen idee.' Nate vouwde een sandwich open. 'Hij is weer naar school. Ik schrijf hem, maar zijn antwoorden zijn nietszeggend. Ik heb met hem te doen.'

'Ik schrijf hem ook.'

'Wat lief.'

'Hoe is het op je werk?'

Nate werkte op een handelsbank. 'Draaglijk. Hoe gaat het met je toneelstuk?'

'Dat vordert gestaag.'

Hij schudde zijn jasje van zijn schouders. Ze voelde de behoefte de zwarte krullen die over zijn voorhoofd waren gevallen naar achteren te strijken. Ze wenste dat ze een glimlach op zijn gezicht kon toveren, maar ze had geen idee hoe ze dat moest doen.

'Dan ben ik blij,' zei hij terwijl hij een klodder tomatenketchup op zijn sandwich smeerde, 'dat tenminste één van ons vooruitgang boekt in zijn leven.'

Anne, Piers en Eddie waren alle drie verkouden. Ze snotterden en kuchten, en Eddies razende geblèr doorboorde 's nachts als zijn verstopte neus hem wakker maakte meermalen de stilte in het appartement.

Anne had een hekel aan de donkere winterochtenden. Ze had het gevoel dat ze nooit zou kunnen wennen aan opstaan en ontbijten in het donker. Toen ze om zeven uur de keuken in schuifelde om koffie voor zichzelf te zetten zag ze klodders natte sneeuw door het donkere vierkant lucht dwarrelen dat werd omkaderd door het kozijn van het keukenraam.

Piers stond bij de waterkoker een kop thee te drinken. 'Ik moet ervandoor,' zei hij. 'Het wordt laat vanavond. Ik ga uit eten met een klant.'

'Hoe laat?'

'Een uur of elf, twaalf.' Hij boog zich voorover om haar een kus te geven.

'Er ligt een bananenschil in de gootsteen,' zei ze.

'De vuilnisbak is vol.'

Ze voelde een golf van razernij door zich heen gaan. 'Gooi hem dan leeg.'

Hij keek haar verrast aan. 'Ik moet naar mijn werk.'

'Je kunt best zelf de korsten van je toast en je bananenschillen in de vuilnisbak gooien, Piers. En je kunt ook best je eigen ontbijtschaaltje even afwassen. Je zou zelfs best,' voegde ze op sarcastische toon toe, 'de vloer kunnen vegen. Hoewel ik aanneem dat je geen idee hebt waar de bezem staat.'

Hij kon er niet tegen als hij werd bekritiseerd. Hij mompelde iets. Ze ving de woorden 'dat is jouw werk' op.

'Eddie is mijn werk.' Ze bestudeerde hem en voelde geen enkele affectie. 'Eddie, die ziek is en zo ongeveer de hele nacht wakker is geweest. Ik vraag je alleen maar om je eigen rotzooi op te ruimen.'

'Daar heb ik geen tijd voor.'

'Het kost nog geen twee minuten!' Ze hoorde haar stem hoger worden. 'Twee minuten om je broodkorsten in de vuilnisbak te gooien!'

'Prima!' zei hij razend. Hij griste het plastic schaaltje uit de gootsteen en veegde de broodkorsten erin. Toen stormde hij het appartement uit en sloeg de deur achter zich dicht.

Er klonk geschreeuw uit de kinderkamer. Anne sloot haar ogen, bleef even tegen het gasfornuis geleund staan en ging toen Eddie halen.

Het werd er niet beter op die dag. De melk was op – Piers had de laatste over zijn cornflakes geschonken – dus trok ze Eddie zijn sneeuwpak aan en duwde hem in de buggy naar de winkel. De natte sneeuw deed pijn in haar gezicht en de passerende auto's reden door de plassen, waardoor golven grijs water omhoog spatten. Ze kocht brood, aspirine en lamsvlees in de supermarkt, en beschuit voor Eddie. Bij thuiskomst kwam meneer Lord, die op de begane grond woonde, de gang op om te klagen over het gehuil, het slaan met deuren en het schaaltje dat Piers onder aan de trap had achtergelaten, waarschijnlijk omdat hij het niet had zien zitten weer met haar gekrijs geconfronteerd te worden, of omdat hij geen zin had het terug te zetten in de keuken, bedacht ze.

'Ik ben een lichte slaper,' zei meneer Lord. 'Het zou echt fijn zijn als u zou zorgen dat de baby niet huilt.'

Anne klemde haar kaken op elkaar, bood haar excuses aan, tilde Eddie, de buggy, de boodschappentas en het schaaltje op en begon moeizaam aan de reis naar boven.

Terug in het appartement zette ze Eddie met zijn speelgoed op het kleed en ging koffiezetten. Na twee koppen koffie en drie aspirines begon ze zich wat beter te voelen. Eddie leek goeddeels over zijn verkoudheid heen en zat tevreden op de arm van zijn stoffen clown te kauwen. Ze hoopte dat Piers zou bellen om zijn excuses aan te bieden, maar dat gebeurde niet. Ze vroeg zich af waarom ze had gedacht dat hij dat zou doen: Piers bood nooit zijn excuses aan. Sorry zeggen zou betekenen dat hij toegaf dat hij iets fout had gedaan en Piers Winterton deed nooit iets fout.

Ze had hem kunnen bellen en hem aan het lachen kunnen maken over meneer Lord en het schaaltje, hun ruzie op die manier kunnen oplossen, maar ze besloot dat niet te doen. Misschien dat ze buitensporig boos was geworden – ze nam aan dat Piers dat in ieder geval vond – maar daar ging het niet om. Ze wist dat ze zo kon doorgaan, dat ze zich dan steeds kwader en kwader zou gaan voelen en dat zij dan steeds degene zou zijn die sorry zei en dat ze altijd haar mond zou houden om de ware onenigheid die tussen hen was ontstaan niet aan te hoeven gaan. Het deed haar denken aan het ondergrondse gerommel van een aardbeving in San Francisco voordat de aarde daadwerkelijk begon te bewegen, openscheurde en alle boeken van de plank wierp. Zo voelde dit ook.

Ze maakte die dag schoon in het appartement, deed de was en maakte lamsstoofpot, de hele tijd op haar tenen vanwege meneer Lord en in de weer met Eddie zodra hij begon te huilen. Ze zag er zo tegen op Eddie en de buggy nogmaals naar beneden te moeten slepen dat ze verder thuisbleef die dag. Ze maalde als avondmaaltijd voor Eddie een paar lepels van de lamsstoofpot fijn en deed hem na het eten in bad. Nadat ze hem zijn flesje had gegeven, viel hij zonder problemen direct in slaap.

Ze vroeg zich terwijl ze de zitkamer aan het opruimen was af of twee mensen in een huwelijk altijd evenveel van elkaar hielden. Misschien hield de een altijd meer van de ander dan andersom, of verschoof de balans door de tijd heen. Ze had geweten dat ze een gok had gewaagd door met Piers te trouwen. Hij was ambitieus, gepassioneerd, en had een sterke wil. Als ze zou meegaan in alles wat hij wilde, zou hun huwelijk standhouden, op een bepaalde manier. Maar zou dat genoeg voor haar zijn?

Ze was naar Engeland teruggevlucht om te ontsnappen aan de beroering na haar verbroken verloving met Glenn, maar ze begon zich de laatste tijd af te vragen of haar leven nu een nog grotere puinhoop was en of ze door met Piers te trouwen een man had gekozen die in sommige opzichten het tegenovergestelde was van Glenn, maar net zo slecht voor haar. Wat goed had gewerkt voordat Eddie was geboren, bleek nu lang niet zo goed te gaan. Zijn geboorte had de gebreken in hun relatie aan het licht gebracht.

Haar onafhankelijkheid en gevoel van zelfbeschikking verdwenen in een draaikolk van verplichtingen naar haar gezin. Ze kon zich soms nauwelijks het zelfverzekerde meisje nog voorstellen dat in haar eentje van de ene naar de andere kust van de Verenigde Staten was gereden. Ze vond de vrouw die haar plaats had ingenomen maar niets, dat woestharige wezen dat schreeuwde tegen haar man over dingen die niets uitmaakten.

Anne keek op haar horloge. Kwart voor zeven. Het leek wel of de piepkleine keuken kromp, haar gevangenhield. Piers kwam nog lang niet thuis; er strekte zich een eindeloze avond voor haar uit. Ze snakte naar een borrel en een gesprek met een volwassene die niet zijn dagen doorbracht met bezorgdheid over luieruitslag en het afbouwen van de flesjes.

Ze belde Louise, en Louise, die lieve Louise, bood direct aan te komen oppassen. Maar waar moest ze naartoe? Katherine was er niet en Ceridwen ging naar avondschool. Ze dacht aan Aidan. Ze had hem weken daarvoor voor het laatst gezien. Ze had Piers nog steeds niet verteld dat ze contact had met Aidan, maar dat maakte niet uit, want ze zou toch uren eerder thuis zijn dan hij.

'Wijntje?' vroeg Aidan.

Anne trok haar jas uit. Ze had een zwarte broek met een donzige, lichtgrijze wintertrui aan.

'Dat lijkt me zalig.'

'Wat zie je er mooi uit.'

'Aidan, ik heb schilfers aan mijn neus en wallen onder mijn ogen. En ik ben doodmoe en ik ben het zat.'

'Desondanks,' zei hij terwijl hij haar een glas gaf, 'zie je er geweldig uit.'

Hij opende in de smalle keuken de kastdeurtjes op zoek naar iets lekkers voor bij de wijn. Hij trok een blikje olijven open en deed die in een schaaltje. Toen hij ermee de woonkamer in liep, stond Anne een aquarel te bewonderen.

'Wat mooi,' zei ze. 'Heb jij hem gemaakt?'

'Het is in Norfolk. Het stormde, en je hebt daar die schitterende streperige kliffen. Ik ben er met Freya geweest.'

'Hoe is het met Freya?'

'Uitstekend. Ze heeft zin in de tentoonstelling.' Annes vriendin Katherine Rose had aangeboden een expositie voor Freya te organiseren. 'Bedankt dat je voor haar met Katherine hebt gepraat, Anne.'

'Graag gedaan. Freya heeft talent. Zijn jullie een stel?'

'Nee.' Hij schudde zijn hoofd. 'We zijn gewoon vrienden.' Hij zette het wijnglas op de bijzettafel. 'Ga zitten. Hoe was je dag?'

Ze trok een gezicht. 'Ik heb wel eens een betere gehad. En die van jou?'

'Dat geldt ook voor mij… Ik heb wel eens een betere gehad. Ga jij maar eerst.'

Ze zuchtte. 'Piers en ik hebben vanochtend ruzie gehad. Nog voordat ik ook maar een kop koffie had gedronken. Het was mijn schuld.'

Dat betwijfelde Aidan. Hij nam aan dat het Piers' schuld was. 'Over iets in het bijzonder?'

'Ach...' Ze trapte haar schoenen uit, ging op de bank zitten en trok haar voeten onder haar billen. 'Ik ben het zat om zijn rommel op te ruimen, maar daar ging het niet om.'

Hij was bang dat ze zou dichtklappen als hij verder zou vragen. Het gaf hem een triomfantelijk gevoel te weten dat het niet goed ging tussen Anne en Piers, maar hij wist dat hij dat haar niet mocht laten merken. Hij stond op en zocht in zijn collectie een elpee om op te zetten.

'Ik ben veranderd sinds ik Eddie heb,' zei ze. 'Ik heb het gevoel dat ik een orkaan heb overleefd. Of een vulkaanuitbarsting, of een aardbeving. Maar ik weet dat Piers het niet zo ervaart. Misschien is dat voor alle mannen zo. Hij ziet niet dat alles anders is. Hij verschoont nog geen luier, Aidan. Hij knuffelt wel met Eddie, maar hij verschoont nog geen luier. Ik heb het gevoel dat ik hem heb achtergelaten en dat het niet eens tot hem is doorgedrongen dat hij is achtergelaten.'

Er ging een siddering van zelfgenoegzaamheid door hem heen nu hij haar kritiek op Piers hoorde, en een gevoel van rechtvaardiging. Piers en Anne. Hij had altijd al geweten dat het nooit wat zou worden.

Hij zette een plaat met mazurka's van Chopin op. Hij zei: 'Misschien heb je gewoon een slechte dag.'

'Misschien. Maar het ligt niet alleen aan Piers, het ligt ook aan mij. Volgens mij ben ik niet geschikt voor het leven van een huisvrouw. Het huishouden... de verzorging van een kind... sommige vrouwen vinden dat heerlijk, toch? En Eddie... Ik hou zielsveel van hem, maar ik word gek als ik te lang met hem in huis zit.'

Hij gebaarde met de fles en ze stak haar glas naar hem uit zodat hij het kon bijvullen. 'Ik ben gaan beseffen dat ik niet met chaos kan omgaan,' zei ze treurig. 'En het leven met een baby is altijd een grote chaos, omdat het zo onvoorspelbaar en rommelig is. Wat gebeurt er met me, Aidan? Ik ben opgegroeid als kunstenaarsdochter, ik zou helemaal niet moeten zitten met wat kruimels in de gootsteen.'

'Als je ergens last van hebt, heb je er last van. Dat is wie je bent.'

Ze ging anders zitten en trok haar knieën tegen haar kin. 'Het is eenzaam, de hele dag thuis met een baby. Dat vertelt niemand je. Ik denk steeds maar dat een vrouw niet zo zou moeten hoeven te leven, opgesloten in huis met een piepklein wezen dat niet eens kan praten om je gezelschap te houden. Misschien zouden we allemaal samen in een groep moeten leven terwijl de mannen op een mammoet gaan jagen, of wat het ook is dat jullie doen.' Ze lachte, maar er klonk geen vermaak in haar stem.

Hij vroeg geforceerd achteloos: 'Weet Piers dat je hier bent?'

Ze schudde haar hoofd. 'Hij komt laat thuis vanavond. Louise past op. Ik blijf maar een uurtje.' Ze trok haar mond naar een kant, een beweging die ze maakte, zo was hem opgevallen, als ze zich schuldig voelde. Toen vroeg ze hem naar zijn dag.

De winst- en verliesrekening van Winterton's lag tussen hen in op tafel. 'Ik heb een waardeloze dag gehad,' zei hij. 'Ik had een afspraak met de accountants. We hebben te maken met een winstdaling. Niet heel erg, maar het wordt elke maand een beetje minder.'

'Wat naar. Het zijn zware tijden. Piers heeft het ook moeilijk.'

Hij schonk hun glazen nog een keer bij. 'De winst daalt al sinds de dood van oom Henry. Zoals ik al zei, gaat het niet om enorme bedragen, maar het is genoeg om last van te hebben.'

'Wat ga je eraan doen?'

'Ik zou het niet weten. Juffrouw Rolfe gaat binnenkort met pensioen,' vertelde hij, 'en we hebben besloten haar niet te vervangen. Misschien moeten we ook nog een winkelbediende ontslaan.' Hij werd al naar bij de gedachte iemand te moeten ontslaan. Al het personeel werkte al jaren voor Winterton's; iedereen voelde als familie.

'Het probleem met onze bedrijfstak is dat je niet lukraak kunt bezuinigen. We moeten een exclusieve en dure uitstraling hebben, want dat is wat we doen, wat we zijn.' Hij zuchtte. 'Ik weet het niet, Anne. Ik loop er al de hele dag over te piekeren en heb nog geen oplossing kunnen bedenken. Ik vind het afschuwelijk dat dit mijn verantwoordelijkheid is. Ik ben zo bang dat ik het verkeerd doe. Was oom Henry er nog maar. Hij wist altijd wat hij moest doen.'

'Piers en jij zouden het samen moeten oplossen.'

Hij keek haar geëmotioneerd aan. 'Je weet dat dat niet kan.'

'Echt niet?'

'Anne...'

'Ga eens met hem praten.'

'De laatste keer dat ik dat heb geprobeerd, heeft hij de deur voor mijn neus dichtgesmeten.'

Hij dacht dat ze erover zou ophouden, maar dat deed ze niet. 'Probeer het dan nog eens,' zei ze. 'Piers is trots. Hij zal nooit de eerste stap zetten.'

'Het is allemaal Piers' schuld,' zei Aidan stijfjes. 'Als hij niet zo tekeer was gegaan, zou dit allemaal nooit zijn gebeurd. Ik zie niet in waarom ik degene moet zijn die om vergeving gaat smeken.'

'Ik vraag je ook niet om te smeken, ik vraag je om een manier te vinden om die belachelijke vete bij te leggen. Hij is slecht voor de familie en slecht voor het bedrijf. Dat zie jij toch ook wel, Aidan? Je ziet toch wel hoe ongelukkig Juliet en je moeder eronder zijn? En de reden dat jij een manier moet vinden om het bij te leggen is dat Piers dat niet zal doen.' Dat zei ze zonder kwaadheid, maar ook zonder empathie.

Toen hij geen antwoord gaf, haalde ze haar schouders op, en ze zei: 'Niet? Oké. Daar was ik al bang voor, maar ik moest het toch proberen.'

Hij zei geïrriteerd: 'Je snapt toch wel dat het niet eerlijk is dat...'

'Bijna niets is eerlijk in het leven, Aidan,' onderbrak ze hem. 'Heb je dat nog niet geleerd?' Toen ze haar haar uit haar gezicht veegde, zag hij hoe bleek haar huid was, en haar holle, gelaten blik was bijna wanhopig.

'Sorry,' mompelde hij, 'maar ik kan het niet.'

Chopin vulde de stilte. 'Het is net of jullie een wreed spel spelen,' zei ze terwijl ze haar glas neerzette. 'Piers en jij. En ik ben het zat om tussen twee vuren gevangen te zitten.'

'Anne.'

Hij ging naast haar zitten en sloeg zijn arm om haar heen. Ze liet haar hoofd tegen zijn schouder zakken.

'Mijn vader speelde dit altijd,' zei hij. Een bitterzoete melodie vulde de kamer. 'Op de vleugel in ons huis in Maldon. Misschien moet ik even wat vrolijkers opzetten. Dan maak ik meteen nog een fles wijn open.'

'Ik moet naar huis...'

'Nog één glas; dan bel ik daarna een taxi voor je.'

Hij zette 'Rubber Soul' op en liep naar de keuken. Hij diepte een fles chablis op van achter in een kast en ontkurkte hem.

Toen hij terugkwam in de woonkamer was Anne op de bank in slaap gevallen. Hij legde een deken over haar heen en zette de muziek zachter. Hij schonk nog een glas wijn voor zichzelf in en pakte de cijfers erbij. Hij keek nu en dan naar haar op, naar de zilveren glans in haar haar en de fragiele botjes van de hand die op haar gezicht rustte. Hij overwoog haar wakker te maken, maar deed dat niet. Hij dacht aan wat ze over Piers had gezegd. Hij had haar nog nooit zo over Piers horen praten. Hier lag ze, in zijn appartement, en ze had hem verteld dat ze haar huwelijk zat was. Hij zei tegen zichzelf dat ze hier tenminste gelukkig was, dat hij haar beschermde, haar een toevluchtsoord bood, en negeerde het stemmetje in zijn hoofd dat mompelde dat hij zichzelf voorloog, dat zijn beweegredenen lang niet zo onzelfzuchtig waren als hij graag dacht.

Anne werd wakker uit een droom waarin de zitkamer in haar appartement reusachtig was geworden, het plafond hoog boven haar hoofd en de immense muren vol schilderijen. Ze opende gapend haar ogen. Ze was in Aidans zitkamer en Aidan lag languit op de bank tegenover haar, met gesloten ogen en papierwerk om zich heen.

Ze keek op haar horloge en zag dat het tien over twaalf was. Ze slaakte een gil, waarvan Aidan wakker schrok.

'Ik moet naar huis,' zei ze. 'Mijn spullen...'

Ze pakte haar jas en tas en rende de woning uit. Aangekomen op Cheyne Walk zag ze het gele lampje van een taxi, en ze begon wild te zwaaien. Laat Piers alsjeblieft nog niet thuis zijn, dacht ze. Laat hem alsjeblieft laat zijn.

De taxi leek te kruipen en alle stoplichten waren rood, maar uiteindelijk was ze thuis. Ze betaalde de chauffeur, liet zichzelf binnen en rende zo zacht mogelijk de trap op om meneer Lord niet te irriteren. Terwijl ze de voordeur van het appartement opende, zei ze: 'Louise, het spijt me verschrikkelijk...'

'Ik heb Louise naar huis gestuurd.' Piers stond op uit een stoel.

Ze liep naar hem toe en gaf hem een kusje op de wang. 'Ben je al lang thuis?'

'Uren. Mijn etentje ging niet door.'

'O. Wat jammer, schat. Als ik dat had geweten...'

'Louise vertelde dat je naar Aidan was.'

Ze had Louise het telefoonnummer van Aidan gegeven voor als er iets met Eddie zou zijn. 'Ik had eerder thuis willen zijn,' zei ze nerveus.

'Dat zal best. Ga je vaak naar hem toe?'

'Af en toe.' Ze trok haar jas uit. 'Piers, Aidan en ik zijn vrienden. Dat zijn we al jaren en dat weet je.'

Zijn blauwe ogen stonden uitdrukkingsloos. 'Af en toe... Hoe vaak is dat?'

'Eens in de drie of vier weken, zoiets.'

'Dat heb je nog nooit gezegd.'

Ze voelde zich op het verkeerde been gezet. 'Sorry. Dat komt doordat ik zo afgeleid ben vanwege Eddie.' Ze wist dat haar excuus allesbehalve overtuigend klonk.

Hij fronste zijn voorhoofd. 'Louise wist het wel, en ik niet.'

'Piers.' Ze lachte kort, in een poging de sfeer te verlichten. 'Zo klinkt het als voorbedachte raad.'

'Louise lost het voor je op zodat jij naar Aidan kunt. Wat een prettige regeling.'

'Nou zeg!' snauwde ze. 'Louise past op Eddie omdat ze het leuk vindt en goed is met hem. En ik ga naar Aidan omdat ik hem aardig vind; hij is een vriend. Het spijt me dat ik dat niet aan je heb verteld, dat had ik wel moeten doen, maar wil je weten hoe het echt zit?'

'Dat zou fijn zijn, ja,' sneerde hij.

'Prima. Ik zag er te veel tegen op om het aan jou te vertellen. Je kunt niet normaal over Aidan praten. Zodra iemand zijn naam noemt, word je kwaad.'

Hij maakte een snuivend geluid. 'En terecht, zo blijkt.'

'Hoe bedoel je?'

'Het is half één.'

'Dat weet ik. Sorry. Ik was moe, ik heb een borrel gedronken en ik ben in slaap gevallen.'

Ze liep naar de keuken om een glas water te pakken. Er stond een bos rozen in de gootsteen, uit de kas, geurloos, de donkerrode blaadjes bijna zwart in het weinige licht.

Ze liep terug naar de kamer. 'Piers, wat een schitterende bloemen, wat lief.'

Hij haalde zijn schouders op. 'Ik heb een goede dag gehad. De beste tot nu toe, dus ik dacht...' Hij zag er heel even verward uit in plaats van kwaad.

'Wat geweldig, lieverd.'

'Dat dacht ik ook,' zei hij. Er klonk nog steeds verwarring in zijn stem. 'Ik wilde het vieren. Maar toen kwam ik thuis en hoorde dat je bij Aidan was.' Hij fronste nogmaals zijn voorhoofd. 'In slaap gevallen... Kom op, Anne. Je bent een inventieve, creatieve vrouw. Kun je echt niets beters bedenken?'

Ze staarde hem aan. 'Wat suggereer je?'

'Heb je vijf uur bij Aidan liggen slapen? Is dat wat jullie de hele avond hebben gedaan?'

Het duurde even voordat het tot haar doordrong dat Piers haar ervan beschuldigde dat ze een verhouding met Aidan had. Die gedachte was zo schokkend en belachelijk dat ze even niet uit haar woorden kwam.

'Piers,' zei ze toen. Haar stem beefde. 'Aidan en ik zijn vrienden. Verder niets.'

'Dat geloof ik niet.'

'Het is de waarheid. Sorry als die je teleurstelt.'

'Teleurstelt...' zei hij kwaad.

Ze was de twee mannen ineens spuugzat. Ze koesterden hun wrok en sleepten de rest van de familie mee in hun vete terwijl ze alles konden oplossen met een glimlach en een hand. Ze was te moe om te ruziën of bruggen te bouwen. Als dit was wat ze wilden, als hun vijandigheid zo belangrijk voor ze was, dan gingen ze hun gang maar; ze zou zich er niet meer mee bemoeien.

Anne schudde geïrriteerd een kussen op. 'Je bent gewoon op zoek naar rechtvaardiging van al je woede jegens Aidan. Maar die kan ik je helaas niet leveren. Ik ben op de bank in slaap gevallen terwijl Aidan de papierwinkel voor Winterton's aan het doornemen was. Dat is wat er is gebeurd. Of je dat wel of niet gelooft, is aan jou.'

Zijn bovenlip krulde op. 'Je denkt zeker dat ik achterlijk ben.'

'Nee.' Ze keek hem recht aan. 'Ik denk dat je zo geobsedeerd bezig bent beter te zijn dan Aidan en ik denk dat je zo wordt verteerd door jaloezie dat je dingen gaat zien die er niet zijn.' Ze pakte haar tas en sjaal. 'Weet je wat ik echt denk, Piers? Ik denk dat je je rancune blijft aanwakkeren om de feiten niet onder ogen te hoeven komen. Je wilt niet toegeven wat voor soort man je vader was en je wilt niet toegeven dat je het ook wel eens mis hebt. En weet je wat? Je bent helemaal niet leuk als je je zo gedraagt. Je bent niet de man die ik dacht dat je was. Wat er met je vader, Aidan en jou is gebeurd, is verleden tijd. Leg je daar nou eens bij neer in plaats van het op mij af te reageren.'

'Hij heeft me mijn erfenis afgenomen, en nu neemt hij me mijn vrouw af.'

Zijn woorden deden vreselijk veel pijn, maar ze zei: 'Mijn god, hoor je wat je zegt? Ik weiger hier verder aan mee te doen, Piers. Ik heb er genoeg van.'

Charleys toneelstuk, een rechtbankdrama dat *De loper wint* heette, werd in februari drie keer uitgevoerd. De première was een drama:

er vielen decorstukken om en de acteurs vergaten hun tekst. Ze besloot dat ze nooit, nooit meer een toneelstuk zou schrijven.

De tweede avond ging het beter. Daniel kwam kijken. Charley had zelf een kleine rol en hielp met de rekwisieten; na afloop liep ze naar hem toe in de hal van de kerk.

'Wat vond je ervan?'

'Geweldig. Fantastisch. Jullie zijn drie keer teruggeroepen. Goed gedaan.'

Ze gaf hem een arm terwijl ze de paar straten door liepen op weg naar een pub waar de kans klein was dat iemand anders van de toneelvereniging erheen zou gaan. Ze was zowel moe als opgetogen. Daniel bestelde bier en chips en ze analyseerden de voorstelling. Dat moment waar Kevin aan de verkeerde kant het podium af liep en achterlangs helemaal terug moest rennen. De ontknoping, waar de echte boef werd ontmaskerd... Daniel had het geweldig gevonden, zei hij, en hij had op het puntje van zijn stoel gezeten.

'Als ze je toneelstuk in het West End gaan uitvoeren, kom ik ook.'

'Daniel. Gisteren ging het zo slecht dat ik het bijna had opgegeven.'

'Dat moet je niet doen,' zei hij oprecht. 'Waag het niet om het op te geven. Als je dat doet, praat ik niet meer met je. Ik vind het echt geweldig. De personages zeiden af en toe dingen die echt helemaal raak waren, helemaal levensecht.'

'Ik vond de rol van Max het leukst om te schrijven.' Max was de boef.

'Die zweem van spijt die je aan het einde hebt toegevoegd, als hij het opbiecht. De vrouw naast me had tranen in haar ogen.'

'Ik ben goed met spijt. Ik heb er veel ervaring mee.'

'Maar niet zo veel als ik.'

Ze vond dat hij er moe uitzag. 'Hoe is het met Jeannette?'

'Niet zo goed. Simon heeft de bof. Mijn schoonmoeder logeert bij ons, anders had ik vanavond niet kunnen komen.'

'Arme Simon. Arme Jeannette. Arme jij.'

‘Voor mij hoef je geen medeleven te voelen.’ Hij gooide zijn hoofd in zijn nek en strekte zijn armen uit. ‘Ik heb weken naar vanavond uitgekeken.’

‘Dan staat het er wel heel ellendig voor.’ Een automatisch gesproken, spottend antwoord. Ze had het al gezegd voordat ze erbij had stilgestaan, maar nu ze zijn gezichtsuitdrukking zag, wenste ze dat ze haar woorden beter had gekozen.

‘Ik dacht dat ik het niet zou gaan redden,’ zei hij. ‘Jeannette probeerde eten voor Simon te koken en liet een doos eieren op de vloer vallen. Haar grip is niet goed. Ze was helemaal overstuur. Het heeft een eeuwigheid gekost om haar te kalmeren.’

‘Je bent een schat, Daniel.’

‘Nee, dat ben ik niet.’ Zijn blik stond somber. ‘Ik moest mezelf de hele tijd dat ze huilde en vertelde hoe nutteloos ze zich voelt dwingen om niet op de klok te kijken. Ik dacht alleen maar: hou alsjeblieft op met huilen, zodat ik hier weg kan. Hou alsjeblieft op met huilen, zodat ik mijn enige avondje uit deze maand niet misloop.’ Hij haalde zijn schouders op. ‘Jeannette is een goed en vriendelijk mens. Ik niet.’

‘Dat is niet waar. Je bent ongelooflijk lief. Ik ben erg op je gesteld.’

‘En ik op jou, Charley.’

Zijn woorden gaven haar een warm gevoel. Toen zei hij zacht: ‘Ik heb nooit van haar gehouden. Nooit.’

Na de eerste schok van zijn woorden stroomde er een golf van medeleven door haar heen. Ze legde haar hand op de zijne en hij krulde zijn duim eromheen.

‘We waren nog kinderen toen we trouwden.’ Hij lachte kort. ‘Jeannette was mijn eerste vriendin. Ik was niet verliefd op haar, we hadden gewoon lol samen. En toen hebben we een fout gemaakt waar we de rest van ons leven voor zullen moeten boeten. Ik vind haar aardig en ik heb respect voor haar, maar ik hou niet van haar. Ik zou nooit bij haar weggaan. Ze heeft een ellendig leven en ze klaagt nooit. Als het mij zou overkomen, zou ik aan één stuk door mekkeren over hoe oneerlijk het allemaal is. Ze is geweldig met Simon, die haar adoreert, en ik vind het heerlijk hen samen te zien. Maar af en toe doe ik even een stap terug, en als ik mijn leven dan aanschouw, denk ik: hoe heeft dit kunnen gebeuren? Hoe ben ik hier terechtgekomen?'

'Wat naar voor je.' Ze kon niets anders bedenken.

Hij lachte halfslachtig. 'Nee, het is naar voor jou. Dit is jouw bijzondere avond en ik verpest hem met mijn gezeur.'

'Daniel, doe niet zo gek.'

Hij keek op zijn horloge. 'En nu moet ik nog weg ook. Ik heb een heerlijke avond gehad.'

Het was buiten bitterkoud. De lucht was ijzig en rook muf, en op de stoepen glinsterden ijskristallen. Er reden maar een paar auto's over straat.

Daniel draaide zich bij het metrostation naar haar om. 'Wat ik tegen je probeer te zeggen is dat je je kansen niet moet verkwanselen. Je moet ze met beide handen aangrijpen en er het beste van maken. Ik zal je altijd blijven steunen.'

Ze omhelsde hem. Toen stonden ze ineens te zoenen. Hij trok haar tegen zich aan en zijn mond ontdekte de hare. Ze wilde doorgaan met zoenen en nooit meer stoppen. Het voelde alsof ze met hem samensmolt, alsof ze deel van hem werd. De geluiden van de stad verstomden en ze was zich alleen bewust van hoe hij smaakte en voelde, van de geur van zijn huid en haar, en de hartstocht in zijn kussen.

Toen hij zich van haar losmaakte, voelde ze een gemis, alsof er een gat in haar was geopend. Ze namen afscheid; zij rende de trap af naar de metro en hij liep naar zijn bushalte. Toen ze in de metro zat, werd ze gewaar dat haar lippen gekneusd voelden, en haar huid deed pijn van zijn stoppelbaard. Haar eerste kus: ze had eindelijk de ervaring opgedaan en smachtte ernaar het aan iemand te vertellen. Ze moest zich inhouden het niet door de wagon te schreeuwen terwijl de metro door de tunnels raasde en schokkend tot stilstand kwam op de stations.

Ze overwoog tijdens de korte wandeling naar huis hoe het verder zou lopen. Misschien zouden Daniel en zij niet meer dan vrienden blijven en zouden ze nu en dan met een gevoel van verdriet en spijt kussen, maar het nooit hebben over wat had kunnen zijn. Of misschien zou ze wel een eigen appartementje huren – ze stelde zich iets tussen een erudiete en bohemienachtige stijl voor, in de buurt van Russell Square – waar zich dan hun discrete doch gepassioneerde verhouding zou afspelen.

Ze liet zichzelf binnen. Louise en Gabe waren in de zitkamer. De radio stond aan; Gabe zat chocolaatjes uit een doos Black Magic te eten en Louise zat te breien.

Louise keek op. 'Hoe ging het?'

Charley was het hele toneelstuk vergeten. Ze moest even omschakelen voordat ze zei: 'Veel beter dan gisteren. Godzijdank.'

Gabe zwaaide met de doos chocolade naar haar. 'Jij ook?'

Charley koos een toffee. Ze had het gevoel dat ze iets onderbrak. Ze keek van Louise naar Gabe.

'Wat? Wat is er?'

'Heb je het nog niet gehoord?'

'Wat?'

'Van Anne.'

Als Charley de naam Anne hoorde, leidde dat altijd tot een steek van schuldgevoel. 'Wat?' vroeg ze nogmaals. 'Wat is er gebeurd?'

'Ze is bij Piers weg,' zei Gabe. 'Dat heeft mama me verteld. En jouw moeder heeft het aan haar verteld.'

Charleys gevoel van verrukking verdween acuut, alsof iemand condens van een raam veegde. 'Bij hem weg...'

'Ja... Vreselijk hè? Ze woont bij vrienden in Notting Hill.'

'Woont... Bedoel je... definitief?'

Gabes blauwe ogen focusten zich op haar. 'Ik zou het niet weten.'

'En Eddie?'

'Die heeft ze meegenomen.'

'O, nee. Arme Piers.'

'Piers?' zei Gabe op sarcastische toon. 'Ik neem toch aan dat het zijn fout is.' Ze stak nog een chocolaatje in haar mond.

'Dat weet je niet, Gabe,' zei Louise.

'Nee, maar daar ga ik wel van uit.'

'Maar ze zijn pas anderhalf jaar getrouwd!' Charley voelde zich ziek. 'En Eddie is nog maar een baby!'

Anne had haar gevraagd of het waar was dat Piers met haar was getrouwd om Aidan dwars te zitten. Anne had gezegd dat ze het niet kon loslaten. Charley wist dat het haar schuld was, dat het haar schuld was dat Piers' huwelijk in gruzelementen lag. Haar jaloezie en verbolgenheid hadden het zaadje van wantrouwen bij Anne geplant. Ze dacht dat Piers nooit van haar had gehouden. Dus was ze bij hem weggegaan.

Louise en Gabe gingen kort daarna naar bed. Charley bleef als verlamd door haar ellende en schuldgevoel in de zitkamer achter. Ze moest met iemand praten. Ze dacht aan Nate. Het was al laat, maar Nate ging nooit voor middernacht naar bed, dus belde ze het huis van de familie Sinclair.

Nate nam op. 'Hoe ging je toneelstuk?'

'Goed.'

Gerommel aan de andere kant van de lijn; ze nam aan dat hij een sigaret uit een pakje peuterde. 'Wat betekent dat: goed? Charley, is er iets?'

'Anne is bij Piers weg.'

'Serieus?' De klik van een aansteker. 'Echt weg? Niet alleen even klaar met hem omdat hij zo'n irritante klootzak is, maar echt bij hem weg?'

'Ja. En het is allemaal mijn schuld, Nate!'

Er viel een stilte. Ze stelde zich voor dat hij haar woorden verwerkte en terugdacht aan die afgrijselijke avond op Marsh Court toen ze ruzie hadden gehad op de oever van het estuarium, en dat hij vervolgens zou concluderen dat ze een verachtelijk mens was.

Maar hij zei vriendelijk: 'Nee, Charley, het is niet jouw schuld.'

'Jawel. Het komt door wat ik tegen haar heb gezegd, dat weet ik zeker.'

'Nee. Vrouwen verlaten hun echtgenoot niet omdat iemand een tactloze opmerking heeft gemaakt. Daar is veel meer voor nodig.'

Ze haalde haar neus op. 'Maar het heeft vast niet geholpen.'

'Ik denk meer dat Anne er klaar mee is om het instrument te zijn van Piers' obsessieve drang om Aidan onderuit te halen.'

Ze vond niet dat het helemaal zo lag en wist dat ze er een verantwoordelijkheid in droeg, en dat ze die moest uitzoeken, maar ze voelde zich wel een beetje beter, en ze vroeg: 'En hoe is het met jou, Nate?'

'Je zult blij zijn te horen dat ik me niet meer als een idioot gedraag. Ik leef gezond en heb een schoon hart; ik ben een beter mens.'

'Dat is fijn om te horen.'

Het was even stil, en toen zei hij: 'Ik begon een behoorlijke hekel aan mezelf te krijgen, en toen bedacht ik dat andere mensen misschien ook wel een hekel aan me begonnen te krijgen.'

'Ik zou nooit een hekel aan je kunnen krijgen, Nate. Maar ik begin wel een hekel aan mijn werk te krijgen. Ik overweeg te stoppen. Ik heb besloten me op mijn toneelstukken te gaan toeleggen.' Ze vond dat ze pretentieus klonk.

Maar Nate zei: 'Mooi. Dat werd ook wel tijd.' Toen namen ze afscheid, en ze hing op.

Ze lag die nacht nog uren wakker en er gingen allerlei gedachten door haar heen. Het toneelstuk, de kus, Anne. Ze wist dat het toneelstuk niet zo goed was als Daniel zei, dat de plot een afgeleide was, een soort verwaterde vorm van een Alfred Hitchcock, en dat het slordig in elkaar zat. Het had goede stukjes, regels waarop ze trots was, maar je moest ze zoeken als krenten in een smakeloze pap.

Ze wist ook dat Daniel en zij nooit de discrete doch gepassioneerde verhouding zouden hebben die ze zich voorstelde. Niet alleen omdat Daniel niet iemand was die zijn vrouw kon bedriegen, maar ook omdat zij dat niet zou laten gebeuren. Ze wist dat ze nooit meer de opwinding van zijn kus zou voelen. Als ze ten dele verantwoordelijk was voor de breuk tussen Piers en Anne, hoeveel verantwoordelijkheid zou ze dan dragen door een affaire aan te gaan met een getrouwde man?

Daniel zou voor Jeannette en Simon blijven zorgen omdat hij

een goed en loyaal mens was. De gedachte dat hij zich de rest van zijn leven gevangen zou voelen, maakte Charley immens verdrietig. Hij had tegen haar gezegd dat je sommige dingen niet kon terugdraaien; hoewel ze nog hard vocht tegen dat idee, begon ze bang te worden dat hij gelijk had.

Hoe irritant Piers ook was, en zelfs als Gabe gelijk had en het zijn schuld was, vond ze het vreselijk voor hem dat hij nu alleen in dat gruwelijke appartement zat. Ze wist dat ze iets moest doen om het goed te maken, maar ze had geen idee wat. Ze had eigenlijk geen idee over van alles op dit moment. Dat ze Anne niet mocht, voelde kinderachtig en onredelijk. Ze had haar belofte aan Nate dat ze een vriendin voor Anne zou worden niet meer dan halfhartig ingelost. Dat was ook iets waarin ze beter haar best moest doen.

Deel 4

De verhoogde weg

1966

15

Mei 1966-juni 1966

Piers' peetvader Gillis Sinclair had Piers toen hij klein was twee keer per jaar meegenomen voor een high tea bij Gunter's, een traktatie waarnaar hij buitensporig had uitgekeken omdat hij er onbeperkt taart en ijs mocht eten. De traditie was voortgezet tot in zijn volwassenheid, maar de high tea was een lunch geworden, die over het algemeen werd genuttigd bij Rules.

Gillis had hem de week daarvoor opgebeld en een datumvoorstel gedaan. Piers was huiverig de uitnodiging aan te nemen – het ging beter op de zaak en hij had het ontzettend druk, en hij had een bepaalde vlakheid in de stem van zijn peetvader bespeurd die hem deed verwachten dat het twee moeizame uren zouden worden waarin hij opgewekt een gesprek gaande zou moeten houden om te voorkomen dat de ouwe knakker zou verzanden in sentimenteel gemijmer over wijlen tante Blanche.

Toch nam hij de uitnodiging aan. Zijn peetvader was altijd goed voor hem geweest. Piers had in zijn jeugd Gillis vreselijk bewonderd: de oorlogsheld, de man die even goed was in het zeilen met een jacht, als in het afvuren van een geweer en het bestellen van een cocktail. Piers had met hem te doen gehad tijdens de uitvaart van Blanche. Het was net of een deel van het leven uit de man was geslagen. Hij vroeg zich af of Gillis eenzaam was.

Zijn peetvader zat op hem te wachten in het restaurant. Hij had champagne besteld, zoals hij dat altijd deed; ook dat was traditie geworden. Piers was niet dol op champagne, maar dat kon hij Gillis nu niet meer vertellen. Ze hadden het over politiek, zaken en zeilen terwijl ze het voorafje van oesters en vervolgens een vleespastei aten.

Tijdens de koffie merkte Gillis op: 'Ik heb gehoord dat je bij je vrouw weg bent.'

Piers schudde zijn hoofd. 'Ze is bij mij weg.' Als hij terugdacht aan de dag dat hij uit zijn werk was gekomen en had gemerkt dat Anne en Eddie weg waren, hun bezittingen ingepakt en meegenomen en een brief voor hem op de bijzettafel, werd hij nog steeds razend. Wat dacht ze wel niet, dat ze zomaar vertrok? Ze waren nota bene getrouwd.

'Waarom? Wat heb je gedaan?'

Piers' nekhaar ging rechtovereind staan. 'Het was niet mijn schuld.'

Gillis keek hem bedachtzaam aan. 'Weet je dat zeker?'

'Ja,' zei hij stijfjes. 'Natuurlijk.' Hij keek zijn peetvader nors aan. 'Wie heeft het u verteld? Mama?'

Gillis schudde zijn hoofd. 'Nee, je tante Jane. Ik kwam haar tegen bij Claridge's, dronken van de wodka-martini.' Hij lachte zijn vertrouwde, sluwe lach. 'Ik ben even bij haar gaan zitten.' Toen veranderde zijn gezichtsuitdrukking. Hij pakte zijn sigarettenkoker en bood Piers een sigaret aan. 'Ik heb het mijn hele huwelijk verkeerd gedaan. Ga niet dezelfde fout maken.'

'Hoe bedoelt u?'

Gillis' scherpe, blauwgrijze ogen focusten zich op Piers. Piers werd niet blij van de blik die hij erin zag.

'Ik was me er niet van bewust hoezeer ik Blanche nodig had tot ze ziek werd. Het gekke is dat de laatste paar maanden van ons huwelijk in meerdere opzichten de beste zijn geweest. Ik verveel me snel en ben altijd op zoek naar spanning. Volgens mij ben jij ook zo. Carrière, zaken, vrouwen… het maakte niet uit, als ik maar kon jagen. Wat een uilskuiken. Wat ik nodig had, bevond zich recht onder mijn neus, maar dat zag ik pas toen het al te laat was.'

Gillis knipperde met zijn ogen, alsof er een gordijn was gevallen, en toen was hij weer de vriendelijke, goedgeefse peetvader. 'Hier.' Hij viste een envelop uit zijn zak. 'Koop wat leuks voor je zoon.'

Na de drankjes en sigaretten verlieten ze het restaurant. Ze namen afscheid en schudden elkaar de hand en toen ging Piers op weg naar Notting Hill, waar hij Eddie bij Anne ging ophalen. Anne had hem gebeld en voorgesteld dat hij elke week een middag voor Eddie zou zorgen, zodat hij regelmatig even met hem alleen kon zijn en zij wat achterstallige taken kon doen. Piers had ermee ingestemd op woensdagmiddag voor Eddie te zorgen.

Hij haalde Eddie op, met zijn wandelwagen en een belachelijke hoeveelheid luiers, kleertjes en babyspullen, en nam hem mee naar huis. Aangezien de financiën nog krap waren liep hij naar de metro in plaats van een taxi te nemen. Hij kwam er al snel achter dat hij dat beter niet had kunnen doen, met al die trappen en roltrappen. Het was druk in de trein, en uiteindelijk vond hij een staplaats in een rammelende, heen en weer schuddende wagon, waar Eddie begon te schreeuwen omdat hij het geluid van de trein niet prettig vond. Dat nam Piers tenminste aan; Eddie was pas negen maanden en kon niet uitleggen waarom hij huilde. Vervolgens nogmaals hetzelfde proces op South Kensington, waar hij uitstapte met de baby onder zijn ene arm, de wandelwagen onder zijn andere en de tas over zijn schouder. Mensen liepen voor zijn voeten en stootten tegen hem aan in hun haast de roltrap op te komen. Hij wilde er iets van zeggen, maar deed dat niet vanwege Eddie.

Terug in zijn appartement wilde hij niets liever dan even zitten met een kop koffie om op adem te komen, maar zo te ruiken moest Eddie worden verschoond. Toen hij de luier losmaakte begon hij bijna te kokhalzen, maar het lukte hem dat te onderdrukken en zijn zoon te verschonen. Vervolgens stak hij zichzelf als de klassieke nutteloze vader met een veiligheidsspeld in zijn duim. Hij slaakte een gil en begon op zijn duim te zuigen. Eddie vond het blijkbaar allemaal hilarisch, want die plaste grinnikend over de schone luier en handdoek waar Piers mee bezig was. De straal doorweekte ook zijn vestje en slofjes, dus uiteindelijk zette Piers hem in de badkuip en ging op zoek naar een pleister. Eddie wurmde richting Piers' scheermes dat op het randje van het bad lag, gleed uit, knalde met zijn hoofd tegen het emaille en nadat hij een angstaanjagend lang moment doodstil was en zijn adem inhield, begon hij luidkeels te gillen. Wat ben je toch een sukkel, berispte Piers zichzelf terwijl hij de jammerende baby pakte, een handdoek om hem heen sloeg en probeerde hem te troosten. Een godvergeten, waardeloze sukkel.

Uiteindelijk kalmeerde de situatie weer. Piers kleedde Eddie aan en ging met hem op de bank zitten. Ze moesten allebei in slaap zijn gevallen, want toen Piers zijn ogen opende, was het ineens half vijf. Eddies warme hoofdje lag tegen Piers' schouder genesteld, zijn knietjes tegen zijn borst. Piers gaf Eddie een kusje op zijn donzige witte haartjes. Hij voelde weer een steek door zich heen gaan, maar deze keer van liefde voor zijn zoontje. Hij had het gevoel dat zijn hart zou ontploffen van de intensiteit van zijn liefde.

Toen werd Eddie wakker, chagrijnig en veeleisend. 'Het is zijn mopperuurtje,' had Anne hem gewaarschuwd. Piers maakte Eddies maaltijd van geprakt gekookt ei met witbrood terwijl hij Eddie op zijn heup had, want elke keer dat hij hem op de vloer wilde zetten met zijn speelgoed begon hij te huilen. Het grootste deel van de maaltijd eindigde op de vloer en Eddie knoeide melk op zijn truitje, dus moest Piers hem nogmaals schone kleertjes aantrekken.

Hij zag er na het eten zo tegen op weer met de metro te moeten dat hij een taxi terug naar Notting Hill nam. 'Hoe ging het?' vroeg Anne terwijl hij Eddie en zijn spullen overdroeg.

'Uitstekend,' zei Piers. Maar toen voelde hij een steek van verlangen om eerlijk te zijn, en hij zei: 'Eerlijk gezegd was het keihard werken. Een uitputtingsslag. Maar ook leuk, op een gekke manier.'

Hij ging terug naar huis. De badkamer lag vol natte handdoeken en watten, de keukenvloer was bezaaid met ei. Hij maakte thee met toast voor zichzelf en at die op in de zitkamer terwijl hij naar de radio luisterde.

Hij miste ze. Het appartement voelde leeg zonder hen, leeg en lelijk, en een beetje smerig omdat er niemand meer schoonmaakte. Het voelde niet als een thuis. Als Anne er was geweest, zou ze eten hebben gekookt, slecht eten en slechtgehumeurd omdat ze altijd slecht eten kookte en slechtgehumeurd was, en dan zou Eddie stampij hebben gemaakt, want dat deed hij altijd, voordat hij naar bed ging. Hij had niet gedacht dat hij dat zou missen, maar toch was het zo. Hoewel hij probeerde een gevoel van gerechtvaardigde woede te voelen omdat Anne tegen hem had gelogen over Aidan, lukte dat niet. Hij bemerkte dat hij niet meer kwaad was, alleen wanhopig verdrietig. Hij wilde dat ze thuis zou komen, maar hij had geen idee hoe hij dat voor elkaar kon krijgen. En hij wist niet eens of zij naar huis wilde komen.

Hij trok zijn jas aan om naar de kruidenier te lopen om wat eten te kopen en voelde de envelop die Gillis hem had gegeven in zijn zak. Hij maakte hem open en verwachtte er een briefje van vijfentwintig in aan te treffen, het gebruikelijke bedrag dat zijn peetvader schonk.

Maar hij telde tot zijn grote schrik duizend pond. Hij staarde ernaar en vroeg zich af of die ouwe knakker zich had vergist, maar nee: er zat een ondertekend en gedateerd briefje bij. Hij wist dat hij zich dankbaar moest voelen, en dat deed hij ook, en opgelucht dat hij een deel van zijn schulden kon aflossen, maar hij merkte dat het hem ook dwarszat.

Op een vrijdagavond voer Gillis met de Sea Dancer in het avondtij het Crouch-estuarium uit. De sterren schetsten patronen in de heldere hemel en de wind was gunstig. Hij kende deze wateren op zijn duimpje en wist waar de gevaren zich verscholen: de zandbanken, eilandjes en wrakken die onder het wateroppervlak lagen. Hij had een keer een mijn aangetroffen, verzonken in een zandbank als een reusachtige, roestige ijzeren paardenkastanje.

De Sea Dancer was een redelijk grote boot om alleen mee te zeilen, maar hij kende haar door en door en wist wat ze kon. Ze kenden elkaar al twintig jaar en waren oude vrienden. En hij had het altijd heerlijk gevonden om alleen te gaan zeilen, met name in de avond. Er waren dan niet veel andere vaartuigen op het water en als hij dan het open water van de Noordzee bereikte, had hij het gevoel dat hij de hele zee voor zichzelf had. Hij zette de motor af en hees de zeilen. Er kwam een gevoel van vredigheid over hem heen terwijl hij omhoog de hemel in keek, het rijzen en dalen van de golven onder de romp van de boot voelde en het zachte klappen van de wind tegen het canvas hoorde. Hij was moe en van streek, was al een tijdje zichzelf niet, en was opgelucht te voelen dat zijn mooie, elegante Sea Dancer het werk min of meer zelf deed.

Gillis draaide zijn heupfles open en nam een slok whisky. Je kon zijn leven navertellen aan de hand van zijn boten, van de eerste jol uit zijn kindertijd tot het jacht van zijn vader, dat hij had verkocht na diens faillissement, en daarna in de oorlog de korvetten, torpedobootjagers en motortorpedoboten waarmee hij in het holst van de nacht in het geheim naar de Deense kust was gevaren, gevolgd door de grote vloot van schepen die de evacuatie van de overblijfselen van het Britse expeditieleger in de zomer van 1940 mogelijk had gemaakt. Wat zijn tekortkomingen ook waren, daar had hij aan deelgenomen, en daar was hij trots op.

De herinneringen aan Duinkerken deden hem aan Morgan denken. Zijn gevoel van kalmte maakte plaats voor de zenuwachtige onrust die hem al teisterde sinds Juliet hem had verteld dat de Welshman was opgedoken. Morgan had hem de dag nadat Juliet hem in Londen had gesproken op kantoor gebeld. Hij had een ontmoeting met Gillis geëist en om geld gevraagd.

Morgan had geld geëist in ruil voor zijn stilzwijgen over Thea. Gillis had hem genoeg gegeven om van hem af te zijn en had gehoopt dat hij zich dood zou drinken van het geld. Maar dat had hij niet gedaan, de ellendeling, en een maand later had hij weer contact opgenomen. 'Ik wil een huis kopen,' had hij tegen Gillis gezegd. 'Ik heb een leuke cottage bij Swansea gevonden. Ik moet een aanbetaling doen.'

Gillis had een cheque uitgeschreven. Blanche was tegen die tijd doodziek geweest en de gedachte dat David Morgan met de pers zou gaan praten, of nog erger, een familielid, was ondraaglijk geweest.

Hij had hem niet meer gezien tot na de dood van Blanche. Op een dag was Gillis zijn huis uit gelopen en had hij hem aan de overkant van het plein zien staan, de nagel aan zijn doodskist, en had hij geweten dat de man het er nooit bij zou laten zitten. Wat was hij stom geweest die man met zijn geheimen te vertrouwen, en wat was hij stom geweest te denken dat de band die ze hadden gesmeed tijdens hun periode in de marine hem veiligheid zou bieden. Morgan was een gewetenloze kerel zonder enig loyaliteitsgevoel.

Hij had vroeger waar voor zijn geld gekregen, maar dat was nu niet meer zo. Hij was dankbaar dat Morgan met Juliet was gaan praten en niet met Blanche en dat Blanche in onwetendheid over Frances was gestorven. Tranen sprongen in zijn ogen bij de gedachte aan Blanche. Hij leunde tegen de reling, nam nog een slok whisky en staarde naar waar de golven tegen de zijkant van de boot sloegen. Hij dacht terug aan de ondraaglijke laatste periode en begon te huilen. Zes weken voordat ze was gestorven had de kanker haar ruggengraat bereikt en haar verlamd. Ze had gruwelijk geleden, arme Blanche, en hij had niets voor haar kunnen doen. Aan de artsen hadden ze ook niets gehad. Ofschoon ze een onwankelbaar christen was, had ze gesmeekt om te mogen sterven. Hij had een heleboel herinneringen waarmee moeilijk te leven was, maar deze was de ergste.

Klots, klots, klots: het water sloeg met een hypnotiserend, ritmisch geluid tegen de boot. De wind trok aan. Hij was in april 1940 voor het eerst de Noordzee op gegaan, op een bitterkoude avond toen de oorlog in West-Europa net was uitgebroken en zijn schip was geraakt door een Duitse onderzeeër. Hij was door zes matrozen uit de zee op een reddingsbootje getrokken. Hij had de shock van het ijskoude water nooit vergeten. De smaak van zout in zijn mond, en de langzame verlamming die door zijn lichaam kroop. Hij had voor die tijd altijd aangenomen dat hij tegen de dood zou strijden tot zijn laatste ademteug, maar die nacht had hij iets nieuws over zichzelf geleerd. Als het een paar minuten langer had geduurd, zou hij zich hebben overgegeven aan de kou, zou hij zijn ogen hebben gesloten, zijn armen hebben uitgestrekt en zich hebben laten meevoeren door het tij. En zo erg zou hij dat niet hebben gevonden.

Hij voelde zich nu helderder dan in maanden. Met de meiden ging het goed; die zouden Nate helpen een oogje op Rory te houden. Gillis had na de dood van Blanche zijn testament laten wijzigen. Hij liet Nate het huis in Londen na en had een trustfonds voor Rory geregeld. Het huis in Wiltshire ging naar Claudia en Flavia. Hij nam aan dat ze het zouden verkopen.

Morgan was een parasiet geworden, een monster. Gillis' hart sloeg elke keer dat de telefoon rinkelde en elke keer dat er werd aangebeld over. Hij was tot vrijwel niets gereduceerd door het wachten, en de wetenschap dat Morgan er op elk willekeurig moment voor zou kunnen kiezen hem kapot te maken was ondraaglijk. De laatste keer dat hij Morgan had gezien had hij met de politie gedreigd – chantage was per slot van rekening een misdrijf – maar de Welshman had hem recht in zijn gezicht uitgelachen. 'We weten allebei dat je dat niet gaat doen,' had hij gezegd. 'Wat ik verkeerd heb gedaan zal niet meer dan een voetnoot opleveren. Maar jouw fouten zullen breeduit op de voorpagina staan.'

Blanche en hij hadden hun hele huwelijk zorgeloos geld uitgegeven: de twee huizen, de skivakanties en vakanties naar Zuid-Frankrijk, schoolgeld, auto's, huwelijken, en de feesten en de donaties aan goede doelen die Blanche zo belangrijk had gevonden. Ze hadden nooit gespaard. De twee huizen en een bescheiden portfolio met investeringen waren zijn kapitaal; het contante geld dat hij had raakte snel op. Als hij tachtig zou worden, zou Morgan er nog steeds zijn, zou hij hem nog steeds achtervolgen, hem tot op de laatste penny afpersen, de levende belichaming van een besluit dat hij nu twintig jaar geleden impulsief had genomen. Een moment van lafheid, een moment van optimisme; hij wist niet meer zeker wat het was geweest.

Het was niet dat hij, Gillis, deze afrekening niet verdiende, maar hij moest aan zijn kinderen en hun toekomst denken. Het faillissement van zijn eigen vader had hem gedwongen opnieuw te beginnen met niets, zonder ene penny, en zijn vroege volwassenheid, voordat hij met Blanche was getrouwd, was een moeizame strijd geweest. Hij wilde zijn eigen zoons dat niet aandoen. Hij wilde niet dat hun leven gekleurd zou worden door zijn schande. Hij verdiende die misschien; zij niet.

Hij nam de laatste slok whisky uit zijn heupfles en staarde over de zee uit. Die zag er niet meer sereen uit, maar zwart en dreigend. De gedachte zichzelf erin te verliezen joeg hem enorme angst aan. Wat gek, hoe je je aan het leven vastklampte als het allang geen enkele aantrekkelijkheid meer had. Gillis draaide de dop terug op de fles, stak hem in zijn zak en bleef een tijdje naar de bewegingen van de golven staan kijken.

Een laatste controle van de stuurinrichting. Hij klopte op de mast van de Sea Dancer, alsof hij haar bedankte. Toen ging hij bij de reling staan. Hij had over het geheel genomen geen slecht leven gehad, op die laatste pijnlijke jaren na. Maar hij had nergens spijt van. De plaatsen die hij had gezien, de dingen die hij had gedaan, de vrouwen die hij had liefgehad: hij had geen spijt. Hij had nooit geloofd in spijt.

Het was eind mei, Pinksterweekend, en Juliet logeerde een paar dagen bij haar vriendin Olwen in de Sussex Downs. Olwen, die ooit Frans had gegeven op de school in Maldon waar Juliet kunstzinnige vorming gaf, was in de buurt van Lewes een eigen school begonnen, Merivel Hall. De school nam leerlingen aan die door andere instellingen te ingewikkeld werden gevonden: kinderen die storend gedrag vertoonden, die problemen hadden met lezen en schrijven of moeite in het schoolse leven te passen.

Het weer was die zaterdag zo mooi dat Juliet aanbood met zes leerlingen en een van de leerkrachten, juffrouw Hewitt, mee te gaan wandelen in de Downs. De meisjes, wier ouders te ver weg woonden om ze te komen halen voor de vrije dagen, waren aan het trainen om hun insigne voor gids bij de padvinderij te verdienen.

Op weg terug van een leuke wandeling leidden ze de meisjes over de smalle weggetjes naar de school toen ze langs een nieuwsagentschap in een dorpje kwamen. De meisjes gingen naar binnen om een ijsje te kopen.

Juffrouw Hewitt en Juliet wachtten buiten. Juffrouw Hewitt vertelde over haar verloofde, die in het leger zat.

'Ik ben bang dat ik het vreselijk ga vinden op Cyprus. Trevor zegt dat het er verschrikkelijk heet is. Ik krijg uitslag van de zon en ik hou niet van zwemmen. Waar zijn de meisjes?' Juffrouw Hewitt klonk kribbig. 'Als ze maar geen sigaretten aan het kopen zijn. Ik vertrouw Denise Adams niet.'

Juliet bood aan ze te gaan halen. In de winkel gekomen zag ze dat de meisjes het papiertje van hun ijsje aan het halen waren en ondertussen de stripboeken op de toonbank bekeken.

Een kop op de voorpagina van de avondkrant ving Juliets blik. JACHT VAN PARLEMENTSLID OP DRIFT AANGETROFFEN. Toen ze het artikel eronder scande, zag ze de naam van de boot: Sea Dancer. Dat was het jacht van Gillis. Fred Brandon had het gebouwd in zijn werf op Mersey Island. Ze zocht met bonzend hart wat kleingeld in haar portemonnee en kocht een krant.

Het leek buiten ineens kouder geworden. Ze zei tegen juffrouw Hewitt dat ze even wilde bellen in de telefooncel in de winkel en dat zij en de meisjes maar vast moesten gaan. Toen ze weg waren, klom Juliet over een hek in een veld en ging op het gras zitten. Ze moest alleen zijn terwijl ze het artikel las.

Gillis was vermist. Ze hadden zijn jacht in de buurt van Shoeburyness op drift aangetroffen. Hij was vrijdagavond met de Sea Dancer de haven van Burnham-on-Crouch uitgevaren. Er was niemand anders aan boord geweest. Er stond verder niet veel in het artikel, behalve dat de kustwacht hem aan het zoeken was.

Ze zat op het gras en probeerde het nieuws tot zich door te laten dringen. Eerst Blanche en nu Gillis; arme kinderen. Het was moeilijk te bevatten. Gillis was een ervaren zeiler. Hij zou niet zomaar van een boot in de Noordzee vallen. Ze kon niet anders dan denken dat het een vergissing was, dat ze terug zou gaan naar school, op zou bellen, dat hij gewoon thuis zou zijn en dat er niets aan de hand was. Toen dacht ze aan het reddingsbootje. Er was vast iets misgegaan met het jacht, waarop Gillis met het reddingsbootje verder zou zijn gegaan. De reddingbrigade zou hem daarin vinden.

Ze liep terug naar Merivel Hall. Olwen zat in de vestibule op haar te wachten en zei dat Charley voor haar had gebeld.

Charley was in huize Sinclair. 'Mam, het is zo afschuwelijk,' zei ze. Ze klonk onthutst. 'Arme Nate. Arme Rory.'

Juliet vroeg naar het reddingsbootje. Dat lag nog op het jacht, zei Charley, waarop Juliets hart verontrustend begon te bonken.

'Het jacht is tegen een zandbank aan gedreven,' vertelde Charley. 'Nate heeft gevraagd of er iets kapot was, maar niemand heeft nog iets gezegd.'

'Wanneer hebben ze het gevonden?'

'Vanochtend. Nate had aangeboden mee te gaan zeilen met oom Gillis, maar die zei dat hij met vrienden van de jachtclub ging. Maar dat is niet waar, mam, hij is alleen gegaan.'

'Misschien heeft hij zich bedacht,' zei Juliet. Maar ze dacht terug aan het rauwe geluid van de huilende Gillis op de begrafenis van Blanche.

'Ik kom naar Londen,' zei ze. 'Ik ben er over een paar uur.'

Ze pakte haar tas en Olwen bracht haar naar het station in Lewes. Ze stapte in Brighton over op de trein naar Londen. Het was een schok te horen dat het reddingsbootje nog aan het jacht vastzat. Ze vroeg zich af of Gillis was gestruikeld en overboord was geslagen. Als dat zo was, moest hij al een flinke tijd in het water liggen. Niemand kon lang overleven in het ijskoude water van de Noordzee, zelfs een man met de sterke constitutie van Gillis niet.

Ze liep van station Victoria naar St James's Park. Het was nog licht en het park zag er groen en mysterieus uit. Een stel toeristen stond door het hek van Buckingham Palace te turen.

Toen ze aanbelde bij huize Sinclair probeerde ze niet te denken aan de andere keren dat ze er was geweest, voor de etentjes, cocktailfeestjes en familiefeesten. Ze probeerde niet aan het bedrog te denken waaraan Gillis en zij zich al die jaren hadden bezondigd. Zo veel van wat er in het verleden was gebeurd leek nu verachtelijk en zinloos.

Nate deed open. Ze omhelsden elkaar en ze voelde hoe gespannen zijn lichaam was.

'Wat vreselijk, Nate. Ik vind het zo erg. Heb je al nieuws?'

Hij schudde zijn hoofd. Toen zei hij zacht, maar op dringende toon: 'Rory denkt nog steeds dat hij straks belt en dat er niets aan de hand is. De stomkop.'

Ze liepen naar de keuken. Charley stond aan het fornuis in een pan te roeren. Gillis' oudste dochter, Flavia, was tafel aan het dekken. Ze gaven elkaar een kus.

'Toby is er niet, dus Claudia moet voor de kinderen zorgen en kan morgen pas komen,' legde Flavia uit.

Rory stond een plattegrond van de kustlijn van Essex te bestuderen, die over één kant van de tafel lag uitgevouwen. 'Misschien is pa over het estuarium geschoten toen hij in het donker op weg naar huis was,' zei hij.

'Het was een heldere avond,' zei Nate. 'Sterren. Maan.'

'Hier. Misschien dat het precies daar bewolkt was.'

'Geloof je het zelf?' mompelde Nate.

'Zullen we de kaart even opvouwen?' vroeg Flavia vriendelijk. 'Dan kunnen we eten.'

Rory vouwde hem helemaal verkeerd op, dus Nate griste de kaart uit zijn handen en vouwde hem zoals het hoorde. Charley ving Juliets blik.

'Is er wijn in huis, Nate?' vroeg Juliet. 'Ik denk dat we allemaal wel een glaasje kunnen gebruiken.'

Nate liep de keuken uit en kwam terug met een fles bourgogne. Hij ontkurkte hem en schonk vijf glazen in, inclusief een kleintje voor Rory.

Tijdens het eten vertelde Juliet over de wandeling met de schoolmeisjes om de stilte te vullen. Nate zei weinig, maar Rory kletste over zijn vader, reddingsboten en de kustwacht. Toen de stoofpot die Charley had gemaakt bijna op was, pakte Nate nog een fles wijn.

Rory schoof zijn glaasje naar zijn broer. 'Mag ik...?'

'Nee.'

'Nate.'

'Hou je mond.' Nate schonk zijn eigen glas vol en dronk het meteen leeg.

'Dat is niet eerlijk...'

'Was Tommy Cooper vanavond niet op de televisie?' onderbrak Flavia hen. 'Zullen we samen kijken, Rory? Ik ben gek op Tommy Cooper, jij toch ook?'

Ze liepen samen naar boven. 'Jezus,' zei Nate, en hij pakte zijn hoofd met beide handen vast. 'Godzijdank.'

Charley gaf hem een kneepje in zijn schouder. Nate zei kwaad: 'Waarom begrijpt hij verdorie niet dat hij dood is? Ik heb hem over het reddingsbootje verteld. Waarom snapt hij het niet?'

Omdat hij dat niet wil, dacht Juliet. Omdat het een ondraaglijke gedachte is.

Nate stond op en duwde Charleys hand weg. 'Pa was een briljante zeiler. Hij heeft verdomme jaren in het leger gediend. Hij kent die omgeving op zijn duimpje.'

'Maar als er iets onverwachts is gebeurd...'

Juliet steunde Charley: 'Gillis zei zelf altijd dat de zee vreselijk onvoorspelbaar is.'

'Dan zou hij het reddingsbootje te water hebben gelaten.' Nate klonk alsof hij alle scenario's al honderden keren had overwogen. 'Dan zou hij dat verdomde bootje te water hebben gelaten.'

'Nate, dat weet je niet.' Nates woorden waren een echo van alle vragen die Juliet in haar hoofd had. Ze wilde hem nogmaals omhelzen, maar hij had een gespannen uitstraling die haar vertelde dat hij niet aangeraakt wilde worden. 'Niemand weet het,' zei ze vriendelijk.

'Misschien is hij onwel geworden,' zei Charley. 'Zei je laatst niet dat hij zich zorgen om zijn hart maakte?'

Nate stond tegen de keukenkast geleund. Hij zei vermoeid: 'Misschien. Ja, misschien is hij onwel geworden.'

De telefoon ging en Nate liep weg om op te gaan nemen. Charley zei: 'Hij doet niet expres zo onaardig tegen Rory.'

'Dat weet ik, lieverd.'

'Hij is gewoon bezorgd.'

'Dat weet ik.'

Nate kwam terug de kamer in. 'Iemand uit het kiesdistrict.'

Charley omhelsde hem. Nate sloot zijn ogen en trok haar tegen zijn schouder. Hij zei: 'Sorry. Ik gedraag me als een klootzak. Ik zal even bij Rory gaan kijken.'

Juliet en Charley ruimden op in de keuken terwijl de anderen boven televisie zaten te kijken. Er hing een onrustige, afwachtende sfeer in het huis, en de telefoon rinkelde onophoudelijk. Toen ze klaar waren in de keuken namen ze afscheid en vertrokken. 'Als ik iets kan doen,' zei Juliet toen ze gedag zei tegen het drietal, maar de woorden, bedacht ze, klonken leeg.

Juliet belde in Londen Joe en vertelde hem dat Gillis was verdwenen; hij bood aan haar op te halen van station Witham. Hij was haar troost, haar veilige haven en haar vreugde, en als ze niet bij hem was, verlangde ze naar hem. Ze miste zijn trage glimlach en de manier waarop zijn ogen oplichtten als hij naar haar keek. Ze miste zijn aanraking en de koele streling van zijn mond op haar huid, en het genot dat in haar opbloeide als ze de liefde bedreven.

Een paar weken daarvoor hadden ze langs Mundon Creek gewandeld en had ze een schets van hem gemaakt terwijl hij uitkeek over het estuarium, met een hand boven zijn ogen tegen het licht. Een streek met haar potlood voor zijn lange, rechte rug, nog een paar voor zijn lange zwarte haar, door de war geblazen door de wind. Nog twee streken om de soliditeit van zijn schouders en de welving van zijn heup te benadrukken. Ze had geprobeerd te vangen hoe zijn lichaam altijd aangespannen leek, klaar om te gaan bewegen.

Haar verlangen naar hem drong zich aan haar op tijdens het lesgeven en leidde haar af met een plotselinge versnelling van haar hartslag toen ze de herinneringen voor de zomerconcerten verstuurde. Een vreugdevol leven was weer een mogelijkheid sinds ze Joe had leren kennen. Soms betrapte ze zichzelf erop dat haar geest dansend verschillende toekomstbeelden tevoorschijn toverde: rustige avonden in zijn afgelegen huis, of reisjes naar Londen voor een concert, of lange wandelingen over een strand vol schelpen. Zondagochtenden in bed, de krant lezen of vrijen. Of ze konden gaan reizen: naar Frankrijk, Italië, of zelfs Egypte, een land waarover ze vaak spraken.

Maar nu ze in de trein zat, leken die fantasieën ineens minder realistisch, als een stuk stof dat sleets was geworden, en haar gedachten gingen, geschokt en zonder rustplaats, al snel terug naar de gebeurtenissen van die dag.

Hij stond op het perron op haar te wachten toen de trein binnenreed op het station. Ze rende naar hem toe, sloeg haar armen om zijn nek en kuste hem, snakkend naar zijn troost en warmte, niet geïnteresseerd in wie hen zag. Een buurvrouw stond naar hen te staren. Juliet zei opgewekt goedenavond terwijl ze arm in arm van het station naar de auto liepen.

Toen de vrouw hen niet meer kon horen, vroeg Joe: 'Wie was dat?'

'Diana Warburton. Henry en ik gingen wel eens bij haar dineren. Morgen weet iedereen in de wijde omgeving dat de weduwe van Henry Winterton en Joe Brandon een relatie hebben.'

'Vind je dat erg?'

'Jij?'

'Nee, van mij mag iedereen het weten. Je bent al meer dan twee jaar weduwe, Juliet. Dat is lang genoeg. Ik zou graag de mensen leren kennen die belangrijk voor je zijn. Je vrienden... je familie.'

'Ik wil ook dat je ze leert kennen, Joe. Je bent het beste wat me in jaren is overkomen. We hebben het zo heerlijk samen en ik wil dat niets ons in de weg staat. Maar daar maak ik me wel zorgen om.' Ze lachte schamper. 'Sorry. Ik doe gek.'

Hij gaf haar nog een kus, een zachte druk van zijn lippen tegen de hare. 'Je bent gewoon moe, je hebt een zware dag gehad. Ik vind het zo vreselijk voor je, van je vriend.'

'Het is zo afschuwelijk, Joe. Zijn arme kinderen...'

'Wat was hij voor iemand?'

'Hij was slim. Aantrekkelijk. Ambitieus.' En zelfzuchtig, dacht ze. En een van die mensen die als ze daarvoor kiezen het middelpunt van een kamer vol mensen kunnen zijn.

Ze stapten in de auto en gingen op weg over de donkere landweggetjes. Sommige waren zo smal dat er takken tegen de zijkant van de Rover sloegen. De velden en kreupelbosjes waren grijs. Er stonden hier geen lantaarnpalen, en de maan was die avond helemaal verborgen achter het wolkendek.

Ze zei plompverloren: 'Joe, ik denk dat het zelfmoord was. Ik ben bang dat Gillis zelfmoord heeft gepleegd.'

Een snelle, fronsende blik. 'Weet je dat zeker, schat?'

Ze schudde haar hoofd. 'Nee.' Het viel haar op dat Joe niet probeerde haar op te beuren door te zeggen dat Gillis misschien nog levend gevonden zou worden; hij kende de Noordzee en wist wel beter.

'Heb je enig idee waarom hij dat zou doen?'

Ze had genoeg redenen om dat te denken: schuldgevoel en verdriet... en misschien angst. Morgan moest contact hebben gezocht met Gillis. Wat was er voorgevallen tussen beide mannen? Wat waren er voor bedreigingen geweest, wat voor beloftes?

'Gillis' vrouw is een half jaar geleden aan kanker overleden,' zei ze. 'Het was een afgrijselijke dood, die arme Blanche. En volgens mij was hij bezorgd om zijn eigen gezondheid.'

Er schoot een beeld van de avonden die ze met Henry en Gillis op Marsh Court had doorgebracht door haar hoofd. Het leek zo lang geleden. Een andere tijd; misschien waren zij wel andere mensen geweest, toen.

'Gillis was al lang voordat ik Henry leerde kennen met hem bevriend,' zei ze. 'Henry was door hem gecharmeerd. Dat konden maar weinig mensen bij Henry bereiken.'

'Jij ook niet?'

'Nee, zeker niet. Ik irriteerde hem alleen maar. Ik was niet goed in getrouwd zijn. Volgens mij heb ik er geen aanleg voor.'

'Moet je daar aanleg voor hebben?'

'Dat denk ik wel.'

Hij pakte haar hand en kneep erin. 'Dat is allemaal verleden tijd. Je kunt opnieuw beginnen.'

Kon ze dat? Hoewel ze zo moe was dat het pijn deed, ging er een golf van opluchting door haar heen toen hij die woorden sprak: de eerste troostrijke in een dag die veel te lang had geduurd. Henry was er niet meer, en arme Gillis ook niet. Dat hoofdstuk van haar leven, met alle geheimen, verdriet en spijt, was afgesloten en hoefde haar nooit meer in de weg te zitten. Frances Hart en haar verloren dochter Thea; haar eigen bedrog van Blanche... dat kon ze nu allemaal achter zich laten.

Joe had gelijk, zei ze tegen zichzelf. Ze zou rouwen om Gillis en dan zou ze opnieuw beginnen.

Ze vonden Gillis' lichaam drie dagen later, aangespoeld aan de kust bij Canvey Island. De autopsie toonde aan dat hij de verdrinkingsdood was gestorven. De geruchtenstroom was ondertussen op gang gekomen: sluwe insinuaties in krantenartikelen die zijn achtergrond in de marine en expertise als zeiler benadrukten. Een 'vriend' vertelde over de tegenslagen die Gillis in zijn carrière had gekend en over de recente dood van zijn vrouw.

Jane vertelde Juliet dat Gillis Peter om advies had gevraagd voor het kiezen van een hartspecialist. Ze hoorde van Charley dat Nate was ondervraagd door de politie over zijn vaders geestesgesteldheid ten tijde van het ongeluk. Had hij geldzorgen? Was hij een zware drinker? Ze dacht aan David Morgan. Gillis had haar op het hart gedrukt dat ze niets meer van Morgan zou horen. Dat had hij haar bezworen. En ze had inderdaad niets meer gehoord. Dus Gillis had het afgehandeld met zijn oude maat uit de marine, hoe dan ook. Maar tegen welke prijs?

De lijkschouwer gaf het lichaam vrij voor de begrafenis en oordeelde dat Gillis' dood een ongeluk was. De week daarna kwamen de rouwgasten voor de teraardebestelling samen op het kiezelpad bij het kerkje in Wiltshire. Het had eerder die dag geregend en de bladeren van de kamperfoelie en taxus glansden. De familie Winterton was voltallig aanwezig om het leven van Gillis Sinclair te vieren, hun oude vriend en Piers' peetvader. Charley en Louise stonden met de jongens Sinclair te praten. Jane en Claudia stonden in de portiek; Claudia snoot haar neus. Piers was diep in gesprek met Flavia; Gabe en de tweeling, aan de late kant, haastten zich het kiezelpad over naar de kerk.

Juliet zag tussen de donkere, druipende bomen aan een kant van het kerkhof een schaduw, en haar hart kneep samen. David Morgan kwam met zijn hond Bryn naast zich onder de bomen vandaan lopen, het kerkhof over en het kiezelpad op.

Ze stond als versteend van angst. Morgans starende blik rustte op haar, en ze registreerde hoe uitdagend die was. Ze mompelde een verontschuldiging tegen de politicus met wie ze had staan praten en stak snel het grasveld over.

'Wat doe jij hier?' snauwde ze.

De hond, onrustig en opgewonden, snuffelde aan een grafsteen. 'Ik kom Gillis mijn eer betonen,' zei Morgan. 'Net als jij, mevrouw Winterton.'

Woede vlamde in haar op. 'Jij hebt Gillis de dood in gedreven! Jij!'

'Nee hoor, dat denk ik niet. Die heeft hij aan zichzelf te wijten. Maar laten we daar geen ruzie over maken. We moeten even praten.'

'Ik heb jou niets te zeggen.'

Toen hij nog dichter bij haar kwam staan, deinsde ze onwillekeurig bijna terug. Ze rook zijn adem en zag het gele waas over het wit van zijn ogen, en de paarse adertjes aan de zijkanten van zijn neus. Ze dacht terug aan Gillis, die haar had verteld dat Morgan een zware drinker was.

'Misschien dat je dan nog eens goed moet nadenken over de situatie, mevrouw Winterton,' zei hij zacht. 'Gillis kan dan dood zijn, maar ik weet wat je geheimen zijn. Of heb je al aan de familie verteld wat jullie deden in die hotelkamers?'

Ze voelde een golf van misselijkheid door zich heen gaan. Hoe wist Morgan dat? Ze dacht terug aan wat Gillis tegen haar had gezegd: *hij heeft na de oorlog voor me gewerkt*. Misschien dat Gillis hem, druk en overladen door zijn werk in het parlement, opdracht had gegeven de hotelkamers te boeken die hij had gekozen voor hun afspraakjes… en misschien had Morgan buiten staan wachten om te zien met wie Gillis had afgesproken, en die informatie opgeslagen voor als ze in de toekomst nuttig zou blijken.

Ze zag vanuit haar ooghoek dat de rouwgasten langzaam naar de kerk bewogen. Piers kwam over het gras naar haar toe lopen.

'Ik moet gaan,' mompelde ze.

Er werd een papiertje in haar hand geduwd. 'Bel me,' zei Morgan.

Toen ging de hond ervandoor; hij rende hard naar het bosje in het open veld. 'Verdomme,' gromde Morgan, en toen riep hij: 'Bryn! Hier!', en ging achter hem aan.

Piers riep: 'Mam?', en ze draaide zich naar hem om.

'Mam, gaat het wel?'

'Ja, natuurlijk, lieverd.' Maar ze beefde; ze dwong een glimlach op haar gezicht.

'Wie was dat?'

'Niemand. Hij was verdwaald en vroeg de weg.'

Ze liepen de kerk in. Charley had naast haar op de bank een plaats vrijgehouden. De dominee sprak en iedereen stond op om een hymne te zingen. Na de hymne werden grafredes gesproken. Toen een vriend uit het parlement het gezelschap vertelde hoe Gillis voordat de oorlog was uitgebroken had geprobeerd het land bewust te maken van de dreiging van Hitlers Duitsland opende Juliet haar tasje, alsof ze een zakdoek zocht, en keek naar het papiertje dat Morgan haar had toegestopt. Er stond een telefoonnummer op. Ze propte het in het ritsvakje en deed haar tasje dicht.

Een marineofficier sprak over Gillis' moed tijdens de gevechten in het bezette Europa. Hij citeerde Homerus – *zoals de bladeren, zo ook een generatie van mannen* – en de woorden deden tranen in haar ogen schieten. Concentreer je op het flikkerende patroon van het licht dat door de boomtakken buiten op de oude stenen vloer wordt geprojecteerd, zei ze tegen zichzelf. Denk aan de muffe kerklucht, vermengd met die van natte jassen en paraplu's. Niet aan de avond van die storm denken, en niet aan Morgan denken. *Of heb je al aan de familie verteld wat jullie deden in die hotelkamers?*

Maar de stem van de marineofficier was ondanks de schok van

haar ontmoeting troostend, en er kwam een onverwachte kalmte over haar heen; herinneringen aan de aantrekkelijke, goudblonde jongeman die ze zo lang geleden op die herfstdag had leren kennen kwamen terug. Alsook aan de minnaar, gepassioneerd en complex, een man met uitzonderlijke talenten en kwaliteiten die niet altijd met elkaar in harmonie leken te zijn; de held met gebreken, eeuwig teleurgesteld door zijn eigen falen zich aan zijn vroege belofte te houden, die de talenten waarmee hij gezegend was had verspild door zijn hebzucht en egocentrisme de boventoon te laten spelen. Want dat was Gillis' gebrek geweest: dat hij had gedacht dat hij alles kon hebben. Het moest die stormachtige avond op de Blackwater een bittere pil zijn geweest te ontdekken dat dat niet zo was.

Er miste vandaag iemand in de kerk. Gillis was de vader van drie zoons en drie dochters. Zijn vier wettige kinderen zaten zij aan zij op de voorste kerkbank. Edmund Hart was omgekomen in de Blackwater, maar ergens op de wereld leefde Thea nog, in onwetendheid dat haar vader vandaag werd begraven. Alleen Morgan en Juliet zelf kenden die waarheid.

16

Juni 1966

Freya had een nieuwe jurk gekocht voor haar expositie bij galerie World's End, maar ze begon te twijfelen. Hij was kort en rood; je kon haar onmogelijk missen in een menigte mensen, bedacht ze gedeprimeerd terwijl ze hem dichtritste. Ze had beter iets in grijs of bruin kunnen kopen, zodat ze met de achtergrond had kunnen versmelten.

Ze was er in haar eenkamerappartementje in Holborn terwijl ze haar kousen en pumps aantrok van overtuigd dat ze een vreselijke fout had begaan. Stel dat er niemand naar de expositie kwam. Stel dat iedereen – hoewel ze haar vrienden meermalen had uitgenodigd – het liet afweten. De opening begon over een uur en ze zag het al voor zich: proberen een gesprekje op gang te houden met de mensen van de galerie, die haar probeerden op te beuren terwijl er geen enkele bezoeker was. Stel dat mensen even bleven staan voor de foto in de etalage en vervolgens doorliepen. Ze had hier nooit aan moeten beginnen. Ze voelde zich vreselijk kwetsbaar en verwachtte een pijnlijke afwijzing. Haar werk was onderdeel van haar en als het zou worden afgewezen, werd zij daarmee afgewezen. Sommige mensen dachten dat iedereen kon fotograferen, dat het gewoon een kwestie was van je camera richten en op een knopje drukken.

Verman je, Freya, en hou op met dat kinderachtige gedoe. Ze deed wat lipstick en mascara op en tuurde in haar handspiegel naar haar reflectie. Toen draaide ze haar haar in een knot, die ze vastzette met een kam van schildpad terwijl ze zichzelf streng toesprak. Het had weinig zin om iets te creëren als niemand ernaar keek. Angst om afgewezen te worden was een vorm van ijdelheid.

Ze zou Aidan, Anne en Katherine dankbaar moeten zijn – zij hadden dit per slot van rekening voor haar geregeld – in plaats van bijna in te storten van de zenuwen.

Anne Winterton had Katherine Rose, de eigenaar van de galerie, overgehaald de tentoonstelling te organiseren. Anne was getrouwd met Aidans neef Piers, hoewel ze uit elkaar waren. Freya wist al heel lang dat Aidan verliefd was op Anne. Dat had hij haar niet verteld, maar dat was ook niet nodig geweest, want Aidan was heel gemakkelijk te lezen. Freya's onrust over de ophanden zijnde avond werd versterkt door het feit dat Aidan verliefd was op Anne – aangezien zij, Freya, verliefd was op Aidan.

Het was niet de bedoeling geweest dat dat zou gebeuren. Als je bepaalde dingen niet had, als je geen geschiedenis had, zoals zij, moest je dat compenseren. Je moest iemand van jezelf maken. Ze was altijd ambitieus geweest en had al snel leren begrijpen dat liefde je ambitie in de weg kon staan, en dat het wat dat betreft nog moeilijker was als je een vrouw was. Freya's schoolvriendin Linda, die tandarts had willen worden, had in de vijfde gezeten toen ze zwanger bleek. Ze was getrouwd op haar zeventiende, had op haar achttiende een kind gekregen, en het gezinnetje woonde nu in een klam huisje in een armoedige wijk in Oxford. En dan had je Tessa, die in het kantoor tegenover Freya in het ziekenhuis had gewerkt. Ze had een affaire met een getrouwde adviseur gekregen; nadat hij die had verbroken, was ze gestopt met eten en steeds magerder geworden. Het laatste wat Freya over Tessa had gehoord was dat ze was opgenomen in een psychiatrische kliniek in de buurt van haar ouders in Manchester.

Dus had Freya geconcludeerd dat je de liefde maar beter kon vermijden. Hoewel ze in theorie wist dat het pad der liefde ook heel vloeiend kan verlopen – zo waren haar eigen ouders al bij elkaar sinds hun jeugd – was dat vaker niet dan wel het geval. Freya had Aidan Winterton meteen aantrekkelijk gevonden, die eerste keer dat ze elkaar op het verhoogde wandelpad op Thorney Island hadden gezien. Ze had direct genoten van zijn lange, knappe gestalte, de warmte in zijn kastanjebruine ogen en de serieuze toon waarop hij met haar over haar werk had gesproken. Ze had hem naar zijn naam en adres gevraagd. Wat zou ze hebben gedaan als ze van Anne had geweten? Dan zou ze luchtig afscheid van hem hebben genomen, hem hebben bedankt dat hij haar had gewaarschuwd voor het tij, en dan zou ze hebben gezorgd dat ze hem nooit meer zou hebben gezien.

Ze had zich dus direct tot hem aangetrokken gevoeld. Daar had ze van kunnen herstellen, maar er was al snel vriendschap ontstaan, en het was veel moeilijker als je iemand ook aardig vond, als je wist dat je hem alles kon vertellen, als hij vriendelijk was, en vrijgevig, en dezelfde interesses had als jij. En als je hart sneller ging kloppen als je hem zag, en er dan een bloem van warmte in je kern ontbrandde.

Aantrekkingskracht en vriendschap waren een bedwelmend mengsel geworden dat dreigde tot iets anders te vervormen. Zij, altijd zo voorzichtig ten aanzien van de liefde, was onbezonnen geworden. Ze had gevoeld hoe ze in iets betoverends was gevallen, iets waarvan ze wilde dat het nooit meer zou ophouden.

Toen was Anne bij Piers weggegaan. Freya had een flikkering van triomf in Aidans ogen gezien toen hij het haar had verteld. Freya wist zeker dat Anne van Piers hield. Freya begreep dat, maar Aidan leek het nog niet te zien. Aidan was koppig en zag van gedachten veranderen als een zwakte. Hij wilde niet accepteren dat Anne altijd van Piers zou houden, maar daar zou hij zich uiteindelijk toch bij moeten neerleggen?

Ze controleerde of haar lipstick en portemonnee in haar tasje zaten, deed de voordeur op slot en rende met hernieuwd zelfvertrouwen de trap af. Zelfs als er maar één bezoeker naar haar tentoonstelling zou komen en diegene zou haar werk mooi vinden, zou dat genoeg zijn. Ze was pas vierentwintig en had nog ruim de tijd om zichzelf te bewijzen.

Ze bedacht op weg naar het metrostation dat ze zich niet meer kon herinneren wanneer ze de droom voor het laatst had gehad. De droom over het verhoogde wandelpad die haar al sinds haar kindertijd tergde. Ze had hem als ze moe was, of angstig, of onzeker over de richting die haar leven op ging. Hij was altijd hetzelfde: een donkere hemel en zwart, kolkend water dat over een smal, kronkelend pad sloeg dat van de ene kant van een rivier naar de andere liep. Onder haar voeten was een strookje van de oever en aan de verre zijde van de rivier waren velden en heggen. Het landschap was meer verstild dan beangstigend. Er waren geen mensen, er gebeurde niets en de enige beweging was die van het stromende water. Het nare van de droom lag hem in het feit dat ze hem steeds had.

Ze was verhoogde wandelpaden gaan fotograferen vanwege die droom. Ze had geen idee waarom hij zo in haar hoofd bleef steken. Ze was er over het algemeen van overtuigd dat het een droom was, hoewel de gedachte wel eens door haar heen ging dat het een herinnering was. Ze had al meer dan twintig van die paden gefotografeerd voordat ze naar Thorney Island was gegaan. Op het moment dat ze over het pad tussen de oever en het eiland had gelopen, had ze een huivering van herkenning gevoeld. Daar waren de velden, daar waren de zoutmoerassen, en daar was het pad, precies zoals in haar droom. Het was zo gek om te dromen over een plek waar je nog nooit was geweest.

Ze had zich afgevraagd of ze als kind op vakantie was geweest in de omgeving van Maldon, maar haar vader had gezegd dat dat niet het geval was. Ze kon alleen maar aannemen dat ze een foto van het pad had gezien en dat om de een of andere reden in haar verbeelding had opgeslagen. Maar waarom dat ene beeld, en waarom bleef het zo lang hangen?

'Louise vertelde dat Anne weer in de galerie werkt,' zei Helen.

'Ja, al een paar weken.'

Het was vrijdag, eind van de middag, en Helen en Juliet zaten in de trein naar Londen om naar de expositie van Freya Catherwood te gaan. Juliet had geen zin. Het was die week al de tweede lange reis, en de begrafenis van Gillis was pas drie dagen daarvoor geweest, en de angst die de kop had opgestoken terwijl ze op het kerkhof met Morgan had staan praten, had zich in een knoop onder haar borstbeen genesteld.

Maar het uitje stond al lang in de agenda en Helen wilde er vreselijk graag heen om Aidan en Freya te steunen. Juliet had weken daarvoor Helen al beloofd dat ze zou meegaan om haar gezelschap te houden zodat ze niet alleen hoefde te reizen. Maar ze keek niet naar de avond uit.

Ze had Morgan nog niet gebeld. Ze kon maar niet beslissen wat ze moest doen. Ze wist dat hij om geld zou vragen zodra ze hem zou bellen. Ze had geen idee hoeveel hij zou willen. Er stond niet veel op haar rekening, alleen het maandelijkse inkomen dat Henry haar had nagelaten en het bescheiden bedrag dat ze met lesgeven verdiende. Ze was bang dat als ze Morgan één keer zou betalen, hij terug zou blijven komen, als een parasiet die al het bloed uit haar zou zuigen.

Hoewel vanavond geen familiebijeenkomst was, zou er wel familie zijn, en die voelde de laatste tijd zo licht ontvlambaar. Het uiteenvallen van de familie en Morgans verschijning op Gillis' uitvaart... Haar gedachten gingen constant heen en weer tussen die problemen, waar ze maar geen oplossing voor kon bedenken.

Juliet legde haar regenjas op haar schoot zodat een binnenkomende passagier naast haar kon gaan zitten. 'Anne werkt parttime,' zei ze tegen Helen. 'De meiden bij wie ze woont zorgen voor Eddie als ze naar de galerie is. Ze passen om beurten op elkaars kinderen zodat ze kunnen werken.'

'Jij bent er geweest, toch?'

'Al een paar keer.' Juliet trok haar neus op. 'Het is een groezelige bedoening.'

Het huis in Notting Hill waar Anne nu woonde, had Juliet geschokt toen ze er voor het eerst op bezoek was gegaan. Het rook er naar schimmel en natte was, en om de een of andere reden was het er zowel bedompt als koud. De raamkozijnen waren verrot en er misten hele stukken pleisterwerk op de plafonds. Met de drie kleine kinderen die er woonden hingen de kamers vol drogende luiers en lagen er overal half opgegeten biscuitjes en plastic speeltjes. Juliet had met name de zitkamer deprimerend gevonden, met een bank en stoelen die niet bij elkaar hoorden en die tot op de draad versleten waren, en met een muur die amateuristisch beschilderd was met een regenboog in een blauwe hemel boven een heuvel vol witte bloemen en vlekkerige groene bomen.

Anne was een kritische vrouw en Juliet vroeg zich af hoe ze het volhield. Maar de verzorging van een kind kon een eenzame taak zijn, al helemaal als je echtgenoot lange dagen werkte. Ze nam aan dat Anne blij was met het gezelschap in haar gedeelde huis. Dat de vrouwen met zijn drieën de zorg voor de kinderen verdeelden, betekende dat ze het werk dat ze zo leuk vond weer kon doen.

Juliet bleef koppig proberen de partijen binnen de familie weer bij elkaar te krijgen, maar zonder enig succes. Ze had haar beklag gedaan bij Piers en had Anne gesmeekt. Aangezien Piers het mislukken van zijn huwelijk aan Aidan weet, probeerde ze maar niet om er met Helen over te praten. Helen zou uiteraard partij kiezen voor Aidan, terwijl Juliet vond dat beide mannen iets te verwijten viel. Hoewel ze er absoluut van overtuigd was dat Anne geen verhouding met Aidan had gehad, en dat ook nadrukkelijk aan Piers had laten weten, was ze wel boos op Aidan dat hij deze situatie had laten ontstaan. Anne had een bepaalde onschuld waarvan ze vermoedde dat Aidan er misbruik van had gemaakt. En ze kon niet anders dan zich verplicht voelen voor Piers op te komen. Hij was per slot van rekening haar zoon.

Het had allemaal een muur tussen haar en Helen opgeworpen en het deprimeerde haar dat ze niet meer zo intiem bevriend waren als vroeger. Ze was bang dat de kloof die in de familie was ontstaan niet meer te herstellen was. Ze was bang dat Anne op een dag zou beslissen terug te gaan naar San Francisco en dat ze Eddie zou meenemen.

Ze probeerde over iets anders te beginnen. ‘Kent Aidan Freya al lang?’

‘Ze hebben elkaar op de dag van Henry’s begrafenis ontmoet.’

Juliet groef in haar geheugen. Ze herinnerde zich nog dat Aidan was weggelopen van het vuur en het pad naar het estuarium op was gegaan. De dikke grijze wolken, de sneeuwvlokjes, en Piers die benzine uit een jerrycan op de vlammen gooide.

‘Zijn ze bevriend, of hebben ze een relatie?’

‘Volgens Aidan zijn ze gewoon vrienden.’

‘Maar jij denkt daar anders over...?’ vroeg ze voorzichtig.

Helen pakte een reep Fry’s chocolade uit haar handtas en bood Juliet een stukje aan. ‘Het zou me niet verbazen als het tot meer zou uitgroeien. Ze passen goed bij elkaar. Ze zijn allebei heel kunstzinnig en ze zijn dol op het buitenleven. Freya heeft een paar keer bij ons gelogeerd toen ze naar het vogelreservaat aan de oostkust gingen. Ze is aangenaam gezelschap, goedgemanierd en welbespraakt. Een levendige meid. Als ze weg is, heb je het gevoel dat er een frisse wind door je huis is gegaan. En ze is beeldschoon, met een prachtige bleke huid, schattige sproeten en schitterend rood haar. Goddelijk.’

Juliet, die Helen langer kende dan vandaag, voelde aarzeling. Helen, die ondertussen in haar tas naar haar compactpoeder zocht, vervolgde: ‘Aidan vertelde dat ze is geadopteerd. Ik weet dat het niet mag, maar ik heb zo mijn twijfels. Je vraagt je altijd van alles af over geadopteerde kinderen, toch? Familie is zo belangrijk, en je wilt toch weten waar iemand vandaan komt.’ Helen tuurde in het spiegeltje van haar compactpoeder en depte poeder op haar neus. ‘Ze logeren dit weekend bij mij. Het hele stel. Josh van Lou ook.’

‘Dat vind je gezellig, toch?’

‘Zeker. Het is zo stil in huis als ze in Londen zijn. Ik vind het heerlijk als het huis tot leven komt.’ Het gesprek ging over op andere onderwerpen en toen de trein op station Manor Park stopte, persten zich nog vier passagiers in de al volle wagon, waardoor ze niet echt meer een gesprek konden voeren. Juliet keek uit het raam. Ze reden tussen rijen huizen met kleine achtertuintjes door, afgewisseld door fabrieken en gasbedrijven. Witte bollen viburnum en hangende kopjes van klaprozen staken fel af tegen de door roet beslagen bakstenen muren. Ze had Joe niet meer gezien sinds voor de begrafenis van Gillis. Ze nam aan dat het een zware periode was op de boerderij, en misschien was hij druk met zijn liefdadigheidswerk, of die mooie, luie jongen Neville Stone. Joe was één brok eerlijkheid, dat was zijn kenmerkendste eigenschap. Ze bleef het maar uit de weg gaan hem de waarheid te vertellen en had daardoor een groot deel van haar leven voor hem verborgen gehouden, een deel dat haar had gevormd en nog steeds vormde. Zonder Gillis, en zonder alles wat er na hun verhouding was gebeurd, zou ze een ander mens zijn geweest.

Moest ze hem over Morgan vertellen? Wat zou hij zeggen als ze dat zou doen? Haar geheim voelde als een olievlek op een heldere rivier, een vlek die over elk schoon en onverdorven oppervlak droop. Moest ze de familie de waarheid vertellen? Moest ze Charley en Nate vertellen dat hun ouders een affaire hadden gehad? Of Piers, die Henry's zoon en Gillis' petekind was, dat de een de ander meer dan een decennium lang had bedrogen? Moesten de kinderen Sinclair weten dat hun vader hun moeder had bedrogen, steeds maar weer opnieuw? Moest zij zich door dat onderkruipsel van een man, dat Gillis al te gronde had gericht, laten dwingen dat te doen? Nee. Die mogelijkheid wees ze van de hand met elke hartslag en elke druppel bloed die ze in zich had.

Toch bleef het verleden op haar drukken, zo hard dat het door de muren leek te breken waarmee ze zichzelf had omsloten. Ze voelde het nu op haar drukken, tegen haar duwen, een claustrofobische paniek in haar losmaken, net zoals de overvolle wagon dat deed.

Aidan zag Freya toen hij de galerie binnenliep. Ze droeg een rode jurk en had haar marmeladekeurige krullen in een knot op haar hoofd gestapeld.

Ze kuste hem op de wang. 'Ik haat exposities,' mompelde ze tegen hem. 'Ik snap niet waarom ik me ertoe laat overhalen.'

'Zodat je op een dag rijk en beroemd zult zijn.' Hij keek naar de foto's. 'Het ziet er prachtig uit.'

Ze glimlachte en leek een beetje te ontspannen. 'Katherine en Anne hebben het geweldig gedaan.'

'En jij ook.'

Freya haalde zichzelf constant naar beneden. Als je haar zo zag, zou je denken dat ze vreselijk veel zelfvertrouwen had, maar Aidan wist dat haar levendige, vrolijke uiterlijk een heleboel onzekerheid verhulde. Ze had vandaag een gespannen uitstraling die hem vertelde dat de avond een zware beproeving voor haar was.

Galerie World's End was chic en hip en verzorgde exposities voor kunstenaars van over de hele wereld. Misschien voelde Freya zich geïntimideerd door de reputatie van de galerie. Haar foto's hingen aan één muur van de lange, smalle ruimte. Achter in de galerie, achter het bureau van Katherine, hing een reusachtige afdruk van een van Aidans favoriete foto's van Thorney Island. Hij was structureel en streng en domineerde de ruimte.

Er klonk een elpee met vioolconcerten van Vivaldi. Freya trok zich met een glas rosé in een hoek terug, maar toen er gasten binnen begonnen te druppelen, ging ze die begroeten. Aidan betrapte zichzelf erop dat hij vreselijk graag wilde dat het druk zou worden. Een, twee... toen zes... en toen was de ruimte ineens gezellig druk.

Anne liep naar Freya en fluisterde haar iets in het oor, en toen liepen ze door de menigte naar een vrouw in een bontjas die langzaam langs de foto's liep, ze bestudeerde en aantekeningen in een blocnote maakte. Freya was een stuk langer dan Anne, met bredere schouders en vollere borsten. Anne droeg een witte blouse met een kort zwart rokje. Ze was afgevallen sinds ze bij Piers weg was en zag er tenger uit vergeleken bij Freya, bijna uitgemergeld. Maar elke vrouw in de ruimte zag er vergeleken bij Freya uitgeblust uit. Ze bewoog in haar rode jurk als een vlam door de galerie tot ze, met Anne naast zich, bleef staan om de vrouw met de blocnote aan te spreken.

Aidan had misschien gedacht dat hij enkel vreugde zou voelen toen hij hoorde dat Anne en Piers uit elkaar waren, maar dat was niet het geval. Zijn eigen rol in de scheiding drukte zwaar op hem. Hij liet Anne geloven dat hij kort nadat zij in slaap was gevallen ook was ingedut, maar dat was niet zo. Hij had haar na een half uurtje of een uurtje wakker kunnen maken, maar had dat niet gedaan. Hij had het zo heerlijk gevonden dat ze zich tot hem had gewend toen ze zich ongelukkig voelde en had een gevoel van triomf ervaren toen hij erachter kwam dat ze bij hem was zonder dat Piers dat wist. En hij had afgunst gevoeld, en wraakzucht. Geen prijzenswaardige emoties.

Hij vond het zorgelijk dat Eddie niet bij zijn vader woonde. Louise en hij hadden hun vader zelf te vroeg verloren, en Aidan kon daar geen vrede mee hebben. Hij had Anne nauwelijks gezien sinds ze bij Piers weg was. Hij had haar een keer mee uit gevraagd en toen had ze gezegd dat ze geen oppas kon vinden. Toen hij had voorgesteld dat ze met Eddie naar zijn appartement zou komen zodat er geen oppas nodig zou zijn, had ze bedachtzaam gekeken en gezegd: 'Ik denk niet dat dat verstandig zou zijn, Aidan. Ik denk niet dat het iets zou bijdragen.' Haar kleurloze toon had hem verteld dat ze doodongelukkig was. Ze had niet alleen afstand genomen van Piers, maar ook van hem. En wie kon het haar kwalijk nemen als ze hen beiden zat was? Hij had zich achterbaks en verachtelijk gedragen. Hij schaamde zich diep.

Hij was al een paar maanden aan het proberen de ouderwetse onderdelen van Winterton's aan te pakken. Piers bleek gelijk te hebben gehad toen hij zei dat Winterton's was vastgeroest in het verleden. De winst daalde nog steeds; de verkoop ging naar beneden en de kosten gingen omhoog. Aidan wist dat ze een ander pad in moesten slaan, maar hij had niet het zelfvertrouwen om dat te doen. De ontwerpen moesten met hun tijd mee en Winterton's speelde niet in op de huidige dorst naar vernieuwing. Hij was erover begonnen tegen Esteban, zijn belangrijkste ontwerper, maar wilde er niet te veel op hameren. Esteban was snel op zijn teentjes getrapt en als hij zou denken dat Aidan zei dat zijn werk niet goed genoeg was, stapte hij misschien op. En dat zou rampzalig zijn: Winterton's zou het misschien niet overleven zonder Esteban.

Uiteindelijk had hij geen andere optie gehad dan een van de winkelbedienden te ontslaan, iemand die de helft van zijn werktijd rokend doorbracht in de koffieruimte, en de rest, voor zover Aidan er zicht op had, bij zijn bookmaker. Hij had zijn nicht Gabe, die manager van het filiaal aan Sloane Street was, aan zijn zijde gehad om hem moreel te ondersteunen toen hij de man zijn ontslag had aangezegd. Hij had het afgrijselijk gevonden om te doen en dacht vol schaamte terug aan het feit dat hij niet de juiste woorden had kunnen vinden, en dat Gabe uiteindelijk degene was geweest die de man, zakelijk en zonder enige emotie, had medegedeeld dat hij was ontslagen.

Er hing sindsdien een gespannen sfeer in de winkel aan Bond Street. Hoewel het personeel hem beleefd bejegende, leek het of er niemand meer echt met hem praatte. Oom Henry had zijn personeel elke ochtend begroet met niemendalletjes die de indruk wekten dat hij met iedereen een band had. 'Wat een mooie dag, hè? Juffrouw Burstein, u gaat vanavond zeker lekker in de tuin zitten?' of: 'Hoe is het met uw zoon, meneer Lewis?' Aidan deed dat ook, en er werd op gereageerd met een hoofdknik of een glimlach, net zoals dat bij oom Henry was gegaan. Hij begon Henry Winterton te worden, bedacht hij ellendig.

Hij nam nog een glas wijn van het dienblad waarmee een bediende kwam langslopen. Freya stond geanimeerd te lachen en kletsen. Ze zag er in haar rode jurk en met haar wilde haar meer dan ooit uit als een noordse godin. Het was nu vreselijk druk in de galerie, en gasten dromden samen voor de foto's en praatten met elkaar. Er bleven maar mensen komen en de avond was overduidelijk een groot succes. Aidan was dolblij voor Freya.

Hij ving haar blik en ze kwam even naast hem staan. 'Dat was Sylvie Duvallier,' fluisterde ze in zijn oor. 'Je weet wel, Annes vriendin, die van dat kunsttijdschrift. Ze zegt dat ze me een opdracht gaat geven.' Freya straalde van opwinding.

Toen arriveerden zijn moeder en tante Juliet, met Louise, Charley en Josh, die iets zeiden over een incident op Sloane Station, waar een verwarde man de roltrap af was gestormd terwijl hij zijn kleren van zijn lijf rukte, dus daar moest hij aandacht aan besteden.

Juliet werkte zich een weg langs alle foto's tot ze de verre muur van de galerie bereikte, waar een enkele, reusachtige zwart-witafdruk aan de muur hing. De foto heette *Het verhoogde wandel-*

pad op Thorney Island, maar dat wist ze zonder de titel ook wel; ze herkende het onderwerp direct.

Ze zag de watervlakte waar Joe haar overheen had geroeid en daar, ergens, verhuld door bomen, het huisje waarin Frances Hart en haar kinderen hadden gewoond. Ze zag de plek waar ze de twee kinderen had zien spelen, het jongetje, en het meisje, Thea, in haar rode jurk. De foto vormde met zijn bijna anderhalve meter bij anderhalve meter een dramatisch en treffend beeld, waarbij het pad zelf als een messnede door de compositie liep.

'Vindt u het mooi, tante Juliet?'

Ze draaide zich om en zag Aidan naast zich staan. 'Ik vind het prachtig,' zei ze.

Dat was niet waar. De foto maakte haar vreselijk onrustig en ze wilde er niet mee in dezelfde ruimte zijn. Het was veel te eenvoudig je voor te stellen dat er een klein meisje op de rivieroever stond, of dat een jongetje het water in liep achter een speeltje aan dat door de rivier werd meegevoerd.

'Freya heeft wat met verhoogde wandelpaden. In ieder geval met dit specifieke pad. Ze droomt erover.'

'Echt waar?' vroeg ze. 'Wat apart.'

Toen keek ze weg. Haar blik ging door de ruimte, zocht door de menigte, tot hij bleef steken op Freya Catherwoods knot rood haar.

Op weg naar huis in de trein dacht ze terug aan wat Aidan had gezegd: *Freya heeft wat met verhoogde wandelpaden. In ieder geval met dit specifieke pad. Ze droomt erover*. Ze wilde Helen vragen of zij wist wat hij daarmee bedoelde, maar Helen was in slaap gevallen. Zij, Juliet, droomde ook wel eens over dat pad, dus waarom zou Freya dat niet doen? Kunstenaars raakten vaak geobsedeerd door een beeld. Kijk maar naar hoe vaak Monet zijn tuin in Giverny heeft geschilderd. Je kon hem niet verklaren, die drang die maakte dat je iets steeds opnieuw tekende, alsof je probeerde er een waarheid uit te destilleren. Ze had zelf het uitzicht van de zeemuur al tientallen keren vastgelegd.

Freya Catherwood was geadopteerd. Ontzettend veel kinderen waren geadopteerd, dus zo gek was dat niet. Ze liep met Thea Hart in haar hoofd omdat ze Gillis drie dagen geleden hadden begraven en vanwege de bedreigingen van Morgan. Ze was extreem moe en gespannen en het was een moeilijke avond geweest, met meerdere familieleden die elkaar ontliepen, en daarom speelde haar verbeelding haar nu parten, zag ze verbanden die er niet waren en zei een stemmetje tegen haar dat Freya Catherwood Gillis' onwettige dochter was. Daarom zei een stemmetje tegen haar dat Freya Catherwood in werkelijkheid Thea Hart heette.

Ze had een boek van Graham Greene in haar tas gestopt om in de trein te lezen; ze pakte het en sloeg het open. Maar ze kon zich niet concentreren. Freya's foto drong zichzelf op aan haar geestesoog en lag over de woorden, die zwarte snede die het pad afbakende, dat nu over de pagina liep. Het ritmische geluid van de wielen van de trein vervormde tot de echo van Gillis' voetstappen, wegrennend van het eiland met het meisje onder zijn jas verborgen.

Ze legde het boek weg. Ze had het heet en knoopte haar jas los. Misschien had ze iets onder de leden. Ja, dat was het: ze was ziek van de spanning, en die twijfel die zich van haar meester had gemaakt toen ze in de galerie was, was een symptoom van haar ziekte. Achterdocht was als een virus dat in je bloedbaan sijpelt, zich verspreidt en tot wasdom komt, niet te stoppen. Maar het was niet echt. Het was een gedachte, een aarzeling, niets meer, en als ze morgenochtend wakker werd, zou ze die uit haar hoofd kunnen zetten.

Helen werd wakker; ze kwamen in de buurt van Witham. Ze stapten uit en liepen naar de auto. Juliet zette Helen thuis in Maldon af en reed naar Marsh Court. Het was koud in huis en ze zette met haar jas nog aan een ketel water op het vuur.

Ze stond bij het raam over het terras uit te kijken. De tuin, rivieroever en het estuarium erachter waren niet te zien in het donker. Ze zou zichzelf moeten bewijzen dat ze het mis had. Ze zou alle informatie die ze ooit over Thea Hart had gehoord op een rijtje zetten en zou bewijs vinden dat haar zou geruststellen.

Als Gillis nog in leven was geweest, had ze hem kunnen bellen om het met hem over het meisje te hebben. Maar Gillis was dood, verdronken, in hetzelfde water dat zogenaamd zijn dochter het leven had ontnomen. Dat betekende dat ze nu een jaar of vierentwintig zou zijn. Hoe oud was Freya? Begin twintig, schatte Juliet. Wat had Gillis haar nog meer verteld? Dat David Morgan het kind naar een weeshuis in Southampton had gebracht. Dat Morgan de eigenaresse een valse naam voor het kind had gegeven en had gezegd dat Thea een vondelingetje was, een oorlogswees.

Ze dacht terug aan toen ze Thea Hart zelf die keer kort had gezien, spelend op het pad op Thorney Island: de rode jurk, het tengere, elfachtige gestel. Had het meisje rood haar gehad, zoals Freya? Ze kon het zich niet herinneren. Hoe hard ze ook haar best deed, ze kon het zich niet herinneren.

Ze nam een slaappil en voelde zich de volgende ochtend toen ze wakker werd beter, maar naarmate de dag vorderde kwam de onzekerheid terug en duwde zelfs haar zorgen om Morgan weg. De herinnering aan de dag dat Henry werd begraven – de kille, ondoordringbare hemel, de scheut benzine op het vuur, en Aidan die wegliep, naar het pad waar hij Freya had ontmoet – kwelden haar. Feiten en aannames vermengden zich en ze kon de gedachte dat Freya in werkelijkheid Thea Hart was niet afschudden. En als het zo was, wat voor kwaadaardig lot had dan bepaald dat Freya en Aidan bij elkaar gebracht moesten worden?

Ze reed die middag naar Maldon en deed boodschappen op de markt. Toen reed ze naar Helens huis. Aidan deed open. De jongelui zaten met Helen in de zonnekamer; ze voelde dat ze hun gesprek had verstoord, dat weer werd opgepakt nadat de begroetingen waren uitgewisseld. Louise vertelde dat ze net terug waren van een wandeling van vijftien kilometer. Ze had moddervlekken op haar spijkerbroek, en Freya's haar stond in een wilde wolk rond haar gezicht. Het viertal was vol levenslust en uitbundigheid; er werden grappen gemaakt. Juliet voelde dat ze niet bij hen hoorde, dat ze geen band meer met hen had. Josh zei iets en Freya schaterde van plezier. Stil, een huiselijk meisje; zo had Gillis Thea beschreven. Ze vergiste zich, dacht Juliet. Ze moest zich vergissen.

Maar toen Helen even naar de keuken was, nam Juliet Freya terzijde. Ze zei dat ze de expositie geweldig had gevonden. Ze overwoog een foto te kopen. Konden ze even praten?

Ze liepen de tuin in. Een merel zat op een tak in een appelboom te zingen en de ommuurde tuin ving de voorjaarszon. Freya glimlachte. Had Juliet een bepaalde foto in haar hoofd? Welke vond ze het mooist?

'Die foto van Thorney Island is heel bijzonder.'

'Dank u.'

'Ik ben heel benieuwd waarom je hem hebt genomen.' Ze vond haar woorden onoprecht klinken. 'Ik schilder zelf een beetje en het is altijd interessant om te weten waardoor een kunstenaar geïnspireerd raakt.'

Freya stak haar handen in haar broekzakken en kneep haar ogen half dicht tegen het zonlicht. 'Dat is een beetje gek.' Ze keek Juliet van opzij steels aan, alsof ze haar inschatte. 'Ik heb jarenlang over die plek gedroomd, en toen heb ik hem gevonden.'

'Gevonden?' herhaalde ze.

'Daar, op Thorney Island. Het is alsof ik het me herinner, maar dat is niet zo, dat kan niet, want ik ben er nog nooit geweest. Het was zo gek, maar de eerste keer dat ik er was, herkende ik het. Het was precies mijn droom. Die foto's lijken wel een soort exorcisme. Ik heb me zelfs afgevraagd of ze een manier waren om een einde aan die droom te maken.'

Harde stemmen, vrolijk, klonken uit de zonnekamer. Een knoop van angst kneep samen onder haar borstbeen, verstikte haar bijna.

'Dat begrijp ik niet.'

Freya schudde met haar hoofd en haar krullen vlogen om haar hoofd. 'Ik ook niet. Mijn vader zegt dat als ik er ben geweest, dat moet zijn geweest voordat ik ben geadopteerd.'

Helen stond bij de deur en riep hen. Juliet draaide zich geschrokken om; ze kon de woorden van Helen niet opnemen. Iets over koffie. Freya maakte aanstalten terug te lopen naar het huis, maar Juliet pakte haar bij haar mouw.

'Hoe oud was je toen je werd geadopteerd?'

'Vier. Ik was vier.'

'En hoe oud ben je nu?'

Ze trok haar wenkbrauwen op; de vraag verraste haar. 'Vierentwintig.'

'Mag ik vragen,' ze perste de woorden uit haar keel als pitjes uit een citroen, 'wat je weet over je achtergrond? Herinner je je nog iets van voor je adoptie?'

Freya schudde haar hoofd. 'Helemaal niets. Mijn vader heeft me verteld dat ik in een weeshuis zat.'

'Waar?' Haar stem klonk rauw.

'Southampton.'

De zon verblindde haar, maakte haar duizelig. Gillis had haar verteld dat David Morgan Thea Hart naar een weeshuis in Southampton had gebracht.

Freya stond nog te praten. 'En daarvoor...' Ze haalde haar schouders op. 'Van daarvoor weet ik niets. Mijn ouders zijn naar het weeshuis gekomen en hebben mij uitgezocht.' Juliet zag tederheid in de blauwe ogen van het meisje – waren het de ogen van Gillis? – en ze glimlachte liefdevol. 'Mijn vader zei dat mama en hij op het moment dat ze me zagen wisten dat ik bij hen hoorde. Ik heb geen idee waarom, want ik was een lelijk en broodmager kind. En ik sprak niet. De mevrouw van het weeshuis dacht dat er iets aan me mankeerde. Vier jaar oud en ik zei geen woord. Als ik een kind zou willen adopteren, zou ik een leuk, praatgraag meisje hebben uitgezocht. Mijn vader zegt dat het een wonder was. Dat ze op mij wachtten en dat ik hun wonder was.'

Freya veegde een dikke lok haar uit haar gezicht. 'Ik heb geprobeerd mijn droom weer te geven met die foto. Zodat de kijker mijn droom kan zien.'

Toen begon ze over belichtingstijden en focale lengte. Juliet luisterde niet. Het was geen droom, bedacht ze geschokt, het was een nachtmerrie.

Ze had vast koffiegedronken met Helen, maar dat kon ze zich niet herinneren; ook van de rit terug naar Marsh Court wist ze niets meer. Ze pakte thuisgekomen haar boodschappentas uit, maar het leek wel of ze niet meer wist wat ze met de spullen moest doen, en ze stond naar haar bos wortels te staren, zich afvragend wat ze ermee moest. Ze ging aan de keukentafel zitten en keek naar haar bevende handen.

Gillis had zijn dochtertje op de avond van de storm in het huis op Thorney Island aangetroffen, verstopt in de kast op de overloop. Hij had haar van het eiland gesmokkeld en naar de cottage op Marsh Court gebracht, waar Morgan haar ergens die nacht had weggehaald. Hij had Thea naar het weeshuis in Southampton gebracht, met geld en de instructie dat ze ter adoptie moest worden aangeboden. Het meisje had niet gesproken, waarschijnlijk het resultaat van een shock. Gillis had Juliet toen hij haar eindelijk de waarheid over die avond had verteld, gezegd dat ze de hele avond geen woord had gesproken. Freya had vrijwel dezelfde woorden gebruikt toen ze het over haar eigen stilzwijgen had gehad. Dat was het moment geweest dat Juliet ervan overtuigd was geraakt dat Freya Catherwood de verloren dochter van Gillis was.

Het echtpaar Catherwood had het meisje geadopteerd en opgevoed als hun eigen kind. Freya – Thea – zei dat ze zich niets herinnerde van voor haar adoptie, maar dat was niet waar. Iets uit haar verleden was er nog: een terugkerende droom over het verhoogde wandelpad waar ze als klein meisje met haar tweelingbroer had gespeeld. Het beeld achtervolgde Freya vanwege de vergeten traumatische gebeurtenis die zich daar had afgespeeld, die haar was bijgebleven tot in haar volwassenheid en haar ertoe had gedreven naar de plek op zoek te gaan. Zo was ze op de middag van Henry's begrafenis naar de Blackwater gekomen, waar Aidan haar had aangetroffen.

Lulu zat hoopvol te hijgen bij de keukendeur. Juliet pakte haar riem en liep met de hond naar buiten. Wolken hadden zich sinds die middag verzameld en dekten nu de hemel en zon af, waardoor het landschap mat was geworden. Ze had bij Winterton's eens een collier van grijze parels omgedaan. Henry had ze uit een vitrine gepakt en om haar hals gesloten. Ze hadden niet bij haar teint gepast en waren snel weer weggelegd, maar ze dacht nu terug aan hun glans. Ze voelde zich nu omringd door diezelfde vreugdeloze, niets weerkaatsende schaduw, omsloten door rivier en hemel, als een insect dat tussen een glas en een vel papier gevangenzit.

Ze liep naar het verhoogde pad, naar de plaats waar Frances Hart en haar zoon waren meegesleurd, en waar Gillis die noodlottige beslissing had genomen zijn dochter te verbergen. Naar het pad dat haar had achtervolgd sinds de dag dat ze Edmund en Thea er had zien spelen. Het was moeilijk haar hoofd te heffen en om zich heen te kijken. Wie zou ze zien? De kinderen die in het ondiepe water speelden? Of Morgan, die vanaf de rivieroever naar haar keek?

Het was onmogelijk zichzelf voor te houden dat het niet uitmaakte, dat Freya Catherwood niets met haar, Joe en de familie te maken had. Het was onmogelijk zichzelf ervan te overtuigen dat Freya net zo eenvoudig uit het leven van de familie Winterton zou verdwijnen als ze erin was geïntroduceerd. Ze wist dat dat niet kon. *Het zou me niet verbazen als het tot meer zou uitgroeien*, had Helen tegen haar gezegd toen ze het in de trein over Freya en Aidan hadden gehad. *Ze passen goed bij elkaar*. Als Freya en Aidan meer dan vrienden zouden worden, hoe zou ze dat dan kunnen verdragen, haar te zien met de wetenschap die ze had? Welk nieuw bewijs zou er nog aan het licht kunnen komen, welke brief van het weeshuis of herinnering van Freya's adoptievader, die zou leiden tot vragen, of antwoorden?

Eenmaal thuisgekomen dacht ze om zichzelf af te leiden na over wat ze als avondeten zou maken, en ze schonk zichzelf een borrel in. Ze had een en een opgeteld; op een dag zou iemand anders dat ook doen. Iemand zou Freya over de tragedie op Thorney Island kunnen vertellen, waarop ze uit nieuwsgierigheid misschien de krantenartikelen zou gaan zoeken die Juliet had bestudeerd in de bibliotheek in Maldon nadat Joe haar over Gillis en Frances Hart had verteld. Freya zou het misschien opmerkelijk vinden dat de jongen was gevonden, maar dat het lichaam van het meisje nooit was aangespoeld. En dan zou ze zich misschien wat gaan afvragen.

Ze opende een blik sardientjes en roosterde wat brood. Ze dacht terug aan die winter in de oorlog dat het estuarium was dichtgevroren. Ze had toen ze een keer met de hond aan het wandelen was geprobeerd de ijsbrug naar het eiland over te steken. Maar het moest zijn gaan dooien zonder dat ze het had opgemerkt, en het grijswitte, glanzende oppervlak was gaan barsten toen ze erover liep, en wat solide had geleken was gaan schuiven en breken. Dat was ook wat er nu gebeurde. Niets was nog veilig of constant. Alles wat haar lief was, werd bedreigd.

Haal het brood uit de rooster, smeer er boter op, leg de sardientjes erop. Ze ging aan de tafel zitten en staarde naar het bord en haar glas. Ze nam een slok gin, stond op en schraapte de sardientjes in het voerbakje van de kat. Ze scheurde de toast in stukken en gooide die op het gras voor de vogels.

De voordeurbel ging. Ze overwoog even om niet open te doen en zich nog iets langer vast te klampen aan de schamele overblijfselen van haar levensgeluk.

Ze deed open. Het was Joe. Ze nam even de tijd om hem in zich op te nemen: zijn zwarte, door de wind door elkaar geblazen haar, zijn sterke, brede schouders en de glimlach die in zijn ogen kwam toen hij haar zag.

Ze liet hem de zitkamer binnen. Ze vroeg: 'Ben je weg geweest?'

'Ik was naar Londen.'

'Naar Roy en Paddy?' Haar stem klonk licht en onoprecht.

'Die heb ik ook gezien, ja. En we zijn even bij Neville geweest.'

Hij zag er ongemakkelijk uit. Had hij iets gehoord? Misschien had hun gesprek over Gillis laatst ertoe geleid dat hij zich had herinnerd dat hij Gillis die keer met Frances Hart had gezien. Misschien had hij net als zij teruggedacht aan de tragedie. Of misschien – ze onderdrukte een huivering – was Morgan naar Greensea gegaan om zijn gif ook daar te verspreiden. Ze had hem nog niet gebeld. Het papiertje dat hij haar had gegeven lag nog weggestopt in haar bureau. Het leek wel of ze zijn aanwezigheid in huis voelde. Misschien was Morgan het zat om op haar te wachten. Misschien had hij besloten haar te straffen.

Maar Joe haalde een klein, blauw doosje uit zijn zak. 'Ik ben naar Londen geweest om dit voor je uit te kiezen.' Zijn blik rustte op haar, warm en vol affectie. 'Ik dacht na Molly niet dat ik ooit nog van iemand zou kunnen houden. Ik dacht dat dat niet meer voor me zou zijn weggelegd. Jij bent mijn wonder, Juliet. Je bent vriendelijk, liefhebbend, vrijgevig en beeldschoon, en ik weet door jou weer wat geluk is. Je hebt me weer tot leven gewekt en daar kan ik je nooit dankbaar genoeg voor zijn. Zou je mijn vrouw willen zijn?'

Haar hoofd schoot omhoog; ze staarde hem aan. 'Wat?' fluisterde ze.

'Trouw met me, Juliet. Wil je dat? Je zou me de gelukkigste man op aarde maken.'

Paniek omklemde haar keel. Als hij haar die vraag een jaar geleden had gesteld, of een maand geleden, of vorige week...

Hij legde het doosje in haar hand. 'Maak maar open, lieverd.'

Dat deed ze. Er zat een ring met een diamant in.

'Het was geen sinecure om een ring te kopen voor iemand van de familie Winterton,' zei hij. 'Ik hoop dat je hem mooi vindt. Weet dat ik hem aanbied met alle liefde en respect. Maar als je hem niet mooi vindt, wil ik graag dat je een andere uitzoekt.'

Vierkant geslepen diamanten in een met krullen en zaadparels versierde ring. Het drong tot haar door dat hij heel mooi was, en ze sloot haar ogen, stond zichzelf even toe zich een andere toekomst voor te stellen, een toekomst waarin ze Joe Brandons huwelijksaanzoek zou aannemen en met hem zou trouwen. Hij was de juiste man voor haar, dat wist ze al een tijdje. Ze zou de rest van haar leven gelukkig met hem kunnen zijn.

Maar ze kon nooit met hem trouwen, en misschien had ze sinds de dag dat Morgan naar Marsh Court was gekomen geweten dat dit moment zou aanbreken. Hoewel ze van Joe hield, moest ze hem loslaten. Ze zou hem niet aandoen wat Gillis haar had aangedaan. Ze was erin betrokken geraakt vanaf het moment dat hij had besloten Thea naar de cottage te brengen. Morgan dacht dat zij medeplichtig was aan het verbergen van het kind, en als je er rationeel naar keek, begreep ze ook wel waarom. Ze was Gillis' minnares geweest. Gillis had Thea meegenomen naar het landgoed van de familie Winterton. Zij, Juliet, kon nog zo hard roepen dat ze onschuldig was, maar ze leek schuldig: schuldig door haar band met Gillis. Ze was niet, zoals ze zo graag had willen geloven, vrij van het verleden. Ze zou er nooit vrij van komen.

Gillis had haar niet beschermd, maar zij zou Joe wel beschermen. Ze zou hem niet infecteren met de smet die aan haar kleefde. Ze stond in de rivier, het water steeg tot aan haar lippen en ze kon zichzelf niet redden.

Maar ze kon hém wel redden, en ze zag met schrijnende helderheid wat ze moest doen.

Ze legde de ring terug in het doosje. De klik toen ze het sloot voelde als een deur die werd dichtgeslagen.

'Ik kan niet met je trouwen, Joe,' zei ze. 'Het spijt me, maar dat kan echt niet.'

Hij fronste zijn wenkbrauwen. 'Ik begrijp dat je niet meer in het huwelijk gelooft, maar ik ben Henry Winterton niet. Ik zou je nooit behandelen zoals hij heeft gedaan.'

'Dat is het niet.'

'Je geeft jezelf de schuld van het mislukken van je huwelijk, maar zo zit het niet, Juliet. Je hoeft je nergens voor te schamen. Je hebt je best gedaan. Je hebt nog niet zo lang geleden tegen me gezegd dat je dacht dat je niet geschikt bent om getrouwd te zijn, maar het is geen kwestie van geschikt of ongeschikt. Je maakt ervan wat je kunt. En wij zouden er iets goeds en moois van maken, dat weet ik zeker.'

Een golf van wanhoop ging door haar heen. 'Joe, ik kan echt niet met je trouwen.'

'Misschien niet nu. Misschien over een half jaar, of een jaar. Zeg alsjeblieft dat ik kan blijven hopen.'

Haar weigering met hem te trouwen was niet genoeg. Hem de rug toekeren en hem nooit meer zien zou zelfs niet genoeg zijn.

Nee – en haar hart brak bij de gedachte – ze moest zorgen dat hij haar nooit meer zou willen zien. Alleen zo zou ze hem kunnen beschermen.

'Nee, Joe. Nooit.'

Haar woorden waren hamerslagen; het licht in zijn ogen doofde. 'Waarom niet?'

Hup, doe het, zei ze tegen zichzelf. Zorg dat het achter de rug is. Ze had een slager in Cairo eens de keel van een geit zien doorsnijden. De snelle, efficiënte snee van het mes, het bloed dat uit de wond stroomde.

'Omdat ik dat niet wil,' antwoordde ze kalm.

'Ik begrijp het niet. Er klopt iets niet.' Hij was wit weggetrokken. 'Juliet, ben je ziek?'

Ze moest zorgen dat hij haar zou haten. Ze moest hem aankijken en de wanhoop die ze voelde verbergen, en dan moest ze een toon van gevoelloosheid aannemen – nee, van minachting – en de woorden zien te vinden die zouden maken dat hij haar zou haten.

Nee... Haar hart schreeuwde het uit, ze moest dit op een andere manier oplossen.

Maar er was geen andere manier.

'Ik hou niet van je, Joe,' zei ze kil. 'Ik dacht van wel, maar dat is niet zo. Niet echt.'

'Dat mag je niet zeggen!' Hij deed een stap naar haar toe. 'Je verbergt iets voor me. Er is iets gebeurd!'

'Inderdaad. Ik dacht dat het je niet was opgevallen.' Een licht, spottend lachje. 'Ik probeer je al een tijdje duidelijk te maken dat ik je niet meer wil zien, maar je lijkt de boodschap maar niet te begrijpen.'

Hij fluisterde: 'Juliet, waarom zeg je dit?'

Ze dwong een cynische glimlach rond haar lippen en zette het mes op zijn keel.

'Ik snap niet hoe je ooit hebt kunnen denken dat het zou werken, tussen ons. Dacht je nou echt dat ik je een geschikte echtgenoot zou vinden omdat ik je in mijn bed heb toegelaten? O Joe, wat ben je toch een naïeveling. Dacht je nou echt dat ik Marsh

Court zou achterlaten en bij jou zou gaan wonen, als boerin? Zie je me de koeien al melken en de varkens al voeren? Als je dacht dat ik dat zou gaan doen, ken je me niet zo goed als je dacht dat je me kende. Je hebt geen idee.'

Toen hij weg was en ze de deur voor de laatste keer achter hem had gesloten, ging ze op de onderste trede van de trap zitten en drukte haar handpalmen tegen haar gezicht. Ze hoorde de jeep de oprit af rijden en verdwijnen. Ze was alleen in Marsh Court en ze zou nog maanden en jaren, nog oneindig lang alleen zijn. De pijn in haar hart stak nu, maar ze wist dat hij groter en groter zou worden, zou gaan branden en haar zou verteren.

Uiteindelijk barstte ze in tranen uit, verstikte snikken die haar lichaam deden schudden terwijl ze naar adem snakte. De tranen doorweekten haar gezicht en handen, en ze boog zich voorover, krulde haar ruggengraat en omsloot haar hoofd met haar armen, probeerde zich klein te maken, zichzelf weg te wissen, niet meer te bestaan.

Annes huisgenoot Maria was aan het woord. 'Het was hem echt,' zei ze. 'Ik weet het zeker. Het was Michael. Hij stond buiten. Hij zat in een andere auto en reed weg toen ik hem zag, maar ik weet zeker dat hij het was.' Ze knaagde aan een nijnagel. 'Ik snap niet hoe hij me heeft gevonden. Ik heb niemand verteld waar ik ben, alleen mijn moeder.'

Charley was in het huis in Notting Hill. Ze paste regelmatig op voor Anne, minimaal eens per week. Het had even geduurd voordat ze Anne ervan had kunnen overtuigen dat ze genoeg gevoel voor verantwoordelijkheid had om voor Annes geliefde zoontje te kunnen zorgen, maar uiteindelijk was het gelukt.

Anne zou uitgaan vanavond, maar in plaats daarvan zat ze Maria nu te troosten. Michael was Maria's gewelddadige echtgenoot, voor wie ze op de vlucht was geslagen.

Anne vroeg: 'Denk je dat hij voor problemen gaat zorgen?'

Maria knaagde efficiënt nog een stukje nagel weg. Ze was slank gebouwd, had bruine krullen en sproeten, en Charley vond haar mooi. Op die kapot gekloven handen na dan.

'Hij heeft tegen me gezegd dat hij me zou vermoorden als ik bij hem zou weggaan. Dat zou hij kunnen, dat weet ik.'

'Kun je tijdelijk ergens anders naartoe?'

Maria schudde haar hoofd. 'Ik kan niet naar mijn moeder, dat durf ik niet. En dat kan ook niet, vanwege mijn werk. Tenzij je wilt dat ik wegga.'

'Natuurlijk niet.'

'Je weet niet waartoe hij in staat is. Je kent hem niet.'

Anne sloeg haar arm om Maria's schouders. 'Je bent hier veilig. Zelfs als hij het was, kan hij hier niet naar binnen. Het komt wel goed.'

Maria staarde Anne aan. Toen wendde ze zich tot Charley en zei op achteloze toon: 'Michael heeft me met mijn hoofd tegen de keukengootsteen geslagen. Ik weet niet hoe vaak. Ik heb het geprobeerd te tellen om mezelf ermee af te leiden, maar toen ben ik buiten bewustzijn geraakt.' Ze balde een vuist en deed een slaande beweging na, alsof ze op een deur bonkte. 'Toen heeft hij me opgesloten. Ik kon twee dagen later pas naar de dokter.' Ze stond op. 'Ik ga even bij Nancy kijken. Ga maar lekker uit, Anne, ga wat leuks doen.'

Toen Maria de kamer uit was, zei Anne tegen Charley: 'Ik denk dat ik beter thuis kan blijven.'

'Wat ga je doen als hij op de stoep staat?'

'Dan haal ik de politie.' Anne stond op en draaide de achterdeur op slot. 'Hadden we maar een telefoon. En een kijkgaatje in de voordeur. Als het moet, betaal ik zelf voor die telefoonaansluiting. Het is echt niet meer van deze tijd, dat we geen telefoon hebben.' Ze ruimde de koffiekopjes op. 'Hoe is het met Nate?'

'Ach, je weet wel. Vreselijk, volgens mij. We praten uren en uren.'

'Hij is in de rouw. Dat kost tijd.'

Annes altijd serieuze aard zou haar ooit hebben geïrriteerd, maar dat was niet meer het geval. Anne en zij hadden hun weg samen gevonden. Zij deed haar best Annes eerlijke en meelevende aard te waarderen en Anne leerde om niet elke achteloos gemaakte opmerking van Charley serieus te nemen.

'Ik blijf bij Maria vanavond,' zei Anne. 'Ga jij maar lekker naar huis.'

Charley bleef even staan bij de deur. 'Maak je je geen zorgen dat...'

'Wat?'

'Dat die man, Michael, hiernaartoe komt? Wil je echt niet terug naar...'

'Naar Piers?' vroeg Anne. 'Wilde je dat vragen?'

Hou toch je grote mond, berispte Charley zichzelf. Maar een kort moment later dacht ze: wat kan mij het ook schelen, en ze zei: 'Bij Piers ben je beter af dan bij een man die het hoofd van zijn vrouw tegen de gootsteen stukslaat.'

'Piers heeft niet gezegd dat hij wil dat ik terugkom.'

'Maar dat wil hij wel.'

'Dan moet hij dat zeggen.' Anne zag er even ontroostbaar ongelukkig uit. 'En hij moet het op de goede manier zeggen.'

Charley vertrok. Het was bijna negen uur en ze bedacht dat ze even naar Piers zou gaan. Ze had regelmatig contact met zowel Piers als Nate, wat soms behoorlijk vermoeiend was, aangezien het met allebei vreselijk slecht ging.

Aangezien het een mooie avond was en niet zo heel ver, besloot ze naar South Kensington te lopen. Ze dacht aan Maria en haar gewelddadige echtgenoot. Waarom zou je iemand pijn doen aan wie je je eeuwige liefde had beloofd? Ze vond het een angstaanjagend idee dat liefde zo snel kon omslaan in haat, alsof het twee kanten van dezelfde medaille waren.

Aangekomen bij het appartement van Piers belde ze aan. Toen Piers opendeed, zei ze: 'Alleen even een kopje koffie.'

Op de planken aan de woonkamermuur lag een dikke laag stof en op de vloer stond een bord met de overblijfselen van een maaltijd: ze zag bonen met toast en uitgedroogde stukjes sinaasappel. Nog niet zo lang geleden had Piers voortdurend razend geleken, maar hij leek nu voortdurend verdrietig. Zijn verdriet maakte dat Charley zich ook verdrietig voelde.

Piers zette oploskoffie, heel poederige die naar iets anders dan koffie smaakte. Charley moest een berg papierwerk en Piers' ochtendjas van de bank vissen voordat ze kon gaan zitten.

'Hoe is het op de zaak?'

'Beter.'

'Ik ben net bij Anne geweest.'

Hij keek haar achterdochtig aan. 'O ja? Hoe is het met haar?'

'Prima. Ze mist je.'

Zijn mond verwrong geïrriteerd. 'Charley, ik weet dat je het goed bedoelt, maar je weet niet waarover je het hebt. Als ze me zou missen, zou ze wel naar huis komen. Niets weerhoudt haar ervan om naar huis te komen.' Hij nam een grote slok koffie. 'Het zou me niet verbazen als iemand me straks komt vertellen dat ze ervandoor is met Aidan.'

Charley was zeven jaar jonger dan haar broer, maar ze voelde zich af en toe veel, veel ouder. O, Piers, dacht ze, hoe kun je het zo verkeerd begrijpen? Er schoot ineens uit het niets een oude herinnering door haar hoofd.

'Weet je nog, de zomer dat oom Jonny is overleden? Ik was het helemaal zat dat jij me negeerde en al je tijd met Aidan en Anne doorbracht.'

Hij haalde zijn schouders op, trok een ongeïnteresseerd gezicht en tikte een sigaret uit een pakje Woodbines. Charley negeerde zijn ontmoedigende lichaamstaal en sprak verder.

'Ik ben je op een gegeven moment naar Thorney Island gevolgd. Aidan en jij hielden een race over het verhoogde wandelpad. Jij hebt gewonnen en toen omhelsde je Anne.'

'Dat is een leuke anekdote, Charley, maar...'

Ze negeerde zijn verveelde gezemel. 'Ik heb gezien hoe ze naar je keek. Ze was verliefd op je. Ze was tien jaar geleden al verliefd op je, Piers. En dat is ze nog steeds.' Het had geen enkele zin om vage taal tegen Piers te spreken, je moest het voor hem uitspellen.

Hij klikte zijn aansteker aan; toen er geen vlam kwam mikte hij hem binnensmonds vloekend op tafel.

'Piers,' zei ze geïrriteerd.

'Wat?' Zijn ogen waren als blauwe steentjes.

'Je moet haar vertellen dat je van haar houdt, sufferd.' Ze bedacht iets en bestudeerde hem nauwkeurig. 'Dat doe je toch wel, hoop ik?'

Hij keek haar razend aan, maar toen maakte hij zijn wangen bol en blies zijn adem langzaam uit, hoofdschuddend. 'Ja,' zei hij weinig overtuigend. 'Dat denk ik wel.'

'Dat denk je wel?'

'Ik ben niet goed met die dingen. Hoe moet je dat nou zeggen?' Hij zat voorovergeleund, met zijn onderarmen losjes op zijn knieën, en staarde naar de koffietafel. 'Maar wat heeft het voor zin, als ze me toch niet meer nodig heeft?'

Een van de dingen die Anne Piers probeerde te leren, vermoedde Charley, was dat ze uitstekend voor zichzelf en Eddie kon zorgen en dat liefde meer was dan de rekeningen betalen en de wasmachine repareren als er iets misging. Maar zou hij dat ooit begrijpen?

'Het zou helpen,' zei ze geduldig, 'als je je appartement zou opruimen en je overhemden naar de wasserette zou brengen.' Zijn manchetten waren groezelig.

Hij knipperde met zijn ogen. 'Denk je?'

'Dat weet ik zeker.'

Hij wreef in zijn ogen. 'Soms ben ik bang dat er iets mis met me is.'

'Er is niets mis met je,' zei Charley vriendelijk. 'Je bent gewoon een man, hoewel eerlijk gezegd wel een behoorlijk hopeloos geval.' Toen woelde ze speels met haar hand door zijn haar.

17

Juni 1966-juli 1966

Het huis verstikte haar, vermorzelde haar. Het was het enige wat ze nog had en ze haatte het.

Helen belde, maar Juliet zei dat ze druk was met schoolwerk. Andere vrienden, uit Londen en Maldon, belden en schreven, maar ze scheepte iedereen af. Ze belde naar school en meldde zich ziek. Ze was te moe om te koken en at, als ze eraan dacht om te eten, uit blik.

Op een dag kwam Joe naar het huis. Ze herkende het geluid van de jeep toen die de oprijlaan op kwam rijden. Hij belde aan en stond in de portiek met gesloten ogen en gebalde vuisten. Toen hamerde hij op de deur. 'Juliet, praat alsjeblieft met me!'

Ze zat roerloos. Er verstreek een aantal hartslagen. Ze hoorde hem met zijn vuist tegen de deur hameren. 'Waarom praat je niet met me?'

De gedachte schoot door haar hoofd open te doen en hem de waarheid te vertellen. Hij was een goede, vriendelijke man; misschien zou hij het begrijpen.

Maar ze bleef waar ze was en na een tijdje hoorde ze zijn voetstappen op de kiezelstenen en het geluid van de jeep die wegreed. Haar ogen prikten en haar hoofd bonkte.

Ze was alles wat haar ooit dierbaar was geweest aan het kwijtraken. Niets was nog goed. Ze had Joe al verloren. Freya was een bom op scherp die midden tussen de familieleden in lag, elk moment kon ontploffen en iedereen dan aan stukken zou scheuren. Niet dat er veel over was om te vernietigen. Iedereen was al kapot.

De hond moest uit: ze liep één keer per dag langs het estuarium;

Lulu was dan druk met konijnenholen en snuffelde in het gras. Ze zag hoogstzelden andere mensen, maar als dat zo was schrok ze, alsof ze was vergeten dat er andere mensen bestonden. Ze deinsde een keer terug toen ze een man bij het zoutmoeras zag staan en dacht dat het Morgan was. Maar de man haalde zijn verrekijker voor zijn gezicht weg en toen zag ze dat het een vogelaar was, een vriendelijk uitziende meneer van in de zestig, die knikte om haar te begroeten.

Toen ze op een avond in de buurt van het eiland liep, dacht ze dat ze het meisje zag. Een flits rood tussen de wilgen die langs de oever van Thorney Island stonden, als een rode jurk die wapperde in de wind. Ze kreunde en moest het hek vastgrijpen om zichzelf stabiel te houden. Haar hart ging als een razende tekeer en ze was bang dat ze zou flauwvallen. Ze dwong zichzelf nogmaals te kijken en zag dat het een lap stof was die was blijven hangen in de slierten droog geworden, groenrijs fonteinkruid die aan de takken boven de rivier hingen. De rode stof flapperde in de wind.

Op weg terug naar huis liep ze langs de vuurplaats. De cirkel van as voelde nu als een symbool van verval in plaats van viering. Ze sloot haar ogen en zag de mensen voor zich met wie ze hier ooit had gestaan, kijkend naar hoe de vlammen de lucht in schoten. Henry, Jonny, Gillis en Blanche... ze waren nu allemaal weg – hun nabijheid iets uit het verleden – verworden tot schaduwen die als plaaggeesten in de schemering dansten.

Ze droomde die nacht dat ze verdronk. Niet in de Blackwater, maar in het turkooizen blauw van een zuidelijke zee uit haar jeugd. Ze stond in eerste instantie bij de kustlijn. Het zand en de palmbomen, de rij winkels en hotels, het kwam haar allemaal bekend voor. Maar toen dwaalde ze de zee in, en al snel raakten haar voeten de vaste grond niet meer. Ze was alleen; er waren geen andere zwemmers en hoe hard ze ook met haar armen en benen sloeg, het lukte haar niet om naar de kust terug te zwemmen. De golven werden steeds hoger en sloegen in haar gezicht, en toen waren het zand en de palmbomen verdwenen en werd de zee koud en donker. Een golf sloeg keihard in haar gezicht, duwde haar onder de oppervlakte en vulde haar mond en neusgaten met water. Water stroomde haar strot en longen in en ze wist dat ze verdronk.

Ze werd snakkend naar adem wakker. Het was nog donker, er scheen nog geen straaltje licht langs de gordijnen naar binnen. De duisternis voelde solide en drukkend. De krakende en ratelende geluiden in het huis vervormden zich tot de voetstappen van de mensen die er ooit hadden gewoond. Ze bedacht dat ze hier nooit had moeten blijven. Ze had het huis al lang geleden moeten verlaten. Marsh Court was de grafkamer van al haar hoop geworden.

Het werd ochtend. Ze stond niet op. Ze zag er het nut niet van in.

Ergens in de middag dwongen honger en de hond haar uit bed. Ze liep naar de keuken, voerde Lulu en maakte voor zichzelf thee en toast van oud brood. Toen liet ze de hond door de achterdeur de tuin in, trok regenlaarzen en een oude regenjas over haar pyjama aan en liep naar buiten.

Zilverkleurige slierten regen vielen uit het oosten over het gazon; flitsen zonlicht schenen ertussendoor. Ze had de sleutels van de cottage gepakt; Lulu was dolblij buiten te zijn en sprong wild om haar heen terwijl ze over het pad liep. Juliet deed de deur van de cottage open en liep naar binnen. De meubels waren stoffig en de boeken en puzzels die er ter vermaak voor de gasten van de familie Winterton waren neergelegd zagen er oud en versleten uit. Ze zag Gillis en Blanche voor zich die naar de cottage gingen; Blanche die haar schoenen uitdeed terwijl Gillis vertelde over de discussie die hij net met Henry had gehad. Nog een beeld: Gillis die op de vloer voor het haardvuur zat, met zijn dochter op schoot, in een poging haar warme melk van een lepel te laten drinken.

Dit was een plek van bedrog, vol leugens. De lucht rook zuur en schimmelig; hij verstikte haar.

Ze stopte armen vol puzzels en pockets in een kartonnen doos. Het was gestopt met regenen en ze liep met de dozen naar de vuurplaats, waar ze ze midden in de cirkel van as omkeerde. Toen liep ze terug de helling naar de cottage op, haalde gordijnen van hun haakjes en rolde stoffige vloerkleden op. Ze legde ze zorgvuldig neer, zodat ze de vlammen niet zouden verstikken. Ondanks haar vermoeidheid, haar verzwakking en haar gebroken hart was ze nog steeds een Winterton, en ze zou een vuur aansteken dat als een baken over de moerassen zou schijnen.

Freya had tegen haar gezegd dat haar foto's een soort exorcisme waren. Ook zij moest het verleden achter zich laten; alleen dan zou ze in staat zijn een toekomst voor zichzelf op te bouwen. Ze liep keer op keer heen en weer tussen de cottage en de vuurplaats. Houten kleerhangers, een rieten stoel en een kussen; ze bouwde er een kegelvormige berg van. Ze liep terug naar het huis en haalde er kranten en een stapel exemplaren van een tijdschrift over het landelijke leven dat Henry graag had gelezen; japonnen die ze niet meer droeg; kapot speelgoed waar de kinderen al jaren niet meer mee hadden gespeeld; een stoel met drie poten; een kapot croquetspel.

Ze propte verdorde bladeren in de gaten onder in de brandstapel, haalde een jerrycan benzine uit de schuur en goot die eroverheen. Ze stak met haar aansteker een krant aan, pakte de hond bij haar halsband en stapte achteruit. Er klonk wat geknetter en toen kwam het vuur brullend tot leven en schoot alle kanten op. Lulu begon te piepen en Juliet knielde neer om het zachte stukje achter de oren van de hond te strelen en haar zo gerust te stellen. Ze had een brandstapel van het verleden gemaakt, brandde de leugens en de trouweloosheid weg. Ze brandde haar geschiedenis weg.

Donkerrode vonken dansten in de lucht en de vlammen wierpen robijnrood schijnsel over de bomen. Ze zag voor zich dat de takken vlam vatten, dat het gras zwart blakerde en verpulverde tot poeder, dat de vlammen over het gazon rolden en Marsh Court brullend en krakend zouden verslinden. Ze ging met Lulu in haar armen aan de andere kant van het vuur staan, waar de dikke witte rook een scherm tussen haar en het huis vormde.

Ze werd de volgende ochtend vroeg wakker, ging in bad, kleedde zich aan en kamde de klitten uit haar haar. Een beetje crème en wat lipstick. Ze voelde zich beverig: ze moest wat eten. Er lagen nog een paar eieren in de koelkast; ze maakte een omelet, warmde wat tomaten uit blik op en dronk zwarte thee, want de melk was zuur geworden. Toen ging ze naar buiten. Het was een mooie dag en de lucht voelde koel en fris. Zonlicht weerkaatste kleuren van de dauwdruppels terwijl ze door de tuin liep. Van het vuur was alleen nog een rond, grijs tapijt over. In het midden van de cirkel smeulden nog wat kooltjes, fuchsiaroze van kleur, met witte randjes. Krullen rook stegen nog op uit de as en ze herkende er de skeletten van oude, verbrande huisraad in: een koperen scharnier, een gordijnring.

Ze had vaak spijt gehad van haar beslissing met Henry Winterton te trouwen, had zich vaak afgevraagd of ze met haar parelcollier ook zichzelf had verkocht. Vandaag zag ze het anders en erkende ze dat het een dappere keuze was geweest in een periode in haar leven waarin ze weinig keuzes had gehad. Haar besluit had haar grote rijkdom gebracht: een huis, een thuisland en een familie.

Ze moest nu dezelfde moed opbrengen. Ze moest goedmaken wat goedgemaakt kon worden. Ze moest eerst korte metten met Morgan maken en daarna moest ze de scheuren in haar familie herstellen. En Joe... ze verlangde naar hem, smachtte naar de troost van zijn armen om haar heen, van zijn kracht en geloof in haar. Ze vond dat ze hem tekort had gedaan, niet genoeg vertrouwen in hem had gehad. Vertrouwen was een essentieel onderdeel van liefde. Er was nog iets wat ze moest goedmaken.

Ze had haar angsten toegestaan te groeien en ze hadden haar overweldigd. Wat de risico's ook waren, de gedachte terug te vallen in de depressie en inertie van de voorgaande week joeg haar nog meer angst aan. Ze was, nam ze aan, iemand met een gesloten karakter. Of misschien was die eigenschap haar opgelegd door een kindertijd in landen die ze niet kende en waar ze vaak de enige steun en toeverlaat was geweest van een man die werd geteisterd door zijn eigen demonen. Maar ze moest nu veranderen.

Ze zou vandaag naar Maldon rijden en boodschappen doen.

Maar ze moest eerst iets anders doen. Ze liep terug naar binnen en pakte het stukje papier dat Morgan haar op de dag van Gillis' begrafenis had gegeven. Toen draaide ze het nummer.

Morgan nam op. Hij eiste geld, wat geen verrassing was.

'Nee,' zei ze daadkrachtig. 'Ik geef je iets beters.' Toen zei ze dat hij die zaterdagavond om acht uur naar het verhoogde wandelpad moest komen en hing op.

De kinderen lagen in bed en Anne was boven haar werkkleding voor de volgende dag aan het uitzoeken toen ze beneden iets hoorde. Een harde dreun, alsof er iets – of iemand – door de voordeur heen beukte. Toen geschreeuw.

Ze controleerde zo stil als ze kon of Eddie, Nancy en Owen sliepen en sloot de deur van hun slaapkamers, die op de tweede en derde verdieping van het huis lagen. Toen sloop ze tot halverwege de trap naar de eerste verdieping.

Op het linoleum in de gang lagen houtsplinters en een man schreeuwde: 'Je gaat met mij mee, trut, al moet ik je hier wegslepen!'

Maria huilde en Ceridwen sprak op kalme, redenerende toon. 'Michael, laten we er even rustig over praten.'

Een beweging in de gang beneden. Anne deinsde terug tegen de muur. Maar Ceridwen zag haar, wist haar blik te vangen, en zei woordeloos: *politie*, waarna ze weer uit zicht verdween.

Michael schreeuwde nog steeds. Zijn woorden stuiterden de trap op, dus Anne wist dat het drietal nog in de gang was. Zo kon ze het huis dus niet uit. Ze sloop de rest van de trap naar de eerste verdieping af en naar Ceridwens slaapkamer. Ze opende de deur en liep op haar tenen naar het raam.

Alle ramen in het huis waren rotte schuiframen die klemden als het vochtig weer was. Ze trok aan het touw en bad dat Maria's echtgenoot het gekraak niet zou horen. Ze vroeg zich af of ze het juiste deed door de kinderen, inclusief Eddie, achter te laten in een huis waar een doorgeslagen man rondliep, of ze naar boven moest gaan en ze allemaal moest meenemen, maar ze zag in dat dat onmogelijk was, dus wurmde ze zich uit het raam en op het platte dak van de keukenuitbouw eronder. Ze rende over het bitumendak naar de rand, hurkte en sprong op het gras.

Ze haastte zich via het hek aan de zijkant van het huis naar de hoofdstraat. Er stond een rij bij de telefooncel, maar toen ze erlangs rende en riep dat ze een noodgeval had en de politie moest bellen, werd ze doorgelaten. Een oudere vrouw in de telefooncel brak haar gesprek af en gebaarde haar binnen te komen.

Ze draaide met bevende handen het noodnummer. Stel dat Michael iets vreselijks deed. Stel dat hij Maria vermoordde, of het huis in brand stak. Ze voelde een enorme drang om terug te rennen naar Eddie en hem in veiligheid te brengen.

Er werd opgenomen. Anne legde snel uit wat er aan de hand was.

'Ruzie tussen een getrouwd stel?' herhaalde de stem aan de andere kant van de telefoon. 'In gevallen van huiselijke aard is het beter om niet in te grijpen, mevrouw.'

Anne dacht dat hij haar niet had begrepen. Ze probeerde de ernst van de situatie duidelijk te maken. 'Haar echtgenoot heeft een gewelddadig verleden. Hij heeft haar al eerder proberen te vermoorden.'

Hoorde ze de agent nou zuchten? 'Echtgenoten en hun vrouwen hebben hun eigen manier om problemen op te lossen. Het laatste wat ze willen als er ruzie is, is dat de politie zich ermee bemoeit.'

'Alstublieft...'

'Als er iemand beschikbaar is, sturen we die wel even langs. Mijn advies is dat u naar huis gaat, mevrouwtje, en een lekkere kop thee zet. Bij ruzie hebben er altijd twee schuld.'

De verbinding werd verbroken. Anne staarde naar de hoorn; haar hart bonkte en ze had een droge mond. Wat moest ze doen? Ze dacht aan Piers. Kon ze hem om hulp vragen? Moest ze dat doen?

Ze had geen keuze. Ze belde Piers. 'Kom alsjeblieft niet alleen,' drong ze aan. Ze was ineens vreselijk bang dat hem iets zou overkomen. 'Je moet iemand meenemen. Iemand met spierballen.'

'Je hebt een goede grendel voor die deur nodig,' zei Piers. 'Ik kom er morgenavond wel een voor je installeren.'

Het was een uur later en ze zaten in de slaapkamer van Anne de sterke koffie te drinken die ze had gezet. Piers was met zijn vrienden Jamie en Rob gekomen, die allebei rugby speelden, en Michael was uiteindelijk weggegaan. Ceridwen had Maria naar bed gebracht met een slaappil en Jamie en Rob waren naar de pub verderop in de straat vertrokken.

Anne had het koud en hoeveel truien ze ook aantrok, ze werd maar niet warm. Ze durfde Eddie niet alleen te laten en had hem in haar eigen bed gelegd, dus ze praatten zacht om hem niet wakker te maken.

'Ik moet een telefoonaansluiting hebben,' zei ze. 'Ik ga het morgen meteen regelen.'

'Kom naar huis,' zei Piers zoals ze had verwacht.

'Dat kan niet.'

'Anne, alsjeblieft.'

Ze zat op de rand van het bed en hij zat naast haar. Ze hoefde alleen maar naar hem uit te reiken en dan zou hij haar in zijn armen nemen. Het was moeilijk om dat niet te doen.

'Piers, het kan echt niet.'

'Ik mis je. Het is anders zonder jou.'

Ze dacht terug aan hoe opgelucht ze zich had gevoeld toen hij met Jamie en Rob op de stoep had gestaan, en aan hoe kalm en vastberaden hij Michael zover had gekregen dat hij vertrok.

'Dat weet ik,' zei ze rillend. 'Het is voor mij ook niet meer hetzelfde.'

Hij zei: 'Ik had het mis over Aidan, dat geef ik toe.'

Hij sprak alsof zijn woorden een enorme concessie waren, en ze zei met zo veel daadkracht als ze kon opbrengen: 'Natuurlijk had je het mis. Ik hou niet van Aidan. Ik heb nooit van hem gehouden. Ik vind hem niet eens aantrekkelijk.'

Ze was veel te moe om te voldoen aan de eisen die Piers' gevoel voor trots stelden. Ze wilde naast Eddie in bed kruipen en slapen.

Maar dit was het eerste echte gesprek dat ze in lange tijd hadden, dus deed ze een poging tot hem door te dringen.

'Je moet beslissen wat belangrijker voor je is,' zei ze. 'Eddie en ik, of je gevoelens voor Aidan.'

Zijn ogen schoten vuur. 'Dat heeft niets met elkaar te maken.'

'Jawel, Piers, en dat is altijd zo geweest. Die belachelijke rivaliteit neemt je volledig in beslag. Is het je bijvoorbeeld opgevallen hoe erg ik het vond te moeten stoppen met werken in de galerie? En heb je er wel eens bij stilgestaan dat dat voor mij even erg was als het verlies van Winterton's voor jou?'

'Ik wist dat je het daar naar je zin had...'

'Maar ik heb een kind. Dat dacht je toch? Dat denkt iedereen. Ik hou meer van Eddie dan ik in woorden kan uitdrukken en ik vind dat ik een goede moeder ben, maar dat is niet genoeg voor me. Heel veel mensen vinden dat het dat wel zou moeten zijn, maar dat is het gewoon niet.' Haar hart was op hol geslagen; ze zette haar koffiekop op het nachtkastje; ze moest niet nog meer koffie drinken. 'Ik ben gaan beseffen dat ik meer nodig heb, iets waar ik goed in ben. Ik heb veel meer in mijn mars dan het huishouden, daar ligt mijn hart niet en daar zal het ook nooit liggen. Ik ben goed in mijn werk, dat weet ik. Ik wil al die kennis en ervaring gebruiken. Dat geeft me een plaats in de wereld.'

Hij was even stil, alsof hij dat allemaal moest verwerken, en toen zei hij: 'Als je naar huis komt, kun je in de galerie blijven werken. We kunnen een oppas nemen, of een au pair. Het gaat beter met de zaak.'

'Ik ben blij dat te horen, maar...'

'Kom bij me terug.'

Ze schudde haar hoofd; ze kon geen woorden vinden.

'Alsjeblieft,' zei hij. 'Alsjeblieft, Anne.'

Het was de eerste keer dat hij haar smeekte terug te komen. 'Nee, Piers,' zei ze zacht, en toen gaf ze hem een kus op zijn wang. 'Ik wil dat je nu gaat, maar dank je wel. Ik weet niet wat we zonder jou hadden gemoeten. Je was geweldig. Ik ben vreselijk trots op je.'

Beneden gekomen opende ze de voordeur, en ze keek de straat in of ze Michael zag.

Piers vroeg: ‘En als hij nou terugkomt?’

‘Dat doet hij niet, zeker niet vanavond. Je hebt hem flink laten schrikken.’ Haar toon klonk geruster dan ze zich voelde.

‘Ik blijf hier. Ik slaap wel op de bank, als je dat wilt.’

Ze schudde haar hoofd. Toen keek ze hem aan en zei: ‘Wat ik niet ga doen, is naar jou teruggaan omdat ik hier niet meer wil zijn. Je moet het echt willen, Piers. Je moet het meer willen dan wat dan ook.’

Juliet zat aan haar kaptafel met haar juwelenkistjes om zich heen. Een collier met saffieren – een erfstuk van de familie Winterton, uit Kashmir – fluweelachtig korenbloemblauw, lag in een fluwelen doosje. Smaragden sprankelden tegen wit satijn. Haar vingertoppen streelden over een gouden hanger, daarna over de armband met aquamarijn die Henry haar voor haar twintigste verjaardag had gegeven en toen over een broche met bloemen van edelstenen erop.

Haar streling hield stil bij het groene lederen doosjes waar haar parels in zaten. Ze maakte het open en nam de symmetrie en gloed van de parels in zich op. Ze dacht terug aan haar vijftiende verjaardag, toen haar vader haar de parels had gegeven, en hoe lelijk ze ze had gevonden op die onervaren en eigenzinnige leeftijd. En hoe ze door de jaren heen hun zeldzaamheid en mysterie was gaan waarderen, en de manier waarop ze de kleur van haar ogen weerspiegelden.

Toen was haar vader gestorven en had ze besloten ze te verkopen, en toen was Henry Winterton in haar leven gekomen. Haar parelcollier was van haar, het was een deel van haar. Ze had het gevoel dat ze alle Winterton's-juwelen slechts te leen had gehad. Maar de parels waren van haar, en ze zou ze gebruiken om haar overeenkomst te sluiten. Ze waren haar laatste, wanhopige poging om haar familie te beschermen.

Ze hield soms niet meer van ze. Ze had soms het gevoel dat

ze haar te veel hadden gekost. Ze pakte de parels en liep de kamer uit.

Het tij was die avond aan het keren. Het water stroomde naar de zee terwijl Juliet naar het verhoogde pad liep. Het voerde stukken hout mee, en een trio zwanen en een lege wijnfles dobberden mee in de stroming. Schaduwen vielen over de velden en heggen en de vroegeavondlucht was kalkwit. Houtrook in de lucht – iemand was ergens een vuur aan het stoken – bleekroze bloemen in de braamstruiken en paarse wikke in het zandkleurige gras. Verderop was het eiland, een felgroen heuveltje met een kroon van donkergroene bomen erop.

Haar vingers streelden over het collier in haar zak en ze voelde de koele, zijdezachte parels. Licht weerkaatste fel van de rivier; ze hield een hand boven haar ogen en zag hem staan, op de oever. Hij gooide een stok voor zijn hond. Veel mannen hadden een duistere zijde. Gillis had er een gehad, die hem had doen besluiten zijn dochter in de steek te laten, en Henry had er een gehad, die hem ijzeren controle over zijn familie had doen uitoefenen. Bij Morgan lag hij meer aan de oppervlakte, was hij sterker en zwarter.

De boog van de stok door de lucht en Bryn, een bleke pijl die door het gras schoot om hem te halen. Haar hand greep weer naar de parels, alsof ze een talisman aanraakte.

Toen ze hem naderde, vroeg hij: 'Wat heb je voor me meegenomen?'

'Dit.' Ze haalde het collier uit haar zak en voelde het door haar vingers glijden.

Minachting op zijn gezicht. 'Een prul...'

Ze schudde haar hoofd. 'Ze zijn veel geld waard. Zoutwaterparels zijn heel zeldzaam. Mijn man en ik hebben ze laten taxeren en ze zijn van de beste kwaliteit.'

Hij stak zijn hand naar haar uit. 'Geef hier.'

'Nog niet.' Ze drukte het collier tegen haar borst.

'Ik zei, geef hier.' Hij haalde naar haar uit en ze deinsde terug.

Zijn ongecontroleerde bewegingen en de geur van alcohol vertelden haar dat hij dronken was. Hoewel hij niet lang was, was hij breed en gespierd en ze was zich ervan bewust dat hij sterk was. Wat had Gillis over hem gezegd? *Hij voelt geen medelijden en heeft geen geweten.*

'Ik moet je eerst iets vertellen.' Ze dwong zichzelf recht in zijn bloeddoorlopen, blauwe ogen te kijken. 'Dit is het laatste wat je nog van me krijgt, hoor je me? Ik wil je nooit meer zien; je moet vertrekken en nooit meer terugkomen.'

Bryn was naar Morgan toe gerend. Hij dreutelde piepend, met een stok in zijn bek, rond de benen van zijn baas. Achter hen was de Blackwater, zich naar zee haastend, al smaller aan het worden; het begin van het verhoogde pad was nog zichtbaar onder het ondiepe water.

Morgan snauwde iets tegen de hond. 'Ik denk niet dat je in de positie bent om te onderhandelen, mevrouw Winterton.'

'Als ik je ooit nog eens zie, bel ik de politie. Dat zweer ik. Wat dat ook voor gevolgen heeft.'

Hij stak zijn hand uit om het collier in ontvangst te nemen. Ze legde de parels erin.

'Dat ga je heus niet doen, stomme trut.' Zijn bovenlip krulde op. 'Het enige wat je zou doen is jammeren en mekkeren, zoals jullie dat allemaal doen, en vervolgens zou je doen wat je wordt gezegd.'

De hond duwde ongeduldig tegen Morgans enkels. Hij vloekte tegen de hond, rukte de stok uit zijn bek en gooide hem over zijn schouder. Bryn rende erachteraan en sprintte het water in dat over het begin van het pad klotste. De rivier voerde de hond mee, die dobberde en draaide in de snelle stroming.

'Bryn!' schreeuwde Morgan. 'Bryn, kom hier, rothond!'

Hij rende door het ondiepe water, spetterend, gleed bijna uit over de natte stenen, en toen waadde hij dieper water in, met een uitgestrekte arm om zijn hond te pakken.

'Bryn! Bryn, kom eens hier, jongen!'

De rivier zwol in eerste instantie op tot zijn dijbenen en toen tot zijn middel. Hij greep naar de bulterriër, leek hem te pakken te hebben en verloor toen zijn balans. Toen werd hij gegrepen door het tij, dat hem rond zwiepte voordat het hem onder water trok. Hij werd opgeslokt door de Blackwater.

Toen hij weer boven water kwam, schreeuwde hij: 'Help!' Hij maakte smekende gebaren naar Juliet, die op de rivieroever stond. 'Help me dan! Ik kan niet zwemmen!'

Ze bleef even bewegingloos staan en staarde naar de verdrinkende man. Haar ledematen en hart voelden als van steen. Toen zag ze in de modder een lange spaan hout liggen, die ze vastgreep. Ze rende ermee over de oever en stak hem naar Morgan uit.

'Pak hem vast,' riep ze naar hem, 'dan trek ik je omhoog!'

Hij werd weggezogen door de stroming, verder weg van het stuk hout. Juliet waadde de rivier in naar hem toe. Haar voeten zonken in de modder en ze snakte naar adem door het stekende gevoel van het ijskoude water.

'Pak hem vast!' riep ze. 'Hier... snel!'

Ze voelde het hout aan haar trekken terwijl Morgan het vastgreep. Ze liep verder het water in, bang dat het hout uit haar handen zou worden gerukt terwijl ze probeerde hem naar de oever te trekken. Hij greep naar haar en pakte de zoom van haar rok vast. Het hout schoot uit haar handen en toen tuimelden ze allebei door het kolkende water, weggesleurd van het eiland en het pad. Ze werd naar beneden getrokken door het gewicht van haar natte kleding en door Morgan, die haar vastgreep alsof ze ballast voor hem kon vormen.

Het water was te diep. Haar voeten trapten koortsachtig om zich heen terwijl ze probeerde de grond te raken. Boven haar verduisterde de hemel. Water stroomde haar mond en neus in en ze kon niet ademen. De kou leek haar longen te bevriezen; ze werd meegesleurd door de stroming en zag het eiland en het moeras in een krankzinnige dans om haar heen draaien. Ze hield het niet meer vol. Morgan, dood gewicht, sleurde haar naar beneden, naar beneden het donkere hart van de rivier in. Ze was aan het verdrinken.

Toen verslapte zijn grip. Zijn vingers lieten los en ze vocht zich een weg naar de oppervlakte. Het laatste wat ze van hem zag, was dat hij met zijn gezicht naar beneden in het water lag en stroomafwaarts dreef, meegenomen door het tij.

Er waren in het estuarium ontelbaar veel beekjes, wadden en eilandjes waar drijfhout en rommel aanspoelden. De kanalen vormden kronkels en spiralen in de uitgestrekte wildernis van modder en gras terwijl de Blackwater door het labyrint van kreekjes, inhammen en eilandjes liep.

Ze moet een tijdje buiten bewustzijn op de modder hebben gelegen, want het gefluister van het riet en de stroming van het water maakten haar wakker. Ze lag op de helling van een grassig eiland. Ze was naar de oever gezwommen, vechtend tegen de stroming om te voorkomen dat ze richting de mond van het estuarium zou worden geworpen. Na die intense inspanning deden al haar spieren nu brandend pijn. Modder was op haar armen en benen opgedroogd en barstte terwijl ze lag te rillen. Het begon te schemeren en de Blackwater versmalde tot een koffiebruin kanaal. Ze tuurde uit over de rivier en oever, maar ze zag Morgan nergens.

Ze zou kunnen blijven liggen en weer in slaap vallen, maar ze trok zichzelf half overeind en kroop glibberend en bevend door de modder, hield zich vast aan pollen gras om in balans te blijven terwijl ze naar hogergelegen en steviger grond klauterde. Toen stond ze op en keek nogmaals over de rivier uit. Het was bijna nacht; ze kon de oever aan de overkant niet zien. Er was geen teken van Morgan en zijn hond.

Op weg terug naar Marsh Court over het pad kon ze in eerste instantie niets anders dan de ene voor de andere voet zetten. Maar ze kreeg al snel weer wat meer kracht, waarmee haar gedachten en angsten ook weer terugkwamen, en ze keek op haar hoede om zich heen of ze vogelaars of boten zag. Ze mocht zo niet worden gezien, op weg naar huis in haar modderige en gescheurde kleding, met wier in haar natte haar. Als Morgan dood was – en ze huiverde bij het besef dat dat zo was – mocht er niets zijn wat haar aan hem verbond. Niets mocht aanleiding geven tot de verdenking dat ze hem die dag had gezien.

Toen sloeg haar hart over: de parels. Had hij ze in zijn zak gedaan, of had hij ze laten vallen in zijn haast om Bryn te redden? Ze zag voor zich hoe zijn lichaam uit het water zou worden gevist en hoe de politie op zoek naar zijn identiteit zijn zakken zou doorzoeken. En dan de parels – haar waardevolle, herkenbare, onvergelijkbare parels – zou vinden.

In het westen, waar het zonlicht uitstierf, begon de hemel roze te kleuren. Ze bereikte het verhoogde wandelpad. Het was uit de rivier omhooggekomen, een grijze ruggengraat die het vasteland en het eiland aan elkaar verbond, minimaal en vluchtig. Ze stond op de oever, leeg en uitgeput terwijl de gebeurtenissen van die dag zich keer op keer in haar hoofd afspeelden. Ze dacht terug aan de opluchting die ze had gevoeld toen ze door de rivier werden meegesleurd, zijn grip verzwakte en hij van haar was weggevoerd. Alle emotie was uit haar gespoeld. Ze zou de gebeurtenissen uit haar hoofd bannen en er nooit meer aan denken. Ze zou ze niet in haar geheugen opslaan. Ze zou ze vergeten.

Ze zag iets glanzen tussen de stenen en het wier, er glom iets tussen het monotone grijsbruin, en ze snakte naar adem. Ze greep in de modder en trok haar parelcollier tevoorschijn. Er viel een laag modder met steentjes en schelpjes af. Ze sloot haar ogen, stond op haar benen te zwaaien en drukte het tegen haar borst. Toen liep ze naar huis.

Pas later die avond, toen ze in bad lag te weken, zag ze dat haar handen en knieën vol schrammen en snijwondjes zaten, die ze had opgelopen toen ze uit de rivier naar veiliger grond was gekropen. Ze depte er desinfecterend middel op en spoelde het vuil en de restjes zeewier door de afvoer. Ze spoelde haar parelcollier onder de stromende kraan af tot het weer schoon was.

Toen kroop ze in bed, en ze sloot haar ogen. Het was moeilijk voor te stellen dat ze ooit nog zou kunnen bewegen, en ze vroeg zich terwijl ze in bed lag te rillen af of ze koorts kreeg. Ze stak haar hand opzij, alsof ze Joe dan zou aanraken, alsof die naast haar lag, en ze zich aan zijn lichaam kon warmen. Ze was het beu om alleen te zijn, was het al heel lang zat; Joe zat in haar bloed, hij stroomde door haar heen, was niet van haar te scheiden, als een parel die ze altijd in haar hart zou koesteren.

Charley had van het geld dat haar vader haar had nagelaten, en met hulp van Piers, die garant stond, een huis aan Roupell Street in Waterloo gekocht.

Nate hielp haar op een zaterdag verhuizen en vervoerde haar bezittingen van het huis in Chelsea naar de zuidelijke oever van de Thames. 'Josh woont zo ongeveer samen met Louise,' legde ze hem uit terwijl hij kartonnen dozen sleepte, 'en ik heb het gevoel dat ik in de weg loop. En Gabe gaat binnenkort een appartement kopen.'

Nate had een afspraak met de notaris van de familie Sinclair, dus hij vertrok om twaalf uur die middag. Charley ging verder met uitpakken. Het was een rijtjeshuis uit de jaren twintig van de negentiende eeuw. De makelaar had het omschreven als een 'arbeiderswoning'. Boven waren twee slaapkamers en beneden een keuken en woonkamer. Een deel van de kozijnen was rot, op een van de slaapkamerplafonds miste een stuk pleisterwerk, en de wc was in een apart gebouwtje achter het huis, waar ze via de donkere en overwoekerde tuin naartoe moest. Charley vond het geweldig. Ze ging van de tweede slaapkamer, die met de gaten in het plafond, haar werkkamer maken. Ze was aan een nieuw toneelstuk begonnen.

De voordeurbel ging terwijl ze de fluitketel zocht om thee te zetten. Ze deed open.

Nate stond op de stoep. Hij zei: 'Rory is weggelopen van school. Niemand weet waar hij is. Ik weet niet wat ik moet doen, Charley.'

Nate praatte haar bij terwijl ze naar huize Sinclair reden.

'Ze denken dat hij hem gisterenavond is gesmeerd. Een van de jongens heeft een alibi voor hem geleverd. Ze kwamen er na het ontbijt pas achter. Ze dachten dat hij was gaan wandelen of zo – hij doet een beetje gek sinds pa is overleden – en toen hij niet terugkwam, hebben ze Flavia gebeld. Die heeft mij gebeld, maar ik was bij jou, dus heeft ze Claudia gebeld. Ze dacht dat hij daar misschien was. Claudia's man Toby stond bij mijn huis te wachten toen ik terugkwam.'

'Hebben Flavia en Claudia niets van hem gehoord?'

'Nee, niets.' Nate zag er ziek van bezorgdheid uit. 'Helemaal niets.'

'En die jongen die hem een alibi heeft gegeven... weet die niets?'

'Die dacht dat Rory een tent heeft meegenomen.'

'Een tent.'

'Uit het padvindershuis. De rector zegt dat er een tent mist.' Nate schudde met zijn hoofd. 'Stel dat hij er gewoon... vandoor is. Dat hij heeft besloten bij de marine te gaan of zoiets achterlijks. Dat zie ik hem zo doen.'

Ze wilde in zijn hand knijpen, maar dat kon niet omdat hij achter het stuur zat. Ze waren aangekomen bij huize Sinclair. Nate parkeerde de auto en ze liepen naar binnen.

Toby zat in de voorkamer *The Times* te lezen. Toen ze binnenkwamen, stond hij op. 'Hebben jullie al wat gehoord?'

'Nee, niets. Jij?'

Toby schudde zijn hoofd. 'Claudia heeft gebeld. Ze vroeg zich af of hij misschien naar een plek is waar jullie vroeger op vakantie zijn geweest, zoiets.'

Nathan staarde Toby aan. 'Waarom?'

'Vanwege de gelukkige herinneringen en zo.' Toby vouwde de krant met zenuwachtige bewegingen op. 'Wij gingen altijd op vakantie naar een steenkoude rivier in Schotland. Mijn vader schreeuwde de hele tijd dat we te veel herrie maakten en de zalm verjoegen. Ik zou er voor geen goud weer naartoe gaan. Maar misschien is het wat.'

'Wij gingen altijd naar Antibes,' zei Nate. 'Of skiën.'

Toby schraapte zijn keel. 'Misschien moeten jullie hem bij de politie als vermist opgeven.'

Charley zat op een stoelleuning. Ze dacht aan die tent. 'Gingen jullie vroeger wel eens kamperen, Nate?'

Hij schudde zijn hoofd. 'Nee. Pa haatte dat. Hij wilde altijd zeilen.' Hij zuchtte. Charley wist dat hij aan zijn vader en het jacht dacht, de Sea Dancer. Toen fronste hij zijn voorhoofd. 'Maar ma...'

'Nate?'

'Rory heeft een keer met ma gekampeerd. Rory bleef er maar over zeuren, dus toen is zij een keer met hem gegaan. Toen hij een jaar of elf, twaalf was. Hij vond het geweldig. Hij hield er maar niet over op.'

'Waar zijn ze naartoe gegaan?'

Hij staarde haar aan. 'Ik weet echt niet meer hoe het daar heette.'

Ze stond op en ging voor hem staan. Hij keek haar verwilderd aan. Ze pakte zijn handen vast. 'Nate?'

'Het was vanaf Marsh Court ergens in het oosten. Ze mochten hun tent opzetten bij een boer in het veld. Het was in de buurt van Marsh Court, zodat ma daar in bad kon. Hoe heet het daar nou ook alweer? Dat rare moerasachtige strand dat als het einde van de wereld voelt. Er staat een kapel. En volgens mij ook een Romeins fort.'

Charley zei: 'De kapel van St Peter on the Wall.'

Hij zei: 'Ik voel me zo godvergeten eenzaam. Al die tijd in Zuid-Amerika... Ik miste pa en ma soms wel, maar niet zo erg, als ik eerlijk ben. Ik denk dat ik gewoon wist dat ze er zouden zijn als ik thuis zou komen. Maar nu... Ik haat het thuis. Volgens mij haat Rory het ook. Het is geen thuis meer. Volgens mij voelt nergens nog als thuis voor hem.'

Ze reden Londen uit, op weg naar het noordoosten. Nate had het stuur zo krampachtig vast dat zijn knokkels wit waren. Hij zei: 'Ik had meer tijd voor hem moeten maken. Hij is per slot van rekening pas zestien. En nu?'

Charley keek op de kaart. 'Rechtsaf. Nate, je mag het jezelf niet kwalijk nemen. Je doet je best.'

'Dat doe ik niet.' Hij sloeg een zijweg in. Charley merkte op hoe voorzichtig hij reed, nooit te hard en zorgvuldig elke kruising inschattend, alsof hij verwachtte dat er overal gevaar op de loer lag.

Ze reden over een weg die vol lag met bladeren. 'Ik neem het pa zo kwalijk,' zei Nate. 'Hoe kan hij dat nou hebben gedaan? Hij heeft er bewust voor gekozen ons achter te laten. Hij heeft het zo gepland.'

'Nate...'

'Dat weet ik zeker. Het jacht. In zijn eentje. Ik heb nog gevraagd of ik mee mocht.'

'Dat kun je niet weten.'

'Dat helpt niet.'

'Nee,' zei ze verdrietig. 'Inderdaad.'

Ze reden een stuk in stilte. Hoe oostelijker ze kwamen, hoe smaller de wegen werden. Een enkel huis op een veld, een dorpje, een vrouw die de hond uitliet. De takken van de bomen hingen over de weg, dus ze reden door flikkerende patronen van donker en licht.

Ze zei: 'Oom Gillis was een van de levenslustigste mensen die ik ken. Maar soms werd het hem te veel, Nate, dat weet je. Hij zei wel eens dat hij dan last had van zijn zwarte hond, net als Churchill. Er kan van alles zijn gebeurd. Maar ik snap dat het moeilijk is.'

Weer een stilte. Ze bedacht hoe graag ze het beter voor hem wilde maken. Dat ze hem wilde omhelzen, wilde kussen en hem duidelijk wilde maken hoeveel ze van hem hield. Toen drong tot haar door wat ze net had gedacht en hoe intens ze het voelde, en hoe ze haar gevoelens voor Nate niet alleen voor hem had verborgen, maar ook voor zichzelf, jaren en jaren. Ze voelde haar gezicht rood aanlopen en deed alsof ze iets in haar tas zocht.

Ze trof tussen de oude buskaartjes en lipsticks een rolletje pepermunt aan. Ze veegde de viezigheid van het rolletje en bood hem een pepermuntje aan.

'Ik kan hem niet helpen,' zei Nate ineens. 'Ik weet niet wat ik tegen hem moet zeggen. Hoe kan ik hem nou een veilig gevoel geven als ik me zelf helemaal niet veilig meer voel?'

Charley bedacht dat er misschien wel helemaal nooit veiligheid was, dat je dat alleen maar dacht, een tijdje. Ze zei: 'Misschien moet je doen alsof.'

'Ik weet niet of ik dat kan. Ik denk wel eens dat het beter zou zijn als ik er niet zou zijn.'

Ze keek hem van opzij aan. 'Hoe bedoel je?'

'Ik haat mijn werk. Geld gebruiken om aan meer geld te komen is niets voor mij. Misschien moet ik terug naar het buitenland. Dat heb ik niet gedaan vanwege Rory. Maar als ik hem toch niet kan helpen, wat heeft het dan voor zin om te blijven?' Hij zuchtte. 'Jezus, Charley. En als hij nou heeft besloten een stukje te gaan zwemmen en is verdronken? Als hij in drijfzand terecht is gekomen? Of bij een maniak in de auto is gestapt? Je weet hoe hij is.'

'Niet doen, Nate,' zei ze. 'Dit moet je echt niet doen.'

Ze begon hem te vertellen over haar parttimebaantje in een boekwinkel in Bloomsbury, en over het nieuwe toneelstuk waaraan ze net was begonnen, dat was geïnspireerd op haar ontmoeting, op die vreselijke avond met Christian, met die oude vrouw met die mand op wieltjes: een toneelstuk over hoe je het moest redden in Londen als je dakloos was, hoe je zo terecht kon komen, met je huis in een mand. Als het hem maar afleidde. Ondertussen dacht ze alleen maar: en als hij niet bij St Peter's Chapel is? Nate had gelijk. Rory werkte zichzelf altijd in de nesten.

Ze stopten bij Bradwell-on-Sea, waar Nate in een telefooncel Toby belde. Hij kwam hoofdschuddend naar buiten.

'Toby heeft nog niets gehoord. Als we hem niet vinden, bel ik de politie.'

Een kronkelweggetje door een dorp; de weg werd een pad, en toen dat ook ophield, parkeerde Nate de auto.

Ze liepen langs het veld. Ze stak haar hand door zijn arm en probeerde nergens aan te denken. Voor hen, een silhouet in het licht van de ondergaande zon in een grijsblauwe lucht, stond de kapel. Toen ze er arriveerden liepen ze een stukje over het grasveld en zagen, in het wilde gras vlak bij de oever, een tent, met Rory ernaast, die een vuurtje van dode bladeren en takjes zat te stoken.

Rory had opgekeken toen ze over het gras aan kwamen lopen en had naar hen gezwaaid, en Charley was bang dat Nate misschien kwaad zou worden, maar dat was niet gebeurd, en hij had alleen maar gezegd: 'Mooi vuurtje. Mogen we even bij je komen zitten?' waarop Rory had gezegd: 'Natuurlijk. Willen jullie warme chocolademelk? We moeten wel de mok delen.'

Rory had de nacht doorgebracht in de jas van schapenvacht van zijn moeder, die hij, zonder dat Nate dat wist, mee naar kostschool had genomen. 'Hij ruikt nog naar haar,' had hij gezegd, en Charley had tranen in haar ogen gekregen.

'Ik wilde aan haar denken,' had hij tegen hen gezegd. 'En aan papa. Op school heb je geen ruimte om rustig na te denken.'

Charley had de broers achtergelaten om te praten en was in de auto op ze gaan zitten wachten. Paarse schaduw tuimelde uit de wilgen en over de velden. Ze kon niet bedenken wanneer ze exact van Nate was gaan houden: het was net als het schrijven van een toneelstuk, bedacht ze: er was geen vast moment dat het ontstond. Haar liefde voor hem had vele facetten: haar verliefdheid, die er al was sinds ze een jong meisje was; zijn vriendelijkheid – en boosheid – jegens haar toen hij was teruggekomen uit Zuid-Amerika, en die keer in de keuken van huize Sinclair, toen hij haar in zijn armen had genomen en haar had vastgehouden alsof zij het enige solide ding was in een wereld die om hem heen in duigen viel.

En ze herinnerde zich de avond dat Nate haar en Louise de Geminiden had laten zien. Er verstreek een half uur voordat ze twee figuren zag opdoemen, Nate en Rory, op weg naar haar door de duisternis. Ze keek op naar de hemel en zocht ernaar: een vallende ster in het gitzwarte universum.

Joe stond die zondag om zes uur op en maakte zijn gebruikelijke ronde over de boerderij. Als het mooie weer doorzette, zou de oogst vroeg zijn dit jaar.

Twee problemen namen zijn tijd in beslag sinds Juliet zijn huwelijksaanzoek had afgewezen. Gary, de jongen die ze in de modderige kreek op het land van de familie Winterton had aangetroffen, was het eerste. Hij was betrapt tijdens een inbraak bij een ijzerhandelaar in Battersea, een staaltje domheid dat hem een nacht in de cel en een aanklacht wegens inbraak had opgeleverd. Joe had een goed woordje voor hem gedaan tijdens de rechtszaak, had ingestaan voor zijn goede inborst en de vorderingen die Joe Gary had zien maken tijdens zijn verblijf op Greensea. Gary was beïnvloedbaar; Joe had erop gewezen dat zijn medeplichtige een oudere man was geweest, een doorgewinterde crimineel. Maar de rechter had zijn pleidooi genegeerd en de jongen veroordeeld tot zes maanden in Borstal, en Joe was de rechtszaal uit gelopen met een nare bijsmaak in zijn mond.

En dan was er nog zijn peetzoon, Neville. Hij werkte als timmerman in een theater in het West End en was betrapt toen hij uit de kassa stal. Zijn moeder, Virginia, had Joe wanhopig opgebeld. Nog een reis naar Londen: hij was met Virginia naar het theater gegaan om het management te proberen over te halen geen aangifte te doen. Toen ze na een moeilijk uur hadden besloten de politie er niet bij te betrekken, hadden Virginia en hij de eigenaars bedankt en waren het theater uit gelopen. Virginia was op straat in tranen uitgebarsten. Joe had haar in zijn armen genomen terwijl toeristen en theatergasten langs hen heen waren gedromd. Hij had Virginia behalve op het podium nog nooit zien huilen.

Hij had Neville mee terug genomen naar Greensea, waar hij zijn peetzoon de uitbrander van zijn leven had gegeven. Hij had Neville erop gewezen dat zijn moeder keihard had gewerkt om hem een goede opleiding te kunnen geven, en dat hij hoewel hij veel gezegender was dan de jongens uit de achterbuurten die naar Greensea kwamen, zijn kansen bijna had verkwanseld. Toen had hij tegen Neville gezegd dat zijn vader zich zou omdraaien in zijn graf als hij dit zou weten.

Neville had Joe de volgende dag schuldbewust beterschap beloofd. Hij had zijn best gedaan tijdens zijn verblijf op Greensea, was zonder te klagen elke ochtend vroeg opgestaan en had Joe hele dagen op de boerderij geholpen. Hij vond dat Neville vooruitging. Hij begon bijna hoop te krijgen.

De bittere pil was dat hij de jongen over wie hij de waarheid had verteld niet had kunnen helpen, terwijl de jongen voor wie hij had gelogen een tweede kans had gekregen. Hij had gezegd dat Neville in zijn hart een eerlijke en oprechte jongen was, terwijl hij wist dat dat niet altijd het geval was. Hij had gelogen omdat hij van Neville hield.

De grond was keihard na een periode van heet weer, maar een dikke krul wolken aan de horizon in het oosten vertelde hem dat het snel zou gaan regenen. De honden renden voor hem uit terwijl hij door de boomgaard liep. Een jaar geleden had hij hier met Juliet gewandeld. Hij vroeg zich op momenten dat hij zich gedeprimeerd voelde af of er waarheid zat in de vreselijke dingen die ze tegen hem had gezegd op de dag dat ze zijn aanzoek had afgewezen. Het was moeilijk voor te stellen dat de elegante, mooie en verzorgde Juliet Winterton het leven van een boerin zou leiden. Het zou zijn alsof je een robijn in het stof gooide. Hun relatie was er misschien een die goed werkte op afstand, maar zou misschien niet realistisch zijn als ze te vaak te dicht bij elkaar zouden zijn.

Nu hij de koele duisternis van de boomgaard uit liep en de verblindende zon van de open velden in, weigerde hij dat echter te geloven. Zijn hart rebelleerde ertegen: hij kende haar en wist dat ze geen gram wreedheid of snobisme in zich had. Er was iets mis: ze hield iets voor hem verborgen, iets wat haar had doen besluiten niet met hem te trouwen. Hij kon haar afwezigheid niet langer verdragen en besloot naar Marsh Court te gaan om nog eens te proberen met haar te praten.

Toen hij langs de kreek liep gooide hij een bal voor de honden, die snuffelend door de weide renden. De jack russell haalde zijn pootje open aan een kapotte fles die een of andere onverlaat had achtergelaten, dus tilde hij het hondje op en ging op weg terug naar de boerderij. Hij spoelde het beschadigde pootje af onder de kraan op de binnenplaats. ‘Het is maar een krasje, ouwe reus,’ mompelde hij, en de hond hinkte weg. Toen trok hij zijn overhemd uit en stak zijn hoofd onder het ijskoude water van de kraan om het stof van zich af te wassen.

Hij rechtte zijn rug. De hitte van de zon was zo sterk dat de waterdruppels op zijn huid direct begonnen weg te branden.

Een flikkering van beweging aan de verre zijde van de binnenplaats. Hij draaide zich om en zag haar.

Kerkklokken galmden over het moeras toen Juliet naar Greensea reed; de velden waren opgebleekt tot de kleur van jute. Ze had hoofdpijn en de moed zakte haar in de schoenen toen ze de boerderij naderde.

Er waren drie dagen voorbijgegaan sinds ze zichzelf uit de Blackwater had gezeuld. Ze had sinds die tijd koortsig en uitgeput in bed gelegen. Maar die ochtend was ze helder en verfrist wakker geworden. Haar temperatuur was weer normaal, en ze was opgestaan, in bad gegaan, en had zich aangekleed. De schrammen op haar handen en knieën waren goed aan het helen, maar de taillleband van haar rok zat erg ruim; ze was afgevallen van de zorgen en spanning.

Ze parkeerde de auto op de voorplaats. Niemand deed de voordeur open, dus ze liep achterom en de moestuin in. Haar dunne katoenen jurk kleefde in de vochtige lucht aan haar benen.

Ze zag hem in de tuin bij de schuur zijn overhemd aantrekken. Ze riep zijn naam en hij draaide zich naar haar om.

'Juliet.'

Toen ze hem haar naam hoorde uitspreken, verschrompelde er iets in haar. Ze moest op haar benen hebben gewankeld, want hij stond ineens naast haar, met zijn arm om haar middel om haar te ondersteunen. Ze strompelde met zijn hulp het huis binnen. Hij nam haar mee naar de keuken, waar het heerlijk koel was.

Hij trok een stoel voor haar onder tafel vandaan, hielp haar te gaan zitten, schonk een glas water voor haar in en gaf het haar aan. 'Drink dat maar even op. Het is ongelooflijk heet buiten.'

'Joe...'

'Niet praten, drinken.'

Ze dronk wat water en de kamer stopte met draaien. Toen het glas leeg was, zei ze: 'Sorry, ik voel me niet zo lekker. Er is niets ergs, maar...'

'Je ziet er ziek uit.' Zijn stem klonk scherp. Hij zat met gefronste wenkbrauwen naast haar.

'Ik mis je zo,' zei ze zacht. Ze sloot haar ogen een moment, schermde zich af van de kamer en Joe, even niet in staat het met open ogen aan te gaan. 'Ik heb zo afgrijselijk tegen je gedaan!' fluisterde ze toen. 'Kun je me ooit vergeven?'

Hij duwde zijn zakdoek in haar hand en ze snoot haar neus. Hij zei: 'Er is niets te vergeven.'

'Jawel,' zei ze op ernstige toon. 'Je weet niet hoe het zit.'

'Vertel dat me dan.'

Ze bedacht wat een lieve lach hij toch had, zo vol liefde en vriendelijkheid, en ze begon weer te twijfelen. 'Je zult me haten.'

'Nee. Dat zou ik niet kunnen. Wat het ook is, we kunnen het delen.' Hij bestudeerde haar en glimlachte. 'Laat me raden. Je bent al getrouwd. Je hebt een geheime affaire met een decadente aristocraat.'

Nu moest zij ook glimlachen. 'Nee, dat is het niet.'

'Wat is er dan, Juliet? Ga je me vertellen dat je een verleden hebt? Net zoals iedereen?'

'Maar dat van mij achtervolgt me.' Ze wist echter dat de tijd van geheimzinnigheid achter haar lag. Ze pakte zijn hand vast en zei: 'Lieve Joe. Je bent me zo lief. Ik ben zo blij dat ik jou heb leren kennen. Ik heb namelijk niet vaak liefgehad, en niet altijd even wijselijk...'

Toen vertelde ze hem haar verhaal. Over Gillis, de man van wie ze ooit redeloos veel had gehouden, en over de avond van de storm, de verdrinkingen en haar ontdekking jaren later, op het spoor gezet door Joe zelf, dat Gillis de vader van de kinderen van Frances Hart was. En alles wat daaruit was gevolgd: Blanche, Freya, en haar confrontatie op het verhoogde pad, drie dagen daarvoor, met Morgan.

'Ik vroeg me af of jij misschien iets hebt gehoord,' zei ze nadat ze haar verhaal had verteld. 'Of er een lichaam is gevonden.' Ze perste haar lippen op elkaar.

'Niets.' Hij nam haar handen in de zijne. 'Er zijn duizenden inhammen en poelen waar het tij een verdronken man kan achterlaten. Als hij dood is, kan het even duren voordat hij wordt gevonden.'

'Hij is dood,' zei ze. 'Dat weet ik zeker.' Ze zou nooit vergeten hoe hij erbij lag de laatste keer dat ze hem had gezien: levenloos, met zijn gezicht naar beneden, meegesleurd door het tij.

Hij sloeg zijn armen om haar heen, trok haar tegen zich aan, en ze liet haar hoofd tegen zijn schouder rusten. 'Je had het me moeten vertellen,' zei hij. 'Dan had ik het voor je opgelost.'

'Dat wist ik, Joe, maar ik wilde je er niet bij betrekken. Ik wilde niet dat jij gevaar zou lopen. Daarom heb ik die vreselijke dingen gezegd. Het brak mijn hart en ik wilde alleen nog maar dood.'

Hij streelde over haar haar. 'We doen alles om onze geliefden te beschermen. We liegen, stelen en verkopen onszelf om te voorkomen dat onze geliefden voor de wolven worden gegooid. Je bent niet de enige, Juliet. Maar je moet me wel beloven dat je naar me toe komt als er ooit nog een keer zoiets gebeurt.'

Dat beloofde ze. Er viel een enorme last van haar af en ze voelde zich lichter dan in heel, heel lange tijd. Toen zuchtte ze, en ze zei: 'Ik moet met Freya gaan praten. Ik moet een manier vinden om haar de waarheid te vertellen zonder Gillis daarbij te impliceren. Want de kinderen Sinclair hebben genoeg geleden, Joe. Ik ga naar Londen. Ik ga naar Aidan en vraag hem of hij me Freya's adres wil geven.' Ze besloot op dat moment ook dat ze zou zorgen dat hij tot rede zou komen. En Piers ook. Die ellendige vete tussen de neven scheurde de familie uiteen. Ze ging zorgen dat daar een einde aan kwam.

'Laat me met je meegaan,' zei hij.

'Nee, Joe. Dank je, maar nee. Ik moet dit zelf doen. Maar als ik alles heb opgelost, kom ik naar huis... naar jou, als je me nog wilt.'

Ze keek hoopvol naar hem op. 'Als je weer thuis bent,' zei hij zacht, en toen gaf hij haar een kus, 'laat ik je nooit meer gaan. Misschien moeten we de rest van ons leven maar in de slaapkamer blijven. Dan zorgt Neville voor de boerderij en laat ik Christine af en toe wat te eten brengen. Hoe klinkt dat?'

'Dat vind ik,' zei ze terwijl zijn hand over haar rondingen gleed – taille, heup, dijbeen, 'een uitstekend idee.'

18

Juli 1966

Juliet was nog nooit bij Aidan in zijn appartement geweest. Ze bedacht nu ze er om zich heen keek hoe goed de witte muren en het gelakte houtwerk bij hem pasten. Hij zette koffie en ze vroeg hem naar Freya's telefoonnummer. Een groot olieverfschilderij bij het raam trok haar aandacht en ze stond op om het te bekijken terwijl hij melk ging pakken. Zonlicht scheen tussen wolken door op een landschap van moeras, zand en zee. Je hoorde de golven bijna fluisteren.

'Ik schilder bijna nooit met olieverf,' zei hij terwijl hij naast haar kwam staan. 'Ik maak altijd aquarellen. Ik vind de manier waarop de kleuren in elkaar overlopen zo mooi. Maar ik wilde ook eens olieverf proberen.'

Ze draaide zich naar hem om. 'Je gooit je talent weg bij Winterton's. Dat weet je zelf toch ook, Aidan?'

'Ik moet geld verdienen. Niet alleen voor mezelf; ook voor ma.'

'Natuurlijk. Iedereen heeft geld nodig. Maar jij hebt nooit behoefte aan veel gehad. Je bent heel anders dan Piers, je hebt nooit de drang gevoeld je te bewijzen met pracht en praal. Je hebt een succesvolle zus die geld overheeft, en ik weet zeker dat Helen liever op water en brood leeft dan dat ze toestaat dat jij jezelf ongelukkig maakt.'

Toen ze hem ten afscheid op de wang kuste, zei ze: 'Weet je zeker dat je vanwege Helen bij Winterton's blijft? Of houdt iets anders je tegen?'

Ze had het altijd gemakkelijker gevonden om met Piers te praten als ze ondertussen iets anders deed – autorijden of wandelen, zolang ze hem maar niet hoefde aan te kijken – dus bewapende ze zichzelf met een fles Ajax en handschoenen voordat ze naar zijn appartement ging en aanbelde.

Ze duwde de allesreiniger in zijn handen en zei dat ze in de keuken zouden beginnen. Hij stribbelde even tegen, maar deed toen wat hem werd gezegd. Ze legde hem uit hoe hij de gootsteen moest schoonmaken en bedacht dat dit allemaal misschien niet zou zijn gebeurd als ze hem dat jaren geleden had geleerd.

Ze schrobde het gasfornuis, dat een oppervlakte vol etensresten en vetspatten was geworden.

'Ik heb geen eenvoudig huwelijk gehad,' zei ze. 'We zijn getrouwd toen we elkaar pas twee weken kenden en we hadden niet veel gemeen. Als ik jou niet had gekregen, zou ik bij hem zijn weggegaan. Je zou kunnen zeggen dat ik elders troost heb gevonden, en je vader ook.'

'Mam...'

'Je bent volwassen, Piers, en het is hoog tijd dat je weet hoe het zit. Je vader heeft financieel goed voor ons gezorgd, maar hij had een scherpe tong en ik vind het vreselijk dat jij het vaak te verduren hebt gekregen van hem. Ik heb geprobeerd je te beschermen, maar dat is me niet altijd gelukt en misschien heb ik het ook niet altijd goed gedaan. Dat is een van de dingen waarvan ik het meest spijt heb nu ik erop terugkijk, en ik snap dat je boos bent. Maar boosheid helpt je niet vooruit. Het vreet aan je, en ik zie dat het ook aan jou vreet. Anne houdt veel meer van jou dan ik ooit van Henry heb gehouden. Dat moet je niet vergeten.'

'Mam.' Er droop grijs water van zijn opgestoken handen terwijl hij zich omdraaide om haar aan te kijken. 'Ik heb haar gevraagd thuis te komen. Ze heeft nee gezegd.'

'Dan vraag je het nog eens. Dan blijf je het vragen tot ze je vergeeft. Je bent een Winterton, Piers, dus je geeft niet op.'

Ze spoelde haar doek af zodat ze het gasfornuis mooi glanzend kon poetsen. Toen vroeg ze op achteloze toon: 'Hoe is het met de zaak?'

'Prima.' Toen zei hij plotseling: 'Het was een bizarre dag. Gewoon eng. Bridgets broches zijn niet aan te slepen. We hebben er vandaag twintig verkocht, mam. Twintig.'

'Dat verbaast me niets. Ik heb altijd geweten dat je er een succes van zou maken.'

Hij zei even niets en keek haar met zijn schoonmaakdoek in de hand vragend aan. 'Er staat een foto van Louise met een broche van Bridget in de *Vogue*.'

'Louise heeft altijd een goede smaak gehad.'

'Maar waarom doet ze dat? Waarom zou zij me willen helpen?'

'Omdat je haar neef bent,' zei ze geduldig. 'Omdat ze van je houdt. Omdat je familie bent.' Ze knikte naar de gootsteen. 'Goed gedaan. En dan nu de kraan.'

Piers deed er wat Ajax op. Ze zei: 'Ik wil het ook nog met je over wat anders hebben. Ik vind dat je het huis moet verkopen.'

'Welk huis?'

'Marsh Court. Hoewel je ook van dit appartement af moet.'

'Ik vind het hier fijn.'

'Nee hoor. Dan zou je er wel beter voor zorgen. En Anne haat het. Ze heeft het altijd vreselijk gevonden.'

'Ik kan Marsh Court niet verkopen.'

'Waarom niet?'

'Omdat jij er woont, mam.'

'Het is veel te groot voor mij alleen. En misschien wil ik ook wel eens wat anders.'

'Hoezo?' vroeg hij geschokt. 'Hoe bedoel je?'

'Dat weet ik nog niet precies,' zei ze ontwijkend. Ze ging op Greensea wonen, maar ze ging Piers vandaag niet over Joe vertellen. Eén ding tegelijk.

'Hoe dan ook,' zei ze opgewekt, 'je kunt een deel van het geld gebruiken om een huis in Londen te kopen. Eddie heeft een tuin nodig. En wat extra kapitaal voor de zaak kan ook geen kwaad, toch?'

Anne moest de volgende dag eigenlijk werken in de galerie, maar Eddie was niet lekker, dus ze had Katherine gebeld en gezegd dat ze niet zou komen. Ze zou haar uren wel inhalen als hij weer beter was. Het was eigenlijk ook wel fijn om een excuus te hebben om thuis te blijven met haar zoon; het voelde vanwege Michael, omdat ze bang was dat hij zou terugkomen, niet prettig om Eddie bij Ceridwen of Maria achter te laten.

Ze stond luiers te wassen toen er werd aangebeld. Piers had een grendel en een ketting aan de deur gemonteerd; Anne trok de grendel open, tuurde voorzicht door de op een kier geopende deur en zag Juliet staan.

Ze liet haar binnen. 'Eddie ligt te slapen,' zei ze. 'Hij is verkouden, de schat. Zal ik koffiezetten?'

Ze liepen met hun mok de tuin in. Nu ze in het fellere licht stonden, vond Anne dat Juliet er mager, bleek en vermoeid uitzag.

Ze zei vriendelijk: 'Komt u een keer een paar dagen logeren? We hebben een logeerkamer. Hij is niet chic, maar wel comfortabel. Dan kunt u lekker veel tijd met Eddie doorbrengen. Dat zou hij geweldig vinden, en ik ook. Het is af en toe vast best eenzaam, in dat grote, oude huis.'

'Dat lijkt me zalig,' zei Juliet. Haar blik ging over de spullen in de tuin: de zandbak en de wirwar aan driewielers en speelgoedvrachtwagens.

Ze schraapte haar keel. 'Ik heb altijd mijn best gedaan me nergens mee te bemoeien. Ik heb zelf nooit een schoonmoeder gehad, maar als ik die had gehad, zou ik niet hebben gewild dat ze me zou overladen met ongevraagd advies.'

'Dat hebt u nooit gedaan,' zei Anne. 'U bent altijd vriendelijk tegen me geweest.'

'Waarom zou ik dat niet zijn? Je bent de perfecte schoondochter.'

Anne glimlachte. 'Dat is lief van u, maar het is niet waar en dat weet u ook. Dat Piers en ik ervandoor zijn gegaan om te trouwen moet vreselijk voor u zijn geweest.'

'Piers is altijd al koppig geweest. Ik verwacht geen conventionele keuzes van hem.'

'U hebt me in uw familie verwelkomd, een Amerikaanse met

rare manieren en andere gewoontes. Dat kan niet gemakkelijk zijn geweest.'

'We hadden het wel nodig,' zei Juliet gedecideerd, 'om een beetje door elkaar geschud te worden.'

'En dan die rotzooi die Piers en ik ervan hebben gemaakt... Ga dus vooral uw gang als u zich ermee wilt bemoeien.'

'Ik ben gisteren bij hem op bezoek geweest. Ik heb hem geleerd hoe hij de gootsteen moet schrobben.'

'Mooi.'

'Ik ga je niet vertellen hoezeer hij je mist en hoeveel hij van je houdt, want ik neem aan dat je dat weet. Maar ik wilde wel tegen je zeggen dat ik zie hoe goed je voor hem bent. Hij heeft altijd behoefte gehad aan iemand die een kalmerende invloed heeft. Daarnaast heeft hij iemand nodig die hem weerwoord geeft, en dat doe je ook. Ik wil dat je weet dat ik hoop dat jullie een manier vinden om eruit te komen.'

Juliet vertrok kort daarna. Anne dacht terwijl ze de luiers uitspoelde en aan de waslijn hing aan wat Juliet had gezegd. Ze dacht terug aan Juliets vriendelijke en accepterende woorden, en ze dacht aan hoe gastvrij de familie Winterton was. Ze dacht aan dat gruwelijke etentje toen Gabe en Claudia haar met de huilende Eddie en die aangebrande soufflé hadden geholpen. Zelfs Charley had zich opgeworpen om met Eddie te helpen. Ze zag nu in dat ze in haar behoefte om deel van de familie te worden – zich bewust van haar andere achtergrond en manier van doen – misschien overdreven lichtgeraakt was geweest. Ze had kritiek verwacht en had die niet gekregen. Juliet waardeerde haar om wie ze was; dat was wat ze haar was komen vertellen.

Ze keek naar de klok. Eddie sliep al meer dan twee uur. Ze liep naar boven om even te kijken hoe het met hem was.

Hij was wakker en lag in zijn wiegje lusteloos naar zijn vogelmobile te staren. Hij had een loopneus en zijn ogen waren waterig. Toen hij haar zag, maakte hij een sniffend geluidje en begon breeduit te grijnzen.

Ze tilde hem uit de wieg en drukte hem tegen zich aan. Zijn gezicht was rood en zijn lichaam voelde warm. 'Knulletje toch,' mompelde ze. 'Je bent echt ziek, hè? Kom, dan gaan we lekker iets koels drinken, misschien knap je daarvan op.'

Het was na zessen. Piers was de winkel aan het afsluiten toen er iemand op het raam klopte. Hij trok het rolluik omhoog en zag Esteban staan.

Hij deed de deur open. 'Hé, Esteban.'

Esteban gaf hem een klap op de schouder. 'Piers, goed je te zien.' Hij nam met zijn beweeglijke, donkere blik de winkel in zich op. 'Wat een mooie zaak. Ik heb horen fluisteren dat de sieraden hier als warme broodjes over de toonbank vliegen.'

'Ach,' zei Piers bescheiden, 'het gaat steeds beter.'

De ontwerper nodigde Piers uit een borrel met hem te gaan drinken. Piers nam het aanbod aan; toen hij de voordeur op slot deed ging de telefoon, maar die liet hij gaan. Ze liepen naar de Lord Nelson.

Esteban zette een pint bitter voor hem neer. 'Op je zaak,' zei hij. 'Op Piers Carlisle.'

Ze proostten. En als ze nou nooit meer terugkwam? Hij had zich triomfantelijk moeten voelen dat het succes waarvoor hij zo hard had gewerkt eindelijk realiteit begon te worden, maar zijn overwinning had een nare bijsmaak. Hij merkte dat hij deed alsof hij blij was, maar dat het niet zo voelde.

'En op Winterton's,' zei hij grootmoedig.

Esteban trok een mondhoek op. 'Je neef is een prima vent, maar hij mist het talent van je vader. Je moet niet alleen weten wat mensen nu willen, maar je moet ook twee, vijf jaar vooruit kunnen kijken.'

'Kan Aidan dat niet?'

'Nee. Hij...' Esteban gebaarde met een hand. 'Hij wacht tot er iets gebeurt, iets ergs, te weinig winst of een lijn die niet verkoopt, en grijpt dan in.'

'Hij reageert,' zei Piers.

'Ja, dat bedoel ik. Jij anticipeert. Je moet...' nog een beweging met zijn handen, 'in de toekomst kunnen kijken.'

'Je moet wel een beetje helderziend zijn, ja.' Piers nam een slok bier. 'Ik heb een aantal zware jaren gehad. Ik was bang dat het mis zou gaan. Dat is ook bijna gebeurd.'

'Maar niet helemaal.' Esteban schoof een pakje Gitanes en zijn aansteker over tafel naar Piers. 'Je bent net als je vader. Je hebt de gave.' Hij wachtte even tot Piers een sigaret had opgestoken en zei toen: 'Volgens mij is het tijd om op te stappen bij Winterton's.'

Piers verslikte zich bijna in de sigarettenrook. 'Weg bij Winterton's? Esteban, je werkt er al...'

'Veel te lang,' maakte de Maltees zijn woorden af. 'Ik ben mijn inspiratie kwijt.'

Piers schoot in de lach. 'Onzin. Je hebt altijd goede ideeën.'

'Misschien dat ik mijn inspiratie zou kunnen terugvinden als ik ergens anders zou werken.'

Er ging een golf van opwinding door hem heen nu tot hem doordrong waarom de ontwerper met hem wilde praten. Piers legde zorgvuldig zijn sigaret op de rand van de asbak.

Hij keek Esteban aan. 'Vertel.'

'Jij hebt een jong bedrijf. Ik wil erbij zijn. We zouden een geweldig team vormen, dat weet ik zeker. Stel dat ik voor jou zou komen werken, Piers. Dan wil ik uiteraard wel je hoofdontwerper zijn. Die vrouw...' Esteban klikte met duim en middelvinger.

'Bridget.'

'Zij zou voor mij moeten werken. En ik zou in de winst willen delen... laten we zeggen vijfentwintig procent. En de artistieke vrije hand. En loonopslag, dat snap je.'

Het woord 'Oké' om de overeenkomst mee te bezegelen floepte bijna uit zijn mond, en toch niet. Piers zei in plaats daarvan: 'Daar moet ik eens rustig over nadenken, Esteban. Dank je wel voor je aanbod, ik waardeer het zeer dat je naar me toe bent gekomen. Ik laat voor het einde van de week van me horen.'

De twee mannen namen kort daarna afscheid. Het was een mooie avond, dus Piers besloot naar huis te lopen. Hij dacht aan het onverwachte aanbod van Esteban. Esteban liep over omdat hij dacht dat Piers Carlisle een veiliger toekomst bood dan Winterton's. Hoe kon Piers meer bevestigd worden in zijn succes en talent dan door het feit dat de hoofdontwerper van Winterton's voor hem wilde werken?

Het was alles wat hij ooit had gewild. Winterton's was ten dode opgeschreven zonder Esteban. Aidan was ten dode opgeschreven. Hij zou hebben gefaald.

En toch had Piers geaarzeld. Waarom? Hij probeerde grip te krijgen op wat er was gebeurd terwijl hij over de drukke, stoffige straten van Londen liep. Hij was moe, een beetje aan het eind van zijn Latijn. Hij had al jaren geen echte vakantie meer gehad, en het viel hem de laatste tijd zwaar om aan iets anders dan Anne en Eddie te denken.

Hij liet zichzelf binnen in zijn appartement. Hij hoorde de telefoon binnen overgaan en rende met drie treden tegelijk naar boven.

Hij nam de hoorn van de haak. Hij verwachtte half dat het Esteban zou zijn die zich had bedacht en zijn uitzonderlijke aanbod zou intrekken.

'Piers Winterton.'

'Piers?' Annes stem klonk onvast en angstig. 'Ik ben in kinderziekenhuis Westminster. Eddie is ontzettend ziek. Hij heeft koortsstuipen gehad. Het was vreselijk. Hij ligt in quarantaine. De artsen wilden niet zeggen wat ze denken dat er is, maar ik heb ze gedwongen. Het kunnen de mazelen zijn, of, of...'

Haar stem verstomde. Hij hoorde haar huilen. 'Anne,' zei hij zo rustig en vriendelijk als hij kon terwijl hij zijn eigen doodsangst onderdrukte, 'lieverd...'

'Of het is meningitis. Dat is een hersenvliesontsteking, Piers. O god, je moet komen, je moet zo snel je kunt komen.'

Juliet zat aan een tafeltje in het Lyons in Coventry Street met een kop koffie voor zich. Ze keek op en zag Freya. Ze gaven elkaar een kus en gingen zitten. Juliet bestelde een bord gebakjes en koffie voor Freya.

Ze zei: 'Ik wil het met je hebben over je foto van het verhoogde pad op Thorney Island.'

'Hebt u er een besluit over genomen?'

Ze vroeg zich af of Freya en haar moeder, Frances, dezelfde teint hadden gehad. Als dat zo was, begreep ze wel waarom Gillis was gevallen voor die rozegouden schoonheid. 'Ja,' zei ze. 'Ik heb mijn besluit genomen.'

Toen nam Juliet uitgebreid de tijd – zodat Freya in zich kon opnemen wat ze allemaal te vertellen had – om te vertellen over de tragedie die zich in 1946 had afgespeeld: de verdrinkingsdood van Frances Hart en haar zoontje, Edmund. Maar ze vertelde niet het hele verhaal; ze zei niets over de rol van de trouweloze, roekeloze Gillis, want dat zou alleen kwaad hebben aangericht.

In plaats daarvan vertelde ze over het gezinnetje dat op Thorney Island had gewoond, en wat er die avond was voorgevallen. En ze vertelde over het tweelingzusje, Thea, van wie iedereen had gedacht dat ze was verdronken en van wie het lichaam nooit was gevonden.

Freya zette grote ogen op. Ze zette haar wijnglas neer. 'Een tweelingbroer...' zei ze.

'Ik vroeg me af of jij misschien Thea Hart bent. Of je de verloren dochter van Frances Hart kunt zijn. Het zou verklaren waarom je je het pad herinnert. Je hebt precies de goede leeftijd, Freya, en je bent als jong meisje geadopteerd.'

Ze pakte de aantekeningen die ze had gemaakt uit haar tas. 'Ik ben naar de bibliotheek in Maldon geweest en heb de berichten in de *Essex Gazette* gelezen. Er staat maar één foto van Frances Hart in, een heel onduidelijke, maar ik denk een gelijkenis te zien. En vervolgens heb ik iets heel ergs gedaan: toen de bibliothecaresse even niet keek, heb ik de krantenpagina in mijn tas gedaan en meegesmokkeld.'

Freya vouwde de pagina open en staarde naar het fotootje. 'En u denkt dat deze vrouw misschien mijn moeder is...'

'Ik denk dat het een mogelijkheid is. Misschien dat het meisje het estuarium in is geslingerd en op de een of andere manier de oever heeft bereikt.' Dat was het minst geloofwaardige onderdeel van haar verhaal, en er zaten meer gaten in, dus ze ging snel verder. 'En misschien besefte degene die haar heeft gevonden niet wie ze was. Misschien heeft hij of zij de krant niet gelezen en geen radio geluisterd. Het leven was in die tijd heel anders, mensen leefden veel meer geïsoleerd van de rest van de wereld, al helemaal in het oosten van het land. En misschien heeft degene die haar heeft gevonden haar naar een weeshuis gebracht.'

'Maar,' zei Freya, 'ik kom uit een weeshuis in Southampton.'

'Dat weet ik. En dat is ver weg. Maar er werd in die tijd veel met kinderen gesold.'

'Mijn vader heeft me wel verteld dat ik eerst in een ander weeshuis heb gezeten.'

'Weet je waar?'

'Londen, volgens mij. Dat kan ik aan hem vragen.'

Dat ze nu de waarheid vertelde was niet alleen voor haarzelf en de familie risicovol, maar ook voor Freya. Ze was wit weggetrokken onder haar sproeten.

Juliet stak een hand naar haar uit. 'Misschien had ik je dit niet moeten vertellen. Ik hoop niet dat dat het geval is. Misschien heb ik het mis. Of misschien had je dit niet willen weten. Ik heb er lang over nagedacht. Maar ik kan me die avond nog zo goed herinneren. Ik ben hem nooit vergeten. Ik heb die kinderen een keer op het pad zien spelen, en als ik zelf dat meisje zou zijn geweest, en als het enige wat mijn familie me had nagelaten één herinnering zou zijn, zou ik het willen weten.'

Ze schoof een vel aantekeningenpapier over tafel naar Freya. 'In de *Essex Gazette* staat dat de familie van Frances uit Broad Chalke in Wiltshire komt. Haar ouders zullen ondertussen wel zijn overleden, maar misschien dat haar zus nog leeft. Als je dat zou willen, zou je kunnen proberen of je haar kunt vinden. Maar je moet natuurlijk alleen doen wat je denkt dat goed is.'

Het was twee uur in de nacht en Piers en Anne zaten in de kantine van het ziekenhuis. Het buffet was gesloten en de metalen stoelen waren op de tafels gestapeld, maar Piers had Anne ernaartoe meegenomen zodat ze ongestoord kon huilen.

Tranen van opluchting. Eddie had de mazelen, geen meningitis, en de doktoren hadden zijn temperatuur met medicatie weten te temperen. Een verpleegster had hem gewassen en hij lag nu lekker te slapen in een bedje op de quarantaineafdeling.

Piers pakte twee stoelen van tafel. 'Ik weet niet waarom ik zo moet huilen,' zei Anne. 'Hij wordt weer beter.' Toen keek ze hem aan. 'O, Piers, alsjeblieft niet. Doe dat alsjeblieft niet, schat.'

Maar hij kon niet stoppen. Tranen stroomden over zijn wangen. Hij voelde zich een vreselijke sukkel. Mannen hoorden niet te huilen.

Ze omhelsde hem. 'Het komt goed, schat. Hij wordt weer helemaal beter.'

'Ik was bang dat we hem kwijt waren.'

'Hij is er nog, liefje.'

'Maar jou ben ik wel kwijt.'

'Nee, dat is niet waar. Ik hou van je.'

Hij trok haar hoofd tegen zijn borst, bang haar los te laten. 'Ik hou zo veel van jullie allebei.'

Ze gingen zitten. Hij snoot zijn neus, veegde zijn gezicht af met zijn mouw, zocht in zijn zak naar zijn sigaretten en stopte ze weer terug. Anne zocht in haar tas en trof een zakje chocoladepinda's aan. Ze scheurde het open.

'Wanneer heb je voor het laatst gegeten?'

'Een broodje kaas bij de lunch. En om zes uur een biertje.' Ongelooflijk, dat hij pas acht uur daarvoor met Esteban had gepraat. Het voelde als een week geleden.

Ze zei: 'Ik had eerder met hem naar de dokter moeten gaan.'

'Dat kon je niet weten.'

'Ik had het moeten weten. Ik ben zijn moeder. Ik dacht dat hij verkouden was. En toen hij die stuipen kreeg... Piers, ik was zo bang dat hij doodging.'

'Godzijdank heb je die telefoon geregeld,' zei hij. 'Godzijdank kon je een ambulance bellen.'

'Ik weet niet wat me bezielde.' Haar stem werd een fluistering. 'Ik heb alleen maar aan mezelf gedacht, en niet aan Eddie. Ik heb alleen maar gedacht aan wat ik zelf nodig had. Dat vochtige huis… Hij is vast door een van de andere kinderen besmet. En dat ik hem daar heb achtergelaten toen die gevaarlijke gek bij ons in huis was… Ik ben een waardeloze moeder.'

Hij was een waardeloze echtgenoot geweest, maar hij wist dat dit niet het moment was om daarover te beginnen. Piers bedacht dat dit de ergste avond van zijn leven was geweest. Hij wist dat de herinnering aan Eddie, klein, niet reagerend en fragiel, met al die slangetjes die uit hem kwamen, hem nog heel lang zou blijven achtervolgen. Het gevoel van angst en kwetsbaarheid was er nog steeds; hij was gewaarschuwd voor wat er kon gebeuren als je niet voorzichtig was, als je zo stom was om niet in te zien wat je dierbaar was.

'Je bent een fantastische moeder,' zei hij. 'En Eddie is een fantastisch jongetje. Ik ben degene die moet veranderen, en dat ga ik doen, Anne, dat beloof ik. Het spijt me zo verschrikkelijk. Ik ben zo'n sukkel.'

Hij werd weer overmand door emoties en keek weg. Hij hoorde haar zeggen: 'Volgens mij heb je nog wat pinda's nodig.' Ze opende zijn gebalde vuist en schudde het zakje in zijn handpalm leeg.

'Chocoladepinda's, het medicijn tegen alles,' zei hij narrig. 'Zouden ze ook idiotie, egoïsme en jaloezie genezen?'

'Ik zou niet met je zijn getrouwd als je niet ook goede eigenschappen zou hebben.'

'Heb je er spijt van?'

'Helemaal niet.' Ze trok haar wenkbrauwen op. 'Soms heb ik dat wel gehad. Toen ik dacht dat je niet van me hield.'

Hij veegde haar blonde pony van haar voorhoofd en pakte haar handen vast. 'Ik hou van je. Ik hou zielsveel van je. Ik ga het goedmaken. Als je dat wilt, geef ik het bedrijf op. Dan verkoop ik het.'

'Dat hoeft niet.'

'Ik zeg alleen dat ik er alles voor overheb.'

Ze schudde haar hoofd. 'Ik hou van je, met al je vurigheid en energie, Piers. We moeten alleen zorgen dat de balans klopt, dat is alles.'

Hij ging het beter doen, bedacht hij. Hij zou met Eddie niet dezelfde fouten gaan maken die zijn vader met hem had gemaakt. Hij zou zijn zoon de hemel in prijzen als hij iets goed deed, en hij zou tegen hem zeggen dat hij van hem hield.

'Ga met me mee naar huis, Anne,' zei hij. 'Kom alsjeblieft thuis.'

In de trein terug van Salisbury was Freya opgelucht dat er een lege coupé was, waar ze bij een raam ging zitten. Ze leunde met haar arm tegen het glas. Op het perron liepen mensen gehaast rond, kochten nog snel een krant, renden om hun trein te halen. Ze vroeg zich af of haar moeder wel eens op hetzelfde perron had gestaan, ongeduldig met haar voet op de vloer tikkend, met haar vlamkleurige krullen die onder een chic jarendertighoedje vandaan piepten. Of in het uniform van de WAAF, op een koude winteravond, met sneeuw in de lucht, haar trein te laat.

Toen Marion Thomas, de jongere zus van Frances Hart, de deur voor Freya had geopend, had ze haar hand voor haar mond geslagen en zacht 'O' gezegd. Toen had ze zich afgewend en haar ogen drooggedept met een opgevouwen zakdoek.

'Het spijt me,' zei Freya. 'Ik wilde u niet laten schrikken.'

Marion stak de zakdoek terug in haar mouw. 'Je lijkt zo op haar. Echt sprekend. Behalve je ogen. Fran had bruine ogen. Ik was er niet op voorbereid, ik dacht dat er een vergissing moest zijn gemaakt.'

Marion Thomas was in de veertig. Ze had bruine krullen met wat strengen grijs, en levendige blauwe ogen. Ze holde zenuwachtig rond, zette koffie, legde biscuitjes op een bord en dirigeerde Freya op de gemakkelijkste stoel. Marion Thomas was Freya's tante. Ze had ook een oom, Eric, en drie neven en nichten: Mark, Lorna en Sam. Sam – dertien, een kletskous en een spring-in-'t-veld – was verkouden thuis van school. Hij rende door de kamer en bleef nauwelijks staan om zich voor te stellen.

'Morgen ga je weer naar school,' merkte Marion droogjes op.

Neven en een nicht. Het was veel om tegelijk te verwerken.

Marion woonde al haar hele leven in hetzelfde huis. Frances en zij waren geboren en getogen in het dorpje Broad Chalke in Wiltshire, tussen de rollende heuvels en waterkersbedden. Het Dairy House was van steen en baksteen, een deel van het dak was met riet bedekt en op de binnenplaats met kinderkopjes stond een waterput. Freya vond het net iets uit een sprookje lijken. Ze had een klein fototoestel in haar tas; haar vingers jeukten om het vast te leggen, het te begrijpen.

Marion pakte in de zitkamer, die vol stond gepropt met gebloemde banken en een donkerhouten kast vol blauw-wit servies, een handje foto's uit een envelop, die ze op de koffietafel uitspreidde. Hun vader, vertelde ze Freya terwijl ze op een pasfoto van tweeënhalve vierkante centimeter tikte – de vader van Freya en Marion – had een zuivelboerderij gehad, maar die was begin jaren vijftig gesloten.

'Pa is in 1952 overleden,' zei Marion. 'We mochten Frans naam na de tweeling niet eens meer noemen. Omdat ze niet was getrouwd. Ze is hier één keer met ze geweest en toen heeft hij haar de deur gewezen. Hij heeft het haar nooit vergeven. Hij gaf haar de schuld van mijn moeders dood, zei dat ze ma's hart had gebroken, maar dat was onzin. Ma is aan kanker gestorven en was al ziek voordat Fran hem leerde kennen.'

Freya vroeg: 'Voordat ze wie leerde kennen?'

Marion schoof nog een foto over de tafel naar Freya. 'Kijk maar. Ze zal toen ongeveer zo oud zijn geweest als jij nu. Als twee druppels water. Fran was een schat, maar ze was een verstrooide dromer. Toen we klein waren, was ze altijd haar busgeld en haar huiswerk kwijt.' Ze hield even op met praten om thee in te schenken. Haar handen trilden. 'Ik weet niet wie je vader was. Fran heeft het me nooit verteld. Haar minnaar. Als ze het over hem had, was dat wat ze zei: haar minnaar. Hij moet natuurlijk getrouwd zijn geweest, ik was niet zo naïef dat ik dat niet kon bedenken. Ze heeft hem in 1940 leren kennen en daarna heb ik haar nauwelijks nog gezien. Ze zat bij de WAAF en ik was vreselijk druk met onze zieke moeder en de boerderij. Toen ben ik getrouwd en heb Mark gekregen.' Marion gaf Freya een kop-en-schotel aan.

'Fran heeft afstand van me genomen. Ze wilde niet dat ik iets over hem wist. Hij was haar geheim. Ik vroeg me af of hij beroemd was, iemand die in de krant wordt genoemd, maar ze heeft nooit wat verteld. Als meisjes waren we heel goed met elkaar, ook al schelen we een paar jaar in leeftijd. Maar we waren zo anders. Fran was aantrekkelijk en ik niet, Fran was ambitieus en ik wilde alleen maar hier blijven, thuis bij pa en ma.'

'Wat voor ambities had ze?'

Marion zuchtte. 'O, de gebruikelijke meidendromen. De wereld zien. Kinderen krijgen. Verliefd worden op de prins op het witte paard, meegenomen worden naar zijn kasteel en lang en gelukkig leven. Nou, die prins heeft ze gevonden, maar ik weet niet of hij haar gelukkig heeft gemaakt. Ik denk wel een tijdje, maar toen zal er wel iets zijn misgegaan, zoals dat zo vaak gebeurt. Niet dat Fran dat zou hebben toegegeven. Ze adoreerde hem, dat was wel duidelijk. Ze schreef niet vaak, maar als ik een brief kreeg, ging het altijd over hoe spannend haar leven was, en hoe mooi en slim de tweeling was, en dat ze snel in een mooi huis zouden gaan wonen en dat ik dan moest komen logeren. Het was natuurlijk allemaal één grote fantasiewereld, maar zo was Fran.'

'De tweeling...' Freya had het gevoel dat ze haar adem inhield. 'Wat waren het voor kinderen?'

'Het waren schatjes, hoewel ze aan de jongen, Edmund, haar handen vol had. Hij had prachtig goudblond haar. Fran zei dat het verspilling was, bij een jongen. Het was een mooie jongen. Ik heb een foto.'

Ze gaf Freya een foto. Het was een geposeerde afbeelding, in een studio genomen in een stijl die al een jaar of twintig uit de mode was. Edmund droeg een korte broek met een wit overhemd en een vlinderdasje; zijn haar had een middenscheiding en was zo glad mogelijk over zijn hoofd gekamd. Het meisje – Freya snakte naar adem toen ze zichzelf in het veel jongere kind herkende – droeg een katoenen jurk en had een lint in het haar. Herkende ze die jurk, met dat vrolijke patroon van strepen en rozen? Misschien, ergens heel diep in haar herinnering.

'Ik heb die foto de laatste keer dat ik haar heb gezien van haar gekregen,' zei Marion. 'Ik zei dat ze er moe uitzag – dat was ook zo, ze was helemaal uitgemergeld – maar ze wilde er niet over praten. Frances zag de wereld altijd zoals ze hem wilde zien en daar moest je dan in meegaan. Als je dat niet deed, nam ze daar aanstoot aan.' Ze bood Freya een biscuitje aan. 'Maar ze gaf wel toe dat ze zich soms eenzaam voelde. Dat ze hem, haar minnaar, niet zo vaak zag als ze zou willen. Ze heeft me verteld dat ze het beu was om altijd maar op hem te wachten, te wachten op de brieven en telefoontjes. Ik zat toen in hetzelfde schuitje, met Eric in het Verre Oosten, en we hebben een goed gesprek gehad over het alleen grootbrengen van je kinderen. Toen ik wegging omhelsde ze me, en ze zei dat ik vaker moest komen, maar ik heb haar nooit meer gezien. We hadden geen geld en tijd om te reizen en ik had het vreselijk druk met de kinderen en pa. En toen ging ze op dat eiland wonen.' Marion perste haar lippen op elkaar en schudde langzaam haar hoofd. 'Ze haatte het daar. Ze zei dat het als een gevangenis voelde. Ik had ernaartoe moeten gaan. Ik dacht dat ik alle tijd in de wereld had. Zo gaat dat, hè?'

De trein kwam moeizaam op gang. De achtertuinen van de rijtjeshuizen gingen over in groene velden, bosjes en stroompjes. De trein reed door een oeroud deel van Engeland, een en al geschiedenis, van de staande stenen tot de middeleeuwse kathedralen. Freya bedacht dat ze het hier beter wilde leren kennen.

Marion had aangeboden met haar naar het graf van haar moeder te gaan. Ze waren door het dorp naar een mooi kerkje van vuursteen gelopen, met een vierkante toren en kantelen. Op het kerkhofje lag onder een meidoorn het graf, met een zerk die de laatste rustplaats van Frances en Edmund Hart markeerde.

Freya's hart voelde alsof het door een wringer werd gehaald, geplet door de rubberen rollers tot ze niet meer voelde welke vorm het had. Zou ze, zoals Juliet Winterton zich had afgevraagd, dit allemaal liever niet hebben geweten?

Nee. Dit was een geschenk. Het was onverwacht en pijnlijk, maar desalniettemin een geschenk. Ze had altijd een deel van zichzelf gemist: op haar geboortecertificaat, met minder informatie dan gebruikelijk, stonden alleen de namen van haar adoptieouders, alsof ze was geboren toen ze vier was.

'Kun je je hen nog herinneren?' had Marion gevraagd toen ze op de begraafplaats hadden gestaan, waarop Freya haar hoofd had geschud.

Maar op haar manier herinnerde ze zich hen nog wel. Ze had altijd met een afwezigheid geleefd, alsof er een wind was gaan liggen. Een stem, net buiten gehoorsafstand. Een schaduw, vastgekleefd aan haar voeten waar ze ook ging, en een ongrijpbare aanwezigheid die zo levendig aanwezig was dat ze zich soms omdraaide om ernaar te zoeken.

Ze wist nu wat dat was: haar tweelingbroer Edmund.

Eddie mocht negen dagen later, toen zijn uitslag bijna weg was, naar huis. Hoewel het een vreselijke opluchting was hem weer thuis te hebben en het een enorme mijlpaal was, lukte het Anne tegen haar eigen verwachting in niet om te ontspannen. Ze sliep de eerste paar nachten op een stretcher in de kinderkamer. Ze zou haar doodsangst toen haar zoontje zijn koortsstuipen had gehad nooit vergeten, met het plotselinge besef dat haar wereld in tweeën gescheurd kon worden, en ze zou zijn gezondheid nooit meer vanzelfsprekend vinden. Ze wist dat ze letterlijk aan de dood waren ontsnapt.

Ze had hetzelfde gevoel over haar huwelijk. Piers en zij gingen zorgvuldig met elkaar om. Er waren ruwe paden waarover ze konden struikelen en rivieren waarin ze konden uitglijden; ze waren niet in evenwicht. Maar ze hielden van elkaar, dat wist ze eindelijk zeker, en misschien was dat genoeg om een manier te kunnen vinden.

Hij vertelde haar op een avond over zijn vader. 'Een deel van me haatte hem,' zei hij, 'maar ik bewonderde hem ook. Ik wilde net zo zijn als hij, sterk en standvastig en niet geïnteresseerd in wat anderen over hem dachten. Ik zal wel van hem hebben gehouden, en het enige wat ik wilde, was dat hij ook van mij hield. Misschien deed hij dat op zijn manier ook wel, maar hij liet het nooit merken. Zijn generatie… Ach, pa had een echte Britse stiff upper lip. Als je mij ooit tegen Eddie hoort praten zoals hij tegen mij sprak, als je mij ooit hoort zeggen dat hij zijn mond moet houden en zich als een man moet gedragen, snoer me dan in godsnaam de mond. Volgens mij heb ik eraan overgehouden dat ik denk dat liefde gevaarlijk is. Dat je heel veel kunt geven en er niets voor terugkrijgt.'

Anne zat op Piers' knie. Ze liet haar hoofd tegen het zijne rusten en hij streelde haar haar. De deur van de kinderkamer stond open zodat ze Eddie zouden horen als hij moest huilen. Ze waren van plan een parttimenanny te gaan huren zodat Anne weer in de galerie kon gaan werken als ze er gerust op was dat Eddie weer helemaal beter was. Het appartement zou in de herfst te koop worden gezet en dan zouden ze een huis gaan zoeken. Maar nu nog niet. Ze moesten het rustig aan doen, stap voor stap.

Rory kwam nu elk weekend thuis van school. Nate was het eerste weekend met hem gaan kamperen; de jongens Sinclair waren nu de logeerkamer in Charleys nieuwe huis aan het opknappen, waar die nacht nog meer pleisterwerk van het plafond was gevallen, waardoor haar typemachine begraven stond onder een dikke laag poederwitte sneeuw.

Nate had een sjaal voor zijn mond en neus gebonden en stond op een ladder pleisterwerk van het plafond te steken terwijl Rory het puin naar de achtertuin bracht. Charley schudde het stof uit haar typemachine.

Rory was de kamer uit toen Nate tegen Charley zei: 'Normaal gesproken word je van school gestuurd als je wegloopt, maar Claudia heeft met de rector gesproken. Tegen Claudia valt niets in te brengen, dat lukt niemand. Je weet toch dat het hele plafond eruit moet, hè? Anders word je hier levend begraven.'

'Dat komt vast wel goed.'

'Serieus. Ik kan het er voor je uit slopen, maar je moet een stukadoor huren.'

'Maar je vindt mijn huis wel leuk, toch, Nate?'

'Het heeft karakter,' zei hij. 'Net als jij.'

Rory kwam terug. 'Je kunt een rotstuin bouwen van het puin. Als je er aarde overheen stort en bloemen plant. Dat hebben mam en ik eens gedaan. Ik wil het wel voor je doen.'

Charley bedankte hem. Toen zei Nate dat ze aan de kant moesten, dus gingen ze op de overloop staan terwijl hij een groot stuk pleisterwerk lostrok, dat met een zware plof op de vloer viel.

'Jemig,' zei Rory.

'Ik help wel even.'

'Het lukt wel.' Hij liep naar beneden met het stuk pleisterwerk, moeizaam bewegend onder het gewicht.

'Wil je echt een rotstuin?' vroeg Nate.

'Wel als Rory hem aanlegt. En ik ga een kleed voor in de zitkamer kopen. Stel je eens voor,' zei ze op spottende toon, 'ik, met een kleed en een rotstuin.' Het huis voelde soms, in de avonden, heel stil. Ze woonde voor het eerst in haar leven alleen. Ze miste het geklets en de drukte van andere mensen.

Hij zei: 'Een van de goede doelen waarvoor mam werkte gaat een bal organiseren, om geld in te zamelen voor een gedenkteken aan haar.'

'Wat leuk, Nate. Je gaat er toch wel naartoe, hè?'

'We gaan alle vier.'

'Neem je een van je vriendinnen mee?'

'Liever niet.' Hij leunde naar voren en woelde met zijn hand door haar haar om het stof eruit te schudden.

'Ben je niet meer verliefd op ze?' plaagde ze.

'Hemel, nee zeg.' Hij kwam van de ladder. 'Dat ben ik ook nooit geweest. Ik ben verliefd op iemand anders.'

Een wegvallen, wegkrimpen, alsof er een kraan werd opengedraaid en al haar optimisme en geluk uit haar stroomde. Ze moest precies de juiste dingen zeggen om Nate aan te moedigen; hij verdiende het om weer gelukkig te zijn.

'Vraag je haar dan mee?'

'Ik weet niet wat ze van mij vindt.'

'Dan moet je dat vragen,' zei ze stellig. 'Dat is de enige manier om erachter te komen.'

Hij lachte hees. 'Jezus, Charley.'

'Wat? Heb ik iets verkeerd gezegd?'

'Snap je het echt niet? Dat jij diegene bent? Je bent altijd de enige geweest.'

Ze staarde hem aan. 'Ik?'

'Ja.' Hij stapte de trap af en ging voor haar staan. Hij weefde zijn vingers door de hare. 'Ik hou van je. Ik hou al van je sinds ik terug ben uit Zuid-Amerika. Er is nooit een ander geweest.'

'Van mij?' fluisterde ze. Ze legde haar hand op haar hart. 'Nate...'

'Word alsjeblieft niet boos; zo erg is het toch niet?'

Ze was niet in staat iets te zeggen en drukte haar lippen op de zijne. Ze voelden warm en droog en smaakten naar gips.

Toen klonken er voetstappen op de trap. Rory zag ze en zei: 'Jezus, getver. Kom op zeg.' Ze maakten zich van elkaar los. Maar ze wist toen ze daar zo in de puinhoop van de kamer stond dat dit het begin was van iets wat perfect zou worden.

Louise had Aidan verteld dat Eddie weer hersteld was en dat Anne en hij weer thuis woonden. Aidan ging de volgende ochtend naar de winkel van Piers aan King's Road.

Piers' secretaresse, een klein, donker meisje, ging Aidan voor naar Piers' kantoor. Toen hij hem zag, stond zijn neef zo snel op dat hij zijn stoel omvergooide.

Aidan zei snel: 'Luister alleen even naar me. Dat is alles wat ik vraag. Dat je even naar me luistert.'

Piers vroeg tot Aidans grote verbijstering aan de secretaresse: 'Tracy, kom je even koffie brengen?', en trok een stoel naar de andere kant van zijn bureau.

'Ga zitten.'

Dat deed Aidan, en toen zei hij: 'Ik wil dat je Winterton's overneemt.'

Piers zette zijn eigen stoel overeind. 'Aidan...'

'De zaak. Hij is van jou. Je had hem meteen moeten krijgen.'

Tracy kwam binnen met twee mokken koffie.

'Waarom?'

'Omdat ik hem niet wil. Ik heb hem nooit gewild. Ik breng er niets van terecht en dat zal me ook nooit gaan lukken.'

'Het is oploskoffie,' zei Piers terwijl Aidan zijn mok aannam. 'Vind jij die ook zo lekker? Dat kan ik tegen Anne niet zeggen, versgemalen koffie is heilig voor haar, dus ik drink hem alleen hier.' Toen fronste hij zijn wenkbrauwen en zei: 'Ik heb Winterton's niet nodig, ik heb dit. Het gaat prima.'

'Ik dacht dat je beide misschien zou willen.' Aidan krabde op zijn hoofd en probeerde over te brengen tot welke conclusie hij was gekomen na zijn gesprek met Juliet Winterton.

'Ik had naar de kunstacademie moeten gaan,' zei hij. 'Ik had moeten aandringen en ik had de familie jaren geleden moeten vertellen dat ik het familiebedrijf niet in wilde. Ik heb mezelf voorgehouden dat ik het uit plichtsbesef naar de familie doe en omdat ik mijn moeder moet onderhouden, maar de waarheid is dat ik bang was. Het is niet eenvoudig om een succesvol schilder te worden en ik was bang om mezelf voor schut te zetten als het niet zou lukken.' Hij keek naar Piers. 'De ellende met onze familie is dat we allemaal zo verdomd briljant zijn, hè? We kunnen niet falen, want Wintertons falen niet. Dus was het gemakkelijker om het maar niet te proberen, was het eenvoudiger om te doen wat er van me werd verwacht. Maar ik haat het om naar mijn werk te gaan. Ik haat het elke dag om naar mijn werk te gaan. Ik kan me niet voorstellen dat oom Henry het ooit zo heeft gevoeld, of dat hij er ziek van was als hij iemand moest ontslaan. En ik kan me dat van jou ook niet voorstellen, Piers. Je bent net als je vader, je geniet van conflicten. Ik zit zo niet in elkaar. Als je zo in elkaar zit als ik, kun je geen bedrijf leiden. Als ik aanblijf, richt ik het te gronde.'

Piers had zijn koffiemok nog niet aangeraakt. Hij zat er bedachtzaam naar te staren. Toen keek hij op. 'Zou je dat doen? Mij de zaak zomaar geven?'

'Ja.'

'Na alles wat er is gebeurd?'

'Ja. Graag.'

'Zelfs na Anne?'

'Zelfs na Anne.' Dat was moeilijker om genereus over te zijn. 'Ik hield van haar,' zei hij. 'Maar dat is verleden tijd, en dat is het al een tijdje. Ik heb mezelf denk ik nog heel lang voorgehouden dat ik van haar hield. Uit gewoonte. Of uit koppigheid. Hoe dan ook heeft ze in mij nooit meer dan een vriend gezien.'

'Dat weet ik,' zei Piers. Er viel een stilte, een behoorlijk gespannen stilte, en toen vroeg hij: 'En geld?'

'Ik heb mijn appartement. Het licht is er goed om te schilderen en ik heb niet veel nodig.'

Piers tikte met zijn potlood op zijn bureau. 'Creatief directeur.'

'Pardon?'

'We hebben nog nooit een creatief directeur gehad en dat zou wel moeten. Als we de twee winkels samenvoegen – het zou slim zijn om van Piers Carlisle een jonger, goedkoper merk onder Winterton's te maken – moet iemand de ontwerpers begeleiden. Je kent Esteban, die staat graag op zijn strepen. Bridget is ontzettend goed en ik wil haar niet kwijt.' Toen Aidan niets zei, vervolgde hij: 'Parttime. Als je dat niet wilt, hoef je niet eens een kantoor te hebben. Je kunt ook adviserend creatief directeur worden, als je dat prettiger vindt. Je kent het bedrijf, je kent Esteban en de anderen en die kant van het werk heb je altijd leuk gevonden. Je zou er geknipt voor zijn.'

Aidan knikte langzaam met zijn hoofd. Men zei dat het tien jaar kost om een carrière als kunstenaar op te bouwen. Een bescheiden inkomen gedurende die periode zou heel goed uitkomen.

Hij stond op. 'Je moet Gabe de leiding over Sloane Street laten houden,' zei hij. 'Of misschien moet je haar zelfs manager van beide winkels maken. Ze is goed. Ze vindt het heerlijk, ze is angstaanjagend competent en meedogenloos. Ze doet me vreselijk aan oom Henry denken.'

'We houden het binnen de familie,' zei Piers.

'Ja.' Aidan stak zijn hand uit. 'Afgesproken?'

'Afgesproken.'

Ze schudden elkaar de hand. Piers zei: 'Kom een keer langs. Dan kun je Eddie zien. Sorry dat ik zo'n hufter was, die keer.'

'Dat zal ik doen.'

Aidan voelde zich een stuk lichter toen hij de winkel uit liep, alsof er een last van hem af was gevallen. Hij liep met verende pas over King's Road. Freya, dacht hij. Hij ging Freya over zijn beslissing vertellen. Hij zou het zijn moeder en Louise en de rest van zijn dwingende, opdringerige familie ook vertellen, maar op dit moment was er niets wat hij liever wilde dan het met Freya delen.

Freya ging met haar vader in de zitkamer van het huis van rode baksteen aan Woodstock Road in Oxford zitten en zei: 'Volgens mij weet ik wie mijn echte moeder is.'

Ze vertelde hem over de familie Hart en hoe de data klopten met wat ze over haar eigen geschiedenis wist. Ze liet hem de foto van de tweeling zien die ze van Marion Thomas had gekregen, en de foto van Frances.

Haar vader zag er ineens oud uit; oud, verdrietig en moe. Hij had altijd het vermoeden gehad dat er verdachte omstandigheden rond de adoptie waren geweest, vertelde hij nu. Geen papieren. En de directrice van het weeshuis, ene mevrouw Farmer, had wel erg graag van het kind af gewild.

'Ik had haar meer vragen moeten stellen,' zei hij. 'Maar dat durfde ik niet. Je moeder wilde het per se.'

Hij had haar hand vastgehouden toen ze twintig jaar daarvoor voor het eerst dit huis was binnengelopen. Hij had haar aan de hand gehouden toen hij haar voor het eerst naar school had gebracht, en hij had haar uit het ziekenhuis opgehaald toen haar amandelen waren geknipt.

Ze pakte nu zijn hand vast. 'Ik had geen ander leven willen hebben.'

'En je vader?'

Ze schudde haar hoofd. 'Geen idee.'

'Vind je dat erg?'

Ze dacht even na. 'Nee, volgens mij niet. Het klonk niet alsof hij erg betrokken was. Hij is niet belangrijk.' Ze zat met haar hoofd tegen zijn schouder geleund. 'Jij bent de beste vader die ik me ooit had kunnen wensen. En mama was de beste moeder.'

Maar nadien, toen ze weer op weg was naar Londen, bleef ze zich rusteloos voelen, alsof de wereld veranderde en krakend, raspend en schrapend een andere positie innam. Sylvie Duvallier, de eigenaar van *Image*, had haar geschreven en haar opdracht gegeven een serie landschapsfoto's te maken, die in het tijdschrift zou worden afgedrukt. Een heel jaar lang werk. Freya had het gevoel dat ze op het punt stond iets geweldigs te gaan meemaken. Ze ving de eerste glimp van een nieuwe wereld op.

Dit is het begin, dacht ze. Dit is wat ik altijd heb gewild en waarvan ik nauwelijks kon geloven dat het ooit zou gebeuren, en dit is het begin.

Ze hoorde door het open raam het gerommel van verkeer en de toeterende auto's. Een dronkaard zwalkte vloekend over straat en sloeg op de motorkap van een auto. De horizon was een kluwen van daken en televisieantennes, de vegetatie bestond uit ligusters vol roet en kleverige lindebomen; de hemel leek uit klonten te bestaan, als rijstpudding. Londen was prachtig, maar ze had er genoeg van. De stad had haar start mogelijk gemaakt, maar ze voelde zich er niet thuis. Ze vroeg zich af of haar moeder het ook zo had beleefd, of ze had gepopeld om te ontsnappen aan dat mooie, veel te volle huis in Wiltshire.

Ze wilde meer dan haar moeder had gehad, en los daarvan waren het andere tijden. Zij zou niet gaan zitten wachten tot ze de liefde van haar leven zou ontmoeten, zoals Frances op haar minnaar had gewacht. Freya bezag de wereld nauwkeurig, met het oog van een fotograaf, en ze dacht dat Aidan gevoelens voor haar had. Maar daar moest hij zelf achter komen. Ze had het druk.

Ze trok haar rugzak boven uit de kast en begon hem in te pakken.

Juliet had Marsh Court te koop gezet. Een jong stel – ze vroeg zich af hoe ze het ooit zouden kunnen betalen – kwam kijken en had kritiek op de ouderwetse keuken en het gebrek aan centrale verwarming. 'Die moet er helemaal uit,' zei de vrouw terwijl ze met opgetrokken neus de badkamer bekeek. Juliet wilde vertellen dat ze er al achtentwintig jaar woonde, dat ze zielsveel van het huis hield en dat haar kinderen er waren geboren. Maar het lukte haar om de hele rondleiding haar mond te houden en het weinig enthousiaste stel vriendelijk uit te laten. Daarna liep ze uitgeput naar haar ouderwetse keuken en zette een pot thee.

Ze belde Anne om te vragen of het nog steeds goed ging met Eddie en ging toen zitten met haar programma's, lijstjes en een pen. Dit zou de laatste zomer zijn dat er concerten werden gegeven op Marsh Court, dus ze wilde er de prachtigste serie ooit van maken. Er kwamen vrienden uit Essex en Londen.

Hoewel ze haar best had gedaan om alles wat kon worden hersteld te herstellen, leken de bruggen die ze had gebouwd uiterst fragiel. Piers en Anne probeerden een nieuwe start te maken, maar ze had geen idee wat hun nog te wachten stond. Ze had ook geen idee wat de gevolgen zouden zijn van haar besluit om Freya te vertellen wat haar band met de familie Hart was. En Charley en Nate waren nog zo jong; hoe lang zou hun relatie standhouden? Toch had ze het gevoel dat die voor altijd zou zijn. Het tweetal had altijd al een band gehad.

Ze zou Joe aan de familie voorstellen zodra het stof van de laatste gebeurtenissen was neergedwarreld. Als Marsh Court was verkocht zou ze naar Greensea verhuizen, dat afgelegen, oude huis dat onderdeel leek van het landschap waarin het stond. Joe en zij zouden dezelfde lucht inademen en zouden hun verlangens en angsten delen. En zij zou leren een boerenvrouw te zijn.

Toen Aidan uit zijn werk kwam, lag er een brief van Freya op hem te wachten. Hij trok onderweg naar boven zijn jas uit. Eenmaal aangekomen in zijn appartement opende hij de envelop en las de brief.

Freya schreef dat ze haar werk in het ziekenhuis had opgezegd om fulltime als fotograaf te gaan werken. En dat ze had besloten terug te gaan naar Orkney.

Orkney. Aidan ging op de bank zitten, perplex. Hij las de brief nog een keer. Freya had Londen al verlaten. Ze schreef niet hoe lang ze op de eilanden zou blijven. Toen hij de brief voor de derde keer las, bedacht hij dat ze er misschien wel naartoe was om er permanent te blijven. Dat zou hem niet verbazen.

Nog niet zo lang geleden had hij tegen Anne gezegd dat Freya en hij gewoon vrienden waren. Wat was hij een domkop geweest. Hij respecteerde Freya en vond haar aardig, genoot intens van haar gezelschap. Ze hielden van dezelfde dingen en hadden altijd iets om over te praten. Daarnaast voelde hij zich vreselijk tot haar aangetrokken. Waarom had het zo lang geduurd voordat het tot hem was doorgedrongen dat hij van haar hield? Omdat hij er, zo drong het geïrriteerd tot hem door, een gewoonte van had gemaakt niet te beseffen wat hij het liefst wilde tot het te laat was. Een gewoonte niet te zien… het ergste wat iemand die zichzelf kunstenaar noemde kon doen.

Maar dat was nu voorbij. Aidan pakte de telefoon en belde Piers. Hij vroeg hem of hij het bedrijf eerder wilde overnemen dan de planning was. Morgen bijvoorbeeld.

'Jezus, natuurlijk,' zei Piers. En toen, zich er misschien van bewust dat hij wel heel erg gretig klonk: 'Gaat het wel?'

Aidan verzekerde hem dat alles prima was en hing op. Toen belde hij Gabe, tegen wie hij een serie opdrachten blafte zodat alles tijdens zijn afwezigheid goed zou blijven gaan bij Winterton's. 'Piers neemt het van me over,' zei hij. Hij zag haar voor zich, met haar blauwe ogen opengesperd, brandend van nieuwsgierigheid.

'Piers?' herhaalde ze.

'Ja, Piers,' zei hij weinig informatief. 'Als er problemen zijn, kun je die met hem bespreken.'

Hij legde de hoorn op de haak, pakte zijn rugzak, wandelschoenen, een parka, verrekijker, tent, slaapzak, schetsboek, en het zakje waarin hij zijn schilderspullen bewaarde.

Hoe moest hij in vredesnaam in Orkney komen? De telefoon ging. De accountant van Winterton's klaagde tegen hem over de belasting terwijl Aidan door een spoorboekje bladerde.

De trein naar Inverness vertrok iets na acht uur van station Euston. De reis duurde meer dan acht uur, waarin het landschap dat Aidan door het raam zag meermalen wisselde tussen stad, heuvels en weidelandschap.

Ergens na Pitlochry viel hij in slaap, en hij werd weer wakker bij Aviemore. Gele gaspeldoorn bloeide uitbundig op de hellingen, en aan de horizon doemden grijsblauwe bergen met besneeuwde toppen op, ook al was het midden in de zomer. Dekens van smaragdgroen mos spreidden zich uit onder bosjes van berken en naaldbomen. Hij bestudeerde het landschap, diep onder de indruk, en slenterde toen naar de restauratiewagon, waar hij koffie en een pastei met schapenvlees kocht, die hij opat terwijl hij als betoverd van het uitzicht genoot.

Hij sliep een nacht in een bed & breakfast in Inverness. Het regende en de straten en panden waren grijs en kil, maar af en toe piepte er een straal zonlicht tussen de wolken door, die weerkaatst werd op de natte straten. Hij liep die ochtend terug naar het station en stapte op de trein naar Thurso. Een paar uur later arriveerde hij daar op het station. Hij hees zijn zware rugzak op zijn rug en liep naar de haven van Scrabster, blij met de kans zijn benen te kunnen strekken na zijn lange reis. Wolken verzamelden zich in een grijswitte hemel, de zee had de kleur van graniet en een fijne mist van regen spette in de poelen langs de weg. Eenzame grijze huizen, met kleine ramen en lage daken, keken uit op het wilde weer in de zeearm van Pentland.

Hij ging in de rij staan; de ferry legde aan en even later gingen de passagiers aan boord. Aidan vond een zitplaats op het dek, zette de capuchon van zijn parka op en zag de haven steeds kleiner worden naarmate ze verder de zee op voeren.

Toen het was gestopt met regenen pakte hij zijn schetsboek, dat hij weer weglegde toen de hoge, rode kliffen van Hoy in zicht kwamen. Hij ging met een stuk of zes andere passagiers bij de reling staan. De wind sloeg in zijn gezicht, de wolken trokken weg en de zon scheen erdoor als gesmolten goud. De man die naast hem stond wees hem op de Old Man of Hoy, en hij tuurde door zijn verrekijker naar de rotspartij in de vorm van een roodbruine reus die het eiland beschermde.

Twee uur na vertrek uit Scrabster meerde de ferry aan in Stromness, op het grootste Orkney-eiland, Mainland. Het was een net, leuk stadje dat werd gedomineerd door de haven, met tussen de grijze huizen steegjes die geplaveid waren met kinderkopjes. Hij liep het stadje door en wandelde langs de kade. Zijn vingers jeukten om de contrasterende materialen te schilderen, de geelgrijze stoeptegels, de tinnen schuurtjes, de slierten geelgroen zeewier die uit de zeewering staken.

Hij kocht een kop thee en vroeg de weg naar Kirkwall. Er kwam een bus en hij werd door een grassig, waterig landschap gereden. Geen bomen, en niets wat je een berg kon noemen; in plaats daarvan rollende heuvels en regelmatig een glimp van een meer of de zee. Het land vervlakte tot een smalle landengte tussen grote wateroppervlakten.

De hemel opende toen de bus Kirkwall binnenreed. Hij had geen idee waar Freya was, of waar ze verbleef. Hij vroeg het aan wat mensen, terwijl de regen van zijn parka droop, in winkels en pubs. Had iemand een roodharige Engelse gezien? Het viel hem op dat vrouwen met rood haar hier geen uitzondering waren.

Hij huurde een kamer in een pension en at wat. Een regenboog stond schitterend met zijn stroken van gekleurde zijde aan de hemel boven de haven. Hij liep via de achterkant van het stadje naar het strand van Scapa. Het witte zand lag vol schelpen, nu heel vredig, maar dit was de plek waar een Duitse onderzeeër zevenentwintig jaar daarvoor bij Scapa Flow de Royal Oak had getorpedeerd, waarbij meer dan achthonderd mannen en jongens waren omgekomen. Scholeksters pikten met hun oranje snavels in de modder en een zacht briesje blies over de zee. Golven rolden fluisterend over het zand en de stenen en vertelden hun verhalen. Aidan voelde in zijn kern iets zacht worden en ontwarren, iets wat er heel lang in een knoop had gelegen. Hij dacht aan zijn vader en wenste dat ze hier samen naartoe hadden kunnen komen om vogels te kijken, om wat te wandelen. Regen sloeg nu in een zilveren vlaag over de baai; hij ging terug op weg naar het stadje.

Toen hij de volgende ochtend wakker werd was de lucht verblindend helderblauw. Aidan ging na het ontbijt naar buiten. Vlak naast de grote, rode zandstenen massa van de kathedraal van St Magnus was een boekwinkel. Hij kocht er een gids van het eiland, waar hij doorheen bladerde terwijl hij koffiedronk in een café. Er stonden foto's van staande stenen en cairns in. Een aantal van de menhirs was hoog, smal en puntig, terwijl andere afgesneden leken in een scherpe hoek. Ze stonden allemaal tussen lage heuvels en watervlakten.

Ze was niet in Kirkwall; dat wist hij aan het einde van de dag zeker. Het was een piepklein dorpje en als ze er was, zou hij haar hebben gezien. De volgende dag vertrok hij uit het pension. Hij kocht brood, appels en kaas en stapte op een bus het binnenland in. Hij reisde door een landschap waar het verre verleden, neolithisch en Pictisch, zichzelf vaak liet zien, alsof het zich recentelijk had afgespeeld. Zijn potlood bewoog over het papier.

De bus zette hem af bij de Ring van Brodgar. Freya was er niet en hij bracht de dag door met het schetsen van de zoute zee, het zoetwatermeer en de staande stenen die als een kroon op de heuveltop prijkten. De stenen vormden een perfecte cirkel in het midden van een reusachtige schaal die werd gevormd door het stijgende landschap. Pinksterbloemen bloeiden in het natte gras en de intens gele blaadjes van de dotterbloemen leken het zonlicht te distilleren. Hij liep moeizaam de heuvel op, zijn wandelschoenen in de natte grond, naar de cirkel van stenen. Aarde, lucht en water: de drie kwamen hier samen om hun magie uit te voeren. Zijn vingers werden losser en zijn potlood begon te doen wat hij wilde. Hij leerde weer zien.

Hij kampeerde die nacht op een boerenveld. Toen hij de volgende ochtend wakker werd, lag er een laagje dauw op het gras.

De boerin nodigde hem uit te komen ontbijten. Toen ze in de keuken thee aan het inschenken was, vroeg hij haar of ze een meisje met rood haar had gezien: lang, slank, van ongeveer zijn leeftijd. Engels.

'Die was hier twee dagen geleden. Ze heeft hier ook gekampeerd, net als jij.'

'Heeft ze verteld waar ze naartoe ging?'

'Skara Brae.' Donkere thee stroomde een mok in. 'Mijn zoon Donald heeft haar een lift naar Skara Brae gegeven.'

Skara Brae was aan de westkust van het eiland. Aidan liftte en wandelde ernaartoe, maar Freya was al weg toen hij er arriveerde. Hij vroeg zich af of het zijn lot was altijd een dag achter haar aan te blijven reizen, als in een queeste in een sprookje. Hij verloor zijn besef van tijd en dwaalde rond de neolithische nederzettingen langs de kust die eeuwen onder de duinen begraven hadden gelegen, tot een grote storm ze honderd jaar daarvoor had blootgelegd. De flank van een klif, begroeid met piepkleine witte en blauwe bloempjes, roofmeeuwen die boven de kaap door de lucht doken, de kolkende golven eronder. En overal het geluid van de zee. Hij ging op het gras zitten, pakte zijn aquarelverf en schilderde het land dat hij om zich heen zag: het gras dat omhoogschoot, het perfecte strand met de strook wit zand, en in de verte de eilanden die als grote zeeschildpadden in de blauwgrijze zee dobberden. Beter, dacht hij toen hij klaar was met zijn schets. Niet doods meer.

Hij kampeerde in een veld, maar het weer verslechterde die nacht en dreigde zijn tent weg te blazen. Hij rende in het donker rond in alleen zijn spijkerbroek en hamerde de haringen met een steen de grond in. Regen blies de voortent omhoog en doorweekte zijn slaapzak, en hij lag de rest van de nacht rillend in zijn tent. De zonsopgang was grijs en zijn kleren waren vochtig toen hij wakker werd. Hij begon zich af te vragen of het al te laat was. Freya was misschien al verder gereisd. Misschien was ze al naar een ander eiland, of nog noordelijker, naar Shetland of de Færøer.

Hij at zijn laatste appel en een kapje brood, pakte zijn spullen en ging op weg naar de Brough of Birsay, hoog in de noordwestelijke hoek van het eiland. Er stond een sterke wind, die witte schuimkoppen op het strand maakte, maar de zon droogde zijn kleding terwijl hij naar het verhoogde wandelpad liep. Het eiland – de Brough – was een hooggelegen grote rots erachter. Een ondiep ebbend tij spoelde over het stenen pad.

Hij was moe, hij had honger en hij voelde zich een beetje verdwaasd, maar hij zag haar, staand op de rotsen, uitkijkend over het kanaal. Haar haar en de capuchon van haar kakikleurige parka wapperden in de wind. Hij klauterde over de rotsblokken. Toen ze hem zag, rechtte ze haar rug en veegde haar haar uit haar gezicht.

Hij liep naar haar toe.

'Aidan,' zei ze. 'O mijn god, Aidan.'

'Hoi, Freya.'

'Maar…' Ze staarde hem aan en begon toen te lachen. 'Wat doe jij hier? En hoe zit het met…. Nou ja, alles… Winterton's… en je werk?'

'Ik heb Winterton's opgegeven. En ik ben hier op zoek naar jou.'

'Is dat zo?' Haar ogen dansten en ze begon weer te lachen.

'Natuurlijk. Dacht je dat ik dat niet zou doen?' Hij streelde zacht over haar wang, verwonderde zich erover hoe transparant en zacht die was en genoot van elk sproetje dat hij op haar neus zag.

'Ik twijfelde,' mompelde ze.

'Ik wilde de plek zien waar je zo van houdt,' zei hij. 'Ik wilde bij je zijn. Maar als je liever alleen bent en vindt dat ik in de weg loop, stap ik op de eerste trein terug naar huis. Nadat ik heb geprobeerd je tot andere gedachten te brengen, natuurlijk.'

Ze schudde haar hoofd. 'Aidan, ik wil niet dat je teruggaat naar huis. Echt niet.'

Ze kusten elkaar lang. Toen ze zich eindelijk van elkaar losmaakten, keek hij om zich heen en nam de omgeving in zich op voordat hij zich weer tot haar wendde.

'Al die schoonheid. Het is bijna te veel.'

'Ja hè?'

'Ik heb heel wat schepen achter me verbrand. Een hele vloot.'

'Mooi,' zei ze op ernstige toon. 'Ik ben blij dat te horen.'

Toen de zee zich begon terug te trekken, liepen ze hand in hand terug over het verhoogde wandelpad. Aangekomen op het eiland kusten ze elkaar. Toen klommen ze de stenen op en bleven af en toe even staan voor nog een kus.

19

December 1966

Iemand tikte met de zijkant van een lepel tegen een glas, en toen de herrie nauwelijks minderde, brulde Gabe: ‘Een moment stilte voor Piers en Aidan!’, waarop het geroezemoes verstomde en de gasten om zich heen keken naar waar de neven zij aan zij bij de toonbank stonden. Helen maakte een beweging met haar wenkbrauwen waarin Juliet opluchting, dankbaarheid en erkenning las over het feit dat er tijden waren geweest dat ze allebei niet meer hadden geloofd dat deze dag nog zou komen. Een serveerster liep door de menigte en serveerde champagne.

Piers verwelkomde de familie Winterton en alle vrienden, collega’s en klanten op de opening van het nieuwe pand van Piers Carlisle, een jonge en hippe tak van moederbedrijf Winterton’s. Er werd gelachen toen Piers het woord nam en zijn publiek vermaakte met een anekdote over zijn over-over-overgrootvader, Hayden Winterton, die het bedrijf had opgericht. Juliet leunde glimlachend tegen Joe aan, die zijn hand licht op haar heup legde.

Ze waren twee maanden daarvoor getrouwd in de kerk van Maldon, een kleine ceremonie met alleen hun naasten, de mensen van wie ze het meest hielden. Joe was zo gemakkelijk door de familie opgenomen dat Juliet zich afvroeg waarom ze zijn introductie zo lang had uitgesteld. Er hadden die herfst genoeg Boule-de-Neige-rozen gebloeid om er de kerk mee te versieren; ze had ze voor het ontbijt afgesneden, met de dauwdruppels nog op hun crèmewitte blaadjes, en Helen had ze snel naar de kerk gebracht. Juliet had een ivoorwitte jurk met jas van tussorzijde gedragen, met een rozenknopje in de revers. Geen sieraden, alleen haar verlovingsring.

Ze hadden de datum geprikt zodra het huis was verkocht. Marsh Court had zo veel voor haar betekend dat ze het naar vond het leeg achter te laten. Er waren momenten geweest dat ze bang was geweest dat ze nooit een koper zou vinden, maar toen hadden Louise en Josh totaal onverwacht een bod gedaan. 'Ik wil over een jaar of twee stoppen met mijn modellenwerk, tante Juliet,' zei Louise. 'Marsh Court zou een schitterend hotel zijn. Ik droom al een tijdje van een eigen hotel. En er is meer dan genoeg ruimte voor een ezelopvang op het terrein.'

Piers was nog aan het woord en sprak nu op ernstiger toon: 'Het succes van Winterton's is te danken aan een combinatie van het hooghouden van principes en het gebruik van de allerbeste juwelen, met name diamanten, saffieren en parels, gezet in ontwerpen die zowel elegant als origineel zijn.'

Juliet had haar parels niet meer gedragen sinds ze ze uit de modder van het verhoogde pad had gevist. Ze wist niet of ze ze ooit nog zou dragen. De beste juwelen hadden magie, droegen een verhaal met zich mee. In het hart van haar parels huisde een duister verhaal.

Ze hadden het lichaam van Morgan drie weken na hun confrontatie bij de Blackwater gevonden. Het was nooit formeel geïdentificeerd, maar ze wist zeker dat het Morgan was. Na de lange tijd in het water van het estuarium was er weinig geweest om de verdronken man aan te herkennen, op een paar kleine tatoeages na. Er had een beschrijving in de plaatselijke krant gestaan: een man van in de vijftig of zestig, zwaargebouwd, ongeveer een meter zeventig lang, waarschijnlijk iemand die in de marine had gediend, gezien de tatoeages van een zwaluw en anker op zijn polsen. De man die in de modder van Bradwell Creek was gevonden, was een week voorpaginanieuws geweest, en daarna, het mysterie onopgelost, was het steeds verder achter in de krant terechtgekomen en er uiteindelijk uit verdwenen.

Maar het had lang geduurd tot haar hart niet meer oversloeg als er werd aangebeld of als de telefoon onverwacht ging. Ze had nachtmerries over Morgan gehad, waarin hij druipend van het water en onder een dikke laag van modder en zout uit de rivier opdoemde en vanaf de oever langs het veld neerkeek op Marsh Court.

Ze had de nachtmerrie niet meer gehad sinds ze naar Greensea was verhuisd. Ze voelde zich er veilig, afgeschermd van de buitenwereld door taxusbomen, hulst en het zoutmoeras. Ze had die zomer haar baan als docent opgezegd. Ze leerde nu het boerenleven onder de knie te krijgen. Ze leerde hoe ze de keuken met Christine Brandon moest delen en hoe ze Neville uit zijn kribbige buien kon lokken. En ze leerde hoe liefde kon transformeren, en hoe het intense, stille genot om liefde te ontvangen en terug te geven voelde. Ze leerde weer gelukkig te zijn.

Piers' speech werd afgesloten met luid applaus. Anne zei tegen Freya: 'Ik vind de foto's geweldig. We gaan er een aantal kopen om hier op te hangen.'

Reusachtige afdrukken van Freya's foto's van Orkney hingen aan een steenkolengrijze muur van de winkel. 'Je hoeft ze niet te kopen,' zei Freya. 'Je krijgt ze van me, Anne.'

'We kopen ze,' zei Anne resoluut.

'In dat geval: dank je wel. En dank je wel dat jullie dit voor me doen.'

'Het was Piers' idee. Het idee om er een groot evenement van te maken en niet gewoon weer een cocktailfeestje kwam van mij, maar hij stelde voor om jouw werk tentoon te stellen.'

'Het ziet er allemaal geweldig uit,' zei Freya terwijl ze om zich heen keek. 'Jullie zijn briljant.'

Het ideale pand aan King's Road was vrijgekomen en Piers had direct gehandeld. De showroom was vier keer zo groot als die van het winkeltje waar hij vier jaar daarvoor zijn bedrijf had opgezet. Anne en Piers hadden samen het interieur ontworpen. Ze leerden hoe ze moesten delen. Piers zorgde op woensdagmiddag voor Eddie terwijl Anne in de galerie van Katherine werkte, en ook op zondagochtend, zodat Anne achterstallige klusjes kon doen.

Ze hadden van de opbrengst van Marsh Court een huis aan

Loudon Road kunnen kopen, aan de westkant van St John's Wood. Anne vond het geweldig. De kamers waren rustig, ruim en elegant. Het huis had vijf slaapkamers, een achtertuin en geen trap naar de voordeur, zodat ze zo met de wandelwagen naar binnen kon lopen.

'We gaan over twee weken verhuizen,' zei Anne toen Freya vroeg hoe het ervoor stond. 'Er moet vreselijk veel gebeuren, maar we kunnen niet wachten.'

Ze had ontzettend veel zin om aan de slag te gaan in het nieuwe huis en had al stalen behang, verf en stof uitgezocht. Ze vond het zo heerlijk om rond te neuzen bij stoffeerders en meubelwinkels dat ze had besloten als interieurontwerpster te gaan werken. Ze wist dat het werk haar volledig in beslag zou nemen, maar het zou gemakkelijker te combineren zijn met Eddie als ze vanuit huis zou werken. Ze had Louise over haar plannen verteld, die haar had gevraagd het ontwerp van de slaapkamers en receptie van Marsh Court op zich te nemen, ter voorbereiding op de metamorfose naar hotel. Een gigantisch project en een echte vuurdoop: ze vond het zowel geweldig als doodeng.

Toen Piers Aidan weer het woord gaf, vroeg Anne Freya naar de cottage die Aidan en zij op South Ronaldson in Orkney hadden gekocht.

'Als het regent, lekt het dak,' zei Freya, 'en dat is bijna elke dag. We hopen het volgende week op te kunnen lossen. En dan gaan we elektra installeren. Na een tijdje wordt de romantiek van kaarslicht snel minder.' Freya begon te blozen. 'Het moet vóór de zomer warm en klaar zijn.'

Anne vroeg: 'Freya?'

'We verwachten in mei een kindje.'

'O, Freya,' zei Anne. 'Wat geweldig!' Ze omhelsde haar.

'En we gaan trouwen,' zei Freya. Ze stak haar hand in haar nek en draaide haar rode krullen in een slordige knot. 'Dat hadden we eigenlijk eerder moeten doen, maar het kwam er niet van. We hebben het gisteren aan Helen verteld. Het wordt een kleine ceremonie, zonder poespas. Als de baby er is, blijven we net als nu een week per maand naar Londen komen. Je mag in de slaaptrein een reiswieg meenemen. Mijn vader kan niet wachten tot hij opa wordt.' Applaus voor Aidan, die het woord kreeg. Freya klapte enthousiast in haar handen.

Aidan vertelde dat hij trots was de lange traditie van Winterton's-ontwerpen voort te mogen zetten, en dat hij het geweldig vond om met twee zulke getalenteerde ontwerpers te mogen werken. Esteban stompte met een vuist in de lucht en Bridget glimlachte bescheiden. Charley, die met Nate in het midden van de halve cirkel gasten om de neven heen stond, applaudisseerde mee met de anderen.

'Ze zijn als kat en hond,' had Aidan die avond aan Charley toevertrouwd. 'Bridget vindt Esteban een onuitstaanbare blaaskaak en Esteban slaat haar op haar billen en noemt haar "meisje". Ik durf te wedden dat we ze allebei binnen een jaar kwijt zijn.'

Toen had Aidan gezegd: 'Ik blijf bij Winterton's tot ik het als schilder heb gemaakt,' waarna hij er snel, bijgelovig, aan had toegevoegd: 'Als ik het als schilder ga maken.'

Aidan schilderde elke maand drie weken op Orkney; in de vierde week reisde hij naar Londen met de slaaptrein en verbleef in het appartement om zijn werk als parttime-creatief directeur van het familiebedrijf te doen. Charley en Nate hadden een maand daarvoor bij Aidan en Freya op South Ronalday gelogeerd, en Nate had zijn baan bij de handelsbank opgezegd. Daar, op het eiland, had Aidan Charley een paar van zijn schilderijen laten zien, impressies van de zee en het landschap op Orkney, en Charley vond dat als er enige rechtvaardigheid op de wereld bestond, Aidan het zou gaan maken als kunstenaar.

Het leven was niet altijd rechtvaardig; dat had ze geleerd. Ze was bezig aan een toneelstuk over huiselijk geweld dat 'In voor- en tegenspoed' heette en was geïnspireerd door Annes vriendin Maria, de vrouw wier echtgenoot haar met haar hoofd tegen de gootsteen had geslagen. Eén slechte keuze kon de rest van je leven bepalen; ook dat had ze geleerd. Ze was een paar dagen daarvoor, toen ze bij boekhandel Foyles rondneusde, tegen Daniel aan gelopen. Ze hadden samen koffiegedronken en ze had hem naar zijn nieuws gevraagd.

'Dat heb ik eigenlijk niet.' Hij had het zonder zelfmedelijden gezegd, iets wat ze altijd in hem had bewonderd. 'Ik werk nog bij het hoogheemraadschap, waar Fielding godzijdank naar hogerop is verdwenen. Jeannette heeft weer een slechte periode gehad, maar het lijkt wel weer te gaan, en met Simon gaat het hartstikke goed, die leert lezen, en we hebben een fiets met zijwieltjes voor hem gekocht. En jij?'

'Nou,' zei ze, en ze stond op het punt alles te gaan vertellen wat er de afgelopen periode in haar leven was gebeurd: haar toneelstuk – over die oude vrouw met die mand op wieltjes – dat succesvol in een zaaltje boven een pub in Ealing was uitgevoerd, en natuurlijk Nate, met wie ze in het voorjaar ging trouwen. Ze hadden allebei hun woning in Londen te koop gezet en gingen verhuizen naar een schattig oud huis op het platteland van Hampshire, zo dicht in de buurt van de school van Rory dat hij bij hen kon komen wonen en niet meer op school hoefde te slapen. Toen ze dat allemaal wilde gaan zeggen, drong tot haar door hoe onmogelijk het zou zijn om al die geweldige dingen aan de arme Daniel te vertellen, en hoe neerbuigend dat besef was.

'Nou,' zei ze, 'ik schrijf nog steeds, en ik heb iemand leren kennen.'

'Wat fijn voor je.' Hij glimlachte zijn bijzondere lach naar haar en stelde precies de goede vragen. Toen zei hij: 'Dat zou ik bijna vergeten, maar ik heb ook nieuws. Jeannette en ik zijn op de avondschool onze middelbareschooldiploma aan het halen. We gaan er vast jaren over doen, maar we hebben elkaar beloofd dat we het gaan afmaken. En wie weet wat we daarna gaan doen? We nemen verder geen kinderen – daar is Jeannette niet sterk genoeg voor – en Simon gaat nu naar school, waardoor we meer tijd hebben. En als het echt heel goed gaat, hoop ik ooit zelfs de universiteit te kunnen doen. Ik weet niet of dat gaat lukken, maar ik ga het niet opgeven, Charley.'

Ze namen afscheid met een kus op de wang en de belofte dat ze contact zouden houden, maar ze wist dat ze dat niet zouden doen.

Ik heb iemand leren kennen. Dat beschreef in de verste verte haar relatie met Nate niet. Ze had Nate nooit leren kennen; hij was er altijd geweest. In het begin had ze van hem gehouden en ruzie met hem gemaakt, en dat deed ze nog steeds, en dat zou, nam ze aan, zo blijven tot de dag dat een van hen zou sterven.

Er was heel wat getoost op de nieuwe winkel; Juliet, Helen en Jane stonden in een hoek van de ruimte te praten.

'Dat wordt een jaar vol bruiloften,' zei Helen, licht verdwaasd, nadat ze haar schoonzussen het nieuws over Aidan en Freya had toevertrouwd. 'Denk je dat het mogelijk is dat bruiloften gaan vervelen?'

'Kunnen we ze niet allemaal tegelijk doen?' Jane stak een sigaret op. 'Dan zetten we ze gewoon achter elkaar in het gangpad in de kerk: Louise en Josh, Nate en Charley en Aidan en Freya.'

'Dat zou wel efficiënt zijn,' stemde Juliet in. 'En dan komt er één reusachtige bruidstaart met drie stelletjes erop.'

Ze begonnen te giechelen. Helen zei tegen Jane: 'En Gabe en Adam? Denk je dat die...?'

Jane perste haar lippen op elkaar en schudde haar hoofd. 'Die heeft het veel te veel naar haar zin als manager van drie juwelierszaken. Adam komt er nauwelijks nog aan te pas.'

'Ik ben bang dat Aidan erop staat,' zei Helen, 'dat de hele familie honderden kilometers naar het noorden reist om zijn huwelijk te vieren op dat steenkoude winderige eiland. Ik zie mezelf daar al staan, schoonmoeder van de bruid, in mijn regenjas en met mijn haar alle kanten op.'

Jane zei: 'Waarom is er altijd te weinig te drinken op dit soort feestjes?' en ze verdween de menigte in op zoek naar nog een glas wijn.

Juliet zei tegen Helen: 'Maar je houdt van haar, toch?'

'O, zeker. Het is een lieve meid.' Helen glimlachte. 'En denk eens aan al die beeldschone roodharige kleinkinderen die ik ga krijgen. Ik moest er gewoon even aan wennen. Dat is het probleem, hè? Dat je overal aan moet wennen.'

Aidan zei: ‘Godzijdank is het achter de rug,’ en Freya zei: ‘Je was geweldig. Ik ben vreselijk trots op je.’

Ze stonden in een hoek van de ruimte onder Freya’s foto van de Brough of Birsay. De zee stroomde als door een trechter tussen het eiland en het vasteland, klotste over de rotsen. Zeemeeuwen vlogen in een ondoordringbare, stormachtige lucht.

Aidan zei: ‘Heb jij ook zo’n zin om weer thuis te zijn?’

Een glimlach van compliciteit. Hun huis stond in een door de wind geteisterde baai vol zeevogels. Er moest vreselijk veel aan gebeuren en Freya wist dat het geen praktische aankoop was, maar ze hadden toen ze het voor het eerst zagen allebei geweten, Aidan en zij, dat ze er zouden gaan wonen.

‘Ik kan niet wachten,’ zei ze.

‘Hoe is het met de koter?’

‘Goed. Ja, prima.’

Haar handpalm rustte op haar buik. Ze was wortels aan het maken. Ze was een geschiedenis voor zichzelf aan het creëren. Als haar baby een meisje was, gingen ze haar Ingrid Frances noemen, Ingrid omdat dat op Orkney een inheemse naam was en Frances naar de moeder die ze zich niet kon herinneren. En als het een jongen was, zou hij Edmund heten, Edmund Aidan Winterton. En misschien zou hij op een dag voor het familiebedrijf gaan werken. Of misschien zou hij schilder worden. Of misschien zou hij zelf iets bedenken... wie zou het zeggen?

Gasten waren aan het vertrekken. De jongelui waren naar een restaurant gegaan. Charley had Juliet en Joe proberen over te halen mee te gaan, maar Juliet had ineens een steek van verlangen naar het afgelegen en serene Greensea gevoeld. Ze had de uitnodiging van haar dochter liefdevol afgewezen, met het excuus dat Joe op de boerderij moest werken.

Het was nu rustig in de winkel; Joe stond achterin met Jane, Peter en Helen te praten.

Juliet liep de ruimte door. Haar blik werd gevangen door de sieraden in de vitrines. De familie Winterton was nieuwe juwelen aan het creëren, bedacht ze, gaf een nieuwe vorm aan de haakjes en verbindingen die ze tot een geheel maakten. Glinsterende juwelen werden toegevoegd aan de strengen goud en zilver die door hun leven liepen, heldere robijnen en topazen en de ingetogen kleuren van granaat en citrien. Een zilveren dooplepel, een trouwring van geelgoud. Een antieke hanger en een gloednieuwe zilveren armband met steentjes van zwart graniet erop.

Joe keek op en glimlachte. Toen kwam hij op haar af lopen en gaf haar een hand. 'Zullen we gaan?' vroeg hij.

'Ja, dat lijkt me heerlijk. Ik wil naar huis.'

Ze liepen samen de door sterren verlichte winterstraat op.

Dankwoord

Mijn oprechte dank gaat uit naar Maggie Hanbury voor haar suggesties en waardevolle ondersteuning, en naar mijn redacteur bij Headline, Clare Foss, voor haar doortastende doch fijngevoelige commentaar op de tekst. Veel waardering gaat ook uit naar Clares assistent, Emma Holtz, en mijn redacteur bij Piper, Bettina Feldweg.

Dankbare erkenning gaat naar mijn broer, David Stretch, voor zijn advies over fotografie in de jaren zestig, en naar mijn echtgenoot, Iain, die me alles heeft uitgelegd over getijtafels en stromingen. Als er nog fouten in het boek staan, zijn ze van mij.

Ik heb me enige dichterlijke vrijheid gepermitteerd met betrekking tot de geografie van het gebied rond Maldon. Het eiland Thorney bestaat niet, hoewel het is geïnspireerd door de eilanden van het estuarium van de rivier de Blackwater.

LEES MEER VAN

Judith Lennox

Na de dood van haar oma erft Rose Martineau tot haar grote verbazing een huis op het platteland van Sussex. Het mysterieuze huis was ooit van haar oma's jongere zus Sadie, over wie Rose tot voor kort nog nooit iets had gehoord. Wie was Sadie, en waarom had zij geen contact meer met haar zus? Rose' zoektocht naar de antwoorden brengt haar terug naar de jaren dertig van de twintigste eeuw.

Intussen heeft Rose in haar dagelijks leven ook genoeg te verwerken: haar bestaan wordt overhoop gehaald door een schandaal dat haar huwelijk dreigt te verwoesten. Verscheurd tussen heden en verleden ontdekt Rose dat ze pas aan haar eigen toekomst kan werken als ze de geheimen van Sadies verleden heeft weten te ontrafelen.

Verkrijgbaar als
e-book
& papieren boek